GOOD GIRLS LIE
착한 소녀의 거짓말

Good Girls Lie

GOOD GIRLS LIE

착한 소녀의 거짓말

구드 학교 살인 사건

J. T. 엘리슨 장편 스릴러

민지현 옮김

위북

차례

1부

전갈이 개구리에게 자기를 등에 업고 강을 건너달라고 부탁했다.
"싫어." 개구리가 대답했다. "너를 등에 태워주면 나를 물 거잖아. 전갈의 독은 치명적이지."
"잘 생각해봐." 전갈이 말했다. "그게 말이 돼? 난 항상 논리적으로 생각하는데 말이야. 내가 너를 물면 너는 죽어. 그럼 나도 물에 빠져 죽잖아."
그 말을 듣고 개구리는 전갈을 등에 태웠다. 강을 반쯤 건넜을 때 개구리는 등에 엄청난 통증을 느꼈다. 전갈이 결국 개구리의 등을 문 것이다.
"넌 논리적이라며! 이건 논리적이지 않잖아!"
개구리가 전갈과 함께 물속으로 가라앉으며 외쳤다. 그러자 전갈이 말했다.
"나도 알아. 하지만 어쩔 수 없었어. 이건 내 천성이거든."

〈미스터 아카딘〉(오손 웰즈)

1

교문에 걸린 주검

교정 입구의 높은 철문에 여학생의 시신이 매달려 있었다. 자세히 보니 앙상한 겨울나무에 앉은 홍방울새처럼 삐져나온 빨간 실크 스카프가 무참히 꺾인 목에 감겨 있었다. 영광스러운 졸업식을 맞이할 수 없으리라는 것을 알았던 듯 졸업 가운과 색색의 숄을 두르고 있었다. 얇은 가운은 밤새 내린 비에 흠뻑 젖어 몸에 착 달라붙었고, 밑단에 이슬이 맺혀 반짝였다. 땅에서 1.5미터 높이에 떠 있는 다리 언저리에는 새벽안개의 마지막 자락이 감돌고 있었다.

바람은 잠잠했다. 다가오는 긴 겨울에 대비해 분주해야 할 다람쥐도, 지저귀는 새도 없었다. 거리에는 자동차 한 대 지나가지 않았다. 시신의 무게를 진 철문의 삐걱거림만이 차갑고 뽀얀 아침 안개 속을 갈랐다. 시신은 거리를 등지고 매달려 있었다. 커튼처럼 얼굴을 덮은 헝클어진 머리는 비에 젖어 더욱 칙칙해 보였다.

얼굴이 훼손되어 신원 확인까지 시간이 걸릴 것이다. 구드 학교의 교복을 입고 있었지만 이 학교 학생인지는 확실하지 않다.

자살로 보이는 사건을 듣고 구드 예비학교(명문 대학 진학을 위한 사립고등학교 – 옮긴이)의 모든 여학생들이 모여들어 침묵과 공포 속에 명복을 빌었다. 밤에는 정문이 잠겨 있다. 정문 양쪽에는 담쟁이덩굴로 뒤덮인 벽돌담이 세워져 있다. 3미터나 되는 벽돌담은 교정 쪽으로 갈수록 점점 낮아져서 학교 주차장이 있는 뒷문에서는 무릎 높이밖에 되지 않는다. 구드의 소녀들은 조용히 기숙사를 빠져나와 올드웨스트 홀과 올드이스트 홀 끝을 돌아 프런트 스트리트로 갔다. 프런트 스트리트는 영재들이 다니는 구드 예비학교가 있는 버지니아의 작은 마을 마치버그의 중심가다.

정문 앞에는 이미 구드의 학생들이 모여 어깨 너머로 두리번거렸다. 여기 없는 사람이 누구인지 살피는 것이다. 기숙사를 빠져나온 학생들은 공포와 불안에 싸여 울고 있는 소녀들의 무리에 합류했다. 주검이 친구나 자매, 룸메이트가 아니라는 걸 확인하기 위해.

또 한 여학생이 다가왔다. 그러나 아무도 그녀가 학교와는 반대 방향인 마을 쪽에서 왔다는 사실을 눈치채지 못했다. 붉은 벽돌담 너머에서 온 게 아니었다.

낮은 웅성거림이 일었다. 큰 소리는 아니었지만 모두 같은 걸 묻고 있었다.

'누구래? 누구?'

사이렌 소리가 아침 공기를 갈랐다. 언덕 아래서 들려오는 소리는 점점 커졌다. 누군가 경찰에 신고한 것이다.

담쟁이덩굴이 덮인 벽돌담에 둘러싸인 구드 학교는 도시 한가운데 자리 잡은 언덕 위에 괴물 석상처럼 앉아 있다. 교정을 둘러싸고 있는 두 블록의 건물에는 레스토랑과 커피숍, 생필품 상점들이 있다. 학교 건물들은 트롤리(유리와 나무로 지어진 밀폐식 다리)로 연결되어 학생들은 비가 오든 눈이 오든 편안하게 이동할 수 있다. 학교는 조용하고, 기품 있으며, 고립되어 있다. 학생들도 진지하고 학구적이다. 한마디로 '굿(good)'이라는 단어가 딱 어울리는 좋은 학생들이다. 구드(Goode)의 학생들 앞에는 훌륭한 미래가 펼쳐져 있다.

포드 줄리앤 웨스트헤이븐 학장이 달려왔다. 그녀는 스스로를 교장이 아닌 학장이라고 부른다. 학교 설립자의 증손녀인데 몇 번이나 가문에서 제명된 적이 있다. 운전기사 루미가 30미터 거리부터 끼익 소리를 내며 웨스트헤이븐 집안 소유의 벤틀리 브레이크를 밟았다. 모여 있던 사람들이 차 앞을 가로막을 때 잠깐 시신이 보이지 않았다.

이렇게 이른 시간에 왜 학장이 외부에 있었을까? 아직까지 이런 의문을 품은 사람은 없었다.

웨스트헤이븐 학장이 보랏빛을 띤 회색 벤틀리 뒷좌석에서 내려 달려갔다. 하얗게 질린 얼굴로 입술을 굳게 다문 채 사방을 두리번거리면서. 구드의 모든 학생들이 익히 아는, 사람을 주눅 들게 하는 모습이었다.

학장은 타의 추종을 불허할 정도로 신경질적인 반면 그것 못지않게 세심한 사람이다. 입학 원서를 혼자 일일이 검토하고 선별한다는 소문이 있을 정도다. 선별 기준은 지성과 인성이라고 한다. 학장의 말은 절대적이다. 아무튼 선하고 동정적이고 세심하지만 불같다.

학장은 그룹을 지어 소녀들을 분류했다. 천연의 금발, 갈색 머리, 빨간 머리 소녀들이 각각 무리를 지었다. 구드 학교에서 염색은 허용되지 않는다. 헐렁한 체육복 상의에 반바지를 입고 오들오들 떠는 학생도 있었고, 잠옷을 입은 학생들도 있었다. 학장은 무리에 없는 병아리를 찾는 어미닭처럼 학생들을 확인했다. 그러면서 가끔씩 어깨 너머로 시신을 힐끗거렸다. 학장도 죽은 학생이 누구인지 확실히 알지 못했다. 아니 그렇게 보이는 것일지도 모른다. 어쩌면 진실을 인정하고 싶지 않은 것일 수도 있다.

사이렌 소리가 고막을 찢을 듯하다가 둔탁한 소리를 내며 잦아들었다. 경찰들에 이어 사건 담당 형사가 도착했다. 경찰들은 눈 깜짝할 사이 정문에 폴리스 라인을 치고 학생들을 뒤로 물리쳤다. 한 사람은 시신에 다가가 기록하고, 또 한 사람은 꼼꼼히 사진을 찍었다. 섬뜩한 주검을 찍는 파파라치.

경찰들이 웨스트헤이븐 학장과 이야기를 나눴다. 학장은 낮은 소리로 숨도 쉬지 않고 말했다. 자기는 시신 근처에 간 적도 없으며 누구인지도 모른다고 말이다.

하지만 학장은 거짓말을 한 것이다. 학장은 당연히 알고 있다.

키가 180센티미터쯤 되는 근육질의 다부진 형사가 아이폰으로 사건 현장을 찍었다. 그런 다음 시신의 발을 잡고 천천히 돌렸다.

충격 어린 탄성과 낮은 속삭임이 으스스한 아침의 정적을 깨고 소녀들 사이로 퍼져나갔다. 아침의 냉기 속에 소녀들은 발을 굴렀다. 뽀얀 안개 자락이 철문 기둥 사이로 빠져나가고 있었다.

소녀들은 죽은 자의 이름을 중얼거렸다.

애쉬.

애쉬.

애쉬.

2

거짓말

180센티미터에 윤기 흐르는 피부, 하나로 묶은 금발. 무릎께가 찢어진 검정색 스키니진에 녹색과 흰색 체크무늬 셔츠를 입은 애쉬 칼라일은 흰색 아디다스 스탠스미스 운동화를 신고 있었다. 편안하고 활동적인 여행복 차림이다. 영국항공 일등석 라운지의 남자 종업원이 방금 만든 차를 그녀의 자리로 가져다주었다. 그녀는 감사의 표시로 미소를 지어 보였다. 그 미소가 얼마나 순수하고 행복해 보이는지 종업원은 쟁반을 떨어뜨릴 뻔했다. 순진무구한 소녀의 미소.

애쉬는 완벽한 미소를 구현했다. 연습의 결과다. 브로드 가에 있는 아파트의 우중충한 욕실에 서서 거울을 보며 치아가 드러나도록 수없이 입술을 좌우로 당겼다. 자연스러워질 때까지. 눈빛이 반짝이며 볼에 깊은 보조개가 생길 때까지. 눈이 부시게 희고 고른 치아가 드러나는 미소에 연회색이 감도는 파란 눈동자, 천연의 금발 머리는 치명적인 매력을 뿜어낸다.

이것이야말로 반사회적 인격장애 아니던가? 자기를 위장하는 것.

티 없이 밝고 감사와 우아함이 가득한 미소만큼 훌륭한 위장술이 또 어디 있겠는가? 제대로 활용하면 그 무엇보다 위험한 무기가 된다.

나이 어린 반사회적 인격장애자가 어떻게 비행기 일등석에 탔을까? 부유한 집안 아이일까? 그건 아니다. 더 이상은.

항공권은 그 학교의 학장이 보내주었다.

애쉬 칼라일은 어떻게 했는지는 모르지만 학장을 속여 항공권뿐 아니라 첫 학기 등록금까지 받아냈다. 우수한 머리, 피아노 영재, 거기에 예외적인 이유까지 더해져 전액 장학금을 받은 것이다. 예기치 않게 부모님을 동시에 여의었기 때문이다.

애쉬는 차를 마시면서 깊은 생각에 잠겨 타이핑을 했다. 잠시 멈추고 손톱을 잘근거리다 타이핑한 내용을 다시 읽어보았다. 이 에세이 덕분에 수재들이 다니는 명문 학교에 입학했고, 지금 그 학교로 가는 길이다. 전학이 거의 불가능한 구드 예비학교이다. 애쉬는 두렵고 설렜다. 그럴수록 옥스퍼드로부터, 자신의 과거로부터 벗어나리라 결심했다.

새로운 삶. 새로운 시작. 애쉬의 삶에 새 장을 열리라.

애쉬는 찻잔을 내려놓았다. 학교에 적응할 일이 걱정되었다. 영국의 옥스퍼드에서 아주 멀리 떨어진 미국 버지니아의 마치버그는 여름 방학 때 평균 인구가 500명 정도이다. 학기가 시작되고 학생들이 기숙사에 들어오면 700명으로 늘어난다. 워싱턴 D. C.의 엘리트 계층인 상원의원과 하원의원, 외교관, 언론인들과 그 밖에 엄청난 부잣집 딸들과 어울릴 수 있을까?

외모를 내세울 수도 있다. 애쉬는 자기가 얼마나 예쁜지 알고 있다. 외모에 대한 자부심이 넘치는 것은 아니지만 자신이 봐줄 만한 정도 이상이라는 것을 안다. 애쉬는 영리하고 지적이기도 하다. 누군가는 그런 애쉬가 교활하다고 할 것이다. 그 점은 애쉬에게 병폐로 작용한다. 애쉬는 학구적으로도, 현실적으로도 영리하다. 두 가지를 겸비한 사람은 흔치 않다. 애쉬는 걱정하고 있지만 적응하는 데 별 문제 없을 것이다.

한 가지 걸림돌이 있다면, 그건 나다. 하지만 나에 대해 아무도 모른다.

나에 대해 아무도 알아서는 안 된다.

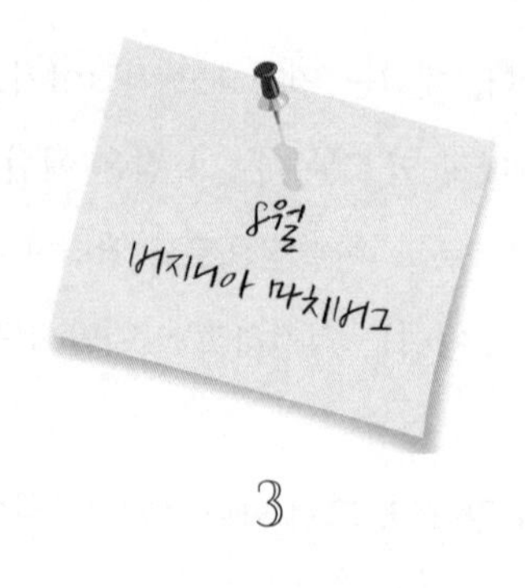

3

구드 학교

“이렇게 아름다운 곳이 또 있을까요?”

운전기사의 말은 틀리지 않았다. 그는 80킬로미터를 달려오는 동안 호시탐탐 말을 걸 기회를 엿봤다. 버지니아 서쪽으로 깊이 들어갈수록 경치가 점점 더 아름다웠다. 와인 양조장, 말 농장, 돌벽, 그리고 예쁜 오두막이 황홀한 풍광 속에 점점이 흩어져 있었다. 앞에 보이는 산등성이는 마치 고대의 용이 웅크린 형상이었다. 마치 용의 골격 위로 나무들이 자라고 있는 듯했다. 등뼈 마디가 보이고, 하늘을 향해 부드럽게 솟은 갈비뼈와 그 날카로운 끝에 자라는 이끼들도 보였다. 용의 심장에서는 나무뿌리가 뻗어 나왔다.

워싱턴 D. C. 공항의 시끄러운 소음과 먼지들을 생각하면 여기는 딴 세상 같았다. 내가 떠나온 세계와는 더욱 딴판이었다.

“아, 네. 예쁘네요.”

차가 주간고속도로 81호선 남쪽에서 평행으로 이어지는 블루리지 파크웨이를 달리기 시작하자 숨이 멎을 정도로 아름다운 풍경이 펼쳐졌다. 가방에 넣어두었던 지도를 꺼내 펼쳤다. 윈터그린 근처의 구드 학교를 둘러싼 지형이 상세하게 나와 있다. 최소 1시간은 더 가야 한다.

"어디서 왔다고 했죠?"

운전기사가 또다시 말을 걸었다. 괜찮은 외모에 갈색 눈동자를 가진 운전기사는 검은 머리에 피부는 햇볕에 그을려 있었다. 택시에 탈 때 문을 열어주면서 자기 이름을 말했다. 루디, 아니면 룰리, 뭐 그런 이름 같은데 귀담아듣지 않았다. 잠깐 스치는 택시 기사일 뿐이다. 학교에 도착하면 다시 볼 일 없을 사람. 낯선 사람의 차를 타지 말라고 교육받았다. 낯선 사람과는 대화도 하지 말라고 가르친다. 낯선 사람은 위험하니까. 하지만 그러한 위험은 숨을 쉬는 것만큼이나 우리 삶의 일부이다.

나 역시 남들이 경계해야 하는 낯선 사람일 수 있지 않은가?

"얘기 안 했어요. 영국에서 왔어요."

"억양이 그런 것 같네요. 여왕을 본 적 있어요?"

그럴 일은 없다. 사는 세계가 다르니까. 하지만 이제 나는 새로운 삶을 시작하려 한다. 조금 더 화려하게 장식할 필요가 있다.

"여왕하고는 같은 교회를 다녔죠. 교외에 있는 샌드링엄이라고, 들어보셨어요? 돌로 지은 예쁜 교회예요. 교회 옆에 1300년대부터 내려오는 묘지도 있죠. 요즘 여왕 부부는 교외에 머무는 시간이 많아요. 왕실 업무는 젊은 사람들에게 넘겨줬거든요. 지난주에도 뵀어요."

"어딘지 알아요. 〈왕좌의 게임〉 촬영한 곳 맞죠?"

"네, 거기예요."

최고의 거짓말은 사실에 근거한다. 샌드링엄에는 돌로 지은 교회가 실제로 있다. 성 마리아 막달레나 교회인데, 돌로 지은 오두막보다 조금 더 크다는 것 말고 아는 게 없다. 한 번도 가보지 않았고, 여왕을 만난 적도 없다. 〈왕좌의 게임〉 촬영지가 어디인지도 모른다. 하지만 왕실 소유지에서 촬영하지는 않았을 것이다.

택시 기사는 무식해 보이기는 싫어서 아는 척하고 있다. 룸미러를 통해 나를 보며 웃는 택시 기사에게 나도 미소를 지었다.

나는 거짓말할 때 뿜어 나온 도파민으로 살짝 희열을 느꼈지만 아닌 척 다시 창밖으로 눈길을 돌렸다. 더 이상 거짓말하지 않기로 스스로에게 맹세했는데, 엄마의 말처럼 새로운 시작을 위해 다짐했는데 말이다.

낯선 남자에게 거짓말할 이유는 없다. 더구나 그는 앞으로 몇 년간 내가 어디에 있을지 알고 있다. 무심결에 거짓말이 나와버렸다. 하지만 해를 끼친 것도 없지 않은가? 어차피 운전기사도 어린 것 같으니 상관없을 것이다.

충동적으로 거짓말을 하는 나 자신을 이해할 수 없다. 그래서 나름대로 사회학적 연구라도 하듯 많은 자료를 찾아 읽었다. 사람은 누구나 거짓말을 한다. 자신에게, 서로에게. 어딘가에 속하기 위해, 받아들여지기 위해, 그리고 중요한 사람으로 보이기 위해.

과거에는 거짓말로 돈을 벌거나 손해를 피하기가 훨씬 쉬웠다. 거짓말을 하는 사람은 대부분 사기꾼이거나 협잡꾼이었다. 지금은 모두가 약장수인 시대다. 소셜미디어가 등장하면서 대중이 당신의 창문과 대문, 나아가 마음까지 들여다볼 수 있다. 거짓말을 하려면 신중하고 치밀해야 한다. 연출하고, 걸러내고, 계획해야 한다.

나는 온라인 계정이 없다. 트위터나 페이스북, 인스타그램, 스냅

챗, 틱톡, 어느 것도 하지 않는다. 지금까지 한 번도 내 삶을 남에게 보여준 적이 없다. SNS를 하지 않는 것이 더 유리하다. 과거를 간직하고 사는 것이 훨씬 더 위험하니까. 나는 앞을 보고 당당하게 행진할 것이다. 이름조차 '행진하는 마을'이라는 뜻을 가진 마치버그의 산 위에 새로운 삶이 기다리고 있다. 구드 학교는 휴대전화를 허용하지 않는다. 몇 년 동안 온라인 계정 없이도 별 불편 없이 지낼 수 있다. 행운의 여신은 이미 내 편이다.

유비쿼터스적 연결이 가능한 현대에 캠퍼스에서 휴대전화 사용을 금지하는 것은 전근대적인 교육법이라고 할 수 있다. 게시판에 올라온 글들을 보면 학생들은 반대한다. 대놓고 표현하지는 않지만. 일부 학부모들도 불합리한 규칙이라고 생각한다. 한밤중에 사랑하는 아이와 문자를 주고받기 위해 짐 속에 몰래 휴대전화를 넣어주기도 한다.

언덕을 또 하나 오르니 마침내 마치버그 시내가 보였다. 이탈리아의 언덕 마을처럼 구불구불한 도로를 올라가야 했다. 붉은 벽돌담 안에 요새처럼 들어앉은 학교.

지금까지는 거짓말이 나를 보호해주었다. 그러나 새로운 세계에서는 더 이상 거짓말할 필요 없다. 산 위에서 나는 안전할 것이며, 보호받을 것이다.

엄마가 말했다.

"무슨 일이든 다시 시작하기는 어려워. 하지만 할 수 있어. 여기서 멀리, 멀리 가거라, 내 딸. 거기서 새로운 너를 발견하는 거야."

그렇게 하려고 한다.

4

전학

언덕을 올라갈 때는 약간 아찔했다. 곳곳에 급커브가 있었고 경사도 가팔랐다. 구불구불한 산길을 올라가자 다시 평평해졌다. 마치버그라는 작은 마을 중심에는 X 자형 교차로가 있었고, 학교는 그 중심에 있었다. 나는 낯선 간판이 달린 상점과 식당보다는 정면에 보이는 거대한 건물에 시선이 쏠렸다. 웅장한 성처럼 보이는 건물은 내 고향에 있는 거대한 저택들처럼 윤기 흐르는 새파란 잔디 위에 세워졌다. 회색이 아니라 붉은 벽돌이라는 것이 다를 뿐 중세의 기괴한 석상 같기도 했다.

건물의 원형은 1890년 화재로 소실되었다가 자코비안 양식으로 다시 지었다. 칠호위라는 유명한 버지니아 벽돌을 사용했는데, 벽돌마다 칠호위라는 이름이 새겨져 있다. 내가 찾아본 문헌에 의하면 '칠호위 벽돌은 프랑스 파리에서 생산된다.'

5층 높이의 본관 정중앙 출입구 위로 종탑이 솟아 있다. 본관 양옆으로 자코비안 양식의 비슷한 건물이 이어져 있다. 올드이스트, 올드

웨스트라고 불리지만 사실은 나중에 증축된 것으로 벽돌색이 본관과 다르다. 3층 건물인 올드이스트 홀과 올드웨스트 홀의 맨 위층에는 하얀 나무 발코니가 있다. 학교는 전체적으로 웅장하면서도 절제된 아름다움을 갖고 있다.

오리엔테이션이 있는 날이어서 육중한 검은색 연철 정문이 활짝 열려 있었다. 수업은 수요일에 시작된다. 월요일과 화요일은 학생들이 기숙사에 짐을 풀고, 교재를 구입하거나 사교 모임과 스포츠 팀에 가입한다. 휴대전화를 맡기는 일들을 처리하거나 교정을 둘러보며 오랜만에 친구들도 만나고, 새 친구도 사귈 것이다.

담장까지 가지를 뻗은 참나무 아래 모여 두리번거리는 무리는 신입생이다. 학부모들은 가구와 상자를 들고 이리저리 바삐 움직이고 있다. 화창한 늦여름 오후, 파란 하늘이 눈을 뗄 수 없을 만큼 아름답다.

정문 위에 본관이라고 새겨진 석판이 박힌 붉은 벽돌 건물 앞으로 링컨 타운카가 미끄러지듯 다가오자 모두 고개를 돌렸다. 뒷좌석에 파묻히듯 앉아 있던 나는 짧은 순간이지만 쏟아지는 관심에 민망하고 당황스러웠다. 운전기사는 민첩하게 내려서 문을 열어주었다. 마치 내가 여왕이라도 되는 것처럼. 그러고는 허리를 굽혀 인사했다.

"다 왔습니다, 아가씨. 버지니아 산속에 있는 당신만의 샌드링엄이에요."

룰리인지 루디인지 하는 기사가 이렇게 말하는 순간 나는 온몸에 전율을 느꼈다. 어쩌면 이 운전기사는 더 많은 것을 알고 있는지도 모른다. 실제로 학교는 뭔가 스산한 기운이 감도는 것이 샌드링엄 같기도 했다. 한발 한발 조심스럽게 내딛어야 한다.

운전기사가 문을 연 채로 약간 의아한 듯한 미소를 짓자 나는 차에서 내렸다. 허벅지에 쥐가 나는 듯했으나 우아하게 웃으며 말했다.

"태워다 줘서 고마워요."

내가 신입생이라는 것을 확인하자 학생들은 다시 고개를 돌리고 하던 이야기들을 마저 했다. 나는 비로소 마음이 편안했다. 존재감을 드러내지 않고 열심히 공부하다 하버드 대학교에 들어가는 것이 내 목표다. 그렇게 해서 비참했던 과거의 삶에서 완전히 벗어날 것이다. 그런데 이상하게 한 번도 느껴보지 않은 외로움이 밀려왔다. 같은 신입생들이 기쁨에 들뜬 얼굴로 이리저리 뛰어다니고, 눈물을 글썽이는 부모들과 포옹을 하고, 작별 인사를 하는 모습을 지켜보면서 말이다.

손목시계의 알람이 울렸다. 15분 후에 학장과 면담해야 한다. 롤리인지 루디인지는 차에서 커다란 트렁크를 내려놓고 기대에 찬 미소를 지었다. 나는 팁으로 무려 5달러나 주었다. 소중한 돈을 내놓으려니 속이 쓰렸지만 할 수 없었다.

"태워다 줘서 정말 고마워요."

책가방을 메고 트렁크를 끌며 본관 계단을 올라갔다.

바깥은 늦여름의 열기가 가득했지만 건물 안은 시원하고 어두웠다. 섬뜩하리만치 텅 비어 있었고 수도원만큼이나 조용했다. 흰 기둥에 대리석 바닥, 드넓은 공간이었다. 2층 발코니로 올라가는 두 개의 계단은 웅장한 극장처럼 넓은 곡선이었다. 로비 양쪽에 놓인 테이블에는 철제 팻말들이 놓여 있었다. A-E, F-K, L-P, Q-Z.

그때 사무실에서 중년 여자가 나왔다. 세련된 단발의 회색 머리에 검은 테 안경을 쓰고 새빨간 립스틱을 바른 페르시아의 나이 든 모델 같았다. 그녀는 빠른 걸음으로 다가오면서 내게 손짓을 했다. 나는 테이블로 다가갔다.

“새로 왔구나! 구드에 온 것을 환영한다. 나는 영어과의 애슬로란다. 한창 번잡한 시간을 피해 와서 다행이다. 다른 학생들은 이미 등록을 마쳤거든. 막 그룹을 짜려던 참이었어. 혹시라도 늦게 도착하는 학생들이 있을까 봐 기다리고 있었지.”

애슬로 교수가 내 어깨 너머를 살피며 물었다.

“부모님은 어디 계시지?”

그 순간 천연덕스럽게 거짓말이 나왔다.

“내려주고 바로 가셨어요.”

애슬로 교수는 못마땅한 듯 입술을 삐죽 내밀더니 두툼한 결혼반지로 철제 팻말을 탁탁 치면서 말했다.

“신입생 부모님은 한 번 만나보는 게 관례인데 이미 가셨다니…….”

“정말 죄송합니다.”

“몰라서 그런 거니까.”

애슬로 교수는 무심히 흘리듯 중얼거렸다. 빨리 다음 순서로 넘어가야 한다는 듯이. 시선을 끌 만큼 예쁜 그녀의 손을 내려다보았다. 짧게 자른 손톱에는 투명 매니큐어를 칠했다. 구드의 규칙 중 하나다. 머리를 염색해서도 안 되고, 색깔 있는 매니큐어도 금지다. 구드의 소녀들에게 가식이나 가짜란 있을 수 없다.

애슬로 교수가 목청을 가다듬고 물었다.

“이름이?”

“애쉬입니다. 애쉬 칼라일. C로 시작하는 칼라일이에요.”

“영국 악센트가 너무 강해서 자막을 읽어야 할 것 같구나.”

애슬로 교수는 혼자 깔깔거리고 웃었다. 나도 볼이 뻐근할 정도로 완벽한 미소를 지었다. 하마터면 잊어버릴 뻔했다. 내가 매력적인 애쉬라는 걸.

“그래, 칼라일, 칼라일…….”

애슬로 교수는 테이블 위에 놓인 상자를 뒤적이더니 두툼한 서류철 하나를 꺼냈다. 마치 바위에 박힌 엑스칼리버 검을 뽑아 들기라도 한 듯 의기양양한 표정이었다.

“여기 있구나! 너는 본관 214호에 배정되었어. 신입생과 2학년은 2층, 3학년은 3층, 그리고 졸업반은 4층을 사용한단다. 너는 2023년 졸업반이니 오른쪽 계단만 사용하도록 해. 다른 계단을 이용하면 졸업을 못 할 수도 있어. 그리고 초대받지 않은 한 졸업반이 사용하는 4층에는 올라가면 안 된다. 몰래 올라가다가 들키는 일이 없도록.”

재빠르면서도 명확하고 빈틈없는 애슬로 교수의 말이 예리하게 가슴을 찔렀다.

“규칙인가요? 학생들이 규칙을 지키는지 일일이 확인하시나요?”

“아, 아니. 그렇지는 않단다. 그냥 전통일 뿐이야. 우리 학교에는 몇 가지 전통이 있지. 네 룸메이트 카밀은 벌써 짐을 풀고 있을 거다. 너를 만나고 싶어 할 것 같구나. 카밀은 워싱턴 D. C.에서 왔는데 어릴 때 영국에서 살았다더라. 둘이 통하는 게 많을 거야.”

한 무리의 소녀들이 시끌벅적하게 홀로 들어왔다. 그중 키 크고 마른 금발 소녀가 있었다. 천상의 미인 같은 얼굴에 명민한 초록 눈을 가지고 있었다. 소녀들이 테이블 앞으로 다가왔다. 나는 그들을 빤히 쳐다봤다. 스스로 그것을 느끼면서도 눈을 뗄 수 없었다.

본능적으로 지금 이 순간이 매우 중요하다고 느꼈다. 호감을 사야 할 사람을 처음 만나는 순간이라고 말이다. 이렇게 빨리 관심을 받게 되다니 조금 불안하기도 했다. 여기 온 지 10분도 안 되었는데. 나는 활짝 미소 지었다. 어금니가 보이도록.

금발의 여신이 완벽하게 손질된 눈썹을 치켜올리고 나를 마주 보았다. 그녀가 낮고 날카로운 음성으로 물었다.

"몇 학번?"

"23학번(미국은 졸업 연도로 학번이 정해진다. – 옮긴이), 2학년."

나는 그들이 셈을 할 줄 모르는 듯 이렇게 대답했다.

"그래. 왼쪽 계단으로 올라가. 졸업을 못 하게 되면 곤란하잖아?"

나는 어깨 너머로 애슬로 교수를 돌아보았다. 교수가 홀수 학번은 오른쪽 계단을 이용하라고 하지 않았던가? 하지만 애슬로 교수는 다른 학생들의 서류철을 찾느라 고개를 들지 않았다.

여신은 소녀들을 향해 돌아서며 나지막이 말했다.

"룸메이트가 죽으면 남은 학년 동안 혼자 방을 쓰게 된다는 거 알아? 이번 애는 얼마나 오래 버틸지 궁금하네."

소녀들이 킥킥거렸다. 나는 등줄기가 오싹해서 더 꼿꼿이 서 있었다. 여신과 나는 같은 키에 눈높이도 같았다. 그녀의 마음 깊은 곳에는 뭔가 타오르고 있었다. 불꽃같은 열정과 증오, 그리고 뭔가 좋지 않은 기운이 느껴졌다. 결국 내가 먼저 시선을 돌렸다.

드디어 애슬로 교수가 우리 쪽으로 주의를 돌렸다. 조금 전의 상냥한 어투는 찾아볼 수 없었다.

"그만하는 게 좋겠네, 커티스. 그만 가거라."

여신은 내숭스러운 미소를 지어 보이고는 유연하게 돌아서서 미끄러지듯 멀어졌다. 그녀의 등에 윤기 흐르는 금발이 완벽한 모양으로 드리워 있었다. 소녀들이 큰 소리로 웃고 떠들며 그녀의 뒤를 따랐다.

나는 여신이 문밖으로 사라질 때까지 시선을 떼지 않았다.

내 완벽한 미소를 뚫고 내 속을 들여다본 것 같았다. 깊숙이 감춰 놓은 작은 칼을 잡고 휘두르는 것 같았다. 마치 자물쇠에 열쇠를 꽂듯이. 나는 당장 어디로든 달려가서 두 발로 땅을 굳게 딛고 허벅지를 구부려 안정되게 이곳에 뿌리를 내려야 할 것 같은 충동을 느꼈다.

애슬로 교수가 다시 자리에 앉으며 말했다.

"방금 그 애는 베카 커티스야. 커티스 상원의원의 딸이지. 졸업반인데 새로 들어오는 학생들을 놀려먹는 거야. 그냥 장난 삼아 그런 거니까 너무 신경 쓰지 마라."

"그래도 기분이 별로 좋지는 않네요. 항상 저렇게 무례한가요?"

"아니, 그렇지는 않아. 누구나 좋아할 만한 모범적인 학생이야. 리더 자질이 있지. 다만 신입생들한테는 조금 냉소적이야. 차차 알게 될 거다. 너도 자매반이거든. 앞으로 많은 교제 활동과 행사를 자매반 아이들과 함께할 거다. 홀수 학번과 짝수 학번이 함께 말이야."

"알겠습니다."

"주방 이용 수칙은 간단해. 주방 문에 붙어 있는 대로 하면 된다. 저쪽에 '더 랫'이라는 카페가 있어. 건물 뒤쪽 계단으로 가면 되는데 오후 10시까지 문을 연단다. 어쩌다 식사 시간을 놓치면 카페에서 카페라테나 바나나, 샌드위치 같은 것을 사 먹어도 돼. 참치 샌드위치가 정말 맛있어. 도서관 이용 시간과 수업 일정표 등 필요한 정보는 모두 이 서류철에 들어 있다. 건물 출입을 위한 키카드와 신분증도 여기 있어. 잃어버리지 않도록 주의해라. 새로 만들려면 500달러를 내야 하니까. 혼자 짐 들고 올라갈 수 있겠니? 도와달라고 할까?"

"혼자 할 수 있어요."

나는 서류철을 책가방에 넣고 트렁크 방향을 돌렸다. 그 순간 도움을 청할걸 그랬다는 생각이 들었다. 트렁크가 꽤 무거웠다. 하지만 그것밖에 없으니 옮길 수 있을 것 같았다.

“좋아. 구드에 온 것을 환영한다. 이곳을 좋아하게 될 거야.”

애슬로 교수가 자리를 뜨려는데 내가 물었다.

“죄송한데요, 애슬로 교수님. 학장님을 뵈어야 하는데 집무실이 어디예요?”

애슬로 교수가 의외라는 듯 나를 흘낏 보며 말했다.

“원래 첫날은 학장님이 학생들을 만나지 않는데. 1시간 후에 개강조회가 있단다. 아무튼 학장님 집무실은 저기야. 저 문을 지나서 복도를 따라가면 돼.”

애슬로 교수는 건물 오른편을 가리키며 말했다.

“짐은 여기 두고 다녀오렴.”

“감사합니다. 짐은 그냥 가지고 갈게요.”

“그렇게 해. 만나서 반갑다, 애쉬 칼라일.”

애슬로 교수는 활짝 웃어 보이고는 사무실로 들어가서 등 뒤로 문을 닫았다. 나는 깊이 숨을 들이마셨다가 단번에 내쉬었다.

5

학장

포드 줄리앤 웨스트헤이븐 학장은 다락에서 학생들이 도착하는 모습을 지켜보았다. 학장은 그곳을 좋아한다. 구드에 다닐 때 학장은 졸업반이 사용하는 맨 위층을 엿보고 싶어서 그 금지된 구역으로 초대받기를 간절히 바랐다. 학교 설립자의 후손으로서 그럴 자격이 충분히 있다고 생각했다. 하지만 전통은 전통이었다. 그녀는 졸업반이 되기 전까지 딱 한 번 올라가 봤다. 비밀 클럽 행사에서 눈가리개를 하고 사용하지 않아야 하는 계단으로 끌려 올라간 것이 전부였다.

방 안은 아늑했다. 한쪽 창으로는 블루리지 산이 굽어보였고, 반대편 창으로는 산 아래 푸른 계곡이 내려다보였다. 마음만 먹으면 이 방을 집무실로 사용할 수도 있었다. 하지만 조용히 쉬고 싶은데 산 아래 숙소까지 갈 시간이 없을 때 잠시 머문다.

이제 내려가서 학생들을 맞아야 한다. 나름대로 설레는 일이기는 하지만, 몇 개월 동안 개인적인 시간을 보내고 나서 공적인 일을 하려면 마음의 준비를 해야 한다. 학장은 원래 내성적인 사람이다. 자기가 속한 세계에서 사람들 틈에 둘러싸여 미소 짓고, 웃고, 소통하려면 마음을 다져야 한다. 200여 명의 출중한 학생들의 멘토로서 마이크를 잡고 언제나 열정적인 모습을 보여준다는 것은 때때로 두렵고 지치는 일이다. 학장은 개강 조회나 졸업식, 그리고 몇 번의 행사에서 연설을 해야 한다. 그녀는 모두의 멘토이자 빛나는 별이고 리더이니까.

포드 학장은 소설가가 되고 싶었다. 학교를 이어받아야 하지만 30대에도 이 일을 할 생각은 아니었다. 어머니가 노쇠해서 더 이상 학교를 운영하기 힘들 때는 학교를 맡아야 한다고 생각했다. 하지만 그 전에 작가로서 명성을 얻고 싶었다.

그러나 어머니가 모든 일을 그르쳤다. 포드 학장은 다락에 숨어서 지난 아홉 번의 가을을 맞을 때처럼 두려운 마음으로 또 한 번의 개강을 준비하고 있었다. 머릿속에 어머니의 목소리가 울려 퍼졌다.

"포드, 너는 우리의 기대를 한몸에 지고 있어. 너는 이 학교의 학장이 될 운명을 타고난 거야. 나와 너의 할머니, 그 전에 이 학교를 맡으셨던 분들처럼 말이야."

포드 학장은 자신에게 주어진 역할을 좋아하지 않았다. 그러나 맡은 임무를 수행했다.

구드 학교가 방랑 소녀들을 돌보는 성공회 학교로 설립된 1800년대 초부터 웨스트헤이븐 가문 사람들은 높은 직책을 맡아왔다. 몰래 어디론가 보내졌던 소녀들, 자신과 집안을 욕되게 했던 소녀들, 이곳에 오지 않았더라면 매춘굴이나 사창가, 그보다 더 나쁜 곳에서 생을 보내야 했을 소녀들, 한마디로 굿걸(good girl)이 되지 못한 소녀들을 위한 학교였다.

줄리앤은 1805년 개교 당시 근무했던 수녀의 이름이다. 줄리앤 수녀는 모든 여성은 교육을 받아야 한다는 급진적 견해를 가지고 있었다. 그녀는 마치버그를 찾아온 가난하고 갈 곳 없는 소녀들에게 의미 있는 삶을 찾아주기 위해 읽고 쓰기를 가리켰다. 그녀의 조용하고 꾸준한 노력 덕분에 잠재력을 가진 소녀들은 정숙하고 지적인 숙녀로 탈바꿈했다. 소녀들은 대부분 서부로 옮겨 가서 새로운 이름으로 새 삶을 시작했고, 일부는 버지니아 사교계로 복귀했다. 사생아로 태어난 아이들은 입양되거나 지역의 농장에 일꾼으로 보내졌다.

학교의 사명이 달라진 것은 19세기 후반이었다. 나이 들어 허리가 굽었지만 여전히 강한 의지를 가지고 있었던 줄리앤 수녀가 마더 줄리앤으로 승격되고 학교의 주인이 되면서부터였다. 마더 줄리앤이 낳은 사생아의 친부가 10만 달러라는 유산을 남기고 죽었는데, 그녀는 그 돈으로 학교를 사들였다. 자식에게 유산으로 물려주기 위해서.

마더 줄리앤은 학교 정문을 들어서는 소녀들은 어떤 죄를 지었든 선한 인간으로 믿고 받아들였다. 그녀 역시 죄를 지을 수 있는 사람이니까. 이러한 견해를 반영해서 학교 이름도 바꾸고 새로운 규정도 만들었다. 가난하고 불우한 소녀들을 받아들여서 가정교사와 학교 교사로 키워냈다. 그리고 학교를 이어받아 운영할 후세들에게 자신이 불륜의 사랑을 나눈 남자의 성을 따서 웨스트헤이븐이란 이름을 물려주었다.

구드는 사회적인 제약에서 벗어나 자유로운 삶을 펼치고 싶은 소녀들이 꿈꾸는 학교가 되었다. 그곳에 들어오는 소녀들에게 이전에 배우고 생각했던 것과는 전혀 다른 비범한 삶을 살아갈 수 있는 기회를 열어주었다.

마더 줄리앤이 죽은 후에도 그녀의 뜻은 후세에 전해졌다. 어머니의 회색 눈동자와 아버지의 이름을 이어받은 딸이 학교를 물려받았다.

이 땅의 딸들을 가르치는 학교의 전통은 모계 중심으로 이어졌다. 스스로 삶을 펼칠 수 있는 여성으로, 사회의 여러 분야에서 교사를 비롯해 영향을 미칠 수 있는 여성으로 가르쳤다. 훌륭한 여성을 키워내는 요람으로서 학교와 그 사명, 그리고 웨스트헤이븐이라는 이름을 지키기 위해 일곱 세대가 헌신했다. 구드는 학교의 명예일 뿐 아니라 가문의 명예이기도 했다.

한 학년의 정원이 50명인데, 포드 학장이 직접 선출했다. 50명의 명석하고 빼어난 학생들이 포드 학장을 본받기 위해 모였다. 학생들은 모두 명문 대학에 진학했다. 적어도 90퍼센트는 아이비리그, 나머지는 로드아일랜드나 줄리아드, 옥스퍼드, MIT, 또는 남부 아이비리그에 진학했다.

이것은 어마어마한 기록이다. 구드는 최고의 학생만을 받아들이고, 그들이 노력한 만큼 미래를 보장한다. 그 대신 피와 땀, 눈물을 각오해야 한다. 그리고 향후 기부금과 엘리트주의를 유지하기 위한 비용까지.

지난해 포드 학장은 남학생 한 명을 입학시키려는 것을 성공적으로 막았다. 포드 학장은 학생을 많이 받을수록 수익이 늘어난다고 주장하는 이사회와 맹렬히 싸워 이겼다.

포드 학장은 여성만을 위한 교육의 효과를 이사회에 설파했다. 남학생을 받아들였을 때 교내 분위기가 어떻게 바뀔지, 학교의 사명이 어떻게 달라져야 할지, 그리고 한 반에 남학생이 있을 경우 학업 분위기를 방해할 수 있다는 것까지 말이다. 여학생들이 학업에 전념해야 학습 성과도 좋고, 자신감도 훨씬 높아질 것이며, 더욱 훌륭한 성과를 낼 수 있다고 주장했다. 그리하여 이들이 사회에 진출했을 때 더 좋은 보수를 받는 직업, 더 영향력 있는 자리에 앉을 것이라고 강조했다. 구드는 유능한 여성 리더를 양성할 것이라고 맹세했다. 이견이 있을 수 없었다. 이사회는 포드 학장의 제안을 받아들였다.

어머니 때와 달리 포드 학장의 임기 동안 사랑의 실패나 불륜 등의 문제가 일어나지 않았다. 가끔 소소한 사건들이 일어나기는 했다. 학생들이 휴대전화나 담배, 마리화나 등을 소지하다가 걸렸다거나 맥주를 마셨다거나, 상점에서 물건을 훔쳤다거나 하는 미미한 위법 행위들이었다. 장기적으로 학생들의 앞날에 해를 끼치거나 삶의 항로를 바꿀 만한 일은 아니었다. 더구나 어머니 주디 학장이 겪었던 엄청난 사건에 비하면 아무것도 아니었다.

포드 학장이 맡는 동안 구드 학교는 날로 번성했다.

포드는 머릿속으로 오늘 해야 할 연설의 원고를 검토해보았다. 할머니가 학교를 운영할 때 학생으로서 들었던 연설을 기초로 매 학기 주제를 바꿔가며 원고를 준비했다. 포드의 연설은 선대의 신념을 대변하는 지난날의 반향인 것이다.

소녀들은 선택받은 사람이라는 사실을 즐기며 빛을 발할 것이다. 그리고 포드를 기쁘게 해주기 위해서라면 무엇이든 할 것이다. 포드와 그녀의 동료들이 그들의 스승에게 그랬듯이.

검은색 타운카 한 대가 진입로로 들어오는 것이 보였다. 국회의원이나 대사의 자녀일 거라고 생각했다. 항상 바쁜 부모들이 학교까지 바래다줄 수 없어서 좀 그럴듯해 보이는 타운카를 내준 것이리라. 그런데 왠지 차 안에 앉아 있는 그림자에 가린 소녀에게 마음이 쓰였다.

키가 크고 마른 금발의 소녀가 차에서 내렸다. 포드는 소녀가 누구인지 잠시 기억을 더듬었다. 저 애는 애쉬 카르…… 아니, 칼라일이다. 실제로 보기는 처음이다. 포드는 애쉬의 신분을 공개하지 않기로 했다는 사실을 다시 한 번 떠올렸다.

가여운 것. 지난 몇 개월간 저 애가 겪은 트라우마는 너무도 충격적이어서 입학 심사 과정에서 예외를 둘 수밖에 없었다. 등록금을 비롯해 재정적 지원이 턱없이 부족하다는 것이 중대한 문제였다. 그러나 애쉬는 포드의 마음을 움직이는 뭔가가 있었다. 특히 면담에서 그랬다. 포드는 다방면에 빛나는 잠재성을 가진 애쉬의 입학을 허가했다. 그리고 이사회의 너그러운 결정에 따라 극소수의 학생에게만 지급되는 장학금으로 영국에 사는 애쉬가 버지니아에 오는 비용까지 지불하기로 했다.

구드 학교 장학금은 신청할 수 있는 것이 아니라 필요에 따라 지급된다. 학교 설립 이후로 지켜온 전통을 이어가기 위해서다. 선대의 업적을 존중하는 의미라고 할까.

애쉬는 비밀 보장 서약을 했다. 애쉬가 입을 열지 않는 한 아무도 알 수 없다. 그녀는 구드의 다른 학생들과 똑같은 대우를 받는다. 타고난 특권과 우수한 두뇌, 입학원서와 면접 평가 기준에 따라 자격 요건을 갖춘 다른 입학생들과 동등하게 말이다.

포드는 교정과 학생들, 그리고 잔디와 나무로 덮인 경사면을 둘러보며 조금 더 시간을 보냈다. 구드 학교가 맞이하게 될 희망찬 한 해를 그려보면서. 몇 분 후에 칼라일과 면담하기로 되어 있다. 누군가를 만나야 할 때면 포드는 할 말을 미리 연습한다. 준비할 시간이 주어지는 한 포드는 완벽할 수 있다.

6

면담

높고 육중한 나무문을 조심스럽게 두드렸다. "들어오세요!"라는 소리가 들리자 온몸에 짜릿한 전율이 스쳤다.

잘 꾸며진 넓은 방에 삼면이 책장으로 채워져 있었다. 왕관 몰딩 장식의 책장은 바닥에서 천장까지 닿았고, 책이 빈틈없이 꽂혀 있어서 그 앞에 서 있으려니 머리끝이 곤두서는 것 같았다. 나는 학장이 있다는 사실을 전혀 의식하지 않고 손가락으로 책등을 만져보았다.

세로로 긴 여닫이 창문이 있는 벽 쪽에는 붉은빛이 감도는 미색 대리석 벽난로가 있었다. 따뜻한 날씨인데도 쇠살대 위에는 장작이 가지런히 쌓여 있었다. 중앙에는 녹색과 미색 계열의 두툼한 동양풍 카펫이 깔리고, 그 위에는 혼방직조한 회색 톤의 천 소파 두 개가 마주 놓여 있었다. 커다란 나무 책상은 프랑스 고가구 같았다. 책상 위 오른쪽에 놓인 옛날식 타자기에는 깨끗한 흰 종이가 둥글대에 끼워져 있었다. 방금 글을 쓰다 멈춘 듯 나르개가 오른쪽으로 반쯤 밀려 있었다. 종이 뒷면에 찍힌 글자들이 희미하게 비쳤다.

책상 위에는 1900년대 버지니아 지도가 걸려 있었다. 기념품들을 진열해둔 장식장 선반에는 별이 보이도록 접은 미국 국기가 담긴 삼각형 액자가 세워져 있었다.

방 전체가 우아하고, 여성적이면서, 고풍스럽고, 호감을 자아내는 분위기였다.

"안녕하세요. 애쉬 칼라일입니다."

웨스트헤이븐 학장도 우아하고, 여성적이면서, 고풍스럽고, 호감을 자아내는 사람이었다. 검은 머리는 뒤로 모아 쪽을 지듯 말아 올렸다. 조금 거칠게 짠 원단으로 만든 정장을 차려 입었으며, 길고 날씬한 발에는 굽이 5센티미터 정도 되는 정장구두를 신고 있었다. 예쁜 편은 아니었다. 눈동자가 유난히 큰 두 눈 사이가 너무 떨어져 있었고, 가는 콧등은 튀어나온 광대뼈와 조화를 이루지 못했다. 그러나 사람의 주의를 끌 만큼 매력과 존재감이 풍겼다. 그리고 예리해 보였다. 매사를 재고 꿰뚫어볼 것처럼, 회색 눈을 가진 매 같았다.

사람을 당황시키는 눈빛, 깊은 비밀이 숨겨져 있는 것 같은 그 눈빛으로 나를 면밀히 살폈다. 피할 수 없는 시선에 나는 주눅이 들었다. 누군가의 시선을 이렇게 가까이에서 집중적으로 받아본 적이 없다. 나는 그늘에 숨어 있는 것이 훨씬 편하고 좋다. 하지만 구드에서는 그럴 수 없다. 항상 눈에 띌 수밖에 없을 것이다. 전교생이 200명밖에 안 되는 좁은 세계이기도 하지만, 내 키나 머리색, 얼굴 생김새로 숨어 지내기는 어렵다. 적어도 완전히 묻히는 건 불가능하다.

꿰뚫어보는 듯한 예리한 눈빛을 가진 학장에게는 호기심을 당기는 뭔가가 있었다. 그녀를 좀 더 알고 싶다는 생각이 들었다. 하지만 그런 감정은 경계해야 한다.

학장은 책상 앞에 놓인 두 개의 의자를 가리키며 말했다.

"여기 앉아. 오느라 피곤했을 텐데."

나는 등받이가 높고 팔걸이가 있는 의자에 앉았다. 푹신한 의자에 한쪽 다리를 접어 깔고 앉았다가 예의가 아니라는 생각에 얼른 내리고 두 발을 가지런히 모았다. 그러고는 앞으로 3년간 내 삶을 주도할 여자가 아늑한 자기 집무실에서 수선스럽게 움직이는 모습을 지켜보았다.

웨스트헤이븐 학장은 한참 만에 서류를 정리해서 스테이플러로 집은 다음 책상에 내려놓고 흡족한 미소를 지었다.

"나는 어질러져 있는 건 못 참거든. 애쉬, 아버지를 여읜 건 정말 안됐구나. 그리고 어머니까지……."

학장은 애달픈 한숨을 크게 내쉬었다. 수백 번 반복한 것처럼 익숙했다.

'도대체 몇 명의 학생들이 부모를 잃었던 걸까?'

그런 생각을 하니 갑자기 섬뜩했다.

"너무 갑작스러운 일이었어요."

나는 시선을 떨구고 대답했다. 그것이 가장 자연스러운 반응이다.

"그랬겠지. 마음 아픈 일을 들춰내고 싶지는 않지만, 사인 규명이 끝난 것 같아서……. 차 좀 줄까?"

학장은 차와 받침을 내 앞에 놓고 예쁜 꽃무늬 주전자에서 차를 따랐다.

"설탕을 넣어보렴. 시차 적응하는 데 도움이 될 거다."

나는 설탕 통에서 흑설탕 두 조각을 집어 내 잔에 넣었다. 그러고는 은수저를 집어 시계 방향으로 세 번 저은 다음 받침에 내려놓았다. 차

맛은 깜짝 놀랄 만큼 좋았다. 따뜻하고 향기로운 차를 한 모금 삼키면서 나는 눈을 감았다. 학장은 그런 나를 호기심 어린 눈으로 지켜보았다.

"맛있어요. 우롱차예요?"

"그래. 차를 좀 아는구나."

학장은 호감 어린 미소를 지었다. 나도 미소로 응답했다. 가슴이 저릴 정도로 환한 미소가 아니라 입술을 붙인 채 치아가 보이지 않을 만큼 작은 미소다. 그래야 보조개가 더욱 돋보인다.

"네가 우리 학교에 오게 되어 정말 기쁘구나. 너는 그렇게 빨리 집을 떠나고 싶지 않았겠지만. 더구나 그런……."

"좋은데요, 뭐. 받아주셔서 감사합니다. 떠나고 싶기도 했어요."

학장은 나를 좀 더 자세히 뜯어보는 것 같았다.

"지난번 면접 때보다 마른 것 같구나. 하긴 스카이프로는 가늠하기가 힘들지."

"네, 그런 것 같아요."

학장이 차를 한 모금 마셨고, 나도 따라서 한 모금 마셨다. 학장은 중간 중간 침묵하는 습관이 있는 것 같았다.

"아무튼 빨리 학교에 온 게 나은 것 같기도 하구나. 따뜻한 보살핌을 받으며 지내다 보면 곧 예전의 너로 돌아갈 거야. 부모님을 여읜다는 게…… 아버지하고는 가깝게 지냈니?"

"아버지는 늘 바쁘셨어요."

"아, 그랬겠지."

학장은 항상 듣는 말이라는 듯 응대했다. 명문가의 딸들은 종종 한쪽 부모의 무관심 속에 자라니까. 세상에서 힘을 키우려면 그만큼 많은 시간을 투자해야 한다는 뜻이기도 하다.

"아버지가 그립기는 하지만 함께 지낸 시간이 많지는 않아서요."

"무슨 말인지 안다. 어머니까지 황망하게 돌아가시다니…… 정말 참담했을 거야."

"네."

나는 짧게 대답하고 입을 다물었다. 학장이 제발 심문을 그만두기를 바라면서. 인간 말줄임표처럼 화두만 던져놓고 나머지를 상대가 채우게 하는 화법은 사람을 긴장시키고 불안하게 만든다.

학장은 화제를 완전히 바꾸었다.

"면접 때 명예규율에 대해 얘기했지. 아주 중요한 학교 전통이라고 말이야. 학교가 원하는 것은 절대적인 신뢰란다. 거짓말을 한다거나 속이는 것을 비롯해서 예의에 어긋나는 행동은 절대 묵과하지 않아. 경고 절차 같은 것은 없어. 명예규율을 어긴 것이 드러나면 그대로 퇴학이지. 경미한 사항은 학생회장이 이끄는 명예법원에서 심사한단다. 명예선서 기억하지?"

"네. 자신과 동료들을 보호하기 위한 것입니다."

나는 목청을 가다듬고 또박또박 명예규율을 암송했다.

"나 자신과 동료들을 최고의 수준으로 유지한다. 학업은 물론 개인적인 대인관계에서도 정직할 것을 맹세한다. 목적을 달성하기 위해 변칙을 택하지 않으며, 거짓말을 하지 않으며, 속임수를 쓰지 않으며, 남의 물건을 훔치지 않는다. 이러한 명예규율을 어길 시에는 스스로 신고할 것이며, 주변에 명예규율을 어기는 사람이 있으면 그도 스스로 신고하도록 권유한다. 나는 신뢰와 친절, 그리고 이 선서의 진실성을 믿는다. 내 명예를 걸고."

선서를 외우는 동안 가슴이 두근거렸다. 찻잔을 잡는 손이 떨렸으나 학장은 알아채지 못한 것 같았다. 아니면 무시했거나.

"훌륭하구나. 너의 개인사를 얼마나 공개할지는 네가 결정하는 거란다. 가족사를 밝히지 않는다고 해서 명예규율에 어긋나는 건 아니다. 이름을 바꾼 것도 좋은 생각이다. 학업에 정진하는 동안 네가 겪은 불운을 묻어두는 것이 좋겠지. 장학생으로 들어온 것도 굳이 말할 필요 없다. 대부분의 학생들은 그런 프로그램이 있는 줄도 모르니까. 너는 아주 예외적인 상황이거든. 너도 생각하지 않고 지내는 게 좋을 거다. 10대 소녀들은 이해심이 그다지 좋지 않거든. 더구나 영국의 특이한 상속법에 대해 잘 알지도 못하고."

아, 정말 모순 아닌가. 거짓말도, 속임수도, 훔치는 것도 해서는 안 되는데, 진실을 말하지 않는 것은 괜찮다니.

학장은 막힘 없이 말을 이었다.

"입학원서에 첨부된 에세이를 보니 플라톤에 대한 이해가 상당히 깊더구나. 그래서 조금 강도 높은 인문학 과정을 듣게 될 거야. 수학은 듣지 않아도 된다. 비는 시간에 들을 수 있는 수업은 프랑스어, 라틴어, 컴퓨터 과학 세 과목이란다. 앞에 두 과목은 어차피 3~4학년 필수 과목인데, 내가 추천한다면……."

"컴퓨터 과학을 들을게요, 교수님."

"학장님이라고 불러라. 잘 생각한 거니? 만만한 과목이 아닌데. 컴퓨터로 고향 친구들에게 이메일을 보내거나 SNS에 포스팅을 하는 건 허용되지 않아. 프로그래밍 기초를 배우지만 꽤 어려워. 적성이 있거나 MIT 또는 캘리포니아 공과대학 같은 명문 공대에서 공학이나 항공우주를 전공하려고 할 때 주로 택하는 과목이지. 원래 2학년 학생들은 들을 수 없었는데 새로 오신 교수님이 원해서 전 학년이 신청할 수 있게 되었단다. 나는 동의하지 않지만, 시대가 변했으니 어쩌겠니. 우리도 따라가는 수밖에."

선택의 여지가 주어지니, 작은 것이나마 잘할 수 있다는 사실에 훨씬 안심이 되었다. 나는 간절함을 담아 말했다.

"잘할 수 있어요. 컴퓨터를 좋아하거든요. SNS 같은 건 안 해요. 컴퓨터 시스템을 배우는 게 재밌어요."

"다른 아이들처럼 SNS를 많이 하지 않는 것 같더구나. 그 점은 마음에 든다. 우리가 모르는 개인 계정이 따로 있는 게 아니라면 말이야. 혹시 그러니?"

"절대 없어요. SNS는 시간 낭비라고 생각해요. 사생활 침해는 말할 것도 없고요."

내가 얼마나 심각한 피해를 입었는지 학장은 상상도 못 할 것이다. 앞으로도 SNS는 멀리할 생각이다. 비행기에 오르기 전에 모든 계정을 비활성화해두었다. 학장이 쓴웃음을 지으며 말했다.

"좋아. 그럼 컴퓨터 과학으로 하지. 이쪽 분야를 좋아한다면 도미닉 메디아 박사와 잘 지낼 수 있을 거다. 메디아 박사는 실리콘밸리에서 일했던 분이야. 피아노는 뮤리얼 그래슬리 박사에게 배울 거다. 줄리아드 음대 출신 피아니스트인데 인맥이 좋아서 국내 최고 프로그램을 통해 경험을 쌓을 기회가 있을 거야. 조회가 끝나면 극장에서 너를 기다리실 거다. 너도 빨리 시작하고 싶겠지."

"그런데 피아노는……."

차임벨이 작게 울렸다. 나지막하고 예쁜 소리였다.

"시간이 다 된 것 같구나. 가방을 방에 갖다 놓고 옷을 갈아입어라.

30분 후에 예배당에서 보자. 구드에 온 것을 환영한다."

웨스트헤이븐 학장은 다시 책상 위에 있는 서류로 시선을 돌렸다.

이제 가도 된다는 뜻이다.

7

룸메이트

계단으로 걸어가면서 첫 번째 중요한 면담을 무사히 마친 안도감과 뭔지 모를 설렘을 느끼며 학장과의 대화를 되짚어보았다.

'아버지를 여읜 건 정말 안됐구나…….'

부모님 일은 너무 쓰리고, 생생하며, 이해할 수 없기 때문에 나는 그들의 얼굴을 기억 너머로 밀어냈다. 생각하고 싶지 않다. 두 사람도, 아버지도. 지금도, 그리고 앞으로도 그럴 것이다.

창백한 얼굴. 너무나 창백하고, 밀랍처럼 굳어 있었다. 조용했다. 어울리지 않는 가르마를 타고, 키스를 너무 세게, 너무 오래 한 듯 입술이 부자연스럽게 빨갰다. 울음소리. 우왕좌왕하는 사람들. 그리고 냄새. 표백제와 에어컨의 퀴퀴한 냄새에 섞인 시들어가는 흰 백합 냄새. 천장을 향해 뻗은 꽃수술, 코를 찌르는 시체 냄새…….

그는 입으로 토사물을 쏟아냈고, 텅 빈 눈은 망연히 한곳을 향해 있었다. 비명 소리…….

"그만!"

나는 누가 듣지나 않았는지 어깨 너머로 사방을 둘러보았다. 다행히 아무도 없었다.

입술을 어찌나 세게 깨물었는지 눈물이 핑 돌았지만 다시 마음을 가다듬었다. 어깨를 펴고 무거운 가방을 끌고 계단으로 갔다. 이용해도 되는 계단을 확실히 알아두어야 한다. 그러지 않으면 졸업을 못 할 수도 있으니까.

계단을 잘못 이용했다고 졸업을 못 한다는 게 말이 되나?

일단 계단 밑에서 걸음을 멈췄다. 왼쪽? 아니면 오른쪽? 불량소녀 베카의 말을 떠올려보았다. 나는 이미 베카를 불량소녀로 지정해버렸다. 베카가 왼쪽이라고 했으니 나는 오른쪽으로 올라갈 것이다.

첫 번째 계단참까지 올라가서 난간에 기대고 트렁크 손잡이를 고쳐 잡았다. 내가 가진 모든 것을 이 트렁크에 넣었다. 다시는 옥스퍼드로 돌아가지 않을 것이므로. 덕분에 내가 감당할 수 없을 만큼 무거웠다. 2층에 올라가 잠시 멈췄다. 숨이 가쁘고 팔이 아팠다. 책가방에서 아까 받은 서류철을 꺼냈다.

214호.

호텔이 아니므로 방향을 가리키는 화살표 같은 것은 없었다. 앞에 작은 주방이 있고, 푹신한 벨벳 같은 갈색 소파들이 놓인 공간에는 여자아이들이 가득 앉아 있었다.

"몇 번 방인데?" 그중 한 명이 외쳤다.

"214호." 그러자 친절한 아기 새들처럼 미소를 지으며 일제히 왼쪽을 가리켰다.

나는 트렁크를 끌고 복도를 따라 걸었다. 바퀴 하나가 깨져서 카펫을 지나갈 때마다 그렇게 힘들었던 거였다.

맨 끝 방에 도착하니 문에 검은색 샤피펜으로 214라고 적힌 종이 한 장이 붙어 있었다. 나는 문을 열고 캄캄한 방 안으로 들어섰다. 퀴퀴한 표백제 냄새가 풍겨왔다. 맞은편에 창문이 두 개 있었는데, 창틀에는 거미줄이 걸려 있고 얼룩과 먼지로 덮여 있었다. 바닥에는 방수천막 같은 것이 펼쳐져 있었고, 멀리 있는 벽 앞에 사다리들이 가지런히 쌓여 있었다. 사다리 앞에는 페인트 통이 일렬로 놓여 있었다. 스위치를 올리자 천장에 달린 형광등이 아슬아슬하게 깜박거리다 불이 켜졌다.

그런데 내 방이 아닌 것 같았다. 침대도 없고 너무 어둡고 지저분했다.

그때 웃음소리가 들렸다. 그들이 웃는 이유를 알아채기까지 몇 초쯤 걸렸다. 못된 계집애들이 나를 일부러 엉뚱한 방으로 보낸 거였다.

지나온 복도를 돌아보니 웃고 있던 무리 중 자그마한 여자아이 하나가 일어나 내게로 왔다.

"미안. 새로 들어온 친구에게 장난 좀 친 거야. 애슐리라고 했지? 나는 카밀이야."

"내 이름은 애슐리가 아니라 애쉬야."

"그래? 애슐리를 줄여서 애쉬라고 하는 거 아냐?"

"아니."

카밀이 조각처럼 앙증맞은 코를 2센티미터 정도 치켜들면서 곱게 손질한 눈썹 한쪽을 까딱였다. 알아봤다는 뜻이다.

"좋아. 그럼, 애쉬. 좀 전에 말했지만 나는 카밀이야. 우리 방은 여기야. 복도 건너편."

카밀이 가리킨 말끔한 흰색 문에는 214라는 숫자가 새겨진 동그란

동판이 붙어 있었다. 왜 저걸 못 봤을까?

그 밑에 붙어 있는 두 개의 코르크 보드 위에 우리 이름이 나란히 쓰여 있고, 그 아래 압핀들이 몇 개 꽂혀 있었다. 왼쪽에는 '애쉬 – 영국 옥스퍼드', 오른쪽에는 '카밀 – 버지니아 폴스 처치'. 내 이름이 적힌 공간은 비어 있었지만, 카밀은 벌써 인도 전통 의상인 사리를 입고 코끼리 등에 타고 있는 모습, 낙타에게 먹이를 주는 모습 등 여행 사진과 명랑한 글귀가 적힌 자석 버튼 몇 개가 붙어 있었다.

"기분 나빠하지 마. 그냥 창고를 네 방인 줄 알고 놀라는 게 재미있을 것 같아서."

"난 전혀 재밌지 않거든."

순간 우리는 아주 가까운 거리에서 서로의 눈빛을 마주 보았다. 카밀이 먼저 시선을 돌렸다.

"아무튼 별 뜻 없이 장난친 거야. 네가 제일 늦게 도착했거든. 여기가 우리 방이야. 전망은 좋은데 방은 그저 그래. 집에 편지할 때 자랑할 거리가 전혀 없다는 거지."

카밀을 따라 방 안에 들어간 나는 탄성이 튀어나오지 않도록 입술을 깨물어야 했다. 침착하고 무심한 척해야 한다. 완전히 기대 이상에 상상 초월이었다.

구드 학교 웹사이트에서 본 방들은 복도 건너편 방처럼 작고, 칙칙하고, 어두웠는데 우리가 사용할 방은 그야말로 호화로웠다. 옅은 회색 벽에 하단은 나무 벽판으로 마감되어 있고, 천장은 흰색 크라운 몰딩으로 장식되어 있었다. 한마디로 넓고 아름다운 공간이었다.

2층 침대에는 푹신한 베개와 포근한 오리털 이불이 놓여 있었다. 안락한 소파와 회색 벨벳 커튼이 달린 창문. 맞은편 벽에는 값을 매길 수 없을 것 같은 짙은 나무색 골동품 책상이 나란히 놓여 있었다.

궁전 같은 공간이 내 방이다. 나와 카밀의 방.

룸메이트에게 주의를 돌리기까지 시간이 좀 걸렸다. 카밀은 내가 놀라거나 말거나 계속 재잘거렸다.

"모든 방이 다 이래?"

그러자 카밀이 자기 엉덩이를 탁 치며 말했다.

"그럼. 작년에 새로 꾸몄는데 중간 색조라나 뭐라나, 이 분위기로 바꿨어. 지루하게 말이지. 호텔에 사는 것 같잖아. 예전이 더 좋았어. 약간 어둡고 개성 있는 분위기. 고트 스타일 말이야. 알지? 완전 유럽풍으로 고풍스러웠어. 하긴 너무 오래돼서 개조하긴 해야 했지. 제대로 작동하는 게 하나도 없었거든. 창문은 들러붙어서 안 열리고, 화장실 파이프는 삐걱거리고. 그렇지만 이건…… 이건……."

"너무 단조로워."

"맞아, 바로 그거야. 거의 단색으로 단조로워."

카밀은 자기가 생각해낸 두음 맞추기에 스스로 경탄하며 깔깔거렸다. 나는 창가로 다가갔다. 창밖의 전경도 아름다웠다. 건물 앞에 펼쳐진 넓은 녹색 잔디밭은 열십자 오솔길로 4등분되어 양옆으로 참나무가 늘어서 있었다. 중앙에 세워진 해시계 둘레로 돌 벤치들이 놓여 있었다.

카밀은 여전히 재잘거렸다.

"책상 위에 그림 하나씩은 걸 수 있어. 그것 말고는 벽에 아무것도 걸거나 붙일 수 없지. 완전히 1984(조지 오웰의 소설 《1984》 – 옮긴이)야. 규칙, 규칙, 규칙. 빅 마더가 늘 우리를 지켜보고 있어."

"빅 마더?"

"웨스트헤이븐 학장 말이야."

나는 웃음을 참으려고 입술을 깨물었다. 기가 막힌 별명이다.

"그건 그렇고 나는 네 편지를 못 받았어. 워싱턴 D. C.에서 왔는데, 너는 영국에서 왔다며?"

"옥스퍼드. 런던 북서쪽에 있어."

그러자 카밀이 눈을 동그랗게 뜨며 말했다.

"옥스퍼드에 가본 적 있어. 아버지가 프랑스 대사로 가셨을 때 유럽 일주를 했거든. 내가 편지에도 썼는데."

"정말 좋았겠다."

"내가 침대 위층과 왼쪽 책상을 쓸게."

카밀은 말을 끝내고 곧장 방에서 나갔다. 룸메이트를 바꿔달라고 할까 생각하는데 카밀이 다른 애들 둘을 데리고 돌아왔다.

"애쉬, 바네사 미첼과 파이퍼 브레넌이야. 바네사 어머니는 주 정부에서 일하시고, 아버지는 해군 잠수함을 타고 외지에 나가 계셔. 파이퍼 부모님은 노스캐롤라이나 땅의 절반 정도를 소유하신 부자야. 얘들아, 애쉬는 애슐리를 줄인 게 아니란다."

지금 나를 놀리는 건가? 카밀의 웃음에 그런 느낌은 없었지만 억양이 조금 거슬렸다.

우리는 인사를 나눴다. 조용히 서로를 살피면서. 바네사는 카밀처럼 작지만 운동으로 다져진 듯했다. 자연스러운 곱슬머리에 갈색 피부를 가졌고, 달리기나 무용을 하는지 종아리 근육이 발달되어 있었다. 파이퍼는 내 키 정도 되었고 빨간 머리에 주근깨가 있었다. 둘 다 편안하고 친근한 느낌이었다.

"옥스퍼드에서 왔다고? 아무 말이나 해봐. 네 악센트를 듣고 싶어.

난 영국 악센트가 좋더라."

바네사가 약간 거만한 어조로 말했다. 파이퍼는 바네사의 말에 맞장구를 치듯 고개를 끄덕였다.

"음, 안녕? 차 한잔할까?"

나는 고향의 악센트를 한껏 담아 말했다. 그러나 모두 무덤덤한 표정이었다.

"아, 그만해. 애쉬 힘들게 하지 말라고."

카밀이 조롱 섞인 표정으로 말했다.

"앞으로 들을 기회가 얼마든지 있을 텐데. 바네사와 파이퍼는 우리 옆방이야. 조회에 갈 건데, 같이 갈래?"

조회보다 먼저 하고 싶은 일들이 너무 많았다. 우선 시차 때문에 잠이 쏟아졌고, 화장실도 가야 하고, 차도 한 잔 더 마시고 싶었다. 그러나 국제적인 친분을 위해 기꺼이 조회에 가기로 했다. 문으로 다가가자 카밀이 헛기침을 섞어가며 말했다.

"흠, 애쉬? 옷 안 갈아입어?"

나는 문턱에 선 채 고개를 숙이고 내 옷을 흘낏 보았다. 편안한 스키니진에 헐렁한 체크무늬 셔츠, 여행복 차림이었다.

"아니. 왜?"

그 순간 세 명 모두 원피스를 입고 있다는 사실을 깨달았다. 팔에는 가운과 망토 같은 것을 걸치고.

"조회에는 항상 정장 차림이어야 하거든. 웨스트헤이븐의 명령이야. 학장은 항상 단정하게 차려입는 것을 좋아해."

"아무도 얘기 안 해줬어. 원피스가 없는데. 교복 셔츠뿐이야."

그러자 잠시 모두 말이 없었다.

"원피스가 없다고?"

카밀이 당황스런 표정을 지으며 내 찢어진 스키니진과 자신의 완벽한 옷차림을 번갈아 훑어보았다. 마치 나처럼 무례한 사람과 공적인 자리에 가야 한다는 사실을 믿을 수 없다는 듯이. 그때 나를 구해준 것은 파이퍼였다. 파이퍼가 손가락을 꼬부리고 오라는 시늉을 했다.

"따라와 봐. 네가 입을 만한 게 있어. 카밀은 작고 이쑤시개처럼 말라서 빌려 입을 수도 없을 테니."

카밀이 고개를 저으며 말했다.

"그만해, 파이퍼. 다 너처럼 아마존 여전사 같을 수는 없잖아."

8

경고

옆방도 우리 방과 똑같았다. 깔끔하고 현대적인 호텔 분위기. 파이퍼가 말한 '입을 만한' 옷이란 검정색 레이스가 달린 검정색 새틴 원피스였다. 오드리 헵번이 영화에서 입었던 것처럼 심플하고 우아한 스타일이었다. 파이퍼는 가격표가 붙어 있는 그 옷을 내게 주었다. 그 값이면 아파트 한 달 임대료를 낼 것이다.

"이 원피스 너 가져. 나는 거의 똑같은 게 또 있거든."

파이퍼가 말했다.

나는 사양하고 드레스를 다시 건네주었다.

"고마워. 하지만 그냥 이대로 갈래. 학장이 뭐라고 하는지 보지, 뭐."

파이퍼는 어깨를 한 번 들썩이더니 원피스를 다시 옷장에 걸었다.

"마음대로 해. 가운을 딱 맞게 입으면 눈치채지 못할 수도 있어. 가운은 옷장 안에 교복 치마랑 같이 걸려 있어. 교복이니까 모두 똑같이 지급되거든. 졸업반은 숄이 검정색 바탕에 흰색 줄이 있고, 우리 2학년들은 파란색이야. 1학년은 빨간색이라 눈에 너무 띄어. 1학년 1년 동안 등에 표적을 붙이고 다니는 느낌이었어. 3학년은 짙은 녹색이야. 졸업식에 두르는 건 또 달라. 대학교처럼 전공에 따라 여러 색으로 나뉘거든. 나도 어서 검정색과 흰색을 두르고 싶다. 색깔 맞추기가 훨씬 쉽잖아. 파란색은 도무지…….”

파이퍼는 가운 위에 두른 숄을 살짝 당기며 투덜거렸다. 예쁘지 않은 파란색 계열인 데다 파이퍼의 옷차림과 전혀 어울리지 않았다.

“맞춰 입기가 너무 힘들어. 나한테 어울리는 색도 아니고. 하긴 작년에 빨간색은 더 끔찍했지만. 그런데 정장 스타일의 드레시한 옷이 몇 벌 필요할 거야. 공식 행사가 많거든.”

파이퍼는 옷장을 닫고 돌아섰다. 그러고는 파란 눈으로 나를 아래위로 훑어보았다. 좀 심각하고 독해 보이는 인상이었는데, 주근깨 때문에 훨씬 부드러워 보였다. 주근깨 때문에 쉰 살이 되어도 늘 소녀 같을 것 같았다.

“검정색 옷이 좋아. 모든 색과 잘 어울리고, 또 가운에 받쳐 입기도 무난하고. 전체적으로 네 분위기하고도 잘 어울려.”

“검정색 좋지.”

검정은 애도의 색이다. 요즘 검정 옷을 입을 일이 많았다.

“같이 쇼핑 갈래? 학교 앞 모퉁이에 작고 예쁜 부티크가 있어. 세탁소 옆에. 제이콥스 래더라고 주말에 가는 레스토랑이 있는데, 한쪽이 부티크야. 당구대도 있어. 유명 디자이너 옷은 없지만 치마 한두 개는 살 만할 거야. 그리고 또 뭘 알려줘야 하지? 아, 학교 사환을 조심해. 좀 치근거리는 편이거든. 기숙사 뒤편 셀던 수목원은 절대 혼자 가지 마. 지름길이기는 하지만.”

파이퍼가 벌써 여러 번 경고조로 말했다.

"그것도 졸업을 못 할 수 있는 사항인가 보지?"

"그게 아니라 수목원에 귀신이 있거든."

"귀신? 길에? 말도 안 돼."

"정말이야. 숲을 가로지르는 길에서 학생 하나가 살해됐어."

"언제?"

"10년 전. 웨스트헤이븐 학장이 학교를 물려받은 해였대. 그러니까 학장이 그 정도로 젊다는 거지. 그때 스물다섯 살이었다니까. 이사회는 당시 학장에게 학생 관리 부실 책임을 물었어. 피해 학생인 엘리 로버슨은 뉴잉글랜드 거부의 상속녀였는데 이름이 생각 안 나네. 아무튼 그 애 아버지가 대단한 영향력을 가진 사람이어서 그 일로 학장이 해임되었대."

"그 일? 살인 사건이 어떻게 그냥 일이야?"

"학교 표현이 그래. 학교는 뭐든지 언론 발표를 의식하니까. 엘리는 틈만 나면 사람들에게 학장이나 교내 보안, 교수들에 대한 불평을 늘어놓았대. 마을 청년이 자기를 귀찮게 따라다니는데 학교에서는 아무런 조치도 하지 않는다고 말이야. 그러다 어느 늦은 밤, 그 청년이 세탁소부터 따라오다가 기숙사 뒤에서 강간을 하고 죽인 거지. 얼굴이 훼손되었다는 말도 있고, 엘리의 눈을 파내서 집으로 가져갔다는 얘기도 있어. 나중에 청년의 집 벽난로 선반에서 찾았다나 봐. 너무 소름 끼치지 않아?"

순간 등줄기가 오싹했다.

"그러네."

"그러니까 절대 수목원은 혼자 다니지 마. 귀신이 없다 해도 너무 으스스하고 위험해. 학교 담장 밖이거든."

마지막 말은 특히 진심인 것 같아서 바로 고개를 끄덕였다.

"학교 담장 밖은 혼자 위험하다 이거지. 알았어."

"그리고 다락방에도 가지 마. 거기도 귀신이 있대. 몇 년 전에 비밀 클럽이 다락에서 신생아 뼈를 여러 구 찾았대. 천장과 벽 속에서 말이야. 거기서 뭘 했는지는 모르겠지만."

"클럽?"

"아니 뼈. 거기 살았던 여자아이들의 아기일 것 같거든. 사생아였다면 묻었어야 하잖아. 묘지도 있는데."

"대단하다. 벽 속에 신생아의 뼈가 숨겨져 있는 데다 귀신이 사는 다락방이라니. 아주 특별한 장소네."

"구드 학교는 아주 오래되었으니까. 사람도 늙으면 기이해지잖아. 아, 잊어버릴 뻔했다. 터널도 조심해."

"터널?"

"학교 밑으로 지하철도가 지나가거든. 그게 뭔지는 알지?"

"대충 알아. 노예제도와 관련된 거 아니야?"

"이 학교가 남부 농장부터 자유로운 북부까지 연결된 피난처였어. 멋지지 않아? 곳곳에 터널과 오두막이 있는데, 절대 출입 금지야. 위험하거든. 대부분 무너지기도 했고."

"어디 있는데?"

"사실은 나도 몰라. 그냥 가지 말라는 말만 들었어."

그때 아주 오래된 종소리가 건물 전체를 흔들었고, 나는 소스라치게 놀랐다.

파이퍼가 읊조리듯 말했다.

"누구를 위하여 종은 울리나. 걱정 마, 애쉬. 곧 익숙해질 거야. 귀신이 나오더라도 저 종소리가 모두 쫓아버릴 테니까. 귀신들은 소리를 싫어한다잖아."

파이퍼가 웃는 모습에서 한 줄기 희망을 보았다. 어쩌면 파이퍼와 친구가 될지도 모르겠다.

"왜 안 그렇겠어. 소리가 저렇게 큰데."

"하지만 귀신을 쫓으려고 종소리를 크게 울리는 건 아냐. 우리가 못 들어서 늦었다는 핑계를 대지 못하게 하려는 거지."

"맞아. 정확하다."

카밀이 문틈으로 고개를 들이밀었다.

"조회 안 갈 거야? 벌써 종이 울렸어. 늦었다고, 애쉬. 왜 옷 안 갈아입었어? 서둘러! 첫날부터 JP 받고 싶지는 않아!"

"JP?"

"명예규율 위반 점수. 벌점 같은 거지. 5점 받으면 토요학교에 가야 해. 서둘러!"

엄마의 목소리가 귓전에 울리는 것 같았다.

'자존심을 세우다간 망하게 되어 있어…….'

"파이퍼, 주의 사항들 고마워. 그리고 원피스도. 옷을 마련할 때까지만 빌려 입을게."

"그렇게 해."

파이퍼가 원피스를 건네주었다. 나는 서둘러 방으로 돌아와 파이퍼의 원피스로 갈아입었다. 가격표는 떼지 않고 칼라 속에 넣었다. 저녁 식사 후에 돌려줄 생각이다. 물론 세탁은 하고 줘야겠지. 운동화를 신고 갈 수는 없다. 다행히 가방 안에 검정색 단화가 있다. 낡은 닥터 마틴 부츠 속에 한 짝씩 넣어 왔다. 가방을 뒤져서 맨 밑에 있는 부츠를 꺼내는데 두 번째 종소리가 건물을 흔들었다. 그리고 세 번째 종소리가 울릴 때 나는 이미 가운과 숄까지 완벽하게 갖추고 동급생들과 함께 예배당으로 가는 본관 뒤쪽 계단을 뛰어 내려가고 있었다.

9

조회

구드 학교의 모든 건물이 그렇듯 예배당도 결코 소박하지는 않았다. 옅은 갈색 돌로 두른 외벽과 스테인드글라스 창문, 그리고 30미터 정도 치솟은 지붕은 대성당이라고 해도 손색없었다. 200명 중 제일 늦게 도착한 학생들이 가운 자락을 날리며 왁자지껄하게 예배당 정문으로 모여들었다. 마지막 종소리의 여음이 태양의 잔열이 감도는 초저녁 공기 속으로 사라질 때쯤에는 모두 예배당 안에 들어와 분주하게 자리를 찾아가고 있었다.

예배당 안은 조금 어두웠다. 학생들에게서 뿜어져 나오는 활기가 거의 손으로 만져질 듯했으며, 쉴 새 없이 쏟아내는 재잘거림에 귀가 멍멍할 정도였다. 높은 서까래에 그 소리가 반향되었다. 친구를 부르는 소리, 환호, 깔깔거리는 웃음소리. 나는 학년별 지정 색을 잊지 않으려고 정신을 바짝 차리고 카밀과 파이퍼, 바네사 곁에 꼭 붙어 있었다. 특히 베카 커티스가 나를 알아보는 순간 옆에 친구들이 있다는 사실이 큰 힘이 되었다.

베카와 또 한 명의 졸업반 학생이 팸플릿 같은 것을 나눠 주었다. 베카와 마주치고 싶지 않아서 왼쪽 학생에게 팸플릿을 받으려고 했으나 결국은 인파에 밀려 베카 쪽으로 가게 되었다. 나는 시선을 피해 고개를 숙이고 팸플릿을 받으려고 했다. 그러나 운명이 나를 골탕 먹이려고 작정했는지, 베카가 팸플릿 끝을 잡고 잡아당겼다.

"네가 바로 미친 영국인이구나."

카밀이 내 손을 잡고 끌어당기며 말했다.

"애쉬한테 그러지 말아요."

"조용히 해, 카밀 섀넌. 칼라일은 말 못한다던?"

나는 예배당 벽판 속으로 숨어버리고 싶었다. 그러나 베카가 독기 가득한 눈으로 나를 빤히 보았다.

"어디, 직접 대꾸해보지그래?"

베카에게 계속 괴롭힘을 당할 수는 없었다. 맞설 수 있다는 걸 보여줘야 했다. 누군가와 충돌하는 것은 딱 질색이지만. 내가 기어드는 소리로 대답하자 베카가 머리를 갸우뚱하며 말했다.

"뭐라고? 크게 말해봐. 못 들었어. 말을 할 줄은 알 거 아냐."

베카의 비웃음에 갑자기 마음이 편안해졌다.

"네, 말할 줄 알아요. 덜떨어진 암소보다는 미친 영국인이 낫다고 했어요."

"어머나, 어떡해."

카밀의 눈이 휘둥그레졌다.

베카의 얼굴이 빨갛게 상기되면서 입술이 가늘게 닫혔다. 잠시 후 부드러우면서도 죽음처럼 차가운 목소리로 말했다.

"너 아주 영악하구나, 영국 계집애야. 나중에도 그렇게 의기양양할 수 있는지 어디 볼까?"

그러더니 위협적인 미소를 지어 보였다.

"나중에요?"

"자, 어서 들어가서 앉아."

베카는 다시 팸플릿을 나눠 주었고, 카밀이 내 팔을 잡아당기며 말했다.

"어서 가자. 빨리. 베카의 마음이 변하기 전에."

예배당 자리는 기숙사의 방 배치와 비슷한 방법으로 나눠져 있었다. 앞줄에는 신입생, 그다음에 2학년, 3학년, 그리고 졸업반이 맨 뒤였다.

카밀이 눈동자를 반짝거리며 말했다.

"베카 커티스에게 그렇게 시원하게 쏘아주다니 믿을 수가 없어."

"뭐, 어때. 아까 등록할 때 베카가 나를 골탕 먹이려고 했단 말이야. 나를 보고 왼쪽 계단으로 올라가라는 거야. 짝수 학번용이잖아. 그러면서 룸메이트가 죽으면 독방을 쓸 수 있다나. 난 그런 애들 딱 질색이야."

바네사도 입술을 잔뜩 오므리고 고개를 저었다.

"그래도 그건 위험해, 애쉬. 베카 커티스의 영향력이 어마어마하거든. 그런데 베카가 왜 너한테만 그럴까?"

"모르지. 어머니가 상원의원이라며. 이민자들을 증오하는 걸 수도 있고."

"그게 아니라 구드에서 영향력이 크다는 말이야. 베카의 어머니와 상관없이. 물론 그 어머니도 무시할 수 없지만. 카밀이 우리 엄마가 주 정부에서 일한다는 말 했지? 우리 엄마는 커티스 의원 같은 사람은 신경 안 써. 아무튼 베카는 규율부 회장이야. 명예규율 위반 담당이라고. 게다가 학생회장이야. 그리고 아이비바운드(Ivy Bound) 회장이라는 소문도 있어. 그 그룹의 선택을 받지 않는 한 확인할 방법이 없지만. 우리 중 한 명이라도 선택받을 확률은 거의 제로(0)라고 봐야지. 2학년 때는 더 힘들고."

"아이비바운드? 그게 뭔데?"

"비밀 클럽. 구드 학교에 몇 개 있는데 그중 아이비바운드가 꽃이지. 모두가 탭을 받고 싶어 하니까."

"비밀 클럽이라면서 그런 게 있다는 건 어떻게 알아? 그리고 탭을 받는다는 게 뭐야?"

"쉿!" 뒤에서 누군가 매섭게 주의를 주었다.

"나중에 말해줄게."

바네사가 낮게 속삭였다.

"착한 미친 영국인답게 앞을 보라고."

바네사의 미소를 보고 나도 절로 미소 지었다. 나는 편안한 마음으로 앞을 보았다.

교수들 모두 자리에 앉아 있었다. 애슬로 교수도 보였다. 옆에 흰 머리를 틀어 올린 나이 많아 보이는 사람이 애슬로 교수와 얘기를 나누고 있었다. 애슬로 교수와 왼쪽 끝에 앉은 눈에 띄게 매력적인 남자를 제외하고는 모두 그렇고 그런 정도였다. 다른 교수들보다 젊고 매력적인 남자가 바로 컴퓨터 과학을 가르치는 메디아 교수다. 메디아 교수만 곧은 자세로 정면을 바라보고 있었다. 나머지는 지루하고 피곤한데 마지못해 있는 것 같았다. 잠시 후 교수진이 일제히 자세를 바로잡았고, 학생들은 자리에서 일어났다. 웨스트헤이븐 학장이 옆문으로 들어와 설교대로 걸어가는 것을 보면서 나도 튀어오르듯 일어났다.

학장은 완전히 조용해질 때까지 기다렸다가 말을 꺼냈다.

"구드에 온 것을 환영합니다, 여러분. 재학생들은 함께 지내면서, 신입생들은 입학 절차를 통해 이미 알고 있겠지만, 저는 웨스트헤이븐 학장입니다."

학장은 작고 창백한 손으로 완벽하게 손질한 머리를 매만졌다. 나는 학장을 유심히 살폈다. 긴장을 한 것 같았다. 왜 그럴까?

"구드에 입학한 것은 단순한 행운이 아닙니다. 훌륭한 미래를 손에 쥔 것이죠. 통계 자료는 거짓말을 하지 않습니다. 오늘 제 앞에 앉아 있는 50명의 졸업반 모두 대학에 진학할 것입니다. 어떻게 그럴 수 있냐고요? 제가 학장으로 있는 한 그 이하는 용납할 수 없으니까요. 여러분의 동문들도 그 이하는 기대하지 않습니다. 여러분의 가족도 마찬가지입니다. 여러분은 탁월한 미래를 열어갈 것입니다. 그것이 구드의 전통이니까요. 여러분은 배우기 위해 이곳에 왔습니다. 지금까지 했던 것보다 더 열심히 공부해야 할 것입니다. 여러분의 동문과 지역공동체를 위해 봉사해야 할 것입니다. 이러한 교육을 받는 것은 특혜임을 기억하십시오. 따라서 여러분은 우아함과 존엄, 그리고 탐구적인 두뇌를 가지고 세상에 나가야 할 책임이 있습니다. 여러분은 내일을 이끌어갈 리더입니다. 그러니 오늘 여기서 리더가 되십시오. 저와 여러 교수님들, 그리고 동료들에게 여러분 각자가 얼마나 특별한 사람인지를 보여주십시오. 여러분이 선택되었다는 것은 이 붉은 벽돌담 안에 각자의 자리가 있다는 뜻입니다. 여러분이 이 교정을 떠날 때, 더 이상 우리 학교와 전통이 여러분을 보호해줄 수 없을 때도 여러분은 세상의 품에서 언제나 안전할 것입니다. 여러분의 영혼에 새겨진 구드의 인장이 여러분을 지켜줄 것이니까요. 여성 전용 교육이 여러분의 미래를 위해 얼마나 중요한지를 생각하시기 바랍니다. 우리가 살아오면서 종종 경험했듯이 앞으로 여성이라는 이유로 적대감이나 장벽에 부딪힐 때, 여러분은 그에 맞설 수 있는 모든 도구들을 갖추게 될 것입니다. 구드가 그렇게 해줄 것입니다. 여러분은 명문 대학에 갈 것입니다. 하지만 그보다 더욱 중요한 것은 여러분이 힘을 갖게 된다는 사실입니다. 그 힘은 바로 자매애라는 것입니다. 여러분의 양옆을 돌아보십시오. 이 젊은 여성들이 여러분의 미래입니다. 여러분 자신을 위해 투자하는 것이 바로 그들을 위해 투자하는 것입니다. 힘을 합하면 우리는 우뚝 설 수 있습니다. 우리는 함께할 때 강합니다. 언제나 동문 자매들을 기억하십시오."

학장은 너그러운 미소를 지으며 두 손바닥을 마주 댔다.

"함께."

학장이 말했다.

"함께."

모두 같이 외쳤다. 교수와 학생들이 하나가 된 것 같았다.

"자, 이제 다 함께 명예규율을 암송합시다."

200명의 학생들이 일제히 숨을 깊이 들이마시고 입을 모아 암송을 시작했다. 그 소리가 예배당 안을 채우고 서까래를 울렸다. 나도 학장의 집무실에서 외웠던 명예규율을 다시 한 번 암송했다. 그것은 바로 세상에 대한 우리의 외침이자 선서이며, 신성한 약속이고 연대감의 뿌리였다. 또한 소리로 내놓은 고백이기도 했다. 그 외침이 마음을 흔들었다. 나보다 큰 무언가에 속한다는 느낌이 이런 것인 듯했다.

"……나의 명예를 걸고."

웨스트헤이븐 학장은 한 손을 가슴에 댄 채 설교대에서 물러났다. 예배당 안은 다시 여학생들의 재잘거림으로 가득 찼다. 조회가 끝났다. 구드에서 새 학기가 시작된 것이다.

10

변명

학장이 지시한 대로 예배당에서 곧장 아담스 극장에 있는 뮤리얼 그래슬리 교수의 스튜디오로 갔다.

그래슬리 교수는 현대미술 작품에 등장하는 인물 같았다. 사각형 얼굴에 아몬드 같은 눈, 그리고 신의 손길보다 의학적 수정을 거친 것이 분명한 지나치게 부푼 입술. 희끗희끗한 갈색 머리는 마치 방금 거미줄을 훑으며 지나온 것 같았다. 청록색과 보라색이 섞인 치렁치렁한 가운을 입고 있었으며, 가느다란 손가락에 은반지를 여러 개 겹쳐 끼고 있었다. 목소리가 크고 활달한 그래슬리 교수가 단번에 마음에 들었다. 동시에 앞으로 1시간이 내 생애 가장 힘든 시간이 될 것 같은 예감이 들었다.

아담스 극장 뒤편에 있는 음악실은 산을 마주하고 있다. 구드의 건물들이 그렇듯 창문이 유난히 크다. 청록색 나무가 우거진 창밖 풍경이 놀랍도록 아름답다. 다행히 피아노는 창밖이 아닌 실내를 향해 놓여 있었다. 그렇지 않으면 도저히 음악에 집중할 수 없을 것이다.

"애쉬? 이리 와봐."

나는 공손하게 음악실을 가로질러 여교수에게 다가갔다. 그리고 가방에서 은색 리본이 묶인 작은 황금색 상자를 꺼내 피아노 위에 놓았다.

그래슬리 교수가 벌에 쏘인 듯한 입술로 커다란 미소를 지었다.

"구드에 온 것을 환영한다! 만나서 반가워. 선물이니?"

"캐러멜 초콜릿을 좋아하신다고 해서요. 그렇지만 나무에서 나는 견과류 알레르기가 있으시다고. 옥스퍼드에 알레르기를 일으키지 않는 재료로만 캐러멜을 만드는 가게가 있어요. 이 초콜릿은 안전할 거예요."

"어머나 어쩜 이렇게 자상할 수가! 맛있게 먹을게."

그래슬리 교수는 내게 팔짱을 끼었다.

"애쉬, 네 연주를 들었는데 음감이 매우 좋더구나. 그런데 왜 지금까지 한 번도 무대 연주를 안 했지? 카네기홀에서 연주회를 가져도 될 실력인데 말이야!"

나는 미소 지었다. 보조개가 들어가는 매력적인 웃음에 유감스러운 표정을 적당히 담아서.

"부모님이 좋아하지 않으셨어요. 공개적으로 피아노를 친 적은 한 번도 없어요."

"하고 싶니? 학장이 내 인맥에 대해 말했겠지만, 몇 주 안에 케네디센터에 설 수도 있단다."

그래슬리 교수가 갑자기 두 손을 앞뒤로 짝짝 마주치는 바람에 깜짝 놀랐다. 활기찬 건 좋은데 좀 수선스러운 여자다.

"아, 아니에요, 교수님."

"연주하고 싶지 않아?"

도저히 이해할 수 없다는 그녀의 표정에 하마터면 웃음을 터트릴 뻔했지만 진지한 표정으로 말했다.

"솔직히 피아노를 포기할까 생각했거든요."

"아, 안 되지. 천부적인 재능을 버리다니, 말도 안 돼. 사람들이 너의 연주를 듣고 얼마나 기쁨을 느낄지 생각해보렴……. 포기하기는 너무 아까워, 애쉬. 네 오디션 연주를 듣고 정말 감동했단다. 정말 뛰어난 실력이야."

이제 진실을 말할 차례다.

"최근 들어 음악을 느낄 수 없었어요."

"그건 나아질 거야. 우선 전 옥타브에서 반음계와 카덴스, 아르페지오를 해보고, 그다음에 바흐의 곡을 쳐보자. 바흐의 곡은 언제나 마음에 위안을 주거든."

아, 바흐. 바흐의 곡을 들으면 숲속에서 뛰놀고 싶어진다. 쥐가 내 뒤를 졸졸 따라다니고. 내가 바흐를 치는 모습을 보면, 피아노를 치고 싶은 생각이 없다는 말을 믿지 못할 것이다.

나는 피아노 의자에 앉아 몸을 풀었다. 우선 목을 유연하게 풀고, 다음에는 등, 그리고 손목을 풀었다. 그래슬리 교수가 메트로놈을 60에 맞췄다. 우선 간단한 음계를 연주하면서 건반 상태를 확인했다. 건반에 정신을 모았다. 중요한 순간이다.

기본적인 하논 연습곡의 두 번째 파트를 치면서 코드 연습을 했다. 손가락이 건반 위에서 유연하게 움직이지 못하고, 마음과는 달리 힘이 들어가지 않았다. 그러다 보니 건반을 너무 세게 눌러서 소리가 거칠었다.

10분 정도 손을 풀고 나서 그래슬리 교수를 보고 고개를 끄덕였다. 그래슬리 교수가 보면대에 바흐의 푸가 악보를 놓아주었다. 익숙한 곡이기는 하지만 외우지는 못한다. 악보를 보면서 칠 수밖에 없었다.

그러나 거의 시작과 동시에 그래슬리 교수가 손을 들어 나를 멈추게 했다.

"좀 더 천천히, 애쉬. 음들을 끌어당기는 것 같아. 그러지 말고 내가 음악을 느낄 수 있도록 해줘."

나는 다시 피아노를 쳤다. 그 후 10분 동안 나는 절망의 끝을 맛보아야 했다.

"지금은 너무 밀어내고 있어. 음도 좀 빗나간 것 같고."

"음을 쫓아가지 마. 음이 너를 따라오게 해야 돼."

"건반을 느껴. 하나의 음 위에 다음 음을 살짝 올리듯이 치라고."

"손을 놓는 위치, 애쉬. 그리고 손목 자세."

그러더니 마침내 체념하듯 말했다.

"아, 안 되겠다. 오늘 컨디션이 안 좋은 거 같구나, 그렇지?"

당연히 그렇다.

나는 건반 위에 두 손을 던지듯 내려놓았다. 불협화음이 실내를 울렸다. 음향 설계가 기가 막히게 잘되어 있었다. 내가 건반에서 손을 떼고, 페달에서 발을 뗄 때까지 소리가 공간을 채웠다.

그래슬리 교수가 심각한 표정을 지었다. 수제자가 되리라 믿었던 학생에게서 신통한 잠재성을 발견하지 못한 것이다.

"왜 그러지, 애쉬?"

"말씀드렸잖아요. 치고 싶지 않다고. 저…… 못 하겠어요. 아직 준비가 안 된 것 같아요."

"자, 자, 그렇게 쉽게 포기하면 안 되지. 앉은 자세가 너무 굳어 있어. 손가락이 건반 위를 흐르지 않는다고. 내가 보기엔 연습 부족인 것 같은데. 그것도 아주 많이. 마지막으로 피아노 친 게 언제지?"

이 물음에는 거짓말을 할 필요가 없다.

"한참 됐어요."

"왜?"

"말씀드렸잖아요. 포기하려고 했다고. 피아노 치는 게 더 이상 즐겁지 않아요."

"너무 어려워서 재미가 없는 거야? 아니면 도전할 목표가 없는 거야? 부모님이 무대에 서는 것을 허락하지 않는 거면 내가 부모님을 만나서 얼마나 중요한 기회인지 말씀드릴게."

"부모님은 돌아가셨어요."

"뭐라고?"

내가 갑자기 일어나는 바람에 피아노 의자가 뒤로 밀리면서 바닥을 긁었다. 나는 손으로 입을 가리고 눈을 꼭 감았다. 그러고는 잠시 숨을 고른 다음 눈을 떴다. 그래슬리 교수는 놀란 눈으로 지켜보았다.

"죄송해요. 너무 힘들어서. 정말, 한음 한음 칠 때마다 부모님 생각이 나요. 손가락이 건반을 두드릴 때마다 엄마 얼굴이 떠올라요. 그래서 더 이상 피아노를 칠 수가 없어요."

"학장님도 알고 계셔? 언제? 어떻게? 오, 세상에. 너무너무 마음이 아프구나."

그래슬리 교수가 큰 가슴으로 나를 안아주었다. 그녀는 울고 있었다. 나는 조금 뻣뻣하게 안겼다. 그래슬리 교수의 눈물이 내 목으로 떨어져 흐르는 것이 느껴졌다. 이건 좀 비위생적이다. 지금 내가 이 여자를 위로해줘야 하는 것은 아니잖아. 나는 숫자를 세기 시작했다. 서른까지 세고 나서 조심스럽게 그녀의 품에서 빠져나왔다. 그래슬리 교수는 드레스 주머니에 깊숙이 손을 넣어 휴지를 꺼내더니 코를 풀었다.

"네, 학장님도 알고 계세요. 바로 말씀드리지 못해서 죄송해요. 괜히 소중한 시간을 허비하신 것 같아요. 한 번은 노력해보려고 했어요. 혹시 해낼 수 있을까 해서요. 하지만 그동안 연습을 너무 안 한 것 같아요. 그리고 더 이상 치고 싶은 마음이 생기지 않네요. 정말 죄송합니다. 실망을 안겨드리고 싶지는 않았는데."

그래슬리 교수의 눈에는 아직도 눈물이 반짝였다. 코는 자꾸 풀어서 빨개졌다. 진심으로 나를 걱정하는 그녀의 마음에 가슴이 뭉클했다.

"애쉬, 그래, 물론 그렇겠지. 이해한다. 하지만 아직은 피아노를 포기하지 마라. 우선 이삼 주 쉬면서 학교에 적응부터 하렴. 그러다 보면 다시 피아노를 치고 싶어질지도 몰라. 너 같은 재능이 하루아침에 사라지지는 않으니까."

"학장님께는 피아노 수업을 하지 않겠다고 말씀드려도 될까요? 교수님 때문이 아니에요. 제 문제예요. 교수님께 배우는 건 정말 기쁜 일이에요."

"내가 학장님께 말씀드릴게. 학장님은 원칙주의여서 예외를 싫어하시거든. 나한테 맡겨. 너한테 시간이 필요하다고 설득할 테니까. 언제든 와서 연습해도 좋아. 힘든 시간을 보내고 있다는 거 알아. 하지만 너처럼 천부적인 재능을 묻어버리는 건 정말 가슴 아픈 일이다. 몇 주 후에 다시 만나기로 할까? 그때 다시 한 번 해보는 걸로?"

내가 보여줄 수 있는 가장 선한 미소를 지으며 말했다.

"교수님은 정말 친절하세요. 너그러운 배려에 깊이 감사드립니다."

뮤리얼 교수가 내 손을 다독이며 말했다.

"이제 그만 가봐도 좋아. 하고 싶은 얘기가 있으면 언제든 찾아오렴, 애쉬."

음악실을 나오기 전에 마지막으로 피아노를 오래 응시했다.

걱정거리 하나가 이렇게 해결되었다.

11

알레르기

학교에서 보내준 편지에 의하면 버지니아 폴스 처치에서 온 발랄하고 생기 넘치는 카밀 섀넌은 구드 학교 동문 가족이다. 현재 카밀의 아버지는 터키 대사로 나가 있고, 어머니는 변호사다. 바네사의 언니와 함께 작년에 구드 학교를 졸업한 카밀의 언니는 '전교 회장을 맡았던' 인물이다. 카밀이 다른 학생들은 모르는 비밀 클럽이라든가 '말할 수 없는 일이니 알려고 들지도 말아야 하는' 은밀한 소문을 많이 알고 있는 것은 언니 덕분이다.

바네사와 카밀은 둘 다 남들에게 인정받고 싶은 욕구가 강하다. 자기가 알고 있는 것을 말하지 않고는 못 배긴다. 하지만 나는 그런 일에 관심 없다. 문 너머에서 일어나는 일은 모르는 것이 편하다. 이것은 아주 힘든 대가를 치르고 얻은 교훈이기도 하다.

카밀은 저녁 식사를 하면서 자기에 관해 거침없이 풀어놓았다. 과잉행동장애로 리탈린을 처방받은 사실, 언니의 사교계 입문을 위한 무도회, 그리고 버지니아에서 차를 타고 오면서 본 아름다운 경치까지. 나에게는 가장 가까운 남자고등학교인 우드베리 포레스트와는 언제 만날 수 있을까 물었다.

카밀의 수다는 가십과 시시한 주제들로 넘쳐났다. 나의 배경에 대해서는 딱 한 번 물었다. 내가 화제를 돌리려고 하자 재빨리 눈치채고 더 이상 묻지 않았다. 나는 그것만으로도 카밀이 고마웠다. 덕분에 카밀의 수다를 끝도 없이 들어야 했지만.

"우리 부모님은 내가 여덟 살이고 언니가 열한 살 때 이혼하셨어. 양육권은 아빠가 갖게 되었고. 그래서 아빠를 따라 전 세계를 돌아다니게 된 거야. 덕분에 나는 여러 나라 언어를 구사할 수 있어. 그리고 여행 경험이 풍부해. 앞으로 브라운 대학에 가서 국제관계를 공부할 거야. 그런 다음 조지타운에서 법학을 공부하고 엄마와 함께 변호사를 할까 해. 워싱턴 D. C.로 이사한 것도 엄마와 좀 더 가깝게 지내기 위해서였어. 지난 몇 개월간 엄마와 많이 가까워졌어."

카밀은 혹시라도 궁금해할지 몰라서 말한다면서 자기는 엄마와 사이가 좋지 않았다고 했다. 나는 전혀 궁금하지 않았다. 그리고 자기 엄마는 지난봄에 재혼했다고 했다. 카밀은 필드하키를 하고 싶어서 마데이라 고등학교에 가려고 했는데, 그랬으면 엄마가 재혼한 남자의 아들과 열렬한 사랑에 빠졌을지도 모른다고 했다.

"그건 근친상간이잖아. 그러면 안 되지."

그리고 자기 엄마의 반려견인 초콜릿색 레브라도 루시를 좋아한다고 했다. 여기까지 말하고 멈췄다. 카밀에 관한 모든 것이 하얀 리넨 위에 낱낱이 펼쳐진 느낌이었다.

누군가 나에게 총이라도 쏴서 이 지루함을 벗어나게 해줄 수는 없을까?

맙소사, 카밀은 아직도 말을 하고 있다. 나는 이제 귀를 닫았다. 재잘, 재잘, 재잘. 카밀 혼자 수다를 떠는 바람에 바네사와 파이퍼는 자기들 이야기를 거의 하지 못했다. 나도 마찬가지였다. 하지만 나로서는 그 편이 나았다. 그래서 카밀의 이야기를 열심히 들어주려고 노력했다. 잘되지는 않았지만.

식당은 감탄스러울 만큼 고급스러웠다. 북향으로 천장에서 바닥까지 난 긴 창을 통해 산의 경관이 보였다. 여덟 개의 둥근 식탁에는 고급스러운 식탁보가 깔려 있었고, 포크와 숟가락 등은 은제품에 접시는 도자기였다. 원하는 음식을 주문하면 웨이트론이라고 부르는 종업원들이 테이블까지 가져다주었다. 고급 레스토랑에 온 것 같았다. 특정 음식에 대한 알레르기나 개인 식성을 고려해서 여러 가지 메뉴 중에 선택할 수 있었다. 배가 고프기는 했지만 긴장한 상태여서 구운 닭고기를 얹은 코브 샐러드를 주문했다. 마치 컨트리클럽에서 먹는 느낌이었다.

멍한 상태에서 정신을 차려보니 셋이 모두 의아한 표정으로 나를 빤히 보고 있었다.

"뭐 해?"

"아, 미안. 잠시 멍 때렸네. 시차 때문인가 봐. 방금 뭐라고 했지?"

카밀이 고개를 치켜들며 말했다.

"너는 아이비 대학 중에 어디를 목표로 하냐고?"

"아, 하버드."

"당연히 그렇겠지."

카밀은 짜증스럽다는 듯이 말했다.

"그럼 두 번째로 원하는 곳은? 모두 다 하버드에 들어갈 수는 없잖아."

"가능성에 도전해보고 싶어."

나는 가볍게 받아넘겼다. 내가 말하는 가능성이란 언제든 필요할 때 키보드를 몇 번 치는 것을 말하지만, 굳이 자랑할 필요는 없었다. 자랑은 카밀 혼자서도 충분하니까. 내가 생각하는 가능성을 여기서 얘기하기는 위험하다.

"워싱턴 D. C.에 대해 얘기해줘. 아직 못 가봤거든."

카밀이 다시 열심히 떠들기 시작했다.

세 명이 저녁을 먹으러 가자고 했을 때 따라나서면서도 나는 이들과 어울리면 어떤 것을 얻을지 알지 못했다. 디저트를 다 먹을 때쯤 한 가지 분명한 사실을 알게 되었다. 말과 행동을 조심해야 한다는 것이다. 셋과 친구로 지내는 건 좋지만 거리를 두어야 한다. 특히 카밀의 수다 본능을 경계해야 한다. 그럼에도 이들이 제공하는 완충 효과는 절대적으로 필요하다. 물론 구드에 대한 정보도 유용하지만, 친구 하나 없이 외톨이로 지내면 어디서든 더 눈에 띌 것이다.

그때 식당 건너편에서 수군거리는 소리가 들리기 시작하더니 점점 커지면서 식당 전체로 퍼져나갔다.

피아노를 가르치는 그래슬리 교수의 이름이 들렸다.

"뭐라는 거야? 무슨 일이야?"

내가 물었다. 웨이트론이 지나가면서 말해줬다.

"그래슬리 교수님을 병원으로 모셔갔대. 무슨 알레르기 때문이라나 봐."

나는 가방을 뒤져서 은색 리본이 묶인 황금색 상자를 꺼내 성분표를 읽어보았다.

'알레르기 유발 물질이 없는 시설에서 제조되었습니다.'

하느님 맙소사. 이런 실수를 하다니! 그래슬리 교수에게 엉뚱한 상자를 준 것이다. 시차 때문인지, 두려움 때문인지, 아니면 그 어떤 이유에선지, 가방에서 잘못 집은 것이다.

나는 곧장 학장의 집무실로 달려갔다. 달리 어디로 가야 할지 알 수 없었다.

반쯤 달려가다가 속도를 늦췄다.

다른 사람들에게는 어떻게 보일까? 피아노를 가르치는 그래슬리 교수에게 위험할 수도 있는 초콜릿을 건네고, 피아노를 하고 싶지 않다고 했다면 말이다.

나는 다시 달려가서 학장의 집무실 앞에 멈췄다. 학장의 비서인 멜라니가 있었다. 학장을 만나야 한다고 말하는데 절로 눈물이 흘렀다.

"왜 그러지? 무슨 일이야?"

"그래슬리 교수님 괜찮으실까요?"

웨스트헤이븐 학장이 걱정스러운 표정으로 나왔다.

"애쉬? 무슨 일이지?"

"그래슬리 교수님요. 교수님은……?"

나는 울음을 터트렸다. 아, 정말 너무 힘들었다. 집으로 가고 싶었다. 그러자 오늘 들어 두 번째로 나는 누군가의 품에 안겼다. 몇 년 만에 가장 짙은 모성애를 느끼는 순간이었다. 학장은 내 머리를 쓰다듬으며 내 마음이 가라앉을 때까지 속삭였다.

"진정해. 괜찮아. 뮤리얼도 괜찮을 거야. 뮤리얼은 항상 에피네프린 주사제를 휴대하고 있거든. 만약의 경우를 위해 병원에 간 거야. 금방 돌아올 거야. 그럴 수도 있지, 애쉬. 사고는 언제든 날 수 있는 거야."

"그래슬리 교수님이 무슨 말씀 없으셨어요? 죄송해요. 제가 오늘 그래슬리 교수님께 피아노를 하고 싶지 않다고 말씀드렸거든요. 그러고 나서 편찮으시니까……."

"애쉬, 그건 네 잘못이 아니야. 뮤리얼은 알레르기 반응을 일으켰지만 신속히 대처했어. 괜찮을 거야. 매 학기에 최소한 한 번은 이런 일을 겪는단다. 뮤리얼의 알레르기는 참 까다롭거든. 그런데 피아노 얘기는 뭐지? 그건 너의 장학 프로그램에 포함된 건데."

"학장님, 제가 솔직하지 못한 부분이 있었어요."

"그래?"

"다름이 아니라…… 저는 피아노가 싫어요. 장학 프로그램에 포함된 건 알지만 포기하고 싶어요. 건반을 칠 때마다 엄마 생각이 나서요. 시간이 좀 더 필요할 것 같아요."

최소한 이건 진실이다.

학장의 얼굴에 연민이 가득했다.

"가엾어라. 무슨 말인지 알겠다. 며칠 후에 다시 얘기하자. 며칠 후에 네 마음이 어떤지 보자꾸나."

일단 시간은 번 셈이다.

"네, 학장님. 이해해주셔서 감사합니다."

학장은 진심으로 너그럽고 따뜻한 미소를 지었다.

"자, 이제 가서 잠을 좀 자도록 해라. 몹시 피곤할 거야. 뮤리얼에게 네가 많이 걱정한다고 전해줄게. 내일 다시 뮤리얼과 얘기하는 것도 좋고. 그럼 됐지?"

그래슬리 교수와는 또다시 만나고 싶지 않지만 어쩌겠는가?

"네, 학장님."

나는 잠자리에 들기 위해 방으로 돌아가는 어린 소녀처럼 학장의 방에서 나왔다.

하마터면 일을 크게 그르칠 뻔했다.

홀수 계단을 올라가면서 머릿속으로 상황을 다시 한 번 정리해보았다. 캐러멜 얘기를 했어야 하나 싶기도 하지만, 그래슬리 교수가 나를 배신하지 않았다면 이번 일은 나의 실수를 장황하게 설명하지 않고도 지나갈 수 있을 것이다.

제발 그렇게 되기를.

12

비밀 클럽

2층으로 올라와서도 허기진 늑대처럼 수다에 목마른 무리에 시달려야 했다. 나는 의무적으로 간단하게 내 생각을 얘기하고 방으로 들어왔다. 사악한 계집애들이 내 뒤에서 한탄조로 투덜거렸다. 저들은 그래슬리 교수가 잠시 수업을 못하기보다 완전히 죽어버렸다면 더 기뻐했을 것이다.

저들에게 내가 한 일을 말하지는 않을 것이다. 그 일이 영원히 드러나지 않기를 바란다. 그러나 확신할 수는 없다. 구드에 비밀이란 없으니까. 이번 일은 그것을 시험해볼 좋은 기회가 될 것 같다.

카밀이 샤워를 하는 동안 그녀의 서랍을 뒤져보았다. 반쯤 남은 보드카 외에는 중요한 것도, 흥미로운 것도 없었다. 10대 여자아이가 가질 법한 그저 그런 잡동사니들뿐이어서 실망스러웠다. 새삼 놀랄 일은 아니었다. 어차피 뭘 찾고 싶은 것도 아니니까. 아마도 이 신세계에서 살아가는 데 필요한 단서라든가 안내서 같은 것을 찾고 싶었을까.

카밀이 샤워를 마치고 돌아왔을 때 나는 침대에 누워 있었다. 벽을 향해 돌아누워 자는 척하면서 내가 이곳에 온 것이 혹시 실수는 아닐까 생각했다. 아직 친구를 사귈 마음의 준비가 안 되었다. 나를 향해 날아오는 질문들에 답할 준비도 되지 않았다. 사람들과 적당한 거리를 유지한다는 것은 엄청난 에너지를 소모하는 일이다. 내가 그 일을 해내지 못한다면? 이런 일들에 대한 학교의 입장은 말할 것도 없고, 수업이 너무 어렵지는 않을까?

자정쯤 되어서야 겨우 잠들었다. 이리저리 뒤척이며 자는 둥 마는 둥 하다가 뭔가 이상한 느낌에 잠에서 깼다.

노랫소리다. 누군가 노래 부르는 소리가 들렸다. 꿈을 꾸고 있는 건가? 나는 일어나 앉아서 눈을 비비고 기지개를 켰다. 아니다. 꿈이 아니다.

어디서 들려오는 거지? 이어폰을 끼고 잠들기는 했지만 지금은 빠져 있다. 나는 목에 걸린 이어폰을 빼서 침대 옆 탁자에 던졌다. 노트북 컴퓨터가 침대 옆으로 미끄러졌다. 다행히 바닥에 떨어지기 전에 잡았다.

밖이다. 노랫소리는 밖에서 들려왔다.

창가로 다가갔다. 칠흑 같은 어둠이 벨벳처럼 깊게 사방을 덮고 있었다. 시계를 보니 새벽 1시 30분이었다. 노랫소리가 점점 더 커지면서 가까워졌다. 목덜미의 솜털이 곤두서는 것 같았다. 부드러운 선율이 아니었다. 거칠고, 가락이 없는, 마치 수자의 행진곡에 맞춰 내지르는 외침 같았다.

이게 바로 낮에 애들이 말한 스톰프(stomp)라는 건가.

저녁을 먹을 때 바네사가 했던 말이다. 비밀 클럽은 남부의 많은 대학에서 볼 수 있는 여학생 클럽이라고 했다. 하지만 원한다고 신청할 수 있는 것이 아니고, 비밀 클럽 회원들이 먼저 접촉하는데, 이를 '탭(tap)'이라고 한다는 것이다.

구드의 비밀 클럽이 큰 의미를 갖는다는 사실은 이미 알고 있다. 학교를 알아볼 때 그런 기사를 읽은 적이 있다. 그때는 주의 깊게 생각해보지 않았다. 나는 그런 모임을 좋아하지도 않고, 그런 비밀 클럽이 나를 원하지도 않을 것이다. 바네사는 비밀 클럽을 신비화하고 선망하는 것 같았다. 평점 4.0을 받거나 하버드 입학 허가서를 받는 것만큼이나 이력서에 중대한 영향을 미치는 것처럼 말이다.

"비밀 클럽은 대학까지 이어진대. 그러니까 영원히 이어지는 인맥이지. 여학생 클럽 선서는 누구나 할 수 있지만, 결국은 선택을 받는 것이 중요해."

비밀 클럽이 비밀리에 활동하는 데는 그럴 만한 이유가 있다. 회원들이 교내 기물을 파괴하거나 피해를 주는 경우가 종종 있기 때문이다. 그러한 행동이 명예규율에 위배되는지는 잘 모르겠지만 내가 걱정할 일은 아니다. 어차피 내가 알 필요 없는 일이니까. 나는 비밀 클럽에서 탐낼 만한 사람이 아니다.

창밖을 보다가 다시 돌아섰을 때 나는 카밀이 침대에 없다는 사실을 알았다.

카밀이 어디 갔을까 생각하면서 다시 침대로 돌아와 누웠다. 카밀은 속이 지나치게 들여다보인다. 책에서 얻은 지식과 정보는 넘쳐나지만, 상식이라는 것이 참새 눈물만큼밖에 없다.

나는 침대에 누운 채 나무 천장을 바라보며 두통을 가라앉혀 보고자 관자놀이를 문질렀다. 내일은 수업 첫날이다. 오늘 나는 하마터면 선생님을 죽일 뻔했고, 재수 없는 아이와 같은 방을 쓰게 되었다. 그리고 몹시 피곤하다. 잠을 자기 위해 멜라토닌을 몇 알 먹었다. 시차 적응에 도움이 된다고 했는데 잠은 안 오고 머리만 깨질 듯 아팠다.

노랫소리와 발 구르는 소리가 점점 더 커졌다. 문으로 가서 뭘 하는지 볼까 싶었지만 참았다.

이제 복도로 들어온 것 같다. 그렇다면 모두 잠을 깰 것이다. 기숙사의 층 배치에 대해 이해가 가지 않는 점이 있다. 졸업반은 한 층밖에 사용하지 않는데 왜 1층을 사용하지 않는지. 그런데 카밀이 명확하게 설명해주었다. 다락방들이 너무 멋지다고 말이다. 경사진 지붕도 매력적이고 큰 창문으로 캠퍼스를 둘러싸고 있는 블루리지 산맥의 절경을 내다볼 수 있다고 했다. 그래서 누구나 원하는 특별한 공간이라는 것이다.

졸업반은 전용 계단도 있다. 오늘만 해도 세 번이나 그 근처에도 가지 말라는 경고를 받았다.

"저학년이 초대받지 않고 그 계단을 올라갔다가 걸리면 졸업도 못 해."

바네사가 눈을 동그랗게 뜨고 진지한 표정으로 말했다.

나는 말도 안 되지만 무조건 따라야 하는 또 하나의 규칙을 들으면서 눈알을 굴렸다. 나는 미신을 안 믿지만 아무래도 상관없다. 기숙사 친구들에게도 말했듯이 내가 구드에 온 이유는 열심히 공부해서 하버드에 들어가기 위해서니까. 여기서 우수한 성적을 받고 적응만 잘한다면 보스턴에 진입하는 데 아무 문제 없을 것이다.

구드의 졸업장만 있으면 원하는 대학은 어디든 갈 수 있다는 말을 오늘 하루 종일 머리에 새길 정도로 듣고 또 들었다. 구드 졸업생은 모든 산업 분야와 정치, 비즈니스, 법률, 그리고 의학 분야에서 최고위직을 차지하고 있다. 일부는 책을 출간해서 작가가 되거나 종신 교수가 된다. 연구원이나 기업 경영진도 있다. 구드는 모든 성공적인 진로의 초석이 된다.

노랫소리가 갑자기 멈췄다. 산 위에 외따로 떨어진 캠퍼스에 깊은 정적이 흘렀다.

잠시 상념에 잠기려다 속삭이는 소리에 정신이 번쩍 들었다. 귀를 기울였지만 무슨 말인지 알아들을 수가 없었다. 몇 명이 낮게 속삭이며 키득거리는 소리 같았다.

그러다 "애쉬"라는 소리가 들렸다.

들릴락 말락 했지만 분명 내 이름이었다. 나는 화들짝 놀라 일어나다 카밀의 침대에 머리를 부딪쳤다.

"악, 빌어먹을."

속삭임이 멎었다. 복도에서 카밀과 바네사, 파이퍼가 내 얘기를 하는 게 틀림없다.

'새로 온 애가 피아노 선생님에게 독을 먹였대. 조심해. 다음에는 네 차례일지도 몰라.'

나는 침대에서 내려와 어두운 방을 지나 문을 열고 복도로 나갔다. 아무도 없었다.

옆방 앞으로 가서 나무문에 귀를 대보았다. 문은 두꺼웠으나 귀를 기울이니 코 고는 소리가 나직하게 들렸다. 자는 척하거나 환청인 거다.

'피곤해서 그래. 하루 종일 긴장하고 있었잖아. 시차 적응도 안 됐고 새로운 환경에서 스트레스를 받아 약간 멍해진 거야. 어서 가서 자자.'

복도 끝 방이 열리더니 깜박이는 불빛이 새어 나왔다.

"애쉬?"

그 순간 심장이 멎는 것 같았다. 놀라서 돌아보니 카밀이었다. 얼굴이 빨갛게 상기되고 눈은 퉁퉁 부어 있었다.

"복도에서 뭐……."

카밀은 호기심 어린 눈빛으로 나를 바라보면서 말끝을 흐렸다.

"내 이름이 들리는 것 같아서. 우리 방 앞에서 속삭이는 소리가 들렸거든. 너는 괜찮아? 운 것 같은데?"

카밀이 크게 훌쩍이더니 우리 방으로 가자는 시늉을 했다. 나는 카밀 먼저 들여보내고 문 앞에 잠깐 섰다. 좀 전까지 깜박이던 불빛이 사라지고 벨벳처럼 깊은 어둠만이 복도를 메우고 있었다.

어두운 방에 들어오자마자 카밀은 자기 침대에 누워 훌쩍거렸다.

"왜 그래?"

내가 물었다.

"아무 일도 아냐. 어서 자."

"얘기하고 싶으면……."

"아냐, 하고 싶지 않아. 컨디션이 좀 안 좋았는데 지금은 괜찮아. 그러니까 자라고. 내일은 중요한 날이잖아."

카밀은 금방 잠들었다. 나는 그 후로도 한동안 잠이 오지 않았다. 침대 옆 탁자에 놓인 《국가론》을 펼치고 겉장에 독서용 전등을 끼웠다. 어차피 잠을 못 잘 바에는 공부라도 하는 게 낫다.

하지만 이런저런 생각들로 집중할 수 없었다. 속삭이는 소리가 들렸고, 카밀은 운 것 같고, 열린 문틈으로 새어 나오는 불빛은 나를 부르는 것 같았다. 그리고 10년 전 살인 사건. 비밀 클럽. 그들은 어떤 목적을 가지고 활동하는 걸까? 어떤 비밀을 가지고 있을까?

그보다 더 섬뜩한 생각이 스쳤다.

나는 도대체 어떤 세계에 발을 들여놓은 걸까?

13

불면

학장은 잠을 이루지 못했다.

벌써 1시간 이상 뒤척이는 중이다. 머릿속으로는 하루 일과를 되짚으며 실수는 없었는지, 문제가 있지는 않았는지, 실추가 될 만한 일을 하지 않았는지 점검했다. 내일은 임직원 회의가 있다. 전 교수들이 모여 안건들을 토의하는 자리다. 썩 달가운 자리는 아니다. 언제나 똑같다. 매년 그렇듯이 교수들은 어떤 학생들이 어떤 도움이 필요한지, 누가 수업에 방해가 되는지, 누가 적응을 못 하는지, 또는 너무 우울해하는지, 지적으로 떨어지는지 등을 평가할 것이다. 그런 상황은 정말 우울하다. 다행히 지금까지는 문제 있는 학생이 없었다. 괜한 걱정을 하는 건지도 모른다. 내일도 순조롭게 진행될 것이다.

그런데 애쉬가 마음에 걸렸다. 뮤리얼의 일로 울음을 터트리기까지 했다. 포드 학장은 애쉬의 부모님이 갑작스럽게, 더구나 끔찍한 죽음을 맞았다는 소식을 들은 후로 벌써 몇 주째 애쉬가 머릿속에서 떠나지 않았다.

키가 크고 비쩍 마른 애쉬가 뭔가에 홀린 듯한 표정으로 집무실에 들어섰을 때 포드 학장은 애쉬를 안아주고 싶은 충동과 영국으로 돌려보내야 할 것 같은 생각 사이에서 순간적으로 갈등을 했다.

애쉬에게는 뭔가 마음 쓰이는 구석이 있다. 그 애의 과거를 잘 모르는데도, 다 알고 있는 듯한 느낌이 들었다. 아름다운 파란 눈에 드리운 그늘을 보면 안정된 환경에서 사랑받으며 자라지 못했다는 것을 알 수 있었다. 부모님의 죽음 때문일 수도 있다. 그늘로 보인 것은 슬픔이다. 슬픔 때문에 체중도 줄고, 목소리에 힘도 없었던 것이다. 뭔가 서두르는 듯하고, 상처받은 듯하고, 그늘이 있다. 그늘이 너무 많다.

화상 면담 때는 그런 것들이 보이지 않았다. 웹캠의 화질이 선명하지 않았고, 애쉬가 있던 방도 어둠침침했다. 빛이라고는 창을 통해 들어오는 자연광뿐이었다. 애쉬의 가족은 옥스퍼드셔에 있는 넓은 저택에 산다고 했다. 포드 학장이 인터넷으로 검색해보니 돌벽으로 된 3층짜리 집이었다. 집 전체가 담쟁이덩굴로 덮여 있었고 정원도 아름답게 가꾼 전형적인 영국식 저택이었다. 부모님도 별 문제 없이 성공한 사람들 같았고, 애쉬도 아무런 결점이 없었다. 학업 성적을 보면 군데군데 허점이 보였지만 이 정도 가정에서 자란 아이들은 으레 자기 길을 찾기 전까지 조금 방황하게 마련이다.

엄격한 명예규율과 집중력, 자아 정체성. 이것이 포드 학장이 구드의 학생들에게 부여하는 것이다. 거기에 빛나는 미래를 열 수 있는 열쇠까지.

면접에서 애쉬는 사교적이고, 걱정이 없고, 명석해 보였다. 소심하거나 어두운 구석이라고는 없었다. 자기 안에 웅크리고 있는 듯한 느낌도 없었다. 질문을 할 때마다 소스라치게 놀라지도 않았다.

아버지와 어머니의 죽음 후로 애쉬에게 어떤 일들이 있었던 걸까? 애쉬를 받아들인 것이 실수였을까?

에린 애슬로의 말에 따르면 베카와 애쉬가 잠깐 충돌했다고 한다. 베카가 부적절한 말을 했다가 따끔하게 반격을 당했다는 것이었다. 교직원을 위한 연례행사인 개강맞이 칵테일파티에서 에린이 두 사람의 언쟁을 상세하게 전해주었다. 이날 교직원들은 인솔 교사 순번 정하기부터 지역 남자고등학교와 함께하는 야외 댄스파티 일정까지 의논을 끝냈다.

애쉬는 첫날부터 베카의 관심을 끌었다. 둘의 관계가 어떻게 전개될지는 아무도 모른다. 사실 애쉬는 포드의 관심을 끄는 데도 성공했다. 어쩌면 애쉬는 누구나 한 번 보면 집착하게 만드는 그런 아이인지도 모르겠다.

지금으로서는 그저 지켜보는 수밖에 없다. 시간이 지나면 알게 될 테니. 10대 소녀들의 갈등은 시간이 지나면서 저절로 아무 일 없던 일이 되기도 한다.

베카는 멋지고 사랑스러운 친구가 될 수도 있고, 인정머리 없는 나쁜 계집애가 될 수도 있다. 베카는 지적 수준이 월등히 높지만 지독히 냉정하다. 어릴 적 엄마의 꽃밭에서 눈 하나 깜박하지 않고 나비의 날개를 떼어내던 아이였다.

2주일 전에 베카의 어머니 엘런 커티스 상원의원이 딸의 심리치료 기록을 우편으로 보내왔다. 버지니아의 정신과 의사 매클레인 박사가 평이하고도 명확한 문장으로 베카의 상태를 설명했다.

환자는 공감 능력이 부족하다. 맞고 틀린 것은 알지만, 규칙을 따라야 한다고 생각하지 않는다. 사소한 거짓말을 하며, 내 질문을 회피한다. 어머니가 지켜본 바에 따르면, 통행금지 시간을 지키지 않거나, 술을 마시거나, 마약을 하는 것과 같은 무모한 행동을 한다. 자신의 어머니와 나를 포함해 힘이나 통제권을 가진 사람을 경멸하는 듯하다. 경계성 인격장애, 조울증, 우울증일 가능성이 있다. 아니면 10대들이 흔히 그러듯이 부모가 너무 바빠서 함께 시간을 보내지 못할 때 관심을 끌기 위한 행동일 수도 있다. 일주일에 3일 상담 치료와 약물 치료를 병행할 것을 권한다.

정신과 의사의 소견서와 함께 타이핑한 편지도 들어 있었다.

'웨스트헤이븐 학장님', 이 부분은 굵은 가로줄로 지우고 옆에 검푸른 잉크로 '포드'라고 적었다. 마지막 획에 잉크 방울이 뭉쳐 말라 있었다. 만년필로 쓴 것으로 보아 위엄을 과시하려는 것이다. 아니면 비서가 타이핑을 해서 들이밀었을지도 모른다. 워싱턴 D. C. 스타일이다.

친애하는 ~~웨스트헤이븐 학장님~~ 포드,

베카에게 문제가 좀 있어요. 임상 테스트를 받았는데(첨부 자료) 일종의 우울증 같은 것이라는 진단이 내려졌습니다. 그래서 처방약인 졸로푸트를 소지하고 학교에 갈 것입니다.

그 애를 잘 돌봐주리라 믿습니다. 약을 복용한 후로 빠르게 좋아지고 있습니다. 개학을 맞아 학교로 돌아가게 되어 무척 기뻐하고 있어요.

베카의 상태에 대해 종종 알려주시기 바랍니다. 필요하시면 언제든 이메일을 주세요. 이메일 주소는 senator@ellen.curtis.senator.gov입니다.

감사합니다.

상원의원 엘런 커티스

포드 학장은 편지를 읽고 생각했다.

'공적인 이메일 주소를 주다니. 세상에, 어쩜 이렇게 정서가 메말랐을까? 가슴이 완전 돌덩이네. 그러니 베카가 집에서 시위를 하지.'

그리고 진단을 '일종의 우울증 같은 것'이라니.

아무튼 포드 학장은 초저녁에 베카에 대한 소견을 적어 이메일로 보냈다.

의원님,

베카는 학교에 잘 적응하고 있습니다. 수업도 열심히 듣고, 학생들 사이에서는 벌써 리더십을 발휘하고요. 제가 잘 지켜보겠습니다. 의원님의 의정 활동에 행운이 함께하시기를 바랍니다.

안녕히 계세요.

구드 학교 학장

포드 줄리앤 웨스트헤이븐

사람들은 자신의 신분을 드러내는 직위를 밝히고 싶어 한다.

포드는 베카에게서 정신과 의사가 말하는 걱정스러운 면을 보지 못했다. 베카가 의도적으로 잔인한 행동을 한 적은 없다. 하지만 포드는 학생들의 좋은 점만을 보려고 한다. 포드는 늘 바빠서 자기와 시간을 보내지 못하는 엄마의 관심을 받고 싶어 하는 마음도 이해한다. 그것이 부정적인 관심일지라도. 포드 역시 예전에는, 사실 지금도 어머니의 유익한 충고를 들으려고 하지 않는다. 포드의 어머니는 최악의 실수를 저질렀다. 그 덕분에 포드는 지금까지 구드 학교에 얽매여 있다. 그리고 잘된 일인지, 잘못된 일인지는 알 수 없으나 한 학생의 지극히 사적인 이야기를 읽어야 한다. 속죄의 의식처럼 말이다.

올해는 베카에게 특별히 주의를 기울여야 한다. 내년 봄에 졸업할 예정인데 벌써 하버드 입학 허가를 받아놓았다. 어쩌면 긴장이 풀려 학업에 느슨해질 수도 있다. 그건 용납할 수 없다. 포드는 베카에게 도전 거리를 제안할 생각이다. 그동안 재능과 관심을 보여온 단편소설 모음집을 내보라고 하고 포드가 직접 편집할 생각이다. 주제만 잘 정하고 이끌어주면 학기 말쯤 잡지에 기고할 수도 있을 것이다.

베카의 문제는 그렇게 해결하면 된다.

그리고 또 신경 쓰이는 일이 있었는데 뭐였지?

포드는 결국 이불을 젖히고 일어나 주방으로 갔다. 잠을 푹 자기 위해 카모마일 차를 만들고 칸나비디올 오일을 한 방울 떨어뜨렸다.

책상에 앉아 차를 마시면서 근심거리에 빠져들었다. 좋은 정신 훈련이다. 마음이 복잡할 때면 포드는 10분 정도 마음 가는 대로 자신을 맡긴다. 그런 다음 모든 생각을 거두고 마음 한쪽에 치워둔다. 포드는 타이머를 맞추고 상념에 잠겼다.

그때 전화벨이 울렸다. 모르는 번호였다. 포드는 전화를 받았다.

"웨스트헤이븐 학장님이시죠? 카운티 종합병원 의사 아퀴나스입니다. 그래슬리 교수를 담당하고 있습니다."

"아, 네. 뮤리얼은 괜찮은가요?"

"이런 소식을 전하게 되어 무척 유감입니다. 그래슬리 교수의 비상 연락처로 학장님 번호가 적혀 있어서요. 에피네프린에 대한 반응이 좋지 못했어요. 처치 기록을 보니 지난 몇 년간 이런 일이 여러 번 있었더군요. 간혹 몸이 무반응 상태에서 깨어나지 못하는 경우가 있거든요. 그리고 부종이 너무 심해서 심장이 제대로 작동하지 못했고요. 만성 과민증은 치료가 상당히 까다롭기도 하고……."

"지금 무슨 말씀을 하시는 건가요?"

"유감스럽게도, 학장님, 그래슬리 교수는 1시간 전에 운명하셨습니다."

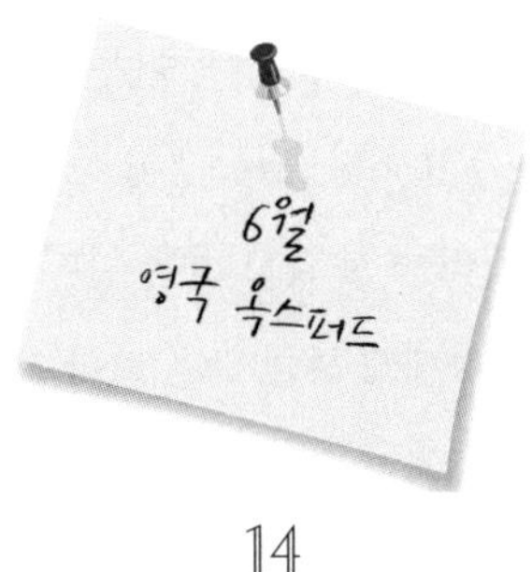

14

아버지

자갈이 튀는 소리가 나고 엔진이 부르릉거리다가 꺼졌다. 몇 초 후 창문이 흔들릴 정도로 현관문이 사정없이 열렸다. 현관에서 아버지가 나를 불렀다. 3층에 있는데도 그 목소리가 들렸다. 나도 모르게 미간을 찌푸렸다. 아버지가 알았다. 내가 한 짓이라고 생각하는 게 틀림없다.

"애슐린 엘리자베스 카! 어딨니?"

잠시 확률을 계산해본다. 시간을 끌면 아버지가 더 크게 화를 낼까, 아니면 더 적게 화를 낼까? 시간이 모든 상처를 치유해준다는 말을 처음 했던 사람은 분명 10대의 딸이 없었을 것이다. 우리의 상처는 점점 더 깊어지고, 넓어지고, 흉측해진다. 곪아가고 있다.

"애슐린! 당장 내려와."

나는 천천히 복도로 나왔다. 엄마의 목소리가 들렸다. 집무실로 쓰고 있는 일광욕실에서 나오고 있었다. 엄마는 하루의 대부분을 거기서 보낸다. 디너파티나 지방으로 떠나는 짧은 여행을 계획하고, 감사의 편지를 쓰면서. 다 쓸데없는 짓이다. 아무 의미 없다. 가식적인 세계에서 가식적인 삶을 살 뿐이다. 남동생이 죽은 후 엄마는 파티를 계획하고 셰리주를 홀짝거리는 것 말고 하는 일이 없다. '차에 셰리주 한 방울 넣어줄까?' 엄마가 나에게 하는 말은 고작 그 정도였다.

"데미언? 무슨 일이에요? 왜 여기서 미친 사람처럼 소리를 지르는 거예요? 오늘 런던에 가는 거 아니었어요?"

"애슐린 집에 있지?"

"자기 방에 있겠죠. 그런데 왜요? 그 애가 무슨 잘못을 했길래 그래요?"

두 사람이 언쟁을 하는 것 같았다.

"데미언, 제발. 그렇게 다그치지 말아요. 당신 품격이 떨어지니까."

그러자 아버지의 철벽같은 목소리가 들렸다.

"실비아, 이 일에 끼어들지 마."

계단을 뛰어 올라오는 소리가 들렸다. 회색 양모 카펫을 밟는 소리가 2층 복도를 울렸다. 아버지는 원래 마른 편이었는데 수년간 컴퓨터 앞에서 일하고 클럽에서 고칼로리 음식을 먹다 보니 달리기 선수 같던 체격은 더 이상 찾아볼 수 없었다.

나는 얼른 방으로 들어와 문을 닫았다. 잠그려고 했으나 아버지가 먼저 손잡이를 잡고 문을 열어젖혔다. 그 바람에 나는 방바닥을 가로지르며 나동그라졌다.

아버지는 데미언 카라는 이름이 기가 막히게 어울렸다. 아버지의 눈이 악령에 씌인 듯 석탄처럼 타올랐다. 화를 이기지 못하는 사탄의 눈빛이었다. 가슴속에 악마가 깃든 모습이었다.

"대체 무슨 짓을 한 거지?"

"무슨 짓이라뇨. 아무 짓도 안 했어요. 무슨 말씀을 하시는지 전혀 모르겠네요."

"너 때문에 재무부 차관 자리가 날아갔어. 최종 후보 명단에서 제외됐다고. 누군가 익명의 계정으로 외설스러운 이메일을 보내서 말이야. 네 짓이라는 거 알아."

"아니에요, 아빠. 아빠를 망하게 하고 싶을 정도로 관심 있는 것도 아니에요. 아빠를 미워하는 누군가의 짓이겠죠."

이 용감무쌍한 발언으로 나는 어금니를 내놓아야 했다. 아버지의 매운 주먹에 눈앞이 캄캄했다. 별이 번쩍이는 것 같았다. 귀에서 윙하는 소리가 가라앉자, 나는 손바닥에 어금니를 뱉어내고 조롱하는 눈빛으로 아버지를 쏘아봤다.

"실컷 때려도 좋은데, 내가 한 짓은 아니에요."

"거짓말하지 마. 앙큼한 것. 넌 거짓말을 하고 있어. 어떻게 그럴 수 있지, 애슐린? 어떻게 한 거냐? 네 짓인 거 알고 있어. 그러니 잡아뗄 생각 마라. IP 주소가 브로드 가에 있는 카페로 되어 있어. 네가 늘 가는 곳이지. 네가 하루 종일 어디서 시간을 보내는지 내가 모를 거라고 생각하니? 누가 도와준 거지? 너 혼자 했을 리 없어. 그 정도로 영리하지 않으니까."

"데미언!"

엄마가 문턱에서 공포에 질린 얼굴로 지켜보았다. 엄마의 눈에 어떻게 보일지 알 만하다. 내가 작가이자 감독이자 연출가인 연극을 보고 있는 것 같겠지.

애슐린 : 입안에 피가 흥건히 고인 채 빠진 이를 손에 들고 미친 여자

처럼 웃고 있다. 볼과 턱은 잔뜩 부어 피부가 팽팽히 당겨진다. 어떤 모습일지 거울을 보지 않아도 안다. 아버지의 주먹세례를 받은 게 한두 번이 아니니까.

데미언 : 불같이 화나 있다. 증오에 가득한 눈은 튀어나올 듯 이글거리고, 계단을 헐떡거리고 올라오느라 입가에 살짝 경련까지 인다. 다시 한 번 애슐린을 향해 주먹을 날리고 싶은 것을 억지로 참는다.

자, 이제 다시 싸움을 시작하는 거야. 단, 이번에는 주먹을 날릴 것이라는 사실을 관객이 미리 알아채도록 틈을 좀 줘라. 아주 잠깐이라도.

요즘 자주 그랬듯이 아버지와 나는 싸울 태세를 취했다. 내 몸은 두들겨 맞아 멍이 들었고, 아버지의 옆구리는 경기가 끝날 때까지 채찍질당하는 순혈통 말처럼 들썩였다.

아버지는 나를 미워한다. 항상 미워했다. 우리 부모님에게 나는 사랑하는 종손을 물에 빠져 죽게 만든 무책임한 등신이다. 그때 나도 어린아이였다는 것은 중요하지 않다. 그 애의 손을 잡고 있어야 했는데 잠깐 한눈팔다 돌아보니 연꽃 사이로 물속에 얼굴을 박고 있었다. 조니가 네 살, 내가 여섯 살 때였다.

조니가 죽은 후 우리 가족은 갈라졌다. 하긴 그 전에도 행복하고 사랑이 넘치는 가족은 아니었지만. 착하고 사랑스런 조니는 영원히 네 살짜리 천사로 남게 되었다. 괴물의 입을 마주하고 있는 순진무구한 천사. 나는 조니의 등에 손을 얹고 앉아서, 모네가 살아 있다면 자기 그림에 조니를 그려 넣고 싶을지 모른다는 생각을 했다. 조니의 통통한 다리가 흙탕물 속으로 사라졌다. 초록색 연꽃 잎이 조니의 흰 셔츠와 젖은 갈색 머리를 배경으로 생기 있게 빛났다.

그리고 비명 소리가 들렸다. 비명 소리가 끊이지 않았다.

손가락으로 조니를 살짝 찌르기는 했다. 하지만 물속에 잠길 정도로 누르지는 않았다. 밀어 넣지도 않았다. 목격자들이 뭐라고 했든 말이다. 그들은 거짓말을 한 거다. 아버지한테 뭔가를 얻어내기 위해 거짓말한 거다. 자신들이 고발하면 데미언 카 경이 뭔가 보상을 하리라 기대한 거다.

사고가 있기 전에도 아버지는 나에게 별 관심이 없었다. 하지만 사고 이후 아버지의 적대감은 가히 전설적이다.

아버지는 항상 정숙과 예절을 강요했다. 커튼에 불을 지르고, 롤러블레이드로 값비싼 골동품 실크나 양털 깔개를 망가뜨리는 거칠고 수선스러운 아이라고 꾸짖었다. 그럼에도 여왕의 관대함 덕분에 막대한 재산을 물려받는다며 못마땅해했다. 나는 원하지도 않는데 말이다. 누가 돈에 관심 있다고.

아버지는 긴 결혼 생활에서 권태기가 오기 전부터 엄마 몰래 바람을 피웠다. 아버지가 다른 여자와 엄마 침대에 있는 것을 본 적도 있다. 두 사람은 키득거리며 장난을 쳤다. 엄마처럼 금발 여자였다. 심지어 엄마를 닮은 것 같기도 했다. 하지만 목소리는 엄마와 전혀 다르게 가볍고 경망스러웠다.

나는 난생처음 듣는 소리에 안방으로 갔다. 불을 찾아 날아드는 나방처럼. 엄마 아빠가 뭣 때문에 행복한지 알고 싶었다.

어리석은 애쉬. 어리석고 위험한 애쉬. 아버지는 그날 밤 내 방에 와서 말했다.

"엄마에게 말하면 죽여버린다."

아버지는 삐뚤고 벌어진 이를 드러내며 웃었다. 다른 사람에게는 미소, 나에게는 위협이었다.

힘없고 어린 생쥐 같은 나는 이렇게 말했다.

"그럼요, 아빠. 절대 말 안 할게요."

하지만 마음속으로는 그러지 않았다. 아버지의 말을 경멸과 상처의 쓰라린 기억들을 모아두는 창고에 저장했다. 점점 늘어가는 다른 기억들과 함께. 필요할 때 언제든 뽑아서 손목과 목을 벨 수 있는 날카로운 면도칼처럼.

'걱정 마세요, 아버지. 이제 아버지의 비밀을 알았으니 그걸 써먹을 때까지 꽁꽁 숨겨놓을게요. 기회가 오면 그것을 꺼내 아버지를 파멸시킬 거예요. 그리고 아버지가 지옥불에 활활 타는 것을 보면서 웃을 거예요.'

자랄수록 아버지하고 사이가 점점 더 나빠졌다. 엄마는 내가 번번이 아버지의 성질을 건드린다고 했다. 이번에도 엄마는 입술을 잔뜩 오므리고 그렇게 말했다. 바람둥이에 거짓말만 하는 살인자 같은 아버지의 엉덩이를 걷어차서 집 밖으로 쫓아내지 않고 오히려 편을 드는 것이었다. 나를 얼른 치과에 데리고 간다거나, 요리사에게 얼음을 가져오라고 하지도 않았다.

"애슐린, 아버지 성질 좀 건드리지 말고 묻는 말에 대답해."

"나는, 아무 짓도, 하지, 않았다고요. 아버지가 망신을 당한다고 해서 내가 좋을 게 뭐예요? 아버지가 그 더러운 여자와 바람을 피운다는 사실을 세상 사람들이 알면 나도 창피하다구요. 우리 집안의 망신이라고요."

부모가 했던 말을 그대로 되돌려주는 유구한 전통은 얼마나 달콤한 것인가.

아버지는 으르렁거리며 또 한 번 주먹을 날렸다. 하지만 이번에는 내가 빨랐다. 내 입에서 마지막 말이 나감과 동시에 피할 준비를 했다. 나는 몸을 굽히면서 오른손으로 가방을 집어 들고 방을 빠져나왔다. 엄마와 아버지 모두 놀란 표정으로 멍하니 나를 보았다.

계단을 뛰어 내려갔다. 뒤에서 아버지가 소리를 지르며 쫓아오는 소리가 들렸다. 점점 가까워졌다. 내 부츠는 뒷문에 있다. 주방을 지나 뒷문으로 가는데 도시가 놀라 쳐다보았다. 도시는 어린 시절부터 우리 집 요리사였다. 도시가 나를 잡으려고 했지만 내가 조금 더 빨랐다. 아버지가 도시하고 부딪치면서 두 사람은 돌바닥에 넘어졌다. 덕분에 나는 시간을 벌었다.

"애슐린."

엄마가 또다시 나를 불렀다. 이번에는 애원조였다. 그러나 나는 부츠를 집어 들고 밖으로 나와 미로 정원을 지나 뒤뜰을 빠져나갔다. 이번에도 역시 도시 덕분에 탈출할 수 있었다.

길을 따라 1킬로미터쯤 내려가서 생울타리를 지나 다시 우리 소유의 들판으로 갔다. 돌담 옆에 내가 늘 담배 피우는 자리가 있다. 해가 지면 자주 가는 곳이다. 거기에 조니의 묘지가 있다. 묘 옆에 앉자 마음이 편안해졌다. 다른 가족과 달리 조니는 벌써 몇 년 전에 나를 용서했다.

나는 바람을 피할 만한 곳에 앉아 아픈 부위를 손으로 더듬어보았다. 얼굴 전체가 아팠지만 턱이 부러진 것 같지는 않았다. 빠진 이는 아직 왼손에 쥐고 있다. 다시 제자리에 끼울 수 있을까? 아니다. 그건 너무 위험하다.

가방 속에 물병이 있다. 어제부터 넣어 다니며 마시고 남은 것이다.

물로 입안을 헹궈냈다. 남은 물로 빠진 이를 씻어서 제자리에 끼우고 꾹 눌렀다. 너무 아파서 무릎이 후들거려 바닥에 털썩 주저앉았다. 눈을 꼭 감고 이를 악물면서 제발 빠졌던 이가 뿌리를 내리길 기도했다.

담배가 간절하다. 아니면 총이나.

어떻게든 이 지옥을 벗어나고 싶다.

태초에도 반항적인 딸들은 있었다. 대부분 나 같았을 것이다. 다른 중요한 일에 밀려 관심도 전혀 없는 부모님 밑에서 살았을 것이다. 그러다 뭔가 딸을 써먹을 일이 생기면 그제야 관심을 기울인다. 가족의 신분 상승을 위한 사다리가 되어줄 유리한 결혼 상대가 나타났거나 하는 것 말이다. 너무 반항적이어서 도무지 통제할 수 없으면 수녀원으로 보내버린다. 요즘 같으면 기숙학교로 보낸다. 아니면 누구든 좋다는 멍청이에게 팔아버리든지. 당신의 아버지가 나쁘다고 생각한다면 조금만 더 기다려봐라. 나머지 인생이 어떻게 풀리는지. 등 뒤에서, 아니면 무릎 위에 앉아서 그 짓을 강요받다가 결국 임신을 하고, 운이 좋아 첫아이를 출산하고 나면 어느새 열세 번째 아이를 낳게 된다.

예로부터 여성들이 저항해왔지만, 이제는 좀 더 고상해졌다. 모래알갱이처럼 작은 상처들을 수천 개 내면서 서서히 생명을 앗아가는 식이라고나 할까. 내게도 저항의 시간이 다가오고 있다. 그러나 나는 수천 번은 싫다. 단 한 번으로 끝낼 것이다. 정확한 지점과 정확한 시간에.

지난번에 싸울 때 아버지는 나에게 더 이상 재정적 지원을 하지 않겠다고 했다. 나도 그러라고 했다. 나는 아버지의 돈을 원하지 않는다. 그놈의 더러운 돈. 어머니는 한 푼도 없다. 어머니는 결혼으로 엄청나게 신분 상승을 한 것이다.

유산을 받지 못한다면 일자리를 구해야 할 것이다. 18세의 가짜 신분증을 구할 수 있다. 서류를 위조해서 짧게나마 경력을 만들 수도 있다. 아파트를 구하자. 그동안 돈을 모았다. 아직은 아버지 계좌에서 돈을 빼낼 수 있지만 언제 차단될지 모른다. 나는 스스로 문제를 해결할 정도의 머리가 있다. 지난 몇 년간 아버지의 계좌에서 돈을 조금씩 빼냈다. 물론 담배를 피우거나 술을 마시는 데 적잖이 쓰기는 했지만 4만 파운드(약 6천만 원) 정도 숨겨놓았다.

일을 하고 싶지는 않지만, 탈출을 위해서는 뭐든 할 것이다. 여기서 떠나야 한다. 평화를 찾고 싶다.

내가 나쁜 아이라고 생각하는가? 내 부모야말로 정말 끔찍한 사람들이다.

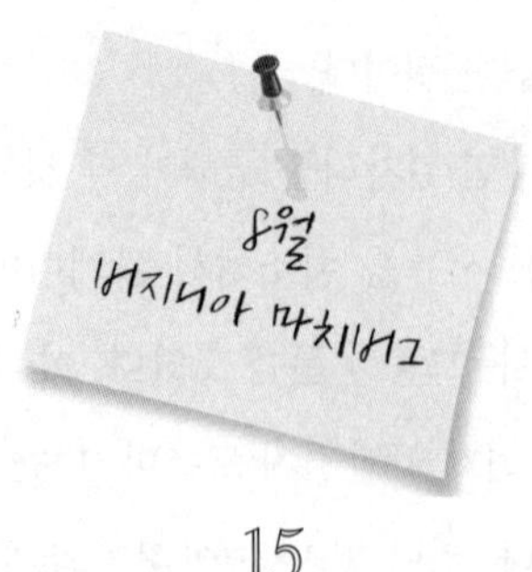

15

실수

하루 종일 어안이 벙벙했다. 산기슭을 타고 흘러내리는 물줄기처럼 끊임없이 쏟아져 나오고 들어가는 친구들을 따라 이 수업, 저 수업 찾아다녔다.

수업 첫날부터 벌써 뒤처진 느낌이다. 필기를 얼마나 했는지 손가락이 뻑뻑했고, 손톱 옆에 펜 자국이 났다. 노트북 컴퓨터의 작은 키보드를 치느라 손목도 얼얼하다.

수업을 같이 듣는 아이들은 무서울 정도로 똑똑하다.

교수님들은 언제 어떤 주제든 지적 담론을 요구한다. 강의는 가르치는 것이 아니라 주제를 가지고 토론하거나 논리적으로 접근하는 자유토론 형식이다. 교수와 학생의 비율이 1 : 10을 넘지 않기 때문에 모든 의견과 아이디어를 섭렵할 수 있었다. 교수님들은 이론을 제시하고 학생들은 자유롭게 토론한다. 따라서 주제에 대해 어떤 지식과 자기 의견이 있어야 한다. 그래야 토론에 참여할 수 있으니까. 이런 식으로 3년은커녕 3일만 한다고 해도 속이 메슥거린다. 학기가 진행될

수록 점점 더 힘들어질 것이다.

진심으로 걱정되기 시작했다. 내가 해낼 수 있는 일이 아니다. 첫날부터 그것을 깨달았다.

오후 2시는 컴퓨터 과학 수업이다. 오늘 수업 중 끝에서 두 번째다. 과학관 안쪽에 자리 잡은 컴퓨터실은 조용했고, 천장 매립형 조명이 밝혀져 있었다. 벽면은 체리목과 유리 소재로 컴퓨터 스크린에 빛이 반사되지 않게 설계되었다.

스크린은 모두 델컴퓨터에서 만든 전문가용이었다. 책상 하나에 네 대씩 놓여 있었으며, 그런 책상이 세 줄 나열되어 있었다. 검은 탑처럼 솟은 스크린들이 조용히 속삭이듯 윙윙거리면서 열심히 데이터를 처리하고 있었다. 고등학교로서는 분에 넘친다는 생각이 들었다. 그렇지만 여기는 구드 학교 아닌가. 분에 넘치는 게 이 학교의 풍습인지도 모르겠다.

실리콘밸리에서 왔다는 도미닉 메디아 교수는 멀리서 보나 가까이서 보나 잘생겼다. 가까이서 보니 더 잘생긴 것 같기도 했다. 첫인상은 일단 멋있다. 《폭풍의 언덕》에 나오는 남주인공 히스클리프처럼 키가 크고 피부가 거무스름하다. 그가 황무지를 헤매며 캐서린의 이름을 외치는 모습이 떠올랐다. 점심시간에 메디아 교수의 이력을 읽어보았다. IT 산업계의 선두라 할 수 있는 FANG(페이스북, 아마존, 넷플릭스, 구글을 일컫는다. – 옮긴이) 기업에서 모두 일한 경력이 있으며, 실제 구현되고 있는 것보다 훨씬 더 많은 소프트웨어를 개발했다. 메디아 교수 밑에서 배우는 건 정말 큰 행운이다.

첫 줄 책상 앞에 앉으니 메디아 교수가 관심 어린 눈으로 바라보았다. 그 눈빛에 나는 바보처럼 얼굴을 붉혔다. 마침내 그 눈빛이 나를 지나 문으로 옮겨 가자 비로소 마음이 놓였다. 잠시 후 환한 미소를 지으며 누군가를 반기는 모습에 나도 힐끗 문 쪽을 돌아보았다. 순간 가슴이 철렁 내려앉았다. 베카 커티스였다.

그 불량소녀는 단숨에 실내 공기를 오염시켰다.

메디아 교수가 두 손을 마주치며 말했다.

"좋아, 좋아. 이제 다 모인 것 같은데. 베카, 여기 앉도록."

그러면서 내 옆자리를 가리켰다.

천적과 같이 수업을 듣는 것으로도 모자라 바로 옆에 앉다니? 지난번에 내가 왜 입을 닥치지 않았을까? 그랬다면 저 불량소녀는 나에게 일말의 관심도 두지 않았을 거고, 나는 평화롭게 코드를 작성할 수 있을 텐데 말이다.

나는 베카와 눈을 마주치지 않으려고 책가방 끈을 조절하는 척했다. 베카가 옆자리에 앉으면서 낮게 속삭였다.

"멍청한 영국 계집애."

뭐, 그 정도야. 나는 이를 악물고 무시했다. 내가 이 불량소녀와 잘 지낼 수 있는 유일한 기회는 이미 한참 전에 날아갔다. 전에도 이런 식의 교내 갈등을 겪어보았다. 그런데도 나는 미국 학교에서 같은 일을 또 겪을까 싶었다. 순진하게도 말이다. 구드의 학생들은 다를 것이라고 기대했던 것이다.

그러나 인간의 본질은 어디나 같다. 약자를 노리는 야수는 어디나 있는 모양이다.

뒤에 앉은 아이들이 내게 들리도록 속삭였다.

"저 애는 왜 여기 있는 거야? 이 수업은 상급생 전용 아냐?"

"이제 전 학년으로 바뀌었나 보지."

그 줄의 누군가가 말했다.

"절대 따라오지 못할걸. 일주일이면 포기할 거라고 봐."

어깨 너머로 뒤를 돌아보았다. 짙은 갈색 머리를 하나로 묶은 아이가 조롱 섞인 미소를 지었다. 그 애의 머리채가 어깨에 두른 숄 위로 찰랑거렸다.

메디아 교수가 학생들 사이에 오가는 악의적인 대화를 전혀 알아채지 못한 채 환한 미소를 지으며 교실 앞으로 나왔다.

"모두 반가워요. 나는 메디아 교수입니다. 오늘은 커널 해킹을 해보겠어요. 재미있을 것 같죠?"

수업이 시작됐다. 메디아 교수는 파이썬 기본 스크립트를 나눠 주었다. 혼잣말로 투덜거리거나 끙끙거리는 소리가 들리고 타이핑도 서툰 것을 보니 어렵지 않게 앞서갈 수 있다는 자신감이 생겨 마음이 가벼웠다. MIT나 캘리포니아 공과대학에 진학할 아이들보다 월등히 앞설 자신이 있다. 메디아 교수는 내 코드를 살펴보면서 가볍게 휘파람을 불었다.

"너무 쉽다고 진작 말하지 그랬나, 칼라일. 이 정도 실력이면 오늘 가르쳐도 되겠는데."

베카 커티스를 포함해 모두의 시선이 내게 쏠리는 걸 느꼈다. 베카의 오른쪽 눈썹이 치켜올라 갔다.

"수업 끝나고 내 방으로 오렴?"

나는 온순하게 고개를 끄덕였다. 3시 종이 울리고 수업이 끝났다. 베카가 천천히 걸어가며 내뱉었다.

"완전 바보는 아닌가 보네."

나는 어떤 뜻인지 몰라 그냥 무시했다. 메디아 교수가 오라는 손짓을 했다.

벽돌로 마감된 메디아 교수의 방은 심플했다. 방 안에는 책상 하나만 달랑 놓여 있었다. 책상 위에는 일체형 아이맥과 몰스킨 노트 한 권, 그리고 검정색 깔개가 전부였다. 가장자리가 닳아서 날깃날깃한 고동색 가죽 가방은 충실한 늙은 개처럼 그의 발치에 놓여 있었다.

"컴퓨터를 꽤 잘 아는 것 같은데."

메디아 교수의 말에 나는 고개를 끄덕였다.

"얼마나 해봤지?"

이번만큼은 거짓말할 필요가 없다.

"혼자 하고 싶은 작업을 할 수 있는 정도예요. 컴퓨터를 이해하기가 어렵지 않아요. 이 나머지……."

나는 손을 휘저으려다 멈췄다. 아차, 실수다. 선생님 앞에서 수업이 쉽다고 말하다니. 그러나 메디아 교수는 환하게 미소를 지었다. 얼마나 자애로운지 발가락까지 따뜻해지는 것 같았다.

"여기는 교육과정도 어렵고 환경 자체도 적응하기가 쉽지 않아. 하지만 잘해낼 거야. 새 학교, 그것도 외국에서 적응하려면 충돌과 어려움이 있게 마련이지. 마음에 여유를 가지는 게 좋아. 자, 좀 전에 썼던 코드에 대해 설명해볼까? 어떤 작업을 위한 거지?"

메디아 교수는 내 코드가 어떤 작업에 사용되는지 알고 있다.

"좁은 파이프로 큰 뭉치의 정보를 전송하는 겁니다. 특히 암호화된 파이프는 이 코드를 사용해야 열리니까요."

"이런 걸 어디서 배웠지?"

"신문에서요."

"그게 무슨 말이지?"

"집에서 받아 보는 〈데일리 메일〉 기사에서 봤어요. 지난여름에 스턱스넷(Stuxnet, 발전소, 공항, 철도 등 기간시설을 파괴할 목적으로 제작된 컴퓨터 바이러스 – 옮긴이)에 관한 기사가 실렸거든요. 이스라엘이 이란의 핵시설에 바이러스를 침투시켰다는 내용이었어요. 그 기사에 흥미를 갖다 보니 빠져나올 때 출입구를 좀 더 빨리 폐쇄할 수 있는 압축 코드를 개발해봐야겠다는 생각을 하게 되었어요. 말하자면 발자국 지우기 같은 거죠. 모래에 찍힌 발자국은 물이 들어오면 완전히 사라지잖아요."

메디아 교수가 큰 소리로 웃었다.

"그 코드의 완성도를 높이기 위해 암호화된 압축 코드를 작성했다는 거냐? 조심해야 해. 국가안전보장국(NSA)에서 연락이 올 수도 있어."

"나쁜 짓은 아니잖아요."

"체포가 아니라 채용하려고 말이야. 정말 멋진 코드야. 우리 반의 다른 학생들보다 훨씬 더 앞서 있어. 웨스트헤이븐 학장에게 말해서 따로 개인 학습 프로그램을 기획해보는 게 좋겠다. 이 분야에 재능이 있으니 키워주고 싶구나."

"아니, 아니에요. 괜찮아요. 저는 수업 듣는 게 좋아요."

"이 정도 수준이라면 수업에서 배울 게 없어. 시간 낭비지. 재능 낭비고."

"하지만……."

"그 반에서 너무 특출 나면 표적이 될 수 있어."

"저는 이미 표적인걸요."

나도 모르게 이렇게 말하고는 다시 아차, 싶었다. 그러나 메디아 교수에게는 나도 모르게 왠지 속에 담았던 말들을 하게 되는 것 같았다.

"그건 오래가지 않을 거야. 그 부류 아이들이 원래 그래. 지금은 외톨이 같지만 몇 주 지나면 모두 좋아하게 될 거야. 네가 얼마나 똑똑한 사람인지 알게 되면 말이지. 구드에서 가장 가치 있는 것은 두뇌거든. 그러니까 마음 편히 가져. 내 개별지도를 받고 실력을 높이는 거야. 발전할 기회가 있는데 주저앉을 필요 없지."

"가, 감사합니다. 정말 친절하세요."

"학생이 재능을 좋은 곳에 쓸 수 있도록 하는 것도 학교 책임이지. 개별 수업을 할 시간은 나중에 메일로 알려주마. 오늘 하루 잘 보내렴. 추워서 실내에 틀어박히기 전에 남은 여름을 즐기도록."

나는 메디아 교수의 마음이 변할까 봐 서둘러 연구실을 나왔다. 개인 이메일 서비스의 현대적인 엔드-투-엔드(end-to-end) 암호 프로토콜을 개발한 사람에게 일대일 수업을 받게 되다니, 완전 멋지다.

물론 어떤 교수에게든 주목받는 것은 내 생활신조에 어긋나는 일이다. 하지만 어쩔 도리가 없다. 조금은 내 실력을 보여주고 싶었으니까. 영국을 떠난 후로 처음 느껴보는 편안함이었다. 키보드를 두드리는 동안 머릿속에서 실타래가 풀리듯 코드가 줄줄 쏟아져 나왔다. 컴퓨터는 언제나 자신 있었다. 도서관에서 책을 몇 권 빌려 프로그래밍 언어를 배우고 바로 코드를 작성하고, 기본적인 작업을 수행하는 프로그램을 만들 수 있었다.

실제로 해킹을 시도해본 적은 없다. 심각한 정도는 아니었다는 뜻이다. 이것저것 아주 조금씩은 해봤다.

16

첫 번째 죽음

햇볕이 따갑게 내리쬐는 날이다. 습도가 높아서 공기가 후덥지근하고 끈적끈적했다. 가방에서 물병을 꺼내 들고 올드웨스트 앞에 있는 떡갈나무로 갔다.

해가 쨍쨍한데도 건물 위에 그늘이 드리워 있었다. 마치 구름이 건물을 덮고 있는 것처럼. 내가 서 있는 곳에서 기숙사와 내 방 창문이 한눈에 보였다. 그런데 이상하게도 내 방 커튼이 움직였다. 시계를 보았다. 카밀이 방에 있을 시간은 아니었다. 그녀는 합창 연습을 하고 있다. 오늘 아침에 수업시간표를 서로 자세히 대조해보았다. 서로 필요할 때 찾으려고 교실까지 확인했다. 그때 진심으로 내가 학교에 잘 적응하고 행복하기를 바라는 카밀에게 조금 감동을 받기까지 했다.

이제 보니 내가 방에 없는 시간을 알려고 그랬던 것 같다. 뭘 하는 걸까? 내 물건을 뒤지나?

분노가 치솟았다. 나는 일어나서 달리기 시작했다. 얼른 카밀과 맞닥뜨려야 한다. 그냥 넘어갈 일이 아니다.

방 안의 그림자가 또다시 움직이고 커튼이 제자리로 내려왔다. 그 순간 검은 곱슬머리가 보였다. 바네사였다. 카밀과 같이 있는 건가? 카밀은 수업에 빠진 걸까? 아니면 내가 카밀의 시간표를 잘못 알고 있나?

어떻게 해야 하지? 내가 잘못 알고 있는 거면 완전 바보 되는 거다. 감춰야 할 것이 있는 건 아니다. 내 물건은 잘 챙겨두었다.

좋든 싫든 아니면 관심이 없든, 나는 이곳에 내 길을 만들어야 한다. 그러기 위해서는 관심의 초점이 되어서는 안 된다. 그런데 지금 나는 완전히 반대로 하고 있다. 매력적인 교수님 앞에서 실력을 뽐낸 것은 정말 바보 같은 짓이다. 벌써 세 사람의 주의를 끌었다. 학장, 메디아 교수, 그리고 베카 커티스.

최소한 하나는 큰 문제를 일으킬 것이다. 왠지 그런 예감이 든다.

종소리가 온몸에 전율을 일으키며 퍼져나갔다. 이제 홀 교수의 생물학 시간이다. 학장의 집무실을 지나가는데 웨스트헤이븐 학장이 나오더니 나를 불렀다.

"애쉬? 잠깐 얘기 좀 할까?"

무척 피곤해 보였다. 도착한 날 보았던 우아한 여자가 아니었다.

나는 집무실로 따라 들어가면서 물었다.

"그래슬리 교수님은 어떠세요? 안부를 여쭈려고 했는데 수업 때문에 정신이 없었어요."

"좀 앉아라."

조금 불안한 생각이 들었다.

"애쉬, 안 좋은 소식이야. 그래슬리 교수가 돌아가셨다."

학장의 말이 종소리만큼 깊게 가슴을 때렸다.

"뭐라고요?"

"의사 말로는 이미 병증이 있는데 올해 들어서만 벌써 여러 번 그런 일을 겪다 보니 악화되었다는구나."

맙소사. 이건 부정할 수도 피할 수도 없다. 내가 사람을 죽인 거다.

나는 너무 기가 막혀서 울 수도 없었다. 그냥 얼어붙은 것처럼 앉아 있을 뿐이었다.

그래슬리 교수가 죽었다. 목숨을 잃었다. 내 실수로. 아주 사소한 실수. 그 때문에 재능 있고 사랑스러운 한 생명이 영원히 짓밟혔다.

내가 한 짓을 알려야 할까? 정신을 차려보니 학장이 내게 뭔가를 물어보고 있었다.

"괜찮니, 애쉬? 충격이 클 거야. 너와 뮤리얼은 참 잘 맞을 것 같았는데. 네가 뮤리얼 걱정을 많이 했는데 말이지……."

학장이 호기심 어린 매의 눈으로 꿰뚫듯 바라보자 나는 그만 용기를 잃어버렸다.

"네, 그래슬리 교수님께서 얼마나 친절하게 대해주셨는지 몰라요."

"곧 추도식이 열릴 거야. 뮤리얼 대신 피아노를 가르칠 선생님도 새로 구해야지. 그만한 사람을 찾으려면 2, 3주로는 부족할 것 같구나. 결국 네가 바라던 대로 된 셈이지. 그동안 앞으로 뭘 하고 싶은지 생각해보거라."

나는 그저 고개를 끄덕이며 대답했다.

"감사합니다."

"그럼 얼른 수업 들어가 봐. 홀 교수한테는 나하고 얘기하느라 늦었다고 말해줄 테니. 화장실에 들러서 얼굴부터 닦으렴. 아, 그리고 애쉬?"

"네, 학장님?"

"너무 걱정 마라. 학기를 좀 어렵게 시작하게 됐는데 곧 괜찮아질 거야. 너는 적응을 아주 잘할 것 같아."

"감사합니다, 학장님."

학장이 사실을 안다면 그렇게 말하지 못할 것이다.

나는 곧장 학장실을 나왔다. 다행히 생물학 교실은 극장 뒤쪽 건물에 있다. 가는 길에 그래슬리 교수의 사무실에 들러 작은 황금색 상자를 찾았다.

상자는 책상 위에 있었다. 나는 얼른 상자를 가방에 넣고 방을 나왔다. 나중에 버려야지.

교수를 죽인 것뿐 아니라 증거까지 훔쳐냈다.

다음에는 또 어떤 짓을 저지르려나?

그건 나도 아직 모른다.

17

소환

저녁 식사 시간은 그야말로 아수라장이었다. 수업이 시작된 지 이틀밖에 안 된 데다 그래슬리 교수의 사망 소식까지 더해져 식당 안은 전에 없이 시끌벅적했다.

학생들은 좀비처럼 말없이 앉아 있거나 열을 내며 떠들었다. 새로운 우정이 꽃피었다. 동맹이 깨지고 새로운 파벌이 형성되면서 테이블에 모여 앉는 무리도 바뀌었다. 한창 바삐 일하는 꿀벌들처럼 요란하고 부산스러웠다. 그 한가운데 여왕벌 베카 커티스가 앉아 있었다. 들판을 유유히 흐르는 개울처럼 베카는 가만히 있어도 존재감을 발휘했다. 자연스럽게 아이들이 그녀 주위에 모여들고 집중하고 따랐다.

나는 오늘도 얼음물과 닭고기 코브 샐러드를 먹으며 조용히 주변을 살폈다. 그래슬리 교수의 방에서 가져온 초콜릿 상자에 신경이 쓰였다. 가방 속에 있는 작은 상자가 나를 조롱하는 것 같았다. 그런 기분을 애써 무시하며 눈앞의 광경을 바라보았다.

부유한 소녀들과 특혜받은 삶이 익숙함과 동시에 낯설었다. 서로 친밀한 그들은 친구보다는 자매 같은 유대가 형성되어 있는 듯했다. 형제 없이 혼자 내 세계에서만 살아온 나는 부러움과 동시에 질투를 느꼈다. 모두 잘 어울리는 것 같았다. 나는 언제나 안을 들여다보는 이방인처럼 살아야 하는 건가? 나 때문에 계속 사람들이 죽는다면 그렇게 될 수도 있다.

카밀이 자기 앞에 놓인 음식 접시를 밀어내고 인형 같은 눈을 반짝이며 말했다.

"애쉬, 너 매력남과 개별 수업 했다던데 정말이야?"

"매력남? 아, 메디아 교수님? 응, 수업 끝나고 면담한 거야. 앞으로 개별지도를 해주시겠대."

바네사가 거만한 미소를 지으며 끼어들었다.

"조심하는 게 좋아. 학장님이 좋아하지 않을걸."

"어차피 상담도 해야 하는데 교수와 학생이 개인적으로 만나는 걸 완전히 피할 수는 없잖아?"

"무슨 일로 면담했는데?"

바네사가 다그치듯 물었다.

"수업 시간에 작성한 코드가 마음에 드셨나 봐. 다른 아이들보다 뛰어나다고. 그게 다야. 별다른 얘기는 없었어."

"안 그런 것 같은데. 메디아 교수가 너를 테스트해보고 개별지도를 해주기로 했다던데. 일대일로 말이야. 메디아 교수가 허튼 생각을 하지 않도록 조심해. 그러지 않으면 큰 문제가 생길 테니까."

바네사는 다 알고 있다는 듯 말하면서도 뭔가 몹시 화가 난 듯했다. 나를 싫어하는 것 같았다.

"그런 얘기는 어디서 들었어?"

내 물음에 바네사는 말없이 어깨를 한 번 들썩였다. 그러자 파이퍼가 미소를 지으며 내 쪽으로 몸을 기울였다.

"바네사가 메디아 교수님을 좋아하거든. 그래서 질투하는 거야. 메디아 교수 정말 똑똑하대. 그 교수님과 일대일로 수업하게 됐다는 건 네 실력이 뛰어나거나 억세게 운이 좋은 거야."

"둘 다 아닐까? 나도 정말 행운이라고 생각해."

"그래, 넌 억세게 운이 좋은 거야, 나쁜 계집애."

바네사가 냉소적으로 내뱉었다. 이런 식의 신경전은 그만하고 싶다.

"그만해. 너한테 피해 주는 것도 아니잖아. 그렇게 센 척, 쿨한 척하는 거 딱 질색이야. 그리고 아까 내 방에서 뭐 했어?"

"네 방에 간 적 없어."

"내가 봤어. 종이 울린 직후에. 내 방 창문으로 내다보고 있었잖아. 네가 카밀이랑……."

"네 방에 간 적 없다니까. 카밀, 내가 갔니?"

카밀은 졸업반 선배들이 웨이트론과 수건돌리기 하는 모습에 정신이 팔려 건성으로 고개를 저었다.

"아니. 오늘 아침에 나오고 아직 한 번도 안 갔는데. 다른 방을 잘못 본 거겠지. 밖에서 보면 다 똑같으니까."

나는 혹시라도 갑자기 달아나야 하는 경우를 대비해 창문 위치를 안팎에서 정확하게 세어놓았다. 담쟁이덩굴의 가지가 창틀 밑에서 세 번 갈라지는 곳이 우리 방 창문이다. 하지만 그 얘기를 하고 싶지 않아서 입술을 깨물며 말없이 앉아 있었다.

둘 다 거짓말하고 있다. 확실하다. 내가 분명히 봤다.

팔꿈치 옆에 뭔가 떨어지는 느낌에 테이블 위를 내려다보았다. 웨이트론이 크림색 봉투를 떨어뜨렸다. 검정색 잉크로 내 이름이 적힌 봉투는 내 나이프에 비스듬히 기대 있었다. 우아한 필체로 정성 들여 쓴 글씨였다. 음식을 집어 먹던 카밀이 잽싸게 봉투를 낚아챘다.

"이게 뭐야?"

"봉투잖아. 내놔."

"'내 거야. 돌려줘'라고 하는 게 훨씬 듣기 좋을 텐데, 애쉬. 너무 예민하게 굴지 말라고."

"카밀, 내 봉투니까 돌려줘."

"좋아. 그러니까 훨씬 낫잖아. 너의 거친 면을 우리가 다듬어줄게."

카밀은 키득거리며 봉투를 나에게 던지고, 바네사를 향해 윙크를 날렸다.

"뭐야? 매력남이 보낸 사랑 편지?"

바네사가 물었다.

나는 눈알을 굴리며 피처럼 붉은 왁스 인장을 깨고 손가락으로 봉투를 뜯었다. 두꺼운 카드 용지가 들어 있었다. 역시 검정색 잉크로 겉봉과 같은 필체의 글씨가 적혀 있었다.

4층. 오후 10시.

"이게 뭐지?"

카밀이 종이를 가져가더니 눈을 동그랗게 뜨며 말했다.

"세상에, 다락층으로 오라는 초대장이야."

"다락층 초대? 겨우 이틀밖에 안 됐는데? 어떻게 된 거야, 애쉬?"

바네사가 또다시 분노를 터뜨릴까 봐 불안했다.

"나도 몰라. 흔한 일은 아니지?"

"서면으로 초대받기 전에는 아무도 못 올라가. 더구나 2학년한테는 있을 수 없는 일이고."

"졸업반 중에 아는 사람이 없는데."

그때 누군가 나를 뚫어지게 보고 있는 것 같았다. 차갑게 쏘아보는 눈길에 고개를 돌려보니 네 테이블 건너에 있는 베카 커티스였다. 그녀가 여신 같은 자태로 뭐라고 말하자 모두 그녀를 찬미했다.

나는 얼른 고개를 돌렸다.

"이 초대장을 보낸 사람이 설마 그녀는 아니겠지?"

"그녀라면, 베카?"

카밀이 웃었다. 그러나 즐거운 웃음은 아니었다.

"네가 관심을 끌기는 했지. 걱정 마. 그냥 사과 정도 받으려는 걸 거야. 몇 번 무안 주고. 좀 비굴하겠지만 금방 끝날 거야."

"안 갈래."

그러나 나는 이미 다락층에 올라가 그들을 만나는 상상을 했다. 눈에 띄거나 주의를 끌지 않겠다고 다짐했지만, 베카의 주목을 받았다는 사실에 가슴이 뛰면서 입이 바싹 말랐다. 결국 나는 주목받고 싶은 거였다. 그것을 몹시 갈망하고 있었다.

"미친 영국 계집애가 제대로 날을 만났네."

바네사가 말했다.

비록 미소 띤 얼굴로 빈정대듯 말했지만, 바네사는 나에게 쏟아지는 뜻밖의 관심에 미칠 듯이 화나 있었다.

18

기사

저녁 식사 후 다락층에 올라갈 때까지 시간이 너무도 길게 느껴졌다. 내가 시계를 너무 자주 들여다보자 카밀은 짜증을 내며 소잉서클(sewing circle, 여자들이 바느질 봉사를 목적으로 모여 험담도 하고 토론도 하던 곳에서 유래했다. - 옮긴이)에 가버렸다. 2층 복도에 소파를 놓아둔 공간을 소잉서클이라고 부른다. 우리 층 아이들이 모여 수다도 떨고, 음악도 듣고, 전자 담배도 피우는 곳이다. 물론 공부도 한다.

약속 시간을 1시간 남겨놓고 혼자가 된 나는 절대 하지 않기로 다짐했던 일을 했다. 어제 학장이 했던 말이 머릿속에 맴돌았기 때문이다. 컴퓨터에 가상사설망(VPN)을 작동시키고 와이파이의 교내 차단 장치를 비활성화한 다음 내 검색 기록을 추적할 수 없는 브레이브 브라우저를 열었다. 개인 윈도가 뜨자 이름을 입력했다. 즉시 〈가디언〉 기사가 나오자 헤드라인을 훑어보았다.

데미언 카 경의 사인 규명 종결

자산관리사의 사인은 약물 과다 복용에 의한 것으로 확인되었다.

런던 와이어

2020년 8월 29일

채드윅 스태프

검시 법원은 오늘, 지난 7월에 있었던 데미언 카 엘드리지 자작의 사망에 대한 판결을 내렸다. 이튼스쿨을 졸업하고 케임브리지 대학에서 법학을 공부한 뒤 런던에서 인정받는 자산관리 전문가로 일해온 카 경은 지난 7월 14일 웨스트민스터 자택에서 의식불명 상태로 발견되었다. 카 경은 신중함과 겸허함을 잃지 않는 사람으로 업계의 신임을 받았으며, 도덕적 청렴함을 신조로 삼은 그의 삶은 런던의 많은 자산관리 전문가들의 모범이 되었다. 여러 차례 이사회에서 일했던 카는 재무부 차관 후보에 올라 있었다. 차관으로는 회사에서 카와 함께 일했던 존 벰포트가 지난주에 임명되었다.

평소 술을 마시지 않는 것으로 알고 있던 가족과 친구들은 약물 과다 복용이라는 사실에 충격을 금치 못했다. 카의 아내 실비아 카 여사는 이 일로 심한 충격을 받고 스스로 목숨을 끊었다. 두 사람의 딸인…….

“애쉬? 안 갈 거야? 뭘 그렇게 열심히 읽는 거야?”

소스라치게 놀라 벌떡 일어서는 바람에 노트북이 바닥에 떨어졌다. 나는 손으로 가슴을 짚고 숨을 깊이 들이쉬었다.

바네사가 문에서 들여다보고 있었다. 목욕 가운에 안경을 쓰니 훨씬 어려 보였다. 방금 손가락으로 쓸어 올렸는지 머리칼이 헝클어진 채 솟아 있었다.

'젠장, 도대체 이 아이는 왜 자꾸 나를 몰래 보는 거지?'

"깜짝 놀랐잖아, 바네사."

"괜찮아? 울고 있었던 거야?"

바네사가 지금까지 내게 했던 말투 중에 가장 착하고 다정했다. 그제야 내가 울고 있었다는 것을 깨달았다. 눈가에 눈물이 맺혀 어느새 볼을 타고 내렸다. 나는 코를 훌쩍이며 눈물을 닦았다.

"괜찮아. 시간 됐어?"

"응. 갔다 와서 전부 말해줄 거지?"

친절한 바네사는 나를 헷갈리게 했다. 까칠한 게 차라리 마음 편하다. 감정 기복이 심한 것 같다.

"그럴게."

가상사설망(VPN)을 끄고 로그아웃을 하면서 이런 행동은 어떤 명예규율이 적용될지 생각해보았다. 개인정보를 지키는 것과 학교의 IP 필터를 속이는 것은 분명 다르다. 노트북을 충전기에 꽂고 책상 서랍에서 내 이름이 적힌 봉투를 조심스럽게 꺼냈다.

"지금 갈 거야."

"신의 가호가 있기를."

바네사가 무심히 말했다.

복도에 나오니 왼쪽 계단 근처에서 누군가의 말소리가 들렸다. 카밀과 파이퍼가 손으로 입을 가린 채 속삭이고 있었다. 내가 다가가니 둘 다 말을 멈추고 긴장된 미소를 지었다. 마치 다정한 증인들의 배웅을 받으며 단두대로 끌려가는 기분이었다. 난 오늘 불량소녀와 담판을 지어야 한다. 학기 내내 베카와 조무래기들이 나를 괴롭히러 오지 않나 떨며 지낼 수는 없다. 절대로 그렇게 살 수는 없다. 올해 이미 너무 많은 일을 겪었다. 더 이상 누군가에게 피해를 당하지 않을 것이다.

나는 카밀과 파이퍼에게 냉소적인 미소를 지어 보이며 짧게 눈인사를 주고받고 계단 철문을 열었다. 첫 번째 계단을 오르는 동안 아무 일도 일어나지 않았다. 그런데 두 번째 계단을 오르자 맨 위칸에 트레이닝복 상의를 입고 머리를 아무렇게나 틀어 올린 소녀 둘이 지루한 표정으로 앉아 있었다. 운명의 첫날 베카 뒤를 따르던 쌍둥이 소녀들이었다. 카밀이 그 쌍둥이의 이름이 아만다와 미란다라고 가르쳐주었다. 너무 똑같이 생겨서 부모도 구분을 못 한다고 했다. 그 애들의 엄마는 미국 굴지의 기업 임원인데 너무 바빠서 아이들에게 신경 쓰지 못한다고 했다. 어두컴컴한 계단 통로에서 쌍둥이를 구분하기는 불가능했다.

그중 한 명이 말했다.

"이쪽으로 와."

"왜요?"

"눈가리개를 해야 하니까, 이 멍청아."

나머지 한 명이 말했다.

"졸업반 층을 보여줄 수는 없어. 그럼 무시무시한 일을 당할 수 있지."

눈가리개를 하려니 가슴이 쿵쾅거렸다.

"다치지는 않을 거야."

첫 번째 아이가 말했다.

"너는 소환되어 온 거잖아. 초대받은 거지. 베카가 기다려. 빨리 와."

나는 마지못해 돌아섰다. 헝겊 끈이 머리에 닿을 때 움찔거리지 않으려고 온몸에 힘을 주었다. 검은색 벨벳 끈이어서 아무것도 보이지 않았다.

그때부터 쌍둥이에게 이끌려 갔다. 부드러운 손으로 나를 잡고 낮은 소리로 속삭였다.

“여기 계단 있어.”

“조심해.”

“이제 방향을 틀어서 돌아선다.”

또 한 번 계단을 오르니 공기가 완전히 달랐다. 퀴퀴한 곰팡내와 상록수 냄새에 섞인 표백제 냄새. 얼굴에 닿는 냉기. 열린 창문으로 가을 산에서 쌀쌀한 밤공기가 흘러들었다. 코가 저절로 벌름거렸다. 마리화나 냄새다. 내가 늘 쓰던 딸기 향 샴푸만큼이나 익숙한 냄새. 누군가 이 다락에서 약에 취해 있다. 불량스럽게.

쌍둥이가 잡고 있던 내 팔을 놓더니, 잠시 후 등 뒤에서 조용히 문이 닫혔다. 이제 나 혼자다.

19

다락층

혼자 남은 건 아니었다. 오른쪽에서 누군가 말했다.

"이제 눈가리개를 벗어도 좋아."

눈가리개를 벗으니 살 것 같았다. 방은 어두웠으나 눈가리개를 하고 있던 내 눈은 이미 어둠에 적응해 있었다. 지붕 경사면 아래쪽 벽에 창이 난 큰 방이었다. 바닥에는 소파와 의자, 커다란 공 의자들이 아무렇게나 놓여 있었다. 열린 창문을 통해 그림자를 드리운 산들이 보였는데, 거대하고 위협적이면서 불길한 느낌마저 들었다. 산에 둘러싸여 있다는 사실에 압도되는 것 같았다.

멀리서 반짝이는 불빛이 보였다. 반딧불이가 나무들 사이에서 춤을 추고 있는 것 같았다. 아름다우면서도 으스스한 풍경을 바라보고 있으니 뭔지 모를 공포가 스쳐 온몸에 소름이 끼쳤다. 순간 나는 본능적으로 뒷걸음질을 쳤다. 열린 창문으로 떨어지면 죽을 것이다.

"여기는 뭐예요?"

내가 얕은 숨을 몰아쉬며 낮게 중얼거렸다. 캄캄한 어둠 속으로 이어지는 광활한 공간이 공포와도 같은 단절감을 주었다.

베카 커티스가 라이터로 촛불을 밝혀서 들고 어둠 속에서 걸어 나왔다.

"여기는 커먼즈야. 스터디룸이지. 아주 조용해. 알다시피 우린 굉장히 학구적이거든."

촛불에 비친 베카의 초록빛 눈동자에 얇은 핏발이 서 있었다. 마리화나를 피우고 있었단 말인가? 당연히 금지일 텐데. 아무리 졸업반이라도 말이다.

"와줘서 고마워. 응하지 않아도 되는데 말이야."

베카가 편안한 목소리로 말했다.

"그래도 되는 거였어요? 그럼 안녕히 계세요."

베카가 웃었다.

"잠깐, 우리 할 얘기가 있잖아."

"무슨 얘기요?"

"내가 멍청하다고 생각하니?"

"아뇨. 굉장히 똑똑하다고 들었어요."

"음, 그럼 내가 뚱뚱해 보여?"

"어두워서 잘 안 보이지만, 아뇨, 뚱뚱하지 않아요."

"그렇다면 너의 모욕적인 언사는 경솔했을 뿐 아니라 부정확하고 비논리적이잖아."

"무슨 말이에요?"

"앉아."

베카가 자리에 앉으면서 가까이 있는 소파를 손바닥으로 톡톡 두드렸다. 그러고는 촛불을 탁자 위에 놓았다. 나는 여차하면 도망가려고 몸에 잔뜩 힘을 주고 조심스럽게 앉았다. 얼른 나가고 싶었다.

"네가 방금 말했잖아. 내가 뚱뚱하지도 멍청하지도 않다고. 그런데 나를 덜떨어진 암소라고 하다니 모욕한 게 아니고 뭐야."

"무슨 말인지 잘 모르겠어요.'

"애쉬, 넌 구드 학교 학생이야. 모욕을 주려면 제대로 해. 정곡을 찌르면서도 우아하게 말이야. 넌 똑똑하니까 잘할 수 있잖아. 컴퓨터는 어디서 배웠지?"

"영국에서요. 컴퓨터를 좋아해요. 이해하기도 쉽고요."

"영국에서 살았던 얘기 좀 해봐. 너희 가족 얘기도."

"가족이 없어요. 고아예요."

"돈 많은 영국 고아라, 특이하네. 내가 맞혀볼게. 집안에 미친 고모가 있는데 너한테 부동산과 돈을 남겨준 거야?"

"아뇨. 부모님이 부자셨어요. 나를 위해 저축해놓으셨죠. 지금은 자산운용사에서 위탁 관리를 해주고 있어요."

"자산운용사? 멋진데."

이제부터 시작이다.

"나를 조롱하거나 겁주려는 거면 바로 시작하세요."

말은 당차게 했지만 속으로는 전혀 그렇지 못했다. 차가운 밤공기에 온몸이 후들거렸다. 누군가 나를 지켜보고 있는 듯한 느낌에 목덜미 솜털이 곤두섰다. 나는 소파 등받이에 깊숙이 기대앉았다.

"겁주려는 게 아냐. 네가 도와줘야 할 일이 있어."

베카가 말했다.

"뭔데요?"

"웨스트헤이븐 학장의 이메일을 해킹하는 거야. 학장이 엄마와 이메일로 무슨 얘기를 주고받는지 알아야겠어."

"제정신이에요? 싫어요. 미안하지만 절대 못 해요."

"잘못한 것도 아닌데 사과할 필요 없어. 그럴 때는 '실례지만'이라고 하는 거야. '미안'하다는 말은 절대 하지 마. 사과하며 살아 버릇하면 자신감이 안 생겨."

베카는 하나로 묶었던 머리를 풀어서 굵게 땋기 시작했다. 아주 편안하게 말하는데도 어떤 말을 할지 두려웠다. 뭔가 더 있을 것 같았다. 무슨 일이 일어날 것 같았다.

"좀 전의 일은 내가 사과할게. 좀 더 명확하게 말했어야 했는데. 물론 대가를 지불할 거야. 친구한테 원피스를 빌렸다며? 옷 몇 벌 사주면 되겠니?"

파이퍼의 원피스를 딱 한 번 빌렸다. 도대체 나를 얼마나 감시한 거지?

"말도 안 되는 짓이에요. 명예규율 위반이라고요."

베카가 다시 한 번 소리 내서 웃었다.

"어디에 신고할 건데? 내가 규율부장이야. 나한테 신고해야 해. 그리고 내가 방법을 알려줄 거야. 네가 정말 실력 있다면 절대 들키지 않아."

"실력은 있지만 안 할 거예요. 나를 조롱하고 괴롭히는 건 얼마든지 해도 좋아요. 하지만 그 일은 절대 하지 않을 거예요. 계속 강요하면 학장님께 말할 거예요. 학장님이 좋아하시지는 않겠죠? 이런 요청을 하는 것 자체가 명예규율 위반 아닌가요?"

주사위는 던져졌다. 나는 당당하게 고개를 쳐들고 핏발이 선 베카의 아름다운 초록색 눈동자를 바라보았다. 여기서 끌려가면 안 된다. 베카의 어머니 문제에 휘말려 구드에서 쫓겨날 수는 없다. 여기서 이루고 싶은 것들이 너무 많다.

베카가 미소를 지으며 천천히 손뼉을 쳤다. 순식간에 표정이 바뀌는 것을 보면서 나는 점점 혼란스러웠다. 다정한 느낌이 들 정도였다.

"브라보. 합격."

"뭐라고요?"

"한번 시험해본 거야. 합격. 자, 이제 가봐. 나도 공부해야 해. 그놈의 파이썬 때문에 죽을 맛이라고. 도저히 모르겠으면 너한테 물어볼게. 좀 가르쳐달라고. 그리고 내일 나랑 같이 아침 먹자. 내 친구들이 네 친구들보다 뒷담화를 훨씬 덜할 거야."

베카가 문을 향해 나가도 좋다는 손짓을 했다. 쌍둥이들이 눈가리개를 들고 문 앞에 서 있었다. 둘 다 베카와 나의 대화를 처음부터 끝까지 들은 것이다.

"안전하게 아래층까지 데려다줘. 귀신한테 잡혀가지 않도록 말이야. 그러고 다시 올라와. 우리 약속 있잖아."

"운전은 그가 하는 거야?"

"그럼 누구겠어?"

베카는 땋은 머리채를 돌돌 말아서 올리고 촛불을 불어서 껐다. 방 안이 어둠 속에 잠겼다. 여왕을 알현하는 시간이 끝난 것이다.

나는 쌍둥이들이 내 팔을 잡고 눈가리개를 씌우는 동안 상황을 되짚어보았다. 어둠에 갇히자 또다시 가슴이 두근거리기 시작했다. 그러나 이번에는 마음의 준비를 하고 있었기에 당혹스럽지는 않았다. 이들은 나를 해칠 수 없다. 아니, 나를 해칠 생각이 없다.

쌍둥이들은 나를 안전하게 아래층까지 데려다주고, 눈가리개를 풀어 보내주었다. 나는 조금 비틀거리며 우리 층 복도로 걸어 나왔다.

계단 문이 닫혔다.

무사히 마쳤다는 생각이 들자 가슴 깊은 곳에서 희망이 솟았다.

베카 커티스가 나를 다정하게 대해주었다.

어쩌면 여기가 그리 힘든 곳이 아닐지도 모르겠다.

20

카밀

복도에는 나 혼자뿐이었다. 이상할 정도로 조용했다. 아직 11시 통행금지를 알리는 종이 울리지 않았다. 물론 종이 울렸다고 달라지는 것은 없다. 아이들은 어차피 자정이 넘도록 방 안에서 낄낄거린다. 그런데 지금 복도는 적막할 정도로 고요하다. 팔에 솜털이 곤두설 정도로. 이런 적막은 시간이 아무리 지나도 익숙해질 것 같지 않았다. 학교를 에워싸고 있는 산이 모든 소리를 흡수하는 것 같았다.

나는 카밀이 깨지 않도록 조심조심 방으로 들어가면서 복도 건너 창고 쪽을 힐끗 쳐다보았다. 곧 괜한 걱정을 했다는 걸 알게 되었다. 카밀은 자지 않고 소파에 앉아 창밖을 멍하니 바라보고 있었다. 내가 들어갔는데도 그녀는 고개도 돌리지 않았다.

"카밀?"

"응?"

"괜찮아?"

카밀의 눈이 약간 풀린 듯하고 얼굴이 상기되어 있었다. 얼른 카밀의 이마를 짚어보았다.

"펄펄 끓잖아. 어서 일어나. 의무실로 가자."

"싫어!"

카밀이 몸을 뒤로 젖히며 쿠션 위로 몸을 움츠렸다. 담요 속에 온열 패드를 넣어 배에 대고 있었다.

"카밀, 의무실에 가야 해. 나까지 옮기려고 그래?"

"옮는 거 아냐."

카밀이 투덜거리듯 말했다.

"그날이라서 그래."

"생리할 때 열이 나? 어서 가자. 진찰을 받아보는 게 좋겠어."

"가끔 열이 날 때가 있어. 그냥 자고 싶어."

카밀은 겨우 나하고 시선을 맞추며 말했다.

"여왕마마 알현은 잘하고 온 거야?"

"딴소리 말고. 어서 가서 진료받자니까?"

"아침까지 열이 안 내리면 갈게. 약속해."

"좋아."

나는 카밀 옆에 앉았다.

"내가 자기를 모욕했다고 불렀어. 자기는 멍청하지도 뚱뚱하지도 않은데 덜떨어진 암소라고 한 건 비논리적이라나."

카밀이 얼굴을 찡그리면서 낮은 소리로 힘겹게 웃었다.

"그러더니 내일 아침에 같이 밥 먹자더라고."

"졸업반하고? 우아!"

"그래. 어쨌든 야단맞을 거 다 맞았으니 이제 자야겠다. 뭐 필요한 거 없어? 독초라든가?"

"넌 정말 희한한 애야. 타이레놀 좀 갖다 줄래? 내 가방에 있어."

카밀의 가방은 의자 등받이에 걸려 있었다. 가방에 손을 넣어 약을 찾으려는데 카밀이 말했다.

"그냥 가방째로 갖다 줄래?"

나는 가방과 함께 학교 마크가 인쇄된 투명 물병도 가져다주었다. 물이 반쯤 남아 있었다.

"고마워."

카밀은 가방에서 흰색과 빨간색 라벨이 붙어 있는 약병을 꺼내 알약을 삼켰다.

"애쉬, 조금만 견디면 괜찮아질 거야. 여기가 좀 별난 곳이기는 하지만 새 학교는 어디나 처음 몇 주는 힘들잖아. 구드가 좀 특별하지만. 그래도 잘 적응할 거야."

나는 날깃날깃한 《국가론》을 집어 들고 침대에 쓰러지듯 누웠다.

"플라톤이 아니라 마키아벨리를 좀 더 집중적으로 읽었어야 했나 싶기도 해."

"자꾸 웃기지 마, 애쉬. 배 아프단 말이야."

카밀이 킬킬거리면서 전등 스위치를 내렸다.

달콤하고 짙은 어둠이 에워싸자 나는 다락층에서 느꼈던 이상한 기분에 사로잡혔다. 누군가 나를 보고 있는 듯한. 이 학교에는 나 외에 199명의 학생과 교수들, 직원들과 정원관리사가 있다. 이 많은 사람들이 가상의 어항 같은 작은 공간에 바글바글 모여 있어서 그런 느낌이 드는 것은 아닐까? 그런데 지금 이 순간 뭔가 더 있을지 모른다는 생각이 들었다. 이 학교는 미국의 역사만큼이나 오래됐다. 이 건물만 해도 수백 년 전에 지어진 것이다. 더구나 외딴곳에 자리 잡고 있어서

산에 숨겨진 비밀이 바람에 실려 돌아다닐 수도 있을 것 같았다. 곳곳에 사연이 담겨 있는데, 특히 피를 흘린 역사의 장소는 더욱 그렇지 않겠는가. 옛 전쟁터를 걸어서 지나가 보면 알 수 있다.

엄마는 이곳을 좋아할 것 같다. 좋아했을 것이라는 뜻이다.

부모님은 둘 다 죽었다. 엄마의 부드럽고 주름진 얼굴이 떠올랐다. 잿빛 피부에 벌레들이 득실거리던 엄마의 얼굴을 생각하니 가슴이 에이는 듯했다. 바로 그때 천장에서 작은 소리가 들렸다. 그래슬리 교수의 스튜디오에서 쳤던 바흐의 푸가 멜로디가 떠올랐다.

"어땠어?"

카밀의 물음에 머릿속으로 그리던 집 거실의 모습을 지워버렸다. 똑바른 자세로 누워 있는 아버지. 생명이 빠져나간 잿빛의 엄마.

"베카의 방? 몰라. 산이 내려다보이는 넓은 방으로 나를 데려갔어."

"커먼즈?"

"응."

카밀이 침대 옆으로 머리만 내린 채 말했다.

"그건 굉장한 거야, 애쉬."

"뭐가?"

"커먼즈는 탭을 받았을 때 가는 곳이란 말이야."

"네가 그런 걸 어떻게 알아?"

"소소한 것들은 좀 알아. 왜냐하면 우리 언니가……."

또 은근히 자기 자랑이다. 이 방면으로는 가히 천재적인 아이이다.

"거긴 아주 특이한 곳인가 보던데."

"좀 이상하긴 했어. 어둠 속에서 보니까 마치 방이 산까지 연결된 느낌이었어. 낮에 보면 어떨지 궁금해."

"낮에는 올라가 볼 수 없어. 계단실이 있었는데 지금은 폐쇄되었거든. 이것도 학교에 내려오는 전설 같은 건데, 어떤 여학생이 남자 친구가 교통사고로 죽자 그 계단에서 자살했대. 그래서 붉은 계단이라고 한다는데, 나도 한 번도 본 적 없어. 남자 친구가 그 여학생을 만나러 오던 길이었다나 봐. 여학생은 난간에 목을 맸는데, 그 전에 자기 손목도 벴다더라고. 그래서 피가 계단을 타고 흘러내렸대. 방학 중에 계속 그렇게 매달려 있었는데, 모두 그 여학생이 집으로 돌아간 줄 알았다는 거야. 나중에 발견되었을 때는 피가 계단에 너무 깊이 스며들어서 빨간색 페인트칠을 할 수밖에 없었대. 비밀 클럽 중에는 그 계단실에서 밤을 지새우는 걸로 신고식을 치르기도 하나 봐."

"말도 안 되는 귀신 얘기는 옥스퍼드에만 있는 줄 알았더니."

"파이퍼가 수목원 얘기는 벌써 해줬던데."

"응, 얘기해줬어. 구드의 오랜 역사에 걸맞게 죽은 여학생들이 꽤 있네."

"전설이 많아. 그중에는 진실도 있고, 수목원에서 죽은 여학생처럼 검증이 필요한 것도 있어. 하지만 어차피 검증하기 힘들잖아. 어느 기숙학교든 그런 전설 몇 개쯤은 있지 않아? 필수 조건이라고도 할 수 있지. 학교는 모름지기 어두운 과거가 좀 있어야 하고, 귀신도 나오고, 끔찍한 비극도 몇 개 있어야 해. 너도 책에서 읽었을 거 아니야."

"읽었지."

나는 건성으로 대답했다.

"우리는 3년 동안 스캔들이나 비극 없이 보내는 걸 목표로 하자. 알았지?"

"제발 그러면 좋겠다. 귀신은 딱 질색이야."

잠이 들려고 하는데 카밀이 다시 조용히 울기 시작했다. 아는 척해야 하나? 개인적인 일인 것 같기는 했다. 하지만 열이 나서 참을 수 없을 정도로 아픈지도 모른다.

"괜찮니, 카밀? 누구 불러올까?"

카밀이 큰 소리로 코를 훌쩍이며 말했다.

"괜찮아. 집 생각이 나서 그래."

"열은 내렸어?"

"괜찮다니까."

카밀이 같은 말을 반복했다.

"어서 자."

잠시 후 침대가 흔들리더니 카밀이 고양이처럼 살금살금 내려와 눈 깜짝할 사이에 방문을 열고 나갔다.

나는 카밀을 붙잡지 않았다. 너무 다가가면 상처받을 것 같았다.

그러나 30분이 지나도 카밀이 돌아오지 않았다. 나는 더 이상 참지 못하고 카밀을 찾으러 나갔다. 화장실로 이어지는 캄캄한 복도를 걸어가는데 발이 시렸다. 이곳은 도무지 사생활 보호라는 게 없다. 복도마다 장애인용 화장실이 있고, 건물마다 화장실과 샤워 시설, 변기가 있는데 마치 감옥처럼 다 보이는 구조였다. 10대 소녀들에게 얼마나 난감한 일인가? 이건 일급 고문이다.

카밀을 찾은 것 같았다. 카밀이 사용하는 향수 냄새가 났다. 어릴 적에 먹었던 마시멜로가 떠오르는 향이다. 카밀이 소리 죽여 우는 소리가 들렸다.

"카밀?"

나는 카밀이 놀라지 않도록 낮은 소리로 불렀다.

그러나 안에서 나온 사람은 바네사였다.

"카밀은 괜찮아. 그만 돌아가."

"카밀이 아파. 네가 의무실로 데려가 줄래."

"네 일이나 신경 써, 영국 계집애야. 여긴 내가 알아서 할 테니까."

안에서 카밀이 소리 죽여 말했다.

"어서 가."

나는 내키지 않았지만 방으로 돌아왔다. 그날 밤 카밀은 방으로 돌아오지 않았다.

21

연애

포드 학장은 늘 불면증으로 힘들었다. 매일 밤 10시 정각이면 침대로 가서 멜라토닌 분비를 돕기 위해 수면 마스크까지 끼고 누워도 자기 숨소리를 들으며 한참을 버티다가 결국은 다시 책상 앞으로 갔다.

오늘 밤 포드 학장의 머릿속에 맴도는 고민거리는 뮤리얼이 죽기 전 애쉬 칼라일에 관해 얘기한 것이었다.

"애쉬가 한동안 피아노를 치지 않은 것이 분명해요. 부모님이 돌아가시고 그렇게 됐다네요. 말씀해주지 그러셨어요, 학장님. 최근에 부모님을 여의고 충격도 심했을 텐데 전형 조건에 맞추느라 애쓴 것을 생각하니 미안하더라고요."

"의견 참고할게요, 뮤리얼. 애쉬는 완전히 포기할 생각이던가요?"

"그런 것 같아요. 흥미를 잃었다고. 솔직히 반대는 못 하겠어요. 오디션 파일로 들었던 실력이 아니에요. 천부적인 재능을 낭비하는 것은 안타깝지만, 예술을 강요할 수는 없으니까요. 애쉬는 아직 애예요. 상처받은 아이죠."

"정말 안타깝네요. 당연히 강요할 수는 없죠. 다른 과목 중에서는 컴퓨터가 적성에 맞는 것 같아요."

"그래요? 피아노 대신 선택하기에 나쁘지 않네요. 컴퓨터 과학도 창의적인 분야이니까요. 그래도 지금까지 연습한 시간들이 모두 허사가 되는 것은 아쉽네요. 최고의 컨디션으로 돌아가기 위해 얼마나 더 연습해야 하는지 아시잖아요."

"알아요. 한두 주일 지나서 다시 얘기해요. 애쉬가 학교생활에 적응할 시간을 주는 거죠."

애쉬는 연주회를 열 정도의 실력을 가지고 있다. 충분이 그럴 수 있다. 하지만 더 이상 피아노 연주를 하고 싶지 않다면, 포드는 강요하지 않을 것이다. 그런데 뮤리얼까지 잃었으니 안타까운 마음을 이루 말할 수 없다. 가슴 치며 통탄할 일이다. 뮤리얼과 애쉬는 환상의 조합이었는데 말이다.

포드 학장은 환기를 위해 창문을 열어두었다. 밤인데도 바깥 공기는 여전히 더웠다. 숙소에는 에어컨이 있지만 포드는 대부분 꺼두는 편이다. 숲에서 들려오는 밤의 소리를 조용히 듣고 싶었다. 외로운 앵무새의 울음소리, 찌르륵거리는 귀뚜라미 울음소리, 야행성 동물들이 저녁거리를 찾아 부산히 움직이는 소리.

포드는 어차피 잠이 오지 않으니 차라리 글을 써야겠다고 생각했다. 타자기에 종이 한 장을 끼우고 몇 줄 치다가 고개를 들어 학교를 바라보았다. 커먼즈에서 불빛이 깜박거리자 미소를 지었다. 오늘은 학생들이 저기서 무엇을 할까? 조금 전에는 정원에서 외치는 소리 같은 것이 들려왔다. 비밀 클럽 중 하나가 어두운 캠퍼스를 돌아다니며 궐기를 한 것이리라.

비밀 클럽은 구드 학교에 수백 년 동안 내려오는 전통이다. 포드가 알고 있는 것만 해도 최소한 열 개는 된다. 물론 포드도 모를 만큼 철저히 비밀을 유지하는 클럽도 있다. 학교 당국은 수년간 비밀 클럽을 해체하려고 압력을 가해왔다. 지금도 신고식이라는 명목으로 행해진 가혹행위로 몇 건이나 법적 소송이 걸려 있다. 물론 아무리 엄하게 막는다 해도 비밀 클럽이 사라지지는 않을 것이다. 큰 집단에는 소규모 그룹들이 형성되게 마련이니까. 10대 소녀들에게는 무엇보다 소속감이 중요하다. 편하게 마음을 나눌 수 있는 친구가 있으면 정신 건강에도 좋고, 그것이 세상에 나갈 준비이기도 하다. 포드 학장은 모든 소녀들이 동등하다고 생각한다. 구드 학교가 성공을 거둘 수 있었던 것도 그런 신념 덕분이었다. 모든 소녀들은 동등하게 태어나지 않는다. 모두가 표준 교육이라는 틀에 맞는 것은 아니다. 어떤 학생은 수학을 잘하고, 어떤 학생은 영어를 잘한다. 또 어떤 학생은 승마에 재능 있고, 어떤 학생은 달리기 실력이 뛰어나다. 포드의 역할은 학생들의 장점을 더욱 끌어올리고, 동시에 약점을 보완하는 것이다. 세상에서 쉽게 짓밟히는 나약한 사람이 아니라 힘을 가진 사람으로 키워내는 것이다.

포드는 비밀 클럽이 긍정적인 기능을 한다고 여긴다. 그녀 역시 우등생으로 졸업했을 뿐 아니라 한두 개의 비밀 클럽에 들었다. 그녀는 걱정하는 부모를 안심시킨다.

"그냥 재미로 한 번씩 해보는 겁니다. 아무도 다치지 않을 거예요. 가끔 통행금지 시간을 어기는 것 말고 특별히 나쁜 짓을 하지는 않습니다. 그리고 이 세상을 함께 헤쳐 나갈 동지를 찾는 것도 중요하니까요."

그러나 예외가 하나 있다. 아이비바운드는 가끔 위험한 선까지 가곤 한다. 매년 그 선을 아슬아슬하게 넘나든다. 그래서 포드 학장은 가끔 아이비바운드의 리더와 면담했는데, 최근에는 그런 적이 없다.

포드는 잠시 올해는 누가 아이비바운드를 이어받았는지 생각해보았다. 아무래도 베카 커티스가 가장 유력하다.

아침에 베카와 면담을 해야겠다고 생각했다. 지금까지 포드는 학생들에게 너무 너그러웠다. 하지만 포드는 큰 문제 없이 자기 역할을 했다. 대부분의 학생들이 모범적이고 반듯하다. 학생들에게 책임감을 심어주고 성숙한 행동을 이끄는 것이 효과적임을 터득했다. 또한 철저하고 세심한 보살핌으로 문제의 소지가 있는 요인은 애초에 제거한다. 어머니와 같은 실수는 하고 싶지 않았다. 또다시 그런 불미스러운 사건이 일어난다면 구드 학교는 더 이상 지탱할 수 없을 것이다.

포드는 의자 등받이에 기대앉았다. 좀 전에 쓰려고 했던 매력적인 대사들이 기억 너머로 사라졌다. 글을 쓰는 것은 불면증에 그다지 도움이 되지 않는다. 긴장과 스트레스로 뭉친 신경을 풀어줄 다른 방법을 찾아야 할 것 같았다.

어느새 며칠이 지났다. 절제된 욕망의 기분 좋은 유혹이 포드를 끌어당겼다. 시간을 확인하니 11시 조금 지났다. 그를 부르기에 너무 늦은 시간은 아니다. 어쩌면 그도 오고 싶은지 모른다. 아닐 수도 있고. 두 사람의 관계는 가볍고 호혜적이며 규정 위반이다. 그래서 더 짜릿하다.

포드가 문자 메시지를 보내자마자 혀를 날름 내민 스마일 아이콘과 10이라는 숫자로 응답이 왔다. 포드는 자기가 보낸 신호에 즉각 응답했다는 사실이 기뻤다. 포드로부터 아무것도 바라지 않고 기꺼이 응하겠다는 것이다. 아직 여자에게 데어본 적이 없는 사람이다. 그래서 항상 가슴을 활짝 열어놓고 있나 보다. 상처받은 적 없는 마음으로.

비밀 클럽이 스톰프를 하며 돌아다니고 있으니 조심하라는 메시지를 보냈다. 엄지손가락을 치켜세운 답이 왔다. 어두운 밤에 그가 숙소로 들어오는 것을 학생들이 보면 안 된다.

포드는 타자기를 옆으로 밀어놓고 클레르퐁텐 노트를 펼치고 자신이 펜으로 적어놓은 글을 손가락으로 한 줄씩 짚어갔다. 굳이 읽지 않아도 글이 쓰여 있는 것만 봐도 편안하고 흐뭇했다. 언젠가 그 글들이 여기를 벗어나게 해줄 것이다.

지금 쓰고 있는 소설은 괜찮다. 그냥 괜찮은 정도가 아니라 아주 훌륭하다. 끝낼 수만 있다면 말이다. 그리고 출판사에 보낼 용기만 있다면. 포드는 그만큼 내성적이고 사생활을 중요하게 여긴다. 책을 냈을 때 일어날 수 있는 일들을 걱정하는 것이다. 자신의 글, 자신의 이야기를 남들에게 보여주기가 두려웠다. 웃음을 끌어내고, 눈물짓게 하고, 성취감을 느끼게 해주는 것이 포드의 소명이다. 구드 학교는 포드의 직업적인 의무다. 그러나 그녀 앞에는 운명이 펼쳐져 있다.

"누가 학장을 맡아서 학교를 이끌어가겠니, 포드? 지금까지 웨스트헤이븐 가 사람이 학교를 운영하는 것이 전통이었잖아. 가족과 학교, 나아가 조상에 대한 너의 의무를 저버리려는 건 아니겠지."

"가세요, 어머니. 어머니도 기회를 누렸고, 그 기회를 망쳐버리셨어요. 이제는 제 학교예요. 제가 결정합니다."

책을 내면 필명을 쓸 것이다. 이미 그렇게 마음먹었다. 포드는 자기 이름이 맘에 들지 않았다. 포드 줄리앤 웨스트헤이븐, 책표지에 쓰기에는 너무 길다. 지금은 'F. J. 웨스트'로 할까 생각 중이다. 포드는 할아버지 이름이다. 줄리앤과 웨스트헤이븐이라는 이름은 구드 학교의 역사적 유물이다. 친부가 누구인지는 모른다. 포드가 기억하는 아버지는 클리브 몰리라는 이름의 명랑하고 다정한 산타클로스 같은 사람이었다. 어머니가 구드 학교를 위해 밤낮없이 일하는 동안 그가 포드를 길러주었다.

몰리는 포드가 열여섯 살 때 잠을 자다가 조용히 생을 마감했다. 지금도 포드는 그가 그립다.

포드는 자신의 꿈을 펼치면서 이름을 남기고 싶다. 그런데 구드 학교가 발목을 잡고 있다. 어머니가 파놓은 구덩이에 빠져 살고 있는 것이다. 그러나 이런 번민조차 좋은 글감이기는 하다.

애쉬 칼라일은 자신을 새롭게 만들어가는 중이다. 어쩌면 그래서 포드가 그 애를 마음속에서 떨쳐버리지 못하는 건지도 모른다. 잿더미에서 다시 살아나는 불사조를 닮은 애쉬는 포드가 원하는 자신의 모습이기도 하다.

포드가 진심으로 열여섯 살짜리 고아를 질투한단 말인가? 그동안 마음속에 담고 있던 감정이 그 어린 여자아이에 대한 집착 같은 것이었던가?

"바보같이 굴지 마, 포드."

포드는 노트북을 닫았다. 곧 자신의 삶을 펼칠 날이 올 것이다.

포드는 주방으로 가서 좋아하는 것을 넣어 옛날식 칵테일 두 잔을 만들었다. 바질 헤이든 위스키에 오렌지 껍질 네 조각, 정향 시럽 몇 방울. 각각의 잔에 버번에 절인 체리까지 넣었다. 그가 도착하면 예쁜

공 모양의 얼음을 띄울 것이다. 칵테일은 상징성이 중요하니까.

문을 가볍게 두드리는 소리가 났다. 포드는 가운 허리끈을 조금 더 풀고 두 손으로 뺨을 몇 번 꼬집으며 입술을 깨물어 약간 부풀어 오르게 했다. 그리고 얼음을 넣은 잔을 들고 문을 열었다.

"어서 와."

그가 문틈으로 미끄러지듯 들어오더니 문고리를 잠그기도 전에 포드를 벽으로 밀어붙였다. 포드보다 5센티미터 정도 큰 그는 힘센 팔로 그녀를 잡고 부드러운 입술로 목에 키스를 했다.

"보고 싶었어요."

이 짧은 한마디를 하는 동안 그는 이미 준비가 되었다. 그는 포드의 다리를 끌어 올려 자기 허리를 감싸고 눈 깜박할 사이에 이미 포드의 몸속으로 들어와 있었다.

속삭임이나 애무 같은 것은 없었다. 촛불이나 장미 따위도 필요하지 않았다. 절절하고 뜨거운 욕망, 그리고 충족뿐. 두 사람이 서로를 탐하고, 탐하고, 또 탐했다. 상대에게 내주는 일은 거의 일어나지 않았다.

포드를 향해 돌진할 때마다 손에 들고 있는 잔에서 술이 넘쳤다. 마침내 희열이 파도처럼 밀려오며 비명 같은 신음이 터져 나올 때 그도 함께 파도를 탈 준비가 되어 있었다.

"이리 와요."

그가 말했다. 포드가 그의 말에 따랐다. 마무리 포옹이나 애무 같은 것도 하지 않았다. 대신 식탁에 앉아 칵테일을 마셨다.

포드는 그에게 오늘 하루 어땠는지 물었고, 자신은 학생들 걱정을 하던 중이라고 했다.

그는 학기 초에는 원래 그렇다면서 너무 불안해하지 말라고 했다.

그는 잔을 비우고 식탁에 내려놓았다. 그러고는 포드에게 길고 탐욕스러운 키스를 하고 휘파람을 불며 떠났다. 위스키 향이 밴 그의 입김이 포드의 입술에 맴도는 동안 그가 나가고 문이 닫혔다.

포드는 술잔을 주방 싱크대에 넣고 전등을 껐다. 욕실에서 씻고 나와 바로 침대에 누웠다. 몸에서 아직 그의 냄새가 났다. 그러자 다시금 욕망이 살아나는 것 같았다.

몸이 나른해지면서 잠이 쏟아졌다.

누군가 이 일을 알게 된다면 포드는 심각한 곤경에 빠질 것이다.

22

왕관의 무게

꿈인가 생시인가 하는 기분으로 아침을 먹었다. 잠을 충분히 못 자서 그런지 모두 최대 볼륨으로 떠드는 것 같았다. 에그 스크램블을 이리저리 뒤적이는 동안 파이퍼와 바네사는 베카를 만난 일에 대해 집요하게 물었다. 하지만 나는 대답해주지 않았다. 지금은 혼자만 알고 싶기도 했고, 어젯밤에 카밀에게 조금 얘기해줬으니 머잖아 파이퍼와 바네사도 들을 것이 뻔했다. 지금 카밀은 우리 모두를 완전히 무시한 채 우울한 얼굴로 이따금씩 코를 훌쩍이고 있었다.

단답형 대답에 짜증이 난 파이퍼와 바네사는 수풀 근처에 서서 축구 연습을 하는 여학생들을 쳐다보고 있는 음흉한 사환 얘기를 떠들어댔다. 나는 듣지 않았다. 이 애들의 멜로드라마는 전혀 관심이 없다.

어제 베카의 수상한 요청이 머릿속을 떠나지 않아 밤잠을 설쳤다. 나는 학장의 이메일을 해킹할 수 있다. 그런데 베카는 정말 나를 시험하려고 그런 것일까? 아니면 뭔가 숨은 의도가 있는 걸까? 왠지 음모

같은 느낌이 들었다. 학교에 대한 충성심을 시험해본 건가? 명예규율을 준수하려는 내 의지를 확인하기 위해서? 베카를 신고하고 그녀의 신뢰를 잃어버리든, 신고하지 않고 명예규율을 어기든, 나는 위험에 빠지게 된다. 궁지에 몰린 것 같았다.

내가 자기 생각을 하고 있는 걸 알았는지 베카가 나를 부르며 자기 테이블로 오라고 손짓했다. 바네사의 눈이 휘둥그레졌고, 파이퍼는 놀란 표정이었다. 카밀 혼자 여전히 풀 죽어 있었다. 나는 자리에서 일어나 식당을 가로질러 가면서 답답한 우리 테이블을 벗어나게 돼서 다행이라고 생각했다. 적어도 식당 안에 있던 모든 학생들의 시선이 내게 쏠려 있다는 것을 깨닫기 전까지는 좋았다.

"같이 먹자."

나는 베카의 명에 따라 그녀의 옆자리를 비집고 앉았다. 첫날 베카와 마주쳤을 때 그녀를 에워싸고 키득거리던 무리가 그대로 모여 있었다. 모두 학교 가운을 걸치고 목에는 흑백의 숄을 두르고 있었다.

"어린 후배가 아주 조용하네. 우리가 곧 입을 열게 해줄 거야. 그렇지 않니?"

무리의 나머지가 모두 응수하자 집중 사격이 시작되었다. 어찌나 질문들을 퍼부어대는지 일일이 답하기도 힘들었다. 하지만 그저 미소 짓거나 얼굴을 조금 붉히며 살짝 웃기도 하고, 새침한 표정을 지으며 분위기에 이끌려 가는 것만으로도 충분히 화기애애했다.

"그럼 가족은 영국에 있어? 어떤 분들인데?"

"어쩜 그렇게 머리숱이 많아 보이니? 어떻게 손질한 거야?"

"햄던시드니 대학과 워싱턴 앤드 리 대학 남학생 중 어느 쪽이 더 나아?"

"그 부츠 좋다. 어디서 샀어?"

"SNS는 왜 안 해? 혹시 청교도니?"

"어느 아이비리그에 들어갈 거니?"

이건 베카가 물었고, 나는 하버드라고 대답했다.

"하버드 좋지. 하버드에 구드 동문이 많아. 나는 지난달에 조기 전형으로 입학 허가를 받았어. 다른 애들은 아직 기다리는 중인데 며칠 안에 결과가 나올 거야. 구드의 졸업생들은 대부분 조기 전형으로 들어가는 편이지. 전통적으로 그래. 그래야 입학 원서랑 에세이 쓰느라 기운 빼지 않고 공부에 전념할 수 있거든. 구드 학생의 특혜 중 하나지."

"여긴 참 아름다운 곳이에요."

이번에는 내가 먼저 말을 꺼냈다.

"오래된 건물들도 좋고. 꼭 집에 와 있는 것 같아요. 옥스퍼드도 아주 오래된 곳이거든요."

"드디어 말문이 트였네."

베카가 기뻐서 환성을 질렀다.

"옥스퍼드에서 가장 좋아하는 곳이 어디야? 나는 한 번도 못 가봤거든. 엄마가 나를 완전히 옆에 묶어두는 바람에 지난 2년 동안 여름에 아무 데도 못 갔어. 그렇지만 로즈 장학금을 신청해서 옥스퍼드에 갈 거라 미리 가볼 만한 곳들을 알아두려고."

"장학금을 받는다면 말이지."

쌍둥이 중 하나가 말하자 나머지 한 명이 킬킬거렸다.

"무슨 문제 있겠어?"

베카가 여유롭게 받았다.

"나는 베카 커티스야. 눈 한 번 깜박하지 않고 나한테 로즈 장학금을 줄걸. 애쉬, 네가 자주 갔던 데가 어디야? 남자애들은 잘생겼어?"

이제 알 것 같았다. 나는 이렇게 바보다. 이 애들이 원하는 건 내가 아니라, 내가 알고 있는 정보, 내가 아는 사람들이다. 패션이나 헤어스타일, 갈 만한 곳, 현지인에 관한 정보. 그거라면 얼마든지 얘기해줄 수 있다. 옥스퍼드라면 속속들이 알고 있으니까. 그런데도 베카와 조무래기들의 호기심이 너무 강해서 조금은 압도되는 느낌이었다. 떠듬떠듬 좋아하는 곳들을 주워섬기는데 카밀이 나를 구원해주었다. 바네사와 파이퍼를 양옆에 대동하고 근처까지 와서는 좀 더 다가오기는 두려운 듯 조심스럽게 목청을 가다듬고 말했다.

"영어 수업 늦겠어, 애쉬. 안 갈 거야?"

잠시 후 종이 울렸다.

"아니, 가야지."

"그래, 늦으면 안 돼."

"괜찮아, 애쉬. 애슬로 교수님께는 내가 늦은 이유를 설명해줄게."

베카가 말했다.

나는 잠시 긴장했다. 카밀을 따라 뛰어야 할지, 아니면 선배가 가라고 할 때까지 가만히 있어야 할지. 선배들은 아무 말 없이 지켜보았고, 카밀은 못마땅한 듯 고개를 저으며 먼저 가버렸다.

"카밀은 신경 쓰지 마."

베카가 조롱 섞인 투로 말했다.

"네가 우리하고 앉아 있으니까 샘이 나서 저러는 거야. 작년에 졸업한 카밀의 언니는 인기도 많았고 대단했지. 카밀은 비밀 클럽 회장이 되는 게 꿈이야."

나는 베카가 붙잡는 바람에 5분이나 늦게 영어 수업에 들어갔다.

애슬로 교수님이 입술을 차갑게 오므리고 말했다.

"수업 끝나고 얘기 좀 하자, 애쉬."

나는 의기양양하게 웃는 카밀을 보면서 고개를 숙이고 자리에 앉았다. 1800년대 여성 문학과 사회적 불평등에 대해 90분 동안 토론이 벌어졌다. 애슬로 교수님은 한 번만 더 늦으면 벌점을 주겠다고 말했다. 베카가 붙잡았다고 했지만 전혀 통하지 않았다.

"개인의 책임감은 구드의 기본 정신이야, 애쉬. 자기가 판단한 일에 대해 절대 남 탓을 하지 말도록."

따끔한 일침이었다. 훈육을 듣고 나오니 카밀이 양옆에 바네사와 파이퍼를 대동하고 복도에서 기다리고 있었다.

"베카를 조심해, 애쉬. 너를 이용하고 있어."

"내 일은 내가 알아서 해."

"베카라면 그러기 힘들걸. 베카는 모두가 얘기하는 것처럼 그렇게 좋은 아이가 아냐. 내가 좀 아는 게 있어. 우리 언니가 그러는데……."

"그만해, 카밀. 나 컴퓨터실 가야 해."

그러자 카밀은 작은 발로 바닥을 쾅 하고 굴렀다. 다행히 컨버스 운동화여서 소리가 크지는 않았다.

"잘 생각해, 애쉬. 언젠가는 선택을 해야 할 거야. 선배들은 졸업할 거고, 동급생들하고 잘 지내지 않으면 네 곁에 아무도 없을 테니."

나는 카밀의 훈계에 슬슬 짜증이 나기 시작했다.

"내가 너하고 진정한 친구가 되고 싶어 한다고 생각하니, 카밀? 룸메이트라고 해서 반드시 친구가 되는 건 아냐. 그러니 내 생각이나 내 일에 간섭하지 마. 그럼 우리는 아무 문제 없이 잘 지낼 수 있어."

"너 지금 한 말 후회하게 될 거야. 내 말 기억해."

카밀은 유리로 둘러싼 트롤리를 지나 올드이스트 쪽으로 갔다. 카밀의 곁을 지키는 바네사와 파이퍼가 베카의 곁을 지키는 쌍둥이들과 비슷하다는 생각이 들었다. 나는 카밀이 사라진 반대 방향 쪽 컴퓨터실로 향했다. 좀 전에 카밀과 주고받았던 대화가 너무 유치해서 나도 모르게 고개를 저었다.

지금까지 나는 자기편을 들어주기를 바라는 사람들 틈에서 살았다. 더 이상은 그러고 싶지 않았다. 컴퓨터실에서 같은 테이블에 앉게 된 베카는 미소 띤 얼굴로 나를 기다리고 있었다.

'베카는 너를 이용하고 있어.'

그럴지도 모른다. 지금까지 내 곁에 있던 사람들은 모두 어떤 방법으로든 나를 이용했다. 그런데 한 명 더 만났다고 한들 안 될 게 뭐겠는가? 최소한 이번에 만난 베카는 영향력을 가지고 있지 않은가.

'내가 좀 아는 게 있어.'

여기는 혼탁한 곳이다. 카밀의 빈정거림은 뭔가 명확히 알고 있다는 투였다. 베카에게 뭔가 모르는 게 분명 있다.

카밀의 말을 웃어넘기고 싶으면서도 내 안에 있는 야수적인 두뇌, 즉 생존자로서의 직관은 새로 다가온 친구가 뭘 할 수 있는지 확인해 봐야 한다고 속삭였다.

23

거절

메디아 교수와 개인 수업을 한 후에는 베카도 기숙사 친구들도 만나지 않았다. 수업을 듣고 필기를 하면서 혼자 조용히 보냈다. 졸업반이나 3학년의 레이더에 걸리지 않도록 주의하면서, 아무도 나를 찾지 않는 곳에서.

결국 밀린 공부를 한다는 핑계로 도서관에 가는 것이 최선이었다. 학과 진도를 따라가기도 버거워서 주변에서 벌어지는 일에는 신경 쓸 겨를이 없었다. 이제 겨우 구드 학교의 리듬에 적응했을 뿐이다. 도서관은 피난처 같았다. 안전한 공간. 아늑한 나무 벽에 쪽마루 바닥. 캠퍼스에서 개조되지 않고 원형을 갖춘 몇 안 되는 건물 중 하나였다. 그런데도 내부 구조는 현대적이고 책도 잘 갖춰져 있었다. 역사학 분야의 도서는 옥스퍼드의 보들리 도서관에 견줄 바는 아니었으나 충분히 인상적이었다. 개인 독서 공간에는 안락의자와 짙은 나무 책상이 놓여 있었다. 책상은 낡고 긁힘이 많은 것으로 보아 구드 학교가 과거의 껍데기를 벗고 여성 교육의 장으로 명성을 얻기 전부터 사용했던 것 같았다.

벽을 가득 메운 수많은 책들이 기숙사 친구들은 누구도 할 수 없는 친구 같다는 생각이 들었다.

나는 개인 독서 공간에서 공부에 열중했다. 사서인 몰튼 선생님이 와서 나가라고 할 때까지. 도서관에서 나왔으니 어쩔 수 없이 카밀을 마주해야 한다. 그러나 먼저 좀 쉬어야 할 것 같았다.

나는 트롤리를 지나 본관으로 갔다. 허공에 연결되어 있는 유리 터널을 지나려니 왠지 불안했다. 어둠은 옥스퍼드의 밤과 달리 짙고 깊었다. 내 방이 있는 층의 작은 주방으로 가서 물병에 물을 채우고 복도를 빠르게 걸었다. 모두 방에 들어갔는지 조용했다. 닫힌 방문 너머에서 음악 소리가 들려오기도 했다. 알아들을 수 없는 팝송 같은 것이었다. 아무튼 복도에 나 말고 아무도 없어서 좋았다. 어쩌면 이게 나의 일상이 될 것 같기도 했다. 수업 듣고, 간식 먹고, 도서관. 한 학기 내내 기숙사 친구들과 마주치지 않으면 참 좋을 것 같았다.

우리 방 앞에서 잠시 멈췄다. 복도 맞은편 창고 문이 조금 열려 있었다. 왜일까?

나는 잠시 망설이다가 맞은편 창고 문가에 귀를 기울였다. 뭐가 들리는지도 모르면서 말이다. 사람의 말소리? 숨소리? 바네사와 카밀이 매일 밤 그래 왔듯이 뭔가 계략을 궁리하는 걸까?

나는 문을 닫으려고 문손잡이를 향해 손을 뻗었다. 그 순간 향기가 코끝을 스쳤다. 집 냄새다. 우리 집에서 나던 냄새. 새로 우린 차와 눅눅한 모직 카펫, 그리고 엄마의 향수. 어릴 적 엄마가 화장대 위에 놓인 향수병 뚜껑을 깜박 잊고 잠그지 않아 내가 향수를 온통 뒤집어쓴 적이 있다. 향수는 정교하게 조각된 보라색 유리병에 담겨 있었는데 벨벳으로 만든 옛날식 펌프가 달려 있었다. 치자꽃 향과 사향이 배합된 여성적인 느낌이 아주 강한 향수였다.

강렬한 향수 냄새에 엄마의 기억이 되살아나면서 나도 모르게 주먹으로 문을 밀었다. 문이 삐걱거리며 열렸다. 나는 방 안으로 들어가 사방을 두리번거렸다. 방 안은 어둡고, 춥고, 텅 비어 있었다.

"엄마?"

아무 소리도 나지 않았다.

이상한 일이었다. 내가 첫날 잘못 들어왔을 때와 조금도 달라진 것이 없었다. 낡은 깡통과 커튼들, 나무 바닥과 벽에 기댄 사다리들. 페인트가 튄 시트가 덮인 종이 상자와 철제 상자들.

흔히 보는 창고다. 남는 방. 그런데 향기가 감돌고 있었다.

나는 향기를 떨치려고 고개를 흔들어보았다. 내가 지금 뭘 하는 거지? 엄마는 죽었다. 그리고 나는 귀신을 믿지 않는다.

카밀은 오늘도 방에 없다. 아무래도 상관없다. 나는 목욕 용품을 챙겨 욕실로 가서 얼굴을 씻고 양치질을 했다. 머리까지 땋고 방으로 돌아오는 데 채 5분도 걸리지 않았다.

그런데 뭔가 마음이 어수선하고 잠이 오지 않았다. 그러다 겨우 잠이 들었는데 엄마의 죽음에 관한 꿈을 꾸었다. 힘없이 벌어진 턱. 고약한 냄새. 엄마의 초점을 잃은 눈.

그리고 피.

울음소리에 잠을 깼다. 방에 나 혼자뿐이라는 것을 깨닫는 데 일이분 정도 걸렸다. 베개가 눈물에 젖어 있었다.

카밀은 아침 먹을 때도 보이지 않았다. 그러다 컴퓨터와 영어 시간 사이에 책을 바꾸러 방에 가보니 카밀이 있었다. 자기 책상에 앉아서 창밖을 바라보며 손가락으로 머리카락을 돌리고 있었다. 햇빛을 받아 얼굴이 더욱 창백해 보였다. 눈 밑에는 다크서클이 내려앉았고 배에는 온열 패드를 대고 있었다.

"괜찮니?"

"괜찮아. 별일 없어."

거짓말. 거짓말. 거짓말이다. '그래, 거짓말 좀 하지, 뭐.' 어차피 지난밤에는 나도 옛날 기억을 더듬느라 피곤하고 지쳐 있었다.

"네가 안 와서 걱정했어."

"바네사 방에서 잤어. 너를 깨우고 싶지 않아서."

"무슨 일인지 얘기해주면 안 될까?"

카밀은 눈물이 가득 고인 채 고개를 저었다.

"내가 말했잖아. 생리통이 좀 심하다고."

놀랍게도 나는 카밀을 진심으로 걱정하고 있었다.

"혹시라도 말할 생각이 들면……."

"그럴 일 없어. 그러니까 그만 물어봐."

"그럼 꺼져줄게."

나는 책을 챙겨서 방을 나왔다. 카밀이 어찌 되든 상관할 바 아니다. 어차피 친구를 만들러 여기 온 게 아니다. 구드의 인장을 받기 위해 온 것이다. 중요한 것은 그것뿐이다. 기숙사 친구들이 무례하게 굴든 말든 상관없다.

그냥 그렇게 생각하기로 했다.

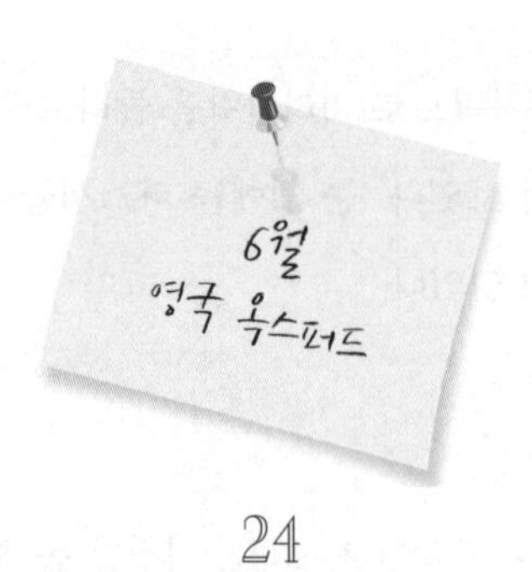

24

제안

술과 약에 취해 지저분한 몰골로 비틀거리며 들어가니 아버지와 엄마가 식탁 한쪽 끝에 앉아 있었다. 나는 뒤쪽 계단으로 몰래 들어갈 셈이었다. 두 사람이 나란히 앉아 있는 모습은 의외였다. 더구나 식탁에서 말이다. 내가 집에 온다는 것을, 언제 도착할지 어떻게 알았는지 모르겠다. 지난 이틀 내내 그렇게 앉아 있지는 않았을 것이고, 마을 사람 중 누군가 내가 오고 있다고 알려주었을 것이다.

넓은 다이닝룸 식탁 한쪽에 넋을 잃고 붙어 앉은 두 사람의 모습이 우스꽝스럽기까지 했다.

우리 집 식탁은 여느 가정의 식탁과는 다르다. 40명 정도 편안하게 앉을 수 있고, 좀 끼어 앉으면 46명까지 가능하다. 공간도 너무 넓어서 아무도 없을 때는 말소리가 울릴 정도다. 물론 파티를 하기에 적합한 음향 설계가 되어 있기는 하다. 짙은 참나무 벽에는 사냥 장면들을 묘사한 값을 따질 수 없는 유화 작품들이 가득 걸려 있다. 숲에서 잡은 것을 식탁에 내놓는 것이 카 가문의 풍습이다.

문득 참 재미있다는 생각이 들었다. 나도 방금 숲에서 나와 식탁으로 왔으니 말이다.

아버지 데미언 카는 비밀을 잘 지키고, 자기 생각을 잘 드러내지 않으며, 매사 한 치의 오차도 없이 철저하고 신중하게 처리하는 사람이다. 그래서 의뢰인들도 그를 좋아한다. 바로 그런 이유로 여왕도 정신이 썩어빠진 바람둥이에게 '영국 금융계에 공헌한 바'를 인정하여 작위를 수여했다.

반면 엄마 실비아 여사는 뒤늦게 돈을 모아 유능한 인재와 결혼했다는 사실을 늘 자랑하고 싶어 했다. 카 가문의 돈을 써가며 화려한 파티를 열어 영향력 있거나 재미있는 사람들을 불러들였다.

이 다이닝룸은 그 파티가 열리던 즐거운 공간이었다. 어릴 때 나는 대기실에서 파티를 지켜보며 시간에 맞춰 코스 요리를 내보내는 도시를 방해하곤 했다. 웃음소리와 와인 잔 부딪치는 소리는 지하 포도주 저장고가 한 번씩 털릴 때마다 점점 드높아졌다.

아버지는 한동안 그런 엄마에게 동조하는 듯하더니 어느 순간 파티를 금지했다. 엄마는 울고 매달리며 사정했지만, 아버지는 돌벽처럼 한번 마음먹은 것을 바꾸지 않았다.

내가 다가가자 두 사람은 동시에 나를 빤히 바라보았다. 엄마가 미소 짓는 시늉을 했다. 뭔가 말하려는 것이다. 나는 큰 소리로 웃었다. 약 기운이 좀 많이 올라온 것 같았다.

"애슐린, 좀 앉아보렴."

지난 이틀 친구의 아파트 바닥에 아무렇게나 누워 자느라 제대로 숙면을 취하지 못했다. 밤새 쥐가 내 메신저백 모서리를 쏠아대던 좁은 방이었다. 나는 움직이지 않고 굳은 듯 서 있었다. 약 기운에 약간 열이 나는 듯하면서 정신이 몽롱했다.

이번에는 아버지가 말했다.

"애슐린, 내가 잠깐 자제력을 잃었어. 그러면 안 되는 거였는데. 사과하마."

너무 퉁명스러웠다. 진심이 담겨 있지 않았다. 그럼에도 화해를 하는 이유가 뭘까?

계속 서 있던 나는 조금 어지러워 가까운 의자에 쓰러지듯 풀썩 주저앉았다. 다리에 힘이 풀리고 몹시 피곤했다.

"엄마와 오래 의논해봤는데, 너를 기숙학교에 보내는 게 좋을 것 같다는 결론을 내렸다. 미국에 아주 좋은 여학교가 있어. 구드 학교라고, 수재들만 가는 곳이야."

"안 갈 거예요."

생각해볼 것도 없었다. 그렇게 멀리까지 가서 학교에 다니고 싶지 않았다. 여기서도 잘 안 가는데 말이다. 미국까지 가서 재잘거리는 계집애들과 감옥살이를 한단 말인가?

"네 의견을 묻는 게 아니다. 너는 가야 해. 벌써 학교와 이야기가 끝났다. 교장하고 공식적인 면담을 하게 될 거야. 스카이프로 화상 면담을 하기로 했다. 네가 직접 그 학교까지 가서 면담할 수는 없으니 특별히 허락해준 거야."

내가 고개를 젓자 아버지가 제지하듯 손을 들어 보였다.

"너는 여기서 행복하지 않잖니. 네가 그동안 힘들었다는 거 안다. 너를 지극히 사랑하고 오로지 너 잘되기만을 바라는 부모의 딸 노릇을 하느라고 말이다."

드디어 엄마가 첫수를 두며 게임에 끼어들었다.

"넌 우리에게 다른 선택의 여지를 주지 않았어, 애슐린. 술과 마약에 빠져 가출까지 하고. 이제 그만할 때야. 미국에 가거라. 우리한테서 멀리, 멀리 가. 너도 그러고 싶다고 늘 말했잖니. 너처럼 영리하고 똑똑한 아이들 틈에서 생활하고 공부할 수 있어. 지방 학교에 다니면서 지루해하지 않아도 되고. 대학처럼 과목을 선택할 수 있어. 너한테는 이게 최선이야."

두 사람의 제안을 따를 생각은 전혀 없었다. 하지만 관련 정보를 많이 얻어내는 게 좋을 것 같았다.

"그렇게 축복 넘치는 기회가 정확히 언제부터 시작되는데요?"

"8월에 떠나면 돼. 거긴 학기가 일찍 시작되니까."

지금이 6월이니 서둘러야 한다. 내가 진정으로 자유로워지는 방법은 하나밖에 없다.

두 달 안에 두 사람을 죽여야 한다.

2부

"시간이 지나자 우리의 거짓말들이 조금씩 진실이 되었다."

마르셀 프루스트

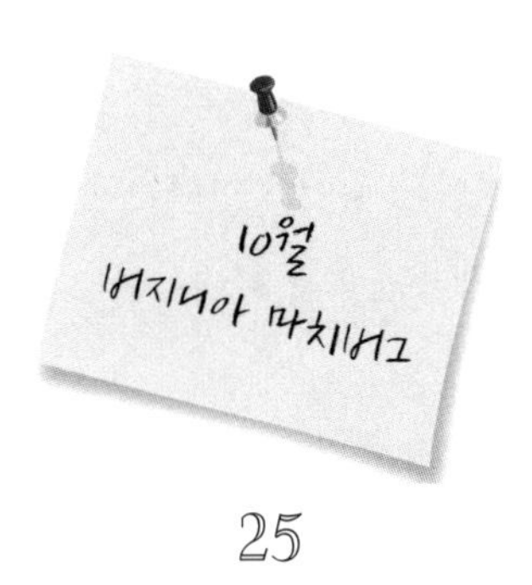

25

적응

베카의 호감을 산 것이 얼마나 큰 선물인지 깨닫는 데 그리 오래 걸리지 않았다. 그것은 졸업반 선배들이 나를 인정한다는 징표였다. 왜 대단한 가문 출신도 아니고 갓 전학 온 보잘것없는 아이를 선택한 걸까?

마치 신에게 기름 부음을 받은 것 같았다.

나는 내가 가진 병기 중에 침묵이라는 무기를 쓰기로 했다. 그러자 신비함이 더해졌다. 침묵의 힘을 알기 전에는 오로지 거짓말이 유력한 병기라고 생각했다.

며칠 안 돼서 기숙사 내에 영국 문화 열풍이 불기 시작했다. 화장실에 간다거나, 차를 마신다거나, '꺼져버리라'는 등의 일상적인 대화를 할 때도 영국식 표현이나 악센트를 쓰고 싶어 했다. 뒤로 모아서 느슨하게 묶는 헤어스타일도 등장했다. 소포가 줄을 잇는다 싶더니 학생들 절반 정도가 예배 시간에도 원피스 차림에 닥터 마틴 부츠를 신었다. 발목이 약한 여학생들 때문에 의무실에 일회용 반창고가 동이

날 지경이었다. 학장은 복장 규정을 강화하겠다고 엄포를 놓았다. 흰색 셔츠에 녹색 주름치마를 입어야 한다는 규정처럼 신발 규정은 따로 없었다. 하지만 학교의 문화가 급변한다는 사실 자체가 못마땅했던 것이다.

나는 튀지 않고 묻혀 지내려고 노력했다. 기숙사 친구들도 매사에 공공연히 나를 따돌렸지만 나는 인기인이 되어가고 있었다. 식사나 게임나이트, 소잉서클에서 수다 모임, 캠퍼스 산책하기 등에 종종 초대받았다. 구드의 학생들은 나에 대해 알고 싶어 했다. 하지만 나에 대해 별로 알리고 싶지 않았다. 매일 밤 도서관에서 학과 진도를 따라가는 데 매진했다. 그게 안전하니까.

나에 대한 소문이 나돌았다. 내가 걸어가면 주변에서 속닥거리는 소리가 들렸다. 내가 투어 중인 록스타의 딸이라고 수군대기도 하고, 스칸디나비아의 공주라고도 했다. 유명 배우의 딸이라거나 대통령의 혼외 자녀라는 소문도 있었다. (마지막 소문을 듣고 크게 웃었지만, 또 누가 알겠는가?) 내가 어디서 온 누구인지는 얼마든지 상상 가능하다. 요트와 해변, 스키 슬로프에서 입술을 삐죽 내밀고 코를 찡긋하며 찍은 사진들처럼 일거수일투족을 추적할 수 있는 기록이 없는 한 무엇이든 진실이 될 수 있다.

어차피 모두 소녀들 아닌가. 문화적 소양을 닦은 세련된 소녀들이긴 하지만 여전히 어리고 미숙하다. 가능성을 탐색하는 일은 이들이 가장 즐기는 취미 생활이다. 대부분의 학생들이 명성과 부를 이미 가졌다. 웨스트헤이븐 학장의 보육원 같은 규정에 얽매이지만 않으면 특권층의 삶을 누릴 수 있다. 이런 아이들에게 상상의 소재들은 무궁무진하다.

가족 이야기가 나오면 나는 그저 발을 내려다보거나 고개를 저었다. 그럴수록 아이들의 호기심은 불이 붙었다. 솔직히 나는 집중적인 관심에 어떻게 대처해야 하는지 알 수 없었다. 그러나 모순되게도 나는 천성적으로 무심해서 쉽게 자기편으로 만들 수 없는 아이처럼 보였기에 나를 더 원하는 것 같았다.

시간이 흘러 어느새 10월이 되었다. 찬비가 캠퍼스를 적셨다. 나에 대한 소문을 듣고 흘려버리거나 가식적인 우정의 손길을 적당히 피하는 일만 빼면 대부분 편안했다.

벌써 이곳에 온 지 수주일이 지났다는 사실을 믿을 수 없었다. 이제는 나 자신이 궁지에 몰린 짐승 같다고 느낄 때보다 학생으로 느껴질 때가 더 많았다. 물론 여전히 내가 지나가면 손으로 입을 가리고 수군거리는 아이들이 있었다. 주로 상급생의 말이라면 무조건 솔깃해하는 신입생들이었는데, 카밀 무리들 덕분일 것이다.

학과 공부는 아직 뒤처지지 않았고, 컴퓨터 개인 수업은 아주 잘하고 있다. 나머지 과목도 따라가려고 그 어느 때보다 열심히 노력하고 있다.

구드의 교수님들은 엄격하면서도 철저했다. 지금까지 어떤 어른에게서도 느껴보지 못한 열정으로 나를 지지해주었다. 격려하고 고무하며, 일깨워주고, 차분하게 바로잡아 주었다. 학장도 변함없이 친절했다. 가던 길을 멈추고 내 안부를 묻고 칭찬해주었다.

"애슬로 교수가 네 과제물이 아주 훌륭했다더구나."

"메디아 교수가 개인 수업을 아주 잘 따라간다던데. 계속 열심히 해라."

그러다 가끔 "피아노 레슨에 대해 생각해봤니?"라고 물으면 나는 고개를 저었다.

가끔 다락 창가에 서 있는 웨스트헤이븐 학장을 보았다. 그녀는 뭔가를 그리워하는 듯한 시선으로 정원을 바라보곤 했다. 집무실에 있는 시간보다 다락에 있는 시간이 더 많은 것 같다는 게 좀 이상하긴 했다. 하지만 생각해보면 그 공간에 관련된 모든 것이 기이하면서 묘한 매력이 있었다. 웨스트헤이븐 학장은 학교 전체를 이끌기에는 젊은 나이이다. 이제 서른다섯 살인데 학교를 맡은 지 10년 되었다고 한다. 그러니 구드 학교가 현대적이고 혁신적인 것이 당연하다. 우아함과 수줍음을 동시에 지닌 학장은 볼수록 매력적인 사람이다.

그래서 누군가를 떠올리게 한다. 그게 바로 나인 것 같기도 하다.

교과과정과 관행은 진취적이지만, 구드 학교 자체는 과거에 머물러 있다. 마치 고향 집처럼. 건물 벽에는 역사의 숨결이 배어 있지만, 대부분 개조해서 언뜻 보기에는 깔끔하고 산뜻하다. 기본 건축양식 때문에 창을 내거나 벽을 트기가 어렵지만, 페인트칠을 할 수 있는 곳들은 기숙사 벽과 같은 보라색을 띤 회색이었다. 흰색 벽판과 몰딩은 늘 반짝반짝 윤이 났고, 쪽마루와 대리석 바닥은 매일 닦아서 반들반들했다. 위든 아래든 모든 표면이 빛이 났다. 전체적으로 우아하고 기품 있었다. 학교를 가꾸는 데 비용을 아끼지 않았다. 그런데 비싸고 오래되었다는 두 가지 특징이 왠지 어울리지 않았다.

회랑을 걸어갈 때면 학교의 옛 모습을 쉽게 상상할 수 있었다. 낡고 팬 마룻바닥, 구석마다 거미줄이 늘어진 어두운 방, 닳아서 얇고 반들반들한 커튼. 뭔가 비밀을 간직한 채 베일에 싸인 듯한 분위기다. 내가 오래된 건물들이 많은 도시에 살아서 그런지 모르지만, 구드의 빛나는 겉모습이 진실을 가리기 위한 것 같은 느낌이었다. 곳곳에서 과거의 메아리가 울리고, 학교의 심장 소리가 개조된 벽 속에 새겨진 것 같았다.

교정은 정말 아름답다. 가을이 되니 낙엽수와 상록수가 적절히 어우러져 총천연색 단풍이 장관을 이루었다. 더위가 누그러지자 나는 시간 날 때마다 밖을 걸었다. 숨어 있기 좋은 장소들이 캠퍼스 곳곳에 있었다.

그중 가장 좋아하는 곳은 셸던 수목원이다. 파이퍼가 단단히 겁을 주었지만 나는 조용히 쉴 수 있는 그곳이 좋다. 특히 가장 마음에 드는 곳은 동화 속에 나올 법한 작은 목초지였다. 나는 그곳에서 책도 읽고 가끔 옷장에 감춰놓은 담배를 가지고 와서 피우기도 했다. 좀 위험하지만 두렵지는 않았다. 구드는 왠지 내 사생활을 존중해주는 것 같았다. 베카 덕분인 것 같지만 그런 생각은 하지 않으려고 한다. 베카하고는 잘 지냈다. 무척 친절하고, 나를 배려하려고 꽤 애쓰는 것 같았다.

몇 번 더 스톰프가 있었고, 전 학년 연합축제 준비가 시작되었다. 개교 원년부터 이어지는 전통이다. 귀신이나 전설을 이야기해주고 싶어 하는 아이들이 있었지만 나는 별로 듣고 싶지 않다고 했다. 옥스퍼드에도 그런 이야기들이 많지만 나는 흥미도 없고 무섭지도 않았다.

축제 준비는 재미있을 것 같다. 2학년은 졸업반과 팀을 이뤄 캠퍼스 장식을 맡는다고 했다. 베카가 이야기해줬는데, 작년에는 수백 개의 풍선에 물을 담아 학교 곳곳에 숨겨놓고 졸업반 학생들이 문을 열거나 아치형 문을 지날 때마다 물벼락을 맞았다고 한다. 물에 흠뻑 젖은 베카의 모습을 상상하니 웃음이 나왔다. 이번에는 2학년들이 어떤 장난을 계획할지 기대된다.

카밀 : 여전히 밤에 소리 없이 운다. 그러나 나는 모른 척한다. 카밀이 얘기하고 싶으면 하겠지. 그 외에는 끊임없이 수다를 떤다. 그래서 방 안에 있는 동안은 공부하는 시간과 얘기하는 시간을 정하기로 했다. 카밀은 얘기하는 시간만 되면 거의 쉬지 않고 떠든다. 그녀에게는 아무것도 아닌 일도 큰 화젯거리다. 그러면 나는 조용한 곳을 찾아 방을 나올 수밖에 없다. 나를 방에서 내보내려고 일부러 그러는 게 아닌가 싶을 때도 있다.

파이퍼 : 무리와 함께 있지 않을 때는 좋은 친구다. 카밀과 바네사는 떼려야 뗄 수 없는 사이고, 서열상 세 번째인 파이퍼는 가끔 무리에서 떨어져 나하고 어울릴 때가 있다. 파이퍼는 조용하고 영리하며 매우 지적이다. 그리고 무의미한 뒷담화를 즐기지도 않는다. 중요한 이야기가 아니면 침묵하는 편이다. 옷이나 신발 나누는 걸 좋아한다. 가끔 수업을 마치고 오면 파이퍼가 소파에 기대앉아 나를 기다린다. 함께 시내로 쇼핑을 가기 위해서다.

바네사 : 한순간도 친구였던 적이 없다. 고개를 갸울인 채 어둡고 강렬한 눈빛으로 나를 바라보는 시선이 뭔가 거슬린다. 언제나 나를 살피는 것 같다. 밥을 먹을 때나 도서관에서 공부하고 있을 때, 캠퍼스를 가로지르는 산책로를 걸을 때, 요가 시간이나 자율학습을 할 때도 고개를 들어보면 바네사가 항상 나를 보고 있다. 일거수일투족을 감시하는 듯한 눈길이 기분 나쁘다. 그렇지만 나는 무시한다. 그래서 바네사가 더 약이 오르는지도 모르겠다.

요즘은 창고 방에서 이상한 냄새가 나거나 방문이 열려 있는 것을 보지 못했다. 그건 아마도 내 상상이었던 것 같다.

몇 주 동안 성공적이었다. 그만하면 모든 것이 만족스럽다. 내가 잘 적응하고 있다는 뜻이다. 거짓말은 최소한으로만 하려고 노력한다. 예배당에서 뮤리얼 그래슬리 교수의 추도식이 있었고, 그녀의 갑작스런 죽음으로 인한 술렁거림도 잠잠해졌다. 나는 그래슬리 교수의 죽음과 관련된 나의 혐의를 나름대로 정리했다. 그래슬리 교수는 좀 더 주의 깊게 라벨을 읽었어야 했다. 내 말만 믿어서는 안 되었다. 그렇다고 내 마음이 편하다는 뜻은 아니다. 마음이 아프지만 죄책감을 느끼지는 않겠다는 뜻이다.

총알은 무사히 피한 셈이다.

그런데 왜 이 모든 것이 곧 트랙을 벗어나 끝장이 나고 말 것 같은 불길한 예감이 드는 걸까? 첫 번째 소환된 날 이후로 매일 아침 졸업반 선배들과 완벽한 에그 스크램블을 먹을 때도, 그들의 말도 안 되는 수다를 들을 때도, 안개에 싸인 나무들을 바라볼 때도 그런 예감이 들었다.

26

폭로

10대 소녀들 200명이 떠드는 소리는 늘 익숙하고 자연스러운 소음이다. 그런데 오늘 아침 식사 시간은 아주 조용했다. 간밤에 스톰프가 있어서 모두 잠을 설치기도 했다. 비가 내리고 회양목 주위로 안개가 짙게 내려앉자 모두 실내에서 꼼짝도 하지 않았다. 사흘째 흐린 날이 계속되니 햇빛을 보지 못한 구드의 소녀들은 모두 시무룩했다.

식당 전체가 침울해서 모두 긴장하고 조심하는 분위기였다.

나는 연합축제 준비를 위해 기숙사 친구들의 테이블로 다시 돌아왔다. 그런데 이상하게도 이들과 어울리는 것이 어색했다. 2학년 친구들인데 말이다. 나는 베카의 마스코트다. 그녀 곁에 내 자리가 있다. 바보가 아닌 한 이런 게임이 어떻게 돌아가는지 잘 안다. 베카의 보호는 나에게 힘이며, 나는 그 영향력을 누린다.

그런데 오늘은 베카가 나를 이리로 보냈다. 카밀 무리는 베카가 보는 앞에서 나를 테이블에 앉지 못하게 할 배짱이 없다. 나는 자리를 잡고 앉았다. 아무도 말을 하지 않았다.

오렌지 주스를 거의 다 마실 즈음 왼쪽 팔꿈치 근처에 탁 하고 뭔가 떨어지는 소리가 났다. 우리 테이블을 담당하는 웨이트론이 뭔가를 전달하고 돌아갔다.

내가 받은 것과 똑같은 크림색 봉투에 한껏 멋을 부린 손글씨가 적혀 있었다. 가슴이 두근거렸다. 손을 뻗어 봉투를 집으려는데 카밀의 이름이 보였다.

"너한테 온 거야."

카밀의 녹청색 눈동자가 반짝였다. 카밀은 떨리는 손으로 봉투를 이리저리 돌려본 다음 왁스 인장을 뜯어 속에 든 종이를 꺼냈다.

4층. 오후 10시.

내가 받은 것과 같은 내용이었다. 카밀이 고개를 들었다. 기쁨에 들떠 동공이 확장된 것 같았다. 입가에 엷은 미소가 번졌다. 그녀의 마음을 읽을 수 있었다.

혼자 돋보이는 느낌이 이런 거구나. 이제 애쉬의 팬들이 했던 것처럼 너를 구드의 주인공으로 만들어줄 거야.

바네사가 잔뜩 비뚤어진 얼굴로 초대장을 채갔다.

"베카 커티스의 간택을 받으려고 누구한테 사정했니?"

분위기는 예전으로 돌아갔다. 나는 서둘러 남은 오렌지 주스를 마시고 내 소지품을 챙겼다.

"그만해, 바네사. 샘이 나서 그러는 거지?"

"애쉬, 조만간 나랑 얘기 좀 하자. 아니 애슐린이라고 불러야 하나?"

내 이름에 한 음절 더 붙였을 뿐인데 그 순간 온몸의 피가 빠져나가는 것 같았다.

"내 이름은 애쉬야. 지난번에 그렇게 말했을 텐데."

"그래? 재밌네. 나는 애슐린 카로 알고 있는데. 실비아와 데미언 카 부부의 따님. 고인이 되신 실비아 부인과 데미언 경 말이야. 내가 잘못 안 건가?"

바네사의 미소가 날카로운 비수처럼 가슴을 찔렀다. 나는 숨을 고르려고 안간힘을 썼다.

"어디서 들었어?"

"사실인가 보네, 그렇지?"

파이퍼가 말했다.

"학장님도 네가 가짜 이름을 쓰고 있다는 거 아셔?"

카밀이 두 손을 쳐들며 말했다.

"그만해, 얘들아. 이제 됐어. 우리 다 동의했잖아."

모두의 시선이 내게로 쏠렸다. 모두 얼어붙은 듯했다. 포크를 입으로 가져가다 말고 그대로 굳은 아이들도 있었다. 모두 내 대답에 귀를 기울이고 있었지만, 이미 진실을 알고 있는 것 같았다. 카밀이 방금 '동의했잖아'라고 했다. 이 아이들은 도대체 얼마나 오랫동안 의심하고 있었던 걸까? 왜 내 신상을 캐려고 했던 걸까?

무슨 해명이든 해야 한다. 그러나 이 문제만큼은 거짓말하고 싶지 않았다. 명예규율이 투우사의 망토처럼 정면에서 펄럭이고 있지 않은가.

"네가 자진해서 말해. 안 그럼 우리가 할 거야."

바네사가 말했다. 이 폭탄을 떨어트릴 최적의 타이밍을 엿보고 있었던 게 틀림없다. 자기가 유리한 입장에 선 순간 압박을 가하는 거다.

나는 당혹감에 휩싸인 나머지 눈앞이 희미했다. 당장 뭔가 하지 않으면 아드레날린이 폭발하거나 눈물이 흘러 무너질 것 같았다. 전교생 앞에서 내 혈통을 부정할 수는 없다. 그건 거짓말이니까. 이미 진실을 알고 있다면, 부정할수록 더 큰 곤경에 빠질 것이다.

어떻게 알아냈을까?

이것 말고 또 뭘 더 알고 있을까?

학장의 이메일을 해킹해달라는 베카의 요청을 다시 한 번 생각해 보았다. 그걸 할 수 있는 사람을 찾은 걸까? 베카는 자신이 아니라 나에 대한 정보를 캐내고자 했던 건가? 다 틀렸다. 완전히 망했다.

나는 자리를 박차고 달려 나왔다. 달리 할 수 있는 게 없었다. 발을 디딜 때마다 가방이 엉덩이를 때렸다. 그때마다 날카로운 노트북 모서리가 허벅지를 찔렀다. 아픈 건 아무래도 상관없다. 다만 멀리 달아나고 싶었다. 감당할 수 없다. 더 이상 안간힘을 쓰며 버티고 싶지 않다. 예전의 삶과 새로운 삶 사이에서 줄타기를 하기는 너무 힘든 일이다.

뭔가 잘못되고 있다는 느낌이 들기는 했다.

캠퍼스 서쪽 끝에 있는 식당은 수목원에서 가까웠다. 나는 지금 그리로 가는 길이다. 내가 좋아하는 작은 요정의 계곡에 가면 왠지 안전할 것 같다. 어두워질 때까지 그곳에 숨어 있을 것이다. 아니면 영원히. 바람이 불 때마다 마른 잎을 사각거리는 나무들이 넓고 깊은 안식처를 마련해주는 곳.

수목원은 어둡고 시원하고 조용했다. 비는 그쳤다. 내가 좋아하는 독미나리 가지 밑에 많이 젖지 않은 풀과 이끼로 덮인 곳을 찾았다. 나는 머리 위로 가방을 벗고 볼을 타고 흐르는 눈물을 닦으며 축축한 땅에 앉았다.

지난 몇 주 동안 너무 많은 주목을 받았다. 지나치게 노출되었다. 충치를 뽑은 자리처럼 드러난 새 신경이 찔리고, 보여지고, 수군거림을 받았다. 나는 무슨 생각으로 이곳에 온 걸까? 집에 가고 싶다. 옥스퍼드셔의 언덕으로 돌아가고 싶다.

그러나 슬프게도 그럴 수가 없다. 이제 더 이상 집이 없다. 부모도 없다. 이제 영국에는 내 삶이 없다. 내가 있을 곳은 여기밖에 없다. 공식적으로 학장의 보살핌과 책임하에 살아야 한다.

잠시 흐느낌을 멈췄다.

웨스트헤이븐 학장에게 갈 수도 있다. 학장은 뭐라고 할까? 어떤 조치를 취할까?

"학생들이 너의 진실을 알아냈구나. 미안하다, 애쉬. 우리는 너의 과거를 숨겨주려고 최선을 다했어. 고개를 들고 힘을 내거라. 이 어려움을 이겨낼 수 있도록 도와줄게."

마치 도와줄 수 있는 것처럼 말하겠지.

담배 생각이 간절했다. 집에서 가져온 담뱃갑에는 세 대가 남아 있는데 단화 속에 숨겨놓았다. 그걸 가지러 기숙사에 가야 한다. 하지만 아직 그 애들을 마주할 준비가 되어 있지 않다. 우선 마음을 추슬러야 한다. 난감한 상황을 어떻게 헤쳐 나갈지 생각해봐야 한다.

"제기랄!"

"말버릇 한번……."

나직한 목소리가 들리더니 나무 밑동을 돌아 베카 커티스가 나타났다.

27

선배

애쉬는 너무 나약하고 외로워 보였다. 친구들 앞에서 자신의 세계가 낱낱이 파헤쳐지다니. 베카는 그것이 얼마나 힘든 일인지 안다. 애쉬는 그런 일을 처음 겪는 것이 틀림없다. 베카는 매일 그런 삶을 살아왔다. 지난여름 베카는 바보 같은 실수 한 번으로 어머니의 집요한 추궁을 받고 트위터에서도 톡톡히 망신을 당했다.

조지타운에서 좀 흥청거렸던 날 밤이었는데, 잠시 이성을 잃고 했던 행동들이 동영상으로 찍혀서 '키 브리지에서 구토'라는 제목까지 달고 한 편의 단편영화처럼 온라인에 떠돌았다. 누군가 스냅챗과 틱톡에 올려 사람들에게 짧은 즐거움을 주려 했다. 어차피 스냅챗이나 틱톡은 짧은 시간 영상이 보이다가 자동 삭제되니 큰 문제가 아니었다. 하지만 누군가 그 영상을 캡처해서 트위터에 올리는 바람에 일이 커졌다. 베카의 영상은 사방으로 퍼져나갔고, 〈워싱턴포스트〉에 10대 청소년의 음주 문제를 다루면서 그 사진이 실렸다. 베카는 수치심과 분노를 느꼈다. 그녀의 어머니는…… 그냥 '의원님이 우려를 표하셨다' 정도로 해두자. 결국 베카는 수주일 동안 집에 감금되어 자숙의 시간을 보내야 했다.

베카는 애쉬를 안아주고 싶었지만 거절당할 것 같았다. 그래서 조용히 옆에 앉아 담배 두 대를 꺼내 하나를 애쉬에게 주었다.

애쉬는 잠깐 망설이다가 담배를 받았다. 순간 애쉬의 눈동자가 반짝이는 것을 보면서 베카는 좀 더 대담하게 다가갔다. 애쉬는 역시 반항아 기질을 가졌다. 베카는 그 점을 간파하고 있었다. 본능적으로 느낄 수 있었다. 애쉬는 벌써 몇 주째 주변의 수군거림과 빈정거림을 무시한 채 좌우를 돌아보지 않고 오로지 앞만 보면서 고개를 높이 들고 백조처럼 우아하게 헤엄치고 있었다. 그러한 시선들에서 벗어나고 싶은 마음이 간절했는데도 말이다. 베카도 늘 그런 느낌이었다.

베카는 담배 두 대에 불을 붙였다. 길게 한 모금 빨았다가 머리 위에 드리운 나뭇가지를 향해 부드럽게 연기를 뱉어냈다. 니코틴이 들어가니 한결 차분해지는 것 같았다.

"힘들어?"

"최악이에요."

애쉬가 대답했다.

"너의 아버지 일은 정말 유감이야. 어머니도. 정말 끔찍한 일을 겪었더구나."

애쉬는 땅을 보며 담배를 한 모금 빨았다.

"알게 된 지 얼마나 됐어요?"

"학기 시작하고 첫 주에."

"맙소사."

애쉬는 숨을 깊게 들이마시고는 힘껏 내뱉었다. 갑자기 차오르는 눈물을 삼키려고 나뭇가지를 올려다보았다.

"그래서 이제 모두 다 아는 거예요?"

"일주일 넘게 퍼져나갔으니까. 바네사는 너한테 보기 좋게 한 방 쏘아주려고 잔뜩 벼른 것 같더라."

"아주 기분 나쁜 애예요. 처음부터 나를 싫어했어요. 나랑 안 맞아요."

"지난주에 나한테 와서 명예규율 위반이라며 신고하겠다고 했어. 그런데 내가 입 다물라고 했지. 애들이 상관할 일이 아니라고 말이야. 물론 명예규율 위반도 아니고. 너한테도 사생활을 보호할 권리가 있다고 설명했어. 특히 그런 일은 더더욱 그렇다고 말이야."

"다 틀렸어요."

애쉬는 화를 내기보다 체념조로 내뱉었다. 한 소녀가 폭력을 당했다. 아름다운 껍질이 깨지고 부드럽고 나약한 내면이 드러났다. 베카는 하나로 묶은 애쉬의 금발을 손으로 쓰다듬고 싶은 충동을 느꼈다.

두 사람은 한동안 말없이 담배를 피웠다. 베카는 필터만 남은 담배를 이끼에 비벼 끄고 애쉬의 담배도 끈 다음 흙바닥에 작은 구멍을 파고 꽁초들을 묻었다.

"그런 걸 왜 숨기려고 했지?"

베카가 침묵을 깨고 물었다.

"네 잘못이 아니잖아. 부모님의 잘못된 선택에 대해 아무도 너를 탓하지 않을 거야."

"그런데 왜 나한테 잘해주는 거죠?"

애쉬는 대답 대신 이렇게 물었다. 마치 짜증이 나는 듯 언성이 조금 높아졌다.

"너는 내 마음을 끄는 게 있어."

베카는 이렇게 말하고는 바로 후회했다.

"좀 이상하게 들리겠지만, 아무튼 너는 다른 애들이랑 달라. 수업 때도 아는 것을 되도록 숨기려고 하고, 남의 말을 조용히 들으면서 주변의 모든 것을 흡수하는 것 같단 말이야. 그리고 사람들이 네가 누구인지 아는 것을 원하지 않지. 네가 어떤 사람인지 보여주고 싶어 하지 않는 거야. 그래서 겸손해 보여. 너의 출신이나 부유한 집안을 생각하면 아주 의외지."

"나는 그저 부모님이 둘 다 돌아가신 한심한 2학년생일 뿐이에요."

드디어 눈물이 흘렀다. 베카는 굳이 달래려고 하지 않고 그냥 내버려두었다. 베카가 건드리기만 해도 애쉬는 연기처럼 사라져버리거나 소리를 지르며 숲속으로 달아날 것 같았다. 애쉬는 수줍고 조용한 아이다. 닥터 마틴 부츠에 당차 보이는 머리 스타일, 매사에 무심한 듯한 겉모습과 달리 다정하고 사랑스러운 데가 있다. 베카는 그런 애쉬를 몇 주째 주시하고 있었다. 애쉬는 항상 다른 친구들한테 먼저 길을 내주고, 자신의 공을 다른 친구들이 가로채도 개의치 않았다. 치열한 경쟁 사회에서 거의 드문 일이다. 구드의 학생들은 자신감을 갖고 자기주장을 하라고 배운다. 열띤 토론을 하는 방법과 밀어붙이기, 전략 세우기 등도 배운다. 협동도 중요하지만 보상을 가져다주는 것은 자신의 강점과 독창성이다. 애쉬의 강점은 조용하다는 것이다. 그러나 화강암도 계속 압력을 가하다 보면 어느 시점에서는 깨지게 마련이다.

"나도 가끔 우울하거나 기분이 가라앉을 때가 있어."

베카가 말했다.

"상원의원의 딸로 살아간다는 게…… 그 부담감이 상상을 초월하거든. 나는 정치에 전혀 관심 없어. 그런데도 여름마다 시청에 가서 인턴을 하거나 외교사절 캠프에 가야 해. 그리고 매주 엄마의 사무실에서 일하면서 유권자들과 대화를 해야 하지. 정신이 멍할 정도로 지겨워."

"정말 하고 싶은 일은 뭔데요?"

애쉬가 부드러운 목소리로 물었다. 늘 가지런히 하나로 묶여 있던 머리가 헝클어져 얼굴을 덮고 있었다.

"그런 일만 아니면 뭐든 좋아. 나는 워싱턴 D. C.가 싫어. 시끄러운 것도, 사람들도, 그들의 독선도. 저 혼자 잘난 독선자들이야. 자기들이 세상을 움직인다고 생각하지. 말도 안 되잖아. 나는 차라리……."

"차라리 뭐요?"

애쉬는 콧등이 체리처럼 빨갛게 상기되고 눈은 퉁퉁 부은 채 베카를 바라보았다.

"어디 황무지 같은 곳에서 친환경 농장 같은 걸 하고 싶어. 막상 말하고 보니 한심하지만 언젠가 TV에서 본 적이 있거든. 알래스카의 대자연에 오두막을 짓고 사는 사람들 이야기였는데, 바로 내가 원하던 삶이야."

"좋을 것 같네요. 벗어나고 싶어 하는 심정 이해할 수 있어요."

"엄마가 집요하게 밀어붙이지만 않으면 새로운 나를 발견할 수 있을 것 같아. 아, 정말 미안해, 애쉬. 내가 그런 면에서 좀 예민해서 말이야."

"그런 걱정은 하지 마세요."

그러나 대화는 그걸로 끝이었다. 애쉬가 다시 조용히 자신의 껍질 속으로 들어가자 베카는 섬뜩한 느낌을 받았다.

"한 대 더 줄까?"

베카는 담배 한 대를 더 건네고 라이터를 켰다. 애쉬는 담배를 깊이 빨아들였다가 연기를 힘껏 뿜었다. 마치 모든 부정적인 생각들을 날려버리듯이. 그러고는 가볍게 기침을 했다. 손으로 입을 가리고, 공손하고 예의 바르게.

"오늘 밤에 카밀을 만나는 건 어떻게 하실 거예요?"

"나는 모르지. 내가 안 불렀어."

"카밀을 안 좋아하죠?"

"카밀? 아주 영리한 애는 아니야. 그 애의 언니랑 비슷해. 에밀리는 작년 회장이었는데 좀 지나치게 자만하는 편이었지."

"그래도 괜찮은 것 같은데."

나는 반쯤 건성으로 카밀을 옹호했다.

"카밀 편을 들 필요 없어. 그 애를 따라다니는 무리도. 그 애들이 다가오면 네가 뒤로 주춤하던데. 그 애들은 절대 네 친구가 되지 않을 거야."

애쉬가 영국식으로 크게 웃는 모습을 보면서 베카는 가슴이 살짝 뛰었다.

"큰 갈등은 없어요. 카밀도 경우에 어긋나는 행동은 하지 않고요."

"네가 그렇게 생각하는 거겠지. 공개적으로 못되게 군 적 있어?"

"학기 초에는 좀 그랬어요. 많이 아픈데도 내 도움을 거절하더라고요. 그러더니 바네사한테 갔어요. 두 사람은…… 아무튼 난 상관없어요."

애쉬는 잠시 생각에 잠기는 듯하더니 말을 이었다.

"그런데 카밀이 이 일로 나를 명예재판에 세우려고 했단 말이죠? 잠깐, 갈비뼈에 칼을 감춰뒀는데 좀 꺼낼게요. 젠장, 손이 안 닿네요."

베카가 큰 소리로 웃는 모습을 보며 애쉬는 수줍은 미소를 지었다. 참으로 영리한 아이다.

"그래서 너하고 이 문제를 의논하고 싶었어. 명예규율 위반은 아니지만 반드시 학장님과 면담을 해야 돼. 그런 이야기가 돌고 있다는 것을 말씀드리는 게 좋겠어. 미리 알려드리면 학장님도 고맙게 생각하실 거야. 학장님이 나중에 곤란해지지 않도록 말이야."

"그럴게요. 나는 그저 우리 가족의 드라마를 묻어두고 싶었을 뿐이에요. 이름도 완전히 바꿨어야 했는데 좀 걱정이 되더라고요……. 잘못 생각했어요. 아무 일도 없는 척하려고 했으니. 부모님의 죽음에 대해서는 누구나 찾아볼 수 있는데 말이죠. 하지만 사람들이 그렇게 관심을 가질 줄은 몰랐어요. 나는 별 관심이 없거든요. 적어도 아버지에 대해서는."

"아버지하고 친하지 않았나 봐?"

"전혀요."

애쉬의 날카로운 대답이 베카의 가슴을 찌르는 것 같았다.

"미안해."

베카는 손을 뻗어 애쉬의 얼굴 위로 흘러내린 머리칼을 귀 뒤로 넘겨주고는 조용히 속삭였다.

"정말 미안해."

애쉬는 얼어붙은 듯 동작을 멈췄다. 그러다 갑자기 어깨에 힘을 주더니 한 마리 어린 두루미처럼 긴 몸을 펴고 일어났다. 담배를 땅에 떨어뜨리고는 부츠로 비벼 껐다.

"다정하게 위로해줘서 고마워요. 하지만 이제는 혼자 있고 싶어요."

애쉬는 이렇게 말하고는 수목원 수풀로 들어갔다. 베카는 애쉬가 멀어지는 모습을 지켜보았다. 길고 늘씬한 애쉬의 하반신이 젖은 풀에 가려졌다. 베카는 애쉬가 수풀에 혼자 있는 것이 위험할 것 같았지만 낮이고 계속 걸어가면 시내가 나올 테니 그냥 두기로 했다. 애쉬를 붙잡으려고 하면 오히려 달아날 것 같았다.

베카는 애쉬와 대화를 나눠서 기뻤다. 오늘 밤에 무엇을 할지 궁리하고 있었는데 더 이상 그럴 필요가 없었다. 할 일이 생겼으니까.

베카는 껌을 하나 입에 물고는 몸에서 30센티미터쯤 떨어뜨려 향수를 뿌린 다음 향수 구름 속으로 지나갔다. 옷에 밴 담배 냄새를 가리기 위해서였다.

할 일이 많아졌다. 바쁠 것 같았다.

베카는 휘파람을 불며 학교로 걸어갔다.

28

증오

저들을 보란 말이다. 이끼 위에 다정히도 앉아 있구나.

아주 잘 어울리지 않나.

자매라고 해도 되겠다.

연인 사이 같기도 하다. 어쩌면 그런지도. 애쉬와 베카는 사랑을 나누는 사이일 수도 있지만, 내가 말릴 수는 없다.

어리석은 계집애.

이대로 계속 놔둘 수는 없어. 더 이상은.

저 아이는 누구와도 가까워질 수 없어. 그러면 모든 것이 끝장나고 말 거야. 그런데 난 아직 모든 걸 날려버릴 준비가 되지 않았거든.

29

일탈

혼자 시내에 와본 적이 없다. 수업을 빼먹으면 안 되는 거였다. 오전에 컴퓨터 개인 수업이 있는데 결석하면 메디아 교수님이 크게 화내실 것이다. 하지만 지금은 학교로 돌아가고 싶지 않다. 호기심으로 힐끗거리는 시선을 감당할 자신이 없다. 그리고 베카의 행동도 신경이 쓰였다. 그녀의 손길이 너무 다정했다. 아주 가까운 친구처럼 말이다.

우린 친구가 아니다. 절대. 베카는 계속 나한테 관심을 가지고 더 많은 것을 찾아내서 나를 곤란에 빠트릴 것이다.

거리를 따라 걷는데 쌀쌀하고 눅눅한 데다 바람이 점점 거세지고 있었다. 내가 수업을 빼먹고 나왔다는 건 누가 봐도 알 것이다. 가운은 접어서 책가방에 넣었지만 교복을 입고 있으니까. 그렇지만 나는 학교에 어울리지 못하고 있다. 내가 입고 있는 교복이 '나도 구드 학생이야'라고 아무리 외쳐도 여전히 외톨이다.

거리를 따라 걸으며 상점들을 기웃거렸다. 미용실, 옷가게, 세탁소,

술집. 어느새 다시 비가 쏟아지기 시작했다.

내가 서 있는 곳에서 세 집 건너에 '자바 헛' 커피숍이 있다. 주말이면 학생들이 세탁소에서 빨래를 돌리고 잘 가는 곳이다. 나는 서둘러 거기 들어가서 머리에 흐르는 빗방울을 털었다.

안에는 커피 향이 가득했다. 미국적인 향기다. 내게 익숙한 냄새는 수많은 전쟁을 묵묵히 지켜본 책들과 골동품, 카펫으로 채워진 옛날 건물의 퀴퀴한 냄새에 섞인 갓 구운 스콘과 차 향이다. 우리 가족에게 익숙한 것은 축축한 양모와 차가운 돌, 라거 맥주와 피 냄새였다.

커피숍은 텅 비어 있었다. 주말이나 방과 후에 몰려 나와 돈을 쓰는 구드의 소녀들 말고는 마을에 아무도 살지 않는 것 같았다. 그렇게 마치버그는 으스스하고 기이한 곳이다. 2차선 도로 양옆에 늘어선 건물들도 마치 서부영화 촬영지처럼 전면만 있고 실제로는 들어갈 공간이 없을 것 같았다. 거리에 사람이라고는 없어서 곧 결투가 있을 거라는 소문을 듣고 모두 피해버린 것 같았다. 아니면 지금이라도 미친개가 길모퉁이를 돌아 으르렁거리며 달려오거나, 거미 떼가 상점 벽을 타고 내려올 것 같았다.

오늘은 상상력이 좀 과한 것 같다. 몸에 한기가 느껴졌다. 차라리 학교로 돌아가 현실을 마주쳐볼까 하는 생각이 들었다. 베카에게 말했듯이 어차피 일어날 일이었으니까. 아이들은 언제고 부모님에 대해 알아낼 것이고, 영원히 숨길 수는 없는 일이다. 그런데도 절망감을 견딜 수 없었다. 사람들과 거리를 두고 조용히 지내면 아무도 영국에서 내가 어떻게 살았는지 모를 거라고 생각했다. 그렇게 지내려고 노력했는데, 과거가 내 발목을 잡으려는 것이다. 내 과거를 아무도 모르게 하는 일, 그것 하나만 완벽하게 해내면 되는 거였는데, 그걸 못 해냈다.

그리고 베카는 왜 나한테 잘해주는 걸까? 나한테 원하는 게 뭘까? 진정한 우정의 서곡일 수도 있지만 나는 이제 겨우 2학년이다. 베카는 학교 전체가 인정하는 스타이고, 나는 아무도 알아주지 않는 존재다. 아니, 그렇게 살고 싶다. 우리가 친구가 된다는 건 말이 안 된다. 그럴 이유가 전혀 없다.

누군가 나를 보고 있는 듯한 느낌에 두리번거리다 너무 놀라서 심장이 튀어나오는 줄 알았다.

공항에서 마치버그까지 나를 태우고 왔던 운전기사가 커피숍 카운터에 서서 나를 향해 미소 짓고 있는 것이었다.

"안녕."

그가 인사를 건넸다.

그 순간 아드레날린이 솟구치면서 가슴이 쿵쾅거렸다. 나는 손을 가슴에 얹고 잠시 마음을 가라앉혔다. 나를 따라다니고 있었나?

"세상에, 여기서 뭐 하시는 거예요?"

"여기서 뭐 하냐고? 나는 여기서 일하는데. 그러는 그쪽은 여기서 뭘 하고 있지? 지금 수업 시간 아닌가?"

"운전기사 아니었어요?"

"그쪽은 학생 아니던가?"

"휴식이 좀 필요해서요."

"그럴 수도 있지. 웨스트헤이븐 집안은 이 마을의 사업을 대부분 장악하고 있어. 나는 그 집안의 일을 돕고 있고. 나는 그 댁에서 필요로 하는 일이면 무엇이든 하지. 오늘은 배달과 바리스타를 맡고 있어. 커피 한잔할래? 마키아토? 플랫 화이트? 아니면 홍차? 영국에서 왔으니 당연히 홍차를 좋아하겠군. 여왕과 함께 차도 마셨을 테니."

그는 이렇게 말하면서 카운터 안에서 분주히 움직였다. 그러다 돌아보며 다시 한 번 확인했다.

"홍차?"

나는 다시 울음이 터질 것 같았다. 오늘은 이상하게 혼란스러운 날이다. 이 남자는 조금 전에 내가 첫날 차 안에서 했던 거짓말을 들춰냈다.

"네. 홍차 주세요. 감사합니다. 그런데 어떻게 그동안 캠퍼스에서 한 번도 못 만났죠?"

"늘 그렇게 고개를 숙이고 다니니까 그렇지. 책가방은 다이아몬드라도 든 것처럼 가슴에 꼭 안고. 고개를 한 번이라고 들고 주변을 둘러봤다면 나를 봤을 거야. 나는 봤거든."

그의 말에는 미묘하게 설레는 뭔가가 있었다. 이 남자가 나를 보고 있었다.

또 다른 생각도 떠올라 나도 모르게 얼굴을 붉혔다.

"그럼 나를 지켜보고 있었단 말이에요?"

"시선을 끌 만큼 매력적이니까, 애쉬 칼라일."

그는 고개를 갸울이며 웃었다. 매우 귀여운 구석이 있는 남자다. 그러자 가슴이 두근거리기 시작했다. 내 생각이 틀리지 않았다. 내 마음을 떠보고 싶은 거다. 그는 좁은 작업 공간을 분주히 오가면서 홍차 티백을 가져와 뜨거운 물을 붓고 비스킷 두 개를 찻잔 받침에 놓아주었다. 그 모든 것들을 해내는 손놀림이 민첩하면서도 우아했다. 마치 한 마리 표범 같았다.

"자, 애쉬. 이건 무료 서비스야. 설탕 좀 넣어줄까? 달달한 게 필요해 보이는데."

"아뇨. 고마워요."

나는 찻잔과 비스킷을 들고 문에서 멀리 떨어진 테이블에 앉았다.

"학교생활 재밌어?"

그의 가슴에 달린 이름표에 루미라고 적혀 있었다. 그렇다, 룰리도 루디도 아니고 루미였다. 루미라는 이름이 훨씬 마음에 든다. 나는 애쉬 칼라일 특유의 매력적인 미소를 지어 보였다. 그러자 그가 바로 테이블에 앉았다.

"학교는 좋아요. 다만……."

"부모님에 대한 소문이 돌고 있다고?"

"그걸 어떻게 알아요?"

루미는 두 다리로 의자의 균형을 유지하면서 몸을 뒤로 젖혔다. 두 손은 깍지를 끼어서 뒤통수를 받치고, 울퉁불퉁한 근육을 한껏 늘이면서. 그러자 팔뚝의 근육이 선명하게 두드러지고, 셔츠가 치켜 올라가면서 청바지 속으로 이어진 짙은 체모가 보였다. 갑자기 너무 격의 없는 모습에 얼굴이 상기되는 느낌이었다. 자신의 남성성을 너무 스스럼없이 내보이는 것 같았다. 순간 머릿속을 스치는 장면이 있었다. 하얀 침대 시트, 짙은 체모와 다리의 얽힘. 배 아래 전해지는 떨림.

"그렇게 예민할 거 없어, 공주님. 오늘 아침 그 식당에 배달 갔거든. 거기서 흘려들었는데, 애쉬가 모두를 꽤 놀라게 했더군. 그렇게 달아나버리다니 말이야."

나는 무겁게 한숨을 쉬면서 찻잔을 밀어냈다.

"정말 이상해요. 왜 모두 내 출신에 관심을 가지는 거죠? 자기들도 돈 많고 유명한 부모님을 두고 있으면서. 부모님이 둘 다 돌아가신 아이가 나 말고도 있을 텐데요.”

“애쉬는 너무 자기중심적인 것 같아. 그렇지?”

“뭐라고요?”

“아, 나는 정말 불쌍해. 모두 나한테 관심 있으니 말이야.”

나는 웃어야 할지, 아니면 이 남자의 뺨을 한 대 갈겨야 할지 판단이 서지 않았다. 결국 인상을 찌푸리며 차를 한 모금 마실 뿐이었다. 정말 불쾌하고 화가 났지만 굳이 내색은 하지 않았다.

“어항 속에 갇힌 느낌인가, 공주님?”

“그렇게 부르지 마세요. 나는 공주가 아니에요.”

“먹고살려고 일해야 하는 사람에게 그렇게 말해봐.”

“난 아무것도 가진 게 없어요. 아무것도. 졸업하자마자 일해야 한다고요.”

“너는 학교도 있고, 학장도 있어. 친구도 있고, 부모님이 물려준 돈도 있지. 아무것도 없다는 게 무슨 뜻인지도 모르면서 함부로 그렇게 말하지 마.”

하루에 두 번이나 공격을 당했다.

“나에 대한 소문 좀 들었다고 나를 속속들이 안다고 생각해요? 당신은 나를 모르잖아요. 차 잘 마셨어요.”

30

살인자의 아들

커피숍을 나가려고 돌아서는데 루미가 벌떡 일어나 애원조로 말했다.

"잠깐만, 애쉬. 미안해. 기분 상하게 할 뜻은 없었어."

"아뇨. 그런 의도였어요. 부잣집 딸들에 둘러싸여 온갖 일을 하며 돈을 버는 당신한테 죄책감을 느끼라는 거죠. 우리 모두 선택하면서 살아요. 당신은 당신 선택을 한 거고, 나는 내 선택을 한 거예요."

"그만해. 그리고 앉아. 폭우가 쏟아지잖아. 내가 데려다줄게."

"아뇨. 됐어요. 당신이 태워다 주면 나는 더 큰 곤욕을 치를 거예요."

"곤욕을 치를 걸 걱정하는 거야?"

나는 잠시 말을 멈추고 생각했다. 내가 정말 그걸 걱정하는 건가?

"아뇨. 벌점을 말하는 거예요. 토요일에 근신을 할 수도 있고. 세탁물 정리나 극장에서 의상 정리를 할 수도 있다는 거죠."

"그럼 좀 더 있다 가. 차도 다 마시고."

"맛이 없어요."

나는 아무 생각 없이 내뱉고는 곧 입을 막고 후회했다.

루미가 웃었다.

"내가 잘못 탔나?"

"물을 너무 팔팔 끓였어요. 그리고 티백도 오래된 것 같고."

"그럼 에스프레소 줄까? 1시간 전에 원두를 새로 열었거든."

루미는 에스프레소 두 잔을 만들어 테이블 위에 놓았다. 나는 각설탕을 몇 개 넣고 스푼으로 저었다. 내가 먼저 한 모금 마시고 맛있다고 고개를 끄덕일 때까지 루미는 자기 잔에 손도 대지 않았다. 루미는 손가락이 긴 편이었고, 손톱은 짧게 잘랐다. 그 손가락을 만져보고 싶었다. 그의 손가락이 나를 만졌으면 했다. 나를 이해할 수 없었다. 그에게 몹시 화가 나면서도 그가 두 팔로 나를 안아주면 어떤 기분일지 느껴보고 싶었다. 그의 상체는 넓은 어깨에서 허리까지 완벽한 선을 그리며 좁아졌다. 그와 나는 잘 어울릴 것 같았다.

"나한테 다 털어놔. 내가 잘 들어줄게."

그가 다시 자리에 앉으며 말했다. 더 이상 잃을 게 뭐 있겠는가?

"검시 법원에서 아버지의 죽음을 '우발적인 사고'로 판명했어요. 공식적으로 그렇게 된 거죠."

"그 말을 들으면 마치 아버지가 위험한 바다를 종횡무진하던 해적 같잖아. 그럼 비공식적인 건 뭔데?"

"해적 맞아요. 아버지는 해적이었어요. 한 줌의 약을 입안에 털어 넣기 전까지 그렇게 살았죠. 엄마가 다이닝룸에 죽어 있는 아버지를 발견했고, 그 충격을 이기지 못해 총으로 자살했어요."

"비극이군."

"내가 부모님을 발견했어요."

"그건 더 끔찍한 비극이군."

"그날 낮에 아버지와 대판 싸웠어요. 아버지하고 나는 늘 싸웠죠. 아버지가……."

내가 주먹으로 내 볼을 때리는 시늉을 하자 루미는 입술을 굳게 다물었다.

"나쁜 자식."

나는 어깨를 한 번 들썩이고 말했다.

"내가 왜 사람들이 그 이야기하는 것을 싫어하는지 알겠죠? 부모님이 죽었다는 사실 자체도 감당하기 힘들어요. 그것도 그렇게 끔찍하게 말이에요. 그런데 아이들은 세세한 이야기에 목숨을 건 것처럼 내 뒤를 캐고 싶어 하죠. 그럼 그 기억을 떨쳐버릴 수가 없어요. 계속 그때로 돌아가야 하니까요. 부모님은 정말…… 그리고 우리 엄마도……."

젠장, 나는 또 울었다. 1시간 동안 벌써 두 번째다. 이번에는 또 다른 사람의 어깨에 기대서. 누군가에게 털어놓고 싶은 마음이 이렇게 절실했었나? 아니면 그동안 모든 사람과 어느 정도 거리를 두고 지내는데 익숙해져서 누군가 다가왔을 때 제대로 관계 맺는 방법을 모르는 걸까?

루미가 냅킨을 건네주었다. 나는 마음을 가라앉히고 눈물을 닦았다.

"미안해요."

"미안해할 필요 없어. 정말 힘든 일들을 겪었구나. 하지만 이곳 친구들에게도 기회를 줘야 하지 않겠어. 그 애들도 각자의 문제를 안고 있으니까. 원래 특권층은 온갖 문제들을 안고 있기 때문에 자녀들도 여러 가지 피해를 입거든. 애쉬가 처음부터 모든 것을 털어놓았더라면 오히려 다른 친구들도 매의 눈으로 애쉬를 지켜보지 않았을 거야. 이름은 왜 바꾼 거지?"

"과거를 잊고 싶었어요. 멀리 달아나 다 잊고 살고 싶었어요. 그럴 수 없다는 거 알아요. 그렇지만 학장님도 이름을 바꾼 건 잘했다고 하셨어요. 내가 상처를 치유할 수 있는 시간과 공간을 벌 수 있을 거라고 생각했거든요."

"애쉬, 더 이상 미루지 않았으면 좋겠어. 더 이상은 도망갈 수 없으니까. 모두 알아버렸으니 정면으로 헤쳐 나가야 한다고."

나는 에스프레소 잔을 비웠다. 바닥에 설탕 알갱이와 에스프레소 찌꺼기가 가라앉아 있었다. 그것을 핥아먹고 싶었지만 참았다. 루미가 좋은 충고를 해준 것 같다.

나는 화제를 바꿨다.

"당신은 왜 여기 있어요? 마치버그에 말이에요."

"난 러시아 첩보원이야. 성형수술을 하고 이 산에 숨어 지내는 거지."

"그만해요. 진지하게 묻는 거예요."

"정말 몰라?"

"몰라요."

"아마 애쉬만 모르고 있을 거야."

그의 목소리가 말할 수 없이 우울해졌다. 그는 손으로 짙은 곱슬머리를 쓰다듬으며 말했다.

"수목원 살인 사건에 대해 들어봤지? 10년 전에 있었던?"

"혼자서는 절대 가지 말라던데요. 귀신 나온다고."

루미가 침울한 소리로 웃었다.

"귀신이 나온다. 맞아, 그렇지. 그 살인을 저지른 사람이 바로 내 아버지야."

이번에는 내가 놀라서 뒤로 자빠질 차례였다.

"그 여학생을 살해한 사람요?"

"아버지가 한 짓이야. 그때 나는 어린아이였어. 열 살밖에 안 되었으니까."

루미는 슬픈 얼굴로 먼 산을 바라보며 말을 이었다.

"엄마는 내가 어릴 때 아버지와 헤어졌어. 아버지는 그때부터 정상이 아니었지. 그날 밤…… 그러니까 사건이 있던 날 밤, 경찰이 집으로 찾아왔어. 현관문을 부수고 들어왔을 때 아버지는 거실에 있었는데……."

루미는 갑자기 허둥대면서 남은 에스프레소를 들이켰다. 파이퍼의 말이 떠올랐다.

'살인자가 여학생의 눈을 파내 집으로 가져갔대. 그 사람의 집 벽난로 위 선반에 있었대. 정말 끔찍하고 소름 끼쳐.'

오, 하느님.

"아무튼, 아버지는 감옥에 갔고, 나는 보육시설로 보내졌어. 보육시설은 형편없었지. 열여섯 살에 자유의 몸이 된 나는 이곳 마치버그로 왔어. 웨스트헤이븐 학장이 처음 만난 자리에서 나를 채용하고, 수풀 끝에 있는 작은 오두막에서 살게 해주었지. 학장은 언제나 친절하고 좋았어. 일부 학부모들은 그 사실을 알고 불평했지만, 학장은 나를 도와주는 것이 학교와 이 마을에 대한 책임이라고 했어. 사건의 피해자 엘리 로버슨처럼 나도 아버지 때문에 피해를 입은 사람이라면서. 학장은 정말 좋은 사람이야."

"와우."

"완전 미국 토박이 같다, 애쉬."

"와우는 세계 공통의 감탄사예요."

"그건 그렇지. 애쉬와 나는 그리 다르지 않아. 우리 둘 다 형편없는 아버지를 가졌고, 과거로부터 도망치고 싶어 하잖아."

루미가 시계를 힐끗 보고는 말했다.

"이제 학교로 데려다줄게."

나도 시계를 확인했다. 10시가 되어가고 있었다. 지금 서두르면 메디아 교수의 개인 수업을 절반은 들을 수 있을 것이다.

"아니, 괜찮아요. 얘기 나눠줘서 고마워요. 기분이 훨씬 나아졌어요."

"언제든 환영합니다, 공주님."

이번에는 공주님이라는 별명이 거슬리지 않았다.

루미는 잠시 머뭇거리다 나를 똑바로 바라보았다. 내가 얼굴을 붉히며 시선을 돌릴 때까지 그대로 움직이지 않았다. 어찌나 강렬한 시선으로 바라보는지 마치 키스를 하려는 것 같았다. 그가 키스해주면 좋겠다는 생각이 들었다. 나는 다른 곳을 보는 척하면서 몸을 살짝 그에게 기댔다. 그러자 그가 큰 소리로 웃었다. 나는 순간 정신을 차리고 자세를 추슬렀다.

"말할 게 있는데, 애쉬를 믿어도 되지?"

그가 물었다.

"물론이죠."

"좋아. 혹시 필요한 게 있으면 언제든지……."

나는 친구니까 어쩌고저쩌고, 이런 얘기를 하려는 건가.

"고마워요."

"아니, 내 말은 필요한 건 뭐든……."

"알았어요. 정말 고마워요."

"애쉬, 모른 척하지 말고 잘 들어. 캠퍼스 밖으로 나가려는데 교통편이 필요할 때 구드 학생들은 나를 택시 기사처럼 부려먹거든. 혹시 필요하면 이 번호로 연락해. 그리고 다른 것들도 구해줄 수 있어. 공급책이 되어줄 수도 있다는 거야. 학교 내에서 애쉬의 사업을 구축하도록 도와줄 수도 있어. 나를 이용하면 학교에서 아주 인기가 좋아질 거야."

지금 루미는 마약류에 대해 이야기하는 거다. 아무래도 오늘은 이런저런 제안을 받는 날인가 보다.

"아, 알겠어요. 무슨 말인지 이해했어요. 고마워요. 하지만 나는 됐어요."

"아무튼 뭐든 필요하면 연락해."

루미는 전화번호가 열 개쯤 적힌 종이쪽지를 내 손에 쥐어주었다. 나는 쪽지에 적힌 번호들을 외운 다음 접어서 버렸다.

루미는 우리가 마신 잔을 들고 카운터 뒤편으로 사라졌다.

나는 문에 달린 초인종이 딸랑거리는 소리를 들으며 커피숍을 나섰다. 거리는 여전히 기이하리만치 황량했다. 나는 가볍게 달려서 수목원으로 통하는 길을 따라 학교로 향했다. 과거로부터 도망쳐서 미래를 향해 달리고 있는 걸까?

내가 지금 뭘 하고 있는 건지 모르겠다는 생각이 들었다.

나무가 우거진 수풀을 지나 교정에 들어설 때는 어쩔 수 없이 그 사건의 여학생이 떠올랐다. 숲속에 널브러져 있었을 그녀의 시신과 눈

알 없는 얼굴. 그리고 루미의 검은 눈동자. 그 이야기를 들려주던 순간 그의 눈에서 반짝이던 것.

눈물방울인가? 아니면 다른 무엇인가?

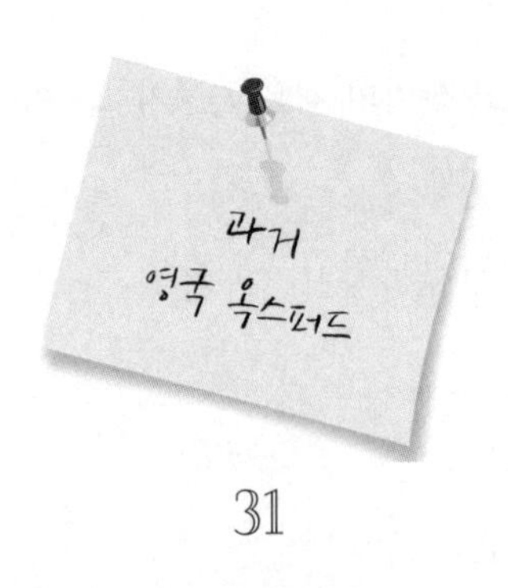

31

장례식

조니의 장례식 날 그 애를 만났다. 만났다고 할 수는 없고, 그 애를 봤다. 멀리서 지켜보고, 그 애의 존재를 알게 되었다.

우리 가족은 조니가 죽은 다음 날 프랑스에서 돌아왔다. 아버지는 모든 일을 조용히 처리하고자 지베르니 당국과 의논해 일을 진행했다. 엄마는 신경안정제를 먹은 탓에 헬륨 가스를 반쯤 채운 풍선처럼 무기력했고, 멍한 채 아무런 저항 없이 시키는 대로 했다.

조니의 조그만 몸이 임시 나무 관에 담겨 비행기에 실려 있다는 사실이 너무 이상했다. 나는 조니 옆에서 같이 가겠다고 했지만 여객기 규정상 허락되지 않았다. 나는 소리 지르고 떼를 쓰면서 조니 곁으로 가기 위해 누나로서 할 수 있는 건 다 했다.

아버지가 내 엉덩이를 때리면서 어린아이처럼 떼쓰지 말라고 꾸짖고 나서야 조용해졌다. 승무원이 크랜베리 주스와 패션 잡지 〈로피시엘〉 한 권을 가져다주었다. 내용을 읽을 수는 없었지만 화려하고 아름다운 프랑스 여자들 사진이 많았다. 모두 제대로 먹지도 못하는 듯

한 패션모델들이 짙은 화장을 한 눈을 몽롱하게 뜨고 카메라를 뚫어져라 보고 있었다.

나도 그런 여자가 되고 싶었다. 간절하게. 비록 여섯 살밖에 안 되었지만 그때까지의 내 삶은 끝나고 전혀 다른 삶이 시작되었음을 느낄 수 있었다.

도착지인 서부 해안까지 비행시간은 짧았다. 화물 계류장까지 영구차가 마중 나와 있었다. 나는 짧은 코트를 입고 서서 사람들이 나무 관에 담긴 조니를 긴 차의 뒷문으로 밀어 넣는 것을 보며 손을 흔들었다. 아버지가 그 모습을 보더니 내 손을 때렸다. 엄마는 슬픈 곡조로 울었다. 엄마는 곡을 하는데 특별한 재주가 있는 것 같았다.

조니는 우리 사유지에서 안쪽으로 1.6킬로미터 정도 더 들어간 가족 묘지에 묻혔다. 여우 사냥이 법으로 금지되기 전에는 묘지에서 사냥 팀이 출발하곤 했다. 조니가 묻히던 때는 꿩 사냥 철이었다. 갑자기 멀리서 엽총 소리가 날 때마다 화들짝 놀랐다.

신부님이 노랫가락 같은 어조로 기도문을 읊조렸지만, 나는 한마디도 알아들을 수 없었다. 조니가 죽었다. 내 동생 조니가 영영 우리 곁을 떠났다. 그러나 아직 그립지는 않았다. 나는 모여 있는 사람들 사이를 배회하며 아는 얼굴을 찾았다. 요리사 도시, 아니면 파티 때 군것질거리를 가지고 와서 우리를 즐겁게 해주던 아저씨가 있으면 좋겠다고 생각했다.

그러던 중에 여자아이 하나가 눈에 들어왔다. 나와 같은 금발이었는데, 턱선에서 싹둑 잘린 내 머리와 달리 그 애의 머리는 등 뒤로 길게 늘어져 있었다. 엄마는 예전처럼 땋아서 올려주는 게 귀찮은지, 프랑스에서 돌아오자마자 내 머리를 바느질 가위로 잘라버렸다. 짧은 머리가 익숙하지 않아서 목에 찬바람이 닿는 느낌이 이상했다.

그 여자아이는 한 여자의 치맛자락 뒤에 서 있었다. 여자는 선글라스를 낀 채 손수건으로 눈물을 닦았다. 여자의 손수건은 엄마가 쓰는 것처럼 레이스가 달린 것이 아니라 올이 거친 싸구려 같았다. 여자아이는 장례식을 뚫어져라 보더니 내가 자기를 보고 있다는 것을 눈치채고는 고개를 하늘로 쳐들고 완벽한 V 자를 그리며 날아가는 기러기 떼를 바라보며 웃었다. 그 미소가 너무나 순진하고 다정해 보여서 나는 그 아이와 친구가 되고 싶었다.

신부님이 기도를 마치자 관이 땅속으로 내려졌다. 관을 내리는 장치에서 톱니 돌아가는 소리가 났다. 장례식이 끝났다.

엄마는 여전히 무덤가에서 슬피 울었다. 아버지는 어둡고 금욕적인 얼굴로 엄마 옆에 서 있었다. 여자아이와 그 엄마가 우리 엄마와 아버지에게 다가와 짧은 대화를 나누고 돌아갔다. 그들의 뒷모습을 바라보는 엄마의 얼굴이 몹시 화난 표정이어서 놀랐다. 엄마가 나 말고 다른 사람에게 그렇게 화난 표정을 짓는 건 처음 봤다.

장례식이 끝나고 사람들이 집에 모였다. 나는 그 아이와 여자도 올 줄 알았는데, 그들은 오지 않았다.

그 후 몇 달이 지나고 집 근처 상가에서 그들을 마주쳤다. 엄마는 옥스퍼드 시내보다 옥스퍼드셔 북쪽에 있는 상가에서 쇼핑하는 걸 좋아했기에 집 근처 상가에 간 적이 없다. 그런데 그날은 엄마에게 필요한 것이 다른 곳에는 없고 브로드 가에 있었다. 장례식 이후로 나는 말을 아주 잘 들었다. 그래서 기분이 좋은 엄마는 필요한 것을 사고 나한테 코코아를 사주려고 찻집으로 갔다.

조니가 죽은 후 엄마의 그러한 호의는 처음이었다. 나는 옷에 코코아를 흘리지 않으려고 몹시 조심했다. 엄마가 나를 더 미워하지 않도록 말이다.

장례식에서 봤던 그 여자를 그 찻집에서 만났다. 그녀의 올린 머리를 보고 알았다. 선글라스를 벗은 그녀의 얼굴은 피곤해 보였으며 주름이 자글자글한 것이 엄마보다 훨씬 더 늙어 보였다. 잠시 후 나는 그녀가 찻집에서 일한다는 것을 알았다. 엄마는 그 여자를 보더니 테이블 위에 지폐를 몇 장 놓고 나를 데리고 서둘러 나왔다. 나는 코코아를 다 먹지 못해 안 가려고 울며 떼를 썼다. 결국 즐거울 수 있었던 하루를 그렇게 망쳤다.

엄마가 내 팔을 끌고 나설 때 문 옆에 그 아이가 서 있었다. 그때 왠지 그 애가 내 친구가 될 것 같은 느낌이 들었다. 이제 그 애가 어디 있는지 알았으니 요리사가 장 보러 갈 때 데려가 달라고 하면 만날 수 있다.

그 애가 누구인지도 모르면서 난 그 애가 좋았다. 이상하지 않은가? 하지만 그때는 하나도 이상하지 않았다. 그 애는 말없는 동지 같았다. 친절한 눈빛을 가진 그 애와 친구가 되면 어떤 일들을 할지 상상해보았다. 함께 말을 타고, 연못에서 놀다가 돌담을 따라 우리 집 동산을 뛰어다니리라. 가끔 기이하고 조용한 매 조련사가 발목에 가죽 끈이 달랑거리는 매를 날려 사냥하게 하는 모습을 구경할 수도 있다.

어린 시절 그 아이에 대한 공상은 10대 소녀가 되어 정말로 그 애를 만날 때까지 이어졌다. 실제로 만나보니 그 애는 수줍음 많고 조용하고 학구적이었다.

그 애는 내가 갖지 못한 모든 면을 갖추고 있었다. 나는 우리가 서로 맞바꿀 수 있다면, 그 애가 우리 엄마의 딸로 살면 참 좋겠다는 생각을 했다. 나는 잘못을 저지른 벌로 요정들과 살고, 상냥하고 말 잘 듣는 그 아이는 나 대신 부모님의 사랑을 받으며 살아야 할 것 같았다. 그 애는 서로 말을 걸기 전부터 내 친구였다. 그리고 서로 이야기를 나누면서 떨어질 수 없는 단짝이 되었다. 우리의 삶은 하나로 얽혀 있다. 하나의 이야기가 끝나는 지점에서 다른 이야기가 시작되는 우리만의 뫼비우스의 띠를 이루고 있었던 것이다. 나는 그 애가 되고 싶었다. 그 애를 위해 무엇이든 할 수 있었다. 그 애를 위해서라면 무엇이든 내놓을 수 있었다.

그러다 더 이상 선택의 여지가 없을 때 나는 그 애를 죽여야만 한다. 그 길밖에 없다.

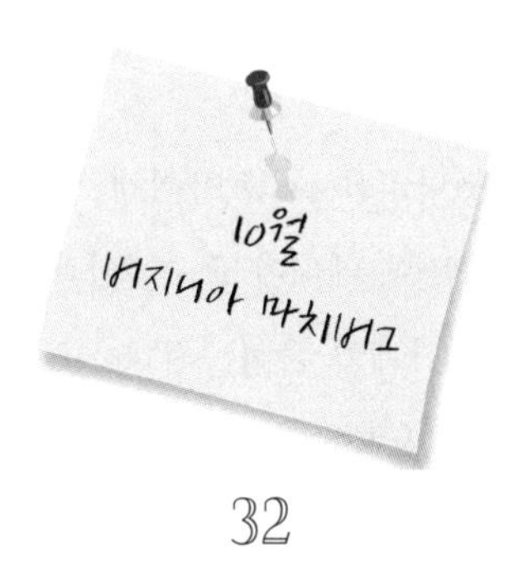

32

규칙

포드 학장은 다락에서 내일 이사회 연설을 연습하고 있었다.

"그러므로 구드는 반드시 여자고등학교여야 하는 것입니다."

그런데 갑자기 곁눈으로 뭔가 휙 지나가는 것이 느껴졌다. 포드는 창가로 다가갔다. 처음에는 뭔지 몰랐으나 찬찬히 살펴보니 애쉬 칼라일이었다. 애쉬가 수목원 수풀에서 달려오고 있었다.

포드는 시계를 보고 미간을 찌푸렸다. 무슨 일이지? 수업을 빼먹은 건데, 왜 그랬을까?

포드는 연설문이 담긴 아이패드를 가지고 집무실로 내려왔다. 멜라니가 한 손에는 커피 잔을 들고, 다른 한 손에는 〈마치버그 자유신문〉을 들고 책상에 앉아 있다가 포드를 보더니 활짝 웃었다.

"학장님? 일찍 내려오셨네요. 내일 연설 준비는 다 되셨어요?"

"그 어느 때보다 잘 준비한 것 같아. 애쉬 칼라일의 수업 일정표를 뽑아줄 수 있을까?"

"아, 걸렸네요."

"뭐라고?"

"애쉬 말이에요. 걸렸다고요. 오늘 아침에 메디아 교수님 개인 수업을 빼먹었거든요. 조금 전에 메디아 교수님이 혹시 애쉬가 아픈 건 아닌지 확인하러 오셨어요. 제가 아이들에게 물어봤더니 오늘 아침 식사 시간에 문제가 좀 있었더라고요. 애쉬가 누군가와 다투고 뛰쳐나갔대요."

"나를 부르지 그랬어?"

"학장님은 연설 연습을 하셔야 하니까요. 그리고 메디아 교수님이 조금 전에 애쉬가 왔다고 전화하셨어요. 늦었지만 지금 수업 중이에요. 메디아 교수님 정말 잘생기셨던데요, 학장님. 아침에 봤는데 그 정도라니, 놀라워요. 무슨 말인지 아시죠? 턱수염이 덥수룩하더라구요. 청바지 차림도 어쩜 그렇게 멋있는지……."

"멜라니!"

"왜요? 매력남이시잖아요. 학장님이 안 계셔서 실망한 눈치던데. 학장님을 좋아하는 것 같아요."

포드가 눈알을 굴리며 말했다.

"교직원들과 나를 엮을 궁리는 그만하고 애쉬를 좀 불러오지그래? 얘기 좀 해야겠어. 수업 끝나면 오라고 해."

포드는 애쉬를 기다리는 동안 커피를 마시며 이메일을 읽었다. 잠시 후 애쉬 칼라일이 왔다.

포드의 예민한 코에 담배 냄새가 감지되었다. 포드는 책상 앞에 놓인 의자를 가리켰다. 애쉬가 고개를 숙이고 의자에 앉았다.

"나를 봐."

포드가 말했다.

애쉬가 고개를 들어 학장의 눈을 마주 보았다.

"무슨 일인지 말해줄래?"

"아무 일도 아니에요, 학장님."

"그래? 그럼 메디아 교수의 개인 수업을 빼먹고 수목원을 돌아다닌 건 어떻게 설명할 거지?"

그러자 애쉬의 얼굴이 일그러지더니 곧 울먹거렸다.

"애들이 알아버렸어요. 제 아버지가 누구인지, 부모님이 어떻게 돌아가셨는지. 제 이름이 가짜라는 것도요. 저는 아무에게도 말하지 않았는데, 아이들이 알게 됐어요. 바네사가 알아냈어요. 그러고는 전교생이 다 듣는 데서 저를 비난했어요. 너무 화가 나서 뛰쳐나갔어요. 베카 선배가……."

애쉬가 말을 멈추자 포드는 부드럽게 유도했다.

"베카가 뭐?"

"베카 선배가 위로해줬어요. 걱정하지 말라고. 친절하게요."

"잘됐구나. 베카 커티스는 학생회장이야. 너의 든든한 지원군이 될 거다."

"지원군은 필요 없어요. 여기 있고 싶지 않아요. 집에 가고 싶어요. 그런데 돌아갈 집이 없어요. 엄마가 보고 싶어요."

애쉬의 목소리가 떨렸다. 울음을 참고 있었다.

포드는 책상을 돌아 애쉬에게 다가가 마주 앉았다.

"애쉬, 가여운 것. 세상이 너에게 너무 많은 것을 요구하는구나. 네 나이에 부모를 그렇게 잃다니. 얼마나 힘든지 알아. 진심이야. 하지만 선생님들은 모두 네가 아주 잘 따라가고 있다고 했어. 그리고 많은 아이들이 네 스타일을 흉내 내기 시작했고. 친구들도 사귀고 잘 적응해

가고 있어.”

“그렇지 않아요, 학장님. 엄마만 다시 찾을 수 있다면 이 모든 걸 내놓겠어요.”

“물론 그렇겠지. 그런 너를 탓하지 않을게. 피아노 연습도 하고 싶을 거고. 집에서 누렸던 잘 짜여진 생활도 그리울 거고. 내일 새 음악 선생님 면접을 할 거다. 너도 얼른 만나고 싶지?”

“아뇨. 피아노는 완전히 포기했어요. 그건 부모님이 원해서 했던 거지 제가 원한 건 아니었어요.”

“애쉬, 재능을 낭비해서는 안 돼.”

“재능을 낭비하는 게 아니라 컴퓨터에 더 흥미가 있을 뿐이에요.”

포드는 슬며시 화가 나려고 했다. 그러나 애쉬의 다음 말이 너무나 충격적이었다.

“그 일이 일어나는 순간 봤어요. 사람이 죽는 모습을 본 적 있으세요? 눈에서 생명의 빛이 사라지는 걸 본 적 있으세요?”

애쉬의 목소리가 갑자기 섬뜩할 정도로 가라앉아서 포드는 온몸에 소름이 돋았다.

“빛이 점점 흐려져서 마침내 완전히 꺼질 때까지 눈길을 돌릴 수 없었어요. 그리고 지금도 매일 밤 꿈에 엄마의 얼굴이 보여요. 생명이 빠져나가고 초점 잃은 엄마의 눈이 보인다고요.”

“애쉬, 상담을 받아봐야겠구나.”

포드가 부드럽고 편안한 목소리로 말했다. 이 어린 학생을 좀 더 잘 돌봐야 할 것 같다는 생각이 들었다. 힘들 거라는 생각을 했어야 했다. 너무 밀어붙였던 것 같다.

애쉬가 갑자기 울음을 멈추고 똑바로 앉았다. 그러고는 손으로 눈물을 닦았다.

"아니에요. 괜찮아요."

"너는 정신적으로 심한 충격을 받았어. 그 일이 너에게 평생의 상처로 남지 않도록 도와주는 것이 내 의무란다. 충격의 순간을 자꾸 되새기지 않도록 마음을 다스리는 방법을 배울 수 있어. 너는 지금 외상 후 스트레스 장애를 앓고 있는 것 같아."

"상담은 안 받아도 돼요. 저는 괜찮아요. 오늘 아침에 바네사가 갑자기 공격적으로 나와서 순간적으로 흥분했던 거예요. 제가 해결할 수 있어요."

포드에게 순간적으로 경각심을 불러일으킨 것은 애쉬의 목소리에 담긴 강철 같은 단단함이 아니라 감정의 부재였다. 애쉬는 스위치를 내리는 것보다 더 간단하고 빠르게 모든 감정을 꺼버렸다.

포드 학장이 자기 앞에 앉아 있는 어린 학생을 평가하는 동안 잠시 침묵이 흘렀다. 애쉬에게 포드의 생각을 강요할 수는 없지만 그녀를 가까이 지켜볼 수는 있다.

"좋아. 상담은 안 받는 걸로 하자."

"감사합니다."

"하지만 지금 아무리 힘들어도 학교생활을 이탈하는 것은 용납할 수 없어. 수업을 빼먹는 것은 절대 안 돼. 오늘 일로 벌점 5점 준다. 토요일에 학교 나오는 대신 매일 방과 후 4시 정각에 여기 와. 알겠지?"

"알겠습니다, 학장님."

애쉬의 목소리가 다시 부드러워졌다.

"그리고 담배는 두고 가. 안 피웠다고 우길 생각은 마라, 애쉬. 냄새가 나니까."

"이제 없어요, 학장님. 마지막 담배였어요."

애쉬가 다시 포드의 눈을 마주 보았다. 이번에는 반항기가 가득 담겨 있었다. 포드는 부드럽고 나긋나긋한 소녀에서 냉랭한 여자 사이를 한순간에 오가는 인격 변화를 어떻게 이해해야 할지 몰랐다. 면접을 볼 때는 어두운 면을 알아채지 못했는데, 지금 돌아보니 그것이 실수였다. 이 아이를 지켜볼 필요가 있다.

"내일 4시에 보자, 애쉬. 숙제할 거 가져와."

"네, 학장님."

당혹감에 휩싸인 포드를 남겨두고 애쉬는 유유히 방을 나갔다.

33

해커

징계를 받고 오니 구드는 나를 다시 너그럽게 받아주었다. 식당에서의 모욕적인 사건이 없었던 일 같았다. 수군거림과 눈총이 쏟아질 것을 각오하고 복도를 걸어가는데 마치 학교 전체가 나를 건드리지 않기로 약속이나 한 듯 아무 일도 없었다. 덕분에 학장과 한판 대결을 벌인 후로 아무런 방해도 받지 않고 남은 일과를 마쳤다.

하지만 수업에 늦었을 때 메디아 교수의 실망한 눈빛을 보는 건 괴로웠다. 꾸짖거나 벌점을 주지는 않았지만 그 눈빛만으로도 다시는 늦지 않으리라 다짐했다. 더구나 오늘 작성한 프로그램은 엉망이었다.

첫 주에 보여주었던 메디아 교수의 너그럽고 부드러운 미소를 다시 보고 싶다. 그에게는 항상 좋은 면만 보여주고 싶다.

영어 시간에 쓴 메리 셸리에 관한 에세이는 'B'를 받았다. 수정해야 할 부분에 길고 자세한 설명이 적혀 있었다. 점심은 거르고, 더 랫 카페에서 스무디를 사서 마셨다. 아직은 그 늑대 같은 기숙사 친구들을 마주하고 싶지 않았다. 하지만 저녁은 식당에서 먹을 생각이다. 고개를 들고 정면을 응시하며 당당하게 들어갈 것이다.

내가 2학년 테이블에 자리를 잡고 앉으니 바네사가 일어나 다른 테이블로 갔다. 잠시 후 파이퍼도 일어나더니 미안한 표정으로 바네사를 따라갔다. 그러나 카밀은 내 옆에 남았다. 그 대신 쉬지 않고 재잘거렸다. 오늘 밤 다락으로 오라는 초대장에 대해, 예배당 안으로 날아들어간 홍관조에 대해, 그리고 의붓오빠가 보낸 편지에 대해.

편이 갈린 셈이다. 나는 바네사를 무시하고, 파이퍼에게는 눈알을 굴려준 다음 코브 샐러드를 먹으며 카밀의 수다를 열심히 들어주었다. 그런 다음 소잉서클로 가서 일부러 바네사가 항상 앉는 자리에 앉았다. 그리고 영어 수업에서 만난 아이들과 즐겁게 이야기를 나눴다. 2주 동안 근신 처분을 받았다는 이야기를 모두 넋을 잃고 들었다. 하지만 그보다 더 기분이 좋았던 것은 나한테 자리를 뺏기고 분해서 어쩔 줄 모르는 바네사의 표정이었다. 라운지 한가운데서 타오를 것 같은 눈빛으로 나를 노려보더니 헛기침을 날리고는 복도 끝으로 사라졌다. 그 순간의 통쾌한 기분은 무엇과도 바꿀 수 없을 것이다.

오늘 아침에는 그렇게 겁먹지 말았어야 했다. 한 번만 더 약점을 드러낸다면 이번 학년이 끝날 때까지 저들과 싸워야 할 것이다. 그럴 수는 없다. 냉정을 잃지 않고 차분하되 면전에서 바로 받아치는 것이 최선이다.

몇 시간 공부하고 나서 방으로 돌아와 에세이 숙제를 했다. 아인 랜드(Ayn Rand)의 《앤섬(Anthem)》에 나타난 플라톤의 동굴 이론에 관한 에세이 윤곽을 잡는 것이었다. 기본 구성만 어느 정도 잡아놓고 메디아 교수의 개인 수업을 위해 내 잠재력을 십분 발휘한 기발한 코드를 작성하기로 했다. 우선 책상 위를 익숙하게 정리했다. 리듬감이 있는 음악을 이어폰으로 들으며, 주방에서 가져온 다이어트 콜라를 올려놓았다. 혹시라도 한눈에 들어오지 않는 코드가 있을 경우에 대비해 노트북도 한 권 준비했다. 대부분의 코드는 머릿속에서 이미 정리되어 나온다. 메디아 교수님은 바로 그런 점이 뛰어나다고 했다. 어떤 코드는 숫자나 색채에 강한데 나는 형태에 강하다. 최근에 내가 관심을 갖는 형태는 이중 나선형, 매듭, 하트 형태다. 특히 다양한 형태의 하트. 코드 형태는 내가 해킹하는 내용을 파악하는 데 도움이 된다. 메디아 교수는 참 드문 경우라고 했다. 내가 특별한 재능이 있다는 말 같았다.

해킹 코드를 작성하는 일은 바람직하지 않지만, 메디아 교수는 나의 선량한 해킹 작업을 흥미로워하는 것 같다. 그래서 나도 실력을 자랑하고 싶다. 메디아 교수는 다른 교수와 달리 나를 이해해주는 것 같다. 오늘 아침에 그를 실망시켰으니 얼른 다시 나의 치명적인 매력 속으로 끌어들여야 한다.

복잡한 키스트로크 분석을 반쯤 해나가고 있을 때 뒤에서 움직이는 기척이 느껴졌다. 나는 뒤돌아보지 않고 음악의 볼륨을 높였다. 그래도 계속 신경이 쓰였다.

다락에 올라갈 시간이 다가오자 초조해진 카밀이 우리에 갇힌 사자처럼 방 안을 서성였다. 이상한 콧노래를 흥얼거리며 손으로 소파를 문지르기도 했다. 줄라이 토크의 강렬한 음악을 듣고 있는데 어떻게 내가 카밀의 움직임을 느낄 수 있었는지 모르겠다. 아무튼 너무나 신경이 쓰였다.

나는 이어폰을 뽑고 말했다.

"그만 좀 해."

그러자 카밀이 고개를 저으며 중얼거렸다.

"만약에……."

"만약에 뭐?"

"모르겠어. 그냥 무시해."

"그럴 수가 없잖아. 네가 정신 사납게 계속 소파를 돌고 있는데."

"긴장돼서 그런단 말야."

카밀이 서랍으로 가더니 유리병이 반짝 빛났고, 잠시 후 딸그락거리는 소리가 들렸다. 서랍에 감춰둔 보드카를 꺼내 한 모금 마시고 다시 양말들 사이에 감추는 소리였다. 그러더니 소파에 풀썩 주저앉아 술 냄새를 풍기며 한숨을 쉬었다.

"좀 낫다. 너는 괜찮니? 아침에 수업 빼먹었잖아. 징계받을 텐데."

"이미 받았어. 벌점 지우려면 2주 동안 학장님 집무실에 가서 근신해야 돼. 벌써 알고 있지 않아?"

"오늘은 내가 다른 일에 신경 쓰느라. 그런데 어디 갔었던 거야?"

"시내, 커피숍에. 너 루미 알아?"

그 순간 카밀의 얼굴이 하얗게 질렸다.

"어머, 어떡해. 애쉬, 그 사람이랑 말 섞지 마. 위험한 사람이야……."

"나도 들었어. 자기 아버지 얘기를 하더라고."

카밀의 창백한 얼굴이 더 백짓장처럼 되었다.

"그 사람이 너한테 말했다고? 뭐라고?"

"사실대로 말했어. 내가 보기에는 그랬어. 그 일로 많이 힘들었다면서. 위험한 사람이었다면 학장님이 채용하지도 않았을 거야. 내가 보기에는 괜찮은 사람 같던데."

"그 남자에 대한 소문이 있는데, 우리 학교 여학생들을 지켜본다는 거야. 운동부 아이들이 연습할 때 수목원 길에서 지켜보고 있대. 일종의 소아성애자 같은 건가 봐. 절대 가까이하면 안 돼. 네 스타일도 아니잖아."

"누구나 소문은 있어. 나도 그렇잖아. 소아성애자 같지 않던데. 그냥 외로운 사람이지. 그리고 내 스타일을 네가 어떻게 알아?"

그때 나직한 벨 소리가 울리자 카밀은 용수철처럼 벌떡 일어났다. 갑자기 얼굴에 광채가 나듯 웃음이 번졌다. 루미 이야기는 벌써 잊은 것 같았다.

"드디어, 드디어, 때가 왔다. 행운을 빌어줘."

나는 진심으로 "잘하고 와."라고 말했다. 내가 짐작하기에 졸업반 선배들은 나에 대해 캐물으려고 카밀을 부른 것 같다. 룸메이트가 가장 잘 안다고 판단한 것이다. 왜 나에게 직접 물어보거나 베카에게 물어볼 배짱이 없을까? 가끔은 구드 사람들의 사고방식을 납득할 수가 없다.

문이 닫히고 마침내 혼자가 되었다. 나는 의자 깊숙이 기대앉았다. 카밀은 왜 루미를 멀리하라고 했을까? 괜찮은 사람 같은데. 심지어 다정하고 친절하기까지 했다.

오늘 하루 종일 루미와의 대화가 머릿속에 맴돌았다. 자기가 자라난 마을에서 조롱과 비난을 받으며 살기가 얼마나 힘들까? 부모의 선택 때문에 멸시받으며 살아야 했으니. 그런 면에서 나는 훨씬 더 깊이 그를 이해한다.

머릿속이 어수선해서 더 이상 코드에 집중할 수 없었다. 내일 마저 하는 것이 낫다. 침대에 누워 포근한 이불을 덮고 책을 읽기로 했다.

애슬로 교수가 과제로 내준 버지니아 울프의 《자기만의 방》을 읽으면 된다. 기대되는 책이어서 얼른 읽고 싶다. 혼자만의 공간을 갖고 싶은 욕망을 이해할 수 있을 것 같다. 꾸밈없이 자신의 참모습을 드러낼 수 있는 곳. 내게 그런 공간은 어디일까? 이제는 그걸 알 수 없게 된 것 같다.

이를 닦고 잠옷으로 갈아입은 다음 시간을 확인했다.

11시가 다 되어가고 있었다. 소등 시간이다. 카밀이 올라간 지 한참 지났다. 내가 올라갔을 때보다 오래 있는 것 같다.

책을 읽으며 단어와 운율에 빠져들었다. 그러다 눈이 휘둥그레졌다. 갑자기 쿵쾅거리는 소리가 들렸기 때문이다. 누군가 주먹으로 방문을 세게 두드렸다. 얼마나 세게 두드리는지 카밀이 책상 위에 걸어놓은 액자가 바닥에 떨어져 산산조각이 났다.

34

탭

문이 벌컥 열리고 요란한 외침이 쏟아지면서 여러 사람의 손이 나를 잡고 끌어당겼다. 나는 너무 놀라 비명을 질렀다. 벗어나야겠다는 생각뿐이었다. 온 힘을 다해 저항했지만 상대의 수가 너무 많았다. 내 팔다리를 붙잡고, 입에 헝겊 같은 것을 처넣었다. 그런 다음 머리에 주머니 같은 것을 뒤집어씌웠다. 주머니에서 솔방울 냄새가 났는데 내가 지르는 비명 소리를 흡수하는 것 같았다. 멀리까지 들리지 않도록 말이다. 그래도 내 입에서는 비명이 터져나와 귀청이 떨어질 것 같았다. 나는 침대에서 내려 밖으로 끌려 나왔다. 몇 명인지는 알 수 없었지만 여러 명의 손이 나를 사방에서 당기고 밀었다. 낄낄거리는 소리가 들리자 분노가 치밀었다. 나를 짐짝처럼 들고 가다가 두 번이나 떨어뜨리는 바람에 등이 계단 바닥에 패대기쳐졌다. 그때마다 그들은 재빨리 나를 다시 잡아 올렸고, 팔목과 발목을 단단히 잡은 채 끌고 갔다.

나는 울음을 터뜨렸다. 내 흐느낌은 입안에 채워진 헝겊과 머리에 씌워진 주머니, 그리고 그들의 외침 소리에 묻혀버렸다. 문이 열리는 것 같더니 찬바람이 들어왔다. 나를 잡은 손들이 허공으로 던지듯이 거칠게 내려놓았다. 문이 닫히고 소란함이 일시에 잦아들었다.

엉덩이가 아팠다.

이제 혼자다.

너무 조용하다.

머리에 씌워졌던 주머니는 어느새 벗겨져 있었다. 눈을 질끈 감고 있어서 주머니가 벗겨지는 줄도 몰랐다. 입안에 처넣은 헝겊을 뱉어내고 심호흡을 했다.

바네사와 카밀, 빌어먹을 계집애들. 베카는 자기가 초대장을 보낸 게 아니라고 했다. 그럼 이건 계획된 일이다. 내가 방에 혼자 있을 때를 노린 것이다. 그런데 그 애들을 도와준 이자들은 누구지?

누구든 모두 태워 없애버릴 테다.

나는 팔다리로 간신히 몸을 지탱하고 비틀거리며 일어났다. 처음 들어온 방이다. 내가 어디로 끌려온 건지 알 수 없었다. 차가운 바람은 어디서 들어오는 거지? 너무 추워서 이가 딱딱거릴 정도다. 맨발에 반팔, 반바지 잠옷 차림이다.

아래쪽 문틈으로 희미하고 노르스름한 불빛이 흘러나왔다. 다가갈수록 속삭임이 커졌다. 문손잡이를 잡고 돌려보았다. 돌아가기는 하는데 뭔가 문을 막고 있는 것 같았다.

"그만해, 이년들아!"

나는 방향감각을 잃지 않으려고 손가락으로 벽을 더듬으며 왼쪽으로 걸었다. 눈이 점차 어둠에 적응했지만 곧 테이블에 부딪히고 말았다. 테이블 위에는 맑은 액체가 담긴 유리잔이 하나 놓여 있었다.

유리잔에 손글씨가 적힌 작은 메모지를 기대놓았다. 어두워서 글자가 잘 보이지 않았다. 미간에 잔뜩 힘을 주어 눈을 가늘게 뜨고 보았다.

'마셔!'

내가 속을 줄 알아. 하수구 청소하는 세제나 쥐약이겠지.

나는 유리잔에 담긴 액체의 냄새를 맡았다. 술 냄새가 코를 찔렀다. 보드카였다.

바네사와 카밀은 왜 나를 납치해서 가둬놓고 보드카를 마시라고 하는 거지? 이것도 전 학년 연합축제 중 하나인가?

손가락을 담가 맛을 보니 확실히 보드카였다. 나는 한입에 털어 넣었다. 피를 토하며 바닥에 쓰러지지 않는 걸 보니 독이 들어 있지는 않았나 보다. 나는 다시 어두운 방을 가로질러 걸었다. 칠흑 같은 밤이었는데 창에 드리운 얇은 커튼이 바람에 부풀어 올랐다. 창문이 열려 있어서 이렇게 추운 거였다. 그리고 문이 또 하나 있었다.

문에 귀를 대보니 소리가 들렸다. 말소리가 울리는 것 같았다.

천천히 문손잡이를 돌리자 말소리가 멈췄다.

문밖은 계단실이었고, 누군가 거기서 이야기를 하다가 문 여는 소리를 들은 것이다.

바네사와 카밀이 와락 하고 나를 놀래주려고 기다리고 있는 것이 아닐까. 나를 골려주려고 다른 아이들까지 가세해서 말이다. 그러나 이 방의 느낌으로 볼 때 저 문 뒤에 그보다 훨씬 사악한 음모가 도사리고 있는지도 모른다는 생각이 들었다.

분노가 치밀어 오르면서 나도 모르게 문을 활짝 열어젖혔다. 희미한 불빛에 나선형 계단이 보였다. 붉은 계단이다.

그 유명한 붉은 계단이다.

붉은색 페인트칠에 얽힌 소문을 떠올리지 않으려고 노력했지만, 머릿속에는 이미 이야기들이 퍼즐 조각처럼 맞춰지기 시작했다. 소녀의 목에 감긴 밧줄과 팔에서 떨어지는 핏방울, 허리까지 늘어진 머리채, 시간이 흘러 회색으로 얼룩진 흰 가운. 마치 수백 년 동안 매달려 있었던 것 같은 그녀의 모습이 나타났다. 너무 생생해서 손을 뻗으면 만져질 것 같았다.

주변 공기가 조여오는 것 같더니 눈앞에 나타났던 영상이 사라졌다. 계단실에는 아무것도 없었다.

문이 열리고 바람이 불어오면서 공기가 바뀌었다. 나 혼자 있는 게 아니었다.

베카 커티스가 내 뒤에 서 있었다. 분명 베카다. 그런데 얼굴이 좀 달라 보였다. 마치 해골처럼 눈이 퀭하고 창백한 피부는 팽팽하게 당겨 있었다. 검은색 옷을 입고 있었는데 금발에 뒤집어쓴 검정색 후드 때문에 어둠 속에서 창백한 그녀의 얼굴이 더욱 두드러졌다. 베카가 갑자기 나타나는 바람에 놀라 비틀거리면서 계단을 두 칸쯤 헛디뎠지만 다행히 난간을 잡고 멈췄다. 하마터면 계단을 굴러 목이 부러질 뻔했다.

베카가 정말 내 앞에 있는지 확인하려고 손을 뻗으려 했으나 팔을 들 수가 없었다.

'그냥 보드카가 아니었다. 뭔가를 탔다.'

베카는 내 앞에 동상처럼 서 있었다. 입술을 비틀며 내게 명령했다. 그 소리가 마치 물속에서 말하는 것처럼 들렸다.

"걸어, 스왈로(제비. 아이비바운드 클럽의 상징이다. — 옮긴이)."

"스왈로?"

"계단을 내려가. 지금."

나는 난간을 붙잡고 조심조심 계단을 내려갔다. 베카는 뒤에서 따라왔다. 나선형 계단을 따라 돌고 돌면서 아래로 아래로 내려갔다. 시간이 흐를수록 점점 더 정신이 몽롱해졌다.

드디어 계단을 다 내려오니 또 다른 문이 있었다.

"문 열어."

베카가 말했다. 거부할 수 없는 어조였다. 나는 베카가 시키는 대로 했다. 나무문에 닿는 내 손이 서커스 광대의 손처럼 커 보였다. 키득키득 웃음이 나왔다. 정말 어이없고도 재미있지 않은가.

문을 여니 지저분한 복도 같은 것이 나왔다. 오래 묵은 냄새들이 훅 끼쳤다. 더 이상 웃음이 나오지 않았다. 입이 바싹 말랐다. 벽에 기대 주저앉으려는데 베카가 나를 일으켜 세우며 명령했다.

"계속 걸어."

베카는 내 팔을 놓고 내가 주저앉으려 할 때마다 등을 쿡쿡 찔렀다. 나는 맨발로 흙바닥을 걸었다. 자갈과 흙이 느껴졌다. 발이 시렸다. 죽은 생물과 썩어가는 것들이 곳곳에 있었다. 천장에 늘어진 거미줄이 머리와 이마를 스쳤다. 손으로 거미줄을 쓸어내는데 베카가 재촉했다.

"빨리 걸어."

나는 달아나고 싶은 충동을 억지로 누르며 계속 걸었다. 그 시간이 영원처럼 길게 느껴졌다. 어둡고 추웠다. 가끔씩 벽이 울리는 것 같았다.

바닥이 경사지기 시작했다. 그러자 주변 공기가 훨씬 맑아지는 것 같았다. 이제 빛이 보였다. 나는 왠지 모르게 흥분되면서 또다시 낮은 웃음이 터져 나왔다. 더 이상 무섭지 않았다. 너무 흥미로워서 설레기까지 했다.

"자, 마음의 준비를 해."

베카가 이렇게 속삭였을 때 문이 열렸다.

35

입회

베카에게 떠밀려 아수라장 같은 방으로 들어갔다. 옷을 반쯤 걸친 소녀들과 후드 달린 가운을 입고 있는 소녀들이 있었다.

"오래도 걸렸군. 우리 앨리스가 잔을 얼른 비우지 않았나 보지?"

나도 모르게 소리가 들리는 쪽으로 고개를 돌렸다. 그러자 그녀가 날카롭게 소리쳤다.

"감히 나를 보려고 들다니!"

분명 바네사의 목소리는 아니다.

더러워진 내 발을 내려다보았다. 나는 내 발이 마음에 든다. 전체적인 형태와 충분한 곡선을 이루는 발바닥, 길고 우아한 발가락까지. 그런데 늘 여기저기 부딪쳐 잘 다친다. 작년에는 테이블 다리에 부딪쳐 새끼발가락이 부러졌다. 너무 아팠고, 낫는 데도 오래 걸렸다. 몇 달 동안 부츠를 못 신었다.

"불쌍한 발가락."

나는 혼잣말로 중얼거렸다.

"줄을 서, 이 멍청아. 정신 나간 여자처럼 혼자 중얼거리지 말고."

조금 전에 소리쳤던 여자가 다른 소녀들이 줄지어 있는 쪽으로 나를 밀었다. 순간 균형을 잃으면서 옆에 있던 아이를 팔꿈치로 쳐서 넘어뜨렸다. 그러자 일렬로 서 있던 소녀들이 도미노처럼 차례로 휘청거렸다. 낮은 웃음소리가 방 안에 퍼졌고, 나 역시 웃음을 참느라 입술을 깨물었다. 이렇게 많이 모여 있는 것을 보면 오늘 밤 내가 죽지는 않을 것 같다.

나는 줄지어 있는 소녀들 중에 아는 얼굴이 있는지 보고 싶었지만 얼른 비틀거리며 일어났다.

"가만있어."

베카가 말했다. 나는 제자리에 박힌 듯 움직이지 않았다.

"너무 많이 먹인 것 같아. 고개도 제대로 못 가누잖아."

"많이 먹이진 않았어. 다들 졸려서 그러는 거야. 마지막 애가 너무 시간을 끄는 바람에 이렇게 된 거지."

"정말 그런 거겠지, 베카?"

"그럼. 자, 이제 시작하자!"

나는 고개를 들었다.

"내가 '스왈로'라고 부르면, '네, 미스트리스'라고 대답한다. 스왈로!"

"네, 미스트리스."

모두 한목소리로 대답했다.

"이거 봐. 다들 멀쩡하다니까."

베카가 소리친 여자에게 말했다.

"자, 다들 내 말 잘 들어. 생애 가장 힘든 한 주가 시작될 거야. 모두 다 이겨내지는 못할 거다. 하지만 이겨내지 못하면 아무짝에도 쓸모

없는 존재가 될 거다. 조롱당할 것이고, 외면당할 것이며, 퇴출될 것이다. 알겠나?"

"네, 미스트리스!"

"네."

나는 한 박자 늦게 대답했다.

"너희 무리를 둘러봐. 힘들고 지칠 때 서로를 부축해줄 것이다. 언제나 서로 도우며 함께 성장해갈 것이다. 과거에 너희가 어떤 사람이었는지는 더 이상 중요하지 않다. 부모님이 어떤 사람인지도 더 이상 중요하지 않다. 이제 우리가 너희의 가족이다. 알겠나?"

베카가 쩌렁쩌렁 울리는 소리로 말하자 우리도 큰 소리로 대답했다.

"네, 미스트리스!"

"좋아. 옷을 벗는다."

서로 어리둥절한 표정으로 주위를 둘러보다가 천천히 옷을 벗기 시작했다. 그렇잖아도 몹시 추운데 옷을 벗으니 더 추웠다. 완전히 알몸이 되니 온몸에 소름이 돋았다. 나는 한쪽 팔로 가슴을 가렸다. 다른 한 손은 아래를 가리려고 했으나 무화과 나뭇잎처럼 가릴 수는 없었고 겨우 골반 위까지만 내렸다. 또다시 웃음이 터지려고 했다. 한 무리의 낯선 사람들 앞에서 알몸이 되다니. 이건 악몽 중에서도 가장 불안한 악몽이다.

"네가 가지고 있어?"

베카가 옆에 서 있는 소녀에게 말했다. 그 아이가 누군지 보려고 했지만 초점이 잘 맞춰지지 않았다. 쌍둥이 중 하나인 것 같기도 했다.

"봉지 안에 있어."

"자!"

이번에는 베카가 내 얼굴에 대고 소리쳤다. 그러고는 구석에 있는 쓰레기 봉지 쪽으로 나를 밀었다. 여기는 오두막이다. 몽롱한 중에도 그런 생각이 스쳤다. 학교 밖으로 나온 거다. 오두막에서 알몸이 되다니. 이게 무슨 미친 짓이란 말인가?

"그걸 나눠 줘. 줄을 따라가면서. 한 사람 앞에 한 주먹씩 주면 돼."

"네, 미스트리스."

나는 봉지를 집었다. 흙냄새가 났다. 나는 소녀들의 신체 부위에 신경 쓰기보다 얼굴을 기억하려고 하면서 한 명씩 봉지에 담긴 낙엽을 나눠 주었다. 그중에 조던 스완슨도 있었다. 컴퓨터 수업에서 본 갈색 머리의 3학년 선배다. 조던은 행복한 듯 웃고 있었다. 소녀들 대부분 행복한 표정을 짓고 있었다. 물론 몇 명은 두려움에 떨고 있었지만.

그때 머릿속에 스치는 생각이 있었다. 어떤 상황인지 알아차리는 순간 나도 모르게 조금 비틀거렸다.

이건 장난이 아니다. 복수극도 아니다.

탭 의식을 치르는 중이다.

나는 비밀 클럽의 탭(소환)을 받은 것이다.

수장은 베카다.

"몸에 문질러. 그래, 이 예쁜 잎사귀를 너희의 아름다운 몸에 고루 문지르는 거야. 얼굴은 아니야. 팔과 다리, 그리고 배."

나는 시키는 대로 했다. 약간 매콤한 냄새가 나는 잎사귀의 감촉이 좋았다. 부드럽게 손가락을 애무하는 낙엽의 오렌지색 잎맥이 예쁘고 아름다웠다.

"이제 낙엽을 다시 봉지에 담아."

우리는 그렇게 했다.

"손을 씻어."

표백제 냄새가 나는 꺼칠하고 젖은 수건으로 손을 닦았다. 마치 어릴 적 하던 '시몬 가라사대' 게임을 하는 것 같았다.

'시몬이 코를 잡으래. 시몬이 발가락을 만지래. 아니야. 시몬이 말하라고 하지 않았잖아. 너는 죽었어.'

난 이 게임을 정말 잘했다.

"수건을 여기 모아."

또 다른 봉지를 돌려 냄새 나는 수건을 넣었다.

"자, 이제 이걸 마셔."

이번에는 병이 전달되었다. 나는 한 모금 마셨다. 이번에도 보드카였다. 목이 말라서 물이나 차를 마시고 싶었다. 머리가 빙빙 돌고, 배속이 이상했다. 이미 몽롱한데 더 취하는 것 같았다. 술에 취했을 뿐 아니라 환각 증세까지 있었다. 방 안 전체가 끓어오르는 에너지로 요동을 치는 것 같아서 시선을 한곳에 집중할 수 없었다. 한쪽 눈을 감고 베카를 바라보았다. 잠시 후 다른 한쪽 눈을 감아보았다. 한쪽 눈을 감고 보니 좀 더 잘 보이는 것 같았다.

모두 한목소리로 외치기 시작했다. 소리가 점점 커졌다.

"마셔. 마셔. 마셔."

쌍둥이들이 병을 입술에 대고 벌컥거리더니 입가에 미소를 지었다. 그러고는 병을 베카에게 주었다. 베카가 한 모금 길게 마시고, 또 한 모금 마셨다. 어둑한 방 안에서 베카의 하얀 이가 빛났다.

"모두 마셔."

그렇게 중얼거리고 보니 비실비실 웃음이 나왔다. 내 목소리가 좀 켰던가 보다. 우리 줄 전체가 웃기 시작했다.

그때부터 또다시 여기저기서 큰 소리가 나고, 이런저런 지시를 하면서 방 안이 또다시 혼란에 빠졌다. 몇 명은 끌려 나와 채근을 당하고, 질문에 제대로 답하지 못하면 무릎을 꿇었다.

"내 이름이 뭐야? 내 이름이 뭐냐고, 이 멍청아."

"내 신발 가져와. 그것 말고, 빨간 부츠. 완전 똥멍충이 아냐?"

"구드 학교 창립 때부터 학장 이름 모두 말해봐. 완전 바보네."

"이 정도는 아닌 줄 알았어. 가슴이 있는 인간인 줄 알았다고."

반항하는 아이도 있었다. 영리하지 못한 행동이다.

"내가 어떤 인간인지 어떻게 알아요?"

"뭐라고? 너는 웨스트헤이븐 학장이 학생들을 뽑는다고 생각하니? 우리가 하는 거야. 우리가 너를 뽑은 거라고. 너 정말 안 되겠구나."

"왜 부모에 대해 거짓말했지? 왜?"

이건 나한테 하는 질문이다.

"어, 그건 제가……."

큰 소리로 질문을 한 선배의 낯이 익었다. 그런데 어디서 봤는지 기억나지 않았다.

"더듬거리지 마. 제대로 말해, 이 영국 계집애야. 내 이름이 뭐야?"

"에밀……."

"내가 누군지 어떻게 모를 수가 있어? 미스트리스, 저 애는 퇴출해. 아이비바운드에 들어오기에는 너무 멍청해. 사실은 얘들 모두 그래."

소녀들은 울면서 바닥을 기기 시작했다. 늘어진 머리카락에 콧물이 떨어졌다. 한 명은 구석에 있는 쓰레기통에 대고 구토를 했다. 두 명의 졸업반 선배들이 잔뜩 못마땅한 표정으로 옆에 서서 지켜보았다.

"아휴, 냄새. 저녁에 뭘 먹은 거야?"

구토를 하던 아이가 눈물범벅으로 대답했다.

"쿠키 반죽을 먹었습니다, 미스트리스."

"난 미스트리스가 아니야. 베카가 미스트리스지."

자기 이름을 묻던 선배가 갑자기 내 뺨을 사정없이 후려쳤다.

"정신 차려, 이 멍청아. 내 이름이 뭐냐고 물었지?"

나는 비틀거리며 무릎을 꿇고 주저앉았다. 이름을 생각해내려고 안간힘을 써보았지만 머릿속이 온통 흐리고 탁했다. 약 때문이다. 뭔지는 모르지만 생각을 할 수 없게 만드는 것 같았다.

'생각해, 애쉬. 기억해내야 해!'

"오호라, 이제야 기억이 나는가 보군."

"셸리! 선배님 이름은 셸리예요."

내가 의기양양하게 외쳤다.

"드디어. 줄로 돌아가!"

셸리가 명령했다.

자리로 돌아오다가 실수로 옆에 있는 아이의 팔을 내 팔로 스쳤다. 살이 닿는 감촉이 너무 좋았다. 다시 한 번 비벼보았다. 가려운 데를 긁는 것처럼 깊숙한 곳까지 따뜻하고 시원했다. 팔을 내려다보았다. 전체가 빨갛게 달아올랐고, 긁은 곳에 흰 줄이 두드러졌다.

"저런, 저런. 얼굴 만지지 말란 말이야, 이 멍청아."

베카는 긴 참나무 테이블에 앉아 차분하게 담배를 피웠다. 나는 한 모금 빨고 싶은 생각이 간절했다.

"애들이 긁기 시작했어. 지금 하는 게 좋을 것 같아."

셸리가 말했다.

"그러는 게 좋겠다. 자, 앞을 봐."

몇 날 며칠 계속되는 듯 길게 느껴지던 일대 혼란이 일시에 끝나고 조용해졌다. 나는 몸이 계속 흔들거리는 것 같았다. 팔이 가려워서 참을 수 없었다.

"잘 들어. 나는 너희의 미스트리스다. 너희는 이제 내 말을 따라야 한다. 내가 시키는 일은 무조건 한다. 필요한 게 있으면 나한테 온다. 한 명당 조련사가 한 명씩 배정될 것이다. 조련사가 시키는 일은 무엇이든 해야 한다. 조련사가 부르면 언제든 달려가야 한다. 부름을 받고 주저하는 사람은 퇴출이다. 너희가 하는 일을 누구에게든 발설하면 퇴출될 것이다. 동료 학생이든, 선생님이든, 누구에게든 오늘 밤에 있었던 일에 대해 조금이라도 발설하면 퇴출이다. 너희는 선택되었다. 이제 너희는 모두 아이비바운드의 스왈로다. 우리의 명예를 지켜라."

베카는 온몸이 가려워 죽을 지경인 우리를 향해 자애로운 미소를 지었다. 그리고 일렬로 늘어선 우리 앞을 지나가면서 일일이 눈을 맞췄다. 여자로 다듬어질 열세 명의 스왈로. 아이비바운드의 수장으로서 베카는 올해의 임무를 완수한 셈이다.

내 옆에 있는 아이가 긁적이기 시작했다.

"야, 제발. 눈 좀 만지지 마."

36

아이비바운드

우리는 터널을 통해 학교로 돌아갔다. 조련사 한 명씩 짝지어 돌아가고 오두막에는 베카와 나만 남았다. 점점 술이 깨는 것 같았으나 머리는 여전히 무겁고 멍했다. 팔이 가려웠으나 감히 긁을 생각은 하지 못했다. 베카가 긁어도 된다고 하지 않았다.

'베카 가라사대 코를 만져. 베카 가라사대 발가락을 만져.'

"내 말 들려?"

베카가 담배를 내밀었다. 나는 얼른 받아서 길게 한 모금 빨았다.

"나는 너의 조련사야."

"왜 저를?"

순간 생각나는 질문은 이것밖에 없었다.

"훈련 기간을 무사히 통과하면 알게 될 거야, 애쉬. 내가 너를 잘못 본 게 아니길 바란다. 자, 이제 가서 잠자리에 들도록 하자."

나는 뭐라고 해야 할지 몰라서 그저 낮은 소리로 "감사합니다."라고 했다. 그러자 베카가 웃었다.

"내일은 감사하는 마음이 들지 않을 거야."

우리는 터널을 지나가는 다른 아이들 뒤를 따라갔다. 붉은 계단으로 통하는 문을 지나갈 때는 또다시 매달린 소녀의 모습이 떠올랐다. 너무 생생해서 실제로 있는 것 같은 착각이 들었다.

"우리한테 뭘 먹인 거예요?"

내가 듣기에도 말이 느리고 어눌했다.

"보드카. 그리고 환각제 몰리 아주 조금. 기분 좋고 나긋나긋할 정도만 넣었어. 항히스타민제인 베나드릴도 약간 섞었고."

베카는 열쇠를 찾으면서 건성으로 말했다.

"젠장. 열쇠가 어디 있는 거야?"

"몰리라면 엑스터시잖아요. 그래서 기분이 좋은 거군요. 그런데 베나드릴은 왜요?"

"내일 아침에 알게 될 거야. 아, 여기 있다."

베카는 붉은 계단으로 통하는 문을 잠그고 열쇠를 다시 주머니에 넣었다.

"웨스트헤이븐 학장님이 담배 피운 걸 아셨어요."

"뭐라고?"

"냄새가 난다고 했어요. 그래서 제 거라고 말씀드렸어요."

어둠 속에서도 베카의 눈이 동그래지는 것이 보였다.

"네가 나를 덮어줬다고?"

"네."

"나 때문에 거짓말을 했단 말이야?"

베카의 목소리가 훈훈해지면서 내 몸을 감싸는 것 같았다.

"네."

"고맙다. 이제 가서 자라. 그런데 먼저 씻어야 해. 얼굴은 절대 만지지 말고, 아래도 만지면 안 돼. 따뜻한 비눗물로 꼼꼼히 씻어. 아무한테도 말하면 안 된다는 거 잊지 마."

베카에게 떠밀려 계단실로 나가 2학년 층으로 내려왔다.

"내일 아침 7시에 졸업반 층으로 통하는 문에서 기다려. 늦지 말고. 벌 받고 싶지 않으면."

따뜻하고 다정한 베카는 이 말을 남기고 다락층으로 올라갔다. 나는 벌거벗은 채 계단실에 혼자 남았다. 팔이 가려웠다.

아이비바운드.

잎사귀가 얼룩덜룩했고, 줄기 하나에 세 잎씩 붙어 있었다. 그리고 가려웠다.

"이런, 빌어먹을!"

그 순간 나는 문을 박차고 들어와 복도에 있는 장애인용 욕실로 달려갔다. 팔꿈치로 버튼을 누르고 안으로 들어가자 전등이 켜졌다. 머리 위에 센서가 있었던 것이다. 갑작스레 불이 환하게 들어오자 놀라고 눈이 부셔 얼굴이 저절로 찡그려졌다. 그러나 거울 속에 비친 내 모습을 봤을 때의 충격에 비하면 아무것도 아니었다.

얼굴과 팔에 온통 붉은 줄이 그어져 있었다.

우리 몸에 비벼댄 것은 독성이 있는 옻덩굴이었다.

"완전 또라이들."

나는 샤워기를 틀고 씻기 시작했다. 그러나 별 도움이 되지 않았다. 잎사귀를 문지를 때 진액이 피부에 흡수되어 이미 물집이 잡혔다.

항히스타민제를 먹인 것은 가려움증을 완화하기 위해서였다.

'사악하고 영리한 것들.'

복도는 텅 비어 있었고 조용했다. 나는 습관적으로 복도 맞은편 방을 바라보았다. 문은 닫혀 있었다. 하지만 그건 중요하지 않다. 문손잡이를 돌려보았는데 놀랍게도 잠겨 있었다.

우리는 열쇠를 가지고 있지 않았다. 명예규율 중 하나다.

손잡이를 자세히 살펴보니 새로 칠한 페인트가 약간 긁혀 있었고, 열쇠 구멍에도 긁힌 자국이 있었다.

누군가 그 문이 저절로 열린다고 신고했을 것이고, 사환이 손잡이를 바꾸었을 것이다. 문을 잠근 이유는 안전 때문인 것 같다. 페인트와 목재들, 못 등에 학생들이 다칠 수 있으니까.

그런데 왜 누군가 숨을 죽이고 문 뒤편에 서 있는 것 같은 느낌이 드는 걸까?

내 머리가 점점 이상해지는 것 같았다. 서둘러 내 방으로 갔다. 문손잡이를 돌리려는데 어둠 속에서 목소리가 들렸다. 분명 내 이름을 부른 것 같았다. 멀리서 들리는 소리 같다는 생각을 함과 동시에 고개를 저으며 방 안으로 들어왔다. 신경과민인 것 같다. 아직 술이 덜 깨기도 했고, 환각 상태가 완전히 가시지 않은 데다 많이 놀라고 무서웠다. 계단실에 죽어 있던 소녀, 붉은 계단, 수목원에서 살해된 소녀까지 이 학교 역사에는 원한 맺힌 혼령이 있다. 하지만 그건 어디까지나 이야기일 뿐이다.

방 안은 내가 끌려갈 때 그대로 난장판이었고, 카밀은 아직 돌아오지 않았다. 다른 친구 방에서 자기로 한 것 같다. 아니면 카밀도 비밀 클럽에 소환되었거나. 아니, 그럴 것 같지는 않다. 2학년이 탭을 받는 경우는 거의 없다고 했으니까.

하지만 나는 받았다.

나는 특별하다.

옷장 문을 열고 거울을 보며 미소 지었다. 나는 아이비바운드다. 베카 커티스는 내 비밀 친구다. 시내에는 나에게 호감을 보이는 매력적인 남자가 있다. 그리고 학장은 나를 나약하고 조그만, 별 볼일 없는 계집아이로 생각한다. 나는 지금까지 이 모든 역할을 완벽하게 소화해내고 있다.

엉망으로 흐트러진 침대 위에 작은 갈색 봉지가 있고, 그 위에 티셔츠 하나가 걸쳐져 있었다. 앞면에 작은 새 그림이 인쇄된 셔츠다. 나는 입가에 미소를 띠고 셔츠를 입었다. 그리고 봉지를 열어보았다. 코르티손 연고와 칼라민 로션, 탈지면, 베나드릴, 그리고 오트밀 목욕제와 손톱깎이까지 들어 있었다. 그리고 작은 메모지도 있었다.

'의무실에 가면 퇴출이다. 잘 자라.'

작정을 하고 우리를 고문해놓고 치료약은 챙겨주나 보다. 그동안 들과 산을 그렇게 돌아다녀도 옻이 오른 적은 없다. 앞으로 2주 동안 얼마나 고생해야 할까?

나는 살과 붙어 있는 지점까지 손톱을 바짝 깎고, 항히스타민제를 먹은 다음 코르티손 연고를 발랐다. 알람은 6시에 맞추고 침대에 누웠다. 몇 시간 못 자겠지만 상관없다. 아무 문제 없다.

탭을 받았으니까.

받아들여진 것이다.

노력의 결실이 온몸에 물집으로 맺혀 있지 않은가.

자긍심과 설렘이 불꽃처럼 타올라 가려움증은 물론 누군가 내 이름을 부르는 듯한 으스스하고 섬뜩한 느낌마저 산바람에 실려 가듯 사라졌다.

완전히 사라진 것은 아니고, 거의.

머릿속으로 오늘 저녁의 일들을 떠올려보았다. 외침 소리, 명령들, 거기 있었던 얼굴들. 모르는 얼굴도 있고 아는 얼굴도 있었다. 어쨌든 내일이면 우리는 증표를 달고 다닐 것이다. 가려움을 참느라 죽을 맛인 얼굴들이 바로 동지다.

"나는 스왈로다. 아이비바운드다."

이 말을 수없이 되뇌다 잠들었다.

37

비극적 사건

오늘 밤 루미는 문자 메시지도 보내지 않고 포드를 찾아왔다. 허기진 짐승처럼. 아무 말도 하지 않고 입가에 특유의 매혹적인 웃음을 띠고 등 뒤로 문을 닫음과 동시에 포드를 안고 깊은 키스를 했다.

"잘 지냈어?"

호흡을 가다듬으면서 포드가 물었다.

"아무 말 하지 말아요."

루미는 이렇게 속삭이면서 포드의 손을 잡고 침대로 이끌었다. 포드를 침대에 엎드리게 하고 루미는 뒤에서 그녀에게 다가갔다.

포드가 만족스러워하는지 살피기는 했지만 오늘 밤은 루미 자신을 위한 날인 것 같았다. 오르가슴을 만끽하자 포드의 등에 잠시 엎드려 있던 루미는 다시 한 번 영혼이 담긴 긴 키스를 하고 문으로 향했다.

"잠깐. 칵테일 한잔 안 할래?"

루미는 웃으면서 고개를 저었다.

"내가 원한 건 당신이었어요. 잘 자요."

그러고는 어슬렁거리며 어둠 속으로 걸어 나갔다. 포드는 루미의 뒷모습을 바라보다가 문을 닫고 만족감에 겨운 한숨을 쉬었다.

루미는 포드를 만족시키는 방법을 정확하게 알고 있다. 그리고 언제나 아쉬움을 남기고 가버린다. 그런 기술들을 어디서 배웠을까? 젊은 나이에 그런 경지에 이르려면 포르노를 수없이 봤을 것이다. 아직 다른 여자와 잠자리를 하는 것 같지는 않지만 어떻게 알겠는가? 포드가 물어본 적도, 그가 말한 적도 없다.

더구나 요즘에는 연애도 재조명되는 시대 아닌가. 데이트를 주선하는 앱과 신용카드만 있으면 얼마든지 공짜로 섹스를 즐길 수 있다. 구속과 책임을 거부하고, 사랑의 행위와는 거리가 멀다. 하지만 그것이 바로 포드가 원하는 바이다. 그와 깊은 관계까지 가고 싶지는 않다. 다만 앞으로 세상에 나가야 할 구드의 소녀들을 생각하면 마음이 아플 뿐이다. 낯선 사람을 자기 안에 받아들이면서 그것을 자유라고 착각할 아이들이 걱정스러운 것이다.

포드는 진지하게 사귄 남자 친구가 2명, 심심풀이 상대가 2명 정도 있었다. 그래서 욕정과 사랑의 차이를 안다. 포드는 결혼을 거부했다. 빠져나갈 수 없는 현실에 얽매일까 봐 두려웠다. 포드는 그런 삶에 어울리지 않는다. 그림 같은 전원주택에서 남편에 아이 둘, 개와 보모까지 거느리고 사느니 차라리 홀로 외떨어진 작가적 삶이 좋다. 낭만적 외로움을 벗 삼아 세상을 관조할 수 있으니까. 작가가 되기 위해 모든 것을 직접 경험해봐야 하는 것은 아니다. 삶 속에 일어나는 여러 가지 상황과 인간의 본질을 예리하게 관찰할 수 있으면 된다.

포드는 위스키를 한 잔 더 따랐다. 잠자는 데 도움이 될 것이다. 내일 동문회에 참석하려면 숙면을 취해야 한다. 기금 마련 현황을 업데이트하기 위한 자리인데 오늘 오후에 갑자기 내일로 결정되었다. 포드는 새로 기부금이 들어왔다는 소식이라도 있으면 좋겠다고 생각했다.

루미의 방문이 큰 위로가 되기는 했지만 포드는 애쉬와의 면담에서 불쾌했던 기분이 아직 풀리지 않았다. 얼른 마음속에서 털어내고 다른 일을 해야 한다.

애쉬에게는 포드의 마음을 불편하게 만드는 뭔가가 있다.

포드는 책상에 앉아서 학기 초부터 써온 글들을 읽었다. 그동안 글 쓸 시간이 없었다. 언제쯤 안식년을 가지고 책을 끝낼 수 있을까?

핸드폰 진동 벨이 울렸다. 포드는 화면을 보며 인상을 찌푸렸다. 무거운 한숨을 한 번 내쉰 다음 스피커 버튼을 눌렀다.

"네, 엄마."

"잘 지냈니? 자고 있었던 건 아니지?"

"벌써 무슨 잠자리예요? 11시밖에 안 됐는데. 더구나 내일은 근무하는 날이잖아요."

"쌀쌀맞은 건 여전하구나."

"무슨 일이세요?"

"아무 일 아냐. 시내에 온 김에 내일 점심이나 같이 할까 해서."

포드는 자기도 모르게 위스키 잔을 거칠게 내려놓았다.

"마치버그에 오셨다고요? 왜요?"

"꼭 이유가 있어야 하니? 네가 보고 싶어서 온 거지."

"그럼 지금 집에서 전화하시는 거예요?"

"그럼 어디 있겠니? 내 집이지."

그래서 루미가 갑자기 찾아온 거였다. 어머니의 집은 시내와 산의 경계쯤에 있다. 그의 오두막과 가깝다. 어머니 집에 불이 켜진 것을 본 거다. 포드에게 말해줬으면 좋았을 것을.

"전 학년 연합축제를 보고 싶어서. 너무 오래 참여를 안 했더니 그립네."

"썩 좋은 생각은 아니네요."

"무슨 소리야. 나는 엄연한 웨스트헤이븐이고 동문 아니냐. 동문이면 누구나 참석할 수 있어. 그동안 네가 규정을 바꾼 건 아니지?"

"아뇨. 오신다면 환영이죠."

"그건 그렇고 의논하고 싶은 일이 있는데. 내일 회의 안건 봤지? 42학번 펄 조지가 세상을 떠나면서 거액의 기부금을 남겼단다. 그런데 약정 조건이 있어."

"얼마나 큰 금액인데요?"

"1억 8천만 달러(약 2,200억 원) 정도 된단다."

"세상에, 정말이에요? 그 정도 액수가 더해지면 우리 학교의 기부금 보유액이 10억 달러를 넘겠네요. 엑서터 고등학교를 따라잡을 수도 있겠어요. 그런데 어떻게 아셨어요?"(엑서터 아카데미(Philips Exeter Academy)와 앤도버 아카데미(Philips Academy Andover)는 미국 명문 사립 고등학교로 기부금을 포함한 학교의 자산 순위에서 최상위를 차지한다. – 옮긴이)

"이야기를 주워 나르는 작은 새들이 있잖니. 너한테 미리 알려주는 게 좋을 것 같아서."

"끝내주는 뉴스네요. 그런데 약정 조건이 뭐죠?"

그러자 어머니 주드가 무거운 한숨을 쉬었다.

"그 돈을 받으려면 남녀공학으로 바꿔야 해."

"농담이죠? 그 시절 동문이 남녀공학을 원한다고요?"

"남편이 그녀의 재산을 상속받았는데, 이 조항을 첨부한 거야."

"그건 절대 안 돼요. 구드가 남녀공학이 되는 건 절대 용납할 수 없어요. 전에도 그런 제안이 많았지만 거절했어요."

핸드폰 너머에서 어머니가 탁자에 손톱을 튕기는 소리가 들렸다.

"하지만 포드, 동창회는 그 돈을 원해. 엑서터와 앤도버의 자산 보유액을 넘어서고 싶은 거지. 너도 알다시피 구드의 10개년 계획에 들어 있는 사항이잖니."

"우리의 계획은 여자고등학교로서 사립학교 기부금 최상위를 차지하는 거죠."

"어쨌든 최우선 목표는 최상위권에 드는 거야. 이번 기부금으로 구드는 엑서터를 넘어설 수 있어."

"절대 안 돼요, 엄마. 동창회가 엄마를 사절로 보냈다니 믿을 수가 없어요. 그리고 여학교의 중요성을 귀에 못이 박히도록 강조했던 엄마가 어떻게 그런 제안을 하실 수 있죠? 남녀공학이 되면 얻는 것보다 잃는 게 더 많아요. 아시잖아요. 그리고 구드가 여학교라는 전제하에 받았던 모든 기부금을 잃게 될 거라고요."

"그렇지 않아. 시스템을 유지하면서 남녀공학으로 바꾸는 방법도 있어. 우리가 그동안……."

"우리? 도대체 '우리'가 누군데요?"

"진정해, 포드. 화낼 것 없잖니. 다른 학교들보다 우위에 올라야 한단 말이다. 이번이 기회야. 동창회는……."

"엄마는 학교 운영에서 물러나셨잖아요. 제 말 들으세요. 이사회에서 허락하지 않을 거예요. 엄마가 그런 생각을 했다는 것 자체가 충격이에요."

주드는 다시 한 번 한숨을 쉬었다.

"동창회는 그렇게 생각하지 않는다. 이사회와는 달리 동창회는 내가 뒷전으로 물러났다고 생각하지 않아."

원망 섞인 비난이 그대로 드러났다.

"난 그저 네가 방심하고 있다가 황당한 상황에 처하지 않기를 바랄 뿐이야."

"알려줘서 고마워요. 이제 끊어야겠어요. 숫자를 좀 맞춰봐야 할 것 같아서요."

"그래. 방법이 있을 거야. 아, 그리고 한 가지 더. 오늘 시내에서 학생 하나를 봤다. 루미라는 그 애와 얘기하고 있더구나. 너도 알고 있겠지?"

'엄마, 참 아는 것도 많네요. 루미, 나쁜 자식. 나한테 미리 말했어야지. 루미가 애쉬를 만났다고? 그런데 둘 다 나한테 얘기하지 않았단 말이지.'

"그 학생은 이미 징계를 받았어요. 또다시 그런 일 없을 거예요."

"포드, 학생들을 제대로 통제하지 않으면 너를 기어오르려고 할 거다. 여러 번 말했지만 너는 학생들에게 너무 관대해."

"아무도 나를 기어오르려고 하지 않아요. 잘 처리했어요."

"그리고 여전히 그 녀석을 사환으로 쓰고 있구나. 이제 그만 보내는 게 좋아. 너의 관용이 결코 좋게 끝나지는 않을 거야."

"엄마, 이 학교 자체가 어려운 상황에 처한 사람들에게 관용과 자비를 베푼다는 정신을 기반으로 세워졌어요. 루미도 그중 하나예요. 자기 아버지의 책임을 대신 져서는 안 된다고요. 그때 루미는 열 살이었어요. 어머니의 무심함 때문에 그 여학생이 살해되었는데 그를 비난하시다뇨. 레이놀즈가 협박하고 있었다는 사실을 경찰서장에게 말씀만 하셨어도……."

주드가 얼음보다 차가운 어조로 말했다.

"네가 어떻게 감히? 잘 들어. 난 분명히 경찰서장에게 말했어. 그런데 그가 아무 조치도 취하지 않은 거야. 그래서 그 멍청이가 해고된 거고. 네가 나를 해직시킨 것처럼 말이지."

포드가 수도 없이 들어왔던 말이다.

"이 늦은 밤에 꼭 이래야 해요?"

"네가 시작했잖니, 포드. 난 그냥 뉴욕으로 돌아가야겠다. 넌 어차피 날 만나고 싶지 않은 것 같으니 말이야. 아니면 내가 필요 없든가. 아무튼 네 의도는 충분히 알겠다."

"잠깐만요, 엄마."

그러나 주드는 이미 전화를 끊었고, 핸드폰은 홈 화면으로 돌아와 있었다.

어머니가 언제부터 동창회를 대변하기 시작했던가? 뭔가 더 큰 문제가 얽혀 있는 것이 분명하다.

포드는 다시 어머니에게 전화를 걸려다 마음을 바꿨다. 그리고 루미에게 문자 메시지를 보냈다.

'왜 미리 얘기 안 했어?'

그러자 곧바로 답이 왔다.

'대신 제가 어머니를 대적할 수 있는 힘을 드렸잖아요.'

신기하게도 루미의 답신에서 진심이 느껴졌다. 어머니의 전화를 받을 때 다른 때처럼 긴장되고 화가 나기보다는 편안한 마음이었다. 주드와 포드 사이의 악순환은 절대 풀어지지 않을 것이다. 그래도 최소한 이번에는 적당한 언쟁으로 끝났다. 상처를 주고받지 않았으면 된 거다. 그 돈을 받아서 남녀공학으로 바꿀 생각을 하다니. 그건 구드의 모든 것에 어긋나는 일이다.

'그래도 앞으로는 미리 알려주면 좋겠어. 그리고 오늘 우리 학교 학생을 만났다던데?'

포드는 다시 문자를 보냈다. 하지만 답신이 오지 않았다. 포드는 남은 위스키를 마저 마셨다.

'아무튼 고마워, 루미.'

한참을 뒤척이다 겨우 잠이 들었다. 그러다 귀를 찢을 듯한 비명 소리에 놀라 일어났다. 가슴이 쿵쾅거리기 시작했다.

사람의 머리가 어딘가에 세게 부딪치는 소리는 생각보다 멀리까지 퍼진다. 마치 높은 곳에서 멜론을 떨어뜨린 것 같은 소리다. 퍽. 소름 끼치는 소리. 포드는 방금 들은 소리가 뭔지는 모르지만, 순간적으로 최악의 상황을 예감하면서 본관으로 달려갔다. 그리고 현장에 도착했을 때 손에 들고 있던 안경을 자기도 모르게 떨어뜨리고 말았다.

38

추락

그 애가 떨어졌다.

그 애가 뛰어내렸다.

그 애의 몸이 던져졌다.

그 애는 나쁜 계집애였다.

39

두 번째 죽음

자그마한 체구는 온통 부서져 있었다. 가로등 불빛에 알아볼 수 있는 건 그것뿐이었다. 얼굴도, 신원도, 떨어진 이유도 알 수 없었다.

피가 흥건했다.

포드는 정신없이 소리쳤다. 그 소리가 자기 귀에도 들렸다. 동시에 내면에서도 울부짖는 소리가 들렸다.

'이런 일이 일어나서는 안 돼. 절대!'

그러나 겉으로는 학장으로서 해야 할 일을 했다.

"구급대를 불러. 빨리!"

그러나 현장에는 아무도 없었다. 죽은 소녀와 포드밖에. 종탑을 올려다보며 떨어진 거리를 가늠해보았다. 족히 30미터는 넘을 것이다.

잠깐.

그림자다. 지붕 끝에 누군가 있다. 사람의 그림자 같다. 그런 생각을 하는 순간 어느새 그림자는 사라졌다. 포드는 다시 발치에 떨어진 소녀를 보았다. 맥박을 짚어보니 전혀 뛰지 않았다.

포드는 떨리는 손으로 전화를 걸었다. 핸드폰 화면에 피가 묻었다.

"911입니다. 무슨 일인가요?"

"저는 구드 학교 학장입니다. 학생 한 명이 떨어졌습니다. 앰뷸런스가 필요해요."

"좀 더 자세히 설명해주시겠습니까?"

포드는 어두운 종탑을 다시 한 번 올려다보았다.

"종탑에서요. 학생이 종탑에서 떨어졌습니다."

곧 사람들이 모여들었다. 학생들이 기숙사 창문으로 내다보기도 하고, 어둠 속에서 비명을 지르며 계단을 뛰어 내려오기도 했다.

화학을 가르치는 비리디언 교수도 깡마른 어깨에 가운을 걸치며 올드이스트 홀에서 달려 나왔다. 평생을 구드 학교에 재직한 비리디언 교수는 한때 포드를 가르치기도 했다.

"어떻게 된 거예요? 어머나, 세상에. 누구예요?"

"아직 모르겠어요. 몸을 돌려볼 수가 없네요. 학생들이 가까이 오지 못하게 해주세요."

"어서 정문을 열어야 할 것 같습니다."

올드웨스트 홀에서 당직을 서던 메디아 교수도 나와 있었다. 메디아 교수가 죽은 소녀 옆에 무릎을 꿇고 앉았다.

"알았어요. 도미닉, 그 애 몸에 손대지 말아요. 종탑 위에 누군가 있었던 것 같아요. 이 애의 몸에서 증거가 발견될 수도 있으니까."

포드는 경비실에 전화를 걸었다. 최고참인 에릭 피터가 전화를 받았다.

"순찰 중입니다, 학장님. 무슨 일이시죠?"

"정문을 열어주세요."

"시간이 늦었는데요. 저는 지금……."

"정문을 열라고요! 지금 당장."

경찰 사이렌이 울리자 포드는 비로소 마음이 놓였다.

"사이렌 소리입니까?"

에릭이 물었다.

"에릭. 정문을 열고, 앰뷸런스를 본관 뒤로 안내하세요."

"맙소사, 알았습니다. 지금 바로 가겠습니다."

메디아 교수와 비리디언 교수는 낮은 소리로 이야기를 주고받더니 학생들을 통솔했다. 뒤로 물러서게 하면서 방으로 돌아가라고 지시했다.

포드는 매처럼 두 팔을 벌려 죽은 학생의 시신을 막아섰다. 호기심 어린 학생과 교수들의 구경거리가 되지 않도록 해야 했다. 크고 작은 비명 소리와 외침이 밤공기를 가르며 퍼져나갔다.

애슬로 교수도 잠이 덜 깬 눈을 껌벅거리며 나왔다. 그러고는 곧장 포드 곁으로 달려가 발치에 있는 소녀의 시신을 내려다보았다.

"무슨 일이에요? 무슨 일? 어머나, 세상에. 카밀 새넌 아닌가요?"

그 말을 듣고서야 포드도 죽은 학생을 알아보았다. 그렇다, 카밀이다. 착하고 상냥한 카밀. 2학년. 애쉬 칼라일의 룸메이트.

"빌어먹을!"

"학장님, 그런 말을……."

"어서 가서 도미닉과 필리스를 도와줘요. 학생들을 모두 들여보내세요. 여기를 정리해야 해요. 인원 점검을 하세요. 빠짐없이."

애슬로 교수가 고개를 끄덕이며 돌아서는데 포드가 그녀의 팔을 잡았다.

"그리고 애쉬 칼라일을 찾아주세요. 지금."

애슬로는 눈물을 닦으며 다시 한 번 바닥에 떨어진 주검을 바라보았다.

"알겠어요."

소방차 두 대가 거대한 엔진 소리를 내며 들어왔다. 잠시 후 앰뷸런스 한 대가 피터의 골프카트를 지나 도착했고, 현장은 순식간에 사람들로 북적였다.

응급구조대가 카밀에게 처치를 하는 동안 포드는 한쪽 옆에 비켜 있었다. 조사와 진술이 시작되었다.

"떨어지는 걸 보셨나요?"

"현장에 있는 것들 중에 만지신 것이 있나요?"

"혈압이 잡히지 않아요."

방금 현장에 도착한 경찰서장이 형사 둘을 대동하고 다가왔다. 청바지에 가죽 재킷을 입은 여자도 있었다. 짧은 금발에 사람을 뚫어지게 보는 까만 눈동자를 가진 여자였는데, 마치 두 사람이 침대에서 뒹굴다 나온 것 같았다.

이 여자는 누구지? 서장의 애인인가?

응급구조대가 처치를 중단했다. 카밀 섀넌의 시신에 노란 천이 씌워졌다. 포드는 이제 누군가에게 전화를 걸어 몹시 힘든 말을 해야 한다는 사실을 깨달았다.

일어나서는 안 되는 일이 일어나고 말았다.

포드의 전화가 울렸다. 애슬로였다.

"애쉬는 방에서 자고 있어요. 아주 깊이. 술을 마신 것 같은데요. 약간 취했는지 키득거리기도 하고요. 오늘 비밀 클럽의 탭이 있었던 것 같아요."

"아이비바운드?"

"아마 그럴 거예요. 매년 이맘때니까."

"하필이면 이런 날. 도대체 몇 명이나 불려간 걸까요? 아무튼 골칫덩이들."

포드의 언성이 높아졌다.

"어서 깨워서 정신 차리게 하세요. 경찰서장이 애쉬와 면담할 텐데 취한 상태로는 곤란해요."

"카밀도 오늘 탭에 갔다가 뭔가 잘못된 건 아닐까요?"

"그런 끔찍한 말은 하지 마시고, 베카 커티스도 찾아주세요. 베카가 아이비바운드의 리더라고 장담할 수는 없지만, 그 애가 이어받았을 가능성이 가장 크니까요. 둘 다 내 사무실로 데려가서 제가 갈 때까지 잡아두세요. 아시겠죠?"

"알겠습니다, 학장님."

전화가 끊어졌다. 곁눈으로 나무 옆에 서 있는 루미가 보였다. 깜박이는 경찰차의 푸른 불빛에 비친 루미의 표정이 섬뜩했다. 유령 같았다. 아니면 혼령. 그러나 포드가 눈을 깜박하는 사이 루미는 수풀로 사라졌다.

그 순간 생각하는 것조차 미안한 의문이 포드의 뇌리에 스쳤다.

'카밀이 떨어질 때 루미는 어디 있었을까?'

40

퍼즐 조각

"학장님?"

앤서니 우드 경찰서장이 포드를 향해 손을 흔들었다. 젊은 애인이 서 있던 자리를 바라보던 포드가 정신을 차리고 돌아보았다.

"서장님."

포드는 겨우 입을 움직여 대답했다.

"어떻게 된 일인지 알고 있소?"

"몰라요. 숙소에서 일하고 있는데 비명 소리가 들렸어요. 그리고 이곳에 도착했을 때 이미 숨이 끊어진 것 같았습니다."

"술을 마시고 있었소?"

"그게 법에 저촉되나요?"

"조사에 협조해야 한다는 거 알고 있을 텐데요."

"그래야죠. 내 사무실로 가시겠어요? 지금? 먼저 손을 좀 씻어야 할 것 같네요."

포드의 손에 카밀의 피가 묻어 있었다. 핸드폰에도. 포드는 카밀의 시신에서 얼른 멀어지고 싶었다. 정신을 차려야 한다. 애쉬와 베카가 정신을 되찾을 때까지 경찰서장과 적당히 대화를 나누면서 시간을 끌어야 한다.

사복 차림의 여자가 시트 덮인 시신을 무심히 바라보며 포드와 서장이 있는 쪽으로 걸어오면서 물었다.

"누가 죽은 거죠?"

포드는 그녀의 질문을 의도적으로 무시하며 말했다.

"서장님, 들어가시죠."

"이쪽은 케이트 우드요. 내 조카인데 방문 중이어서 함께 왔어요."

"아, 난 또……."

"샬로츠빌 경찰국에서 살인 사건을 담당하고 있습니다."

"마치버그 어떠세요?"

포드가 작은 흐느낌을 삼키며 공허하게 물었다.

"죄송합니다. 너무 충격을 받아서요. 학생을 이런 식으로 잃는다는 게…… 정말이지. 들어가시겠어요?"

포드는 본관 뒷문을 가리키며 말했다. 서장이 고개를 끄덕이며 포드를 따라 계단을 올라갔다.

"곧 따라 들어갈게요."

서장의 조카가 말했다. 냉철하고 예리한 눈빛을 가진 그녀 앞에서 포드는 긴장했다. 또래의 그녀가 자신을 평가하고 만만히 보고 있다는 느낌이 들었다. 포드는 170센티미터의 키가 더 커 보이도록 어깨를 펴고 자세를 똑바로 했다. 두 사람의 발소리가 타일 바닥에 울렸다.

사무실은 조용했다. 포드는 서장에게 먼저 들어가라는 손짓을 했다.

"앉으세요. 손 좀 씻고 올게요."

포드는 사무실에 딸린 화장실로 들어가 떨리는 손으로 문을 닫고 물을 틀었다.

이제 어떻게 해야 할까? 카밀은 왜 종탑에 올라갔으며, 어쩌다 떨어진 걸까? 종탑 위의 그림자는 누구였을까?

물이 너무 뜨거웠지만 포드는 개의치 않았다. 피를 씻어내야 한다는 생각밖에 없었다. 손이 빨개질 때까지 문지르고, 닦고, 긁어댔다.

손마디가 얼얼해지도록 씻고 나서야 화장실에서 나왔다. 서장은 핸드폰을 들여다보다 포드가 돌아오자 곧바로 내려놓았다.

"시신을 샬로츠빌로 옮겨서 부검을 할 생각이에요. 2학년 학생이라고 했소?"

"부검을 한다고요? 꼭 해야 하나요? 부모의 허락이 필요할 것 같은데요. 아직 사망 소식도 전하지 못했어요. 너무 끔찍한 악몽이에요."

"부검해야죠. 사건의 전말을 파악해야 하니까. 여기는 그럴 만한 시설이 없소. 이런 경우 샬로츠빌로 보내죠. 자, 그럼 사망한 학생의 이름은 카밀 섀넌, 2학년이고, 아버지는 누구죠?"

이 질문에 포드는 신경이 곤두서는 것 같았다. 물론 서장의 질문은 당연한 것이다. 모든 학생들은 '누군가'의 딸이니까.

"그 학생의 아버지는 터키 주재 대사예요. 어머니는 워싱턴 D. C.에서 변호사를 하고요. 이혼했는데 우호적인 관계를 유지하고 있어요. 최근에 어머니가 재혼을 했다더군요."

"아, 그렇군. 역시 정치계 인사란 말이지."

"서장님, 시간을 좀 주세요. 부모님께 먼저 전화해야 해요. 먼저 어머니에게. 어머니가 양육권을 가지고 있거든요. 하지만 아버지에게도 알려드려야겠죠."

"일반적으로는 그 지역 경찰이 통보하도록 되어 있소. 그 어머니는 어디 삽니까?"

"버지니아 북부에 있는 폴스 처치요."

"페어팩스 카운티에 사는 친구에게 전화하죠. 방문 목사가 그 댁으로 찾아가 소식을 전하는 게 좋겠소."

"제가 직접 하는 게 좋을 것 같아요. 제가 학생을 맡고 있었으니까요. 카밀은 제가……."

그러자 서장은 포드의 책상에 두 손을 짚고 몸을 포드 쪽으로 기울이며 말했다.

"이것 봐요, 포드. 일의 원칙이라는 게 있소. 그걸 따릅시다."

"카밀은 제 학생이에요. 제가 학생의 어머니에게 소식을 전해야 한다고요. 책임을 다하지 못했으니까."

"당신의 숭고한 마음에 존경을 표하겠소. 그러나 이런 일은 담당 기관에 맡겨요. 일단 경찰이 통보하면 연락이 올 테니, 그때 학생의 어머니와 통화하면 되겠군. 그럼 되겠소?"

포드가 양 손가락으로 관자놀이를 문지르면서 고개를 끄덕였다.

"어떻게 된 건지 모르겠어요. 비명 소리가 들리고 뭔가 무거운 것이 바닥에 떨어지는 소리가 들렸어요. 숙소에서 뛰쳐나와 보니 카밀이 콘크리트 바닥에 떨어져 있었어요. 제가 오기 전에 이미 죽은 것 같아요."

"그랬겠지. 머리를 바닥에 제대로 박았으니까."

서장의 무자비한 표현에 포드가 얼굴을 붉히자 서장이 더듬거리며 사과했다.

"미안해요. 내 표현이 적절하지 못했군. 그런데 학생한테 무슨 문제라도 있었소? 누구와 싸웠다거나?"

"제가 알기로는 없었어요."

"그럼 의무실 간호사하고도 얘기해봐야 할 것 같은데. 혹시 학생이 자살 충동 같은 것을 느껴서 상담한 일은 없었는지 말이오."

"그 애 스스로 뛰어내렸다고 생각하세요?"

"그럼 누군가 밀었다고 생각하는 거요?"

포드가 의자에 몸을 좀 더 깊숙이 파묻으며 말했다.

"솔직히 잘 모르겠어요. 흥건한 피와 떨어지는 소리가 아직도 너무 생생해서……. 한참 더 살아야 하는 어린애잖아요."

그때 전화벨이 울렸다. 핸드폰을 힐끗 보니 도저히 받고 싶지 않은 번호였다. 포드는 거절 버튼을 눌렀다. 잠시 후 진동 벨이 울렸다. 문자 메시지 알림이었다. 어머니였다.

노크 소리에 고개를 들어보니 서장의 조카가 문 앞에 서 있었다.

"들어오세요."

"지금 그 학생이 뛰어내렸는지, 누가 밀었는지에 대해 이야기하고 있던 중이야."

서장이 설명했다.

"실수로 떨어졌을 수도 있어요. 항상 둘 중 하나는 아니니까요, 앤서니 삼촌."

그녀가 말했다. 그러고는 포드를 향해 말을 이었다.

"그 학생이 종탑 위에서 뭘 하고 있었는지 짐작 가는 게 있으신가요? 경비원 말로는 종탑 올라가는 문은 항상 잠겨 있다고 하던데요."

"그건 모르죠. 에릭의 말은 맞아요. 거긴 항상 잠겨 있어요. 너무 낡아서 사람들이 올라가기에는 위험하니까요. 접근 금지 구역으로 엄격하게 제한하고 있답니다. 종은 사무실에서 컨트롤하고요. 모두 전산시스템으로 연결돼 있어요. 종탑에 올라갈 필요가 없는 거죠."

서장이 포드와 조카를 번갈아 바라보고 깊게 숨을 들이쉬었다.

"한번 올라가 봅시다. 둘러보는 게 좋을 것 같으니."

41

예정되어 있던 일

나는 무슨 일인지 알아보기 위해 창문마다 기웃거렸다. 애슬로 교수는 베카를 데리러 갔다. 무슨 이유로 침대에서 자고 있는 나를 불러낸 건지 설명해주지는 않았다. 하지만 베카를 부르러 간 걸로 봐서 오늘 밤 오두막에서 있었던 일이 들통난 것 같긴 하다. 비밀 클럽의 탭을 받은 대가를 벌써 치르게 되나 보다.

예상할 수 있는 일이지만 그래도 좀 의외다. 학교 당국이 비밀 클럽에 대해 은근히 자부심을 갖고 있는 줄 알았다. 공공연하게 장려하지는 않지만 굳이 막지도 않으니까. 그리고 오늘 탭이 그다지 조용했다고 할 수는 없는데 지금까지 가만있다가 왜 하필 이렇게 늦은 시간에 불러내는 걸까?

절대 어겨서는 안 되는 명예규율은 거짓말을 하는 것과 남을 속이는 것이다. 그 외의 규정은 '여자아이들이 다 그렇지' 하는 정도로 넘어가 주는 것 같다. 나는 예전부터 그런 정서에 익숙했다. 집에서도 그랬으니까. 어떤 사람들에게는 규칙 같은 것이 적용되지 않는다. 엄마가 말하는 소위 제대로 된 사람들, 말하자면 돈이나 권력 있는 사람들은 무슨 짓을 해도 무사히 빠져나갈 수 있다.

술기운과 항히스타민제, 엑스터시에다 피곤하기까지 해서 몽롱한 상태였지만 베카에 대한 정겨움은 여전히 남아 있었다. 물론 슬슬 가렵기 시작하는 발진이 극에 달하면 그런 마음도 사라지겠지만.

그런데 왜 여기지? 문제가 있다면 웨스트헤이븐 학장의 집무실로 불려가야 하는 거 아닌가?

혼란스러웠다.

술 장식이 달린 가죽 안락의자에 앉아 주변을 둘러보았다. 여긴 어디지? 사무실 같은데. 책상이 있고, 그 위에 타자기가 놓여 있다. 그 옆에는 타이핑된 면을 밑으로 엎어놓은 종이 뭉치가 있고, 책상을 향해 의자 두 개가 놓여 있다. 그중 하나에 내가 앉아 있다. 맞은편 의자 옆에는 녹색과 크림색의 동양풍 카펫이 비스듬히 깔려 있다. 책상 한쪽에는 사각 유리병에 싱싱한 분홍 장미가 꽂혀 있다. 영국 집에 피어나던 잉글리시 로즈다. 봄이면 옥스퍼드의 정원들이 장미로 넘쳐나곤 했다. 천장에서 바닥까지 닿는 책장도 있는데 책은 두 칸에만 꽂혀 있다.

간소하지만 우아하고 편안한 공간이다. 누가 사용하는 곳일까? 학생들에게서 떨어져 혼자만 있고 싶을 때? 그렇다. 학장이 창밖을 내다보던 곳이다.

복도가 소란스러운가 싶더니 문이 벌컥 열렸다. 눈이 퀭한 베카가 투덜거리면서 들어오고, 그 뒤로 애슬로 교수가 따라 들어왔다.

"통금 시간 후에 잠자리에 들지 않았다고 이럴 수가 있어요?"

그러다 내가 있는 것을 알아채고 갑자기 표정이 바뀌었다. 연민 어린 친구의 얼굴은 사라지고, 아이비바운드의 미스트리스로 변했다.

나를 산 채로 잡아먹을 듯이 노려보는 섬뜩한 그 표정은 마치 죽음을 예고하는 유령 같았다.

"얘는 왜 여기 있어요?"

내가 일러바쳤다고 생각하는 것이다. 나는 의자에 더 깊숙이 몸을 파묻고 두 다리를 가슴께로 끌어 올렸다.

"나는……."

"네가 말한 거야? 멍청한 년. 너 이제 죽었어."

"그만해!"

애슬로 교수가 베카를 내 옆으로 밀었다. 베카가 윽 하며 내 옆에 주저앉았다.

"내 말 잘 들어. 오늘 학생 하나가 죽었다."

"염병할!"

베카가 날카롭게 내뱉었다. 오늘의 탭과 관련되었다고 생각하는 것 같았다. 하지만 나는 그 순간 정신이 번쩍 들었다.

"카밀인가요? 그렇죠?"

"안타깝지만 그렇단다. 종탑에서 떨어졌어."

나는 예리한 충격이 온몸을 훑고 지나가는 것 같아 눈을 감았다. 그리고 내가 그렇게 미워하던 룸메이트의 영혼을 위해 짧은 기도를 했다.

"지금 저를 엿 먹이시는 거죠."

베카가 말했다.

"베카, 그 입 조심하지 않으면 가만 안 둘 거야. 그만해."

"그런데 왜 우리를 부르신 거예요?"

내가 물었다.

"그리고 베카 선배님, 저 아니에요. 아무 말도 안 했어요."

애슬로 교수가 스트레스와 피곤으로 어깨를 축 늘어뜨린 채 말했다.

"학장님 지시야. 학장님도 오늘 너희 클럽에서 탭이 있었다는 거 아신다. 안 그러면 너희 둘이 술에 취해 있을 이유가 없잖니? 학장님은 카밀도 탭에 참석했는지 궁금해하시는 거야. 베카, 그랬니?"

베카는 의자에 구부정하게 앉은 채 바로 대답했다.

"아뇨. 카밀은 없었어요. 원칙적으로 2학년은 초대하지 않으니까요. 애쉬는 예외고요."

"애쉬, 정말이야?"

"맞아요. 카밀은 없었어요. 정말입니다."

애슬로는 잠시 우리 대답을 기다리는 것 같았다.

"제 명예를 걸고 맹세합니다."

둘이 동시에 이렇게 대답하자 애슬로 교수는 비로소 심호흡을 하면서 믿는 것 같았다.

"좋아. 너희 둘은 여기 있어라. 학장님이나 내가 와서 너희를 부를 때까지 나가면 안 돼."

애슬로 교수는 의아한 표정으로 쳐다보는 우리를 두고 서둘러 방을 나갔다.

"도대체 무슨 일이야?"

베카가 의자 깊숙이 앉으며 물었다.

"카밀이 어떻게 종탑에 올라갔을까? 항상 잠겨 있는데. 나도 알면 좋겠네. 우리가 거기 올라가려고 얼마나 시도했는데. 학장이 항상 열쇠로 잠가두거든. 말도 안 돼."

속이 메스꺼워지려고 했다. 카밀이 죽다니? 어떻게 그런 일이 있단 말인가. 그렇게 설레고 행복해했는데 불과 몇 시간 만에 본관 바닥에 떨어져 죽다니. 마치 옥상에서 던져진 인형처럼 말이다.

"너한테 화내서 미안하다. 잘못 알았어."

"첫날 했던 말 있잖아요. 룸메이트가 죽으면……."

"그냥 놀리려고 한 말이었어. 카밀이 정말 그렇게 될 줄은 몰랐지."

"카밀은 오늘 다락층에 초대받았어요."

"내가 말했잖아. 내가 보낸 게 아니라고. 누가 보냈는지도 몰라. 오늘 밤에 탭이 있었던 비밀 클럽이 우리만은 아니거든. 하지만 탭을 위해 초대장을 보내지는 않아. 아무도 모르게 데려오지. 오늘 밤에 카밀 안 만났어?"

"저녁 먹고 방에 같이 있었어요. 10시 초대에 맞춰 나간 게 마지막이었고요. 카밀이 얼마나 좋아했는지 몰라요."

이렇게 말하면서 나는 팔을 문질렀다.

베카가 그런 나를 보며 물었다.

"많이 가렵니?"

"네, 너무 지독한 신고식이에요? 베나드릴도 소용없어요."

"내일이면 더 심할 거야."

베카가 이렇게 말하면서 창가로 갔다.

"밖이 부산스럽겠네."

"하지만 여기서는 아무것도 안 보여요. 번쩍이는 소방차 불빛밖에."

"본관 뒤로 해서 종탑에 올라간 게 분명해. 그렇지 않으면 밑에서 다 보였을 테니까. 카밀한테 뭔가 문제가 있었나?"

"아뇨. 항상 기분이 좋았어요. 가끔 밤에 울기는 했지만."

"왜 울어?"

"모르겠어요."

"안 물어봤어?"

"물어봐도 괜찮다고만 했어요. 억지로 말하게 할 수도 없고."

복도를 지나가는 무거운 발소리가 들렸다. 그러더니 잠시 후 그 발소리가 머리 위에서 들렸다. 천장이 무너질 것 같아서 자리를 피했다.

"종탑에 올라가서 살펴보는가 봐."

베카가 낮은 소리로 속삭였다.

"뭘 살피는 거죠?"

"모르지. 유서 같은 거? 애슬로 교수가 우리를 여기 가둬놓다니 믿을 수가 없어."

"선배님을 보호하려는 거예요."

"애슬로 교수가?"

"학장님요. 학장님이 선배님을 보호하려는 거라고요. 캠퍼스에 경찰이 와 있잖아요. 그런데 우리가 오늘 밤에 술을 마셨으니 좋게 볼 리 없죠. 그 배후에 상원의원의 딸이 있고, 하필 죽은 카밀은 터키 주재 대사의 딸이고요. 언론에서 학교에 호의적인 기사를 쓸 것 같지 않은 거죠. 학장님에 대해서는 말할 것도 없고."

"네 말이 맞는 것 같다. 그런데 너는 전혀 모르고 있었던 거지?"

"무슨 말이에요?"

"지금 보호를 받아야 하는 게 내가 아닌 것 같아서. 너는 카밀의 룸메이트잖아. 경찰이 맨 먼저 너를 조사할 것 같은데."

"젠장."

나는 의자 등받이에 털썩 기대며 손을 오므려 입을 가리고 숨을 내

쉬었다. 양치를 했는데도 여전히 보드카 냄새가 났다.

"그래, 완전 젠장이다."

베카가 나한테 몸을 굽히며 말했다.

"오늘 밤에 있었던 일은 한마디도 하면 안 돼. 한마디도. 무슨 말이든 했다가는 바로 퇴출이야. 알았어?"

"베카 선배님, 저는……."

"난 너의 미스트리스야. 입을 굳게 닫을 것을 명한다."

"거짓말할 수는 없어요. 그럼 학교에서 쫓겨날 거라고요."

"발설하면 여기 온 것을 후회하게 만들어줄 거야. 알아들어?"

베카가 복수의 여신 같은 무서운 표정으로 말했다. 입술을 굳게 닫고 눈에는 어두운 그림자가 드리워 있었다.

"알겠습니다, 미스트리스. 그럼 뭐라고 얘기할까요?"

"난 모르지. 아무튼 아이비바운드에 대해서는 한마디도 하지 마. 그랬다간 다 망하는 거야."

"그러니까 제가 거짓말하는 것은 상관없고, 선배님은 안 된다는 건가요? 그게 무슨 거지 같은 경우죠?"

"넌 지금 시험에 든 거야. 절대로 실패하면 안 되는 시험."

머리 위에서 여전히 돌아다니는 소리가 들렸다. 곧 나를 부르러 올 것이다.

난 또다시 곤란한 상황에 몰리게 되었다.

'카밀. 도대체 넌 무슨 짓을 한 거니?'

42

단서

경찰서장과 살인 사건 담당 조카는 어둠 속에서 손전등을 비추며 단서를 찾기 위해 종탑 위를 샅샅이 살폈다. 포드는 두 사람을 지켜보았다. 포드가 전화를 받지 않자 어머니 주드는 무슨 일이 있는 줄 알고 집요하게 전화를 걸었다. 하고많은 날 중에 하필이면 왜 오늘 밤 마치버그에 왔을까? 포드는 의문이 들었다. 서장의 조카는 오늘 우연히 온 것일까? 포드는 점점 과민하게 치닫는 생각의 고리를 멈추기 위해 두 사람의 대화에 주의를 기울였다.

"여기 뭔가 있군."

서장이 말했다.

포드는 불빛이 비치는 곳에 펄럭이는 헝겊 조각을 보았다. 지붕 끝에 덧댄 나무 장식의 갈라진 틈새에 걸려 있었다. 흐린 색이라는 것밖에 알 수 없었다. 포드는 본관 앞에서 목격했던 장면을 떠올려보았다.

"카밀은 회색의 구드 체육복 상의에 검정색 레깅스를 입고 있었어요. 옷이 찢어진 것 같지는 않았고요. 그게 회색인가요?"

서장이 고개를 저었다.

“흰색. 얇은 면 티셔츠나 내복 상의 같은 것. 아니면 스카프일 수도 있고. 증거 수집 담당 형사를 올라오라고 해야겠소. 실험실에 보내면 지문을 찾을 수 있을 테니. 스스로 뛰어내렸는지, 아니면 누군가 밀었는지 아직은 섣불리 짐작할 수 없을 것 같군. 떨어진 학생의 것이 아니라면…… 용의자들을 소환해서 조사해야겠지.”

포드 역시 입증되지 않은 사실을 말하고 싶지는 않았다. 하지만 다른 한편으로는 어머니와 같은 실수를 반복하고 싶지 않았다.

“서장님, 100퍼센트 확실한 것은 아니지만 카밀이 떨어졌을 때 종탑 위에 누군가 있었던 것 같아요.”

서장이 예리한 어조로 물었다.

“그런 것 같다는 거요, 아니면 확실히 봤다는 거요?”

“어두워서 선명하지는 않았지만 누군가 움직이는 것이 보였어요. 윤곽이긴 했지만. 사람이 아닌 다른 것일 수도 있고요. 확실하다고 말씀드릴 수는 없네요.”

서장은 손전등으로 문을 비추고 살펴보았다.

“자물쇠가 아주 단단하군. 억지로 연 흔적은 없소. 긁힌 자국도 없고. 누군가 열쇠로 열고 올라온 것이 분명해.”

“그건 말이 안 돼요. 학교 열쇠들은 엄중하게 관리하고 있거든요. 더구나 몇 년 전에 보안을 강화하기 위해 키카드로 바꿨고요.”

“열쇠를 사용할 수 있는 사람은 누구요?”

“저는 학교 전체의 마스터키 세트를 가지고 있어요. 제 금고 안에 있습니다. 경비도 한 세트를 가지고 있는데, 사무실에 보관하고 있을 거예요. 사무실은 24시간 경비를 서고요. 누군가 몰래 들어가서 훔쳐

내기는 불가능하죠."

"하지만 이건 옛날식 자물쇠잖소. 키카드가 아니라. 만약을 위해 다시 한 번 확인하는 것이 좋을 것 같군. 요즘도 비밀 클럽이 있소?"

"네, 몇 개는 아직까지 있어요. 공식적으로 금하지는 않고요. 저는 전 세대의 학장들과 달리 비밀 클럽 학생들을 면밀히 주시하고 있습니다."

"비밀 클럽요?"

서장의 조카인 케이트가 한 바퀴 돌아보고 조용히 다가와서 물었다.

"학교의 정규 활동 외에 모이는 친목 단체예요. 자기들이 추구하는 정신을 함양하는 일종의 작은 클럽 같은 거죠."

"소란을 피운다는 말이 맞겠지."

서장이 말했다.

"그건 아니죠. 그들 나름대로 추구하는 정신이 있어요."

"그런데 왜 비밀이죠?"

케이트가 물었다.

"비밀 클럽이라는 이름이 잘못된 거예요. 사실은 북클럽이 조금 변형된 거라고 보면 돼요. 단지 자발적으로 가입할 수 없다는 점이 달라요. 클럽에서 멤버를 선택하니까요. 그게 이곳 클럽의 오랜 전통인데, 다른 학교들도 많이 그렇게 하죠. 구드의 비밀 클럽은 100년의 전통을 가지고 있어요. 그렇기 때문에 학교 당국이 예전만큼 인정하지 않아도 여전히 존속되는 거죠. 지금은 주로 고학년 학생들이 멘토 정신을 함양한다고 할 수 있어요."

"멘토 정신요? 인기 있는 소수 학생들이 친구를 왕따시키는 것 같은데요."

케이트가 비아냥거리는 투로 말했다.

"아이들에게 모두를 포용하라고 강요할 수는 없어요. 세상이 그렇게 돌아가지 않으니까요. 10대 소녀들도 마찬가지죠."

"아뇨, 그렇게 해야 합니다. 좀 더 나은 세상을 만들려면 말이죠. 그 학생들이 여기 올라올 수 있나요?"

"아뇨. 열쇠는 두 세트밖에 없어요. 제가 가지고 있는 것과 경비실에 있는 것. 둘 다 금고에 보관되어 있어요."

서장이 입술을 잘근거리다가 물었다.

"그 아이는 요즘 어디 있소?"

그러자 포드가 몹시 불쾌한 표정으로 말했다.

"그 얘기는 하지 마시죠."

"누구 말씀이세요?"

케이트가 물었다. 케이트는 지붕 꼭대기로 기어 올라가 아래를 내려다보았다. 그녀의 손전등 불빛이 노란색 긴 휘장처럼 건물 전면을 비췄다. 몸을 지붕 바깥쪽으로 너무 기울이고 있어서 포드는 불안했다. 자칫하면 떨어질 것 같았다. 카밀이 어떻게 떨어졌는지 상상이 되었다.

서장이 포드의 마음을 알아챘는지 팔을 뻗어 조카의 재킷을 잡았다.

"조심해, 케이트. 지붕이 오래돼서 난간은 위험해."

케이트는 손전등을 끄고 내려왔다.

"저 끝으로 가려면 기어 올라가야 해요. 아니면 누군가 들어서 올려놓았거나. 학생들을 만나봐야 할 것 같아요. 혹시 의심스러운 대화나 언쟁 같은 것이 있었는지. 이 밑에 방이 있죠? 학생들과 얘기하다

보면 시간대별로 어떤 단서 같은 것을 찾을 수 있을지 모르죠. 그런데 '그 아이'는 누구를 말씀하시는 거예요?"

"루미 레이놀즈. 릭 레이놀즈의 아들."

"여학생을 죽인 그 사람요?"

"맞아. 학장이 그자의 아들을 고용해서 이런저런 잡일들을 시키고 있거든."

"그만하세요, 서장님. 그는 이 사건과 관련이 없습니다. 가만히 앉아서 이 사람 저 사람 혐의 씌우지 마세요. 부당합니다. 자기 아버지가 저지른 일을 그가 책임져야 할 이유는 없죠."

"수호정신으로 충만하신 웨스트헤이븐 학장님, 그런 일이 아이의 정신을 병들게 할 수 있습니다. 그가 목격한 것은……."

"그가 뭘 봤는데요?"

케이트가 물었다.

"모든 걸 다 봤소."

"살인 장면 말이에요?"

"그렇게 증언도 했소. 열 살짜리 아들이 가장 결정적인 증인이었지."

"이제 기억나네요."

서장과 케이트는 어두운 캠퍼스를 내려다보며 동시에 의미심장하게 '흠' 하고 길게 한숨을 내뱉었다. 포드는 화가 치밀어 올랐다.

"두 분은 마치 내가 이 자리에 없는 것처럼 말씀하시는군요. 그 한숨은 무슨 의미죠? 그는 아니에요. 내가 잘 알아요. 파리 한 마리 해치지 못하는 성품이에요. 그래서 고용한 거고요. 저와 구드를 위해서요. 그도 정상적인 삶을 살 기회가 있어야 하잖아요. 나는 그 기회를 준 거예요. 그 후로 지금까지 학교에 헌신하고 있어요. 그에게 혐의를 씌우는 건 합당하지 않아요. 아직 카밀의 방을 살펴보지도 않았잖아요. 메모나 일기 같은 걸 들춰보면 심리 상태가 어땠는지 알 수 있을 거예요. 너무 어두워서 내가 본 것도 확실하지 않아요. 성급하게 결론 내릴 줄 알았다면 뭘 본 것 같다는 말도 하지 않았을 거예요."

서장이 케이트를 향해 어깨를 들썩여 보이고는 말했다.

"성급하게 결론 내리는 게 아니오. 그저 물어본 것뿐이라고. 그럼 학생의 방을 살펴봅시다. 룸메이트 얘기도 들어보고. 좀 더 확실한 단서를 찾을 수 있을지 모르지."

포드는 두 사람을 먼저 내려보내고 지붕으로 통하는 문을 잠갔다. 손이 떨렸다. 자신의 매캐한 향수 냄새에 섞여 남자용 머스크 향이 느껴졌다. 루미와의 관계가 밝혀져서는 안 된다. 그건 파멸이다. 루미가 미성년인 건 아니지만 남들 눈에 좋게 보일 리 없다. 그렇다고 누명을 쓰게 놔둘 수도 없지 않은가.

소잉서클에 소녀들이 모여 눈물을 글썽이고 있었다.

"남자 방문객이 있습니다."

포드가 이렇게 외치자 꺅 하는 외침과 방으로 달아나는 소리가 들렸다. 잠시 후 포드가 서장을 향해 고개를 끄덕였다.

"따라오세요. 214호예요."

카밀과 애쉬의 방은 조명이 무척 밝았다. 마치 전쟁을 치른 듯 어수선했다. 책상 옆 바닥에 액자가 떨어져 있었고, 베개는 뒤틀리고, 담요는 바닥까지 늘어져 있었으며, 아래층 침대 매트리스는 한쪽으로 쏠려 있었다. 침대 시트에 분홍색 얼룩이 묻어 있었는데 피처럼 진하지는 않았다. 얼룩을 살펴보던 포드는 칼라민 로션임을 알아차렸다.

포드는 자기가 탭을 받았던 때를 떠올리며 재빨리 옥스퍼드 양식의 대문 사진 아래 놓인 책상 위를 살폈다. 이게 애쉬의 책상이겠지. 책상 위에 작은 갈색 봉지가 놓여 있었다. 포드는 그 안에 뭐가 들어 있는지 알 것 같았다.

망할 것들. 옻덩굴을 문지르는 것은 금지하지 않았던가. 3년 전 탭을 받은 아이가 옻이 묻은 손으로 눈을 만졌다가 퉁퉁 부어오르는 바람에 응급실에 갔다. 그 어머니가 학교를 고소하겠다고 했다. 그 후로 옻덩굴 사용을 엄격하게 금지했다.

포드도 탭을 받아 그와 같은 고충을 겪은 적이 있다. 하지만 학교 당국이 가혹행위를 불식하려는 노력을 해온 만큼, 이제는 이런 일이 일어나지 말아야 한다. 포드는 갈색 봉지를 없애고 싶었지만 그럴 수 없었다. 하지만 서장과 케이트의 주의를 다른 쪽으로 돌릴 수 있을 것 같았다.

서장과 케이트는 두 소녀들의 책상과 서랍들을 뒤졌다. 포드가 손을 올려 제지하려는 시늉을 하면서 말했다.

"잠깐만요. 애쉬 칼라일의 소지품은 손대지 말아주세요. 카밀의 것만 살펴보세요. 사생활 보호 문제가 있으니까요."

케이트가 동작을 멈추고 황당하다는 표정으로 포드를 바라보았다.

"농담하시는 거죠? 이들은 10대 청소년이에요. 학생이고요. 그중 한 명은 죽었고."

"그래도 사생활 보호는 해줘야죠. 당연히 카밀은 예외이지만, 애쉬는 존중해줘야 해요. 카밀의 소지품만 살펴보는 걸로 해주세요. 아니면 증거 수집반이 올 때까지 기다릴까요?"

"포드 학장님, 방 하나 뒤집는 것 정도는 내가 해도 됩니다."

서장이 포드의 말이 끝나기 무섭게 받아쳤다. 그러고는 서랍장 맨 위칸을 열고 손을 깊숙이 넣어 뒤졌다.

"이건 뭐지?"

서장이 서랍에서 거의 비어 있는 스톨리치나야 보드카 병을 꺼냈다. 포드는 순간적으로 화가 치밀었다. 서장은 서랍 속에 있는 것들을 모두 바닥으로 내던졌다.

"룸메이트는 어디 있소? 그 애와 얘기를 해봐야겠는데."

"다른 곳에 가 있으라고 했어요. 그 애가 너무 큰 충격을 받을 것 같아서. 그 애는 최근에 부모님을 여의었거든요. 그런데 또 이런 일이 일어났으니 어떻게 견뎌낼지 걱정이에요."

이번에도 서장과 케이트는 서로 의미심장한 눈빛을 주고받았다. 포드는 화가 나서 소리를 지르고 싶은 것을 겨우 참았다.

"조금만 더 시간을 주시오, 포드 학장."

그러더니 조카에게 말했다.

"별 특별한 건 없는데 어때?"

서장은 무릎을 꿇더니 서랍장 밑을 들여다보았다.

케이트는 꽃무늬 노트를 들고 뒤적이면서 말했다.

"저도 별로 없어요. 누군가 이미 훑고 지나간 것 같지 않아요? 카밀이 아주 아름다운 시를 썼군요. 그중 몇 개는 죽음에 관한 것도 있고."

포드는 당연하다고 생각했다. 카밀이 제일 좋아하는 과목이 영어였으니까.

케이트가 몇 페이지를 더 넘기면서 말했다.

"룸메이트를 그리 좋아한 것 같지는 않네요."

"애쉬를요? 안 친한 줄은 몰랐는데."

포드가 말했다.

"친하지 않은 정도가 아닌데요. 둘 사이에 뭔가 알력 같은 것이 있었어요. '애쉬가 오늘 또 나를 웃음거리로 만들었다. 다른 아이들과 앉아서 조롱하는 눈빛으로 곁눈질을 했다. 그러더니 나중에 나한테 와서 내가 절대로 아이비바운드에 들어가지 못할 것이라고 말했다. 나쁜 계집애.' 이런 내용이 여러 번 적혀 있어요. '오늘 밤에도 애쉬는 소잉서클에서 화제의 중심이었다. 나는 아예 존재하지도 않는 것처럼 말이다.' 이런 내용도 있네요."

"제가 좀 볼까요?"

포드가 물었다.

케이트가 노트를 건네주자 포드는 몇 페이지를 더 넘기며 읽어보았다. 충격적인 내용이 눈에 띄었다.

역겨운 영국 악센트. 멍청한 계집애. 오늘도 방에서 늑장을 부리다 나갔다. 이제 애쉬는 베카의 애송이가 된 것 같다. 그 둘이 사랑하는 게 틀림없다. 그러지 않고서야 어떻게 그리 빠른 시간에 베카의 마음에 들었겠는가? 둘 다 정말 꼴 보기 싫다.

포드는 조용히 노트를 닫았다. 카밀이 그렇게 신랄한 비난을 했다는 사실이 놀라웠다. 감정이 들끓었다는 것도, 이글거리는 증오를 쏟아냈다는 것도 너무나 의외였다. 포드가 보기에 카밀은 언제나 온화한 성품의 아이였다.

서장은 바닥에 누워 서랍장 밑에서 뭔가를 꺼내려고 했다.

"뭔가 있는 것 같은데…… 가만있어 보자…… 아, 잡았다. 이게 뭐지?"

서장이 서랍장 밑에서 흰 봉지를 꺼냈다. 앞면에 녹색 스티커가 붙어 있는 것으로 보아 마치버그 약국 봉지 같았다. 포드도 거기서 약을 산 적이 있다.

서장은 봉지를 열고 약병 두 개를 꺼냈다. 그런데 마치버그 약국의 라벨이 아니었다. 서장이 큰 소리로 읽었다.

"싸이토텍. 양 볼에 두 알씩 물고 완전히 녹여서 삼킬 것. 이게 뭐지?"

포드가 약병을 낚아챘다.

"제가 볼게요."

병에는 카밀의 이름과 함께 귀가해서 48시간 후에 복용하라고 적혀 있었다. 포드는 약 이름이 생소했지만 케이트는 알고 있었다.

"이건 낙태 약이에요."

케이트가 말했다.

"학장님, 카밀이 최근에 낙태를 했다는 걸 알고 계셨나요?"

43

심문

문이 열렸다. 나는 게슴츠레한 눈으로 고개를 들었다. 의자에 앉은 채 잠이 들었나 보다. 목이 뻣뻣했다. 베카는 맞은편 의자에 앉아 자고 있었다. 한쪽 다리를 올려 무릎에 볼을 대고. 그런 모습을 보니 안쓰럽고 애틋한 마음이 들었다. 입술을 살짝 벌린 채 편안한 얼굴로 자고 있는 베카는 더 어려 보이고 예뻤다. 나는 이제 베카의 보호를 받고 있다. 나는 그녀의 스왈로다. 베카가 나를 선택했다.

내가 자기를 보고 있다는 것을 알아채기라도 한 듯 베카가 눈을 뜨고 나를 바라보았다. 그리고 반가운 표정을 지었다. 그 순간 뛸 듯이 기뻐서 가슴이 콩닥거렸다.

"얘들아?"

웨스트헤이븐 학장은 우리를 깨운 것이 미안한 듯 조용히 불렀다.

"애슬로 교수가 말했겠지만 오늘 밤 학생 한 명을 잃었단다. 애쉬, 이런 소식을 전하게 되어 정말 유감이구나. 네 룸메이트 카밀이 죽었어. 이분은 앤서니 우드 서장님이고, 이쪽은 케이트 우드 수사관이셔.

우드 수사관은 서장님의 조카인데 샬로츠빌에서 오셨다. 이분들이 너에게 물어볼 것이 있다는구나. 베카, 너도 같이 있어줄 거지? 네가 애쉬의 멘토인 것 같으니 힘이 될 것 같구나."

베카가 미소 지으며 말했다.

"물론이죠, 학장님. 애쉬와 같이 있을게요."

모두 너무 친절하다. 불과 몇 주 전까지도 간절히 바라던 새로운 삶과 새로운 친구가 내 앞에 있다는 사실이 신선한 충격으로 다가왔다. 건강한 울타리와 나를 존중해주는 새로운 지원군을 가지게 된 것이다. 내 룸메이트는 죽었고, 나는 오늘 고초를 겪었다. 그러나 그 대가로 얻은 것을 보라. 반짝이는 베카의 눈빛, 그리고 나를 격려하는 학장님의 미소. 연민과 사랑.

그런데 다른 두 사람, 낯선 경찰서장과 까마귀 같은 눈으로 나를 뚫어지게 쳐다보는 젊은 여자는 나를 불안하게 한다. 상반되는 두 가지 정서를 동시에 받아들이기가 버겁다. 눈물이 차오르는 것을 참으려고 눈에 힘을 주어 깜박거렸지만 결국 한쪽 눈에서 눈물이 뺨을 타고 흘러내렸다.

"오, 가여운 것."

학장이 내 손을 다독여주었다.

"우리가 도와줄게. 몇 가지 질문에 대답하고 방으로 가서 자거라. 내일은 또 새날을 맞이해야지."

베카가 나머지 팔에 손을 얹으며 말했다.

"넌 할 수 있어."

양쪽에서 격려를 받으며 낯선 사람들을 향해 고개를 끄덕였다. 그러자 심문이 시작되었다.

서장이 먼저 상투적인 말로 사뭇 진지하게 인사를 건넸다. 나는 그가 몇 명에게, 몇 번이나 같은 말을 되풀이했을까 궁금했다.

"친구를 잃고 상심이 클 거야. 진심으로 유감이다."

"감사합니다."

"룸메이트하고 가깝게 지냈니?"

"그렇지는 않았어요. 카밀은 다른 친구들과 더 친했어요. 그 애들끼리 훨씬 더 오래 알고 지냈으니까요."

"영국 아가씨로군."

여자 수사관이 말했다.

"네. 그게 문제가 되나요?"

"물론 아니지. 그냥 의외였을 뿐이야. 몰랐거든."

"옥스퍼드에서 왔어요."

서장이 다시 물었다.

"카밀과 친하지 않았다고?"

"그런 뜻은 아니에요. 잘 지냈지만 카밀은 다른 친구들과 더 친했다는 거죠."

"카밀이 힘든 일을 겪고 있었다면 학생에게 털어놓았을까?"

"아뇨. 그러지 않았을 거예요. 절대요. 사실 카밀이 밤에 종종 울었는데 왜 그러냐고 물어도 신경 쓰지 말라고 했어요."

서장과 수사관이 눈길을 주고받았다.

"최근에 카밀이 아픈 적이 있었니?"

"감기 같은 거요? 아뇨. 그보다는 여자들의 문제…… 그러니까 생리가 시작되었던 것 같아요."

이 말을 하는데 좀 창피해서 시선을 떨궜다.

"낙태 얘기군. 그러니까……."

"뭐라고요? 무슨 말씀을 하시는 거예요?"

나는 고개를 번쩍 들었다.

베카가 내 팔을 꽉 잡았다.

웨스트헤이븐 학장도 끼어들었다.

"이쯤에서 그만하세요, 서장님."

"카밀이 낙태를 했어요? 그럴 수도 있어요. 배가 아프고 열이 났거든요. 그러면서 생리 중이라고 했어요."

앤서니 서장은 학장이 말리는데도 팔짱을 끼며 물었다.

"그게 언제쯤이지?"

"수업 시작한 첫 주였어요. 카밀이 방에서 나갔는데 한동안 돌아오지 않았어요. 찾으러 가보니 화장실에서 울고 있는 거예요. 바네사가 함께 있었고요. 둘이 저에게 나가라길래 그냥 왔어요."

"바네사도 기숙사 친구들 중 한 명이에요."

학장이 덧붙였다.

"카밀의 남자 친구가 누구인지 아니?"

"몰라요. 의붓오빠를 좋아하기는 했어요."

"너한테는 절대 비밀 같은 거 털어놓으면 안 되겠구나."

베카가 나직이 속삭였지만 개의치 않았다.

"그건 비밀도 아니에요. 카밀이 다 듣는 데서 몇 번이나 얘기했거든요. 제가 고자질하는 건 아니에요. 그런 짓은 절대 안 해요."

"카밀을 마지막으로 본 게 언제지?"

"10시쯤이었어요. 다락층으로 올라오라는 초대장을 받았거든요."

베카가 또다시 내 팔을 세게 쥐었다. 이번에는 나도 아차 싶어서 말을 끊었다. 베카가 대신 말을 받았다.

"가끔 관심 가는 학생이 있으면 스터디룸인 커먼즈로 불러서 서로를 알아가는 시간을 갖기도 해요. 학장님이 말씀하시겠지만 구드는 멘토 정신을 권장하거든요. 학기 초에 애쉬와 저도 그렇게 했고요. 하지만 카밀을 부른 사람이 누구인지는 저희도 몰라요. 익명으로 웨이트론을 통해 전달되거든요."

"비밀 클럽에 초대할 사람을 그렇게 정하나 보지?"

앤서니 서장이 물었다.

베카가 웨스트헤이븐 학장을 슬쩍 보고는 말했다.

"멘토가 되는 건 좀 다른 일이에요. 비밀 클럽의 성격에 대해서는 제가 말씀드릴 수가 없어요. 그건 학장님께 물어보셔야 할 것 같아요."

베카의 말투가 지극히 정치적이었다. 오늘 모습으로 볼 때 베카는 여러 단계의 비밀을 가지고 있는 것 같았다.

앤서니 서장은 베카의 대답에 어느 정도 만족하는 것 같았으나 수사관은 그렇지 않았다.

"그럼 너는, 애쉬? 어떻게 베카가 멘토라는 것을 알았지? 베카는 어떤 부분에 대해 멘토를 해주는 건데?"

수사관이 질문을 하면서 중점을 두는 몇 개 단어에는 여러 가지 의미가 담겨 있는지 모른다. 그 질문이 우리를 불리한 방향으로 몰아가는 것을 느낄 수 있었다.

"죄송합니다. 이런 질문은 카밀과는 아무 상관이 없는 것 같아요. 카밀의 죽음은 너무나 충격적이고 슬프지만 도움될 만한 말씀을 드릴 수가 없어요. 바네사나 파이퍼가 훨씬 더 나을 거예요. 우리는 그렇게 가깝지 않았으니까요."

"학생도 최근에 부모님을 여의었다고 했지, 아마?"

"서장님."

웨스트헤이븐이 경고조로 불렀다.

나는 두려움을 밀어내고 대답했다.

"괜찮아요, 학장님. 네, 그렇습니다."

"정말 힘들었겠군. 진심으로 유감이야. 그런데 왜 집에서 이렇게 멀리 온 거지? 학자금은 누가 지원했고?"

"웨스트헤이븐 학장님이 도와주셨어요. 나머지 일들은 서장님이 관여하실 일이 아닌 것 같습니다. 더구나 룸메이트가 자살한 것과는 더욱 상관없고요."

"카밀이 자살을 했다고 생각하니?"

"그럼 아닌가요?"

순간 방 안이 고요해졌고, 나는 등줄기가 오싹해지는 것을 느꼈다. 지금 이게 무슨 상황이지?

"잠깐만요. 누가 카밀을 죽였어요?"

베카가 말했다.

"아직은 몰라. 학장님, 카밀의 다른 친구들하고도 얘기할 수 있을까요?"

"물론이죠. 애쉬, 방으로 돌아가렴?"

"학장님, 증거 수집반이 죽은 학생의 방을 살펴봐야 할 것 같네요."

서장의 말이 무엇을 암시하는지 알 것 같았다. 나를 믿지 않는 거다. 내 방과 내 삶을 샅샅이 뒤지려는 거다. 가슴이 두근거리기 시작했다. 머릿속으로 옷장과 서랍에 있는 물건들을 떠올려보았다. 문제될 것들이 있는지. 담배가 있다. 칼라민 로션이 들어 있는 봉지도 있다. 메모도. 오, 하느님. 메모는 곤란해.

당혹감에 휩싸인 눈빛으로 베카를 돌아보았다. 베카가 나를 바짝 끌어당겼다.

"애쉬는 오늘 밤 제가 데리고 있을게요, 학장님. 소파에서 자면 돼요."

"고맙다, 베카. 둘 다 아침에 만나자. 돌아다니지 말고 곧바로 들어가서 자거라. 베카, 졸업반들도 모두 방으로 돌아가라고 해. 알았지?"

학장은 우리 등을 떠밀어 문밖으로 내보냈다. 나도 베카를 따라 나왔다. 복도에 발을 디디려는데 수사관이 불러 세웠다.

"학생, 잠깐."

"네?"

내가 멈춰 서서 돌아보았다.

"네 셔츠 말이야. 이리 와봐."

그처럼 차갑고 계산적인 눈빛을 마주한 적이 있다. 엄마의 죽음에 관해 심문했던 법 집행관의 눈빛도 그랬다.

수사관은 내 주위를 한 바퀴 돌았다. 그리고 내 잠옷 상의 밑단을 잡고 들춰보았다.

순간적으로 달아나고 싶은 충동을 느꼈지만 난 잘못한 것이 없다. 나를 체포하려나? 수갑을 채우려나? 다 끝난 건가?

"왜 그러시는데요?"

학장이 잠긴 목소리로 속삭이듯 물었다.

"애쉬, 셔츠는 어쩌다가 찢어진 거지?"

44

곤경

어깨 너머로 뒤를 돌아보았다.

"무슨 말씀이세요? 찢어지다뇨?"

"네 셔츠 자락이 조금 뜯겨나갔는데."

방 안의 분위기가 완전히 변했다. 경찰서장과 학장을 바라보았다. 조카까지 세 사람이 나를 향해 몸을 기울이고 있었다.

"찢어졌는 줄 몰랐어요."

"오늘 정확히 어디 있었지?"

수사관이 물었다. 잔뜩 신경을 곤두세운 그녀는 더더욱 매 같았다. 베카가 내 손을 꽉 잡았다.

"두 사람 혹시 사귀나?"

수사관이 느닷없이 이렇게 물었다.

"뭐라고요?"

나는 순간 당황해서 얼굴이 달아올랐다. 손을 빼려고 했지만 베카는 절대 놓아주지 않았다.

웨스트헤이븐 학장이 목청을 가다듬고 말했다.

"그건 이 일과 관련……."

그때 베카가 학장의 말을 가로막았다.

"왜 그렇게 묻는 거죠?"

수사관이 우리를 향해 손짓하며 말했다.

"중요한 건 아니고, 둘이 손을 잡고 있기에."

"위로해주는 거였어요. 수사관님이 지금 애쉬에게 살인 혐의를 씌우려고 하시잖아요."

나는 베카의 손에서 내 손을 뺐다. 가슴이 터질 듯 두근거렸다.

"저는 아무도 죽이지 않았어요."

앤서니 서장이 두 손을 들어 올리며 말했다.

"이런, 지금 누구에게 살인 혐의를 씌우려는 게 아니야. 다만 애쉬의 룸메이트에게 무슨 일이 있었는지 알아내려는 것뿐이지. 애쉬, 대답해봐. 커티스 양과는 어떤 사이지?"

"사귀는 사이 아니에요."

"좋아. 오늘 밤에 어디 있었지? 오늘 저녁에 어디 있었는지 자세히 말해줄 수 있겠니?"

"저는……."

"애쉬는 오늘 저와 함께 있었어요."

베카가 큰 소리로 또박또박 말했다.

모두의 눈썹이 치켜 올라갔다.

"그런 의미가 아니라, 비밀 클럽 모임이 있었어요. 애쉬는 오늘 탭을 받았고요. 10시 조금 넘어서부터 지금까지 같이 있었습니다. 그러니까 애쉬가 카밀을 해칠 시간이 없었다고요."

베카는 참았던 숨을 한 번에 내쉬고 다시 내 손을 꽉 잡았다. 베카가 전하고 싶은 메시지를 알 것 같았다.

'내 말을 번복하지 마.'

"음, 아주 큰 도움이 되었다."

서장이 말했다.

"하지만 애쉬, 우리는 너하고 따로 얘기해야 할 것 같은데."

그러자 포드 학장이 고개를 끄덕였다.

"베카, 밖에서 기다려라. 그리고 누가 카밀에게 초대장을 보냈는지 좀 알아봐 줄래?"

베카는 내 손을 눈물이 찔끔 나올 만큼 세게 쥐었다 놓고는 방에서 나갔다.

"애쉬, 잠깐 앉아 있어. 서장님과 얘기 좀 하고 올게."

학장은 앤서니 서장의 팔을 잡고 복도로 나갔다. 수사관도 의심 어린 눈초리로 나를 힐끗 보고는 따라 나갔다.

이번엔 제대로 몰린 것 같다.

"앤서니, 지금 뭐 하는 거예요? 정말 우리 학생이 카밀의 죽음과 관련이 있다고 생각하세요? 더구나 애쉬는 말도 안 돼요. 그 애는 정말 신중하고 조심스러워서 파리 한 마리 해치지 못한다고요. 애쉬가 이 일에 관련이 있을 리 없어요."

"그 애의 셔츠가 찢어져 있지 않소. 종탑에 걸려 있던 것과 같은 천 같다는 말이지. 오늘 죽은 아이가 그 아이의 룸메이트라는 사실을 잊었소? 그 사실을 간과할 수는 없소. 저 아이가 종탑에 올라갔었는지 확인해야 해. 왜 올라갔으며, 어떤 일이 있었는지 말이오."

"그렇다면 저 아이의 보호자로서 우리 변호사를 불러야겠어요. 앨런 마커트 변호사는 지금 린치버그에 있으니 1시간 안에 올 거예요. 세상에! 우리 학생을 살인 용의자로 몰아넣는 일은 절대 용납할 수 없어요."

"그 애가 정말 살인자라면 어떡할 거요, 포드? 그런 생각은 안 해봤소?"

포드는 소리치며 대들고 싶은 것을 억지로 참았다.

"케이트 수사관님, 잠깐 자리 좀 피해주시겠어요?"

케이트가 고개를 끄덕였다. 말소리가 들리지 않을 정도로 멀리 가자 포드는 서장을 향해 돌아서서 맹렬히 항변했다.

"지금 우리 관계 때문에 이러는 거 알아요. 나한테 앙갚음을 하려는 거죠. 알겠어요. 미안해요, 앤서니, 당신 마음을 아프게 해서. 그렇지만 우리는 맞지 않았어요. 더 이상은 말이죠. 그러니 나에 대한 분풀이를 우리 학생들한테 하지 말라고요."

앤서니 서장이 입을 꾹 다문 채 포드의 말을 듣더니 대꾸했다.

"포드, 당신은 참 지적이긴 한데 가끔 바보 같을 때가 있어. 지금 이 상황은 우리 관계와 아무 상관이 없어. 왜냐하면 이제 우리 관계는 존재하지 않으니까. 앞으로도 그럴 거야. 당신은 자기 입장을 분명히 밝혔어. 나는 절대 이곳을 떠나지 않을 것이고, 당신은 언제든 기회가 오면 떠날 거잖아. 나도 이제 완전히 이해했다고. 그렇지만 내가 당신과 섹스 몇 번 했다고 해서 직업상 해야 할 일을 대충 넘어가리라고 기대하지는 마. 변호사를 부르고 싶으면 그렇게 해. 나는 부서장에게 애쉬 칼라일을 경찰국으로 데려가서 공식 절차를 밟으라고 할 테니. 애쉬에게 음주 측정도 할 생각이오."

"그럴 수 없어요. 그럴 이유가 없잖아요."

앤서니 서장이 심술맞게 웃었다.

"내가 술 냄새를 못 맡았을 것 같아? 저 애들은 미성년이야. 물론 당신은 아니지만, 눈이 충혈된 걸로 봐서 당신도 몇 잔 했고. 학부모들이 좋아할 것 같아? 학생 하나가 죽는 동안 파티나 즐기고 있었다고 하면?"

"파티라뇨. 맙소사. 앤서니, 이렇게 잔인하게 굴면서 우리가 헤어지지 않을 수 있었겠어요?"

서장은 숨을 깊이 들이쉬더니 단숨에 내뱉었다.

"감상적인 얘기는 그만하고 애쉬라는 학생을 제대로 조사할 수 있게 협조나 하지. 그 애의 여자 친구가 없는 자리에서 말이야. 그리고 변호사도. 의외로 간단하게 설명될 수도 있어. 베카라는 아이가 애쉬의 말을 통제하는 게 뻔히 보이잖아. 어찌나 세게 잡는지 애쉬의 손이 하얗게 질리더군. 내가 할 일을 하게 놔두라고, 그러면 나도 당신 일에 간섭하지 않을 테니."

포드는 서장의 말이 폐부를 찌르는 것 같았다. 그의 말이 사실이기 때문이었지만, 그가 눈치채게 하고 싶지는 않았다.

"좋아요. 그럼 나도 함께 있겠어요. 그 애와 단둘은 안 돼요. 그 애는 최근에 끔찍한 트라우마를 겪었고, 지금 간신히 이겨내는 중이라고요."

"정확히 어떤 트라우마를 말하는 거요?"

"지난여름에 그 애의 아버지인 데미언 카 경이 자살했어요. 그 애의 어머니는 남편의 죽음을 목격하고 권총으로 자살했고요. 어머니의 숨이 끊어지기 전에 애쉬가 발견했어요. 결국 그 어머니는 딸의 품에 안겨 숨을 거뒀죠. 애쉬한테는 너무도 가혹한 일이었어요. 그런데 이번에 또 이런……."

그 순간 서장의 눈에 냉정하고 동정의 여지가 없는 예리함이 스쳤다. 서장은 누가 봐도 경찰다운 눈빛을 가지고 있었다. 깊이와 온도를 가늠할 수 없는 그 눈빛을 보며 포드 학장은 속으로 떨었다. 그녀가 서장과 관계를 지속할 수 없었던 이유였다. 그의 내면 깊숙한 곳에 도사리고 있는 차가움, 무정함 같은 것. 처음에는 그런 면에 끌리기도 했지만, 곧 포드는 그가 자신의 그런 성향을 제어하지 못한다는 사실을 깨달았다. 앤서니는 그러한 성향이 자기가 직면해야 하는 온갖 끔찍한 것들을 이겨내고 해결해가는 방식이라고 했다. 포드는 지금도 앤서니 서장이 어떤 생각을 하는지 잘 안다. 애쉬가 지난 몇 달 동안 발생한 세 명의 죽음과 관련이 있다고 생각하는 것이다.

사실은 네 명의 죽음이다. 하지만 뮤리얼 그래슬리의 죽음은 예외다. 그녀의 죽음은 사고사였고 애쉬와 관련이 없다.

그래도 포드는 앨런 변호사에게 연락해야 할 것이다. 어쩌면 어머니에게도.

오늘 밤 어머니가 집요하게 전화를 해댈 것을 생각하니 포드는 등골이 뻣뻣했다. 어머니의 주방에는 분명 크리스털 술잔과 빈 병이 즐비할 것이다. 어머니에게는 전화하지 않는 것이 낫다. 포드가 직접 앤서니 서장을 상대하는 것이 최선이다.

"애쉬는 감당할 수 없는 상황이 되면 입을 다물 거예요. 그 애는 정말 이 일과 상관없어요."

"알겠어. 그 애의 부모 일은 정말 유감이군. 힘든 일을 겪었어. 내가 조심하지. 케이트?"

서장은 조카를 불렀다.

"이제 그 아이와 얘기 좀 해볼까."

방으로 들어가는데 서장이 허리에 차고 있던 권총집이 문에 부딪쳤다. 크고 무지막지한 총이 꽂혀 있었다. 포드는 학교에서 그것을 보고 싶지 않았다. 그것이 마치 오늘 일어난 모든 일들을 돌이킬 수 없는 사건으로 확정 짓는 것 같았다.

방 안에 앉아 있는 애쉬는 연약하고 불안해 보였다. 의자에 기대앉은 애쉬의 양 볼에는 눈물이 쉴 새 없이 흘러내렸다. 세 사람이 들어오자 애쉬는 자세를 펴고 팔로 얼굴에 흐르는 눈물을 닦았다.

앤서니 서장은 책상에 한쪽 엉덩이를 걸치고 앉았다. 포드는 서장에게 쏘아붙이고 싶었지만 이를 악물고 참았다.

'그건 골동품이야, 이 무식한 남자야.'

"애쉬, 힘든 줄은 안다. 그런데 네 친구가 네 말을 너무 가로막는 것 같아서 말이야. 이제 우리끼리 있으니 오늘 저녁에 무슨 일이 있었는지 얘기해주겠니? 오늘 비밀 클럽의 탭을 받았다고?"

"그 일에 대해서는 말할 수 없어요."

"애쉬, 오늘 무슨 일이 있었는지 전부 서장님께 말해도 돼. 여기서 한 말은 절대 방 밖으로 나가지 않을 거다."

포드가 애쉬의 팔을 부드럽게 쓰다듬었다. 그러자 1초도 안 돼서 애쉬가 그 부분을 문질렀다. 옻…….

'제발 서장과 수사관에게 옻을 사용했다는 얘기만은 하지 말아다오. 우리 모두 모가지가 날아갈 거다.'

"말씀드릴 게 없어요."

'아무렴, 그래야지.'

"비밀 클럽의 비밀을 누설하지 않으면서 네가 한 일만 얘기하면 돼."

포드가 말했다.

"알겠습니다. 그들이 우리 방으로 와서 소리를 질렀어요. 그런 다음 다른 방으로 데려갔고. 거기서 좀 더 오래 큰 소리로 주의를 주고는 다시 방으로 돌려보냈어요. 카밀은 아무 관련 없습니다. 카밀은 그들이 우리 방으로 오기 전에 나갔어요. 카밀은 다락층으로 오라는 초대장을 받았거든요. 누가 보낸 건지는 모릅니다."

"비밀 클럽 아이들 말고 다른 사람은 만나지 않았나?"

"아뇨, 아무도 만나지 않았어요. 저희는…… 개인이 사용하는 공간 같은 곳에 있었는데 그곳이 어딘지는 몰라요. 캠퍼스 내에 있는 건 확실하지만요."

포드 학장이 끼어들었다.

"사용하지 않는 건물들이 몇 개 있어요. 예전 직원들의 숙소 같은 거죠. 비밀 클럽이 그런 데서 모임을 갖기도 하고요. 그것을 금지하지는 않아요. 대신 학생들이 다치지 않도록 수리를 해두죠."

"좋아. 애쉬, 네 셔츠가 찢어졌어. 탭을 하는 동안 찢어진 건가?"

"아니에요. 방으로 돌아와서 샤워를 하고 새로 갈아입은 거예요."

"탭을 하는 동안 입고 있었던 게 아니고?"

"아닙니다. 먼지를 뒤집어썼거든요. 방이 좀 지저분해서."

"그럼 탭에 입고 갔던 셔츠는 지금 방에 있나?"

"네, 방에 있어요."

"그 친구 말로는 계속 같이 있었다고 하던데, 샤워할 때도 같이 있었나?"

애쉬는 머릿속까지 빨개졌다.

"아뇨. 베카 선배도 자기 방으로 갔습니다."

"그럼 계속 같이 있었던 게 아니잖아."

"저녁 내내 같이 있었어요. 샤워하고 옷 갈아입는 10분 정도 외에는요. 그리고 잠자리에 들었는데 바로 애슬로 교수님이 저를 데리러 오셨어요. 다시 한 번 말씀드리지만 베카 선배는 저의 여자 친구가 아닙니다. 베카 선배는 저의 멘토예요. 다정하게 저를 보살펴줬어요."

"멘토로서 보살펴준다는 게 어떤 의미지?"

"오늘 같은 경우죠. 부모님 일을 친구들한테는 얘기하지 않았는데, 오늘 아침에 한 친구가 그것을 들춰냈어요. 제가 화가 나서 숲으로 뛰쳐나갔는데 베카 선배가 와서 괜찮은지 살펴주고, 다 지나갈 거라고 위로해줬어요. 그리고 제가 현실을 제대로 볼 수 있도록 깨우쳐주었고요. 저희 사이에 다른 건 전혀 없어요. 더구나 서장님이 생각하시는 그런 관계는 아니고요."

"좋아, 그 정도면 됐어. 룸메이트와 어땠는지 다시 한 번 말해주겠니?"

"아주 친한 사이는 아니었지만 그런 대로 편안했어요. 별 문제 없었습니다."

"그런데 낙태에 대해서는 몰랐단 말이지? 카밀이 한마디도 하지 않았어?"

"네. 저한테 털어놓고 싶지 않았을 거예요."

"자, 앤서니 서장님? 이제 되셨나요?"

"그 셔츠를 가지고 가서 분석해봐야 할 것 같은데, 애쉬."

"안 돼요!"

그러자 세 어른 모두 놀란 표정을 지었다.

"이건 선물받은 거예요. 아주 소중한 거라고요. 간직하고 싶은 거예요."

그러자 서장이 자리에서 일어나며 말했다.

"안타깝지만 그럴 수는 없어. 네 방까지 같이 갈 테니 혼자 갈아입고 아까 그 친구에게 가거라. 그리고 우리하고 다시 얘기할 수도 있으니 놀라지 말고. 이제 가서 좀 자거라. 내일은 힘든 하루가 될 거야."

"아무렴 그렇겠죠."

애쉬가 투덜대듯 중얼거렸다.

45

배신

셔츠는 정말 내주고 싶지 않았다. 그렇게 하면 아이비바운드와 나 사이에 생겨난 새롭고도 미약한 연대가 끊어질 것 같았다. 하지만 선택의 여지가 없다. 두 수사관이 방문 앞에서 기다리고, 학장도 목을 빼고 나를 지켜보고 있었다.

나는 온몸에 돋아난 발진을 숨기느라 돌아서서 셔츠를 벗고 새 셔츠를 입었다. 셔츠를 안 내놓겠다고 고집부리면 더 이상하게 보일 것이다. 어서 이들을 보내고 혼자 있고 싶었다. 학장은 내 셔츠가 마치 죽은 토끼라도 되는 듯 들고 미소 띤 얼굴로 나를 바라보았다.

"아무 일 없을 거야, 애쉬. 약속할게. 베카한테 너를 위층으로 데려가라고 하마. 이제 그만 자거라. 내일 아침에 얘기하자."

학장은 뭔가 더 할 말이 있는 듯 잠시 멈춰 섰다가 이내 고개를 젓고 방을 나갔다.

'카밀. 도대체 어떻게 된 거야? 나에게 무슨 짓을 한 거지?'

창가로 가서 어두운 안뜰을 내다보았다. 새벽 3시가 되어가고 있었다. 카밀은 지금쯤 어디 있을까? 앰뷸런스에 실려 가고 있을까? 영안실 서랍에? 아니면 아직도 피바다가 된 본관 앞 콘크리트 바닥에 만신창이로 누워 있을까?

"바보 같은 년."

"미스트리스한테 그런 말버릇은 곤란하지."

문턱에 베카의 그림자가 나타났다. 나도 모르게 큰 소리로 중얼거렸나 보다. 모두 이런 식으로 나를 기웃거리는 것이 정말 피곤하다.

창문에 베카의 모습이 비쳤다. 볼록한 엉덩이, 뾰로통한 미소, 느슨하게 흘러내린 올림머리가 순진무구한 소녀처럼 보였다. 숨이 막힐 듯 아름답고, 지독하게 잔인한 베카. 나는 그녀에 대한 애정과 증오 사이에서 갈피를 잡을 수 없었다. 왜 그런지 모르겠지만 그런 감정이 들었다. 아마도 첫날 내가 베카의 눈에 띄었고 그녀가 나를 조롱하면서 시작되었을 것이다. 결국 내가 모두를 벼랑 끝으로 이끈 게 아닐까. 뒤틀린 운명 같은 것 말이다.

"카밀에게 한 말이었어요."

"알아. 따라와."

내 방을 떠나고 싶지 않았지만, 이 또한 선택의 여지가 없었다. 학장과 수사관들을 따라가서 해명할까? 하지만 나는 권력자들을 가능한 멀리하고 싶은 사람이다.

베카는 뒤도 돌아보지 않고 계단실로 걸어갔다. 나는 그런 베카의 뒤를 따라가면서 설렘과 불쾌감을 동시에 느꼈다. 오라면 무조건 따라가야 하는 건가? 아마도 이런 게 아이비바운드 일원의 의무인가 보다. 미스트리스의 말에 무조건 복종하는 것.

내 안에서 작은 속삭임이 들렸다.

'감옥에 가게 돼도 말이야?'

'그만해. 난 잘못한 게 없어.'

'정말 없어?'

입술이 두툼한 그래슬리 교수의 얼굴이 떠올랐다.

'그건 내 잘못이 아니야, 내 잘못이 아니라고.'

그래슬리 교수의 죽음을 떨쳐버리고 다시 카밀의 죽음에 대해 생각했다.

대부분의 탭 의식이 학생의 죽음으로 끝나는 것은 아닌가 하는 의문이 들었다. 하지만 카밀은 우리와 함께 있지 않았다.

카밀은 누구와 있었을까?

어느새 나는 베카를 따라 위층에 올라와 있었다. 졸업반이 사용하는 복도를 자유롭게 활보하고 있는 것이다.

모두가 열망하는 다락층이었다. 그것도 이상하고 황량한 방에 처넣어지는 게 아니라 정식으로 방문한 것이다.

베카는 걸음이 빨랐지만 열려 있는 방문이 많았다. 학교 전체가 잠들지 못하고 술렁거렸다. 방 안의 모습이 눈에 들어왔다. 색색의 장식들, 우는 모습, 무례할 정도로 쏘아보는 시선들. 몇 명은 목소리를 낮춰 항의조의 탄성을 지르기도 했다. 하지만 나는 베카 커티스와 함께 걷고 있다. 그녀의 보호를 받으면서.

베카는 나를 복도 끝에 있는 계단 옆방으로 데려갔다.

"들어가."

그 순간 마치 뱀파이어의 만찬에 초대받은 듯한 느낌이 들었다.

베카의 방은 놀라울 정도로 간소했다. 책상 하나에 짙은 파란색 벨벳의 넓고 깊은 소파. 다마스크 문양의 천을 씌운 안락의자 두 개. 경사진 지붕에 난 두 개의 지붕창 아래 꾸며진 벤치에는 푹신한 쿠션들이 놓여 있었다. 높은 천장에는 대들보가 그대로 드러나 있었으며, 커다란 마호가니 옷장과 책장이 있었다. 연결되어 있는 별도의 방은 침실로 쓰고 있는 것 같았는데 개인 욕실이 딸려 있었다. 잘 꾸며진 프랑스식 다락방 분위기였는데 그보다는 훨씬 넓었다.

원래의 건축양식이 그대로 보존되어 더욱 마음에 들었다. 아래층처럼 이도 저도 아닌 어정쩡한 스타일로 개조되지 않아서 말이다.

이런 분위기, 이것이 바로 구드에 어울리는 모습이 아닐까.

"아주 근사하네요."

"그래, 괜찮지? 예전 학장이 쓰던 방이야. 그 후로는 쭉 학생회장이 사용해왔지. 나도 마음에 들어. 우리 엄마가 실내를 꾸며줬어. 엄마와 내가 의견 일치를 본 몇 가지 스타일 중 하나였지. 실내장식에 관한 감각 하나만큼은 나무랄 데가 없어."

"정말 그러네요."

나는 달리 할 말이 생각나지 않았다. 조금 전에 룸메이트가 죽었는데 베카 어머니의 커튼 고르는 취향을 칭송해야 하나?

"앉아."

나는 의자에 무너지듯 주저앉았다. 넓고 푹신한 소파에 공처럼 몸을 웅크리고 며칠 동안 깨지 않고 자고 싶었다.

베카는 방문을 닫더니 소파 반대편에 다리를 접고 앉았다. 무릎이 지저분했다. 잿더미 위에 무릎을 꿇고 앉아 있었던 것처럼.

"네 룸메이트 일은 차라리 잘된 거야. 그 애는 네 앞길에 방해가 될 뿐이야. 그렇지만 이게 무슨 난리냐. 수사관들에게 뭐라고 했어?"

"별말 안 했어요. 그냥 어떤 방으로 이끌려갔는데 어딘지 잘 모르겠고, 거기서 큰 소리로 주의 사항을 들었고, 다시 방으로 보내졌다고요. 탭과 관련해서 다른 말은 안 했어요."

"그들에게 네 셔츠를 줬어?"

"안 줄 수 없잖아요."

"우리가 계속 함께 있었다고 했어?"

"네. 거의 계속."

"거의 계속이라니?"

"샤워할 때는 함께 있지 않았잖아요."

베카는 순간 몹시 당황하는 듯하더니 천사 같던 얼굴에 분노가 서리기 시작했다.

"완벽한 알리바이를 줬는데도 그걸 차버렸단 말이야? 바보 아냐?"

"알리바이 같은 건 필요 없어요. 아무 짓도 안 했으니까. 그리고 거짓말을 할 수는 없었어요. 머리와 타월이 젖어 있으니 그들도 내가 샤워했다는 걸 알고 있었을 거라고요. 내 방을 샅샅이 뒤졌으니까요. 그런 상황에서 베카 선배님과 함께 있었냐고 묻는데, 그럼 통금 시간 후에 선배님과 함께 샤워를 했다고 거짓말했어야 한단 말이에요?"

"카밀의 타월이라고 말할 수도 있었잖아."

나는 자리에서 일어났다.

"죄송해요. 그런데 지금 내가 어떤 원칙에 따라 행동해야 하는지 모르겠네요. '필요한 경우가 아니면 거짓말하지 마라.' 뭐 이런 건가요? 선배님이 그랬듯이 저도 명예규율 선서에 서명을 했다고요. 말도 안 되는 일로 거짓말을 해서 쫓겨날 수는 없어요."

"그럼 내가 쫓겨나는 건 괜찮아? 맙소사, 애쉬, 넌 내가 학장에게 한 말을 번복했잖아. 내가 너와 저녁 내내 함께 있었다고 했는데 말이야.

너는 그냥 나와 똑같이 말했으면 되는 거였어. 그런데 이제 시간의 틈이 생겼으니 마치 내가 뭔가를 숨기려고 한 것처럼 되어버렸잖아."

"그런 의도였어요?"

미처 생각하기도 전에 튀어나온 말이었다. 베카의 화는 분노로 바뀌어 무시무시하게 휘몰아쳤다. 나는 너무 급히 일어나려다 의자를 넘어뜨렸다. 뼛속까지 두려움에 떨게 하는 그 표정을 다른 사람에게서 본 적이 있다. 그다음에 어떤 일이 벌어질지 안다. 나도 모르게 방어 태세를 취했다.

그러나 베카는 움직이지 않았다. 그녀의 얼굴에서 서서히 핏기가 가셨다. 나는 벽에 등을 기대고 서서 나를 향해 날아올 주먹을 기다렸다. 그러나 베카는 소파에 얼어붙은 듯 움직이지 않았다.

그리고 조용히 숨을 내쉬었다. 그리고 또 한 번.

나는 천천히 벽에서 떨어지면서 손에 힘을 뺐다. 짧게 자른 손톱 끝이 손바닥에 파고들었는지 피가 났다.

"그런 뜻은 아니었어. 미안해. 내가 생각이 짧았어."

베카의 부드러운 목소리에 슬픔이 어려 있었다.

"내가 너를 때릴 거라고 생각하니? 해칠 거라고? 학교에 적응할 수 있게 도와주고, 아이들과 어울릴 수 있게 해주고, 두둔해주고, 멘토로서 해야 할 일을 다 했는데도 너를 공격할 거라고 생각한 거야?"

나는 도대체 베카에게 몇 번이나 실수를 하는 건가?

"죄송해요."

나는 힘없는 소리로 말했다. 이런 식으로 사과하는 게 익숙하지 않다. 이렇게 약한 나 자신이 낯설다.

"넌 우정이라는 걸 잘 모르는구나?"

"우정치고는 좀 이상한데요. 저를 모질게 대하거나 무시하다가 어느 순간 다정하고 친절하게 대해주고. 거짓말까지 해가면서 감싸는가 하면, 또 다음 순간 심문하듯 다그치고 소리 지르잖아요. 도무지 이해할 수 없어요."

나는 두 손으로 얼굴을 감싸고 다시 의자에 주저앉았다. 소파의 용수철이 삐걱거리는가 싶더니 베카의 손이 나를 감쌌다. 나는 움직이지 않았다. 베카에게 기대지도 않고 가만히 기다렸다. 포옹하는 걸 받아주지도 않았다.

잠시 후 베카가 얼굴을 감싸고 있는 내 두 손을 떼고 눈물이 흐르는지 살폈다. 내가 울고 있다고 생각한 것 같았다. 하지만 나는 울지 않았다. 베카의 눈을 마주 보지 않았다. 그 순간 당황스럽게도 그녀의 숨결이 얼굴 가까이 느껴졌다.

베카의 키스는 부드럽고, 온화하고, 달콤했다. 그러더니 점점 세게 밀착했다. 베카는 내 머리를 쓰다듬더니 뒤로 묶은 머리채를 잡아당겼다. 그 힘에 나는 저절로 입술이 벌어졌다. 베카의 혀는 놀라울 정도로 따뜻했다. 나도 점점 몸이 달아오르면서 숨이 가빴다.

알 수 없는 감정에 혼란스러웠다. 내가 정말 원하는 건가? 달콤한 키스와 잔인한 말로 나를 고문하는 이 소녀이자 성숙한 여인을? 그래, 나는 원하고 있어. 아니, 그렇지 않아.

내가 빠져나가려고 하지 않자 베카는 더욱 대담했다. 키스도 더욱 진해졌다. 그녀의 길고 마른 손이 내 셔츠 속으로 들어왔다. 갈비뼈를 더듬으며 위로 올라오더니 왼쪽 젖가슴을 감쌌다. 그러고는 엄지손가락으로 젖꼭지를 문질렀다. 그러자 또 한 번 짜릿한 전율이 내 몸을 훑고 지나갔다. 그 느낌이 너무 낯설어서 나는 베카의 손을 쳐냈다.

베카는 내 입안에 혀를 넣은 채 웃더니 나를 바짝 끌어당겨 자기 몸에 붙였다. 포옹도 키스만큼이나 진했다. 그러더니 내 가슴에 얼굴을 기대고 말했다.

"서두를 이유가 없지. 앞으로 1년 동안 서로를 알아갈 수 있는데 말이야. 이제 우리 둘 다 독방을 쓰게 되었으니 잘됐어. 그래도 오늘 내가 준 선물을 입어봤으니 됐어. 그 셔츠 입은 모습이 참 예쁘더라. 마음에 들어? 그들이 셔츠를 가져가서 너무 속상하다."

"그게 아니라 저는……."

베카가 깜짝 놀라 얼굴을 들었다.

"너는 뭐?"

갑자기 머릿속에 많은 생각들이 소용돌이쳤다. 말로 정리할 수가 없다. 누구도 내 가까이 다가와서는 안 된다. 그건 너무 위험하다. 나는 위험한 사람이다. 그런데 베카가 나한테 셔츠를 줬다고? 경찰이 증거물로 가져간 셔츠를? 찢어진 셔츠를 내게 줬단 말이야? 위험 장치를 작동하는 스위치가 켜졌다. 여기를 빠져나가야 해. 지금 당장.

"내가 원하는지 잘 모르겠어요. 오늘은 너무 피곤하기도 하고. 잠을 좀 자야겠어요."

잠시 어색한 침묵이 흘렀다. 일단 내뱉은 말을 주워 담을 수는 없다. 그 순간 내가 엄청난 실수를 저질렀다는 사실을 깨달았다.

"선배님."

베카가 한 손을 들어 보였다. 쌀쌀맞고 사무적인 표정이었다. 더 이상 아무런 감정도 없었다. 베카는 다시 아이비바운드의 미스트리스가 되어 있었다. 완벽한 포장 속으로 들어가 버렸다. 부드러움도, 허술함도 더 이상 찾아볼 수 없었다. 다이아몬드처럼 단단하고 완강한 베카의 모습으로 돌아왔다. 너무 순식간에 바뀌어서 당황스러웠다.

"그래. 내가 너무 일방적으로 서둘렀네. 네가 나를 지켜보는 걸 느꼈어. 내가 어디를 가든, 너는 중심에서 비켜서서 나를 지켜보고 있었어. 그런 너에게 관심이 갔어. 네가 내 곁에 있고 싶어 하는 줄 알았는데. 그렇지 않다 해도 상관없어. 내 방을 나가면 바로 2학년 층으로 가는 계단이 있어. 가서 자라. 아침 7시에 대기하고."

나는 그 자리에 얼어붙었다. 베카에게 상처를 주었다. 나를 받아주고 다정하게 대해준 유일한 사람이었다. 의도가 조금 왜곡되기는 했지만. 베카가 나를 품으려고 했는데 내가 거절했다.

"가라."

베카가 말했다.

나는 참담하면서도 안심이 되었다. 더 이상 한마디도 하지 않고 방을 나와 계단을 내려갔다. 한 계단씩 디딜 때마다 그녀의 이름이 뇌리에 울렸다.

베카, 베카, 베카.

그녀의 얼굴에 반짝이던 빛, 키스, 수사관 앞에서 나를 옹호하던 모습. 작은 새 그림이 인쇄된 부드럽고 낡은 셔츠. 선물.

베카는 나를 단순히 좋아하는 것 이상이다. 그래서 잘해주었던 거다. 지난 몇 주 동안 지독한 유혹의 덫에 빠져버렸다.

즐겁기도 했고 흥미롭기도 했다.

내 방문 손잡이를 잡고 돌리는 순간 베카의 말이 떠올랐다.

'이제 우리 둘 다 독방을 쓰게 되었으니 잘됐어.'

마치 처음부터 계획했던 것 같지 않은가.

46

면죄부

우리 층 복도로 돌아왔을 때는 이미 날이 밝아 있었다. 바네사와 파이퍼가 나를 기다리고 있었다. 놀랄 일은 아니었지만 좀 의외이기는 했다. 바네사의 얼굴은 울어서 퉁퉁 부었고, 코와 눈도 빨갰다. 파이퍼는 몹시 화나지만 참고 있는 듯한 표정이었다. 내가 계단실에서 나오는 것을 보더니 다가왔다.

내 방 문에는 폴리스라인이 쳐져 있었지만 경찰이 지키고 있지는 않았다. 나는 테이프를 뜯어내고 들어갔다. 바네사와 파이퍼도 나를 따라 들어와 문을 닫았다.

"어딨었니? 걱정했어……."

바네사가 목이 메는 듯 더듬거렸다. '더 이상 나를 갖고 놀지 마'라고 말하고 싶은 걸 겨우 참았다.

"내 걱정을 한 게 아니겠지."

"정말이야, 걱정했어."

파이퍼가 말했다.

"바네사?"

그러자 바네사가 손을 비비 꼬면서 말했다.

"애쉬, 사과할게. 내가 잘못했어. 일이 이렇게 될 줄 알았으면 그러지 않았을 거야. 카밀에게 동조하지 않았을 거라고. 너희 부모님 일은…… 진심으로 미안해. 전부 다. 내가 정말 못된 년이었어."

"나도."

파이퍼가 말했다.

"뭐라도 들을까 싶어서 그러나 본데, 나도 어떻게 된 건지 몰라."

내가 소파에 쓰러지듯 앉으며 말했다.

"그런다고 해도 아무 소용 없어. 카밀은 죽었고, 나는 어떻게 된 일인지 몰라. 그리고 카밀에게 동조하지 않았을 거라니, 무슨 말이야?"

파이퍼가 엉겁결에 전부 다 털어놨다.

"카밀이 몇 주 전부터 네 뒤를 캐기 시작했거든. 네가 컴퓨터에 암호 입력하는 것을 지켜보고 그걸 외운 거야. 네 시스템에 들어가서 네 아버지에 대한 신문 기사를 찾았지."

나는 정신이 번쩍 들었다.

"뭐라고? 카밀이? 내 컴퓨터에 로그인을 했단 말이야?"

"카밀이 전부 뒤졌어. 찾아낸 보고서를 가지고 카밀의 아버지가 신원 조회를 했어. 그래서 너의 진짜 이름을 알게 된 거야."

나는 눈을 감고 당혹감을 가라앉혔다.

'애쉬, 넌 항상 사람들을 과소평가해. 그게 너의 가장 큰 문제점이야. 사람들이 너만큼 거짓말을 못 할 거라고 믿지.'

그러나 마음 한편에서는 이렇게 속삭였다.

'괜찮아. 이 애들이 정말 뭔가를 찾아냈다면 지금 이런 대화를 하고

있지 않을 거야.'

"전부 다 알아. 너의 부모님이 어떻게 돌아가셨는지. 그리고 네 남동생 일까지. 카밀이 다 얘기해버렸어."

바네사가 말했다.

조니까지. 맙소사. 흥분하지 말고 진정해야 한다.

"모두?"

"응. 베카도 알고. 너는 베카가 특별한 친구라고 생각하지? 사실 베카는 처음부터 알고 있었어."

"거짓말."

나는 전혀 관심 없는 척 말했다.

"아무래도 상관없어."

그러자 바네사가 눈썹을 치켜뜨며 말했다.

"거짓말 아냐."

"거짓말이야. 그랬으면 베카가 명예규율 위반이라고 카밀을 야단쳤을 거야. 어느 정도 규칙을 어기는 건 넘어갈 수 있지만 남의 컴퓨터에 몰래 접속하는 건 범죄 행위라고."

파이퍼가 어깨를 한 번 들썩이더니 말했다.

"각자 나름대로 값어치 있는 것을 가지고 있어, 애쉬. 누구든 협상을 할 수 있고. 이 학교에서는 많은 것들이 베카를 통해 이뤄져."

파이퍼는 엄지와 검지 끝을 붙여서 마리화나 피우는 시늉을 했다.

베카가 마약을 들여온다는 것이 썩 놀랍지는 않았다. 오늘 밤에도 베카는 나에게 엑스터시와 보드카를 주었고, 아침에는 담배를 주었으니까. 그리고 마리화나 냄새도 여러 번 맡았다. 루미가 공급책인 게 분명하다.

카밀은 베카가 나를 이용하는 거라고 했다. 그 말은 헛소리가 아니었다.

“대단하네. 아주 잘 돌아가는구나.”

“경찰이 우리하고 얘기를 하자던데, 왜 그러는지 알아?”

바네사가 물었다.

“당연한 거 아냐.”

바네사가 고개를 저었다.

“우선 카밀의 낙태에 관해 물어보겠지. 그리고 카밀을 임신시킨 사람이 누구인지 너희가 알고 있을 거라고 생각하겠지. 나한테도 물어봤는데 나는 모르니까.”

바네사와 파이퍼가 걱정스러운 눈길을 주고받았다.

“너희는 카밀이 누구하고 잤는지 알지? 그럼 경찰에 말해. 카밀의 죽음을 밝혀내는 데 도움이 될 거야. 왜 뛰어내렸는지 말이야. 나는 카밀이 자살할 정도로 힘들어하는지 몰랐어. 친하지는 않았지만 눈치는 챌 수 있었을 텐데 말이야.”

“카밀이 뛰어내렸다고 생각해?”

“그럼 아냐?”

“글쎄, 물론 그렇겠지.”

바네사가 말했다.

“하지만 네 말이 맞아. 카밀은 그 정도로 우울해하지는 않았거든. 우리는…… 아주 잠깐, 물론 네가 그럴 리는 없지만…….”

“나? 내가 카밀을 죽였다고 생각했다는 거야? 미쳤구나, 바네사.”

“내가 말했잖아. 아주 몇 분의 1초 정도 그런 생각이 들었다고. 카밀이 좀 심하게 했으니까. 다들 네가 사실을 알고 카밀하고 대판 싸웠는지 모른다고 했거든."

"다들? 아니라고 전해줘. 오늘 밤에 카밀 근처에도 가지 않았어."

"너희 둘 다 안 보였잖아. 너희 방은 난장판이 되어 있고. 큰 소리가 났단 말이야."

파이퍼가 주저하듯 드문드문 말을 이었다.

카밀은 다락층의 초대를 받아서 갔고, 나는 탭을 당해 납치되다시피 끌려갔다. 동시에 사라졌으니 우리가 함께 어디론가 갔다고 생각하는 게 당연하다.

"누가 초대장을 보냈는지 알아?"

바네사가 고개를 저었다.

"아무도 몰라. 안다고 해도 말하지 않을 거고. 경찰은 웨이트론에게 물어보겠지만, 그 여자도 모를 거야. 초대장은 주로 한밤중에 가져다 놓거든. 그러니까 지금까지 익명이 보장되는 거지. 카밀이 탭을 받았다고 생각하니? 오늘 밤에 탭이 있었다고 하던데."

"카밀은 절대 아냐."

그러자 갑자기 바네사와 파이퍼가 경외하는 표정으로 나를 바라보았다.

"그럼 넌 받았단 말이야? 세상에. 축하해, 애쉬. 정말 대단하다."

바네사는 약간의 냉랭함이 서린 어조였지만 두 주먹을 꼭 쥐면서 호들갑스럽게 축하해주었다.

"아무한테도 말하지 마."

"다 알게 될 때까지 두고 보자고."

파이퍼의 눈이 반짝였다. 나는 아주 잠깐이지만 파이퍼가 정말 기뻐하고 있다고 생각했다. 내가 오늘 밤 어떤 일들을 겪었는지, 뭘 두려워하는지 모르니까.

"알게 되고 말고 할 것도 없어."

"맞아. 우리는 입을 꼭 다물 거야. 안 그래, 파이퍼?"

바네사의 입가에 간교한 미소가 번지는 것을 보면서 내일 아침이면 전교생이 알게 되리라 예감했다.

"아, 그런데 어떻게 알았어? 카밀이 낙태했다는 것 말이야."

"나는 몰랐어. 경찰이 묻더라고. 어떻게 알았는지는 모르지만. 카밀의 일기를 본 것 같아. 그날 밤에 너와 카밀이 뭔가 중요한 일을 하고 있었던 것 같은데, 나는 그걸 캐고 다닐 만큼 부지런하지 못해서 말이야."

"그랬구나."

바네사가 내 옆 소파에 털썩 주저앉았다. 파이퍼는 바닥에 자리를 잡았다. 여기서 아주 밤을 꼴딱 새우려나? 이 시간에 뭐 하는 거지?

"그래서 애 아빠는 누구야?"

내가 물었다.

"무슨 일이 있어도 비밀 지켜야 해. 정말이야, 애쉬. 다른 사람들이 알면 안 된단 말이야."

내가 한숨을 쉬며 말했다.

"그럼 말하지 마. 경찰이 또 나를 부를 수도 있는데, 경찰 앞에서 거짓말하기는 힘들어. 너희도 아는 게 있으면 학장님한테 말해. 마음이 조금이라도 가벼워지시게 말이야. 지금 끔찍한 밤을 보내고 있을 거야."

바네사와 파이퍼가 또 한 번 걱정스러운 시선을 주고받았다. 이들이 뭘 알고 있는 걸까?

"말 못 해. 절대."

"그럼 나도 도와줄 수 없어. 그리고 알고 싶지도 않아."

잠시 침묵이 흘렀다. 멀리서 사람들이 현장을 정리하는 소리가 들렸다. 호스가 전력으로 물을 뿜어내고 있었다.

"너, 정말 부모님 돌아가시는 장면을 처음 발견했니? 끔찍했어?"

파이퍼가 더 이상 참을 수 없다는 듯 물었다.

"그래, 끔찍했어. 더 이상 귀찮게 하지 말고 돌아가서 자. 더 해줄 말도 없어. 나 혼자 있고 싶어."

바네사와 파이퍼는 당황한 듯했지만 일어섰다.

"정말 미안해, 애쉬. 그 대신 뭐로든 보상해줄게."

바네사가 말했다.

바네사는 마치 나를 껴안기라도 할 것 같았다. 하지만 됐다. 더 이상 이 아이들도, 변덕스러운 감정도 참을 수 없다.

나는 담요를 집어서 소파에 다시 앉으며 말했다.

"불 좀 꺼주고 나갈래?"

바네사와 파이퍼가 불을 끄고 나갔다. 무덤 같은 침묵이 찾아왔다.

문이 닫히자마자 노트북을 열었다. 카밀이 봤을 법한 공개 정보들을 찾아보았다. 카밀의 흔적이 쉽게 보였다. 내가 방을 비웠거나 온라인에 접속하지 않은 동안 뒤졌으리라. 그러나 카밀은 더 깊이 침범하지 않았다. 대부분 구글 검색창에 '애슐린 카', '영국 옥스퍼드'를 검색하면 얻어낼 수 있는 것들이다.

평소에는 구글에서 내 삶을 검색해보지 않지만 오늘은 참을 수 없는 호기심으로 링크를 클릭해보았다. 카밀이 뭘 알아냈는지 알 수 있을 테니까.

곧바로 사망 기사가 떴다. 목이 메여왔다. 아버지의 프로필에 조회 수가 몇 번 있고, 세 번째 페이지 데미언 카의 잃어버린 아들 조니의 신상 정보 페이지에도 조회한 흔적이 있었다.

읽지는 않았다. 이미 다 알고 있는 내용이니까. 장례식 때 찍은 사진이 올라와 있었다. 칙칙하고 좀약 냄새가 밴 검은 옷은 다락 트렁크에서 꺼낸 것이었다. 엄마의 머리 장식에 달린 검고 두꺼운 베일, 아버지의 침통한 표정.

금발에 파란 눈을 가진 작은 소녀도 있다. 겁에 질린 표정으로 그녀의 반려이자 친구인 어린 남동생이 땅에 묻히는 것을 지켜보고 있다.

조니의 죽음을 설명하는 데는 아무 문제 없다. 비밀도 아니니까. 한숨 놓였다. 카밀은 내가 쳐놓은 방어벽을 뚫지 못했다.

나는 금지된 공간에 들어가 컴퓨터에 있는 모든 기록을 지워버렸다. 또 다른 누군가가 내 비밀을 캐낼 수도 있으니까.

여명을 받으며 조용히 누워 잠을 청했다. 온몸이 가렵고, 가슴이 아팠다. 너무 버겁고, 이상하고, 무서운 밤이었다. 절정과 나락을 몇 번이나 오르내렸다. 밖에서 개 짖는 소리가 들린다. 소녀는 운다. 바람이 불어와 벽돌담을 타고 올라온 담쟁이덩굴이 창문을 비벼댄다. 나는 다시 호숫가에 서 있다. 녹색과 흰색 연꽃이 만발하고 하늘은 푸르다. 모든 기억이 생생하다. 하나도 흐려지지 않았다.

평화를 찾고 싶다.

망각에 묻혀 조용히 살고 싶다. 그러나 그런 날은 오지 않을 것 같다.

47

어머니

앤서니 서장과 그의 조카가 애쉬를 놓아주어서 포드는 한결 마음이 놓였다. 벌써 새벽 5시다. 카밀의 시신은 샬로츠빌로 옮겨지는 중이다. 그 애의 일기는 애쉬의 찢어진 셔츠와 함께 증거물로 서장이 가져갔다. 서장은 카밀의 어머니에게 전화해도 좋다고 했다.

포드가 전화했을 때 카밀의 어머니 디어드리 섀넌은 충격에 빠져 있었다. 울지는 않았지만 목소리가 얼어붙은 듯, 거의 로봇이 말하는 것 같았다. 신경안정제를 먹은 것 같기도 했다. 그녀는 차분한 목소리로 속사포처럼 질문을 쏟아냈다.

"학장님이세요? 어떻게 된 거죠? 경찰은 카밀이 자살을 한 것 같다던데 정말인가요? 카밀한테 무슨 일이 있었나요? 최근에 며칠 연락이 없기는 했지만 지난번 통화할 때 괜찮았거든요. 독감으로 고생했다고는 했지만 말이죠. 아시는 대로 말씀해주세요."

독감이라고? 카밀이 어머니한테는 그렇게 말했다.

"섀넌 부인, 카밀이 임신을 했어요. 그리고 낙태를 했고요. 알고 계셨나요?"

헉 하고 숨을 들이마시는 것으로 봐서 모르고 있었던 게 분명하다.

"세상에, 말도 안 돼. 전혀 몰랐어요."

"낙태 약을 먹은 것 같아요. 버지니아 법에 따르면 18세 이상 가족의 동의가 있어야 하고, 약을 사려면 의사의 처방전과 초음파 결과가 있어야 합니다. 병원에 가서 의사를 만났을 텐데 어머님께서 모르셨다면……."

"정말 몰랐어요. 아마 카밀의 언니가 도왔을 거예요. 당장 에밀리를 불러야겠군요."

핸드폰 너머에서 위협적인 기운이 번뜩였다. 에밀리 섀넌은 지난해 학생회장이자 아이비바운드의 수장이었다. 영리하고 책임감이 강한 구드의 모범생이었다. 카밀이 어려움에 처했다면 당연히 언니 에밀리를 찾았을 것이다.

"여쭤보기 조심스럽긴 한데, 아이의 아빠로 짐작 가는 사람이 있으신가요?"

잠시 침묵 속에서 숨소리만 들렸다.

"안다고도 할 수 있고, 모른다고도 할 수 있어요. 카밀이 지난여름에 누굴 만났다는 얘기는 들었는데 누군지는 말을 안 하더라고요. 학교에서 만났다고 했어요. 얼마나 깊은 사이냐고 물었죠. 섹스할 생각이냐고 말이죠. 그런 건 아니라고 했어요. 하지만 나도 바보가 아닌 이상 그 또래 아이들이 어떤지 알죠. 나도 완전히 무심하고 무책임한 엄마는 아니에요. 카밀을 데리고 산부인과에 가서 피임약 처방을 받았어요. 그런데 너무 늦었나 보네요. 아니면 카밀이 약을 먹지 않았거나."

"학교에서 만났다면 근처 남자고등학교 학생일 수도 있겠네요. 우드베리 포레스트가 가장 가깝고, 우리 구드와 연합행사도 많이 하거든요."

"그럴 수도 있죠. 카밀이 댄스파티가 아주 재밌었다고 했어요. 아무래도 카밀이 집에 와 있을 때 만난 사람 같았어요. 그런데 정말 카밀이 낙태를 하고 힘들어했을까요? 나 같으면 걱정을 덜어서 오히려 후련했을 텐데. 너무 모진 말 같지만 카밀은 이제 겨우 열여섯 살이잖아요. 임신하면 인생이 망가질 수도 있다고요."

그러고는 잠시 후 말을 이었다.

"이제 열여섯 살이었다고 해야 하네요."

어머니는 더 이상 감정을 추스르지 못하고 울음을 터트렸다. 포드는 전화를 붙잡고 온 마음으로 그녀의 통곡을 받아주었다. 카밀 모녀에게 그 정도는 해주어야 한다고 생각했다. 포드는 책임을 다하지 못했고 기대에 부응하지 못했으니까.

카밀의 어머니가 마음을 가라앉히자 포드는 미처 하지 못한 말을 했다.

"사건 전말을 수사하는 중이에요. 카밀이 종탑에 어떻게 올라갔는지. 항상 잠겨 있었거든요. 무슨 일로 거기까지 가게 되었는지, 왜 도움을 청하지 않았는지, 경찰서장이 수사하고 있어요. 저도 여기서 자세하게 알아보고 있고요. 가능하면 조용히 처리하고자 합니다."

"카밀의 룸메이트는 어떤가요? 그 영국에서 온 학생 말이에요. 카밀이 방을 바꿔달라고 할까 생각 중이었거든요. 서로 잘 안 어울리는 것 같았어요."

"둘 사이에 문제가 있는 줄은 몰랐습니다. 대부분의 학생들은 문제가 있으면 저한테 털어놓거든요. 경찰이 카밀의 일기를 찾았는데 애쉬에 대해 별로 좋지 않게 써놨더라고요. 그럴 만한 이유가 있었겠죠. 섀넌 부인, 정말 죄송하지만 지금으로서는 명확한 대답을 해드릴 수가 없군요. 그렇지만 앞으로 계속 소식을 전하겠습니다. 에밀리 얘기를 들어보시고 저에게도 알려주세요. 뭐든 알려주시면 도움이 될 겁니다. 카밀이 누구를 만났는지, 그리고 그와 어떤 문제가 있었는지를요."

"그를 한동안 만나지 않았다는 건 알아요. 카밀이 헤어졌다고 했거든요. 짧게 만났던 것 같았어요. 아주 깊은 사이도 아니었고요. 카밀이 도움을 청했다면 도와주었을 텐데. 제 딸이니까요. 저는 그 애를 정말 사랑한답니다."

"잘 압니다, 섀넌 부인. 진심으로 애도를 표합니다."

"학장님, 카밀의 룸메이트를 주시하셔야 할 것 같아요. 그 애쉬라는 학생 말이에요. 솔직히 카밀이 외국 친구와 방을 같이 쓰게 되었다고 했을 때 좀 신경이 쓰였어요. 남편한테 말했더니 그 애의 신상명세서를 뽑아왔더라고요. 거기에 아주 소름 끼치는 내용이 담겨 있었어요. 학장님도 그 애의 남동생 이야기 알고 계시죠? 죽음을 둘러싼 의혹 말이에요. 더구나 그 애의 부모도……."

"우리 학교 학생의 신원 조회를 하셨단 말씀이세요? 섀넌 부인, 그런 건 우리가 자체적으로 하고 있다는 거 아시잖아요. 애쉬가 여기 들어오지 못할 결격 사유는 전혀 없었습니다. 저도 애쉬의 상황을 잘 알고 있습니다. 하지만 저를 믿으세요. 애쉬는 얌전하고 유순한 아이예요. 지금도 카밀을 잃고 몹시 충격을 받은 상태고요."

"그렇겠죠. 하지만 학장님도 아시겠지만, 그 또래 아이들은 거짓말을 잘한답니다. 이런 일이 생기고 보니, 학장님도 우리가 신원 조회를 한 것이 오히려 잘된 일이라고 생각하지 않으세요? 애쉬 부모님의 이야기를 듣고 카밀이 몹시 놀랐답니다. 그 애의 남동생 일은 말할 것도 없고요. 카밀은 룸메이트가 왜 자기한테 그 얘기를 안 했는지 이해할 수 없다고 했어요. 더구나 가짜 이름을 사용하고 있었잖아요. 그 애 주변 사람들이 여럿 죽었어요. 이제 저희 딸까지 말이죠."

섀넌 부인은 점점 언성을 높이면서 한 문장 한 문장 힘주어 말을 이었다. 포드는 왠지 자신이 직무에 소홀했으며 애슐린 카를 구드에 받아들였다는 것만으로 카밀의 죽음에 책임이 있는 것처럼 느껴져 당혹스럽고 두려웠다.

"섀넌 부인, 이런 이야기는 이제 그만하시는 게 좋을 것 같네요. 애쉬의 이름은 저하고 의논해서 바꾸는 것이 좋겠다고 한 겁니다. 애쉬는 구드에서 새로운 생활을 시작하려는데 부모님의 죽음이 꼬리표처럼 따라다닐까 봐 두려워했어요. 다른 사람들의 시선과 관심 속에서 슬픈 상처를 되새기고 싶지 않았던 거죠. 그런 애쉬를 탓할 수는 없습니다. 그 애도 자신의 사생활을 보호받고 싶어 합니다. 애쉬의 개인적인 상황은 카밀의 자살과 관련이 없습니다. 원치 않는 임신을 했다는 사실 하나만으로도 카밀의 마음이 어땠을지 짐작하고도 남지 않나요. 더구나 임신까지 하게 된 남자 친구와 헤어졌으니 말이에요. 그야말로 절망적인 상황이었겠죠."

전화선 너머로 누군가 뒤에서 섀넌 부인에게 속삭이는 소리가 들렸다. 섀넌 부인을 코치하고 있는 건가? 지금까지 스피커로 통화하고 있었나? 비탄에 빠진 카밀의 어머니를 위로하는 말을 누군가 함께 듣고 있었다는 말인가? 포드와 학교에 대적하기 위해 데려다 놓은 사람은 대체 누구일까?

"학장님, 저는 제 딸을 잘 알아요. 아주 잘 알죠. 자살할 만큼 우울했다면 저에게 도움을 청했을 거예요. 저는 그걸 가슴으로 느낄 수 있어요."

섀넌 부인은 이렇게 말하고는 목청을 가다듬었다. 이제 딸을 잃고 가슴이 무너져 내리는 엄마의 목소리는 사라지고 냉철한 검찰관 같은 목소리가 들려왔다.

"그런 이유로 해서 저희는 이 문제에 대해 독립적인 수사를 진행해 주실 것을 제안하는 바입니다."

포드는 변함없이 달래는 듯한 어조로 말했다.

"당연히 그럴 권리가 있습니다, 섀넌 부인. 하지만 저를 믿어주세요. 철두철미하게 조사하고 있습니다. 경찰에서는 카밀의 시신을 부검하기 위해 샬로츠빌로 옮겨 갔어요. 그리고……."

"네, 들었습니다. 남편이 지금 터키에서 오고 있어요. 그이는 집안 가까운 사람이 보는 게 좋을 것 같다고 하더군요. 그이가 경찰서장과 얘기해서 카밀을 워싱턴 D. C.로 데려올 거예요. 저희가 직접 모든 상황을 지켜볼 수 있게 말이죠. 중간에 다른 사람들이 끼는 건 원치 않아요. 이해하시죠?"

'너희 시골 멍청이들한테 맡겼다간 일을 그르칠 거야.'

포드는 잠시 침묵이 흐르는 동안 섀넌 부인이 정작 하고 싶은 말들을 정확하게 짚어냈다.

"그리고 부당한 죽음으로 판명된다면 합당하게 소송을 진행할 것입니다."

"저를 고소하겠다고 협박하시는 건가요?"

"학장님, 그곳 책임자는 당신이에요. 꼭 그렇게 된다는 것이 아니라, 혹시 그런 일이 있더라도 놀라지 마시라는 겁니다. 우리는 학장님이 위기에 빠진 구드 학교를 잘 살려냈다고 생각했어요. 선대에서 무너뜨린 것들을 개편하고 다듬어서 말이죠. 그런데 우리 판단이 너무 성급했던 것 같네요."

얼음장처럼 차가운 목소리였다.

"충분히 그러실 수 있죠. 하지만 섀넌 부인, 제가 확신하는데 애쉬는 이번 일과 관련이 없습니다. 그 애는 그저 아픈 상처를 혼자 감당하는 열여섯 살짜리 소녀예요. 오늘 밤 늦게까지 저와 같이 있었는데 카밀의 죽음으로 우리만큼이나 큰 충격을 받았어요. 그 애도 장례식에 참석할 거예요. 그때 직접 만나보시면 알게 되실 거예요. 애쉬는 그저 아픔이 많은 어린아이예요."

"저는 아픔이 많은 중년 여자고요. 제 딸이 죽었습니다. 지금 가장 고통받는 건 바로 저예요. 카밀을 만난 지 몇 주밖에 안 된 그 아이가 아니라고요. 그 애를 장례식에 오게 할 수 없어요. 우리가 허락하지 않은 학생은 참석할 수 없습니다. 카밀의 친구인 파이퍼와 바네사 외에는 안 됩니다. 물론 학장님도 오셔야 하고요."

포드는 상처받고, 당황스럽고, 절망스러워서 전화를 끊고 싶었다.

"섀넌 부인, 충격이 너무 크신 것 같군요. 나중에 다시 말씀 나누기로 하지요. 다시 한 번 유감의 뜻을 표합니다. 우리 모두에게 소중했던 카밀의 명복을 빌겠습니다."

"감사합니다, 학장님. 그 마음 감사히 받겠습니다. 연락드릴게요."

전화가 끊어졌다. 포드는 머릿속이 멍해서 방금 무슨 일이 있었나 싶을 정도였다.

위로의 전화를 했다가 소송하겠다는 협박을 받다니. 그리고 애쉬에 대한 암시.

포드가 구드에 입학시킨 이 소녀는 과연 누구일까?

때맞춰 문 두드리는 소리가 들리고, 하이라이트를 넣은 완벽한 단발머리에 캐시미어와 진주를 온몸에 휘감은 주드 웨스트헤이븐이 문 앞에 나타났다.

"아니, 무슨 이런 난리가 있다니?"

주드가 말했다.

"어머니, 여긴 어쩐 일이세요?"

주드의 표정은 감정을 읽을 수 없을 정도로 모호했다. 하지만 그녀의 말은 진심으로 다가왔다.

"하느님, 맙소사. 얘야, 너를 위로해주려고 왔단다. 정말, 진심으로 유감이구나. 학생을 잃는 것보다 마음 아픈 일이 또 어디 있겠니. 네 마음이 어떨지 안다. 모든 상황을 정상으로 되돌려놓는 데 혹시 도움이 될까 해서 왔단다. 내가 필요할지 몰라서. 그리고 어쩌면 네가 내 도움을 받아들일지 몰라서 말이다."

포드는 축복처럼 쏟아지는 어머니의 말을 가만히 듣고 있었다.

"제 잘못이 아니에요, 엄마."

포드는 눈물을 흘리기 시작했다. 주드는 두 팔로 포드를 감싸 안았다.

48

환희

환희. 참 재미있는 말이다.

의미도 다양하다. 유의어 사전을 찾아보면 알 수 있다. 단순히 즐겁고 행복한 감정 이상을 의미한다. 큰 기쁨, 몹시 쾌활한, 흥에 겨운, 환락. 이 말의 동의어 중에는 거짓말과 관련된 단어가 없다. 그런데 어쩌면 관련 있지 않을까? 사람들의 삶에 진정한 행복이 얼마나 될까? 우리 모두 감정의 기복을 겪는다. 결국 행복과 슬픔 사이를 오가는 것이다. 그러나 누군가를 감동시키거나 내 감정을 전달할 때는 좀 더 강렬한 어휘를 찾아야 한다.

말로 누군가의 마음을 움직이려 할 때는 기본적인 어휘 외에 수백 개의 다른 어휘들을 생각해볼 수 있다. 예를 들어 구드 학교에 입학하기 위한 에세이를 쓸 때 단순히 '저는 행복합니다'라고 하지는 않을 것이다. 그보다는 극적인 표현들이 난무할 것이다. 입학을 허락해주신다면 '열렬히 기뻐할 것입니다'라거나, '구드의 일원이 된다면 정말 감격스러울 것입니다'라거나, 미국으로 가게 되어 '한없이 기쁩니다'라고 쓸 것이다.

그러면 상대는 미소 지을 것이고, 구드에 가고 싶은 열정에 만족스러워할 것이다. 이때 그가 '행복하다'고 할 수 있을까? 물론 그럴 수도 있다. 하지만 '만족스럽다'는 표현이 좀 더 차분하고 품위 있어 보인다.

그 사람은 정감 어린 답장을 써서 보낼 것이다. 이번에는 좀 더 개인적인 감정을 담아 당신이 오게 된 것은 자신에게 '큰 기쁨'이라는 내용으로 말이다.

큰 기쁨, 얼마나 정겨운가.

그렇다. 환희는 참 재미있는 어휘다. 생각할수록 재미있다.

그런데 이제부터는 '슬프다'는 어휘의 유의어들을 찾아보란 말이다. 앞으로 어떤 일이 닥칠지 모르니까. 너희 중 누구도 그걸 아는 사람은 없다.

3
부

"과거는 마치 제2의 심장처럼 내 안에서 뛰고 있다."

《신들은 바다로 떠났다》(존 밴빌)

49

수사관

케이트 우드는 노스 29번 고속도로를 타고 머내서스로 향하고 있었다. 한 손으로 운전대를 잡은 채 귓전에 맴도는 빌리 아일리시의 노래를 흥얼거리면서. '유 슈드 시 미 인 어 크라운(You should see me in a crown)'인데 구드의 기숙사를 지나갈 때 어느 방에서 흘러나오는 이 노래를 들은 이후로 멜로디가 머리에서 떠나지 않았다. 결국 뮤직비디오를 찾아보았는데 첫 장면에서 기겁을 하고 꺼버렸다. 거미가 나왔다. 케이트는 거미를 싫어한다. 그런데 구드 학교도 왠지 거미처럼 소름 돋는 뭔가가 있었다. 언덕 꼭대기에 생기 없는 거미줄을 쳐놓고 그 안에서 먹이를 기다리는 통통하고 늙은 거미를 보는 느낌이었다. 물론 건물들은 모두 보수하고 개조했다. 그러나 페인트와 셸락을 칠한다고 혼령들이 벗겨지는 건 아니다. 캠퍼스를 걸어가기만 해도 칠판을 손톱으로 긁는 소리를 들을 때처럼 소름 끼쳤다. 앤서니 삼촌은 어떻게 그런 동네에서 사는지 이해할 수가 없다.

카밀 섀넌의 죽음에는 뭔가 미심쩍은 부분이 있다. 앤서니 삼촌은 명백한 자살이라고 했다. 카밀의 일기가 유력한 증거라는 것이다. 그러나 케이트는 아직 의문이 가시지 않았다. 룸메이트라는 여학생에게서 뭔가 석연치 않는 느낌을 받았다. 영국인의 전형적인 냉담함이나 10대 소녀의 무심함이라고 하기에는 그녀의 눈에 깊게 드리운 어둠 때문이었다. 마치 뭔가를 숨기고 있는 것처럼.

물론 케이트는 세상 전체가 뭔가를 숨기고 있다는 전제하에 살피는 것이 습관이다. 그러나 그 아이의 텅 빈 눈망울은 마치 유령처럼 케이트의 머릿속에서 떠나지 않았다.

케이트가 이 사건에 참여하게 된 계기도 어이없다. 모처럼 소소한 일상을 즐기면서 직무정지 판결을 기다리면 되는 거였다. 물론 그 생각만 하면 지금도 피가 거꾸로 솟는 것 같다. 케이트는 게리 배너라는 마약 중개상이자 살인자에 대한 체포 영장을 집행하던 중이었다. 범인을 체포할 수 있었는데, 그 머저리 같은 놈이 케이트가 오는 것을 보고 헛간에 숨어서 총격을 가한 것이다. 케이트도 같이 총을 쐈고, 그를 사살하고 말았다. 돌이킬 수 없는 실수였다.

그러나 하필이면 그 더러운 녀석은 귀하신 몸이었고, 법에 압력을 가할 수 있는 배후까지 있었다. 영장 발부는 합당한가 하는 따위의 반격이 가해졌다. 그는 주 상원의원의 조카였던 것이다.

케이트는 결국 배지와 총을 빼앗겼다. 그러고 나서 2주가 지났다. 케이트는 여전히 기다리고 있다.

케이트는 잘못이 없다. 그녀도 안다. 케이트의 소속 부서도 안다. 미디어도 안다. 샬로츠빌 도시 전체가 잘 알고 있다. 그러나 케이트는 여전히 직무정지 중이고, 새로 구성된 경찰 민간 심의위원회에서 사건을 검토하고 있다. 케이트는 공정하게 처리될 거라고 기대하지 않는다.

케이트는 어머니의 쌍둥이 형제이자 가장 좋아하는 앤서니 삼촌이 사는 마치버그를 방문했다. 위로를 받고 싶기도 했고, 좀 더 솔직히 말하자면 샬로츠빌에서 극단적인 징계 처분을 받을 경우 삼촌이 있는 치안담당국으로 옮기려고 물밑 작업을 할 생각이었다.

친족 등용은 문제되지 않을 것이다. 앤서니 삼촌은 케이트가 오는 것을 마다하지 않을 테니까. 케이트 역시 일개 민간 심의위원회 때문에 자신의 커리어를 포기하지는 않을 것이다. 그럴 수는 없다.

앤서니 서장은 무뚝뚝하고 과격하지만 케이트와 통하는 구석이 많다. 대대로 의사들을 배출한 우드 가문의 전통을 깨고 유독 경찰이 되어 집안에서 이방인 취급을 받는 두 사람이다. 두 사람은 늘 대화를 하면서도 더 많은 시간을 함께하지 못해 아쉬웠다. 하지만 케이트도 수사관이 된 후로는 늘 바빴고, 앤서니 서장도 마치버그 전체를 담당하느라 일이 많았다. 따라서 케이트의 이번 방문은 두 사람에게 몹시 반가운 기회였다. 맥주를 마시며 일 얘기를 나눴다. 갖가지 범죄 현장, 특이한 장소에서 발견된 시신들, 그리고 괴상한 방식의 죽음에 관한 음침한 유머들까지, 그런 일에 종사하는 사람이 아니면 진저리를 칠 만한 이야기들이 케이트와 앤서니 서장에게는 일상이었다. 어차피 인생은 웃거나 아니면 울거나 둘 중 하나 아닌가.

앤서니 서장은 케이트를 압박하거나 채근하지 않고 든든한 조언자가 되어주었다. 모든 것이 잘 해결될 거라고 했다. 그러다 보니 어느새 이 사건에 발을 들여놓게 된 것이다.

'하지만 이건 네 사건이 아니야, 케이트.'

케이트가 생각하기에 10대 소녀의 주검을 둘러싼 정황들이 도무지 맞아떨어지지 않았다. 그 와중에 가족은 시신을 워싱턴 D. C.로 보내라면서 경찰에 대한 불신을 표시했다. 그건 정말 아무것도 모르는 무식한 얘기다. 버지니아의 수석 부검의 사무실은 모든 시설과 인력이 통합된 우수한 검시 시스템으로 주 전체를 통틀어 상호 지원을 하고 있다. 그런데도 앤서니 서장은 아무 저항 없이 유족의 제의에 응했다. 죽음이란 매우 예민한 상황이니까.

케이트는 또 하나의 예민한 사건에 발을 디딘 셈이다.

그래서 지금 부검 장소로 달려가고 있는 중이다. 또래 팬들의 감성을 정확히 파고드는 재능으로 어마어마한 성공을 이룬 10대 소녀 가수의 스산한 노래를 흥얼거리면서 말이다.

케이트는 사건을 마무리하러 가는 것이 아니다. 자기 사건이 아니니까. 이 사건은 앤서니 서장 담당이며 케이트는 지금 직무정지 중이다. 그런데도 가는 이유는 부검 결과가 나오면 바로 앤서니 서장에게 알려주기 위해서다. 그렇게 되면 앤서니 서장과 케이트도 모든 진행 과정을 따라갈 수 있을 테니까.

다른 할 일이 있는 것도 아니고, 또 운전하면서 이런저런 생각을 정리하는 것도 좋을 것 같았다.

애쉬 칼라일…… 진짜 이름은 애슐린 엘리자베스 카. 180센티미터에 59킬로그램, 파란 눈의 금발, 예쁘고, 지적이며, 교양 있고, 엄청난 부를 가진 아이. 부모도 죽고, 룸메이트도 죽은 그 아이는 뭔가를 숨기고 있다. 케이트는 거의 확신했다.

그 아이의 찢어진 셔츠는 차치하더라도, 눈동자가 풀려 있었던 것으로 보아 틀림없이 환각 상태였다. 게다가 입 냄새를 없애주는 알토이즈 민트 향이 지독하게 났다. 케이트 자신의 10대 시절로 추론해

보면, 그 아이는 술을 마셨고, 그 애의 여자 친구인 졸업반 스타 학생도 함께 마셨을 것이다. 두 아이는 희한하게도 체격과 외모 모두 비슷하다. 졸업반 아이가 좀 더 강한 성격이지만. 후배를 두둔하려고 공격적으로 대응하던 모습을 보면 알 수 있다.

고등학교 비밀 클럽은 말도 안 되는 일이다. 하긴 구드 학교는 여느 고등학교나 기숙학교와는 다르니까. 구드의 학생들은 거의 대학생과 같다. 자기 의존성, 독립성, 주체성, 요즘 세상을 살아가는 젊은 여성이 갖춰야 하는 중요한 덕목들이다. 하지만 그러한 책임감을 감당하기에 너무 어린 나이란 몇 살 정도일까? 왜 아이들이 더 이상 아이다울 수 없는 걸까?

똑똑하고, 유능하고, 돈 많은 소녀들이 마약과 술을 마음대로 하면서 비밀 클럽을 결성하고, 그중 한 명을 괴롭혀 종탑에서 몸을 던질 수밖에 없을 정도로 몰아갔다.

바로 그거다. 오컴의 면도날(어떤 사항을 설명하기 위한 가설 중 가장 간단한 것이 진실일 확률이 높다는 원칙 – 옮긴이). 수사의 첫 번째 원칙이다. 가장 명확한 답을 우선적으로 택하라는 뜻이다. 카밀이라는 아이가 괴롭힘을 당하고 자살했다는 추론은 직관적으로도 무리가 없다. 돈 많고, 영리하고, 주관이 뚜렷하다고는 하지만 10대 소녀이다. 케이트 자신의 고등학교 시절에도 나름대로 부잣집 아이들이 있었다. 물론 주로 농가의 아이들이 다니는 오렌지카운티의 평범한 고등학교였지만 거기도 말 농장과 포도주 농원들도 있었으니까. 누군가에게 따끔한 맛을 보여줄 때면 늘 그런 집안 아이들이 앞장섰다.

그런데 그런 아이들이 모인 여자고등학교라면?

카밀 섀넌은 괴롭힘을 당하고 자살을 선택했거나 아니면 왕따를 당하고 우울증에 빠졌을 것이다. 거기에 낙태와 남자 친구의 무관심 내지는 결별까지 더해졌다면 충분히 자살을 생각할 수 있다.

앤서니 삼촌에 의하면 카밀의 어머니가 부당한 죽음으로 판명될 경우 소송을 하겠다고 했다는데, 그것이 성립될 가능성도 있다. 언론의 비판을 받아서 좋을 리는 없겠지만, 구드는 자체 자금으로 설립된 데다 버지니아 재산가 가문에서 운영하기 때문에 그 정도 소송으로 넘어가지는 않을 것이다. 그러나 10년 전에 있었던 살인 사건에 이번 일까지 더해지면 타격을 입을 수밖에 없다. 입학하려는 학생이 줄어들고, 기부금 모금에 지장이 생길 수도 있다.

케이트는 29번 고속도로에서 벗어나 머내서스로 접어들었다. 그러면서 이번에는 다시 베카 커티스를 생각했다. 상원의원의 딸도 미심쩍은 부분이 있다. 이 사건에 깊이 개입되어 있는 것이 틀림없다. 그 아이의 왕관 쓴 모습을 그려보면 너무도 완벽하게 잘 어울린다. 무리를 이끄는 여왕, 선택받은 자.

그 모습에 애쉬 칼라일을 더하면……. 케이트는 둘이 뭔가 알고 있다는 느낌을 떨쳐버릴 수 없었다. 그게 뭘까?

'네 사건이 아니야, 케이트.'

벌써 스무 번도 넘게 스스로를 일깨우고 있다. '넌 지금 앤서니 삼촌의 사건을 도와주는 거야. 부검 결과를 실시간으로 전해주어서 삼촌이 모든 정보를 바로 알 수 있도록 하면 돼.'

그러나 머내서스 수석 부검의 사무실 주차장에 들어서자마자 케이트는 바다 건너에서 이 사건을 조명해줄 수 있는 친구에게 이메일을 보냈다. 한 문장이었다.

'데미언 카 경의 죽음에 대해 아는 거 있어?'

그러자 놀랍게도 바로 전화벨이 울리면서 영국 국가 번호(+44)가 떴다.

"여보세요?"

"헤이, 케이트, 한밤중에 무슨 일이야?"

"올리버, 그러는 넌 왜 한밤중에 이메일을 열어보는데?"

"VIP 고객의 이메일이니까."

"오, 내가 VIP란 말이지?"

"너야 항상 VIP지. 그런데 왜 갑자기 영국 정치계에 관심을 갖는 거지?"

"아, 그 사람이 정치가였어?"

"카 경 말이야? 아니. 그는 상류층 인사들의 자산관리사였어. 영국 금융계에 공헌한 공로를 인정받아서 여왕에게 작위를 수여받았지. 그렇지만 죽었어. 지난여름에 스스로 목숨을 끊었어. 최근에 사인 규명이 마무리되었는데 수상한 점은 없었고. 바람을 피웠는데 아내한테 발각되어 굴욕을 당했나 봐. 내색하거나 들키고 싶지 않은 사생활이다 보니 우리가 항상 골탕을 먹지."

"그 아내도 죽지 않았어?"

"맞아. 남편의 시신을 발견하고 총으로 자살을 했어. 떠도는 말 같은 거? 원래부터 정신적으로 불안한 여자였대. 그런데 남편이 바람을 피우자 극도로 약해졌다는 거지. 풍문으로 들은 거야."

"그 집 딸은……."

"내 기억으로는 10대 소녀였어. 그 후로 어떻게 됐는지는 전혀 몰라. 미디어에서도 통 언급이 없었으니까. 딸에 대해서는 그 전부터 드러내지 않는 것 같았어. 카 경 자체가 사생활을 무척 중요하게 생각하는 사람이었거든. 그랬는데 스캔들 때문에 결정적인 타격을 입었지."

"그 딸이 지금 버지니아에 있어. 아주 비싼 사립 여자고등학교에 다닌다고."

"그럴 수 있겠네. 혼란스러운 상황에서 벗어나 정상적인 삶을 살려고 그랬겠지."

"그런데 그 애의 룸메이트가 죽었어. 현재로서는 자살로 추정하고 있는데."

"정말? 여자 기숙학교에서 말이야? 중세의 음산한 이야기 같은데. 구미가 당기겠어."

"못 말려 정말."

케이트가 웃음을 터트렸다.

"네가 맡은 사건이야?"

케이트는 자신이 직무정지 상태인 것을 친구에게 굳이 알리고 싶지 않았다.

"아니, 아니야. 삼촌이 담당하는 지역인데 마침 그때 삼촌한테 갔거든. 타이밍이 안 좋았지."

"그런데 친구, 알고 싶은 게 뭔데?"

"잘 모르겠어. 그 카 경의 딸이라는 아이가 좀 의심스럽긴 한데 말이지. 최근에 그 애 주변에서 사람들이 여럿 죽었잖아. 열여섯 살밖에 안 된 아이의 삶에서 흔한 일은 아니지. 그냥 지푸라기라도 잡아보는 심정이지, 뭐."

"그럴 수도 있고, 아닐 수도 있어. 넌 항상 직관이 뛰어나잖아. 넌 나에 대해서도 아주 빨리 간파했거든."

올리버는 동성애자다. 하지만 커밍아웃을 하지 않았다. 지금은 에릭이라는 룸메이트와 함께 잘살고 있다. 에릭 역시 커밍아웃을 하지 않고 조용히 사는 사람이다. 둘은 열렬히 사랑하면서도 그 사실을 드러내지 않는다. 케이트는 그런 사실을 문제 삼지는 않지만, 워싱턴 D. C.에서 열린 국제 과학수사 컨퍼런스 칵테일파티에서 두 사람을 처음 본 순간 그 사실을 간파했다.

참 안타까운 일이다. 두 사람은 아주 행복하게 살 수 있을 것 같은데 말이다.

올리버는 런던 광역경찰청 과학수사연구소의 촉망받는 연구원이다. 케이트는 어려운 문제가 있으면 늘 올리버와 상의했다. 그는 살인 사건에 대한 예리한 통찰력을 가지고 있다.

핸드폰 너머에서 키보드 두드리는 소리가 들렸다.

"카 경에 대한 파일을 보내는 중이야. 그리고 내가 좀 더 알아볼게."

"아니 괜찮아, 올리버. 내가 남의 일에 너무 관심이 많은 것 같다. 병적인 호기심인 것 같기도 하고. 그런 식으로 부모를 잃는다는 게 어린 소녀에게 무척 힘든 일이었을 텐데. 게다가 룸메이트까지……. 그냥 궁금했을 뿐이야."

"그래. 아무튼 자료 보낼 테니 재미 삼아 읽어봐. 또 필요한 거 있으면 얘기하고."

"고마워. 에릭한테 안부 전해주고. 잘 자."

"그럴게."

올리버가 핸드폰 너머로 케이트에게 키스를 보냈다.

잠시 후 이메일 알림이 떴다. 제법 큰 용량의 파일이었다. 케이트는 나중에 천천히 읽어봐야겠다고 생각했다. 차에서 내려 수석 부검의 사무실로 향하면서 지금은 여기에 집중하는 게 좋겠다고 생각했다.

50

담화

구드의 소녀들이 예배당의 긴 의자에 자리 잡는 동안 포드는 정면 자리에서 멍하고 지친 얼굴들을 바라보았다. 밤새 한숨도 이루지 못하고 부스스한 모습이라는 걸 알고 있지만, 포드에게 학생들을 보살피는 것보다 중요한 일은 없었다. 또한 어머니의 첫 번째 계명이기도 했다. 단결심을 일깨우는 연설. 문제 상황에서 학생들의 빈틈을 채워주는 일. 그들이 안전하고, 빈틈없는 보살핌을 받고 있으며, 관심받고 있다는 사실을 확인시켜주는 일.

포드는 즉각 조회를 소집했다. 종이 울리고 소방 훈련을 하듯 신속하게 전달되었다. 곧 학생들이 예배당으로 들어오기 시작했다. 대부분 아무 말도 하지 않고 울면서 들어왔다. 그중에는 인정머리 없이 키득거리는 아이들도 있었다.

이렇게 전 학년이 뒤죽박죽 모여 앉는 일은 거의 없다. 가운이나 교복을 제대로 갖춰 입지도 않고, 지치고 두려움 가득한 슬픈 얼굴로 말이다. 모두가 눈을 휘둥그렇게 뜨고 학장이 끔찍한 사건의 진실을 밝혀주고, 바로잡아 주기를 기다리고 있었다.

떠도는 소문들을 불식하려면 이 방법밖에 없었다.

"여러분." 포드가 말을 시작하자 장내가 조용해졌다.

"이미 들었겠지만 어젯밤에 한 학생을 잃었습니다. 그래서 나는 지금부터 여러분과 함께 우리가 알고 있는 것과 모르는 것에 대해 명확하게 이야기하고자 합니다. 우선 그 학생의 이름은 카밀 섀넌이며 2학년입니다. 우리는 카밀이 안타깝게도 스스로 목숨을 끊었다고 생각합니다. 그녀의 방에서 발견된 일기장에 당면한 현실에서 벗어나는 방법으로 죽음이나 자살을 언급한 부분들이 있었습니다. 이것은 지극히 사적인 이야기이므로 유족의 요청에 따라 여기서 말하지는 않겠습니다. 이 자리에서 말하고자 하는 것은 내가 카밀을 돕지 못했다는 사실입니다. 그럼으로써 카밀의 친구, 그리고 동료인 여러분을 돕지 못했습니다. 이 상황을 미리 알지 못했기 때문입니다. 카밀이 고통받고 있다는 것을 몰랐습니다. 하지만 그건 변명이 될 수 없지요. 우리가 카밀의 고통을 알고 있었다면 상황이 어떻게 달라졌을지 알 수는 없지만 말입니다. 그러나 우리는 뒤를 돌아보기보다는 앞으로 나아가야 합니다. 우리가 함께 겪게 된 이 비극적인 순간은 기회가 될 수 있습니다. 명예규율을 따르는 이유는 여러 가지겠지만 그중 가장 중요한 것은 우리 삶의 모든 면에서 정직하고 솔직하기 위해서입니다. 동시에 그것은 우리를 보호해주는 안전망이기도 합니다. 지난 몇 주 동안 암암리에 일어나는 일들에 대해 왜 아무도 말해주지 않았는지 잘 모르겠습니다. 여러분 자신의 건강과 복지도 친구들의 건강과 복지 못지않게 중요합니다. 정직하고 신의를 지키는 일은 단순히 진실을 말하는 것 이상입니다. 그것은 친구가 도움이 필요할 때 손을 내밀어주는 일입니다. 누군가 고통받고 있을 때 말입니다. 그렇게 하는 것이 신의를 배반하는 것처럼 느껴질 수 있습니다. 그러나 동료의 마음 상태가 불안정한 상황에서 도움을 줄 사람에게 말하는 것과, 말하지 않고 친구를 영원히 잃어버리는 것 중 하나를 선택해야 할 때, 대부분은 주저하고 망설이다가 기회를 놓치는 실수를 범합니다."

포드는 여기까지 말하고 베카 옆에 온순히 앉아 있는 애쉬를 바라보았다.

"여러분의 탓은 아닙니다. 선생님들이나 선배, 학생회장, 또는 나에게 마음을 터놓고 얘기하십시오. 어떤 것이라도 좋으니 모든 것을 나누십시오. 그런 의미에서 이번 주 동안 익명의 제보를 받겠습니다. 여러분의 마음속에 있는 이야기나 생각들을 나에게, 또는 학생회장인 베카 커티스에게 전해주십시오."

그러자 학생들이 술렁거리기 시작했다. 명예규율은 절대 불변의 원칙이다. 구드는 지금까지 가해자와 피해자가 일대일로 만나서 해결하는 것을 장려했다. 익명성은 권장하지 않았다. 그러나 이제 포드는 그럴 수 없었다. 또다시 이런 일이 있어서는 안 되므로. 포드가 모르는 일들이 너무 많이 일어나고 있다.

"어제 아침에 카밀은 초대장을 받았습니다. 그런데 졸업반 중에 누가 보냈는지 아는 사람이 없습니다. 그걸 아는 사람이 있으면 나에게 말해주기 바랍니다. 무엇이 카밀을 벼랑 끝에서……."

여기저기서 헉 하고 놀라는 소리가 들렸다. 포드는 순간 말을 멈추고 후회했다. '밀어냈는지'라고 말하려다 멈춘 것이다. 무의식중에 머릿속에 맴돌던 생각을 드러낼 뻔했다. 잠을 전혀 못 잔 데다 스트레스와 분노가 쌓인 탓이었다. 포드는 스스로를 다독이며 연설을 마치려고 했다.

"오늘 수업은 모두 취소합니다. 그리고 상담 선생님들이 캠퍼스에 남아 여러분과 이야기를 나눌 것입니다. 그분들과 마음을 터놓고 이야기하기 바랍니다. 친구를 잃는다는 것은 큰 충격이고, 슬프고 혼란스러운 것은 자연스러운 현상입니다. 카밀과 가까이 지내지 않았다 하더라도 마찬가지입니다. 우리 모두는 상처받은 어린 소녀의 잘못된 선택으로 큰 충격을 받았습니다. 자살이란 다루기 어려운 주제입니다. 일부에서는 자살에 대해 이야기하는 것을 금기시하기도 하지요. 그러나 우리 구드는 모든 주제를 깊이 탐구하고 성찰하라고 가르쳐왔습니다. 이 문제도 마찬가지입니다. 모든 문이 열려 있습니다. 어떠한 토론도 환영하며 권장합니다. 여러분 중 몇 명에게는 보안국에서 연락을 할 수도 있습니다. 지난 몇 주간 카밀의 근황에 대해 물을 것입니다. 모든 요청에 성실히 임해주기 바랍니다. 여러분이 혼자 응대하기 불편하다면 언제든 내가 동석할 것입니다."

또다시 학생들이 술렁거렸다. 그리고 다시 조용해지자 포드가 말을 이었다.

"장례식에 참석하고 싶은 사람이 있겠지만 카밀의 부모님은 가족장으로 치르고 싶어 합니다. 그러나 꼭 참석하고 싶은 사람은 내게 얘기하면 유족에게 전달하겠습니다. 우리도 며칠 후 이곳에서 카밀의 추도식을 가질 것입니다."

포드는 차오르는 눈물을 참으려고 심호흡을 했다. 전교생 앞에서 울음을 터트릴 수는 없었다. 언제나 그랬듯이 강하고 의연한 모습을 보여야 하니까.

"여러분의 동료 카밀을 기억하십시오. 빛나는 미래를 향해 나아가던 착하고 상냥한 소녀를 기억하십시오. 모턴 목사님께서 축도를 해 주시겠습니다."

포드가 단상에서 내려서자 교목이 그 자리에 섰다. 모두의 사랑을 받는 나이 지긋하고 머리가 하얀 모턴 목사가 위로의 말과 함께 삶의 유한함에 대해 몇 마디 한 다음 특정 종파의 색을 띠지 않는 보편적인 평화의 기도를 바쳤다. 구드는 세속의 학교이니까.

포드는 오늘 긴 명단에 올라온 사람들에게 전화를 해야 한다. 대부분 어머니가 적어준 이름이다. 언론에 보낼 기사 초안을 만들어야 하고, 동창들, 기부자, 학부모들에게도 전화해야 한다. 점심시간에는 비상이사회 회의가 있다. 물론 앤서니 서장도 다시 찾아와 한바탕 장황한 힐책을 쏟아놓을 것이다.

10년 전 살인 사건이 났을 때 주드 웨스트헤이븐이 했던 실수를 포드가 또다시 되풀이하기를 바라는 사람은 아무도 없다. 구드는 지금의 빛나는 평판을 그대로 이어가야 한다. 그러기 위해 주드는 오늘 계획되어 있었던 동창회의를 취소하고, 워싱턴 D. C.에 있는 위기관리팀과의 전화 통화를 주선했다. 위기관리팀은 변호사들로 구성되어 있는데 대통령 후보나 법조계 또는 정치계에 입문하려는 후보들과 새로 임명된 기업 대표들이 언론과 미디어의 집중적인 관심을 잘 헤쳐 나갈 수 있도록 자문을 해준다. 젊은 학장이 학교가 흔들리지 않게 대처할 수 있도록 조언하는 일은 그들의 전문 분야가 아니다.

포드가 이번 일을 잘 해결하기만 하면 구드는 또 한 번의 폭풍을 이겨낼 수 있다. 학생을 잃는 일은 비극이지만 포드는 헤쳐 나갈 것이다. 구드가 명성을 잃는 것은 포드가 용납하지 않으니까.

그러기 위해 가장 시급한 일은 사라진 종탑 열쇠를 찾는 일이었다.

포드가 열쇠를 확인하기 위해 서장과 함께 숙소에 갔을 때 그녀의 금고에 열쇠가 없었다.

당혹스러운 일이었다. 그것 하나만으로도 소홀함이 드러났다. 그런데 더 난감했던 것은 열쇠가 사라진 지 얼마나 오래되었는지 모른다는 사실이었다. 하루일 수도 있고 10년일 수도 있다. 그동안 종탑에 한 번도 올라가 보지 않았으니까. 금고를 열어 열쇠를 확인한 것이 언제인지 기억나지도 않았다. 경비실 금고에는 열쇠가 온전히 있었다. 그러므로 종탑을 열어서 카밀을 어두운 밤하늘로 나가게 한 것은 포드가 가지고 있던 열쇠였던 것이다. 그러므로 포드에게 책임이 있었다.

사라진 열쇠의 수수께끼를 푸는 것이 가장 시급하고 중요했다. 부당한 죽음으로 소송을 당할 것인지의 여부가 이 열쇠의 행방으로 결정될 수 있다. 그러나 누가 어린 카밀을 임신시켰는지 밝혀낼 수만 있다면 열 걸음 정도는 앞설 수 있다. 포드는 그것 하나로 모든 사실을 밝혀낼 수 있다는 확신이 있었다.

조회가 끝나고 학생들이 흩어지기 시작했다. 포드는 이 작은 드라마에 등장하는 주요 인물들의 동선에 주의를 집중했다.

애쉬는 베카를 따라 거대한 나무문을 나서고 있다. 고개를 숙이고 손으로 배를 문지르면서. 둘은 수목원으로 갈 것이다.

카밀의 절친인 바네사와 파이퍼는 다른 학생들과 함께 식당으로 가고 있다. 우선 밥을 먹게 두자. 그래야 기운을 낼 테니. 포드도 밥을 먹기로 했다. 샤워를 하고, 토스트 몇 쪽과 진한 커피를 마신 다음 저들을 면담하면 뭔가 답을 얻어내리라.

51

전환점

주드는 숙소에서 포드를 기다리고 있었다. 아침부터 연회색 캐시미어 앙상블에 짙은 색 스키니진, 흰색 통굽이 달린 검정색 뮬(슬리퍼형 구두)까지 완벽한 차림으로 신선한 커피를 내렸다. 커피 향이 퍼지면서 집다운 분위기가 났다. 안전하고 편안한 보금자리.

하지만 포드는 더 이상 주드를 보면서 그런 것들을 떠올릴 수 없었다.

"어떻게 됐니?"

"잘했어요. 힘들긴 했지만. 모두 너무 충격을 받은 터라. 아침 식사 후에 카밀의 기숙사 친구들과 얘기를 나눠보려고요. 혹시 그 애들이 카밀의 행동을 뒷받침할 만한 사실을 알고 있을지도 모르죠. 그다음에는 이사회 회의가 있어요."

"잘했다. 너를 위해 언론에 보낼 기사 초안을 만들어봤다. 그리고 곧 오웬즈 앤 튜더에서 위기관리팀이 도착할 거야. 커피 좀 마시렴. 비스킷도 굽고 있어. 너 영양 보충 좀 해야 해. 낮잠도 한숨 자고."

"비스킷을 만드셨어요? 다른 사람이 온 것 같네요. 우리 엄마는 어디 감춰두고요?"

주드가 웃었다.

"사실 주방에 얘기해놨다. 네가 좋아하는 허니버터도 가져오라고 했어. 뭐라도 좀 먹어야 해. 오늘은 우리에게 아주 힘든 하루가 될 테니까."

"우리라고요? 어머니는 회의에 참석할 수 없어요. 아시잖아요. 더 이상 구드의 학장이 아니에요."

주드가 손을 내저으며 미소 지었다.

"그래도 네 엄마잖니. 딸이 괜찮은지 지켜보는 것쯤 허락하지 않을 게 뭐야. 그리고 우리 가족이 만든 학교다. 너와 함께 회의에 참석할 자격이 충분해. 걱정 마라. 절대 방해하지 않을 테니까. 다만 네가 이 상황을 헤쳐 나가는 데 필요한 모든 수단을 마련해주려는 거니까. 수사 결과 뭔가 더 이상한 일이 밝혀질 경우, 너도 만반의 준비를 갖추고 모든 일을 정해진 규칙대로 했다는 사실을 입증해야 할 것 아니냐. 학교에서 자살 사건은 최악의 상황이야. 다른 사람들까지 위험에 빠뜨릴 수도 있고, 문제가 무더기로 나타날 수 있어. 그런 일이 생기면 안 되잖니."

그건 사실이다. 그 정도는 포드가 관철할 수 있다. 잠시 기대거나 돌봄을 받는 거니까. 이사회도 포드가 잠시 어머니의 도움을 받는다고 해서 내치지는 않을 것이다. 주드의 말은 포드에게 예언과도 같았다. 물론 그런 지혜는 어머니가 10년 전에 저질렀던 실수에서 얻은 것이다. 누군가 스토킹하고 있다는 사실을 알고도 묵인하는 바람에 살인으로 이어졌다.

자살. 살인.

작은 헝겊 조각. 애쉬의 찢어진 셔츠. 애쉬와 베카는 자고 있지 않았다. 베카의 말에 거짓이 있었다. 저녁 내내 애쉬와 함께 있었던 게 아니니까. 10분 내지 15분의 틈이 있었다. 그러나 그건 생각조차 하지 말자.

'그런 일은 없었어, 포드. 넌 알잖아. 카밀의 일기를 읽었잖아. 자살을 생각하고 있었어. 화가 나 있었다고. 이건 단순히 정신적으로 곤경에 빠진 어린 소녀가 자신의 잘못된 선택에 절망해서 생긴 일이야. 더구나 자기를 지지해주는 가족들과 떨어져 있었으니 정신적으로 불안정한 요인들이 겹쳤던 거야.'

주드가 포드를 보며 물었다.

"괜찮니, 얘야?"

"네, 엄마. 신경 써줘서 고마워요. 아침 먹어요."

"그래, 착한 내 딸."

주드가 포드의 등을 쓰다듬어주며 말했다. 포드는 다시 아홉 살짜리 어린애가 된 것 같았다.

"본격적으로 하루를 시작하기 전에 샤워하고 화장도 좀 해라. 너무 지쳐 보여. 가여운 것. 너무 무리한 것 같구나."

그때 가볍게 노크하는 소리가 들리고 문이 열리면서 남자 목소리가 들렸다.

"포드?"

포드는 순간 얼어붙는 것 같았다. 주드가 의외라는 듯 포드를 보면서 외쳤다.

"우리 주방에 있어."

그러자 잠시 정적이 흐르더니 발소리와 함께 루미가 주드만큼이나 놀란 얼굴로 나타났다.

"여긴 어쩐 일이지? 사환이 학장의 숙소까지 찾아오는 건 곤란하잖아."

주드의 어조에 신랄한 비난이 담겨 있어서 포드는 자기도 모르게 몸이 움찔했다.

"엄마, 그만하세요. 루미는 언제든 여기 올 수 있어요. 루미, 무슨 일이지?"

루미는 구드의 로고인 G가 그려진 파란색 야구 모자를 쓰고 있었다. 그는 얼른 모자를 벗어 손으로 접으며 말했다.

"저는 그냥…… 카밀 섀넌의 일로 유감의 뜻을 전하고 싶어서 왔어요. 그리고 혹시 제가 도울 일은 없는지."

"그냥 돌아가서 다시는 오지 않는 게 도와주는 거야."

주드가 냉정하게 쏘아붙였다.

"엄마, 그만하시라고요. 루미, 우리 밖에 나가서 얘기하자."

포드는 숙소 뒤에 있는 작은 정원으로 나가는 문을 열었다. 여름에 특히 아름다운 이 정원은 마치버그 외곽에 있는 '패밀리 하우스'와 사뭇 다른 분위기다. 패밀리 하우스임을 당당하게 부르짖는 그 집은 어머니가 20년 전에 개조했는데, 이렇게 아늑하고 아름답지는 않다.

포드가 고등학교와 대학을 다니는 동안 여름에 그곳에서 지내라고 어머니가 꾸민 것이다. 어머니와 딸이 가족처럼 지내리라는 기대를 품고서. 그러나 포드는 양아버지가 죽은 후에는 어머니와 한집에서 살고 싶지 않았다. 주드가 대부분의 시간을 뉴욕과 워싱턴 D. C.에서 지내기는 했지만, 그래도 포드는 자신의 작은 숙소에서 누리는 자기만의 삶이 좋았다.

루미가 검은 곱슬머리에 다시 모자를 눌러썼다.

“당신 어머니는 여전히 나를 미워하시는군요.”

포드가 깊은 숨을 내쉬며 말했다.

“무슨 소식 들은 거 있어?”

포드는 루미의 말을 자르듯이 물었다. 의도하지는 않았지만 좀 쌀쌀맞았다.

루미가 따지듯이 말했다.

“나한테 화내지 말아요. 나는 당신이 괜찮은지 걱정돼서 온 것뿐이니까. 아무것도 들은 게 없어요. 아는 것도 없고. 이 사건과 아무 관련도 없습니다. 그 말이 듣고 싶은 거 아니었어요?”

“루미, 아니야. 제발 그러지 마. 나는 지금 잠도 못 자고, 거의 먹지도 못했어. 어떻게 된 일인지 알아내야 한다는 생각밖에 없다고. 내가 가지고 있던 종탑 열쇠가 없어졌어.”

“나한테 없어요. 혹시 그게 궁금한 거라면. 나중에 문자로 얘기하는 게 어떨까요? 지금은 당신을 빨리 놓아주는 게 좋을 것 같네요.”

루미가 화난 목소리로 말했다. 그를 탓할 수는 없었다. 포드를 위로해주고 도움을 주고 싶어서 왔을 것이다. 어쩌면 사랑을 나누려고 왔는지도 모른다. 그런데 어머니가 모든 것을 망쳐버렸다. 늘 그랬듯이. 포드가 어깨 너머로 돌아보니 주드는 문에 서서 두 사람을 노려보고 있었다.

“그러는 게 좋겠다. 와줘서 고마워. 그리고 네가 열쇠를 가지고 있을 거라고 생각하지 않아. 그저 어떤 상황인지 알려주고 싶었을 뿐이야. 그렇지만 뭔가 듣게 된다면 나에게 말해줘. 알았지?”

루미는 눈을 내리깔고 고개를 숙인 채 걸어갔다. 축 처진 어깨를 보면서 상처받았음을 느낄 수 있었다. 어쩌면 그들의 밀회가 포드가 생각하는 것처럼 가벼운 것이 아닐 수도 있다.

포드는 집으로 들어가 어머니에게 매섭게 일침을 놓았다.

"뭐라고 하실지 알아요. 저를 믿으세요. 착한 아이예요. 엄마가 자기를 그렇게 모질게 대해도 여전히 학교에 헌신한다고요."

"우리가 이 지경까지 오게 된 게 그 애비 때문이라는 건 다시 말할 필요가 없을 텐데."

"그 애의 아버지는 이 일과 아무 상관이 없어요."

"그 일 때문에 네가 학장을 맡게 된 거야. 그렇지 않니? 그것만으로도 나에게는 충분한 타격이었어."

'너는 이 학교 학장으로 적합하지 못해.'

"이게 바로 너무나 익숙한, 제가 사랑하는 엄마의 모습이죠. 딸을 모욕하는 거 말이에요. 이제 그만 가세요. 제가 알아서 할 테니."

"포드, 너를 모욕하려는 게 아니라……."

"아니요. 엄마는 저를 모욕했어요. 그리고 엄마의 그런 태도 정말 지긋지긋해요. 엄마는 돌이킬 수 없는 실수를 저질렀어요. 자기가 알고 있는 사실을 숨기다가 그 여학생이 살해됐다고요. 이번 일은 완전히 달라요. 그리고 제가 알아서 잘하고 있어요. 이제 가시는 게 좋겠어요. 다시는 저를 방해하지 마세요."

52

모욕

잠을 충분히 못 잔 탓에 눈이 따끔거리고 뼛속까지 피곤했다. 비상 조회 때문에 아침 7시에 졸업반 계단실에서 베카를 기다리지는 못했지만, 대신 예배당에서 그녀 옆에 앉았다. 베카의 손을 내려다보면서 손톱을 좀 다듬어야 할 것 같다는 생각을 했다. 어젯밤 한바탕 소동을 벌이느라 끝이 너덜너덜 갈라져 있었다.

조회가 끝나고 나는 조용히 베카를 따라 수목원으로 갔다. 베카가 담배를 권했고, 나는 고개를 끄덕이며 받았다. 서로 말은 하지 않았다. 스킨십도 없었다. 내가 무슨 말을 해야 할지, 베카가 뭘 원하는지도 알 수 없었다. 베카의 뾰족해진 마음을 달래주기에는 너무 피곤했다.

베카 역시 무척 지쳐 보였다. 담배를 반쯤 피웠을 때 베카가 말했다.

"이번 일은 여러 가지로 골치 아프게 꼬였어."

베카가 과장하는 건지는 확실하지 않았지만 아무튼 대꾸를 했다.

"카밀의 자살요? 그렇죠. 좀 복잡하게 된 것 같아요."

"아니, 바보야. 캠퍼스에 경찰이 오게 된 것 말이야. 모든 것을 샅샅이 살필 거라고. 오늘 밤에 누굴 만나기로 했는데, 일정을 다시 잡아야 할 것 같아."

그 순간 문득 질투심이 느껴지는 것은 정말 의외였다.

"누구를 만나는데요?"

"그냥 좀 만날 사람이 있어. 미리 연락해서 오지 말라고 해야겠어."

"아, 루미 말인가요? 그가 선배님 공급책이라는 건 알아요."

그러자 베카가 나를 노려보며 말했다.

"그놈의 입 좀 닥쳐. 너 도대체 얼마나 멍청한 거야?"

"죄송합니다."

"당연히 죄송해야지. 제대로 하지 않으면 너 때문에 우리 모두 학교에서 쫓겨날 수도 있어. 넌 좀 다른 줄 알았는데. 천재 반항아 정도 되는 줄 알았지. 그래서 믿을 만하다고 생각했던 거고."

"믿으셔도 돼요, 선배님. 저 그렇게 하찮은 애 아니에요."

"내가 보기엔 특별할 것도 없어. 그리고 그 예쁜 머리통으로 어젯밤 일에 대해 말할 생각을 하고 있다면, 누군가에게 말하는 순간 내가 묻어버릴 거라는 사실을 잊지 마. 내 말 알아들어?"

베카는 마지막으로 담배를 한 모금 길게 빨고 바닥에 떨어뜨리더니 꽁초가 꺼지기도 전에 자리를 떴다.

자기 할 말만 하고 가버린 것이다.

나는 쪼그리고 앉아서 꽁초를 흙에 문질러 껐다. 손가락에 베카의 립스틱이 묻었다. 아랫입술에 손가락을 문질렀다. 체리와 꽁초 맛이 섞여 있었다.

나도 마지막 한 모금을 빨고 꽁초를 땅에 묻었다. 최소한 흔적을 지우는 일은 할 수 있다.

베카는 이미 수목원을 벗어나고 있었다. 어느새 낙엽이 지기 시작했다. 잎이 진 나뭇가지 사이로 학교 쪽에서 사람들이 숲에 드나드는 모습이 보였다. 빨리 가면 베카를 따라잡을 수 있을 것 같았다.

막 걸음을 옮기려는데 또 다른 소녀가 숲에서 나왔다. 누구인지는 알 수 없지만 베카가 그녀와 잠깐 이야기를 나누고 뭔가를 건네고 있었다. 나는 서둘러 다가갔지만 이미 베카는 다시 혼자였다.

"누구예요?"

그러나 베카는 내 말을 무시하고 숲을 빠져나가 식당 쪽으로 갔다. 문에 다다랐을 때 겨우 따라잡았다.

"베카 선배님……."

"제발 그 입 좀 닥쳐. 그 입만 닥치고 있으면 우리 모두 아무 문제 없을 테니까."

베카가 건물로 들어갔다. 나는 불쾌했지만 뒤따라갔다. 의자를 당겨 앉으려는데 베카가 내 팔에 손을 얹었다.

"지금 뭐 하는 거야?"

"아침 먹으려고요. 먹힐지는 잘 모르겠지만."

베카는 마치 순종의 경주마처럼 고개를 젖혀 머리칼을 뒤로 넘겼다. 전혀 다른 사람이 되어 있었다. 차갑고, 초연하면서도 약간 불쾌하고 감정이 격앙된 듯했다. 마치 내가 그녀의 포크에 붙어 있는 머리카락인 것처럼 말이다.

베카가 조롱하듯 손을 저으며 말했다.

"저리 가. 넌 오늘 아침에 약속을 지키지 않았어. 그러니까 우리와 함께 앉을 자격이 없어. 가서 네 친구들과 어울리라고. 여기서는 아무도 반기지 않으니까."

나는 너무 놀라 턱이 내려앉는 것 같아서 이를 악물어야 했다. 베카는 이미 자리에 앉았고, 그 옆은 쌍둥이 둘이 차지했다. 쌍둥이 중 하나가 베카의 왼쪽 자리에 앉으려고 나를 마구 밀쳐냈다.

눈물이 차오르려고 했다. 눈을 깜박여서 눈물을 누르고 바네사와 파이퍼가 앉아 있는 2학년 테이블로 돌아왔다. 내가 다가오자 모두 돌아보았다. 내 얘기를 하고 있었던 게 분명했다. 베카가 나에게 권력을 행사하는 모습을 지켜보았을 것이다. 내가 들어갈 틈을 주지 않는 모습. 나는 더 이상 거기 속하지 않았다.

카밀의 자리가 쓸쓸하게 비어 있었다. 아이들이 유난히 많이 모여들어 빈자리가 없었다. 나는 카밀의 의자 뒤에 서서 물었다.

"앉아도 될까?"

잠시 침묵이 흐른 뒤 바네사가 고개를 끄덕였다. 나는 묶은 머리채를 붙잡고 의자에 앉았다. 팔에 불이 붙은 것처럼 화끈거리고 가려웠다. 긁지 않으려고 안간힘을 썼다. 초인적인 의지를 발휘하지 않으면 당장에라도 손톱으로 피부를 벗겨버릴 것 같았다.

"괜찮니?"

파이퍼가 물었다.

"응. 밤에 좀 피곤했어."

베카의 테이블에서 요란하고 비열한 웃음소리가 터져 나왔다.

"베카가 너한테 화났어?"

"오늘은 너희와 함께 앉으라고 했어. 카밀에 대한 의리를 지키는 의미에서."

내 입에서 마치 숨을 쉬듯 자연스럽게 거짓말이 흘러나왔다.

아침 식사가 나왔다. 포크로 달걀을 이리저리 들추기만 했다. 입맛이 전혀 없었다. 대부분 카밀 이야기를 했다. 그중 몇 명은 고민스러운 표정으로 가을에 있을 소포클레스의 안티고네 연극 공연에서 3학년들이 맡을 역할을 어떻게 빼어서 꿰찰지 궁리하고 있었다. 매년 무대에 올리는 연극인데 각본 전체를 원래의 희랍어로 해야 한다는 조항이 빠진 것이 불과 10년 전이었다.

그때 어디선가 루미라는 이름이 들려 귀가 쫑긋했다. 바로 옆 테이블에서 들려오는 소리였다. 기숙사에서 우리와 마주 보고 있는 구역의 아이들이었다. 격앙된 어조인 데다 중간 중간 끊겨서 반쯤밖에 알아들을 수 없었다.

"그렇게…… 생각해? 내 말은…… 그가 그랬다고?"

"그럼 누가 그럴 수…… 누군가…… 루미가 열쇠를 훔쳤대."

"그런 말 하지 마, 얘들아. 너희들…… 말도 안 돼. 카밀이 이런 촌구석 남자와 섹스를 했다니."

"그렇지만 학장……."

나머지 대화는 귀를 때리는 웃음소리에 묻혀버렸다. 졸업반 선배들은 수다에 푹 빠져 있었다.

"어쩜 저렇게 때와 장소를 안 가리고."

바네사가 기가 막히다는 듯 말했다.

"아주 신났네. 아, 누가 죽었대. 참 슬프지. 덕분에 수업을 안 하게 됐잖아. 아주 나쁜 것들이야."

나는 바네사의 말에 동의하면서도 어쩔 수 없이 베카 쪽으로 시선을 돌렸다. 조던과 눈을 마주치려고 했으나 그녀는 룸메이트와 얘기하느라 고개를 들지 않았다. 그쪽에 앉은 아이들 중에 낯익은 얼굴은 없었다. 일단은 안심이 되었다.

아이비바운드의 신입들 중에 자기 조련사와 함께 앉은 아이는 없었다. 그렇다면 공개적인 거부 역시 일종의 모진 신고식인가.

"카밀이 왜 그랬을까, 애쉬? 넌 알아? 네가 제일 친했잖아."

도미니크 로드리게였다. 2학년인데 개강 후 지금까지 열 마디도 나누지 않은 친구다.

"제일 친한 건 아냐, 도미니크. 그리고 나도 모르겠어."

옆 테이블에서 또다시 속삭이는 소리가 들려왔고, 나는 다시 그쪽으로 주의를 기울였다. 루미는 카밀과 어떤 관련이 있는 거지? 두 사람이 관련이 있다고 할 만한 단서도 없는데 말이다. 그렇지만 카밀이 나에게 주의를 주기는 했다. 그가 위험하다고. 소아성애자라고.

그게 바로 어제였다니, 믿을 수 없다. 어제, 카밀은 살아서 나에게 루미를 멀리하라고 했다. 어제, 베카와 나는 친구였다. 어제, 나는 안전하게 보호받고 있었다. 더 이상 자리에 앉아 있을 수가 없다. 마치 아무 일도 없는 듯 앉아서 아침을 먹을 수가 없다. 수다를 떨 수도, 웃을 수도 없다. 그러나 지금 일어나서 나간다면 모두의 시선이 쏠릴 것이다.

카밀이 스스로 저지른 일이다. 그런데 왜 자꾸 내 탓인 것처럼 느껴지는 걸까?

53

후폭풍

상담을 받는 아이들도 있었다. 몇 명이 둘러앉아 떠나간 친구를 애도하며 흐느껴 울기도 했다. 그러나 대부분은 소잉서클에 모여 앉아 카밀과 자살에 대한 근거 없는 이야기들을 나눴다. 낙태에 관한 소문이 퍼지고 추측이 난무했다. 구드처럼 작은 학교에 비밀이란 없었다. 더구나 카밀이 죽은 지금 그녀와 나눴던 모든 사적인 이야기들이 공공연한 얘깃거리가 되었다.

바네사와 파이퍼는 큰 충격에 빠진 듯 방에서 나오지도 않았다. 하지만 그 애들이 아니라면 카밀의 무분별한 행동이 어떻게 온 학교에 알려졌겠는가? 나는 단 한마디도 하지 않았는데 말이다. 어쩌면 베카가 얘기했을 수도 있다. 그 자리에 있었으니까. 그래도 나는 바네사와 파이퍼가 말을 퍼뜨렸다는 생각이 들었다. 자기들이 비극적인 사건을 잘 안다는 것을 보여줌으로써 중요한 사람이 된 듯한 기분을 느끼고 싶었던 거다. 물론 덕분에 카밀이 자살해야만 했던 이유를 모두가 납득할 수 있게 되었지만.

나는 모처럼 낮잠을 잤다. 이어폰을 꽂고 내가 좋아하는 1980년대 런던풍 펑크 음악을 들으며 피터 세이벨이라는 프로그래머가 쓴 책을 읽었다. 유명한 프로그래머들을 인터뷰한 내용인데 지난주 메디아 교수가 재미있을 거라며 빌려주었다. 읽고 리포트를 써내면 가산점을 주겠다고 했다. 평소 같으면 재미있게 읽고 벌써 리포트의 윤곽을 잡았을 것이다. 그런데 오늘은 도무지 글이 건조하고 모호한 게 머릿속에 잘 들어오지 않았다. 인터뷰 내용도 지루하고 같은 얘기만 반복하는 것 같았다. 내 마음이 전혀 준비되어 있지 않은 것이다.

방이 텅 빈 것 같았다. 나도 모르게 자꾸 카밀 생각을 했다. 카밀이 우울했다거나 내 학교생활을 방해할 만큼 나를 진심으로 미워한 단서를 생각해보았다. 그러나 딱히 떠오르는 게 없었다.

이번에는 베카를 생각했다. 오늘 아침 식사 시간에 아이비바운드 회원 중 누구도 자기 조련사와 식사하지 않았다고는 하지만 베카가 나를 내친 것이 정말 아침 약속을 못 지켰기 때문일까? 아니면 어젯밤에 내가 순순히 베카의 침대에 눕지 않아서일까?

'배신당한 여자의 분노만큼 무서운 지옥은 없다.'

엄마가 아주 오래전 했던 말이다.

여자라는 명사 앞에 수식어를 붙여보자. 배신당한 여자. 특권을 누리고, 안하무인이며, 도도하고, 자만심에 차 있고, 거짓말도 서슴지 않는 여자가 거절당했을 때의 분노만큼 무서운 지옥은 없다.

그런데 내가 정말 베카를 거절했나? 아니, 그렇지 않다. 단지 놀라고 혼란스러운 심정을 솔직히 표현했을 뿐이다. 베카가 그 일로 나를 힘들게 하지는 않을 것이다. 나는 지금까지 한 번도 남자든 여자든 진지하게 사귀어본 적이 없다. 베카와 나눈 것이 첫 키스는 아니지만 나는 아직 숫처녀다. 그러니 내가 순간 당황스럽고 부끄러워서 뒷걸음질을 친 것은 거절이 아니라 첫경험의 과정이지 않은가.

베카와 섹스하는 데 거부감은 없다. 그러나 루미와도 하고 싶다. 그래서 혼란스러웠던 거다. 둘 다 해보고 어느 쪽이 잘 맞는지 확인해보는 것도 좋겠다.

하지만 지금은 그럴 때가 아니다. 섹스는 친밀함, 밀폐, 비밀을 의미한다. 육체적 쾌락과 안전을 맞바꿀 수는 없다.

노트북을 열어 구드 교내 인터넷 이메일을 열었다. 과제물들이 줄줄이 있었다. 4일 후 저녁에는 애슬로 교수님 집에 모여 저녁을 먹으면서 버지니아 울프에 대한 토론회를 가진다고 한다. 다른 수신자들을 살펴보았다. 애슬로 교수의 영어 수업을 듣는 학생 전원에게 보낸 메일이었다. 8명 전원, 그리고 웨스트헤이븐 학장.

참여하겠다는 답신을 보내고 학교에서 승인하는 지독하게도 재미없는 웹사이트들을 잠시 둘러보았다. 나 같은 여자아이가 내셔널 지오그래픽 사이트를 얼마나 자세히 들여다보겠는가? 결국 내 VPN을 작동하고 시스템을 넘어갔다.

지난 몇 주 동안 바깥세상을 전혀 내다보지 못했다. 나는 우선 미국에 오기 전부터 가지고 있던 외부 이메일 계정을 열었다. 그리고 불필요한 이메일들을 모두 삭제했다.

임시보관함에 이메일 초안이 하나 있었다. 이건 뭐지? 어젯밤 바네사의 말을 듣고 아찔했던 순간이 떠올랐다. 카밀이 내 뒤를 캐고 있었다. 나는 임시보관함에 뭔가를 써놓거나 저장한 기억이 없다. 카밀이 내 이메일 계정까지 들어왔단 말인가?

그러나 임시보관함의 이메일을 클릭하는 순간 '슉' 하는 소리가 났다. 이메일이 전송되었다는 소리다.

이러한 알림 소리는 마치 파블로프의 조건반사처럼 우리를 길들인다. 이 문제에 대해 메디아 교수와 이야기를 나눠봐야겠다. 재미있는 연구 과제가 될 것 같다. 소리로 관념을 바꿀 수 있을까? 세상을 재코딩할 수 있을까? AOL(America Online, 미국의 인터넷 서비스 기업)은 그렇게 했다. 그 뒤를 애플이 따랐다. 그러니 애쉬 칼라일도 할 수 있을 것이다.

보낸 편지함을 클릭하자 프로그램 작동이 멈춰버렸다.

"이런, 젠장."

컴퓨터를 재부팅할 수밖에 없다. 모든 단계를 다시 거쳐야 했다. VPN을 작동하고, 시스템을 무력화하고, 다시 이메일 계정에 로그인했다. 그러나 보낸 편지함에는 최근 발송된 메일이 없다. 이상하다. 예전에 보낸 메일이 전송함에 남아 있었나 보다. 무슨 내용인지는 어찌 알겠는가?

아무튼 이 메일 계정을 완전히 삭제했다. 더 이상 가지고 있을 필요가 없다. 내 과거의 흔적이니까. 더구나 지난 몇 주 동안 운동화나 속옷 광고 말고는 중요한 메일이 오지 않았다. 개인적으로 중요한 메일은 전혀 없다.

그런 용도로는 또 다른 메일 계정이 있다. 모든 실력 있는 해커들이 그렇듯이. 그 계정에는 아무도 접근할 수 없으며, 내 것이라는 근거를 찾아낼 수도 없다. 완전히 암호화되어 있고, 전적으로 익명이니까.

이러한 작은 행위 하나가 내 삶을 통제하고 있는 듯 안정감을 준다. 노트북에서 불법적인 온라인 활동을 하지 않은 것은 정말 잘한 일이다. 그랬다면 정말 심각한 곤경에 빠질 수도 있었다. 이미 다 지웠지만 다시 한 번 확인했다. 분명 모두 지워졌다. 그렇지 않았더라도 카밀은 찾아낸 것이 없었을 것이다. 카밀이 알고 있는 것은 거의 학교 밖에서 들은 거였다. 변호사와 대사인 카밀의 부모가 알아낸 것들 말이다.

인터넷으로 그들에 대해 검색해보았다. 특기할 만한 사실은 없다. 〈워싱턴포스트〉에 카밀의 죽음에 대한 짧은 기사가 실렸는데, 기사라기보다 알림 같은 것이었다.

다음에는 마치버그 마을 신문 아카이브에 들어가서 루미 레이놀즈를 검색해보았다.

아무것도 나오지 않았다. 그의 아버지가 살인을 저질렀을 때 루미는 미성년자였으니까. 아무리 타인의 고통에 무감각하다 해도 무고한 어린아이의 이름을 기사에 올리지는 않았을 것이다.

다시 검색해보았다. '구드 학교 살인 사건.'

그러자 수많은 기사들이 검색되었다. 지난여름 구드 학교에 오기로 마음먹고 학교 역사를 찾아보았을 때는 왜 이런 것들이 없었는지 모르겠다. 하긴 죽은 학생을 찾아본 건 아니었으니까. 누가 그런 걸 생각이나 하겠는가?

'아름답고 전통 있는 학교야. 최상의 교육을 받고, 원하는 대학은 어디든 갈 수 있어.'

귓전에 속삭이는 망령을 털어버리고 기사를 읽기 시작했다. 다 읽고 기지개를 켤 때쯤 이미 오후 종이 울린 지 한참이나 지난 뒤였다. 그 살인 사건에 대해 알고 있는 것이라고는 소문으로 들은 것과 루미가 직접 말해준 것이 전부였다. 그런데 검색한 기사를 통해 목격자의 증언이 릭 레이놀즈의 죄를 입증하는 데 도움이 되었다는 사실을 알게 되었다. 그리고 그의 집 벽난로 위 선반에서 발견된 신체 부위의 상세한 목록들도. 눈알만 있었던 게 아니다. 그는 소녀의 가슴도 가져왔다고 했다.

천벌 받을 극악무도한 놈.

레이놀즈는 무기징역을 선고받고 현재 와이즈 카운티에 있는 레드어니언에서 철통같은 감시 속에 복역 중이라고 한다. 나는 가방에 넣어 가지고 다니는 지도를 펴보았다. 레드어니언 형무소는 버지니아 남서부 끝의 켄터키와 경계에 있었다. 멀리도 떨어져 있다. 루미는 아버지를 면회하러 갈까?

루미에게 살인자를 아버지로 둔 소감이 어떤지 물어본 적은 없다. 물어봐야 할 것 같다. 내 아버지에 비해 어떨지 궁금하다. 이 나라의 다른 곳들에 대해 생각해본 적은 없다. 지도를 보니 버지니아의 작은 시골 마을에서 서쪽으로 끝없이 펼쳐진 미국의 넓은 땅이 한눈에 들어왔다.

자동차를 타고 달리면 어떤 기분일까? 콜로라도의 산과 캘리포니아 해변을 보고 싶다. 언젠가, 한번 가보리라.

그런 생각들을 아무리 열심히 해도 아무것도 바뀌지 않는다. 나는 운동화를 신고 나와 뒷문으로 가는 계단을 내려갔다. 본관 안뜰의 현장에는 폴리스라인이 쳐져 있었다. 콘크리트로 포장된 뜰의 중앙에 남은 짙은 얼룩은 카밀의 핏자국인 것 같다. 회색을 영원히 물들인 카밀의 피. 나는 갑자기 섬뜩해지면서 어지럽고 속이 메슥거렸다.

나는 한 층 더 내려가 체육관 쪽 광장으로 나갔다. 지난 며칠 동안 담아두었던 답답하고 냉랭한 기숙사의 부패된 공기를 폐에서 끄집어내고 맑은 공기를 깊이 들이마셨다. 수목원을 향해 달리기 시작했다.

오늘 같은 날은 학교 규정이 어떻게 적용되는지 모르겠지만, 신선한 공기를 마시며 운동해도 된다.

그런데 다람쥐와 새들 말고는 아무도 없는 숲 한가운데서, 왜 마치 누군가 나를 보고 있는 듯한 느낌이 드는 걸까?

54

균열

다행히 루미는 커피숍에 있었다. 그곳에 가면 만날 수 있으리라 기대는 했지만 막상 그를 보기 전까지는 내가 얼마나 그를 보고 싶어 했는지 알지 못했다. 그를 보자마자 가슴이 두근거렸다. 루미는 구드 로고가 인쇄된 야구 모자를 쓰고 있었다. 우리만큼이나 지치고 피곤해 보였다. 내가 들어가자 힘없이 미소를 지었다.

"우리 영국 아가씨 오셨네. 차 줄까?"

"에스프레소. 아니면…… 좀 더 센 거 있어요?"

"오늘 같은 날은 아닌 것 같아, 애쉬. 마을 전체에 서장의 부하와 경찰들이 쫙 깔려 있거든. 게다가 학장의 어머니가 와서 지금 학장과 전쟁 중이야."

"그러네요. 그냥 에스프레소로 주세요."

루미가 에스프레소 잔을 카운터에 올려놓았다. 딸그락 찻잔 부딪치는 소리가 났다.

"괜찮아? 죽은 아이가 룸메이트잖아?"

"네. 괜찮아요. 별로 친하지도 않았어요. 카밀을 알아요?"

그 순간 루미의 눈빛이 흔들리는 것 같았다. 아니면 내가 상상한 건가? 나는 별 뜻 없이 물어봤을 뿐인데. 카밀이 시골 남자와 관계를 맺었을 리 없다.

루미가 빠르고 정확한 어투로 대답했다.

"구드 학생들 중에 알고 지내는 사람은 없어."

"나는 알잖아요."

"너는 달라. 새로 왔잖아. 이방인."

"이방인이란 말이죠. 아주 고맙네요."

"그게 아니라 이방인이어서 좋다는 뜻이야. 너는 뭐랄까…. 이들보다 나은 것 같아서. 이곳 여자애들은 돈과 특권의식에 둘러싸인 채 학교의 붉은 벽돌담에 기대어 또 다른 블록을 쌓고 있는 것 같다고 할까. 그 블록을 딛고 올라가 탈출하기 위해서 말이지. 탈출해서 어디로 가려고? 더 많은 특권을 누릴 수 있는 곳? 더 대단한 경험과 완벽한 가족, 그리고 무지막지한 부를 누리는 삶? 도무지 진정성이라고는 찾아볼 수 없어. 그런데 너는 그렇지 않거든."

"나도 마찬가지예요. 당신이 생각하는 것보다 훨씬 더. 그런데 우리 학생들에 대한 평가가 너무 가혹한 거 같네요."

"그 애들은 너를 밀어낼 거야, 애쉬. 그럴 거라고."

그의 말속에 씁쓸함이 배어 있어 또 한 번 마음이 아팠다. 내가 모르는 뭔가가 있다는 묘한 느낌이 들었다. 오늘 아침에 베카가 나를 마치 신발에 묻은 똥처럼 내칠 때 나락으로 떨어지는 듯한 느낌이 떠올랐다. 옥스퍼드에서 살 때……. 나도 밀려난다는 느낌이 어떤 건지 안다.

문에 달린 종이 울리더니 베카와 쌍둥이가 들어왔다. 나는 두려움 때문인지 반가움 때문인지 가슴이 두근거렸다. 마음이 혼란스러웠다. 나는 루미가 좋다. 그를 만날지도 모른다는 기대감으로 여기까지 왔다. 지난번 만났을 때의 느낌을 이어가기를 바라면서.

그런데 베카를 향한 마음도 있다. 베카는 나에게 자석과 같다. 마치 중력에 끌리듯 내 몸이 그녀를 향해 돌아가고 있다. 베카 커티스에 대한 본능적인 반응의 실체가 뭔지 모르겠다. 화려하고, 사교적이며, 문제적인 그녀에게서 내 모습을 찾고 싶은 건가? 유유상종이라고, 어두운 마음이 또 다른 어두운 마음에 끌리는 건가? 아니면 그녀와 육체적으로, 정서적으로 연결되고 싶은 건가?

아니면 나는 그녀를 현실 탈출을 위한 출구로 생각하는가?

앞으로도 확실하게 알 수는 없을지 모른다. 그런데 벽이 점점 좁혀오는 느낌이 든다. 닫힌 공간에 갇힌 듯한 느낌이 들 때, 나는 늘 현명하지 못한 선택을 했다.

기대를 하면서 미소를 지어 보였지만 베카는 콧방귀로 응대했다.

"넌 여기서 뭐 해?"

"커피 마시려고요."

내가 부드럽게 대답했다.

"당장 밖으로 나와."

나는 호기심 어린 표정으로 우리를 지켜보는 루미를 힐끗 쳐다보고는 일어나서 밖으로 나갔다.

키가 비슷한데도 왠지 베카가 나를 굽어보는 느낌이었다. 베카의 양옆에는 쌍둥이가 서 있었다. 마치 어린 여신의 3인조 무적함대 같았다.

"내가 캠퍼스 밖으로 나가도 좋다고 했나?"

베카가 낮은 소리로 힐책하듯 물었다.

"아뇨."

"그렇게밖에 대답 못 해?"

"아닙니다, 미스트리스."

"그런데 여기서 뭐 하는 거야?"

"커피 마시고 있었습니다."

"저 촌놈을 염탐하고 있었겠지."

쌍둥이 중 하나가 말했다.

"그 룸메이트처럼 말이지. 지난번에도 얘가 루미와 함께 있었다고 했잖아, 베카."

"선배님은 여기 어쩐 일이세요?"

내가 물었다. 최대한 차분하게 생각하려고 애쓰면서.

베카의 눈매에 뭔가 두려운 기운이 서렸다.

환각 상태인가? 평소의 모습이 아니라 뭔가에 홀린 듯했다.

베카가 차가운 힐난의 미소를 지었다.

"넌 질문할 수 없어. 명령에 복종할 뿐이지. 지금 당장 기숙사로 돌아가서 내가 부를 때까지 기다려."

"오늘 아침에 저를 내쫓았잖아요. 함께 못 앉게 했잖아요."

"오호. 그래서 울었어, 꼬맹이? 정신 나간 촌놈 어깨에 기대서 인생이 불공평하다고 하소연하면서? 비련의 주인공인 척하는 거, 더 이상 안 통해. 이제 너의 부모뿐 아니라 룸메이트까지 죽었어. 그러니까 돌아가서 네 주변에 있는 사람들이 왜 모두 자살하는지 생각해보라고."

증오의 칼날이 달궈진 유리 조각처럼 내 가슴을 찔렀다. 빛에 번뜩이면서 내 가슴에 박혀 산산이 부서지는 것 같았다. 순간적으로 숨이 멎는 듯했다.

"선배님, 그건 너무 부당한 말이에요."

"그런 말은 안 통해. 기숙사로 돌아가!"

베카가 돌아서서 커피숍으로 들어가고, 그녀의 졸개들이 뒤따랐다.

나는 잠시 그 자리에 굳은 듯 서 있었다. 가슴이 아팠고 벌어진 입을 닫을 힘도 없었다. 잠시 후 돌아서서 학교로 걸어갔다. 가슴속에 분노가 차오르기 시작했다.

'어떻게 감히 나를?'

55

진실

케이트가 대기실에 들어가니 카밀 섀넌의 가족이 창백한 얼굴에 입술을 굳게 다물고 앉아 있었다. 케이트는 바로 대기실을 나와 뒷문으로 갔다. 시신을 영안실로 들여보내는 문이다.

문 앞에 경비원이 서 있었다. 케이트는 자기도 모르게 배지를 꺼내 보이려 손을 허리춤으로 올리다가 멈칫했다. 신분증과 배지가 모두 상관의 책상 서랍에 있다는 사실이 떠올랐다. 대신 미소를 지어 보기로 했다.

"샬로츠빌 경찰국의 살인 담당 수사관 케이트 우드예요."

역시 마법의 주문처럼 이 한마디가 통했다. 경비원이 고개를 끄덕이며 인사했다.

"아, 안녕하세요. 수사관님이 오실 줄은 몰랐는데 의외네요?"

"삼촌 부탁으로 왔어요. 마치버그의 우드 서장요. 구드 학교에서 시신이 도착했나요?"

"아, 왔어요. 들어가세요. 싱 박사가 받았어요. 오셨다고 전할게요."

"고마워요."

케이트가 들어갔을 때는 부검이 마무리되는 중이었다. 부검의는 젊은 여자였다. 부검의의 연령대가 점점 낮아진다는 생각을 했다. 담배를 피워대며 참치 샌드위치를 먹는 머리 허연 부검의는 점점 구시대의 유물이 되어갔다. 최첨단 과학수사 기술을 연마하고 갓 졸업한 젊은 부검의들이 자리를 메우고 있다. 케이트는 문득 앤서니 삼촌도 백인 남자의 특권이 스러져가는 비애를 느낄까 생각해보았다. 하지만 곧 그렇지 않을 것이라는 결론을 내렸다. 앤서니 삼촌은 아직 젊고 진보적인 사고를 가진 사람이니까. 삼촌의 부서에 여성 대원들이 많은 것은 눈 호강을 하고 싶어서가 아니다. 그만큼 여성 대원들의 능력을 존중하기 때문에 스스로 모여드는 것이다.

"자네가 그 부모에게 물어볼래, 아니면 내가 할까?"

케이트가 부검실에 들어가는데 검은 머리의 부검의가 빨간 머리에 얼룩진 가운을 입고 있는 보조에게 묻고 있었다.

"뭘 물어봐야 하는데요?"

케이트가 부검의에게 손을 흔들어 인사를 건넸다.

"케이트 우드에요. 샬로츠빌 경찰국 살인 담당 수사관입니다. 어젯밤 현장에 있었습니다. 싱 박사님이세요?"

"젠이라고 부르세요. 이쪽은 수석연구원 론이에요."

론이 케이트를 향해 평화를 뜻하는 손짓으로 인사를 건넸다.

"이건 예민한 사건이어서 입회하시려면 비공개 서약서에 서명해주셔야 해요."

"그래요?"

"유족의 요청입니다. 흔한 경우는 아니지만 가끔 이렇게 하죠. 힘께

나 행사하는 사람들 같아요."

"그러죠."

"양식은 안내 데스크에 있어요. 론, 양식 작성하고 수사관님 서명하시는 것 좀 도와드려."

"알겠습니다."

기본적인 기밀유지 서약서였다. 케이트는 단숨에 서명했다.

"앤서니 우드 서장의 조카라고 했죠?"

케이트가 부검실로 돌아오자 싱 박사가 물었다.

"네. 삼촌도 서명해야겠죠?"

"벌써 하셨어요. 1시간 전에 서명된 양식을 팩스로 보내셨습니다. 부검은 이제 막 마쳤어요. 저항한 흔적은 없습니다. 손톱을 긁어서 검사해봤는데 살점 같은 것도 나오지 않았고요. 그런데 왼쪽 팔뚝에 새로 생긴 멍 자국이 있었습니다. 앞에 타원형으로 하나, 뒤에 네 개요. 누군가 팔을 아주 세게 잡은 거죠. 지난 48시간 내에 생긴 것으로 보입니다. 그렇지만 누군가 지붕 밖으로 밀었다고 단정할 수는 없어요. 그리고 목구멍에서 작은 섬유조직 같은 것이 발견되었습니다.

"재갈이 물렸던 건가요?"

"알 수 없어요. 목구멍 외에 다른 부위에서는 섬유조직이 발견되지 않았으니까요. 입 주위에 마찰의 흔적도 없고요. 입안에 뭔가를 넣어 소리 지르지 못하게 했는데 숨을 들이마시면서 들어간 걸 수도 있어요. 또 다른 단서를 찾기 전에는 확실하게 알 수 없습니다. 그래도 샘플 채취는 했어요. 그런데 가장 놀랐던 건 태아였어요. 약 7주에서 8주 정도 되었어요. 그래서 유족의 의사를 물어봐야 할 것 같습니다. 친부의 DNA에 대해서요. 누가 따님을 임신시켰는지 확인하기를 원하는지 말이에요. 부모가 몰랐다고 들었거든요."

"아, 그랬군요. 싸이토텍이 발견되었는데 포장재가 일부 비어 있어서 먹었다고 생각했죠."

"먹었을 수도 있어요. 그래도 낙태가 안 되었을 수 있으니까요. 일반적으로 약을 먹고 병원에 가서 다시 한 번 확인하고 깨끗이 긁어내죠. 약을 먹기는 했는데, 병원에 안 갔을 수도 있어요."

"아니면 병원에 갔는데 낙태되지 않은 것을 알고 마음이 바뀌었을 수도 있죠. 혹은 처음부터 약을 먹지 않았을 수도. 아무튼 더 많은 데이터를 찾지 않는 한 확실하게 알 수 없을 것 같네요."

"그래서 아기의 친부를 찾아서 확인해야 하는 거죠."

"확인하려고 할 것 같은데요. 죽은 학생의 어머니가 학교를 상대로 소송을 준비한다고 들었어요. 학교와 관련된 사람의 소행이라는 것이 밝혀지면 소송에 유리하죠. 그 밖에 특기할 만한 사항은 없나요?"

"없어요. 낙상의 충격으로 인한 전형적인 외상이에요. 두개골 골절, 지주막하 출혈, 경추 골절, 척추 압박, 그리고 후두부에 깊은 열상 등이 높은 곳에서 떨어졌을 때 나타나는 현상과 모두 일치합니다. 낙상으로 사망한 게 확실해요. 기본적인 독극물 검사도 실시하고 있습니다. 혈중 알코올 농도가 높았어요. 술을 마시긴 했지만 취한 정도는 아니었고요. 좀 더 상세한 데이터가 필요해요. 독극물 검사 결과가 나올 때까지는 자살이냐 타살이냐 하는 판단은 미뤄야 할 것 같습니다."

"박사님 느낌으로는 어느 쪽이신데요?"

"데이터가 충분하지 않아서요. 보고서를 작성해서 삼촌 되시는 분께 보내드리겠습니다."

무척 신중한 여자였다. 하지만 판단하고 싶지 않은 싱 박사의 마음을 알 것 같았다.

"감사합니다."

케이트는 싱 박사와 악수를 나누고 유족을 피해 다시 뒷문으로 나왔다. 그들의 공허한 눈빛과 슬픔이 가득한 얼굴을 보고 싶지 않았다.

케이트는 차에 타고 앤서니 서장에게 전화해 이곳에서 보고 들은 것을 전해주었다. 그리고 바로 집에 갈지, 아니면 1시간쯤 운전을 해서 시내로 갈지 잠시 의견을 나눴다. 오랜만에 워싱턴 D. C.에 왔으니 호텔을 잡아놓고 쇼를 보는 것도 좋을 것 같았다. 수많은 공연 중 적어도 한 곳에는 케이트가 좋아하는 밴드의 공연이 있을 것이다. 매력적인 남자를 만날 수도 있다.

그러나 결국 케이트는 마치버그로 돌아가기로 했다. 올리버가 보내준 파일이 궁금했는데, 이왕이면 와인 한잔 마시면서 읽어보고 싶었다. 이 사건과 관련해서 뭔가 더 얻을 정보가 있는지, 석연치 않은 자신의 육감이 어떤 근거가 있는지 확인할 수 있을지 모른다. 사건 수사를 맡은 사람들이 놓친 단서를 발견하기를 바라는 마음이 그녀를 마치버그로 끌어당겼다.

앤서니 삼촌 집에 도착했을 때는 늦은 시간이었다. 삼촌은 집에 없었다. 산 아래서 발생한 교통사고 현장에 출동 중이었다. 삼촌의 주방 벽장에서 김빠진 와인 한 병을 꺼냈다가 다시 제자리에 넣고, 삼촌이 마시던 몰트 스카치위스키 라가불린을 세 손가락 깊이로 따랐다.

앤서니 삼촌의 집은 간소하고 편안하다. 한눈에 봐도 독신 남자의 집이다. 케이트는 늘 삼촌에게 여자 친구가 필요하다고 생각한다. 이 집을 좀 더 집처럼 꾸며줄 여자의 손길 말이다.

케이트는 스카치 잔을 들고 소파에 편안히 앉아 노트북에서 올리버가 보낸 이메일을 열었다. 올리버가 지은 익살맞고 짓궂은 5행시를 읽으며 큰 소리로 웃었다. 그러고는 첨부 파일을 열었다.

세 번째 페이지에 사진이 있었다. 데미언 카의 사망일에 현장에서 찍은 사진들 중 하나였다. 전통적인 가족의 초상화를 찍은 사진이었다. 라벨에는 '실비아와 데미언 카, 그리고 딸 애슐린'이라고 적혀 있었다.

그 사진을 보는 순간 케이트의 팔에 소름이 돋았다. 좀 더 자세히 살펴보았다. 그러고는 소파에 기대앉아 상상력을 가동했다. 케이트는 자기가 제정신이 아닌가 하는 생각이 잠시 들었다. 그러고는 다시 한 번 사진을 들여다보았다. 분명 뭔가 이상하다. 어깨도 더 좁고, 코도 조금 더 길다. 턱선은 완전히 다르다. 케이트가 만난 애쉬 칼라일은 이 소녀의 자매쯤 될 것 같다. 아니면 사촌이거나. 같은 사람이 아니라는 데 케이트는 전 재산을 걸 수도 있다.

56

이메일

포드는 회의와 전화 통화, 상담, 자문 등으로 오전을 숨 쉴 틈 없이 보냈다. 걱정했던 것에 비하면 모든 일이 놀라울 정도로 순조롭게 진행되었다.

이사회는 부당행위에 의한 사망이라는 것이 밝혀져 소송으로 이어진다 해도 포드를 지지할 것을 다짐했다. 동창회가 기부금을 받기 위해 남녀공학으로 바꾸려고 한다면 이에 맞설 것을 약속했다. 또한 카밀의 죽음에 대해 우려를 나타내는 학부모들의 전화를 수없이 받았지만 포드를 탓하거나 원망하는 사람은 단 한 명도 없었다.

학교 변호인단이 언론에 보낼 기사 초안을 새로 작성하고, 부당행위에 의한 사망과 관련된 학교의 방침을 다시 한 번 확인했다. 포드는 상담받는 학생들을 둘러보고, 기숙사를 방문해서 학생들과 담소를 나누기도 했다.

점심시간 후에는 바네사와 파이퍼를 만나려고 기숙사로 갔다. 아이들이 자기 방에서 이야기를 나누면 좀 더 편안해할 것 같았다.

기숙사 입구에 서서 둘러보니 개조된 새 건물이 예쁘기는 하지만 원래 건축양식이 많이 손상되었다는 생각이 들었다. 포드는 재학 시절의 칙칙하고 작은 방을 참 좋아했다. 짙은 나무에 작은 조각들이 새겨진 창문이 달려 있던 그 방들도 밝고 통풍도 잘되었다. 학교 건물을 개조하면서 학교의 개성이 손상되었다고 생각할 수도 있었다.

소파에 앉아 조용히 얘기를 나누던 바네사와 파이퍼는 포드가 들어오자 자리에서 벌떡 일어났다.

"앉아, 앉아. 너희가 괜찮은지 보러 온 거야."

"저희는 괜찮아요, 학장님."

그러나 바네사의 퉁퉁 부은 눈이 그렇지 않다는 것을 말해주었다.

"그렇지 않다는 거 알아. 애쓸 필요 없어. 카밀은 너희랑 친하게 지냈지?"

"카밀이 왜 그랬는지 모르겠어요."

파이퍼가 다시 소파에 앉으며 말했다.

"애쉬가 가짜 이름을 쓴다고 흥분하기는 했지만 베카 선배가 그런 일은 명예규율에 위배되지 않는다고 했거든요."

"카밀이 애쉬의 일로 명예규율까지 거론했니?"

포드는 처음 듣는 말이었다.

"베카 선배와 의논만 했어요. 선배가 일축해버렸죠."

"너희한테 물어볼 게 있어. 아주 중요한 일이란다. 혹시 카밀이 만난 사람이 누군지 아니? 아기의 친부 말이야."

그러자 바네사와 파이퍼가 얼른 눈짓을 주고받았다. 그것만으로도 포드는 원하는 것을 알아낸 셈이다. 두 사람은 알고 있지만 거짓말할 것이다.

"우리 학교에는 명예규율이라는 게 있어. 그 점을 다시 한 번 상기해두기 바란다."

과연 협박이 효과가 있었다.

"저희는 몰라요. 지금 추측해보던 중이었어요. 카밀이 말 안 했거든요."

"내가 알기로 카밀은 이렇게 엄청난 일을 혼자 감당할 성격이 아니야."

"카밀의 언니는 알지 몰라요. 에밀리 선배가 샬로츠빌 밖에 있는 병원에 데려가서 약을 받아왔거든요. 카밀이 우리한테는 누구의 아이인지 말하지 않았어요. 명예를 걸고 말씀드리는 거예요, 학장님."

파이퍼가 말했다.

"좋아, 알았다. 뭐든 주저하지 말고 얘기해주렴. 나는 에밀리한테 연락해서 물어봐야겠다. 그럼 잘들 지내거라."

포드는 이 아이들을 믿어야 할지 알 수 없었다. 저 애들은 누구를 보호하기 위해 거짓말을 하는 걸까? 그리고 무엇 때문에?

애쉬의 방으로 가보았으나 아무도 없었다. 방은 말끔하게 정리되어 있었다. 침대도, 옷가지도. 이제 카밀의 소지품을 정리해서 그녀의 어머니에게 보내야 한다. 2층 침대도 치우고, 애쉬는 남은 학년 동안 독방을 쓰게 될 것이다.

카밀이 메모라도 남겨놓았더라면 좋았을 것이다. 뭔가 확증적인 것 말이다. 지금으로서는 교사와 학생들의 반응을 살펴보는 수밖에 없다. 모두 카밀을 정상적이고 재잘거리기 좋아하는 아이로 알고 있다. 카밀의 일기에 죽음에 관한 언급이 있기는 하지만 자기가 죽고 싶다는 내용은 아니었다.

대부분의 자살 사건이 가까운 친구나 가족들에게는 상상도 할 수 없는 충격이라는 것 정도는 포드도 알고 있다. 완벽하게 행복해 보이는 사람이 가장 위험하고 망가졌을 수 있다는 사실도.

포드는 카밀의 일기를 좀 더 읽어보고 싶었으나 경찰이 증거물로 가져갔다. 언제 그것을 읽어볼 수 있을지 모른다. 애쉬와도 다시 한 번 얘기를 나눠봐야 한다. 베카와 앤서니 서장이 없을 때, 그리고 전날 밤처럼 무언가에 취해 있지 않을 때.

그러나 애쉬는 어디에도 보이지 않았다. 포드는 애쉬가 상담 선생님을 만나고 있을 거라고 생각했다. 저녁 식사 전에 사람을 보내 애쉬를 데려오라고 할 것이다.

사무실에 돌아오니 멜라니가 코와 눈이 빨개져서 책상에 앉아 있었다.

"뭐 좀 찾으셨어요?"

"아니. 예상대로 학생들이 많이 혼란스러워하네. 경찰서장한테 연락 왔어?"

"30분 전에 메시지 남기셨어요. 곧 오신다고요."

"알았어. 커피 한잔하면서 이메일 좀 봐야겠다. 서장이 도착하기 전에 한숨 돌리고 정신 좀 차려야겠어."

포드는 새로 내린 커피를 한 잔 따라서 책상에 앉았다. 통유리로 들어온 햇살이 카펫 위로 길게 비쳤다. 오늘 같은 날 이렇게 화창하다는 사실에 화가 났다. 이런 날은 비가 내려야 한다. 한 소녀의 죽음에 애도의 눈물을 흘려주는 것이 마땅하지 않은가.

포드는 컴퓨터를 켜고 이메일을 열었다. 받은 편지함에 엄청나게 많은 이메일이 들어와 있었다. 우선 헤드라인만 읽어 내려갔다. 대부분 학부모들이 보낸 것이고, 몇 개는 기자들이 사건에 대해 몇 마디 해달라는 요청이었다. 포드는 카밀의 부모가 먼저 언론에 퍼트리지 않는 한 학교 밖으로 알려지지 않도록 철저히 통제할 생각이었다.

토요일 애슬로 교수의 집에서 열릴 연례 버지니아 울프 저녁 파티 초대장도 있었다. 이럴 때는 정상적인 생활의 리듬이 무엇보다 중요하다. 포드는 바로 답장을 보냈다.

'좋은 생각이에요. 저도 참석하겠습니다.'

답장을 쓰는 동안 이메일 하나가 도착했다. 모르는 사람이 보낸 메일이지만 학교 주소로 온 것이니 안전하다고 여기고 열어보았다.

이메일 내용에 사진이 들어 있었다. 선명하지 않은 흑백사진인데, 밤에 찍은 것 같았다. 사진에 찍힌 사람이 카밀 섀넌이라는 것을 알아보기까지 시간이 좀 걸렸다.

그리고 루미도 있었다. 두 사람이 꼭 끌어안고 있는 모습이었다.

화면을 아래로 내리니 막간 촌극처럼 이야기의 전개를 단편적으로 보여주는 사진들이 하나씩 계속 로딩되었다.

두 사람이 싸운다. 포옹한다. 그리고 키스. 작별 인사를 하며 손을 흔든다.

포드는 밀려드는 두려움에 눈을 감았다. 카밀의 배 속 아기의 친부가 루미였던 것이다.

사진이 몇 장 더 로딩되었다. 가슴이 터질 듯 두근거렸다.

포드의 숙소 현관이었다. 루미가 들어오고, 하얀 살이 보였다. 포드는 그것이 자신의 허벅지임을 알 수 있었다.

유리잔에 반사되는 빛.

미소.

루미가 나가고 문이 닫히는 모습.

그렇다면 카밀을 안고 나서 바로 포드에게 왔다는 건가?

그날 밤을 또렷이 기억하고 있다. 아무 말 없이 나타나서 포드를 벽에 기대놓은 채 섹스를 하고 돌아갔다. 포드는 자신에 대한 욕정 때문이었다고 생각했다. 하지만 이제 생각해보니 어린 애인에게 거절당하고 좌절감을 풀기 위해 찾아왔던 것이다.

누군가 그들을 지켜보았다. 포드는 루미와의 애정 행각이 세상에 알려지는 것과, 카밀과 루미가 그런 관계라는 것 중에 어느 쪽이 더 두려운 일인지 알 수 없었다.

루미가 카밀과 사귀고 있었다. 그렇다면 당연히 떠오르는 의문이 있다. 루미는 포드를 선택하기 위해 카밀을 거절했고, 카밀은 그 때문에 절망해서 자살을 한 걸까? 그러자 훨씬 더 소름 끼치는 의문이 뒤를 이었다.

루미가 카밀의 입을 막기 위해 죽인 걸까?

그리고 마지막으로 또 하나의 의문이 머리를 스치자 포드는 자기가 알고 있는 모든 저주의 말을 퍼부었다.

누가 이걸 나한테 보냈을까?

포드는 컴퓨터에 능숙하지는 않지만, 그렇다고 전혀 모르는 것은 아니다. 이메일 주소만으로는 누가 보냈는지 알 수 없지만 헤더(Header)의 '더 보기'를 클릭하면 상세 정보가 뜬다. 그러나 알아볼 수 없는 글자와 숫자들뿐이다.

학교에 그것을 해독할 줄 아는 사람이 있다. 그러나 그가 비밀을 지킬까?

포드는 이메일 헤더를 인쇄하면서 사진들은 어떻게 할까 생각했다.

이메일 전체를 삭제해야 하나? 학교 이메일 계정에 그대로 둘 수는 없다. 멜라니가 우연히 볼 수도 있으니까. 그러나 삭제한다면 수사를 방해하는 것인가? 삭제한다고 해도 다시 보내지 말라는 법이 없지 않은가? 학교 밖으로 보낼 수도 있다. 학부모, 이사회, 그리고 언론에 말이다.

이럴 수도 저럴 수도 없는 곤경에 빠졌다. 도무지 빠져나갈 방법이 없다. 아침에 만난 위기관리팀 변호인단의 의견은 명확했다. 위기에 대처하는 방법은 세 가지라고 했다.

'그래, 내가 했다. 그렇지만 무슨 상관?'

'그래, 내가 했다. 미안해.'

'아니, 내가 하지 않았어. 증명할게.'

하지 않았다고 증명할 수는 없다. 사진이라는 증거가 있고, 누군가 원본을 가지고 있을 테니까. 이메일을 받지 않은 척 잡아뗄 수도 없다. 서버 어딘가에 이메일을 열었다는 기록이 남아 있을 테니까. 그게 무슨 상관이냐고 버틸 수도 없다. 모두가 예민하게 주시할 테니까.

순간 어머니의 따가운 비난이 떠올랐다. '어린애랑 섹스를 하다니, 어쩜 그렇게 멍청한 짓을 할 수 있니?'

'루미는 어린애가 아니에요. 스무 살이라고요. 성인 남자예요. 투표도 할 수 있고 싸울 수도 있어요. 방아쇠를 당길 수도 있다고요.'

그렇다. 루미는 어린애가 아니다. 그런데 그와 처음 관계한 게 언제인가? 그 질문에 정직하게 대답한다면 포드는 당장 학장 자리에서 쫓겨날 것이다. 아니면 감옥에 가거나.

네 번째 위기관리 대처법이 있다. 무조건 도망치는 것. 하지만 그럴 수는 없다. 현실적으로 불가능하다.

포드에게 주어진 선택은 몹시 한정적이다.

자신을 드러내는 것.

루미를 드러내는 것.

아니면 익명의 이메일 발신자가 모든 것을 폭로할 때까지 기다리는 것. 엉뚱하고 한심한 아이디어가 머리를 스쳤다.

'내가 여기 있지 않으면 모든 것을 감당하지 않아도 돼.'

포드는 마음속으로 아니라고 고개를 저었다.

'바보 같은 생각 하지 마, 포드. 실수를 했을 뿐이야. 그렇다고 삶이 멈추지는 않아.'

"학장님?"

멜라니가 포드를 불렀다.

"서장님 오셨어요."

포드는 정신을 번쩍 차리고 고개를 들었다. 창밖으로 보니 서장의 차가 서 있었다. 생각에 골몰하느라 차가 진입로에 들어오는 것도 몰랐다. 포드는 더 이상 생각할 겨를도 없이 이메일을 삭제하고 빠져나왔다. 그렇다. 가슴을 치며 후회하고 있다. 그러나 지금은 대책을 강구할 시간이 필요하다.

루미와 얘기할 시간도.

포드는 볼을 몇 번 꼬집어 화색이 돌게 하고 미소를 띠었다.

"들어오시라고 해, 멜라니."

57

태아

앤서니 서장은 몹시 피곤해 보였다. 눈 밑에는 다크서클이 짙게 내려앉았다. 유니폼은 어제 입은 그대로인 것 같았고, 찌든 커피 냄새와 시큼한 땀 냄새가 풍겼다.

포드는 그의 조카가 뒤따라올지 몰라 조금 기다렸는데 혼자 온 것 같아 안심이 되었다.

멜라니가 반딧불처럼 환한 얼굴로 서장의 주위를 돌며 물었다.

"서장님, 커피 드릴까요? 아니면 차? 당 충전이 필요하시면 과자를 가져오라고 할까요?"

"아니, 괜찮아요. 고맙소, 멜라니."

멜라니가 시무룩한 표정으로 문을 닫았다. 포드는 멜라니의 그런 모습이 어이없어 하마터면 웃음을 터트릴 뻔했다. 하긴 앤서니는 매력적인 남자다. 모두에게 그런 것은 아니지만.

서장은 포드 맞은편에 앉아 모자를 무릎 위에 올리고 하품부터 했다.

"나만큼이나 지쳐 보이네요."

"당신은 늘 너무 솔직한 게 탈이야."

서장이 불쾌함이라고는 전혀 없는 투로 응대했다.

"미안해요. 그런 뜻은 아니었는데."

이 말은 진심이었다. 그 어느 때보다도 앤서니 서장이 포드의 편에 서주어야 하기 때문이다.

"신경 쓰지 마. 잠을 좀 못 자서 그러니까. 전해줄 말이 있어서 잠시 들렀어. 내일이면 정식으로 보고서가 제출되겠지만."

"무슨 말인데요?"

"부검 결과 밝혀진 사실이 있어. 죽은 그 학생이 여전히 임신 중이었다더군. 약이 듣지 않았거나, 먹지 않은 거겠지. DNA 검사를 위해 세포 조직을 채취했대. 그런데 태아의 친부가 누구인지 아무도 모른다니 우리가 알아내야 해. 학생이 누구와 관계를 가졌는지 당신이 말해주면 일이 훨씬 빨리 진척될 수 있어. 그러지 않으면 최소한 2주는 걸릴 거고."

최소 2주. 반가운 소식이다.

그 정도면 루미에게 알리고 대책을 마련할 수 있다.

"정말 끔찍하네요. 하지만 나도 들은 게 없어요. 카밀의 부모는요? 그들은 알고 있나요?"

"아니. 그런데 그 어머니라는 사람, 참 대단하더군. 그렇지 않아?"

"거기에 대해서는 할 말 없어요."

"그 여자가 소송을 하겠다고 했다면서?"

"맞아요. 그 여자는 변호사예요. 그런데 지금 큰 슬픔을 겪고 있어요. 그 두 가지 요인이 만나면 결과가 좋을 수 없겠죠. 사람들은 누군가 탓할 대상을 찾게 마련이니까. 지금 그 대상이 나인 거죠. 학생들을 안전하게 지켜야 하는데 그러지 못했으니까. 난 카밀이 자살을 생각할 정도로 힘든 상황인 줄 몰랐어요. 물론 나만 몰랐던 건 아니지만요."

"당신 집안의 보물을 지키고 싶다면 그런 말은 두 번 다시 입 밖에 내지 않는 게 좋아. 공적으로든 사적으로든."

"어머니도 당신처럼 얘기하더군요."

"당신 어머니가 여기 왔다고?"

앤서니는 어깨 너머로 뒤돌아보았다. 혹시라도 어머니가 인상을 찌푸리고 등 뒤에 서 있을지 모른다고 생각한 것 같았다. 앤서니와 있을 때면 어머니는 항상 인상을 찌푸렸다.

"며칠 전부터 시내에 와 계세요. 이런 일이 닥칠 것을 미리 알기라도 한 것처럼."

"흐음."

"무슨 뜻이에요?"

"당신 어머니가 열쇠를 가져갈 수도 있나?"

"앤서니! 맙소사. 당신 미쳤군요."

"타이밍이 너무 절묘하잖아. 그냥 물어본 것뿐이야. 어머니하고 잘 지내고 있는 줄은 몰랐네."

"썩 잘 지내지는 못해요. 그러니까 광장에 있는 집은 늘 비어 있고, 어머니는 거의 뉴욕에서 지내죠. 걱정 말아요. 어머니가 좀 비열한 구석은 있어도 미치지는 않았으니까. 그리고 곧 여길 떠날 거예요."

"그런데 왜 지금 온 거지?"

"기부 문제로요. 동창회의 누군가가 어머니를 통해 나를 움직이려고 하나 봐요."

포드는 멍하게 듣고 있는 앤서니의 얼굴에 손을 한 번 흔들어 주의를 돌리고 말을 이었다.

"구드 학교를 남녀공학으로 바꾸려는 음모를 꾸미고 있다니 웃기잖아요."

"그것뿐이야?"

"그런 일은 절대 없을 거예요. 어머니가 이런 식으로 나오면 나는 몇 주 동안 어머니와 말도 섞지 않아요. 그러다 보면 어머니가 마치 아무 일도 없었던 듯 나타나고 나도 아무 일 없다는 듯이 대하기를 바라죠. 어찌 됐든 어머니는 이 학교가 그리운 거예요. 오랫동안 어머니의 삶이었으니까."

"당신의 학교가 아니고?"

"내 학교죠. 하지만 어머니 방식이 아니니까."

"그렇군. 당신은 여길 떠날 거니까."

"그런 식으로 비아냥거리지 말아요."

포드는 일어나 창가로 갔다. 지금은 그와 너무 가까이 있고 싶지 않았다. 지금 방어벽을 무너뜨릴 필요는 없으니까. 지금 포드는 친구가 필요하다. 진정한 위로를 해줄 남자. 벽에 밀어붙이는 사환과 나누는 섹스가 아니라 진짜 사랑이 하고 싶다.

"미안해, 포드. 아, 정말이지 당신은 가끔 나한테서 최악의 모습을 끌어낼 때가 있다고."

앤서니 서장이 커다란 손으로 자기 얼굴을 쓸어내리며 말했다.

"당신을 잊었다고 생각했는데, 사실은 그렇지 못한 것 같아."

앤서니 서장이 포드를 바라보았다. 희망 어린 눈빛이었다. 그러나 포드는 받아들일 수 없었다. 지금 다시 그 문을 열면, 포드는 이 작은 마을에서 인생을 마쳐야 할지도 모른다. 경찰과 결혼하고, 버릇없는 부잣집 딸들의 보모 노릇이나 하면서 말이다. 매일 저녁 식탁에서는 끔찍한 자동차 사고나 사슴을 친 운전자들의 이야기, 아니면 마약 조직을 소탕한 이야기를 들으면서 말이다. 시골 경찰의 업무라는 것이 90퍼센트 이상은 그런 일들이니까. 앤서니가 아무리 매력적이고, 다정하고, 미치도록 포드를 사랑한다고 해도 그건 안 될 일이다. 절대 안 될 일이다.

"앤서니, 나도 당신을 사랑했어요. 내가 이 구드 학교에 정착할 마음만 있었다면 모든 것이 달라졌을 거예요. 그렇다고 내 꿈을 위해 당신 삶을 버리라고 할 수는 없잖아요."

"알아. 당신은 충분히 얘기했어. 완전히 깨지더라도 지금 아픈 게 낫다는 거잖아. 그래도 나는 당신이 그리워."

포드는 다시 자리에 앉아 그의 거친 손을 쓰다듬었다.

"괜찮아요, 앤서니. 지금은 우리 모두 스트레스를 받고 있어서 그래요. 하지만 이겨낼 거예요."

"그렇겠지."

포드가 조금도 흔들리지 않는다는 것을 깨닫자 앤서니 서장은 다시 사무적인 이야기로 돌아갔다.

"죽은 학생의 룸메이트에게서 가져간 셔츠 말이야. 천 소재는 일치했어."

포드가 놀라서 숨을 들이마셨다.

"하지만 일반적인 순면이기 때문에 무게와 색깔만 같으면 어느 셔츠에서 뜯겨 나왔는지 몰라. 이 학교에만도 똑같은 셔츠가 백 개는 넘을 거라고. 그리고 천 조각이 얼마나 오랫동안 거기 걸려 있었는지 어찌 알겠어? 조각이 완벽하게 들어맞는다거나 충분한 증거가 나오지 않는 한 법정에서 증거로 내세울 만한 것은 아니야. 애쉬의 셔츠가 찢어져 있었어. 그러나 그 셔츠는 사고가 있던 날 선물받은 거라고 했어. 논리적인 변호사라면 셔츠를 증거물 목록에서 빼버릴 거야. 카밀이 떨어지기 전부터 이미 거기 걸려 있었다고 추론한다면 말이야. 지문이나 DNA가 추가로 발견되기 전에는 그렇지 않다는 것을 증명할 방법이 없지. 누군가 죽은 학생과 같이 그 위에 있었다면, 더 많은 증거가 필요해. 현재로서는 합리적인 의심을 할 만한 여지가 많아."

"법정에서는 정황상 그럴지 모르지만, 애쉬는 지붕에서 발견된 헝겊 조각과 같은 소재의 찢어진 셔츠를 입고 있었어요. 그것만으로도 애쉬가 지붕에 올라갔다고 가정할 수 있지 않나요? 우리한테는 거짓말을 하고요?"

"그러기 위해서는 더 많은 증거가 필요해. 애쉬는 그 셔츠를 선물받았다고 했어. 그 애의 말이 사실이라면 누가 애쉬에게 주었는지 조사해봐야 해."

"그 셔츠를 가져가겠다고 했을 때 몹시 당황하는 것 같았어요. 애쉬에게 의미 있는 것이 틀림없어요."

"그런 것 같아. 룸메이트를 죽일 때 입고 있었는지, 우연의 일치일 뿐이었는지는 알 수 없지만 아무튼 셔츠를 내놓지 않으려고 했어. 성급하게 결론 내리고 싶지 않지만 뭔가 의심스럽긴 해. 그런데 열쇠를 놓고 생각해보자고. 애쉬가 어떻게 당신의 열쇠를 가져갈 수 있었을까?"

"그 점에 대해 생각해봤는데, 비밀 클럽 중 하나의 짓일 수도 있어요. 아니면 경비실에서 지붕에 올라갔다가 내려올 때 잠그는 걸 깜박 잊었을 수도 있죠. 하지만 경비실에서 그건 아니라고 했어요.

CCTV가 없으니 증명할 방법은 없지만. 그것도 풀어야 할 수수께끼 중 하나예요."

"그렇군. 아무튼 구드는 당신 학교니까 그 문제는 당신에게 맡기지."

"고마워요, 앤서니. 모든 각도로 살펴봐야죠. 새로운 것을 찾는 대로 연락할게요."

"좋아. 우리도 나름대로 수사해나갈 거야. 누군가 그 아이를 지붕 아래로 밀었는지는 알 수 없지만, 그 애의 일기를 읽어봤는데 아주 고민이 많았더군. 유서만 있었으면 완벽한 자살이야. 부검의의 소견도 다르지 않았고."

"이런 말 하기는 좀 미안하지만 차라리 그쪽이면 좋겠어요. 우리 학교의 누군가가 살인을 저질렀다는 건 차마 입 밖에 내기도 끔찍해요."

"나도 그렇게 생각해. 우리도 눈과 귀를 활짝 열고 수사할 거야. 만약의 경우에 대비해 순찰도 좀 더 강화하고."

서장이 자리에서 일어나는데 무릎에서 뚝 소리가 났다.

"아이쿠, 점점 늙어가고 있어."

"맞아요. 당신 완전 노인네죠."

그러자 앤서니가 큰 소리로 웃었다. 포드는 의외의 반응에 놀라면서도 미소를 지어 보였다. 두 사람 사이에 더 이상 긴장감이나 적대감은 남아 있지 않았다.

"어젯밤에 했던 말은 사과할게요, 앤서니. 내가 부적절했어요. 당신은 임무를 수행하는 것뿐인데 말이죠."

"괜찮아. 내가 당신을 자극한 면도 있어. 힘든 상황인 거 알아. 학생을 잃었으니. 우리의 과거사는 털어버리자고."

"그래요, 털어버려요."

포드는 차까지 앤서니를 배웅하고, 잘 지내라는 진심 어린 인사를 했다. 그의 차가 진입로를 빠져나갈 때까지 지켜보았다. 좋은 사람이다. 다정한 사람. 그러나 포드가 주고 싶은 것보다 훨씬 더 많은 것을 원한다. 어젯밤에 그가 했던 말들은 모두 사실이다. 포드는 이곳을 떠날 것이다. 지금 당장은 아니지만, 언젠가는.

앤서니의 차가 빠져나가고 정문이 철컹거리며 닫혔다. 시계를 보니 5시 종이 울리기 직전이었다.

저녁 식사 후 애쉬에게 티셔츠에 대해 물어봐야 한다.

순간 번개처럼 스치는 생각이 있었다.

메디아 교수의 말대로 애쉬의 실력이 정말 뛰어나다면, 아니 그 반만큼이라도 있다면 이메일 헤더를 해독할 수 있을 것이다. 이메일을 누가 보냈는지 알아낼 수 있을 것이다. 메디아보다는 애쉬에게 보여주는 것이 안전하다.

그보다 먼저 루미의 이야기를 들어봐야 한다. 함께 계획을 세워야 하니까. 루미에게 문자 메시지를 보냈다.

'내 숙소에서. 밤 10시.'

곧 답신이 왔다.

'좋은 생각이 아니에요.'

위험하다는 것쯤은 포드도 잘 알고 있다.

'와야 해.'

답을 길게 쓰는 듯 세 개의 점이 한동안 꼬물거리다 마침내 답이 왔다.

'안 돼요.'

포드는 순간 머릿속이 아찔했다. 루미는 한 번도 포드를 거절한 적이 없다. 단 한 번도. 사적이든, 업무적인 것이든 루미는 언제나 포드의 요청에 응했다. 루미는 늘 포드를 고마워했다. 포드가 보이는 관심은 관계의 일부일 뿐이었다. 포드는 루미에게 집과 일자리를 주었으니까.

그런데 이제 포드를 거역하겠다는 건가?

포드는 휴대폰을 내려놓았다. 그를 만나 이야기를 해야 한다고 생각했는데 그러지 않는 게 나을 듯싶었다. 누군가 주위를 맴돌면서 포드의 숙소 현관을 사진으로 찍을 정도라면 캠퍼스 안은 안전하지 않을 것이다. 오늘 늦게 커피숍에 가서 만나면 된다. 포드는 루미의 일정을 모두 알고 있다. 그의 일정은 결국 포드가 짠 것이니까.

포드는 책상을 정리하고 먼지가 묻어 있지도 않은 옷을 습관적으로 털었다.

사진에 찍힌 문.

포드는 성급하게도 자기 숙소의 문이라고 단정 지었다. 하지만 꼭 그렇다고 할 수는 없다. 사실은 캠퍼스 안에 있는 모든 숙소의 문이 똑같이 생겼다. 사진 속의 배경은 어두웠고, 특징적인 것은 없다. 하얀 허벅지가 찍혔을 뿐 얼굴이 나온 사진은 없다.

그렇다면 루미가 포드 말고 또 누구를 만나는 걸까?

이메일을 보낸 사람은 포드를 곤경에 빠뜨리려는 게 아닌지도 모른다. 어쩌면 포드가 다치지 않고 온전히 빠져나가는 데 필요한 것을 주려고 하는지도 모른다.

58

지옥 주간

카밀이 자살한 날은 바로 비밀 클럽 신입회원들의 소위 지옥 주간이 시작되는 날이었다. 아이비바운드를 비롯해서 모든 비밀 클럽의 전통이 있다. 탭을 받고 첫 일주일 동안 신입회원들을 괴롭히는 풍습이다. 괴롭힘은 해가 갈수록 점점 모질었고, 끝까지 버텨내지 못할 회원들을 걸러내는 단계이기도 했다.

하지만 내가 갑자기 독방을 쓰게 되고, 선생님들이 나를 너그럽게 봐주자 베카는 열 배 더 지독하게 괴롭혔다. 개강 첫날 베카가 룸메이트가 죽으면 독방을 쓰게 된다고 했던 말은 사실이었다. 나는 독방을 쓰게 되었을 뿐 아니라 공부에 집중할 수 없는 상황을 배려해서 선생님들이 과목마다 가산점을 주어 평점이 곤두박질칠 염려도 없었다.

아이비바운드의 선배들은 그 점을 십분 이용해 나를 철저하게 조롱하고 부려먹었다. 첫날은 그야말로 비참한 모멸의 연속이었다. 어찌나 쉴 틈 없이 사방에서 당기고 밀치는지 이러다가 자괴감에 빠져 미쳐버릴 것 같았다.

베카는 커피숍에서 만났을 때 그렇게 냉혹하더니 학교에서도 나를 괴롭히려고 작정한 것 같았다. 뭐든 시킬 때마다 경멸하는 말을 퍼부었고, 하루 종일 온 캠퍼스를 뛰어다니게 했다. 게다가 아이비바운드의 다른 조련사들까지 이것저것 시키고, 웃음거리로 만들면서 나를 괴롭히는 데 일조했다. 그중 한 명은 베카에게 뜨거운 차를 가져가는 데 발을 걸어 넘어뜨렸다. 나는 뜨거운 얼그레이를 뒤집어쓴 채 바닥에 엎어졌고, 그들은 나를 보며 깔깔거렸다.

그리고 모두가 듣는 자리에서 공공연히 나에 대한 억측을 했다. 내가 얼마나 못되게 굴었으면 룸메이트가 뛰어내려 자살을 했겠느냐는 것이었다.

신입들은 모두 온몸에 심한 발진이 돋았다. 고름이 반창고를 적시고 티셔츠에까지 배었다. 나는 고름이 새어 나오지 않도록 거즈를 둘러야 했다. 그러자 더 심하게 가려웠다. 의무실에 갈 수는 없었으니 베나드릴을 권장량의 두 배씩 하루에 세 번 먹고, 오트밀 목욕을 하고, 칼라민 로션을 잔뜩 발랐다. 게다가 심한 수면 부족까지 겹쳐 하루 종일 몽롱했다. 나를 향한 위로와 비난에 한결같이 나른하고 무기력하게 응대하면서.

어떤 것에도 집중할 수 없었다. 나는 지치고 무서웠으며, 슬픔과 공포에 떨었다. 한때 규칙적이고 잘 정돈된 일상이 어수선하고 혼란스러웠다. 그래슬리 교수가 피아노 연주를 해보라고 했던 바흐의 푸가가 떠올랐다. 아침부터 밤까지 나의 하루가 푸가 음악처럼 분열과 혼란 상태였다. 마치 해리성 둔주라는 정신병처럼.

명령은 한시도 멈추지 않았다.

'가서 카페라테 가져와. 무지방 우유로. 어제처럼 엉터리 말고.'

'추우니까 가서 내 트레이닝복 상의 가져와.'

'도서관에 가서 내 책 좀 찾아와.'

'빨래 좀 개놔.'

'담배 떨어졌다. 마을에 뛰어가서 사 와.'

'이 마리화나 피워.'

'이거 한 잔 마셔.'

'10분 후에 메디아 교수님한테 가서 네 젖꼭지 보여드리고 와.'

이 명령은 다른 조련사가 가로막았다.

'그건 안 돼, 베카. 학교에서 쫓겨날 거야.'

'잘됐네. 어차피 나쁜 계집애잖아. 내 말 들었어? 말해봐.'

'저는 나쁜 계집애입니다.'

'그래, 넌 나쁜 계집애야. 내 머리 좀 땋아봐.'

'엘리자베스 튜더가 여성운동에 미친 영향에 대해 500자 에세이를 써야 해. 7시까지.'

'새 노트북 하나 사 와.'

'빨간색 젤로 먹고 싶다. 주방에 가서 좀 가져와.'

'왜 빨간색이야. 초록색이라고 했잖아. 너 정말 멍청하구나.'

이렇게 말도 안 되는 명령으로 사흘을 보내고 나니 베카 커티스를 죽일 수도 있을 것 같았다. 그녀와 좋은 감정을 주고받던 순간들, 다정함, 은밀한 시선, 손과 입술의 감촉이 아득하게 느껴졌다. 그런 행동들이 멈추고 나니 그동안 그녀가 나를 얼마나 자주 만졌는지 새삼 깨달았다.

그랬던 베카가 이제 피도 눈물도 없는 금발의 괴물이 되어 있었다. 내가 소중히 붙잡고 있는 것들을 파괴하기로 작정한 것 같았다. 내 존

엄성과 온전한 정신.

나는 가려우면 긁고, 심부름을 시키면 달려가면서 학과 공부를 따라가느라 안간힘을 썼다. 그러고도 밤에는 차갑고 딱딱한 다락 바닥에서 겨우 몇 시간 자는 게 고작이었다. 베카는 나에게 마치 개처럼 자기 방 문밖의 바닥에서 자라고 했다. 아주 충성스러운 개처럼. 나는 빨랫감과 반쯤 먹다 남은 간식거리, 책, 과제물로 가득한 책가방을 메고 수업을 들으러 다녔다. 다른 신입들의 상황도 나보다 낫지는 않았다.

선생님들도 아무 말 하지 않는 걸로 보아 어느 정도 묵인하는 것 같았다. 열세 명의 아이들이 가려움증에 걸린 좀비들처럼 돌아다니는데 눈치채지 못할 리가 없었다.

나는 틈틈이 잤다. 특히 예배 시간이 그렇게 달콤할 수가 없었다. 벌점을 보충하기 위해 학장의 집무실에 가서 근신하는 시간도 즐거웠다. 나는 집무실에서 2시간 알람을 맞춰놓고 잠을 자다가 시간이 되면 졸업반 기숙사로 돌아가 남은 명령을 수행했다. 오늘은 다락층 화장실을 머리칼로 문질러 닦아야 한다.

내가 얼마나 오래 버틸 수 있을지 모르겠다.

드디어 넷째 날이 되자 더 이상 견딜 수 없을 것 같았다. 베카한테 가서 청소용 세정제로 네 엉덩이나 깨끗이 닦으라고 퍼부어주려던 참에 구원의 손길이 나타났다. 바로 포드 학장이 다락 집무실로 오라고 한 것이다. 카밀이 죽은 날 애슬로 교수에게 이끌려 갔던 곳이다.

베카는 나를 보내줄 수밖에 없었고, '얄밉게 농땡이 친' 대가로 돌아오면 단단히 각오하라고 이를 갈았다.

내가 지옥 주간 동안 왜 탈퇴하지 않았는지는 두고두고 생각해봐야 할 수수께끼다. 베카의 모진 명령을 왜 참았는지는 지난날을 돌이켜보면 설명이 된다. 나는 엄마와 아버지의 횡포에 스스로 희생양이 된 것처럼, 베카의 횡포에도 스스로 희생양이 되었다.

나는 왜 그날 밤 그들을 따라갔을까? 왜 애슐린의 계획에 적극적으로 반기를 들지 않았을까? 그랬으면 지금 뭐가 달라졌을까? 모든 일이 달라졌을까?

그들이 아직 살아 있을까?

59

두려움

학장은 다락 집무실에서 기다리고 있었다. 지친 기색이 역력했다. 그동안 비밀 클럽의 탭과 베카의 몰아치는 지시, 그리고 카밀의 죽음이 몰고 온 상황들을 헤쳐 나가느라 어른들을 생각할 경황이 없었다. 그들이 얼마나 힘든 시간을 보내고 있을지 생각해보지 않았다. 카밀의 어머니는 학교를 상대로 소송을 하겠다고 협박 중이라고 했다. 딸의 죽음을 두고 슬픔보다 소송을 먼저 생각할 수도 있는가 보다.

하긴 우리가 뭘 알겠는가? 내 아이가 갑자기 이유도 모르게 죽었다면 그 애를 알았던 모든 사람들의 집을 불태워 버리고 싶을지도 모르겠다.

학장은 눈 밑에 다크서클이 짙게 내려앉고 안색이 창백했지만 머리만큼은 완벽하게 빗어 올렸다. 진주 액세서리에 석양빛의 캐시미어 앙상블을 입어서 그런지 전에 없이 말끔하고 성숙해 보였다. 항상 우아한 모습이긴 했지만 오늘은 어딘지 나약해 보였다. 곤경에 빠진 사람처럼.

학장은 환한 미소로 나를 맞아주었다.

"안녕, 애쉬." 그러고는 진심으로 걱정되는 얼굴로 "괜찮니?" 하고 물었다.

"네, 괜찮아요, 학장님."

학장은 내 말을 믿는 것 같지 않았지만 상관없다. 외모까지 신경 쓰기에는 너무 피곤했다. 나는 학장의 작은 책상 맞은편 의자에 털썩 주저앉았다.

"여기는 뭐 하는 방이에요?"

학장은 마치 처음 보는 것처럼 방 안을 둘러보았다. 희미한 미소가 입가에 번졌다.

"여긴 내가 생각하는 공간이야. 훈시 연습도 하고. 눈치챘는지 모르겠지만 나는 대중 앞에서 말하는 데 익숙하지 않거든."

학장이 그런 고백을 하는 것은 의외였다. 오늘따라 더 젊어 보였다. 지난 며칠 학교와 자신에게 쏟아지는 시선과 질문 세례에 지치고 압도된 것 같았다. 나는 지금까지 한 번도 학장의 입장을 헤아려보지 않았다. 마치 어린아이가 부모의 필요와 욕구에 무관심한 것처럼. 제멋대로 구는 여학생 200명을 통솔한다는 게 얼마나 힘든 일인지. 아니, 이제 199명이다. 나도 그동안 이상한 세계에서 살아남느라 너무 바빴다.

"그러신 줄 몰랐어요. 항상 자신감에 차 보여서요."

"그건 연습의 결과야. 애쉬, 너도 뭔가 두려운 것이 있을 때는 얼굴을 똑바로 들고 정면을 마주 해봐. 두려움의 대상을 확인하고, 살아보고, 숨 쉬어보고, 그것을 향해 자신을 들이밀어 봐. 그러지 않고 두려움이 너를 통제하기 시작하면 너는 끝까지 끌려 다니게 돼."

'그 두려움의 대상이 100킬로그램의 무게에 헐크 같은 체격을 가졌다면요? 그래도 대적하시겠어요? 그때는 다가가서 밀어붙이고 싶지 않을걸요, 학장님.'

"이 방에서 글을 쓸 때도 있어."

그 말에 흥미가 당겼다. 학장이 좌절한 작가 지망생이라는 소문을 들었다. 옳은 일을 하기 위해 꿈을 포기했다 이거지. 그게 어떤 건지 알 것 같다. 나는 마치 아무것도 모르는 척 물었다.

"편지 같은 거요?"

"사실은 소설을 쓰고 있단다."

학장이 말을 이었다.

"지금쯤 작가들의 도시인 뉴욕에 살고 있을 줄 알았는데. 결국은 이렇게……."

"여기서 발목이 잡히셨군요. 고마워할 줄 모르는 어린 여학생들의 학장님으로 말이죠."

"그렇게 말하고 싶지는 않아. 너희는 고마워할 줄 모르지는 않거든."

"물론 감사하게 생각하죠. 무슨 뜻인지 아시잖아요."

"그래."

학장은 몸을 구부리고 손가락 세 개로 책상을 짚은 채 말했다.

"오해는 하지 마라. 난 내 일이 좋아. 이 학교도 사랑하고. 학생들도. 너희 모두. 가끔 힘들 때가 있지. 그럴 때면 조용하고 편안한 이곳으로 올라와서 일을 하거나 생각을 하지. 여자들은 가끔 일상에서 벗어날 수 있는 자기만의 공간이 필요하단다."

"'자기만의 방' 말씀이죠? 애슬로 교수님 시간에 버지니아 울프에 대해 배웠어요. 저도 전적으로 동감해요."

학장이 미소를 지어 보이며 말했다.

"내가 왜 보자고 했는지 궁금하겠구나."

"카밀의 죽음 때문에 부르신 게 아닌가 짐작했어요."

"그렇기도 하고, 아니기도 해."

"부검 결과 뭔가 찾아냈나요?"

"그렇지는 않아. 아니, 있다고 할 수 있어. 너를 믿어도 되겠지, 애쉬?"

"네, 물론이에요."

무슨 의미일까? 학장은 왜 지금 갑자기 나를 믿고 싶은 걸까?

"카밀은 여전히 임신 중이었다는구나. 태아의 친부를 찾기 위해 DNA 검사를 하고 있어."

너무나 슬프고도 충격적인 소식이었다. 아기의 목숨까지.

"정말 상심이 크시겠어요, 학장님. 바네사와 파이퍼가 무슨 얘기라도 했나요?"

"그 애들이 무슨 얘기를 해?"

"카밀이 누굴 만나는지 아는 것 같았어요."

학장의 표정이 일그러지면서 두려운 기색이 눈에 어렸다.

"아, 그래. 그 애들과 얘기했는데 모른다고 하더라."

그 애들은 거짓말한 것이 분명하다.

"그건 그렇고, 너한테 부탁할 것이 있어서 불렀다. 모르는 사람에게 이메일을 받았는데, 혹시 보낸 사람이 누군지 알아낼 수 있나 해서 말이야."

'메디아 교수님……'이라고 말하려는데 학장이 종이 한 장을 내밀었다. 이메일의 전체 헤더를 인쇄한 것이었다.

"여자들끼리 처리하는 게 좋을 것 같아서. 너만 괜찮다면."

제목은 없었다. 첨부 파일이 있는 것 같았다. 애플 기기에서 사용하는 HEIF 형식으로 여러 개. 아이폰에서 보낸 이미지 파일이 분명했다.

나는 헤더를 추적하기 위해 좀 더 자세히 들여다보았다. 일회용 계정에서 익명으로 보낸 것이었다. 그런데 IP 주소가 캐나다로 되어 있는 것이 이상했다. 지난번에 내가 VPN을 설정할 때 캐나다에 있는 서버 팜(컴퓨터 서버의 모임 – 옮긴이)에 연결했다.

'쉭.'

맙소사. 이건 내 이메일 계정의 임시보관함에 있던 메일 아닌가? 유령처럼 저절로 전송되었던 것 말이다.

다시 헤더 처음으로 돌아가서 숫자 열을 기억해두었다. 내 이메일은 추적 불가능할 것이다.

그러리라 믿는다. 나는 매사에 안전장치를 해두는 편이다. 하지만 학장에게 익명의 이메일을 보내지는 않았다.

학장은 왜 메디아 교수가 아닌 나에게 부탁한 걸까? 어떤 함정을 파놓으려고? 내가 스스로를 파멸시킬 수 있는 도구를 손에 쥐어주려는 건가? 모든 것에서 벗어나게 하려고?

이메일 내용을 볼 수 없었지만 궁금했다. 누가 학장에게 무엇을 보냈는지 추측해보았다.

"무슨 사진이었어요?"

그러자 학장의 얼굴에서 핏기가 가시는 것 같았다. 뭔가 있었다.

"사진이라는 걸 알 수 있어?"

"네, 적어도 여섯 장은 되는 것 같은데요. 모두 HEIF 형식이에요."

멍하게 내 말을 듣고 있는 학장에게 설명했다.

"고효율 이미지 파일 형식인데 압축하기 쉽거든요……. 학장님, 괜찮으세요?"

학장이 떨리는 손으로 목을 감쌌다.

"그럼, 그럼, 괜찮아. 그냥…… 누군가 짓궂은 장난을 쳤나 보다."

"요즘 그런 일이 많은 것 같아요."

"누가 보냈는지 판독할 수 있겠니?"

"그건 불가능해요. 일회용 계정에서 익명으로 보낸 거예요. 보낸 사람의 계정은 이미 삭제되었을 거고요. 간단히 할 수 있는 일이거든요."

"학교 안에서 보낸 건지는 알 수 있어?"

조심해야 한다.

"그건 알아내기가 더 어려워요. 참고할 만한 정보가 충분하면 메일의 출원지를 찾을 수 있겠지만 대강 짐작해볼 때 외부에서 보낸 것 같아요. 학교 안에서 보냈다면 교내 인터넷 시그니처가 나타나야 하거든요. 여기 이 줄에죠."

나는 시그니처가 들어갈 자리를 가리켰다.

"그런 지명자가 없어요. 그리고……."

나는 다시 한 번 헤더를 읽는 척하다가 말했다.

"이건 컴퓨터가 아니라 모바일 기기에서 보낸 게 틀림없어요."

그러자 학장은 길게 안도의 숨을 내쉬었다. 나도 같은 마음이었다. 학장이 나를 시험해보려는 건 아니었다. 학장도 나도 뭔가를 숨겨야 하는 상황인 것 같았다.

나는 핸드폰이 없다. 그러니 안전하다.

"도와줘서 고맙다, 애쉬. 맞아, 누가 사진을 몇 장 보냈어. 우리 학교 학생의 사진인데, 신중하게 다뤄야 할 문제라서 말이지. 아무한테도 말하지 않으면 좋겠다."

"서장님께 보여드릴 건가요?"

학장이 고개를 저었다.

"이번 사건하고 관련 없는 일이야. 누군가 장난을 쳤나 봐. 이메일을 삭제하고 잊어버리면 될 것 같아."

'좋은 생각이에요, 학장님. 아주 좋은 생각입니다.'

"그리고 한 가지 더…… 이 메일을 다른 사람에게도 보냈는지 확인할 수 있을까? 아니면 나한테만 보냈는지."

"다른 수신자 주소는 없어요. 학장님께만 보낸 겁니다."

수업 종이 울렸다. 다락방에서 들으니 청동을 때릴 때 나는 깊은 울림이 유난히 크게 들렸다. 잠시 후 학장의 핸드폰이 울렸다. 학장이 화면을 힐끗 보고 말했다.

"아, 멜라니구나. 이제 가야 할 것 같다. 너는 영어 수업이지?"

그러더니 또다시 그 자애로운 미소를 지으며 말했다.

"곧장 수업에 들어가거라, 애쉬. 복도에서 베카 만나지 말고. 너도 그러는 게 좋겠지?"

선생님들도 다 알고 묵인하는 것이다.

60

변호사

애슬로 교수가 문을 닫기 직전에 아슬아슬하게 교실에 들어갔다. 자리에 앉자마자 애슬로 교수는 인사말과 함께 우리가 제일 무서워하는 소식을 전했다.

"오늘은 깜짝 시험을 보겠어요. 책을 읽었다면 전혀 어렵지 않을 거예요. 책을 집어넣고 시험 노트를 꺼내세요."

나를 포함해서 대부분의 아이들이 죽는 시늉을 했다. 친구를 비명에 보내고 오자마자 깜짝 시험을 본다는 게 말이 되는가? 우리가 어떻게 책을 읽을 수 있겠는가 말이다.

나는 가방 속에서 늘 가지고 다니는 시험 노트를 꺼냈다. 구드의 학생이라면 언제 어디나 얇은 하늘색 시험 노트를 가지고 다녀야 한다. 학교생활을 한 지 얼마 되지는 않았지만 머릿속에 확실하게 새겨둔 원칙이다. 모든 시험과 에세이 숙제, 깜짝 시험부터 무시무시한 중간고사와 기말고사가 모두 이 시험 노트로 이루어진다. 표지 한가운데 굵은 글씨로 '내 명예를 걸고'라고 인쇄되어 있고, 그 밑에 두 줄의 선이 그어져 있다. 한 줄에는 내 이름을 정자로 쓰고, 또 한 줄에는 서명을 해야 한다. 서명을 함으로써 나는 명예규율에 서약하는 셈이다. 서명하지 않은 시험 노트는 받아주지 않는다.

나는 첫 페이지를 펼치고 정면에 있는 백색 보드를 보았다. 애슬로 교수가 책 제목 아래 문제를 적어놓았다.

'《자기만의 방》

본문에 나타나는 여성 해방의 이상은 무엇인가?'

"300자 이내로 쓰세요. 1시간 주겠어요. 시작."

나는 바로 써 내려가기 시작했다. 마치 손 높이에 달린 열매를 따듯 아주 쉬운 문제였다. 공감할 수 있는 주제여서 좋았다. 구드의 어떤 학생도 나만큼 이 책을 몰입해서 읽지 않았을 것이다. 자기만의 방…… 제목부터 마음에 와 닿았다. 비록 나만의 방을 가지게 된 것이 내 선택은 아니었지만. 버지니아 울프도 룸메이트가 죽어서 자기만의 방을 갖게 되었다면 어떨까? 내 머릿속에 가득한 이상한 생각들까지 써볼까 싶기도 했다.

너무 열심히 써 내려가느라 교무실에서 메모가 전달된 것도 몰랐다. 애슬로 교수가 메모를 들고 왔다.

"애쉬, 학장님이 너를 보자고 하시네. 에세이는 오늘 저녁에 써서 내일 제출하거라. 가도 좋아."

나는 쓰다 말고 애슬로 교수를 멍하니 쳐다보았다. 애슬로 교수가 어서 가라는 듯이 고개를 끄덕였다.

"가봐. 그렇게 겁먹을 것 없어. 심각한 일은 아닐 거야."

불길하다. 도대체 하루에 몇 번이나 학장을 만나야 하는 건가? 이번엔 또 무슨 일이지? 내가 거짓말했다는 것을 알아채고 내쫓으려는 걸까? 바네사와 파이퍼가 비열하게 나를 배신한 건가? 베카가 나를 명예규율 위반으로 보고했나? 아니면 이메일 때문에?

이렇게 끝나는 건가? 볼 장 다 본 건가 말이다.

명예규율 위반 때문일 가능성이 가장 크다. 바네사와 파이퍼가 카밀의 연애 사실에 대해 알고 있다고 학장에게 말했으니까. 학장이 내 말을 신경 쓰지 않지만 뒤를 캐봤을 것이고, 바네사와 파이퍼는 자기들을 고발한 나를 대면하겠다고 한 것이다. 나는 사실을 말했을 뿐 잘못한 게 없다. 금방 정리될 것이다.

나는 펜 뚜껑을 닫고 시험 노트를 다시 가방에 넣었다. 어깨에 가방을 둘러메고 발을 끌면서 되도록 천천히 걸었다. 애슬로 교수는 걱정할 필요 없을 거라고 했지만 나는 걱정되었다.

학장의 집무실은 이제 내 방만큼이나 익숙했다. 그런데 남자 손님이 와 있었다. 서장이 아니라 처음 보는 사람이다. 적갈색 머리에 단추가 두 줄로 달린 파란색 줄무늬 정장을 입고 있었다. 마치 기브스 앤 호크스(유명 양복점) 피팅룸에서 걸어 나온 것처럼 말끔했다. 구두코까지 반짝반짝 윤이 났다. 어디로 보나 영락없는 변호사였다.

"아, 애쉬, 왔구나. 이리 와서 니커슨 씨와 차 한잔 마시렴."

학장이 영국식 억양을 흉내 내는 바람에 나도 모르게 몸이 움찔했지만 앞으로 다가갔다.

"안녕하세요, 애슐린 양."

니커슨이라는 사람이 환하게 웃으며 자리에서 벌떡 일어났다. 30대 초반으로 보였는데 지나치게 호들갑스러웠다. 그 바람에 찻잔에서 차가 넘실거리다 바지에 몇 방울 튀었다. 그는 늘상 그러는 듯 아무렇지 않게 손으로 털어냈다.

"이런, 지저분하게. 미안해요, 애슐린 양, 드디어 만나게 되다니 반가워요. 돌아가신 아버님하고는 친분이 있어요. 정말 유감이에요. 좋은 분이셨는데."

좋은 분이었다니 그를 잘 모르는 게 분명하다.

나는 그가 내민 손을 정중하게 잡았다.

"만나뵙게 되어 반갑습니다. 지금은 애쉬라는 이름을 쓰고 있어요."

"네, 학장님께서 말씀해주셨어요. 찰리가 직접 왔어야 하는데 너무 바빠서요. 자, 앉으세요. 전해줄 이야기가 있습니다."

니커슨 씨가 말하는 찰리는 아버지의 변호사 찰스 워싱턴이다. 아버지와 어머니가 돌아가시고 나서 재정적인 일들이 어떻게 처리될지 설명해준 사람이다. 내가 유산 상속을 받기 전에 먼저 사인 규명이 완결되어야 한다고 했다.

그가 찾아온 이유를 짐작할 수도 없었다. 나는 되도록 호흡을 가다듬어서 당황하고 있다는 사실을 들키지 않으려고 노력했다. 소파에 앉아 찻잔을 받아 들었다. 차보다는 에스프레소에 보드카 몇 방울, 그리고 베카가 환각제라는 말 대신 별명으로 부르는 '모모'를 약간 타서 마시고 싶었다. 그래도 찻잔을 들고 있으니 손을 어떻게 해야 할지 고민하지 않아도 된다.

"옥스퍼드에서 오신 거예요?"

나는 공손하게 차를 몇 모금 마시고 물었다.

"런던에서 왔어요. 올가을은 날씨가 좀 이상하네요. 벌써 눈이 왔거든요."

"아, 런던에서 오셨군요. 벌써 눈이라니. 역시 런던이군요. 상속 문제는 잘되어가고 있는 거죠?"

빌어먹을 자산에 대체 무슨 일이 생긴 걸까? 내가 떠나오기 전에 이미 다 정리된 걸로 알고 있는데.

"아, 물론이죠. 애슐린 양에 관한 한 변한 게 없어요. 걱정하지 않아도 됩니다. 모든 면에서 완벽하게 지원될 테니까요. 애슐린 양이 아버님 생전에 합의한 것과 같이 스물다섯 살 생일이 지나면 상속받게 될 것입니다. 상속 조건이 충족된다는 전제하에서 말이죠."

"상속 조건요? 그게 무슨 말씀이죠?"

"아, 이런. 이미 알고 있는 줄 알았는데. 스물다섯 살이 되었을 때 대학교 학위를 가지고 있어야 합니다."

아무렴, 그렇겠지. 핵심은 그거였군. 돈이 절박하다는 얄팍하고 유치한 현실. 그리고 상속 조건. 학교에 다니는 건 어렵지 않다. 적어도 그래슬리 교수가 죽기 전까지는 그랬다. 그러다 나는 비밀 클럽에 가입되었고, 룸메이트는 종탑 꼭대기에서 우아하게 뛰어내렸으며, 이제 학장이 내게 비밀을 털어놓기 시작했다.

"맞아요. 학위 조건이 있었죠. 그래서 여기 있는 거고요. 대학에 가려고요."

나는 멍하게 미소 짓고 있는 학장을 힐끗 보았다. 학장이 한마디 거들어야 할 타이밍인 것 같아서 니커슨 변호사와 나는 잠시 말을 멈추고 기다렸다. 이건 다 연극이니까. 모든 것이 완벽하게 짜여 있다. 무대의 일부가 돌아가는 것도, 우리가 진실 주변을 주어진 각본대로 돌아다니는 것도. 우리 모두 그렇게 한다. 진실과 거짓, 돌아가는 둥근 무대든 고정된 무대든, 우리가 딛고 있는 바닥은 항상 불안정하다.

이제 학장이 독백을 할 차례다. 학장은 자기가 해야 할 말들을 유창하게 쏟아놓았다. 대본도 그보다 더 잘 쓸 수는 없을 것이다.

"애쉬는 학문적으로 밝은 미래가 보장된 학생입니다. 본인이 원하는 대학이 어디든 들어가는 데 큰 어려움이 없습니다. 넌 하버드를 생각하고 있다고 했던 것 같은데, 그렇지?"

학장은 마치 엄마라도 되는 듯 자랑스러운 표정으로 니커슨에게 설명했다.

"구드의 학생들은 원하는 대학에 조기 입학 허가를 받는답니다. 머지않아 애쉬도 입학 원서를 쓸 거예요. 그러면 바로 지원 절차를 밟을 수 있죠. 유산 상속에 필요하다면 특별히 더 일찍 입학 사정을 밟을 수도 있어요. 그러면 졸업반이 될 때까지 기다리지 않아도 되고요. 제가 몇 군데 전화해서 주선해볼 수 있습니다."

니커슨의 표정이 밝아졌다.

"아, 아주 좋습니다. 그럼 모든 일이 훨씬 더 수월하게 진행될 거예요. 그런데 사실은 전해드릴 소식이 한 가지 더 있습니다. 사적인 일이에요. 일반적으로 이런 사안은 애쉬 양에게 단독으로 전해야 하지만, 애쉬 양이 아직 미성년이고 카 경의 유일한 상속인이어서, 저의 상사께서 증인의 서명을 받아오라고 하셨습니다. 그래서 학장님이 입회하에 하려는데, 괜찮겠지요?"

이번에는 또 무슨 얘기를 하려는 걸까?

"저는 학장님께 숨길 것이 없어요. 제 명예를 걸고."

새빨간 거짓말이지만 당장 벼락이 내리치지 않으니 일단 안심해도 되겠다.

"좋습니다. 아주 좋아요. 애쉬 양, 아버님께서 돌아가시기 몇 달 전에 유언 보충서를 작성하셨습니다. 마치 그런 일을…… 아무튼 그러셨어요. 유언장을 수정하신 거죠. 하지만 그렇다 하더라도 충분히 많은 자산이 상속될 테니 걱정하지 않아도 됩니다. 그런데 자산의 상당 부분을 또 다른…… 애쉬 양, 어떻게 말씀드려야 할지 모르겠네요. 애쉬 양에게 자매가 있습니다."

61

기만

그 순간 심장이 마비되는 것 같았다. 말이 나오지 않았다. 상상도 못 한 일이다. 뭔가 잘못된 거다.

"자매라고요?"

"그렇습니다. 애쉬 양보다 한두 살 위예요. 옥스퍼드에 살고 있습니다. 아니, 옥스퍼드에 살았다고 해야겠네요. 몇 달 전 아무도 모르게 그곳을 떠났다고 하니까. 지금 어디 있는지는 알 수가 없어요. 아버님께서 그분을 딸로 인정하셨고, 유서에 상속인으로 추가하셨어요."

"자매."

나는 다시 한 번 되뇌어보았다. 너무도 뜻밖의 현실에 압도되는 느낌이었다.

"유서에 추가되었단 말이죠?"

"그렇습니다. 애쉬 양의 입장에서는 기쁜 일일지도 모른다고 생각했어요. 남동생이 죽은 후로 늘 외동딸이었고 부모님도 돌아가신 마당에 자매가 있다면 완전히 혼자 남겨진 것보다는 나을 테니까. 비록 자산의 반을 나눠야 하더라도 말이죠."

나는 거의 찻잔을 떨어뜨릴 뻔했다.

"반이라고요?"

"네, 그렇습니다. 어떻게, 왜, 언제부터인지 자세한 내용은 모르지만 현재 그 자매를 찾고 있습니다. 워낙 예민한 사안이어서 먼저 알려드리는 거예요. 언론에 알려지지 말라는 법이 없으니 어떤 스캔들이나 부적절한 상황을 피하려는 거죠. 저희는 애쉬 양의 자매를 찾아서 DNA 검사로 신원 확인을 할 겁니다."

"DNA 검사요."

나는 거의 앵무새처럼 변호사의 말을 따라 했다. 완전히 넋이 나간 멍한 앵무새처럼.

"애쉬, 차를 한 모금 마셔라."

학장이 내 손을 끌어 올려 입에 찻잔을 대주었다.

"충격이 클 겁니다. 그럴 거예요. 애쉬 양이 조금만 나이가 많았으면 차에 위스키 몇 방울을 떨어뜨려줄 텐데 말이죠. 그렇지 않아요, 학장님?"

"애쉬, 괜찮니?"

학장이 걱정스러운 얼굴로 물었다.

나는 찻잔에 얼굴을 묻고 입술을 깨물었다. 너무 세게 깨물었는지 입술에서 피가 나는 것 같았다.

"이름이 뭐래요?"

내가 한참 만에 물었다.

"내 언니 말이에요."

"알렉산드리아예요. 알렉산드리아 파인. 친모의 이름은 거트루드이고요. 알렉산드리아 역시 고아입니다. 가엾게도 친모가 몇 개월 전 약물 과다 복용으로 숨을 거뒀어요. 그래서 세상에 혼자 남겨졌죠. 직장 경력을 살펴보았더니 몇 개월 전까지 찻집에서 일했더라고요. 찻집 주인을 만나봤는데 알렉산드리아는 런던에 일자리가 나서 떠났다고 했어요. 좀 더 나은 자리였나 봐요. 돈도 더 많이 주고. 어쩌면 애쉬 양과 우연히 만났는지도 모르죠. 서로 모르고 지나쳤겠지만."

"그 여자가 아버지의 재산을 절반이나 물려받는다고요? 알지도 못하는 그 여자가 말이에요?"

"간단히 말하자면 그렇습니다."

"그 여자도 대학을 나와야 하나요?"

그러자 니커슨 씨는 목부터 이마까지 빨개지면서 확연히 언짢은 표정을 지었다.

"음…… 그렇지는 않아요. 그분은 즉시 상속받는 걸로 알고 있습니다. 도의적인 조항 말고 다른 조건은 없습니다. 물론 신원 확인이 되어야 해요. 애쉬 양, 사무실에서 떠도는 소문을 얘기하자면, 아버님께서 최근에야 또 다른 딸이 있다는 것을 아셨다고 합니다. 그래서 그 딸에 대한 도리를 다하시려고 했죠."

"어떻게?"

"어떻게요?"

"아버지가 어떻게 아셨는데요?"

"거트루드라는 분에게 편지가 왔어요. 애쉬 양의 어머님이 편지를 발견하신 것 같아요. 어머님께서 한동안 보관하고 계시던 것을 아버님께서 보게 되셨나 봅니다. 저희 사무실로 가지고 오셔서 따님을 찾아달라고 하셨어요."

"그 거트루드라는 여자는 누구였어요? 약물 과다 복용으로 죽었다면서요?"

"그렇습니다. 약물 중독이었어요. 헤로인이라고 들었습니다."

나는 똑바로 앉아 있으려고 애썼지만 소파가 푹신해서 잘되지 않았다.

"어떻게, 그러니까 어쩌다가 아버지 데미언 카 경이 거트루드라는 약물 중독자와 아이까지 낳게 되었는데요? 한마디로 엉터리 소문이에요. 아버지는 적어도 기준이 있는 사람이었다고요."

니커슨도 무슨 뜻인지 잘 알 것이다.

"아버지는 재산이 더럽게 많았고 훌륭한 가문 출신이었어요. 빌어먹을, 뭐 이런 경우가. 의회 의원들의 절반이 아버지에게 자산관리를 맡길 정도였다고요."

"애쉬! 그런 말은 삼가는 게 좋겠다."

"죄송해요, 학장님. 너무 충격적이어서요. 아버지가 약물 중독자하고 놀아나 아이까지 낳았다는 거 말이에요. 더구나 아버지가 돌아가시고 나서 그 여자를 인정해야 하다뇨? 니커슨 씨, 앞으로 얼마나 많은 '자매'들이 나타나서 자기 몫의 고깃덩이를 달라고 할 건가요? 이건 정말 말도 안 돼요. 저에게 이런 말을 하러 오셨다는 게 부끄럽지 않으세요? 유언 보충서가 합법적으로 작성되었다면 아버지가 저에게 말씀하셨을 거예요."

니커슨 씨는 여전히 얼굴이 벌겠다.

"애쉬 양, 미안하지만 나는 지금까지 전해드린 이야기 외에는 아는 게 없습니다. 난 그저 전달할 뿐이에요."

그러더니 가방에서 서류 몇 장을 꺼냈다.

"볼을 아주 조금만 긁어내면 됩니다. 다행히 혈액을 채취할 필요는 없어요. 그리고 몇 군데 서명하시고요."

나는 속에서 불이 활활 타오르는 것 같았다. 뛰쳐나가 숨어버리고 싶었다. 소리를 지르고 싶었다. 눈물이 차올랐다.

"자, 자, 울 일이 아니에요. 충분히 많은 자산이 상속될 테니까요. 그리고 더 이상 혼자가 아니에요. 애쉬 양, 생각해봐요. 자매가 생겼어요. 가족이 있다고요."

울음을 멈춰야 하는데 쉽지 않았다. 결국 학장이 내 손을 잡고 집무실에 딸린 화장실로 데리고 갔다.

"실컷 울어. 그럼 좀 후련해질 거야. 찬물로 세수도 하고. 우린 밖에서 기다릴게."

나는 대리석과 크롬으로 장식된 우아한 화장실 변기에 앉아 손으로 얼굴을 가리고 울었다. 죽은 엄마를 위해, 죽은 아버지를 위해. 죽은 룸메이트와 떨어진 자존감, 그리고 미국에 온 후로 나를 진심으로 다정하게 대해주었던 단 한 사람과의 깨져버린 관계를 위해 울었다. 엉망진창으로 망가진 내 삶을 위해서도.

자매. 자매. 자매.

절반을 상속받는다. 절반.

내가 조금만 더 기다렸다면. 그렇게 경솔하지 않았다면. 그런 생각들을 하니 감당하기 힘든 슬픔이 몰려왔다.

20분 정도 시간을 갖고 마음을 가라앉혔다. 화장실을 나오니 니커슨과 학장이 조용히 이야기를 나누고 있었다. 니커슨이 요정처럼 반짝이는 눈으로 나를 돌아보았다. 내가 나아졌기를 바라는 눈빛이었다.

작은 솔로 볼 안쪽을 긁어내는 건 정말 싫다. 매끄러운 살을 거친 솔로 긁어내다니.

하지만 저항하지 않고 얼굴을 내밀었다.

달리 선택의 여지가 없지 않은가?

내 언니를 찾아야 한다는데.

62

방탕

치열한 싸움이었다. 상상을 초월할 정도로 심하게 싸웠다. 내가 그걸 잊고 있었다니, 믿을 수 없다. 불과 지난 4월의 일이었는데. 결국 엄마의 손목이 부러졌다. 침실에서 주방까지 맞고 끌려 다니며 난장판을 벌이다 마구간까지 갔다. 거기서 엄마는 악을 쓰고 소리 지르며 협박하다가 울면서 집 안으로 들어오다 짚단에 걸려 넘어졌다고 했다. 요리사가 차에 태워 병원에 데려갔고, 엄마는 팔에 깁스를 하고 돌아왔다.

아버지는 말을 타고 흙먼지를 날리며 달려 나갔다가 밤늦게 돌아왔다. 엄마는 문을 잠그고 열어주지 않았다. 좋은 상황이 아니었다. 엄마가 말리지 않으면 나는 아버지의 화풀이를 고스란히 받아야 했다.

눈가에 멍든 자국이 며칠 동안 없어지지 않았다.

이때가 바로 언니라는 존재가 알려진 날이었나 보다.

그러고 보니 모든 게 정확하게 들어맞았다.

우리는 최악의 순간들을 돌아보며 살아간다. 아픈 치아를 찔러보고, 멍든 자국을 눌러보면서 아직도 아픈지 확인한다. 그러는 동안 현재의 행복을 흘려보낸다. 그것을 누릴 자격이 없으므로. 평안하다는 것, 행복하다는 것은 뭔가 잘못했다는 뜻이니까. 누군가의 어깨에 올라타거나, 누구를 아프게 했거나, 속이거나, 거짓말을 했다는 뜻이니까. 상처에 덮인 딱지를 떼어내서 피 맛을 보고, 싸우고, 미워하고, 섹스를 하고, 사랑을 한다. 무엇을 위해?

인생이란 도대체 뭘까?

나는 행복해지고 싶었다. 자유롭고 싶었다. 그들로부터 달아나고 싶었다. 학대와 증오, 고통에서 벗어나고 싶었다. 이제는 이 모든 것들뿐 아니라 더 많은 것을 맛보았다.

탈출하려면 부모님을 죽일 수밖에 없었다.

정원에서 이어지는 들판을 걸으면서 오랫동안 생각하고 얻은 결론이었다. 살인은 극단적인 선택이다. 그러나 내가 벗어날 수 있는 유일한 방법이었다.

아버지는 나를 반복적으로 괴롭혔다. 그리고 세상에 나를 숨겼다. 자신의 가혹행위가 드러나지 않도록. 그가 내게 한 짓을 보았다면, 얼마나 잔인하고 포악했는지 안다면, 나를 심하게 비난하지 않을 것이다.

엄마의 죽음은 안타깝다. 하지만 한 번이라도 아버지에게 맞섰더라면 모든 것이 달라졌을 것이다. 아버지의 바람, 그 천박한 여자 문제를 조금만 더 일찍 해결했다면 이 모든 일은 일어나지 않았을 것이다. 우리는 행복한 가정을 이루고 살았을 것이다.

내게 소울메이트가 생겼을 수도 있다.

그런데 이런 일이……. 이건 아버지가 무덤에서 날리는 마지막 웃음이다. 이미 갈가리 찢어진 내 가슴에 마지막으로 박히는 화살.

아버지가 혼외 자식을 인정할 만한 배짱이 있는 사람인가? 그 오랜 세월 자기 때문에 마음고생을 하며 살아온 아내에게 그런 모멸을 안겨줄 사람인 줄은 몰랐다. 자기 혈육인 나를 이렇게 느닷없이 달리는 버스 밑으로 던져버릴 줄은 몰랐다.

더구나 절반이라고?

그녀가 절반을 가져?

절대 안 된다. 그냥 두고 볼 수 없다.

그건 내 돈이란 말이다. 내가 겪은 고통. 내가 견뎌온 공포. 그런데 이제 나타나 아무런 대가도 치르지 않고 내 미래의 절반을 가져가게 할 수는 없다.

이건 정말 엄청난 충격이다.

진흙탕이 따로 없다.

자매가 만나 이야기를 나눠야 할 때가 온 것 같다.

63

헤드라인

학장의 집무실에서 나와 도서관을 향해 조용히 걸어갔다. 얼른 달려가서 개인 열람석에 영원히 숨어버리고 싶었지만 겨우 참았다.

본관에서 올드이스트 홀로 이어진 트롤리에서 베카가 걸어 나와 내 앞을 가로막았다. 두 손으로 초록색 서류철을 받쳐 들고 위협적으로 다가왔다. 뭐 하는 거지? 왜 하루 종일 나를 따라다니는 거야? 또 무슨 모멸과 경멸을 안겨주려고? 미스트리스의 역할 자체가 원래 가학적인 건 알지만 지금은 장단을 맞춰줄 시간이 없다.

"어디 가니, 스왈로?"

"공부하러 갑니다, 미스트리스."

"대낮에?"

"공부가 좀 밀려서요, 미스트리스."

제발, 제발 나를 내버려둬. 악쓰며 울고 싶단 말이다. 그리고 계획을 세워야 한다.

"애쉬, 후배 학생들의 건강과 행복을 살피는 것도 학생회장이 해야 할 일이야. 네 걱정 많이 하고 있어."

누군가 보고 있는 거다. 그러지 않고서는 이렇게 가식적으로 다정하게 말을 걸 리 없다. 명예규율 법정과 관련해서 증인을 확보하려는 것이다. 나를 보고 있는 누군가의 시선이 느껴졌지만 돌아보고 싶지 않았다.

"신경 써주셔서 감사합니다."

"네가 이걸 보는 동안 곁에 있어주고 싶었어. 감당하기 힘들 것 같아서, 애쉬."

베카는 진심으로 나를 걱정해주는 것 같았다. 하지만 동시에 희희낙락한 표정으로 서류철에서 종이 한 장을 꺼냈다.

헤드라인이 요란하게 꾸며진 영국 삼류 잡지에서 뜯어낸 페이지였다. 버킹엄 궁전에서 외계인의 아기가 발견되었다는 기사나, 여자 옷차림을 한 남자 정치가의 사진을 대서특필하는 싸구려 잡지 말이다.

충격 뉴스 : 이름 없는 상속자가 나타나 카 경의 재산 반토막 나다!

베카는 잔뜩 기대에 부푼 얼굴로 나를 지켜보았다. 방금 전까지 아버지의 자산관리 변호사와 마주 앉아 있지 않았더라면 어떤 식으로든 반응을 보였겠지만, 난 지금 얼이 빠져 멍한 상태다.

나는 잡지 페이지를 돌돌 뭉쳐 바닥에 버렸다.

"알고 있어요. 신경 써주셔서 감사합니다. 정말이에요."

베카가 초록 눈을 번뜩이며 말했다.

"미스트리스."

"신경 써주셔서 감사합니다, 미스트리스."

"그래, 훨씬 좋잖아."

베카는 내가 버린 종이를 집어서 펴더니 다시 서류철에 넣었다. 그러고는 미소 지으며 내 어깨에 팔을 두르고 속삭였다. 불같이 뜨거운 입김과 함께 손가락으로 뼈를 후빌 듯 찌르면서.

"그렇다고 뭔가 달라지리라는 기대는 하지 않는 게 좋아, 스왈로. 너의 그 막장 드라마는 관심 없으니까. 내 우편물 찾아서 5분 안에 내 방에 가져다 놔. 제대로 하지 않으면 태어난 걸 후회하게 만들어줄 테니까. 카 집안의 또 다른 아이도 만나지 못하게 될 거고."

베카는 어슬렁거리며 가버렸다. 잠시나마 베카가 나를 정말 걱정한다고 생각했던 나 자신이 너무 한심했다. 베카는 천성이 잔인한 인간이다. 방심하는 사이 손가락을 베이는 종잇장 같고, 셔츠의 칼라에 꽂힌 옷핀 같으며, 주방 바닥에 떨어져 발을 베이는 유리 조각 같은 인간이다. 잔인하고, 살기등등한. 동시에 사람을 귀찮고 짜증나게 하는.

그러나 난 지금 더 심각하고 중대한 문제가 있다.

올드이스트 홀 지하에 있는 우편실은 내가 좋아하는 공간들 중 하나다. 유리문 밖으로 나가면 작은 안뜰이 있는데 둥근 정원 한가운데 청동 해시계가 있다. 아늑하고 쾌적한 그곳에서 소녀들은 우편물을 열어보기도 하고, 성적표를 받아 들고 불평을 늘어놓기도 한다. 선생님들은 채점한 과제물을 길게 말아서 꽂아두기도 하는데 잠금장치 같은 것은 없다. 명예규율이 있으니 우편함에 굳이 자물쇠를 채울 필요가 없다고 생각한다.

내 우편함은 학교 관련 우편물이 아니면 늘 비어 있다. 다른 아이들은 부모가 보낸 생필품이나 과자, 트레이닝복, 신발 등이 담긴 상자들이 들어 있다. 나는 외부에서 오는 우편물을 받아본 적이 없다. 그래서 채점된 과제물을 받을 때가 아니면 좀처럼 확인하지 않는다.

그런데 오늘은 어쩐 일인지 베카의 우편물을 꺼내고 반대편에 있는 내 우편함을 확인하고 싶었다.

과제물처럼 길게 반으로 접힌 메모지가 들어 있었다.

나는 메모지를 꺼내 펼쳐보았다. 종이 한가운데 굵은 글씨로 한 문장이 적혀 있었다. 그것을 읽는 순간 이마에 땀방울이 맺히고 눈앞이 아득해졌다.

다섯 단어였다. 다섯 단어에 온 세계가 무너지는 것 같았다.

'그녀가 너를 폭로할 거야.'

64

추론

케이트와 앤서니 서장은 맥주와 피자를 앞에 놓고 마주 앉았다. 두 사람은 그동안 알아낸 사실들과 사진, 런던 광역경찰청에 남아 있는 사건 기록을 가지고 이야기를 나누고 있었다.

"이 아이가 누구일 것 같은데?"

앤서니가 물었다.

"애슐린 카, 현재 애쉬 칼라일로 불리는 아이가 석연치 않아요. 상상일 수도 있지만요. 얼마나 오래됐는지도 모르는 초상화에 너무 흥분하는지도 모르지만 다른 가족사진은 없더라고요. 애쉬의 독사진도 없고요. 삼촌은 늘 직관을 무시하지 말라고 하셨잖아요. 제 생각엔 그 집안에 뭔가 문제가 있어요."

"어린애잖아. 이런 애가 그런 엄청난 일을 저지를 수 있을까?"

"그건 모르죠. 우리가 아직 모르는 뭔가가 있는 건 확실해요. 술을 입에도 대지 않았다는 사람이 갑자기 약물 과다 복용으로 죽고, 남편의 바람이 들통나 개망신을 당한 아내가 남편이 죽었다고 자기도 권총 자살을 했다? 런던 광역경찰청을 무시하는 건 아니지만 정황상 말이 안 돼요. 남편을 죽이고 자살했다면 몰라도. 최악의 경우……."

"그 딸이 저질렀다는 거야? 케이트, 직무정지된 김에 좀 쉬는 게 좋겠다."

"그러게요. 하지만 휴가를 이렇게 또 망쳐버렸네요."

케이트가 웃었다.

"농담 아냐. 좋아. 네 직감이 맞다고 치자. 그 여학생이 가짜라고 가정하자고. 어두운 과거를 가지고 있어. 그런데 어떻게 그 많은 사람들을 속일 수 있지? 그리고 그 애가 가짜라면 진짜 애슐린은 어떻게 된 걸까?"

"런던 광역경찰청에서 그 애를 불러 조사하고, 부모의 장례식을 치른 다음에 말이죠? 아주 중요한 질문이에요. 우리가 아는 바로는 그 애가 미국으로 와서 구드 학교에 입학했고 철통같은 감시하에 조용히 지내고 있다는 거죠."

"그 애는 조용히 지내고 있지 않아."

"맞아요. 룸메이트가 죽었어요. 좀 의심스럽죠. 그리고 선생 하나도 죽었어요. 학장이 그 얘기는 안 했죠?"

앤서니가 맥주잔을 내려놓았다.

"수업 시작 첫 주에 선생 하나가 죽었다고 들었어. 아나팔락시스 증후군으로. 견과류 알레르기가 있었거든. 그런데 그게 무슨 관련이 있지?"

"그 선생이 애슐린 카의 피아노 레슨을 맡기로 되어 있었대요. 그 애가 피아노 신동쯤 되나 보더라고요."

"그렇다면 확실히 뭔가 있는 거로군."

앤서니가 이렇게 말하자 케이트는 맥주병을 들어 앤서니 쪽으로 기울이고 건배하는 시늉을 했다.

"그럼 이제 어떻게 해야 하지?"

케이트가 웃었다.

"이제 학장한테 얘기해봐야죠. 면접에서 애쉬를 처음 본 사람이 학장이죠? 면접을 본 아이와 사진 속 아이가 다르다는 것을 알아채는지 보자고요. 런던 광역경찰청에 있는 친구한테 부탁해서 그 애의 여권과 신분증, 비행기 티켓, 신용카드, 그 밖에 알아낼 수 있는 모든 기록들을 찾아달라고 할게요. 애쉬 부모의 죽음에 관한 파일도 전부 다 보내달라고 했어요. 부검 결과 '사고사'로 판명 나면서 아버지는 약물과다 복용, 어머니는 권총 자살로 수사가 종결됐어요."

"간단하군."

"제가 뭘 생각하는지 아시겠죠."

"케이트, 먼저 확인할 게 있어. 런던 광역경찰청이 자기네 사건을 훔쳐보는 걸 좋아할까? 애쉬의 부모는 그곳에서 아주 유명한 사람들이고 사생활을 중시했다던데. 상속자들이 싫어할 수도 있어."

"올리버는 전적으로 제 편이에요. 그리고 상속자는 걱정하지 않아도 돼요. 문제 삼을 만한 가족도 없고요. 아들이 있었는데 어릴 때 죽었고, 부모도 죽었어요. 애슐린이 유일한 생존자이자 상속자예요."

"그러니까 그 아이는 가짜일 뿐 아니라 그 가족을 죽이고 그 집 딸을 사칭하고 있단 말이야?"

"막상 그렇게 풀어보니 좀 터무니없는 억측 같기는 하네요. 하지만 그런 느낌을 떨쳐버릴 수가 없어요, 삼촌. 마치버그에서 뭔가 썩어가고 있는 게 틀림없어요. 사진 속의 아이와 애쉬는 같은 사람이 아니에요. 확인해줄 사람이 영국에 있을 거예요."

앤서니는 맥주를 연이어 벌컥벌컥 들이켜더니 피자를 한입 베어 물고 말했다.

"우선 학장하고 얘기해봐야 해. 학장이 면접을 봤으니까. 그 애의 상황도 잘 알고. 입학 서류도 있을 거고. 금세 밝혀질 거야."

"삼촌, 들어주셔서 고마워요. 그리고 저를 믿어주셔서."

앤서니는 남은 맥주를 단숨에 들이켰다.

"그럼. 믿고말고, 케이트. 단지 네 직감이 맞다면 엄청난 후폭풍을 단단히 각오해야 할 거야."

65

이중성

캠퍼스까지는 10분 거리였다. 차를 타고 가는 동안 앤서니 서장은 말이 없었다. 케이트도 혼자 깊이 생각에 잠겨 있었다. 마치버그 중심가에 이르자 앤서니가 빅토리아풍 저택을 가리켰다. 회색과 흰색이 조화를 이룬 외벽 측면에 차고가 딸린 구조로 아주 잘 관리된 집이었다.

"저기가 학장의 본가야. 네가 저 안을 한번 봐야 하는데. 세밀한 골동품 조각들이 가득하지. 차고에는 벤틀리 1934년 모델도 있어. 이전 교장들 중 하나가 탔다는데 완벽하게 관리했더라고. 학장은 저 집에 살지 않고 주로 캠퍼스 안에 있는 숙소에서 지내. 그녀의 어머니가 가끔 마치버그에 오면 저기 머물지. 저렇게 근사한 저택이 1년 내내 거의 비어 있다니까. 딱하다는 생각도 들고. 여기가 원래 그런 동네잖아. 학교 마을이니 학생들 중심으로 돌아갈 수밖에 없고. 여기서 자란 사람들은 더 나은 삶을 찾아 큰 도시로 떠나고."

"맞아요. 그렇게 떠나와서 샬로츠빌에 모여 살면서 삼촌 대신 저한테 피해를 주잖아요. 그리고 제가 상관할 일이 아니긴 한데, 삼촌과 학장은 어떤 사이예요?"

앤서니가 케이트를 바라보았다. 그러나 선글라스를 쓰고 있어서 눈의 표정을 읽을 수 없었다.

"우리 둘 관계 때문에 일하는 데 지장이 있을까 걱정하는 거라면, 그건 아니야. 한때 사귀긴 했지. 만나다 헤어지다 하다가 지난여름에 완전히 정리했어."

"이유를 물어봐도 돼요?"

앤서니는 잠시 생각하는 듯하더니 한숨을 쉬었다.

"포드는 야망이 있는 여자야. 마치버그를 떠나 뉴욕으로 가서 유명 작가가 되는 게 꿈이야. 나는 포드보다 스무 살 가까이 많고, 삶의 터전을 옮기기에는 너무 늦었잖아. 타이밍이 안 맞은 거지."

"삼촌이 안돼 보여서요."

"그럴 거 없어. 그저 인연이 아닌 거지."

지평선에 학교가 보였다. 아름다운 학교다. 그러나 뭔지 모를 불안한 기운이 서려 있었다. 완벽하게 줄지은 창문들, 그 안에서 생활하는 학생들을 안전하게 보호하며 안뜰을 굽어보는 듯한 지붕창들. 엄청난 예산을 들여 가꾸는 교정과 숙소들, 수목원. 터널에 관한 소문들, 너무나 사실 같은 살인의 망령. 케이트는 구드 학교에 갈 때마다 기분이 좋지 않았다. 그 안에 감도는 기운이 맑지 않은 것 같았다. 학교와 거리 사이에 베일이 드리워 학교의 위협적인 분위기를 가리고 있는 것 같았다.

차가 정문에 멈추고, 앤서니가 인터폰을 눌러 신원을 밝히자 소름 끼치는 쇳소리를 내며 육중한 철문이 열렸다. 마치 감옥 안으로 들어가는 느낌이었다. 다른 점이라면 수감자들이 10대 소녀들이고, 그들의 문제라고 해봐야 아버지와의 갈등 정도라는 것이다. 캠퍼스 내에 CCTV가 없다는 게 의외였다. 재력가의 딸들이어서 사생활 보호를 하는 걸까? 구드 학교 정도면 최고의 보안 장치를 해놓았을 것 같은데. 높은 철문과 붉은 벽돌, 그리고 골프카트를 타고 다니는 경비원들이 잡상인이나 이방인을 관리하는 정도가 전부였다.

하지만 그들이 정당한 방법으로 들여놓은 누군가가 내부에서 그들의 세계를 유린한다면?

본관은 예전에 본 그대로였다. 전 학년 연합축제를 알리는 총천연색 배너, 수업에 가느라 종종걸음을 치는 학생들. 케이트는 교복과 가운도 마음에 들지 않았다. 아무짝에도 쓸모없는 걸치레로 보일 뿐이었다.

케이트는 앤서니 서장을 따라 학장의 집무실로 갔다. 서장은 집무실 문 앞에 앉아 있는 비서와 간단한 인사를 나누고 학장이 있는지 물었다.

"회의가 방금 끝났어요. 잠시만 기다리시면 서장님께서 오셨다고 말씀드릴게요."

5분쯤 기다리니 옷깃을 단정하게 세운 학장이 가쁜 숨을 살짝 몰아쉬며 들어왔다.

"서장님? 카밀에 대해 새로운 소식이라도 있나요?"

"잠시 의논할 게 있어서."

케이트는 앤서니의 심각한 목소리를 듣는 순간 학장의 얼굴이 창백해지는 것 같다고 느꼈다. 뭔가 숨기고 있는 것처럼 말이다. 카밀 새넌이 죽은 날 밤에 대해 자기가 알고 있는 사실을 전부 이야기하지 않았다는 느낌을 떨쳐버릴 수가 없었다.

"들어오세요. 차 아니면 커피 드릴까요?"

"괜찮소."

문이 닫히고 모두 자리에 앉자 앤서니가 바로 이야기를 꺼냈다.

"이 학교 학생에 관해 흥미로운 사실을 알게 돼서 말이야. 애쉬 칼라일, 본명 애슐린 카라는 아이 말이오. 케이트, 사진을 보여줘."

그러자 케이트가 핸드폰으로 초상화 사진을 보여주었다.

"이 초상화는 카 경의 저택에 있던 거요. 런던 광역경찰청 현장조사반이 찍은 사진이지. 가족의 초상화인데 좀 이상한 거 없소?"

포드가 케이트의 핸드폰을 들고 사진을 자세히 들여다보았다.

"애쉬 아닌가요?"

"그렇소?"

"음, 애쉬 같은데요. 지금보다 어려 보이긴 하지만. 왜요?"

"애쉬가 아니야. 얼굴형도 다르고, 턱과 코 모양도 달라. 자매일 수는 있어도, 내 생각엔……."

"잠깐. 다시 한 번 볼게요."

포드가 또다시 사진을 자세히 들여다보았다.

"당신이 면접을 봤다고 했지?"

"그랬어요. 하지만 면접 전에 이미 전학이 결정되었어요. 흔한 경우는 아닌데, 그 애가 처한 특별한 상황 때문이었죠. 그 애 부모가 어머니한테 연락해서 자기 딸을 받아달라고 부탁했어요. 마침 자리가 있어서 기꺼이 그러겠다고 했죠. 시기가 딱 맞아떨어진 거예요. 워낙 특별한 집안이기도 했고요."

학장은 이렇게 말하고 나서 케이트를 향해 말을 이었다.

"잘 모르시겠지만 구드 학교 대기자 명단이라는 게 있어요. 좀 긴 편이죠."

"아주 많은 학생들의 이름이 들어 있겠죠."

"맞아요. 그런데 지금은…… 애쉬의 개인정보를 보호해야 하는 입장이거든요. 제가 그 아이의 법적 보호자로 되어 있어요. 두 분은 뭘 알고 싶으신 거죠?"

"애쉬가 사진 속의 애슐린 카가 아니라면……."

"그렇다면 문제가 훨씬 더 복잡해지겠죠. 하지만 그건 아닐 거예요. 10대 아이들의 외모는 금세 변하곤 하니까요."

"면접을 볼 때 그 애가 여기 왔소, 아니면 당신이 거기로 갔소?"

앤서니 서장이 물었다.

"둘 다 아니에요. 스카이프로 화상 통화를 했죠. 애쉬는 좋은 가정교육을 받고 자란 아이 같았어요. 열여섯 살 아이답게 자기 생각과 감정을 명확하게 표현할 줄도 알고요. 그 또래 아이들 절반은 알아들을 수 없는 말로 투덜거리거든요."

"면접 영상을 가지고 있소?"

"아뇨, 없어요. 기록으로 남길 필요가 없었거든요. 비공식적으로 이루어진 것이었고, 단지 그 애가 우리 학교의 명예규율이나 그런 것들을 이해하고 있는지 확인하는 차원이었어요. 면접을 보고 얼마 안 돼서 그 애 부모가 돌아가셨어요. 카 경의 자산관리팀과 의논한 결과 당장은 상속분이 법적으로 묶여 있어서 장학금을 주기로 했어요. 장학금은 기밀 사항이에요."

"그 부모는 왜 딸을 여기 보내려고 한 거지? 부모가 부탁을 했다고 했잖소?"

학장이 엄지손가락으로 책상을 두드리며 잠시 생각하더니 말했다.

"그것도 개인정보에 속해서 말씀드릴 수가 없어요. 애쉬가 이 학교에 오기 전에 있었던 일이니까요."

"그럼 우리가 직접 애쉬에게 물어봐야 해요. 그 애가 직접 얘기하게 할까요?"

케이트가 말했다.

"제가 동석하지 않으면 곤란해요. 애쉬에게 연락해서 시간을 잡아볼게요. 심문이라면 변호사가 동석해야 합니다. 이해하시겠죠."

앤서니 서장이 일어나면서 말했다.

"그럼 앨런 변호사에게 연락해봐요. 내일 아침에 다시 오지. 10시 괜찮소?"

앤서니가 조금 퉁명스러운 어조로 말하자 학장은 깜짝 놀랐다.

"네, 애쉬하고 약속을 잡아볼게요."

"그리고 한 가지 더. 개강 직후에 교사 하나가 죽었다고 하지 않았소?"

"뮤리얼 그래슬리 박사예요. 가여운 사람. 심장이 더 이상 버티지를 못했어요. 그동안 매년 몇 번씩 응급실에 실려 가곤 했거든요."

"한 번 그랬던 게 아니었나 보죠?"

케이트가 물었다.

"아, 아니에요. 뮤리얼을 탓하는 건 아니지만, 내가 그렇게 치명적인 알레르기가 있었다면 좀 더 조심했을 거예요. 그런데 뮤리얼은 평소에도 식품 성분표를 거의 확인하지 않았어요."

학장이 창밖을 내다보며 혼잣말처럼 중얼거렸다.

"이번 학기는 어쩜 이렇게 힘든지. 한 학기에 두 사람이나 죽다니 말이에요."

"새로 전학 온 학생도 가족이 다 죽었지."

학장이 고개를 저으며 말했다.

"당신은 매사에 불길한 것만 보네요. 나는 애쉬가 어떤 이유에서든 거짓말하거나 나쁜 짓을 했다고 생각하지 않아요. 당신도 얘기해봤잖아요. 아직 어린애예요. 10대의 여자아이. 그 시기에는 늑대처럼 길들여지지 않죠. 그런 평범한 여자아이라고요."

"하지만 구드의 학생이기도 하지."

앤서니가 포드의 말을 받았다.

"당신은 늘 구드의 학생들을 특별하다고 말했잖소."

학장의 입가에 한순간 미소가 번지다가 곧 사라졌다.

"학교 브로슈어에 뭐든 좋은 말을 써야 하니까요."

66

가짜

앤서니 서장의 순찰차가 출발하자마자 포드는 인터폰으로 멜라니에게 지시했다.

"메디아 교수를 불러줘. 지금 당장."

포드는 몹시 혼란스러웠다. 애쉬가 가짜일지도 모른다니, 도저히 받아들일 수가 없었다. 아니, 그럴 리가 없다.

5분쯤 후에 매력적인 메디아 교수가 걱정스러운 표정으로 나타났다.

"무슨 일이시죠? 멜라니가 급한 일이라고 하던데."

"컴퓨터 때문에 도움이 필요해요."

"어떤?"

"녹화하지 않은 스카이프 영상을 복구할 수 있을까요? 입학 서류 중에 다시 봐야 하는 부분이 있어요."

메디아는 잠시도 머뭇거리지 않고 대답했다.

"컴퓨터 설정이 어떻게 되어 있느냐에 따라 다릅니다. 일부러 녹화하지 않아도 컴퓨터가 기본적으로 녹화 설정이 되었을 수 있거든요. 어디 한번 보죠."

포드는 프로그램을 열었고, 메디아 교수가 컴퓨터 앞에 앉았다. 앤서니와 그의 조카가 사건을 파고드는 바람에 포드는 이제 자신은 물론 애쉬를 포함해 모든 것들이 의심스러웠다.

"어떤 파일이 필요하신가요?"

포드가 책상에 놓인 달력을 들추면서 애쉬를 처음 면접했던 날을 찾았다.

"7월 17일이에요."

메디아 교수가 키보드를 두드리더니 뒤로 기대앉았다.

"아, 여기 있네요. 재생해볼까요?"

"아, 다행이에요. 고마워요. 내가 나중에 볼게요. 어떻게 녹화된 거죠?"

"자동 녹화로 설정되어 있었어요. 스카이프로 주고받은 모든 영상이 시스템에 남아 있습니다. 검색 과정을 좀 거쳐야 하지만 모두 이 안에 있는 거죠."

"아, 그렇군요. 전혀 몰랐어요. 지울 수도 있는 거죠? 개인정보 보호 문제가 있어서요. 내가 모든 걸 녹화하고 있는 줄은 몰랐네요."

"물론이죠. 간단하게 삭제할 수 있어요. 모든 파일이 남아 있어서 다행이네요. 제가 삭제해드릴까요? 여기를 클릭해서 전체 선택을 하고 삭제하면 됩니다."

"알려줘서 고마워요. 이전 기록들을 한번 살펴보고 나서 지울게요. 정말 고마워요, 도미닉."

포드는 이제 가도 좋다는 투로 말했지만 메디아 교수는 일어서지 않았다.

"이렇게 뵙게 된 김에 잠깐 시간 좀 내주실 수 있을까요?"

포드는 한시가 급했지만, 초조해 보이고 싶지는 않았다.

"그럼요. 무슨 일인데요?"

"이런 말씀을 드리기는 송구하지만 상황이 상황인지라……. 요즘 학생 몇 명이 수업을 제대로 따라오지 못해서요. 조던과 애쉬인데, 문제가 좀 있는 것 같습니다. 괴롭힘을 당하는 것 같아요."

포드가 웃으면서 소파에 앉으라는 몸짓을 했다. 메디아 교수는 여전히 걱정스러운 표정으로 앉았다.

"탭 시즌이어서 그래요. 비밀 클럽에 가입하고 첫 주는 단련 기간이거든요. 좀 심하게 괴롭히기는 하지만 위험한 정도는 아니에요. 제가 확실하게 말할 수 있어요. 그런 건 규정 위반이니까요. 비밀 클럽은 항상 규정 범위 안에서 움직이고요. 곧 정상으로 돌아올 겁니다."

"알겠습니다. 학교 운영에 대해 감히 말씀드릴 입장은 아니지만……."

"어차피 하실 거 아닌가요?"

포드가 연필로 책상을 두드리며 의자에 기대앉았다.

그러자 메디아 교수가 목소리를 가다듬고 말했다.

"네, 그렇습니다. 이번 학기는 저뿐 아니라 선생님들 모두 힘든 시기인 것 같아요. 교사들이 아니라 학생들이 모든 걸 끌고 가는 느낌이에요. 물론 구드의 영재 프로그램은 여느 사립학교의 교과과정과 다르다는 것은 압니다. 학생들을 조금 느슨하게 풀어주는 것도요. 하지만 학생들이 파티를 자제하고 조금 더 공부에 매진해야 제가 원하는 만큼 효율적으로 가르칠 수 있을 것 같네요."

"파티를 한다고요? 구드에서?"

"학장님도 아실 거예요. 학생들이 술 냄새를 심하게 풍기고 다닙니다. 환각 상태에서 수업에 들어오는 학생들도 있어요. 한 학생은 임신을 하고 자살을 했고……. 게다가 괴롭힘당하는 걸 목격하기도 했어요."

메디아 교수는 이렇게 말하면서 두 손을 들어 보였다.

"설령 비밀 클럽의 단련 과정이라고 해도 너무 심한 것 같습니다. 즉시 바로잡지 않으면 나중에 큰 문제가 될 겁니다. 학부모나 이사회에서 알게 된다면……."

포드가 들고 있던 연필을 떨어뜨렸다.

"지금 나를 협박하는 건가요?"

"아니, 아니요. 물론 아닙니다. 그렇지만 규정을 위반하는 학생을 처벌할 수 있도록 허락해주시면 좋겠습니다."

"제 허락을 구하실 필요 없어요, 메디아 교수님. 우리 학교에서도 당연히 처벌이라는 게 있으니까요. 애쉬는 여기서 저와 함께 일주일 내내 근신하는 중이에요."

"감독하지 않는 근신은 아무 의미 없죠. 애쉬가 조던에게 얘기하는 걸 우연히 들었는데 여기서 잠만 잤다더군요."

포드는 더 이상 참을 수가 없었다. 지금 학교 운영 방침에 동조하지 않는 청교도적인 교사를 상대할 시간이 없다. 그보다 훨씬 더 다급하고 중요한 일이 있다.

"앞으로는 그러지 못하도록 할게요. 멜라니가 같이 있든지. 그리고 필요하면 교수님이 알아서 벌점을 주세요. 학교 공부나 교수님들을 존중하지 않는 학생들은 그냥 두고 볼 수 없습니다. 말씀해주셔서 고마워요. 비밀 클럽의 탭은 너그럽게 봐주지만, 술이랑 환각제까지 눈감아 줄 수는 없죠. 눈에 띄면 압수하시고, 누구 것인지 알려주세요.

필요하면 기숙사를 수색할 수도 있습니다. 그보다 훨씬 더 가벼운 규정 위반에도 퇴학 처분을 내린 적이 있어요."

포드가 강력하게 말하자 메디아 교수도 만족한 듯했다.

"그렇게 하겠습니다. 학생들이 워낙 조심하니 쉽게 들키지는 않아요. 하지만 저 역시 학교를 졸업한 지 그리 오래되지 않았으니 쉽게 단서를 잡을 수 있어요."

메디아 교수는 청바지에 손을 문지르며 일어섰다.

"저는 그만 가보겠습니다. 들어주셔서 감사합니다."

포드는 미소 지었다. 그러나 메디아 교수가 나가고 문이 닫히는 순간 미소가 사라졌다. 학기가 시작되면서 두려워했던 일들이 모두 현실로 드러났다. 환각제, 술, 임신, 죽음. 그런데 이제 그 모든 두려움을 불식하고도 남을 엄청난 사건의 진실을 파헤쳐야 한다. 구드에 입학하기 위해 가짜 행세를 하는 학생이 있을지도 모른다. 그냥 넘어갈 수 없다. 학교의 벽이 튼튼하다고는 하나, 벽돌과 강철도 충분히 압력을 가하면 무너지게 마련이다.

포드는 동영상 파일을 열었다. 어두운 방에 앞머리를 눈까지 내린 금발 소녀가 앉아 있는 모습이 화면을 가득 채웠다. 포드는 자세히 들여다보며 대화에 귀를 기울였다. 포드의 목소리가 들리고 화면 안에 떠 있는 아주 작은 화면 안에 자기 얼굴이 보였다.

"구드 학교에 오고 싶은 이유가 뭐죠?"

컴퓨터 스피커로 들으니 약간 쇳소리가 섞여 있었지만 그런 대로 목소리와 음색은 온전히 남아 있었다.

"사실은 부모님 생각이셨어요. 저는 여학교 기숙사는 별로 가고 싶지 않아요. 벌 받는 느낌이거든요."

"하지만 아주 특별한 기회예요. 애슐린 양에게 학교 홍보를 하는 건 아니지만. 부모님께서 전학 과정을 밟으셨어요. 구드 학교에서 공부하는 학생들은 대부분 아주 만족해하고 있어요. 하지만 애슐린 양에게 전학을 강요할 수는 없어요. 원하지 않는다면 오지 않는 게 나아요."

애쉬, 또는 다른 누구인지 모르는 이 아이는 시선을 내려뜨리고 있다. 그 습관은 지금도 여전하다. 그런데 방은 왜 이렇게 어두운 거야? 방이 어둡다는 생각을 못 하는 건가? 포드는 정말 같은 아이인지 확신할 수 없었다.

포드는 영상을 보면서 자기도 모르게 속으로 외쳤다.

'머리 좀 넘겨봐. 그래야 네 얼굴을 확실하게 볼 수 있잖아.'

애쉬가 머리를 뒤로 쓸어 넘겼다 다시 털면서 얼굴을 덮었다.

포드는 영상을 되돌려 애쉬의 얼굴이 완전히 드러난 순간 정지 버튼을 눌렀다.

의심의 여지가 없었다.

지금 구드에 있는 애쉬는 면접에 응했던 그 소녀가 아니다.

가짜를 데리고 있는 거다.

4
부

"내 입술에서는 거짓말이 흘러나올 것이다.
하지만 그 속에 진실이 섞여 있을지 모른다.
어느 것을 간직할 것인지는 당신의 선택에 달려 있다."

《자기만의 방》(버지니아 울프)

67

핸드폰

포드는 당황하지 않았다. 적어도 아직은. 포드는 논리적인 사람이다. 아무리 곤란한 상황에서도 냉정을 잃지 않고 쉽게 흔들리지 않는다. 포드는 영상을 닫고 컴퓨터를 껐다. 멜라니에게 잠시 산책하고 오겠다며 밖으로 나왔다. 이 시간 즈음이면 종종 산책을 한다. 그러나 포드는 바로 2층 2학년 기숙사로 향했다.

포드가 열여섯 살짜리 아이에게 속은 걸까? 더 사악하고 부정한 일이 일어나고 있는 건 아닌가?

포드는 필요에 따라 학생의 방을 수색할 권한이 있다. 명예규율의 조항에 명시되어 있다. 지금까지 한 번도 해보지 않았다. 그럴 필요가 없었다. 학생들 스스로 조심하는 데다 서로 감독해왔기 때문이다. 명예규율이 신뢰를 쌓아주기도 하지만, 늘 경쟁하기 때문에 친구를 밀고하기도 한다. 그러면 포드는 진짜 처벌해야 하는 상황과 단순한 적개심에 따른 모함을 지혜롭게 가려내서 적절한 조치를 취했다.

그러나 이번에는 선택의 여지가 없다.

애쉬 칼라일, 아니 진짜 이름이 뭔지 모를 이 아이가 뭔가를 숨기고 있다. 포드는 그것을 찾아내야 한다. 이 아이 하나가 학교 전체를 무너뜨리기 전에.

이 아이는 해커다. 메디아 교수도 이 아이의 실력이 뛰어나다고 했다. 마음만 먹으면 포드에게 이메일로 사진을 보내고 거짓말할 수도 있다. 그러나 논리적으로 맞지 않는다. 이 아이가 정말 가짜라면 왜 굳이 주변의 관심을 끌려고 하겠는가?

포드는 이 사건의 본질을 알아내야 한다. 그러기 위해서는 원본 사진이 필요하다. 앤서니 서장과 그의 조카에게 자신이 알아낸 것들을 알려야 한다. 그러나 이 아이를 수사하다가 포드 자신의 비밀이 드러날 수도 있다.

카밀의 짐을 치우고 나니 수도자의 방 같았다. 지난달에 도착했을 때만 해도 애쉬에게 옷이나 장신구가 전혀 없다는 것을 알아채지 못했다. 하지만 이제 보니 그것도 이상하다. 10대 여자아이의 짐이 어쩜 이렇게 단출하단 말인가? 기숙사 전체를 둘러봐도 이렇게 간소한 방은 없을 것이다.

덕분에 수색하기는 쉬웠다.

애쉬의 옷장 문 위쪽과 벽 사이의 틈에서 핸드폰을 찾았다. 그곳을 확인해볼 생각을 하다니, 포드는 자신이 대견했다. 뭔가를 숨겨야 한다면 자기도 거기에 둘 거라고 생각했다.

포드는 핸드폰을 열어보았다. 배터리는 거의 소진되었고, 암호는 걸려 있지 않았다. 애쉬에게는 허술하지만, 포드에게는 다행이었다.

사진이 들어 있다.

이제 포드는 선택해야 한다.

핸드폰을 압수하고 애쉬를 불러서 물어볼 것인지, 아니면 사진들을 삭제하고 핸드폰을 없애버릴지. 어차피 애쉬는 포드에게 핸드폰을 돌려달라고 할 수 없다. 핸드폰 소지 자체가 규정 위반이므로 당장 학교에서 쫓아낼 수 있다. 그것이 아니어도 쫓아내야 하는 상황이지만. 그 일은 앤서니가 알아서 해줄 것이다.

구드의 학생이 수갑을 차다니. 어머니가 포드를 가만두지 않을 것이다. 어떻게 해서든 막아야 한다. 애쉬는 너무 많은 것을 알고 있다. 포드는 어느 쪽을 선택해야 할지 알 수 없었다. 애쉬와 마주 앉아 모든 것을 솔직하게 털어놓고 대화를 해야 할 것 같기도 하다. 상부상조하는 방향으로 말이다.

너를 쫓아내지 않을 테니, 너도 나에 대해 알고 있는 것을 입 다물어라. 그런데 도대체 너는 누구냐?

포드는 지푸라기라도 잡고 싶은 심정이었다. 어머니라면 망설이지 않았을 것이다. 벌써 애쉬를 늑대의 먹이로 던져버렸을 것이다. 포드도 그렇게 해야 한다. 카밀의 자살에 포드의 스캔들까지 밝혀지만 학교를 잃을 수도 있다.

앤서니의 심각한 얼굴이 떠올랐다. 그는 애쉬가 카밀을 죽였다고 생각한다. 아니면 그의 조카가 그렇게 생각하고 앤서니를 설득했을 수도 있다. 게다가 애쉬가 뮤리얼의 죽음과도 관련이 있다고 의심한다. 뮤리얼……. 애쉬는 피아노를 그만두었다.

그렇다면 애쉬는 뮤리얼을 제거할 수밖에 없었던 것일까? 그 애가 피아노 영재가 아니었다면, 뮤리얼은 그것을 단숨에 알아보았을 것이다. 연습 부족은 무슨…….

그렇다면 애쉬는 피아노 영재가 아니라는 것이 들통날까 봐 뮤리얼을 죽였단 말인가? 그건 악마나 하는 짓이다.

"애쉬? 너는 도대체…… 너는!"

포드가 뒤로 도는데 문턱에 파이퍼가 서 있었다. 포드는 얼른 손을 뒤로 감췄다. 파이퍼가 핸드폰을 보지 못했기를 바라면서.

"학장님, 안녕하세요? 애쉬를 찾고 있었어요. 방해가 되었다면 죄송합니다."

파이퍼는 이렇게 말하고 허겁지겁 사라져버렸다.

포드는 핸드폰을 주머니에 넣고 복도로 나왔다.

"파이퍼. 잠깐 얘기 좀 할까?"

파이퍼가 마치 얼어붙은 듯 그 자리에 멈췄다.

"네, 학장님."

"지금 수업 시간 아닌가?"

파이퍼가 얼굴을 붉히자 주근깨가 짙어졌다.

"생리가 시작되어서요. 탐폰 가지러 올라왔는데 마침 남은 게 없어요. 바네사도 없다고 하고. 그래서 애쉬한테 있는지 물어보려고요."

파이퍼가 지금 거짓말을 하고 있는 거라면 정말 능숙하다.

포드는 순간 모두가 거짓말을 한다고 가정했다. 하지만 자신이 속임수에 걸려들어 낭패를 보았다고 해서 모두가 거짓말을 하는 건 아니다.

"화장실에 비치되어 있지 않나?"

"없습니다, 학장님."

포드가 고개를 저었다.

"내가 확인해보지. 그럼 얼른 가서 구해봐."

파이퍼가 감사한 표정으로 미소 지으며 사라졌다. 화장실에는 정말 탐폰이 비치되어 있지 않았다. 직원들이 제대로 관리하지 않는 것이다. 학생들이 수업 중이나 통금 시간 후 아무 때나 캠퍼스를 돌아다닌다. 교내에 가짜 학생이 있다. 포드는 사환과 애정관계를 맺고 있다.

포드가 드디어 학교를 포기할 때가 되었나 보다. 어쩌면 지금이 차기 학장을 지명하기에 적절한 시기인지도 모른다. 그러나 남들 눈에 어떻게 보일 것인가? 뭔가 일이 잘못되어 도망치는 것으로 보일 것이다. 포드의 어머니가 그랬듯이. 주드는 두 번 생각할 것도 없이 실책에 대한 책임을 지고 물러났다. 포드가 물었을 때 어머니는 이렇게 대답했다.

"한 사람의 인생보다 구드가 중요하니까."

포드는 이제 어머니의 마음을 이해할 수 있을 것 같다.

남녀공학으로 전환하는 것에 반대하는 의미로 사임한다면 합당한 이유가 될 수도 있다.

아니다. 포드는 어떻게든 이 문제를 해결해야 한다. 도망치지는 않을 것이다. 자기 세계를 흔들려고 하는 자는 누구든 가만두지 않을 것이다. 핸드폰을 없애고 앨런 변호사에게 연락해서 애쉬와 앤서니 서장을 대면시킬 것이다.

그리고 이 골칫덩이 학생과 얘기를 나눌 것이다. 무슨 일을 꾸미고 있는지 알아내야 한다. 대답을 들어보리라. 애쉬에게, 그리고 루미에게. 루미는 요즘 포드를 피하고 있다. 포드도 안다. 루미를 따로 만나 카밀과의 관계에 대해 알아내야 한다.

그러나 안전을 기하려면 아무도 모르게 만나야 한다. 포드는 개인 핸드폰으로 루미에게 문자 메시지를 보냈다.

'우리 집에서 좀 볼 수 있을까?'

10분 정도 기다리니 메시지가 왔다.

'지금은 나갈 수 없어요. 9시에 괜찮을까요?'

'그래, 좋아.'

최소한 루미와 카밀의 사진에 대해 알 수 있을 것이다.

다음에는 앨런 변호사에게 연락했다. 그는 기꺼이 도와주겠다고 했다. 포드는 앨런에게 앤서니 서장한테 연락하면 좀 더 자세한 얘기를 들을 수 있을 거라고 말했다. 앨런은 자기가 올 때까지 애쉬와 얘기하는 건 보류하라고 했다. 포드는 그러겠다고 했지만 거짓말이었다. 앨런이 오기 전에 먼저 애쉬와 얘기해야 한다.

여기까지 처리하고 나서 포드는 자신의 다락방으로 올라갔다. 창을 통해 정원을 내려다보며 골똘히 생각했다.

애쉬에게 어떻게 접근하는 것이 좋을까?

68

자각

우편실에 다녀온 후로는 계속 방에 틀어박혀 있었다. 저주스러운 메모지를 손에 쥐고. 처음 메모를 읽었을 때의 충격은 가라앉고 이제 머리가 맑아졌다. 이렇게 차분할 수 있다는 게 신기할 정도였다. 세상이 발아래로 무너져 내리고 있는데 내 심장 박동은 몹시 안정적이다. 호흡도 아주 규칙적이고 시선은 한곳에 머물러 있다.

나는 메모지를 조심스럽게 탁자 위에 올려놓고 텅 빈 방에 조용히 앉아 있다.

누군가 알고 있다.

그런데 누굴까? 메모에서 말하는 그녀가 누구인가? 주위에는 온통 여자와 소녀들뿐이다.

베카, 바네사, 파이퍼, 웨스트헤이븐 학장. 그리고 케이트 수사관.

카밀.

'그녀'일 수 있는 여자들이 이렇게 많다니, 새삼 놀라웠다. 그중 한 명이 나를 파멸할 계획을 세우고 있는지 모른다. 생각해보자. 가장 이

득을 보는 사람은 누구일까?

파이퍼는 그런 일을 꾸밀 애가 못 된다. 착한 아이니까.

그러나 바네사는…….

그러자 한 가지 의문이 떠올랐다. 이 메모는 얼마나 오랫동안 내 우편함에 꽂혀 있었던 걸까? 베카의 탭을 받은 후로 몇 번이나 우편실에 내려갔지만 내 우편함은 한 번도 확인하지 않았다. 카밀이 죽은 지 오늘로 4일째다. 카밀이 죽기 전부터 내 우편함에 꽂혀 있었던 걸까? 아니면 그 후일까?

바네사.

베카. 카밀. 학장.

자매.

카밀의 갑작스러운 자살.

'그녀가 너를 폭로할 거야.'

아니야. 그럴 리가 없어.

너무 성급한 결론일 수도 있지만 최악의 경우를 생각해야 한다.

그날 밤 내 이름을 부르는 소리를 들었다. 그 섬뜩한 기억을 잊고 있었다. 환각제와 술기운에 환청이라고 생각해버렸다. 그러나 기숙사 내 방에 들어왔을 때 누군가 내 이름을 부르는 소리를 분명히 들었다.

카밀이 도움을 청했던 걸까?

카밀이 내 비밀을 공개하려고 하자 베카가 그것을 막으려고 카밀을 죽인 걸까? 베카가 나를 보호하려고 카밀을 죽인 걸까?

베카가 준 셔츠가 찢어져 있었다. 베카는 그날 밤 나에게 그 셔츠를 주었다. 우리는 최소한 15분 정도 떨어져 있었다. 종탑에 올라갔다 내려올 수 있는 시간이다. 카밀을 무력한 상태로 만들어 어딘가에 데려다 놓았다면 얼마든지 가능한 일이다.

온몸에 소름이 돋았다.

베카가 카밀을 밀어 떨어뜨렸을까? 카밀이 내 과거를 폭로하려고 하자 베카가 나를 위해 카밀을 없앤 걸까?

베카가 살인을 할 만한 사람인가?

그러다 문득 베카의 우편물이 떠올랐다. 방으로 가져다주는 걸 깜박했다.

베카를 만나야 한다. 어떻게 대처해야 할지 생각해봐야 한다. 아무 일도 없는 척해야 한다.

우편물을 들고 계단을 뛰어 올라갔다. 베카가 방에 없는 것을 확인하고 안도의 숨을 내쉬었다. 책상 위에 우편물을 두고 눈에 띄기 전에 서둘러 계단을 내려왔다.

내 방문에 붙어 있는 코르크 보드에 반으로 접힌 메모지가 꽂혀 있었다. 방금 전 나올 때까지도 없었다. 덩굴에 감긴 작은 새가 인쇄된 메모지였다. 아이비바운드의 상징이다. 베카가 다녀갔는데 아슬아슬하게 엇갈렸다. 아니면 베카의 졸개, 쌍둥이들이 다녀갔을 수도 있다.

나는 떨리는 손으로 메모지를 펼치면서 방으로 들어갔다.

'오후 9시. 커먼즈. 모두 필히 참석할 것.'

'필히'라는 단어에 밑줄이 두 개나 그어져 있다. 베카가 스왈로들을 소집하는 거다. 왜일까?

여럿이 함께 모이는 자리라면 걱정할 게 없다. 다른 사람들이 보는 데서 나를 괴롭히지는 못할 테니까.

"애쉬?"

파이퍼가 문틈으로 고개를 들이밀었다.

나는 두 개의 메모지를 책으로 덮었다.

"여기서 뭐 해?"

"너처럼 수업 빼먹은 거지. 그런데 말이야 요즘 상황이 좀 그렇기는 한데, 그래도 네가 알아야 할 것 같아서. 10분 전쯤에 학장이 이 방에 왔어. 뭘 찾는 것 같던데."

"내 방을 뒤졌다고? 왜?"

"너 핸드폰."

"나는 핸드폰이 없어."

"학장이 네 옷장에서 찾았어. 내가 봤어. 테이프가 붙여져 있던데. 학장이 핸드폰을 열어서 넘겨보다가 나를 발견하고 뒤로 감추더라. 내가 순간적으로 탐폰이 필요해서 왔다고 둘러댔어."

"나한테 왜 그 얘기를 해주는 건데?"

"나는 네 친구니까, 계집애야. 적어도 나는 네 친구가 되려고 노력했어. 네가 안 받아들여서 그렇지."

나는 길게 숨을 내쉬며 말했다.

"알았어. 미안. 스트레스를 좀 받아서 그래."

"나중에 우리 얘기 좀 할까?"

파이퍼가 물었다.

"무슨 얘기?"

"지금 돌아가는 상황에 대해서 말이야. 그런데, 애쉬, 너 오늘 좀 이상하다."

"뭐가?"

"아휴, 정말. 너 깨어 있기는 한 거야? 경찰서장이 학교에 몇 번이나 왔고, 학장은 네 방을 수색했고. 그들은 네가 카밀을 죽였다고 생각하는 거야. 그리고 너한테 자매가 있다는 소문이 돌고 있어. 너랑 베카 사이가 틀어졌다는 얘기도 있고. 혹시 마음을 털어놓을 친구가 필요할지 모른다고 생각했어. 그것뿐이야. 나는 네가 카밀을 죽였을 거라고 생각하지 않아. 넌 그런 짓을 할 사람이 아니야."

"베카와 나는 친한 적이 없어. 그리고 얘기할 거리도 없어. 가족 얘기는 말할 수 없어. 학장에 대해 알려준 건 고마워, 파이퍼. 그렇지만 이제 좀 누워서 쉬고 싶어. 몸이 좀 안 좋은 것 같아."

파이퍼가 실망한 표정으로 고개를 끄덕였다.

"걱정 마. 나도 수업 들어가 봐야 해."

파이퍼가 신경 쓰이지는 않았지만 그녀의 말은 마음에 걸렸다.

학장이 내 방에 와서 핸드폰을 찾았다고 한다.

누구의 핸드폰을 찾은 걸까? 내가 유일하게 준수한 규정이 핸드폰을 가져오지 않은 거였다. 내가 외부 세계와 소통하는 방법은 따로 있다. 핸드폰은 필요 없다. 핸드폰은 너무 위험하다.

그때 순간적으로 스치는 생각이 있었다. 학장의 이메일 헤더에 모바일 시그니처가 들어 있었다. 학장은 사진이 첨부된 그 이메일이 어디서 전송되었는지 알고 싶어 했다.

빌어먹을! 학장이 내 방에서 핸드폰을 찾았다면, 그 이메일을 내가 보냈다고 생각할 것이다. 그리고 내가 자기에게 거짓말했다고 생각할 것이다. 누가 보냈는지 알 수 없다고 했으니까. 그런데 내가 보낸 것처럼 보이겠지. 나를 드러내지 않고는 내가 보내지 않았다는 것을 증명하기 어렵다.

누가 나를 골탕 먹이는 걸까?

왜?

69

인장

학장이 또다시 나를 찾으러 올까 봐 수목원으로 피했다. 아이비바운드 소집에 가기 전까지 내가 좋아하는 독미나리 아래서 머리를 식히기로 했다. 공기가 차긴 했지만 아직 해가 있어서 그나마 따뜻한 곳을 찾아 누워서 눈을 감았다. 깨어났을 때는 어두워져 있었다. 종소리에 익숙해질 거라던 파이퍼와 바네사의 말이 맞았다. 캠퍼스 어디서든 들을 수 있는데, 깊이 곯아떨어졌던 게 분명하다. 지난 며칠 동안 베카에게 시달리느라 스트레스와 수면 부족 상태였다가 드디어 몸이 완전히 충전되었다. 덕분에 아주 개운했다. 어떤 일도 감당할 수 있을 것 같았다. 지금까지 이보다 더 힘든 상황도 견뎌냈다.

이 시간이면 학장도 퇴근했을 것 같아 기숙사로 향했다. 가는 길에 카페에 들러 참치치즈 샌드위치를 샀다. 아무도 방해하지 않는 나만의 공간에서 샌드위치를 먹으며 인터넷으로 소문이 돌아가는 상황을 살폈다.

오늘 그렇게 많은 일들을 겪었는데 또다시 저녁에 아이비바운드 소집에 가야 한다. 처음에는 내키지 않았으나 시간이 다가오니 점점 기대감이 생겼다. 삐뚤어진 듯한 이 작은 비밀 클럽 안에서 나는 안전하다.

9시가 되자 나는 다락층으로 통하는 계단을 올라갔다. 커먼즈에는 다른 스왈로들이 이미 모여 있었다. 모두 긴장한 채였다. 그들의 땀구멍에서 불안한 냄새가 배어 나왔다.

"무슨 일일까?"

내가 이렇게 묻자 사색이 되어 있던 조던이 고개를 저었다.

"몰라. 다른 애들도 모른대. 무서워 죽겠어. 아만다는 사이코야. 미란다도 그렇고. 재미로 역할을 자꾸 바꾸는 것 같아. 말도 안 되는 일로 괴롭히고 공부할 시간도 안 줘. 오늘 화학 시험도 망쳤어. 정말 너무해. 더 심해지면 학장님한테 말할 거야. 이건 규정 위반이야."

"내 생각도 그래."

"스왈로!"

쌍둥이 자매 미란다와 아만다가 나타났다. 똑같이 빨간색 가운을 입은 모습이 마치 쌍둥이 하녀들 같았다. 둘은 과장된 미소를 띠고 붉은 계단으로 통하는 문 옆에 섰다.

"따라와."

그중 하나가 낮게 속삭이고는 가운에 달린 후드를 뒤집어썼다. 맙소사. 제물을 바치는 의식을 치를 때처럼 섬뜩한 복장이다. 뭔가 엄청난 일이 일어날 것 같다. 숲속에 혼자 숨어 있을걸 그랬다.

오두막으로 통하는 지저분한 터널은 하도 많이 지나다녀서 이제 거미줄이 다 없어졌다. 안전을 위해 둘씩 짝을 지어 터널을 지나갔다. 혹시라도 넘어지면 일으켜주기 위해서였다. 음산한 분위기의 쌍둥이 자매는 터널을 따라 캠퍼스 깊숙이 자리 잡은 오두막으로 이끌었다. 조던이 내 손을 어찌나 세게 잡는지, 카밀이 죽던 날 베카가 쥐어짜서 멍든 곳이 아팠다. 결국 나는 조던을 내 반대편으로 오게 했다.

오두막 안에는 참나무 테이블 위에 일렬로 놓인 촛불과 벽난로에 타고 있는 장작불 외에 불빛이라곤 없었다. 습습한 공간이 촛불과 장작불 덕분에 따뜻하고 아늑했다. 두려움에 떨고 있지만 않았다면 참 안락하고 좋을 것 같았다.

"아! 그거다."

조던이 약간 설레고 흥분된 목소리로 낮게 탄성을 질렀다.

"비밀 클럽에서 우리를 위해 뭔가 준비한 거야. 다른 때보다 조금 이른 것 같지만. 우리를 자매로 받아들이려는 거지. 경찰이 캠퍼스 안에 진을 치고 있으니까 더 이상 시간을 끌 수 없겠지. 신고식이 문제가 될 것 같으니까."

"그럼 이제 정식으로 가입되는 거야?"

그때 쌍둥이 중 하나가 호통을 쳤다.

"닥쳐. 입을 아예 꿰매버리기 전에."

조련사들은 모두 발까지 덮는 빨간색 가운에 후드를 쓰고 있었다. 우리의 미스트리스는 보이지 않았다. 베카를 찾아 두리번거리는데 뒤쪽 어두운 곳에서 나타났다. 검정색 가운을 입은 베카의 모습은 눈부시게 아름다웠다. 윤기 흐르는 머리를 후드로 가리고 있는 모습이 한 마리 까마귀 같았다.

조련사들은 우리를 일렬로 세우더니 술과 약을 주었다. 이번 약은 지난번보다 훨씬 컸다. 약을 먹으면 어떤 상태가 될지 걱정스러웠다. 지금 이성을 잃는 건 위험하다. 그러기에는 중요한 일들이 너무 많다.

하지만 약을 먹지 않으려고 하자 강제로 입을 벌리고 집어넣었다. 그런 다음 술병을 입에 물리고 병을 완전히 비울 때까지 들이부었다.

술과 약 기운이 돌기까지는 오래 걸리지 않았다. 바로 몽롱해지기 시작했다. 여러 번 술병을 돌렸다.

화덕에 불을 지피는 순간 베카의 손에 들린 인두가 눈에 들어왔다. 끝이 빨갛게 달아올라 있었다.

여기저기서 신음 소리가 터져 나왔다. 겁에 질린 소녀들의 식은땀과 공포의 기운이 실내를 가득 채웠다.

맙소사. 안 돼. 불에 달군 인두로 지지려는 거야?

구부러진 인두 끝을 자세히 보니 새가 날고 있는 형상이었다. 지지려는 게 아니라 몸에 인장을 찍으려는 거였다.

하고 싶지 않았다. 미친 짓이다. 구시대적이고, 비인간적이다.

양쪽에 빨간 가운을 입은 조련사들을 거느린 채 빨갛게 달궈진 인두를 들고 서 있던 베카가 아이비바운드의 의미와 사명을 읊조렸다. 왜 우리가 선택되었으며, 각자의 강점과 비밀 클럽에 이바지할 수 있는 각자의 역할에 대해 말했다.

그런 다음 열세 명을 차례로 한 명씩 마주하면서 각자가 선택된 이유를 말해주었다. 이유는 다양했다. 유머가 있어서, 친절해서, 지적이어서, 불굴의 용기를 지녀서.

드디어 베카가 내 앞에 왔다. 나는 그녀의 눈을 마주 볼 수 없었다.

"애쉬. 너는 나약했다. 상처가 많고. 그런데도 강인한 내면의 힘으로 두려움을 이겨냈어. 너는 아이비바운드의 심장이고, 정신 그 자체야. 앞으로 영원히 아이비바운드의 자매들이 네 곁을 지켜주고 지지해줄 것이다. 또한 그들이 힘들 때는 너에게서 힘을 얻을 것이다. 자매들에 대한 너의 봉사는 전설로 이어질 것이며, 앞으로 너는 혼자가 아니다."

약 기운 때문인지 보드카 때문인지 입가에 자꾸 웃음이 번졌다. 베카의 미소를 보는 것만으로도 이 모든 것들을 견뎌낼 가치가 있었다. 그동안 어떤 일을 겪었든 상관없다. 나만의 특별한 사람을 만났으니까. 변덕스럽기는 하지만 거쳐야 하는 과정이다. 이제 우리가 평등한 자매가 되었으니 진실한 관계로 나아갈 수 있을 것이다.

베카는 마지막 스왈로에게 선택된 이유를 읊조리고 나서 인두를 다시 불 속에 넣고 맨 앞에 있는 스왈로에게 다가오라는 신호를 보냈다.

비명 소리가 들리고 기절하는 아이들이 나왔다. 극한의 인내. 그리고 눈물. 내 차례를 기다리는 동안 손이 너무 떨려서 겨드랑이 밑에 넣고 있었다. 이제 줄의 중간쯤에 왔다. 내 앞에 네 명이 있다가 세 명, 두 명으로 줄어들었다. 그리고 드디어 내 차례다.

보드카를 마시고, 뭔지 모르는 약까지 먹었는데도 팔이 덜덜 떨렸다. 베카가 내 왼쪽 팔을 들고 가슴 옆, 심장 높이에 달궈진 인두를 대고 누를 때는 비명을 지르고 싶었다. 참을 수 없이 괴로웠다. 자의로든, 타의로든 지금까지 겪어본 중에 가장 극심한 고통이었다. 하지만 이를 악물고 참았다. 눈물이 볼을 타고 흘러내렸다. 그러나 기꺼이 감내해야 할 아픔이었다. 내 안의 모든 것을 씻어낼 것 같은 아픔. 너무도 강렬하고, 깊은 아픔 속에 짜릿하고 후련한 뭔가가 있었다.

잠시 후 끔찍한 고통이 멈추고 쓰라림만 남았다. 인장이 찍힌 곳에 바셀린을 바르고 비닐 같은 것으로 감싼 다음 줄 끝에 가서 섰다. 그러자 기다리고 있던 쌍둥이 중 하나가 또다시 통증을 가라앉힐 술과 약을 주었다. 자애롭고 걱정스러운 얼굴로. 나는 감사히 그것들을 받아 삼켰다.

마지막 비명 소리가 잦아들고, 베카는 화로에 흙을 뿌린 다음 우리를 향해 돌아섰다.

"아이비바운드는 진실에 기반을 둔다. 너희는 각자의 장점과 명예로 선택되었다. 너희는 구드의 정예 학생으로 빛날 것이다. 반짝이는 개성과 훌륭한 인성, 따뜻한 마음. 너희 모두는 성공적으로 테스트를 통과했다. 아이비바운드의 자매가 된 것을 축하한다."

그러자 모두 환호를 올렸다. 모두 땀내를 풍기며 술과 약에 취해 서로 얼싸안았다.

더 이상 스왈로도, 조련사도 아니다. 미스트리스도 아니다.

우리 모두는 하나가 되었다.

자매가 된 것이다.

아이비바운드가 된 것이다.

내가 드디어 해냈다.

베카가 다가오더니 나를 끌어안았다. 나는 완전히 긴장이 풀려 베카에게 안겼다. 내 팔로 그녀의 허리를 감쌌다. 베카는 재스민처럼 따뜻하고 향기로웠다. 진정으로 나를 사랑하는 사람에게 안기는 느낌이 참 좋았다. 베카가 내 등을 쓸어주었다. 새로 새겨진 인장을 건드리지 않으려고 조심하면서. 그것은 마치 약속과도 같았다. 고개를 들어 베카를 올려다보니 그녀도 미소 짓고 있었다. 베카의 눈동자가 아련하게 풀려 있었다. 나는 베카의 얼굴에 흘러내린 머리칼을 귀 뒤로 넘겨주고 그녀의 입술에 가볍게 내 입술을 갖다 댔다.

그러고는 미처 생각하기도 전에 먼지투성이 바닥에 누웠다.

"애쉬, 너 지금 뭐 하는 거야?"

내가 아이비바운드의 모든 회원들과 함께 있다는 사실을 순간적으로 잊었나 보다. 통증과 술, 약에 취해 환각에 깊이 빠졌는데도 엄청난 실수를 저질렀다는 사실을 직감했다.

베카가 당혹스러운 표정으로 나를 내려다보았다. 주위에서 속삭이는 소리가 점점 커지면서 놀라움과 충격으로 바뀌었다.

"애쉬가 방금 베카에게 키스한 거야?"

"오, 맙소사. 레즈비언 주의보를 울려야겠어."

"난 저 애가 베카를 좋아하는 줄 알았어."

"잠깐. 그럼 베카가 레즈비언이란 말이야?"

정작 나를 호통친 것은 베카였다. 그녀의 방에서 보았던 분노에 찬 괴물 같은 표정이 다시 나타났다.

"당장 나가."

내가 무슨 짓을 한 거지? 내가 무슨 짓을 한 거야?

파티에서 술에 취해 섹스를 하려던 게 아니다. 그랬다면 차라리 괜찮았을 거다. 방문을 걸어 잠그고 남몰래 재미를 보려던 것도 아니다. 방금 그것은 사랑의 키스였다. 구드의 학생 대표인 베카를 비밀 클럽 회원 전체가 보는 앞에서 커밍아웃을 시켜버린 거다.

구드 학교에 또 다른 금기 사항이 있었나 보다.

"가!"

베카가 내 얼굴에 대고 소리쳤다.

"어디로요?"

"학교로 돌아가. 넌 아웃이야."

70

의문의 문

커먼즈의 문이 닫히자 나는 울면서 계단을 뛰어 내려와 방으로 돌아왔다. 가슴이 미어지듯 아픈 것에 비하면 옆구리 통증은 아무것도 아니었다. 마치 정신병자라도 되는 것처럼 나를 바라보던 베카의 당혹스러운 표정. 먼저 시작한 건 베카였다. 내가 먼저 그녀를 탐했던 게 아니다. 나를 자극하고 고무했던 건 베카였다.

난 정말 아이비바운드에서 쫓겨난 걸까? 정말 그런 걸까? 자매들의 연대감과 사랑, 우정을 그렇게 강조해놓고 나를 쫓아내다니.

의도적으로 그런 게 아니다. 그런데 어떻게 나한테 이럴 수가 있어? 베카가 어떻게 나한테?

방이 빙빙 도는 것처럼 어지러웠다. 어디선가 바깥 공기가 들어오는 것 같았다. 바닥에 쓰러졌는데 부딪치는 느낌도 없었다. 아무것도 느낄 수가 없었다.

서늘한 공기가 온몸을 휘감는 것을 느끼며 눈을 떴다. 여전히 방

바닥에 누워 있었다. 시간이 얼마나 흘렀는지 알 수 없었다. 목이 말랐다. 방바닥을 기어 물병 있는 곳으로 갔다. 남아 있는 물을 모두 들이켜도 갈증이 해소되지 않았다.

겨우 몸을 추슬러 일어섰다. 차가운 바깥 공기가 방 안으로 쏟아져 들어왔다. 어디서 들어오는 거지? 창문과 문은 닫혀 있는데, 춥고 습습한 공기가 들어왔다.

누군가 복도 비상구의 창문을 열어놓은 게 분명하다. 그리고 누군가 내 방에 들어와 베개 위에 선물을 놓고 갔다.

부드러운 새가 찢겨져 있었고, 못이 새의 심장과 메모지를 꿰고 있었다. 메모지에는 잉크인지 새의 피인지 모를 붉은 글씨로 '음탕한 계집애'라고 적혀 있었다.

나는 공포에 질려 비틀거리며 뒷걸음질을 쳤다.

빌어먹을! 다 미쳤어. 사악한 정신병자들. 나는 왜 이런 무리에 들어가고 싶어 했을까?

복도로 달려 나갔다. 복도 끝에 있는 문이 활짝 열려 있었다. 찬바람은 그 방 맞은편 창문에서 들어왔다. 수직으로 여는 창문이 완전히 열려 있었다.

방 안으로 들어가자마자 뭔가에 걸려 넘어졌다. 바닥에 무릎을 세게 부딪쳤다. 아직 약 기운이 남아 어지럽기도 했지만, 그보다 누군가 방 안의 물건들을 옮겨놓은 것이다. 청소하는 사람들이 그런 것 같았다. 창문도 그들이 열어놨겠지. 그런데 이상한 냄새가 났다.

담배 냄새 같았다. 누군가 창밖에서 담배를 피우고 있다. 방문에는 반짝이는 커다란 자물쇠가 달려 있다. 이렇게 문을 활짝 열어놓을 거면서 자물쇠는 왜 달아놨을까?

나는 비틀거리며 겨우 일어났다. 무릎이 까져 피가 났지만 개의치 않았다. 방 한쪽 구석에 그림자가 보였다. 눈이 점차 어둠에 적응하자 달빛만으로도 방 안에 있는 형체를 알아볼 수 있었다.

늘 벽에 기대 있던 널빤지들이 문 앞 바닥에 쌓여 있었다. 나는 그것에 걸려 넘어진 것이었다. 원래 널빤지가 있던 곳에는 문이 있었다. 전에는 가려져 있었던 것이다.

문이 열려 있었다.

처음에는 도망치고 싶은 생각뿐이었다. 하지만 갑자기 머릿속이 혼란스러웠다. 어쩌면 나는 아이비바운드에서 쫓겨난 게 아닐지도 모른다. 베카가 나를 기다리고 있는지도 모른다. 베카는 나의 강인함을 칭찬해주었다. 그러니까 강해져야 한다.

희망이 솟아났다. 아직 끝난 게 아니다.

나는 스산하고 탁한 공기를 깊이 들이마시며 문으로 들어갔다. 아래로 내려가는 나선형 계단이 있었다. 회색 콘크리트 계단에는 검은 얼룩이 점점이 묻어 있었다. 곰팡이 같았다. 공기가 몹시 탁하고 습했다. 난간 귀퉁이에 뭔가 걸려 있는 것이 보였다. 옷 조각이었다. 잡아당겨 보니 검고 뻣뻣했다. 계단 끝에 세워진 기둥에는 작은 비닐 조각이 나풀거렸다. 노란색에 검정 글씨가 쓰여 있었는데 군데군데 구멍이 뚫리고 찢어져 읽을 수가 없었다.

계단에 흩어져 있는 검은 얼룩들…… 그건 피였다. 누군가, 아니면 뭔가 옷 조각으로 손에 묻은 피를 닦고 난간에 걸쳐놓은 것이다. 그러면 노란색 비닐은 범죄 현장을 표시하는 폴리스라인 테이프였을까?

옷 조각에 묻은 피는 오래되어 말라 있었다. 만지자 말라붙은 피 조각들이 먼지처럼 부서져 손등에 내려앉았다. 난롯가에서 재를 뒤집어

쓴 것처럼. 나는 역겨운 생각이 들어 청바지에 손을 문질러 닦았다.

그런데 왜 진짜 붉은 계단을 찾은 것 같은 느낌이 드는 걸까?

여기서 끔찍한 일이 일어난 것이 틀림없다. 등골이 오싹했다. 당장 창문으로 달아나고 싶었다. 얼른 방으로 돌아가서 문을 잠그고 싶었다.

하지만 여기에 진실이 숨겨져 있다. 그걸 느낄 수 있다. 어떤 진실? 그건 모르겠다. 아무튼 우리 비밀 클럽 오두막으로 통하는 또 다른 길인 것이 확실하다. 계단을 내려가서 내 예측이 맞는지 확인해보고 싶었다. 이 길 끝에서 베카가 나를 용서해주기 위해 기다리고 있다면 나는 가야 한다.

계단을 내려가자 방금 들어온 문이 가만히 닫혔다. 머리털이 곤두서는 것 같았다.

누군가 나를 이곳에 가뒀다. 계단을 달려 올라갔지만 문은 밖에서 잠겨버렸다. 문 너머에서 숨소리가 들렸다.

"누구야! 장난치지 마. 당장 열어!"

아무 소리도 들리지 않았다. 숨소리도 더 이상 들리지 않았다. 이 세상에 나 혼자 남겨진 것 같았다.

어깨로 문을 쳐보았지만 꿈쩍도 하지 않았다. 이제 이 통로가 어디로 연결되는지 확인할 수밖에 없다.

원래 폐소공포증이 있는 데다 지난 한 주 겪은 일들로 감정적 피로까지 겹쳐 벽이 나를 향해 조여오는 것 같았다. 나는 숨을 헐떡였다.

"계속 가보자. 괜찮을 거야. 저들이 지금 장난치는 거야. 내 근성을 시험해보는 거라고."

아이비바운드의 장난이겠지. 베카의 잔인함이 엿보이잖아. 나는 욕을 퍼부으면서 계단을 내려갔다. 왜 진작 이 생각을 못 했을까? 나는 옆구리에 인장을 박았다. 아이비바운드의 인장을 가슴 밑에 새기고 있다. 그러니 이제 나를 내쫓을 수 없다. 나는 이미 그들의 비밀을 공유했다. 좀 더 강해져야 하는 순간에 무너졌다. 그래서 지금 다시 한 번 기회를 주는 거다.

바싹 마른 목을 물로 적신 것처럼 달콤한 안도감이 밀려왔다.

불빛이라곤 없었지만 눈이 어둠에 적응되자 완전한 암흑은 아니었다. 그래도 균형을 잡고 걸어가려면 흙벽을 손으로 짚어야 했다. 손에 계속 거미줄이 감겼다. 그때마다 기절할 듯 놀랐다. 이 터널 안에서 길을 잃으면 어떻게 되는 거지?

여기가 터널이 아니라면?

당연히 터널일 것이다. 파이퍼가 개강 첫날 경고했다. 지난번 탭 때도 터널을 지나갔고, 이건 또 다른 터널이다. 이것도 오두막으로 연결되어 있을 것이다. 지금쯤 마지막으로 짓궂은 장난을 쳐놓고 깔깔거릴 것이다.

한참을 걸어가니 드디어 공기가 조금 맑아지면서 위로 올라가는 경사면이 나왔다. 어서 빨리 폐쇄된 이 공간을 벗어나고 싶은 마음에 저절로 걸음이 빨라졌다. 신선한 공기가 느껴진다고 생각하는 순간 눈앞에 문이 보였다.

낡은 자물쇠가 달려 있지만 열려 있었다. 누군가 이리로 나가면서 열어놓은 것 같았다.

나를 기다리고 있는 것이다.

나는 맑은 공기를 한껏 들이마시면서 차갑고 어두운 밤공기 속으로 발을 내딛었다.

달빛이 사방을 밝히고 있었다. 우뚝우뚝 서 있는 돌들이 보였다. 비석이었다.

터널은 묘지로 이어져 있었다.

거기에는 나 혼자가 아니었다.

"시간을 딱 맞췄네."

71

대면

나도 모르게 소리를 질렀다. 그러나 어떤 손이 내 입을 틀어막으면서 외마디 신음에 그치고 말았다.

"조용히 해! 다 듣겠어."

공포의 전율이 온몸에 퍼지고 가슴이 쿵쾅거렸다. 문밖에 베카가 있을 줄 알았다. 유쾌하게 웃으며 농담을 걸어오리라 기대했다.

그런데 베카의 목소리가 아니다.

귀에 익은, 그러나 두 번 다시 듣고 싶지 않은 목소리. 정신없이 주위를 두리번거렸다. 어떻게 벗어나지? 어떻게 도망쳐야 하나?

"소리를 지르거나 사람을 부르면……."

뭔가 딱딱하고 예리한 것이 목에 닿았다. '미친년, 칼을 들고 있어. 완전 미친 거 아냐.' 그런 줄은 알고 있었지만 칼을 가지고 있을 줄은 몰랐다.

"난 미치지 않았어. 너도 알잖아, 나쁜 년. 네가 어떻게 감히 그런 말을 해?"

나도 모르게 입 밖으로 내뱉은 모양이다.

"미안해. 진심은 아니었어. 제발 나 좀 놔줘."

목을 누르던 칼끝에 힘이 빠지더니 애슐린이 나를 밀쳐냈다. 나는 묘비들 사이로 비틀거리며 넘어졌다. 머리로는 도망쳐야 한다고 생각하는데 발이 떨어지지 않았다. 묘비들 사이로 뻗어 있는 나무뿌리들이 내 발을 붙잡고 있는 것 같았다. 달아나기가 날아오르는 것만큼이나 불가능할 것 같았다.

"너…… 너 여기서 뭐 하는 거야?"

"뭐 하는 것 같아? 네가 싸지른 똥 치우고 있잖아. 넌 정말 구제불능이야. 잠깐만 방심해도 우리 이야기를 사방에 나불거려."

"난 한마디도 안 했어. 맹세해."

"더 이상 거짓말 안 해도 돼. 우리 실험은 여기까지야. 난 이제 돈을 받아야겠어."

"무슨 돈?"

"모른 척하지 마, 언니."

애슐린이 무심히 뱉은 한마디에 눈앞이 아득해지는 것 같았다.

애슐린은 우리가 자매라는 것을 알고 있다.

"어떻게 알았어?"

"거트루드가 우리 집안을 파멸하려고 보낸 그 빌어먹을 편지 덕분에. 변호사들이 옥스퍼드에 있는 아파트를 샅샅이 뒤졌지. 케빈이 네 남자 친구였다고 하자. 변호사들이 그에게 편지를 주면서 너한테 전해주라고 했어. 그런데 케빈이 그 편지를 나한테 준 거지. 거기에 다 적혀 있었어. 전부 다. 넌 우리가 자매라는 거 알고 있었어?"

어떻게 대답해야 할지 몰랐다. 그러나 놀란 내 표정을 보고 짐작했는지 애슐린이 야비한 미소를 지으며 말을 이었다.

"맞아, 우리는 자매야. 데미언이라는 사람이 너의 아버지이기도 한 거지. 깜짝 선물이지!"

"무슨 말을 해야 할지 모르겠어."

이건 진심이다. 정말 할 말이 없다. 온몸에 멍이 들고 화끈거리는 데다 썩은 내가 진동해서 구역질이 나는 것을 억지로 참고 있었다.

물론 알고 있다. 애슐린은 내 동생이다. 그동안 베카를 두려워하고 있었다니. 애슐린에 비하면 베카는 하루살이에 불과하다.

모든 것이 애슐린의 짓이었다. 짐작했어야 했다. 이런 일이 생길 줄 알았어야 했다. 내가 너무 어리석었다.

"법적으로 반이야. 네가 반을 차지한다고. 그건 공평하지 않아."

"무슨 얘기야?"

"모른 척하지 마. 친애하는 아버지께서 자산의 반을 너한테 넘겼잖아. 오늘 학교에 니커슨이 다녀간 거 알아."

등 뒤에 서 있던 애슐린이 앞으로 나왔다. 그 순간 얼마나 놀랐는지 입을 다물 수 없었다.

그동안 숲속에서 숨어 지낸 듯했다. 머리는 지저분하게 엉켜 있었고, 옷에는 나뭇잎과 거미줄 범벅이었다. 애슐린이 나에게 가방 하나를 던졌다. 그 속에 무엇이 들어 있는지 알고 있다. 세상에서 사람으로 살아가기 위해 필요한 것들이다. 신분증과 여권, 신용카드, 아파트 열쇠.

"이제 내 삶을 돌려줘, 애쉬."

조롱 섞인 한마디에 나는 움츠러들었다. 어차피 모든 것이 애슐린의 아이디어였다. 애쉬 칼라일이라는 이름조차.

"무슨 말이야? 지금 당장 여길 떠나라는 거야? 너는 구드로 걸어 들어가 내 행세를 하고?"

나는 겁먹은 목소리로 물었다.

"아, 사랑하는 언니, 우리 잠깐 생각해보자. 누가 누구 행세를 하고 있는 거지? 아니, 그건 아니고, 내가 원하는 것만 주면 돼. 언니는 이 한심한 학교에 계속 남아 있든지 말든지 마음대로 해. 필요한 비용은 대줄 테니까."

"네가 대준다고?"

애슐린이 큰 소리로 웃었다. 그녀의 웃음소리가 기분 좋을 때가 있었다. 그 속에서 기쁨과 자유, 모험심을 얻을 때가 있었다. 그러나 이제 그 웃음의 실체가 보였다. 바로 나를 얽어맨 함정.

"보상이지. 내 행세를 잘해준 보상. 그러니 네 몫의 절반을 찾아서 나한테 넘겨. 그럼 나는 돈을 가지고 갈게."

"무슨 돈?"

"도대체 왜 그래? 아직 정신 못 차렸어? 드디어 네 엄마 뒤를 따르게 된 거야? 너에게 돌아갈 몫이지, 달리 무슨 돈이겠어."

"그건 안 돼. 내가 누구인지 밝히면 쫓겨날 거야. 명예규율이라는 게……."

"그놈의 학교 문제는 집어치워. 너의 그 거지 같은 세계는 관심 없어. 넌 서류에 서명하고, 아버지의 돈을 받아. 그럼 나는 그 돈을 받아서 멀리 떠날 테니까. 굳이 내가 스물다섯 살까지 기다릴 필요 없잖아."

"그건 말도 안 돼. 이대로 떠날 수는 없어. 그럼 내 인생은 끝이라고."

그 순간 애슐린의 눈이 번뜩였다. 마치 속에서 불꽃이 이는 것처럼.

"오호라, 이곳에 정착하겠다? 그들의 일원으로 살겠다고? 넌 절대 안 돼. 아직도 모르겠어? 넌 영원히 쓰레기 같은 여자의 딸일 뿐이야. 감자튀김 가게에서 일하는 천박한 점원일 뿐이라고. 너한테 미래란 없어. 처음부터 없었어. 난 네가 스스로 너의 미래를 개척할 기회를 주고 싶었어. 네가 그렇게 꿈꾸던 교육을 받을 기회 말이야. 그런데 너는 아버지의 유서에 손을 댔어. 그러니 여기서 그 일을 마무리하자는 거야. 서류에 서명하고, 돈을 나에게 넘겨."

"하지만 내가 서류에 서명하면, 내가 누구인지 다 알게 되잖아."

"어쨌든 너는 무조건 서명해. 안 그럼 내가 학교에 가서 다 말할 거야. 네가 나를 가둬놓고 나를 가장해서 내 돈을 가로챘다고 말이야. 사람들이 누구 말을 믿을 것 같아? 가짜 딸? 아니면 진짜 학생의 말? 지금 내 꼴을 보라고. 네가 나를 가둬놨다는 것을 굳이 증명할 필요도 없지 않겠어?"

이렇게 사악한 인간은 처음 본다. 이 모든 것이 처음부터 계획된 거란 말인가?

나는 몸을 똑바로 세웠다. 키는 내가 더 크다. 그녀를 압도하듯 내려다볼 수 있다.

"그따위 협박 무섭지 않아, 애슐린. 이 모든 것을 네가 꾸몄다는 증거가 있어. 내가 보호 장치 하나 안 만들어놨을 것 같아? 감히 내 인생을 망치려 들어? 그렇게 하면, 그래, 나는 학교에서 쫓겨나겠지. 하지만 너는 남은 인생 감옥에서 썩게 될 거야. 살인죄 두 번이면 네 아버지 유산이 아무리 많아도 빠져나올 수 없어. 난 네가 무슨 짓을 했는지 알고 있어. 어떻게 했는지도 알고. 그들의 죽음을 내 짓으로 돌릴 수는 없어. 그렇게 되면 너는 무지막지한 네 아버지의 돈을 가지고 쇠창살 안에서 죽어가겠지. 하루에 1시간밖에 햇빛을 볼 수 없는 그 안에서 지금보다 더 미쳐갈 거야."

내 말이 정곡을 찔렀는지 애슐린의 얼굴이 분노로 일그러졌다. 그러더니 피할 새도 없이 주먹으로 내 뺨을 갈겼다. 나는 비틀거리며 바닥에 쓰러졌다. 통증이 버섯구름처럼 피어오르더니 눈물이 쏟아질 것 같았다. 옆구리에 지진 상처만큼이나 쓰리고 아팠다.

그 순간 내 마음 속에 들끓던 분노가 사라졌다. 애슐린이 평생 이런 아픔을 안고 살았다는 사실이 떠오른 것이다. 아버지의 화풀이를 온몸으로 받아내야 했다. 몇 번이나 애슐린의 멍든 눈을 치료해주었던가? 몇 번이나 코피를 흘리며, 이가 부러진 채 나를 찾아왔던가? 그녀를 괴물로 만든 것은 아버지였다. 나를 거짓말쟁이로 만든 것이 아버지인 것처럼. 그녀와 나는 그래서 단짝이다.

나는 몸을 일으켜 무릎을 꿇고 앉았다. 애슐린의 눈은 여전히 이글거렸다. 금방이라도 불꽃이 튈 것 같았다.

"미안해."

내가 차분히 달래는 투로 말했다.

"네 말이 맞아. 돈을 줄게. 방법을 생각할 시간을 줘. 며칠이면 돼. 벌써 한 가지 좋은 생각이 떠올랐어. 네가 혼외 자녀로 신분을 밝히는 건 어떨까? 변호사가 벌써 내 DNA를 채취해 갔어. 그러니까 너도 변호사한테 가서 DNA 검사를 해. 그러면 내가 데이터베이스를 해킹해서 신원을 바꿔놓을 테니까. 아주 간단해. 그러면 너는 돈을 받고, 나는 계속 여기 있을 수 있잖아. 아무에게도 알리지 않고 말이야."

애슐린은 나를 이해할 수 없다는 듯 바라보더니 말했다.

"이런 곳에 왜 있고 싶은 거지? 너를 그렇게 모질게 대하는데 말이야. 그 베카라는 여자애도 그래. 절대 너를 친구로 생각하지 않아. 너한테 상처를 줄 거야. 상상도 할 수 없는 방식으로 고통을 줄 거라고."

베카는 이미 내 마음을 갈기갈기 찢어놓았다.

"아냐, 그렇지 않아. 이건 다 게임 같은 거야. 내가 비밀 클럽에 입단했거든. 입단 과정을 밟는 것뿐이야."

"그걸 정말 믿어?"

지금 베카는 걱정거리도 아니다.

애슐린이 침울해지고 있다. 매 맞고, 주눅 들고, 사랑받지 못한 소녀의 모습이 다시 떠올랐다. 분노는 그녀의 이성을 순식간에 마비시킨다. 하지만 순식간에 가라앉기도 한다. 마치 뭔가에 잠시 홀린 것처럼. 나는 애슐린이 분노에 휩싸이면 어떻게 되는지 보았다. 거실 바닥에 창백한 얼굴로 누운 채 죽어 있던 데미언.

사유지 내 작은 관 위에 세워진 묘비.

실비아의 몸에서 흘러나와 바닥을 적시던 피.

내 아파트에서 영원한 잠에 빠진 엄마, 거트루드. 엄마의 팔뚝에 매달린 주삿바늘. 엄마 스스로 한 것인지, 내가 계획을 실현할 수 있도록 애슐린이 엄마를 도와준 것인지는 영원히 밝혀지지 않을 것이다. 그땐 너무 무서웠고, 너무나 간절하게 그곳을 벗어나고 싶었다. 그래서 진실을 물어보지 못했다.

애슐린의 내면에 잠든 악마가 깨어나면 무슨 짓을 할지 모른다. 내가 해결책을 생각해낼 때까지는 애슐린을 되도록 멀리해야 한다.

애슐린은 여기 오지 말았어야 했다. 지금쯤 타히티나 보라보라, 아니면 어디든 그녀가 원하는 곳에 가 있어야 한다.

그동안 애슐린은 옥스퍼드에 있는 내 아파트에서 케빈과 마약을 하며 떠도는 소문을 들은 것 같다. 내가 그녀의 이름으로 학위를 받아 유산을 상속받을 날을 기다리면서. 그다음에는 그녀가 원하는 방식으로 삶을 탕진하겠지. 얼마나 한심한 인간인가. 나는 애슐린을 불행의 구덩이에서 꺼내주고 새 삶을 안겨주었다. 그녀가 간절히 원하던 삶을. 그 대신 나는 애슐린이 그렇게 싫어하던 그 애의 삶을 받았다.

그건 정당한 거래였다.

아버지는 나를 상속자로 지목하지 말았어야 했다. 니커슨이 몹시 미안하고 걱정되는 얼굴로 애슐린의 유령 언니에 대해 말했을 때 나는 울어야 할지, 웃어야 할지 갈피를 잡을 수 없었다. 그 모든 계획들, 계략, 해킹, 신원 도용, 가짜 행세를 전혀 할 필요가 없었던 것이다. 조금만 기다렸더라면, 조금만 믿었더라면, 그토록 원하던 교육을 받을 수 있는 돈을 가질 수 있었다.

엄마는 늘 배신당한 여자를 조심하라고 말했다. 실비아가 사실을 알게 되면 나를 죽일 거라고 했다.

그렇다. 엄마는 데미언과의 불륜을 나한테 이야기해주었다. 엄마가 마약을 하게 된 것도 복잡한 관계를 잊기 위해서였다. 데미언이 엄마를 버리고 선한 미소를 가진 실비아와 결혼했을 때 그를 향한 그리움을 잊기 위해 약에 취했다.

엄마를 죽게 만든 건 다른 누구도 아닌 데미언이다.

그러나 정작 위험한 사람은 애슐린이었다는 사실을 엄마는 모르고 있었다.

지금까지 세웠던 어떤 계획에도 진짜 애슐린이 마치버그에 나타나는 대목은 없었다. 애슐린이 이곳에 나타나 위태로운 춤을 추고 있으니 모든 것을 재부팅해야 한다. 모든 것을.

"조금만 시간을 줘. 내가 해결할게. 그렇지만 좀 복잡해."

애슐린이 눈을 부라리며 말했다.

"24시간 줄게. 이 거지 같은 마을을 하루빨리 떠나야겠어. 네가 어떻게 견디고 있는지 모르겠지만."

"하루 가지고는 안 돼. 처리해야 할 일들이……."

애슐린은 순간적으로 내 머리채를 잡아당기면서 눈 깜짝할 새도 없이 목에 칼을 들이댔다.

"잘 들어. 24시간이야. 안 그럼 너의 모든 것을 재로 만들고 그 위에서 춤을 출 테니까. 네가 그 일에 집중할 수 있도록 사람들 주의를 끌 만한 일을 만들 거야."

애슐린은 나를 놓아주고 숲속으로 사라졌다. 나는 묘지에 혼자 남아 오들오들 떨다가 무릎을 꿇고 주저앉았다. 지난 몇 달이 영화처럼 스쳤다. 좀 더 신중했어야 했다.

이제 어떻게 해야 하나?

일단 터널을 달려 다시 학교로 돌아가야 한다.

72

믿음

그녀는 내 말을 믿고 있다. 그녀의 눈빛이 말하고 있다. 허겁지겁 터널을 지나 학교로 돌아가면서 이미 계획을 세우고 있을 것이다.

그녀는 방법을 찾을 것이다. 지금까지 늘 그래 왔듯이. 알렉산드리아는 가족 중에 가장 머리가 좋다. 우리를 이 길로 들어서게 했듯이 나갈 방법도 찾을 것이다. 그러면 나는 재산을 손에 쥘 수 있다. 그러고 나면 그녀는 자기가 원하는 삶을 살면 된다. 그녀를 죽일 이유는 없다.

그 정도는 아니라는 거다. 아직까지는.

알렉산드리아는 아버지를 가장 많이 닮았다. 얼굴과 두뇌뿐 아니라 사람의 마음을 조종하는 능력까지 물려받았다.

그동안 지내던 오두막으로 돌아왔다. 학교로 통하는 터널이 여기까지 이어져 있다. 덕분에 모두 잠든 밤이면 몰래 학교로 숨어들어 살금살금 돌아다닐 수 있다.

학장은 금고를 잠그지 않는다. 완전 바보 아닌가. 비밀번호도 잊어버렸을 것이다.

학교 자체는 괜찮은데, 마치버그라는 마을은 아주 거지 같다. 누가 이런 데서 살고 싶겠는가? 할 게 아무것도 없다. 경관 하나는 봐줄 만하다. 하지만 그 정도 경치는 이탈리아의 산기슭에 얼마든지 있다. 굳이 왜 블루리지 산맥에 있는 이 작은 마을에 묻혀 살겠는가?

알렉산드리아는 이런 삶을 원했다. 그녀가 너무나 원했기에 나도 말리지 않았다. 그녀가 원하는 대로 내버려두었다. 그런데 그녀가 변했다. 이제 더 이상 상냥하고 사랑스러운 소녀가 아니다. 어릴 때는 나를 위해서라면 무슨 일이든 했는데 말이다. 그녀는 피와 살을 나눈 내 언니다. 그리고 골치 아픈 일들에 연루되어 있다. 그녀는 진실을 알고 있다. 모두 다. 그리고 나한테 없는 능력을 가지고 있다. 기록을 바꿀 수 있는 능력. 그건 모든 것을 바꿀 수 있다는 뜻이다. 모든 것을.

그래서 여기에 와야 했다. 모든 것을 제자리로 돌려놓기 위해서.

하지만 알렉산드리아와의 문제를 해결하기 전에 언니를 괴롭힌 그 못된 년부터 손봐 주어야겠다.

73

탈출구

포드는 몇 개월 만에 본가로 왔다. 어머니는 곳곳에 흔적을 남기고 갔다. 주방 싱크대에 담긴 접시, 테이블에 펼쳐진 신문. 오늘 아침 포드는 이 문제에서 기꺼이 빠져주겠다는 어머니의 문자 메시지를 받았다.

급한 동창 모임이 있어서 오늘 워싱턴 D. C.로 돌아간다. 못 만나고 가서 아쉽구나. 주말에 전 학년 연합축제에 참석하러 다시 오마. 내가 오는 것을 반겨준다면 말이다. 그 전에 내 도움이 필요하면 연락하렴.

마치 도움이 필요한 일이 생기기를 바라는 것 같았다. 결국 학교도, 루미와의 관계도 이 상황으로 만들어놓은 것은 어머니다.

하지만 어머니 때문에 속 끓여봐야 아무 소용 없다. 해결할 방법을 생각해내야 한다. 그러나 먼저 루미의 이야기를 들어봐야겠다.

포드는 어머니가 어질러놓은 주방을 깨끗이 치웠다. 물건들을 제

자리에 가져다 놓고, 닦고, 모델하우스처럼 만든 다음 와인 저장고로 갔다. 루미가 오기로 했으니 마실 것을 준비하려는 것이다. 단둘이 앉아 자초지종을 들어봐야 한다. 좋은 와인과 간단한 안주를 앞에 두고 마주 앉으면 루미도 좀 더 편안하게 이야기를 풀어놓지 않을까.

루미는 지난 몇 년간 포드에게 애인이자 친구였다. 포드는 지금 친구가 필요하다.

포드는 좋은 품질의 보르도 와인 한 병을 꺼내 공기와 섞이도록 마개를 열어 테이블에 올려놓았다. 9시 정각에 초인종이 울렸다. 포드는 문을 열어주러 가면서 조금 짜증이 났다. 왜 뒷문으로 들어오지 않는 거지? 누가 보면 어쩌려고? 열쇠도 가지고 있으면서 말이다. 가끔 루미는 서재에 있는 책을 빌리러 오기도 한다. 왜 이러는 거야? 자기 존재감을 확인하려는 건가? 가난한 일꾼이 아닌 한 남자로 대접받고 싶은 건가?

포드는 의식적으로 미소 짓고 문을 열었다.

루미는 그가 가장 좋아하는 초록색 셔츠와 조끼 차림에 잭 다니엘 한 병을 들고 서 있었다. 그의 매력적인 몸매가 은근히 돋보이는 셔츠다.

"들어와."

포드가 옆으로 비켜서며 말했다.

루미는 포드에게 위스키를 건네주고 들어왔다. 집에서 보니 루미가 더 커 보였다. 지난번에 봤을 때보다 키도 훨씬 더 큰 것 같고, 어깨도 훨씬 더 넓어 보였다.

루미가 들어오자 포드는 문을 닫고 잠갔다. 그러고는 잠시 그대로 서서 기다렸다. 루미가 종종 그러듯이 짓궂은 미소를 지으며 돌아서

서 바로 달려들지 않을까 기대하면서. 그러나 루미는 움직이지 않고 그대로 포드 앞에 서 있었다. 넓은 어깨에 어두운 얼굴로. 그래서 포드는 주방을 가리키며 말했다.

"와인 한 병 열어놨어."

"와인은 됐어요."

루미가 무거운 어조로 말했다. 인상을 찌푸리지는 않았지만 다정하거나 친근한 표정도 아니었다.

포드는 루미가 들고 온 병을 힐끗 보았다. 선물이 아니라 마시려고 가져온 거였다. 오늘은 루미가 분위기를 주도하는 게 좋겠다. 그렇지만 어느 정도 통제는 해야 한다. 너무 취해버리면 안 된다. 함께 대책을 논의해야 하니까. 분위기를 부드럽게 하는 정도면 족할 것이다.

"그럼 와인 말고 버번 할까?"

"좋아요."

적어도 이제 의사 표현은 한다.

"주방에서 마시자. 올드패션드 한 잔 만들어줄게."

그러자 루미가 포드의 손을 잡으며 거친 호흡으로 말했다.

"포드, 더 이상은 아무 일도 없는 척할 수 없어요. 우리가 어떤 관계든 이제는 끝내자는 말을 하러 온 거예요."

포드는 루미가 잡은 손을 빼면서 자세를 추슬렀다.

"무슨 뜻인지 알아. 바라는 바는 아니지만 네가 정말 원한다면 존중할게. 하지만 그 전에 의논할 게 있어. 우리 관계를 넘어서는 이야기야. 우선 마실 것 한 잔 만들고 바로 얘기해."

루미는 의아한 표정을 지었지만 포드를 제지하지는 않았다.

포드는 허겁지겁 칵테일을 섞었다. 씁쓸한 버번을 너무 많이 넣었고, 설탕은 대충 저어 제대로 섞이지도 않았다. 포드는 시종 언짢고 불안했다. 루미가 내 편에 서주어야 한다. 루미의 협조가 필요하다. 루미가 곁에 있어주어야 한다.

포드는 가까스로 만든 칵테일을 루미에게 건네고 어질러진 테이블을 닦았다. 그리고 식탁에 앉았다. 루미는 맞은편 의자에 앉았다. 포드는 핸드폰을 식탁에 엎어놓았다. 집에 도착하자마자 충전했으니 쓸 만큼은 될 것이다.

"누군가 이메일로 도발적인 사진들을 보내왔어. 우리가 함께 찍힌 것도 있고, 네가 찍힌 것도 있어. 이 문제를 어떻게 해야 할지 의논하려는 거야."

루미가 마치 허리가 아픈 사람처럼 몸을 곧추세우고 물었다.

"볼 수 있어요?"

"물론이지."

두 사람은 경직된 자세로 서로에게 격식을 차리고 있었다. 포드는 이혼을 앞둔 부부가 이런 모습일 거라고 생각했다. 가족이 해체되는 과정에서 나타나는 은근한 견제와 긴장감 같은 것 말이다.

루미가 냉담한 얼굴로 핸드폰 화면을 넘기며 사진들을 확인했다.

포드는 마치 배신당한 아내처럼 더 이상 참지 못하고 다그쳤다.

"그동안 카밀 섀논과 잤던 거야?"

루미가 핸드폰을 돌려주면서 말했다.

"그랬어요. 하지만 최근에는 아니에요. 지난여름에 몇 번 만났어요. 그러다 카밀이 다른 남자를 만나면서 헤어졌죠."

"그랬군. 카밀이 임신했다는 거 알고 있었어?"

"알았어요. 정확히 말해 임신했었다는 걸 알았죠."

이제 두 사람 사이에 장벽 같은 것은 없었다.

“하지만 내 아이는 아니에요. 낙태를 하려고 약을 먹었는데 효과가 없어서 나를 찾아왔어요. 샬로츠빌에 있는 병원에 예약했는데 차로 데려다달라고요. 내가 데려다주겠다고 했는데, 그날 밤 종탑에서 뛰어내린 거예요. 왜 그랬는지 모르겠어요. 낙태하고 나면 열심히 학교 공부에 매진하겠다고 단단히 결심했거든요.”

“네가 아기 아빠 아니었어?”

루미가 고개를 저었다.

“아뇨. 난 아니에요.”

“누군지 알아?”

“카밀의 의붓오빠예요. 카밀은 의붓오빠한테 완전히 빠져 있었어요. 그를 쫓아다니느라 나하고 헤어졌어요. 나한테 다 얘기했어요. 시간상으로도 딱 들어맞았어요. 나하고 7월에 헤어졌는데 8월에 임신했다는 거예요. 어린 여자애가 좀 심한 바람둥이였어요. 하지만 내가 죽이지는 않았어요.”

“나도 네가…….”

“사실은 그걸 물어보고 싶었던 거 아닌가요? 내가 종탑에서 카밀을 밀었을지도 모른다고 생각하잖아요. 열쇠를 가져갈 만한 사람이 나밖에 없다고. 이 사진들도 의심스럽겠죠. 그러니 당신 친구 앤서니 서장에게 얘기해서 나를 감옥에 처넣으라고 하세요.”

“잠깐…….”

“하지만 나는 아니에요. 모든 비밀 클럽이 열쇠를 하나씩 복사해서 가지고 있어요. 지난 몇 년 동안 그랬어요. 당신이 금고를 잠그지 않는다는 걸 다 알고 있어요. 안 그러면 애들이 어떻게 캠퍼스를 자유롭게 돌아다니겠어요? 당신은 너무 순진해요."

"그렇지 않아."

포드가 말하려는데 루미가 자리를 박차고 일어나 나갔다. 갑자기 벌떡 일어나는 바람에 의자가 뒤로 넘어지면서 술잔이 바닥에 떨어졌다.

포드는 어질러진 주방은 안중에도 없이 루미를 쫓아갔다.

"잠깐. 가지 마. 그래서 오라고 한 게 아니야. 네가 카밀을 해쳤을 거라는 생각은 한순간도 한 적이 없어. 넌 네 아버지와 달라."

루미가 분노에 찬 표정으로 포드를 노려보았다. 포드는 당황해서 자기도 모르게 비틀거리며 뒷걸음질을 쳤다.

"다르다고요? 어떻게 알죠? 나도 아버지만큼 악한지도 모르죠. 학교에서도, 밖에서도 카밀을 따라다녔는지 누가 알아요. 여름에 카밀을 강간해서 임신시켰는지도 모르잖아요. 당신은 몰라요. 모른다고! 하지만 난 당신이 그 앤서니라는 옛 애인의 귀가 아프도록 속삭이고 있다는 거 알아요. 그래요, 당신이 그와 사랑을 나누고 있는 것도 다 안단 말이에요!"

포드가 다가가서 그의 팔을 잡았다.

"내 말 좀 들어봐. 우리 관계를 어른답게 의논하고 싶어서 오라고 한 거야. 앤서니는 더 이상 만나지 않아. 몇 달 전에 끝냈어. 그리고 네가 카밀을 해쳤다고 생각하지 않아. 너는 그럴 사람이 아니야. 다만 DNA 검사 결과 네가 친부로 판명 났을 경우에 대비해 확인해두려는 것뿐이었어. 그런 일을 전혀 모르고 있다가 당할 수는 없잖아. 너도 이해하지? 그런 경우에도 여러 가지 대처할 방법이 있겠지. 하지만 아무것도 모르고 있으면 당황해서 제대로 대처하지 못하게 돼."

루미가 눈을 동그랗게 뜨고 물었다.

"DNA 검사요?"

"그래. 태아의 DNA 검사를 하고 있어. 너는 의심의 대상이 아니야. 네가 카밀을 만났다는 말조차 할 필요가 없어. 이건 우리 둘과 경찰서장, 그리고 카밀의 가족만 알고 있으면 돼."

"하지만 소송이 걸리면……."

"나를 믿어. 태아의 친부가 자기 의붓아들이라는 걸 알면 카밀의 어머니도 소송을 못 할 거야. 모두 자기 집안에서 일어난 일이니까."

루미가 위스키 냄새를 풍기며 말했다.

"당신은 마치 즐기는 것 같네요."

"즐기는 게 아니라 안심하는 거지. 이 사진들은 삭제해야겠어. 내 컴퓨터에 있는 사진들은 이미 삭제했어. 이제 남은 건 이것뿐이야."

포드는 사진을 하나씩 삭제했다. 이메일로 들어온 것도 삭제하고, 그것들을 찍은 핸드폰 사진까지 삭제하면 증거가 완벽하게 사라지는 거다. 그런데 무엇에 대한 증거를 없앤단 말인가? 남녀관계? 루미의 봉사를 누리며 학교를 진흙탕으로 끌고 가는 사람이 누구인가?

포드가 핸드폰을 다시 테이블에 내려놓으며 말했다.

"이제 됐다. 다 삭제했어."

"이건 누구 핸드폰인데요?"

"이게 누구 핸드폰인지는 상관없는 것 같은데. 애쉬 칼라일의 방에서 찾았어. 그 애한테 문제가 좀 있어서 그 애 방을 수색했거든."

"애쉬?"

루미는 석연찮은 목소리로 말했다.

"설마 그 애랑 사귀었다는 말을 하려는 건 아니겠지."

"아뇨, 전혀. 그 애는 뭔가 좀 달라요. 뭐라고 꼭 집어서 말할 수는 없지만 아무튼 좀 이상해요. 늘 슬프고 외로워 보여요. 베카 커티스하고 뭔가 있는 것 같기도 하고."

"정말이야? 흥미롭군."

그래서 베카가 전격적으로 애쉬를 비밀 클럽에 가입시켰는지도 모른다. 그래야 더 많은 시간을 함께 보낼 테니까. 구드 학교는 학생들의 관계까지 단속하지 않는다. 쌍방 합의하에 이루어졌다면 어떤 관계도 문제없다. 학교의 헌장에도 모든 성별을 동등하게 존중한다고 명시되어 있다. 다른 학교보다 몇십 년이나 앞서 차별 없는 방침을 정립했다.

루미가 벽에 기대서 눈을 비볐다. 며칠 동안 잠을 자지 못한 듯 피곤해 보였다.

"난 당신이 나한테 화난 줄 알았어요."

루미가 마치 어린아이처럼 말했다. 포드는 그런 루미가 안쓰러웠다.

"네가 이 학교의 학생과 관계를 가졌다는 생각을 하면 화가 치밀어서 당장 해고하고 싶은 심정이야. 하지만 나도 그만큼 큰 실수를 저질렀으니 서로 한 번씩 봐주기로 하자. 그리고 술이나 한잔하면서 앞으로의 일을 의논해보자."

그러자 루미가 테이블을 돌아 포드 곁으로 왔다. 그러고는 달콤한 키스를 했다.

"고마워요. 나를 믿어줘서."

"난 언제나 너를 믿어, 루미."

"지금 술 마실 때가 아니죠."

루미가 다급한 듯 낮게 속삭였다. 포드가 큰 소리로 웃었다.

"마음이 바뀐 거야? 또 바뀌는 거 아니지?"

루미가 짓궂은 미소를 지었다. 포드가 가장 좋아하는 미소다.

포드는 어릴 때부터 쓰던 2층 자기 방으로 루미를 이끌었다. 어린 시절의 사진과 책들, 트로피, 헝겊 인형들이 그대로 남아 있는 방에 들어가니 조금 비현실적인 느낌마저 들었다. 그때는 행복했고 지금보다 모든 것이 쉬웠다.

어머니는 포드가 다시 집으로 들어오리라는 희망을 버리지 않고 포드의 방을 그대로 두었다. 넓은 침대에는 깨끗한 시트가 덮여 있었다. 그러나 루미는 어린 소녀가 지냈던 방 분위기에는 관심 없었다. 그에게 중요한 건 포드뿐이었다.

포드와 루미는 서로 잘 어울렸다. 잘 맞았다. 루미는 마치 오늘 처음 사랑을 나누듯 포드에게 키스하고 그녀의 옷을 벗겼다. 포드는 루미와 절대 헤어지고 싶지 않았다. 오늘이 마지막이 되고 싶지 않았다. 루미를 점점 깊이 좋아하게 된 것이다. 어쩌면 오래전부터 그랬는지 모른다.

잠시 후 포드는 한껏 달아오른 채 루미의 우람한 팔뚝을 베고 누워, 그의 허벅지에 다리 하나를 포개고 그의 가슴을 손가락으로 쓸어내렸다.

"말해줄 게 있어요."

루미가 말했다.

"응?" 포드가 아련한 목소리로 대꾸했다. 무슨 말을 할지 알 것 같았다. 자기도 진심으로 그의 말에 화답하리라 생각했다.

그러나 루미는 전혀 다른 말을 했다.

"당신 어머니 얘기예요. 당신 어머니가 여길 떠나기 전에 커피 마시러 카페에 잠깐 들렀는데, 누군가와 통화하는 소리를 들었어요. 이름이 엘런이라는 것 같던데."

그 순간 포드는 화가 치솟았다.

"엘런 커티스? 상원의원?"

"그럴 수도. 그건 모르겠어요. 아무튼 재임용이 된다고 해도 당신이 이해할 거라고 했어요."

포드는 어떤 이야기가 오갔는지 알 것 같았다.

"이 망할 늙은이!"

화가 나고 기가 막히다 못해 웃음이 나왔다.

루미가 놀란 표정으로 물었다.

"괜찮아요?"

"엄마가 나를 팔아넘긴 거야. 동창회하고 거래를 한 거지. 구드 학교를 남녀공학으로 바꾸고, 학교를 곤경에서 구해낸 주드 웨스트헤이븐이 교장이 되어 새로 태어나는 이 학교를 이끌어가는 걸로 말이야. 지금까지 일어난 사악하고 끔찍한 사건들 중에서……."

포드는 몸을 돌려 천장을 향해 똑바로 누웠다.

"루미, 뉴욕 어때?"

"대도시죠. 당신의 어머니가 살고 있는 곳."

"어머니가 거기 살지 않는다면? 다시는 어머니를 볼 일이 없다면? 내가 뉴욕으로 가면, 같이 갈래?"

"여행 말이에요?"

"아니, 영구적으로."

루미가 일어나 앉으면서 포드도 일으켜 앉혔다. 침대 시트가 바닥으로 미끄러졌다.

"잠깐만요. 지금 함께 뉴욕에 가서 살자는 거예요? 구드를 떠나서?"

"그래. 바로 그 얘기야."

루미의 얼굴에 순수한 기쁨이 피어올랐다.

"좋아요. 당신하고 같이 뉴욕에 가고 싶어요. 하루빨리 이곳을 떠나고 싶어요."

"나도 그래."

포드는 이렇게 말하고 루미의 목에 키스했다. 오랜만에 느껴보는 해방감이었다. 학교가 어떻게 되든 무슨 상관이랴. 어머니도, 웨스트헤이븐 가문의 유산도, 응석받이 학생들도 이제 신경 쓰지 않으리. 이사회와 동창회, 공무원들을 상대할 일도 없다. 포드는 이제부터 자신의 삶을 살아가리라 마음먹었다.

잠을 잘 생각은 아니었는데 전화벨 소리에 눈을 떠보니 어느새 날이 밝아오고 있었다. 루미는 옆으로 누워 한 손을 포드의 엉덩이에 올린 채 잠들어 있었다. 그동안 한 번도 밤새 같이 있었던 적이 없다. 루미가 함께 잠든 침대에서 눈을 뜨는 것도 행복하다는 생각이 들었다.

포드는 몸을 굴려 핸드폰을 집었다. 멜라니였다. 그녀의 목소리가 공포에 질려 있었다.

"학장님? 학장님? 빨리 오셔야겠어요. 학생 한 명이 또 죽었어요."

74

흔적

케이트는 한숨도 자지 못하고 런던 광역경찰청의 올리버가 보낸 파일들을 샅샅이 훑어보고 있었다.

돈의 흐름을 추적하는 일은 수사의 정석과 같다. 케이트는 그 분야 전문가는 아니지만 법회계학 과목을 몇 학기 들은 적이 있다. 올리버와 함께 찾아낸 바에 의하면 최소한 4천 파운드 이상이 카 경의 계좌에서 빠져나갔는데 수취 계정을 찾을 수가 없다.

구드 학교에 지불된 내역은 있는데, 카 경과 그의 아내가 죽은 뒤로는 더 이상 지불된 것이 없다.

케이트는 간식을 먹으면서 올리버와 스피커폰으로 대화를 나누는 중이다.

"내 생각에 가짜 애슐린은 카 경의 가족과 가까운 사람이야. 그들을 위해 일했던 사람일 가능성이 크지. 그러다 거대한 자산을 상속받을 수 있는 가능성을 엿본 거지. 카 경의 가족을 죽이고 애슐린의 신분을 가장해서 미국으로 날아와 상속받을 날을 기다리는 거야. 이 화려한 학교에서 몇 년간 지내다 대학에 입학해 학위를 받으면 모든 걸 물려받게 되니까."

"그렇다면 애슐린 카의 시신은 어디 있을까?"

"그 집안 사유지를 뒤져봐. 거기 어딘가에 있을 거야. 범인은 정신이상에 인격장애이고."

"잠깐만."

올리버가 잠시 침묵하더니 다시 말을 이었다.

"좋아. 이 사건의 수사를 재개하겠어. 지금 이 순간부터."

"잘했어. 저택 안에서 증거를 못 찾더라도 사유지 내 어딘가에는 반드시 있을 거야."

"학교에 있는 가짜는 체포했어?"

"아니, 아직. 그렇지만 빠져나갈 수는 없을 거야. 마치버그는 아주 작은 동네여서 도망가려고 하면 바로 우리 귀에 들어오거든. 그런데 말이야, 처음에 계좌에서 돈이 빠져나갈 때는 어쩌다 놓친 거지?"

"그럴 수 있어. 회계팀에서 금융 관련 서류는 겉핥기식으로 대충 보고, 데미언 카의 부당 거래 기록만 캐려고 했거든. 불법 지불 같은 것 말이지. 그런데 눈에 띄는 단서가 없고, 반증할 만한 증거도 찾지 못하자 문제없는 것으로 결론 내린 거지. 자산은 딸에게 상속되지만 스물다섯 살이 되어야 하고 대학 학위를 가져야 한다는 조건이 붙어 있었어. 그녀가 자기 부모를 죽였으리라고 생각하지 않았으니까. 왜 그런 짓을 하겠어? 동반 자살로 보는 게 훨씬 타당하지. 그리고 딸이 현장을 발견하고 신고했고. 기록도 깔끔하잖아. 그런데 헤드라인은 아주 요란했어. 데미언 카 경이 평생 흠잡을 데 없이 살았던 사람이었잖아. 사생활을 무척 중요하게 생각하기도 했고. 그런데 그가 정부와 바람피운

이야기를 사진과 함께 제보한 거야. 그 스캔들 때문에 카 경은 정부 요직에 임명되려다 낙마했어. 여러 가지로 절망적이었을 거야."

"자살을 할 만큼? 그건 좀 이해가 안 돼, 올리버. 더구나 그의 아내는 불륜을 저지른 남편의 죽음에 충격을 받아 권총 자살을 했다?"

"그래서 당시 시간에 따른 상황 변화를 추적했어. 데미언이 아내를 죽이고 자살한 것일 수도 있으니까. 그렇지 않아? 그런데 권총에 아내의 지문이 있었고, 약에는 데미언의 지문이 있었어. 그리고 중요한 단서가 있었어. 데미언은 그의 아내가 권총 자살을 하기 1시간 전에 이미 죽어 있었다는 거야. 부검 결과에 따라 사고사로 결론 내렸고, 덕분에 자산은 고스란히 상속된 거지."

"다른 가족은 없고?"

"아들이 있었는데 어릴 때 죽었어. 혼외 딸이 있다는 소문이 있는데 확인된 건 아니야. 어쨌든 가족들과 가까운 사람일 거야. 모두를 죽이고 무사히 빠져나갈 수 있었던 사람이겠지."

"그러니까 이 가짜는 카 경의 딸을 죽이고 시신을 없앤 다음 범죄현장에 다시 들어와 구급대를 불렀어. 그리고 애도하는 딸 노릇을 하면서 장례식을 치르고, 변호사들과 이야기를 하고, 미국으로 날아와 마치버그에서 상류층의 삶을 살고 있는 거야. 그걸 아무도 몰랐던 거고. 놀랍군. 정말 놀라워."

"아무도 모르게 조용히."

"신분증은? 여권 같은 건?"

"버지니아에서 공부하는 조건으로 미국 정부로부터 비자를 받았어. 신용카드는 없고, 현금을 사용하는 것 같아. 애슐린 카의 여권으로 8월 25일 입국한 걸로 되어 있어."

"그다음 날 학기가 시작되었으니까. 좋아. 시간상으로 들어맞네. 그 집안에 일하는 사람들은 없었나? 굉장한 부자인 것 같던데?"

올리버가 서류를 뒤적이는 소리가 들렸다.

"내가 알기로…… 맞아. 있었어. 그 집에 상주하던 요리사가 한 명 있었는데, 이름은 도시 스록모튼. 주소는 요크셔로 돼 있어."

"애쉬가 입국 시 세관을 통과하는 사진을 찾아서 도시에게 보여줄 수 있을까? 그녀가 알아보는지 말이야."

"좋은 생각이야, 케이트."

"나에게도 보내줘. 혹시 필요할지 모르니까."

"네가 나한테 이래라저래라 하는 거 너무 좋아."

"진정해, 올리버. 그런데 그 아이가 카 경의 계좌에서 어떻게 돈을 빼냈는지 얘기할까?"

"아주 좋은 질문이야. 우선 그 아이에게 어떻게 계좌에 접속했는지부터 물어봐. 비밀번호를 알아야 했을 텐데. 그것 역시 가족과 가까운 사람이어야 가능한 일이지. 그 아이를 연행해서 직접 물어보는 건 어떨까?"

"그래야지. 자기한테 방해되는 인물은 모두 제거한 흔적이 곳곳에 남아 있어. 앤서니 삼촌은 그 아이를 연행하기 전에 미리 필요한 작업을 해놓으려는 거야. 학장이 그 아이의 변호사를 선임해놨기 때문에 다시 심문하려면 샬로츠빌에 있는 그가 올 때까지 기다려야 해."

"어떻게 되어가는지 알려줘. 여기서도 계속 알아볼 테니까."

"고마워, 올리버. 네가 최고야."

'괴물 같은 계집애, 넌 이제 꼼짝없이 걸려들었어.'

75

쪽지

베카는 몹시 불쾌하고, 화가 나면서, 동시에 당혹스럽고, 슬펐다. 애쉬를 밀쳐내던 순간 자신을 바라보던 그녀의 눈빛은 소름 끼칠 정도로 섬뜩했다. 고통과 혼란, 깨달음, 배신당한 분노가 다락방까지 따라와 자신을 덮치는 것 같았다. 입단일인 오늘은 성대한 파티를 즐겨야 하는데 다 망쳐버렸다. 모든 것이 엉망이 되어버렸다. 베카는 지금까지 쌓아 올린 자신의 삶 전체가 무너진 것 같았다.

다른 방법이 없었다. 애쉬가 다가오는 걸 막을 수밖에. 그러지 않으면 어쩌겠는가? 아이비바운드의 자매들 앞에서 커밍아웃을 할 수는 없지 않은가? 그렇게 했다면 단숨에 학교 안에 퍼지는 것은 물론, 학장이 어머니에게 알릴 것이다. 그러면 그녀의 어머니는 베카를 당장 학교에서 끌어내려고 하겠지. 간교하고 위선적인 정신병자라고 욕을 퍼부으면서.

지난여름 비디오 사건 이후 모든 것이 잠잠해지고 어머니의 화도 가라앉았을 즈음에 베카는 어머니의 마음을 슬쩍 떠보았다. 친구 중

한 명이 동성애자인데 최근에 커밍아웃을 했다고 둘러댄 것이다. 워터게이트 웨스트 아파트의 발코니에 앉아 있었는데, 베카의 얘기를 듣자마자 어머니는 난간으로 뛰어가 좀 전까지 마시던 피노그리 와인을 모두 토해냈다.

그 모습을 보고 베카는 자기가 앞으로 한 남자의 아내가 되어 아이들을 낳아 기르며 사는 일은 절대 없을 것이라는 사실을 어머니가 인정하지 않으리라는 것을 깨달았다. 어머니에게 자신의 정체성을 밝힐 수 없다는 사실에 마음이 아팠다. 베카의 인생에 큰 의미인 어머니에게 진실을 숨겨야 한다는 것이 슬펐다.

그래서 행동으로 시위를 했던 것이다. 엘런은 그런 베카를 정신과 의사에게 끌고 갔다. 영리한 베카는 사실을 밝히지 않고 어릴 때 했던 행동들, 화가 났을 때 했던 일들을 이야기했다. 그 이야기를 들은 의사는 증상에 부합되는 진단을 내리고 합당한 약을 처방했다.

베카는 정상이다. 정신적인 문제는 없다. 단지 사랑에 빠진 10대 여자아이일 뿐이었다.

베카는 애쉬가 다른 아이들과 다르다고 생각했다. 모든 것을 관조하는 듯한 모습, 반짝이는 눈빛. 오늘 밤 자유롭고 행복에 겨운 그녀의 키스. 그런데 베카는 애쉬에게 화를 내고 말았다. 순간적인 실수로 모든 것을 망쳐버렸다.

그런 베카를 애쉬가 용서할 수 있겠는가? 이제 어떻게 애쉬의 얼굴을 볼까? 베카는 두려웠다. 오늘 그런 일이 있었는데도 애쉬는 베카를 용서해줄까?

베카는 음악을 틀고 침대에 누웠다. 그리고 울기 시작했다. 마음 깊은 곳에서 터져 나오는 흐느낌이었다. 올해는 모든 게 달라지리라 생각했다. 외롭지 않을 것 같았다. 이제는 본연의 모습으로 살 수 있을 줄 알았다. 커밍아웃을 한다고 해도 다른 아이들이 베카의 정체성을 거부하거나 외면하지는 않을 것이다. 그러나 베카는 학생 대표다. 모두의 기대에 부응해야 한다는 책임감을 저버릴 수가 없었다.

애쉬를 위해 그 모든 것들을 포기할 수도 있었다. 베카는 조련사들이 의례적으로 하는 신고식도 하지 않았고, 모든 면에서 애쉬를 보호하려고 노력했다. 교내에서 아이들이 애쉬의 부모에 대해 쑥덕거릴 때도 애쉬에게 먼저 알려줬다. 오늘 애쉬에 관해 실린 잡지 기사도 보여주었다.

오늘 밤은 모두에게 애쉬의 강점과 리더십을 알려줄 좋은 기회였다. 애쉬가 얼마나 괜찮은 아이인지 보여줄 기회였다. 그런데 그 좋은 기회는 날아가고 모든 것이 허사가 되어버렸다.

몸이 너무 피곤해서 뒤척이는데 밑에 뭔가 버석거리는 것 같았다. 몸을 들어보니 얇은 포장지로 싼 꾸러미 하나가 있었다. 풀어보니 빨간색 스카프였다. 아주 예뻤다. 목에 감아보려고 들어 올리는데 쪽지 하나가 떨어졌다. 그것을 읽는 베카의 눈에 또다시 눈물이 고였다.

베카 선배님,

우리 얘기 좀 할 수 있을까요? 비밀 클럽의 스왈로로 지내는 것, 카밀의 일, 그리고 고향 집에서 전해온 소식들로 너무 힘들어요. 친구가 필요해요. 그리고 우리만의 공간. 오늘 밤 자정에 정문 앞에서 만나요. 보여드릴 게 있어요.

사랑하는 A.

오늘 입단식 전에 두고 간 게 분명하다.

애쉬는 오늘 밤 베카를 만나러 정문 앞으로 올까? 그럴 리가 없다. 베카는 아이비바운드의 자매들 앞에서 애쉬를 모욕하고, 거절하고, 쫓아냈다. 애쉬는 지금쯤 베카를 저주하고 있을 것이다.

자정이 가까워오고 있었다. 베카는 불을 끄고 창가로 갔다. 정문 옆에 그림자가 보이는 것 같았다. 아니면 베카의 상상일까?

거기 서 있는 사람이 애쉬일까? 오늘 그런 일이 있었는데도 애쉬는 여전히 베카를 기다리는 걸까? 머리칼에 반사되는 빛과 담뱃불이 보였다. 누군가 있다. 밤의 어둠에 묻히기 좋은 검정색 가운을 입고.

베카는 가슴이 용솟음치는 것 같았다. 오늘 그런 일이 있었는데도 애쉬는 베카와 얘기하려고 정문 앞에서 기다린다.

베카는 당장 달려가서 용서를 빌어야 한다. 왜 그렇게 모질게 애쉬를 내칠 수밖에 없었는지 설명해야 한다. 무엇을 지키기 위해 그랬는지. 그리고 모든 것을 바로잡아야 한다.

애쉬의 마음을 돌려놓아야 한다.

베카는 계단을 뛰어 내려가 오른쪽으로 돌아 식당을 향해 달렸다. 거기서 터널을 지나 마지막 트롤리까지 갔다. 그런 다음 어두운 정원을 가로질러 프런트 스트리트로 나갔다. 곧 비가 오려는지 공기가 습하고 무거웠다. 시커먼 먹구름이 달을 가렸다.

베카는 보도를 따라 정문으로 달려갔다. 목에 두른 빨간 스카프를 뒤로 날리며 자기를 기다리고 있는 그녀에게 달려갔다.

가슴을 뛰게 하는 그녀에게로.

"애쉬? 정말 미안해."

76

살해

자아도취에 빠진 아이를 어떻게 죽이냐고?

아니, 우선 그 애를 어떻게 유인하는지 물어봐야 하는 거 아냐? 페로몬 향내 같은 것을 풍기면서 이렇게 신호를 보내지.

'이봐, 매력적인 아가씨, 나는 아주 쉽게 흔들리는 사람이야. 그러니 나 좀 봐주지 않을래?'

그럼 그들이 나를 찾아내. 내가 직접 들이미는 약점을 잡는 거지. 애처로우면서도 뭔가 포용할 듯한 분위기 말이야. 내가 자기들의 도약을 위한 도구가 되어줄 거라고 생각하는 거야. 밟고 올라설 어깨, 자기들을 돋보이게 하는 바탕, 또는 시험장으로 생각하는 거지.

내가 상냥하고 온순하게 대해주면 자기들을 사랑하는 줄 착각해. 사실은 세상이 다 그래.

그런데 나는 상냥하지만은 않아. 유순하지도 않고. 나도 사랑받고 싶다는 신호를 보낼 수도 있어. 그러나 그건 거짓말이야. 너를 떠보는 거지. 네가 어떤 계획을 세우고 있으며, 어떤 의도를 가지고 있는지 궁금하니까. 네가 어떻게 나를 통제할 수 있다고 생각하는지 말이야.

나는 결국 너의 손아귀에서 벗어나 너를 떼어버리지.

온 세상이 너의 존재를 황송하게 여겨야 한다고 생각하는 너는 그것이 너의 선택이었다고 생각할지 몰라.

그러나 결국 나는 거미야. 거미줄 한가운데 걸려드는 파리를 기다리는 거미.

진짜 괴물은 나라고.

자아도취에 빠진 아이를 죽이는 일은 생각보다 쉽더군. 못된 짓을 한 너를 처단하려는 의지만 있으면 되는 거였어. 가면 뒤에 숨어 남을 조정하는 너의 실체를 드러내는 거야. 네가 어떤 사람인지 세상에 보여주는 거지.

내가 선물한 스카프를 매고 와줘서 고마워. 빨간색이 참 잘 어울리는구나.

우선 눈부터 시작할까.

그렇게 울 거 없어. 하나도 안 아플 거야.

77

세 번째 죽음

포드 앞에 펼쳐진 광경은 악몽 그 자체였다.

정문 안에도, 정문 밖에도 구드의 소녀들이 혼란과 두려움에 휩싸인 채 서성거렸다. 줄곧 한곳을 힐끗거리면서. 펄럭이는 검은 천이 보였다. 포드는 그것이 무엇인지 알 것 같았다.

루미가 타이어가 긁히도록 급브레이크를 밟는 바람에 뒷좌석에 앉아 있던 포드는 가죽과 나무로 된 앞좌석 등받이에 부딪칠 뻔했다. 멜라니의 전화를 받고 허겁지겁 뒷자리에 탔다. 루미는 못마땅해서 인상을 찌푸렸지만 포드는 신경 쓸 여유가 없었다.

"그냥 빨리 가."

루미는 더 이상 지체하지 않고 차고를 빠져나왔다.

차에서 내린 포드는 숨을 헐떡이며 차도를 따라 올라갔다.

멜라니의 목소리가 겁에 질려 있었던 이유를 알 수 있었다.

학교 입구의 높은 철문에 소녀 하나가 매달려 있었다. 목에 빨간 스카프가 묶여 있었고, 그 때문에 목이 기이할 정도로 꺾여 있었다. 얼굴은 잘 보이지 않았고, 비에 젖은 머리칼은 색깔을 구별하기 힘들었다. 소녀는 구드의 가운을 입고, 어깨띠를 두르고 있었다.

맨 처음 포드의 머리에 스치는 생각은, '또 한 명이 자살을 했구나'였다.

그다음에는 '누구지?'

포드는 심호흡을 하고 나서 학생들을 인솔했다.

"자, 이쪽으로 와요. 이쪽으로. 그만 보고."

그러면서 자신의 눈길은 자꾸만 그쪽으로 향했다. 철문에 매달린 아이가 누구인지 알 것 같았다. 하지만 직접 보고 확인해야 한다.

소름 끼치는 사이렌 소리가 축축한 아침 공기를 가르며 다가왔다. 어젯밤에 비가 내렸나? 사이렌 소리는 귀청이 떨어질 듯 점점 더 위협적으로 커졌다.

사이렌 소리가 멈춘 뒤 앤서니 서장이 순찰차 문을 거칠게 닫고 달려왔다. 철문 앞에 멈춰 선 그의 얼굴이 하얗게 질리더니 포드를 향해 손짓을 했다. 포드는 앤서니의 신호를 바로 알아차렸다.

시신을 살펴봐야 하니 학생들을 멀리 떨어뜨려놓으라는 뜻이다. 학생들이 시신의 얼굴을 보지 않도록 해야 한다는 것이다.

루미도 포드 옆에서 학생들을 정렬시켰다. 양팔을 벌리고 학생들을 뒤로 물리쳐 길 건너 인도까지 데리고 갔다.

"자, 뒤로 가세요. 저쪽까지. 좋아요."

그래도 여전히 보이기는 했지만 경찰과 수사관들이 작업할 수 있는 공간은 확보되었다.

앤서니 서장이 함께 온 부관에게 고개를 끄덕이자 그가 학생들과 현장 사이에 폴리스라인을 쳤다. 또 한 명은 시신에 다가가 포드가 겁에 질려 지켜보는 가운데 사진을 찍기 시작했다.

"꼭 찍어야 하나요?"

포드가 앤서니에게 물었다. 앤서니는 심각하고 어두운 눈빛으로 고개를 끄덕였다. 앤서니의 그런 표정을 처음 본 포드는 뼛속까지 서늘해지는 느낌이었다.

앤서니가 무심하면서도 명령조로 말했다.

"안타깝지만 그렇소, 포드. 시신에 손을 댔소?"

"아뇨. 멜라니가 출근하다가 발견하고 전화했어요. 그런 다음에 당신한테 전화한 거죠. 아니면 당신한테 먼저 전화하고 나한테 했거나. 그건 모르겠어요."

"누군지 알겠소?"

"모르겠어요."

포드는 알고 있다. 물론 안다. 앞뒤 정황이 딱 들어맞다. 지금까지 알게 된 사실들을 짜 맞춰보면 알 수 있다. 이렇게 결말이 나다니.

"학생들이 가까이 오지 못하게 해요. 이걸 보게 하고 싶지는 않겠지."

앤서니 서장이 말했다.

루미가 손으로 자르는 시늉을 했다. 학생들은 자기가 맡겠다는 것이다.

"직원들이 알아서 하고 있어요. 나는 당신 옆에 있을게요."

"좋소."

앤서니 서장이 핸드폰을 꺼내 사진을 몇 장 더 찍었다. 그러고는 시신의 발을 잡고 천천히 돌렸다. 목에 스카프가 매어 있는 시신은 쉽게 돌아갔다. 시신이 철문에 몇 번 부딪치자 주변에 둘러섰던 학생들 사이에서 충격에 겨운 신음 소리와 비명이 터져 나왔다. 포드 역시 비명 같은 탄성을 질렀다.

얼굴은 끔찍하게 훼손되었고, 눈이 있어야 할 자리는 휑하게 뚫려 있었다. 피부는 이미 회색으로 변하고 젖은 머리는 얼굴과 어깨를 덮고 있었으며, 빨간 실크 스카프는 올가미처럼 목을 감고 철문에 묶여 있었다. 손은 응고된 핏덩이 범벅이었다.

포드는 조금 전까지만 해도 자살 사건으로 고심하고 있었다. 그런데 그보다 더 끔찍하고 심각한 사건 앞에서 정신이 아득해졌다. 잔혹하고 무참한 광경에 넋을 잃고 그 자리에 쓰러질 듯 비틀거렸다. 앤서니 서장이 포드의 팔꿈치를 받치고 그녀를 부축했다.

"정신 똑바로 차려. 학생들 옆에 있어야 해. 마음 단단히 먹으라고."

스산한 아침의 적막을 깨고 웅성거리기 시작했다. 애쉬의 이름이 들려왔다. 학생들이 손으로 입을 가리고 맹렬하게 속삭이기 시작했다.

"누구인 것 같소, 포드?"

앤서니 서장이 물었다.

"이 아이…… 이 아이의 이름은 베카 커티스. 학생 대표예요."

"이런, 맙소사. 기억나는군. 지난번 카밀 섀넌이 죽던 날 봤잖아. 그런데 왜 학생들은 애쉬 칼라일이라고 하는 거지?"

"우리 모두 저기 매달린 아이가 애쉬라고 생각했어요. 둘이 닮았거든요. 오, 하느님. 가여운 베카."

그때 루미가 다가와 낮은 소리로 말했다.

"학생들이 베카와 애쉬가 어젯밤에 크게 다퉜다고 하네요. 애쉬 짓일 거라고요. 지난번에는 애쉬의 룸메이트가 죽었고, 이제 그녀의 가장 친한 친구가 죽었다면서. 여자 친구라고도 하고, 말들이 엇갈리네요.”

포드가 겁에 질린 학생들을 향해 돌아섰다. 어디서 힘이 나는지 안개를 가르는 종소리처럼 강렬한 목소리로 외쳤다.

“애쉬 칼라일 어딨지? 애쉬가 어디 있는지 아는 사람?”

그러자 잠시 정적이 흐르더니 무리의 뒤에서 작은 소리가 들렸다.

“저 여기 있어요, 학장님.”

애쉬 칼라일이 앞으로 걸어 나오자 모두 숨을 죽이고 돌아보았다. 애쉬의 얼굴은 눈물범벅이었다. 다른 학생들과 달리 청바지와 흰 운동화 차림에 재킷을 입고 있었다. 머리칼이 젖어 있었는데 곱슬거리는 것으로 보아 샤워를 한 것 같지는 않았다. 외부에 있다 온 것이 확실했다.

포드는 애쉬가 철문 밖에 서 있다는 사실도 알아차렸다.

“따라와.”

포드의 날카로운 한마디에 애쉬는 눈을 깜박거렸다.

“그렇지만 베카가…….”

애쉬는 목이 메는지 잠기는 목소리로 중얼거렸다. 눈물이 볼을 타고 흘러내렸다. 애쉬의 얼굴은 생명이 빠져나간 베카의 얼굴보다 더 하얗게 질려 있었다. 애쉬는 이제야 베카의 모습을 제대로 본 모양이었다. 애쉬가 베카를 만지려는 듯 손을 뻗으며 다가가자 앤서니 서장이 제지했다. 앤서니 서장의 팔에 잡힌 채 애쉬가 말했다.

“오, 하느님. 하느님, 어떻게 이런 일이. 학장님, 누가 베카에게 이런 짓을 했는지 알 것 같아요.”

78

결단

베카는 죽었다. 손이 갈퀴처럼 굽었고, 손가락은 붉고 검게 피로 물들었다. 한 손은 손가락 두 개가 목을 감은 빨간 실크 스카프에 끼인 채 가슴 위에 매달려 있었다. 스카프를 벗으려고 사투를 벌였던 것이다. 손상된 얼굴과 눈이 있어야 할 자리에 검게 팬 자국은 세상을 향해 자기 존재를 알리려는 계집아이의 병든 정신세계를 말해주고 있었다.

언뜻 보면 베카가 악마의 사주를 받아 자해하고 자기 눈을 파낸 후 철문에 스스로를 매단 것처럼 보이겠지만, 나는 그녀가 살해되었다는 것을 안다.

애슐린이 카밀을 죽이고, 베카를 죽였다.

그녀의 부모와 내 어머니를 죽였듯이.

애슐린은 나도 죽일 것이다. 그녀의 손에 돈이 들어오면.

눈물이 하염없이 볼을 타고 흘러내렸다. 나는 눈물을 닦지도, 감추지도 않았다.

애슐린이 한 짓이다.

모두 애슐린이 한 거다.

더 이상 내 생각만 하고 있을 수는 없다. 애슐린은 미쳤다. 멈추게 해야 한다.

그녀가 무슨 짓을 할 수 있는지 생각해야 한다. 지금까지 무슨 짓을 했는지 보란 말이다. 내가 한 짓은 애슐린에 비할 바가 못 된다. 나는 그저 거짓말을 했을 뿐이다. 애슐린은 살인자다. 그녀를 늑대의 먹이로 던져주어야 한다.

'네가 반을 받는 거야.'

내 마음 깊은 곳에서 작은 목소리가 속삭인다.

'무슨 일이 일어나든 데미언 카의 자산 절반을 받으면 너는 어디서든 살 수 있고, 무엇이든 할 수 있어. 더 이상 잃을 게 없잖아.'

학장은 마치 내가 혀 두 개로 말을 하기라도 하는 듯 쏘아보았다.

나는 허리를 펴고 몸을 똑바로 세웠다. 그러니 학장보다 머리 하나는 더 커 보였다. 그 단순한 동작 하나로도 자신감이 생겼다. 지난 몇 달 동안 나는 너무 구부정하게 숙이고 다녔다. 되도록 작고, 뚱뚱해 보이도록. 애슐린처럼 말이다.

"누가 이런 짓을 했는지 알아요. 우리는 위험해요. 모두 안으로 들어가고, 학교로 통하는 터널을 막아야 해요."

"지금 무슨 말을 하는 거지? 누가 이런 짓을 했는데?"

학장이 신경질적으로 물었다.

"제 말을 믿어주세요. 제발."

학장은 꼼짝도 하지 않았고, 경찰서장은 학장 옆에 복수의 사자처럼 서 있었다. 그 옆에는 루미도 있었다.

"루미……."

내가 그의 이름을 중얼거리자마자 서장이 흥분했다. 모든 것이 순식간에 일어났다.

"루미가 했단 말인가? 루미를 지목하는 거야?"

서장이 큰 소리로 외치는 통에 모여 있던 아이들이 들었고, 무리 중에서 웅성거리는 소리가 나기 시작하더니 몇 명이 "루미를 잡아라"고 소리쳤다.

루미가 하얗게 질린 얼굴로 다급하게 외쳤다.

"나는 이 일과 아무 상관 없어요."

학장이 앤서니 서장의 팔을 잡으며 말했다.

"루미는 나하고 같이 있었어요, 앤서니. 그는 아니에요. 베카는 원래부터 문제가 있었어요. 그 애 어머니가 보내온 편지와 이메일, 그리고 정신과 의사의 소견서도 있어요. 커티스 상원의원도 자기 딸에 대해 걱정이 많았고요. 그래서 나에게 의사의 소견서를 보냈던 거고요."

서장과 학장은 내 말을 거의 듣지 않았다.

"아니, 아니에요. 베카는 자살한 게 아니에요. 그건 절대 아니에요. 제발 제 말을 들어주세요. 이렇게 밖에 있으면 안 돼요. 학장님과 조용히 얘기할 수 있을까요?"

그렇지만 이미 일을 그르친 뒤였다. 구드의 학생들은 이 잔혹한 사건을 논리적으로 설명할 수 있는 근거가 필요했다. 악명 높은 캠퍼스 살인 사건을 저지른 범인의 아들인 루미 레이놀즈는 완벽한 표적이었다. 루미가 베카를 죽였든, 베카가 루미 때문에 자살했든 이미 종은 울렸고, 성난 무리는 피의 대가를 부르짖고 있었다.

앤서니 서장은 이미 한 손을 수갑에 얹고 있었다.

루미는 충격에 빠진 표정으로 고개를 저었다.

나는 상황을 바로잡아야 한다는 생각에 모두 들을 정도의 큰 소리로 외쳤다.

“아니에요, 서장님. 오해예요. 루미는 아니에요. 제발, 우리 모두 안으로 들어가면 안 될까요?”

이번에는 그가 내 말을 들은 것 같았다.

“루미가 한 짓이 아니라는 거야?”

“네, 아니에요. 하지만 어떻게 된 일인지 알 것 같아요. 이야기가 좀 복잡해요. 우선 모두 안전하게 실내로 들어가는 게 좋겠어요.”

검은 눈의 여자 경찰이 도착하고 선생들도 나와 있었다. 애슬로 교수와 메디아 교수도 창백한 얼굴로 눈물을 글썽이며 서 있었다. 손으로 입을 가린 채. 학장이 그들에게 가서 몇 가지 지시를 했다. 그러고는 돌아서서 나에게 걸어왔다. 내가 미국에 온 후로 늘 친절하고 다정하게 감싸주던 학장의 모습은 사라지고, 분노로 이글거리는 눈빛을 가진 발키리로 변해 있었다.

“나랑 얘기 좀 하자.”

학장이 내 팔을 잡고 차로 끌고 갔다.

“뒷문으로 들어가자.”

당연하다. 정문으로 들어갈 수는 없지 않은가.

“루미?”

학장이 강아지를 부르듯 루미를 불렀다.

루미의 눈빛이 변하더니 고개를 한 번 갸우뚱했다. 마치 ‘네, 학장님. 뭐든 시켜만 주십시오’라고 말하는 것처럼. 그러더니 자동차 열쇠를 학장에게 던지며 단호하게 말했다.

“직접 운전하세요. 나는 형사님들과 함께 수색에 동참할게요.”

"묘지에서 학교로 통하는 터널을 살펴보세요."

내가 그를 향해 소리쳤다.

"그녀가 그 터널로 들락거렸어요."

"그녀?"

학장과 경찰서장, 그리고 수사관이 동시에 물었다.

이제 숨기는 건 아무 의미가 없다. 더 이상 숨길 수도 없다. 이제 다 털어놓아야 한다.

"내 동생 말이에요."

내가 말했다.

"진짜 애슐린 카."

79

언니

"네가 애슐린 카잖아."

학장이 미간을 찌푸리며 혼란스러운 표정으로 말했다. 그러다 뭔가 깨달은 것 같았다. 역시 그 애를 사칭하고 있었던 건가? 그렇다면 알고 있었단 말인가?

"아니요. 이 아이의 이름은 알렉산드리아 파인이에요."

케이트 우드가 대답했다.

"이 아이가 애슐린 카의 이복언니입니다."

학장은 충격을 받은 표정이었으나 서장은 무표정한 얼굴로 나를 보고 고개를 끄덕였다.

"케이트가 그동안 런던 광역경찰청과 연락을 주고받아서 알고는 있었다. 하지만 너에게 직접 듣고 싶구나."

더 이상 선택의 여지가 없다.

"네, 저는 알렉산드리아 파인입니다. 제 말을 꼭 들어주셔야 해요. 애슐린은 몹시 위험한 아이에요. 모두의 생명을 위협할 수 있어요. 제발, 학장님, 집무실로 가면 안 될까요? 제가 다 말씀드릴게요. 저……
저는 베카의 모습을 보고 있을 수가 없습니다."

학장이 서장을 쳐다보았다.

"들어가요. 나도 곧 뒤따라갈 테니."

서장이 말했다.

학장의 벤틀리에 탔다. 오래된 가죽과 가솔린 냄새를 맡으니 비로소 안전하다는 느낌이 들었다. 피와 악취, 공포로 오염된 바깥에 있는 것보다 훨씬 좋았다.

학장이 차 문을 거칠게 닫았다. 차 안에는 우리 두 사람뿐이었다. 고급스러운 차 안의 안락한 공간에서 비현실적인 밖을 내다보는 것 같았다. 학장은 나를 보지 않고 정면을 바라보며 물었다.

"어젯밤에 어디 갔었지?"

나는 등에 멘 가방을 가리키며 말했다.

"숲에요. 도망갔어요. 더 이상 버틸 수가 없어서요. 베카가……."

나는 흐느끼듯 숨을 쉬었다. 그러고는 다시 목청을 가다듬고 말을 이었다.

"서장님과 수사관님이 오실 때까지 기다리는 게 좋지 않을까요? 이야기가 좀 길고 복잡해서요."

"좋아."

학장은 시동을 걸고 기어를 바꾼 다음 학교 뒷문으로 갔다. 두 개의 범죄 현장이 생생하게 떠올랐다. 종탑 아래 죽어 있던 룸메이트와 정문에 죽어 있는 애인.

애슐린은 내가 빠져나갈 수 없다는 사실을 보여주려고 한 것이다.

학장이 본관 뒤편 경비실 옆에 주차하고 안으로 들어갔다. 나도 학장의 뒤를 따라갔다. 뒤에서 보기에도 학장의 어깨에 긴장감이 서려 있었다. 그제야 학장이 머리를 길게 풀어 내렸다는 것을 깨달았다. 화장기 없는 얼굴에 청바지와 스웨터, 운동화 차림이다. 입술 언저리와 회색 눈가의 실주름만 아니면 학생이라고 해도 믿을 정도다.

평소와 같은 샤넬 정장 차림이 아니다. 자다가 연락을 받고 뛰어나온 게 분명하다.

'루미는 나와 함께 있었어요.'

학장은 루미와 밤을 보낸 것이다.

어떻게 그런 일이. 학장과 루미가. 상상도 못 했던 일이다.

순간적으로 베카가 알면 뭐라고 할까 하는 생각이 스쳤다. 그러자 곧 가슴 한가운데 화살이 꽂히듯 예리한 통증이 느껴지면서 나도 모르게 헉 하고 숨을 멈췄다. 내가 베카를 죽인 거다. 내가 카밀을 죽인 거다. 내가 모두를 죽게 했다. 내 잘못이다. 내가 조금만 더 용감했더라면. 애슐린이 위험한 계획을 말했을 때 강경하게 싫다고 했더라면 이들은 죽지 않았을 것이다.

집무실에 들어가자마자 학장이 나를 자리에 앉히고 진실을 털어놓으라고 다그칠 줄 알았다. 하지만 학장은 화장실로 갔다. 잠시 후 화장실 안에서 소리를 지르는 것 같았다. 크게 들리지는 않았지만 나도 화가 머리끝까지 치밀어 오를 때 그런 적이 있다. 수건을 접어 입에 물고 세상의 부당함에 분노하면서 악을 썼다. 화장실 물 내리는 소리가 나더니 학장이 훨씬 맑은 눈빛으로 돌아왔다.

"차 마시자."

학장이 말했다.

"다른 사람들이 오기 전에 물어볼 게 있어. 그 사진들을 왜 나한테 보낸 거지? 나를 협박할 생각이었니?"

"제가 보낸 게 아니에요. 학장님이 제 방에서 핸드폰을 찾았다고 파이퍼가 그러던데, 제 핸드폰이 아니에요. 애슐린 것이 분명해요. 모두 애슐린이 한 짓이니까요."

"어떻게 알아?"

"학장님이 보여주신 이메일은 제 계정 중 하나에서 발송된 거예요. 애슐린과 저는 비상시에 연락을 주고받으려고 이메일 계정을 몇 개 만들어두었거든요. 애슐린이 핸드폰으로 그 계정에 로그인해서 임시 보관함에 메시지를 넣어두었던 것 같아요. 제가 이메일을 열자마자 뭔가 전송되었거든요. 그런데 보낸 메일함에는 없는 거예요. 불안해서 그 이메일 주소를 없애버렸어요."

"그 사진과 함께 온 메시지를 복구할 수 있니?"

"아뇨. 완전히 삭제되었어요."

학장이 안도의 한숨을 쉬고 차를 준비하러 갔다.

무슨 생각을 하는지 알 것 같았다.

"그 일은 말하지 않을게요."

학장이 나를 보지 않은 채 고개를 끄덕였다.

마음이 너무 아팠다. 내 소중한 삶을 필사적으로 잡고 싶지만 그럴 수가 없다. 애슐린을 잡아야 하니까. 그녀를 막아야 한다. 죗값을 치르게 해야 한다.

잠시 여유가 생기니 생각을 정리할 수 있었다. 어디서부터 이야기를 시작해야 할지 알 것 같았다.

서장이 허겁지겁 들어오고, 곧이어 그의 조카가 따라 들어왔다.

"어떻게 되어가고 있나?"

"지금 막 차를 만들고 있었어요."

학장은 차분히 말했지만 내게 찻잔을 건네려고 돌아섰을 때 그녀의 표정은 공포에 질려 있었다. 서장이 마치 내가 도끼를 든 살인마라도 되는 듯 뚫어지게 노려보며 말했다.

"말해봐."

나는 이야기를 시작했다.

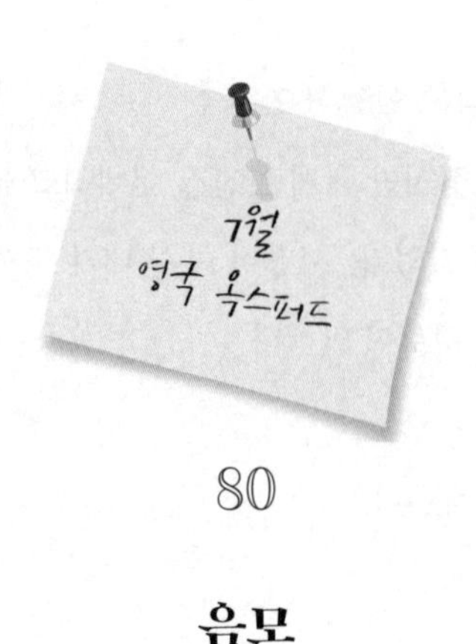

80

음모

가게 앞 유리 너머로 애슐린의 모습이 보였다. 진흙투성이 닥터 마틴 부츠를 신고 가방을 덜렁거리며 걸어오고 있었다. 오늘도 사유지 내 들판을 가로질러 마을로 내려온 것이다.

옥스퍼드의 거리는 관광객들로 북적였다. 대학 캠퍼스를 구경하거나 C. S. 루이스의 자취를 따라가려는 사람들. 영화 〈해리 포터〉와 〈마녀를 찾아서〉라는 TV 프로그램 촬영지를 가보거나 도시의 문화와 아름다운 건축물을 감상하려고 모여든 사람들. 이곳에 왔으니 영국의 정통 차를 맛보지 않을 수 없고, 덕분에 가게는 아침부터 바빴다.

애슐린은 오늘따라 정신이 반쯤 나간 듯 멍해 보였다. 약에 취해 있거나 요즘 또다시 식사를 제대로 하지 않는 것 같기도 했다. 그런 애슐린의 모습을 나는 한눈에 알아볼 수 있었다. 엄마 거트루드도 기분이 가라앉을 때면 늘 그러니까. 가게 위층에 있는 우리 아파트 소파에 앉아 마리화나와 각종 환각제를 피우거나 흡입하거나, 다른 방법으로 약에 취해 남루한 우리의 삶에서 도피하곤 한다. 엄마와 애슐린이 거래하는 딜러는 같은 사람일 것이다. 케빈이라는 개자식. 턱 밑에 불그스름한 수염이 듬성듬성 난 민머리의 그는 가게에서 어슬렁거리며 이웃의 마약 중독자들에게 약을 공급한다.

한숨이 저절로 나왔다. 애슐린은 요즘 부쩍 수상하다. 허황된 계획을 세우기도 하고 뭔가 음모를 꾸미고 있는 것 같기도 하다. 오늘도 아버지에게 맞은 걸까? 당연히 그럴 것이다. 난 그런 애슐린에게 가끔 연민을 느낀다. 엄마는 늘 약에 취해 있을망정 나를 사랑한다. 영원히 이 비참하고 추한 삶을 살아가야 한다는 것이 어떤 것인지는 잘 모르겠지만 말이다.

애슐린은 모든 것을 다 가졌다. 세상이 그 애의 발아래 있다고 해도 과언이 아닐 정도로. 부와 미모, 지성까지. 물론 약에 취해 있지 않을 때 그렇다는 것이다. 게다가 부모는 애슐린의 일에 전혀 상관하지 않는다. 그저 입 다물고 주어진 삶에 순응하면서 학교에 잘 다니고, 아버지 면전에서 성질을 돋우지만 않으면, 애슐린은 세상을 모두 가질 수 있다. 애슐린 같은 아이에게 스물다섯이라는 나이는 마법처럼 찬란하다. 어마어마한 유산을 물려받아 어디든 가서 뒤돌아보지 않고 살 수 있다. 그때까지 머리를 숙이고 죽은 듯이 지내면 될 것을 왜 그러지 않는지 도저히 이해할 수 없다. 나라면 무엇이든 시키는 대로 할 것이다. 아버지도 없이 마약 중독자 엄마와 이 거지 같은 감자튀김 가게에 틀어박혀 평생을 허비하지 않고, 학교에 가서 제대로 된 교육을 받을 것이다.

그런데 애슐린은 틈만 나면 자기 아버지의 성미를 건드린다. 그래서 내가 필요하다.

내가 컴퓨터를 다룰 줄 알아서 참 다행이다. 돈은 큰 문제가 아니다. 그동안 엄마 몰래 돈을 좀 모았다. 그리고 요즘 내가 무엇을 하며 살아야 할지 생각해보기 시작했다. 인정하고 싶지는 않지만, 언젠가 엄마는 결국 약물 과다로 생을 마칠 것 같다. 그렇게 되면 나는 이 아파트 월세를 내기 위해 아르바이트를 몇 개씩 하며 아등바등 살아야 한다. 대학 문턱에도 가보지 못하는 나의 비애를 곱씹으며, 학기가 바뀔 때마다 대학생들이 개강을 맞고 종강을 하는 것을 지켜보면서. 옥스퍼드 대학의 등록금은 지독히도 비싸다. 나 같은 아이는 도저히 감당할 수 없다.

하지만 데미언 카의 삶을 살아 있는 지옥으로 만드는 데 일조한 대가로 애슐린에게 받은 돈, 상당한 액수의 현금이 아니면 나는 이곳에 꼼짝없이 갇힐 수밖에 없을 것이다. 영원히.

애슐린이 창가에 자리를 잡고 앉았다. 나는 찻주전자와 스콘, 그리고 잼을 가지고 애슐린에게 갔다. 애슐린이 활짝 웃는데 왼쪽 어금니 빠진 자리가 보였다. 몇 주 전에 그녀가 불같은 아버지의 성질을 또 건드렸다.

"너도 앉아서 잠깐 쉬어."

"오늘은 시간이 없어, 애쉬. 엄마가 좀 아파. 지금 나 혼자 일하는 중이야."

"걱정 마. 넌 아무것도 안 해도 돼. 그냥 내 얘기 듣기만 하라고."

애슐린은 눈이 충혈되기는 했지만 기분이 좋아 보였다. 약간 들떠 있는 것 같기도 했다. 애슐린에게는 늘 약간의 광기 같은 것이 있었다. 처음 그녀의 존재를 알게 된 날부터 그랬다. 조니의 장례식이었다. 지금도 생생하다. 바로 그날 엄마는 처음으로 우리의 삶에 대해 말해주었다.

'이 얘기는 아무에게도 하지 마. 너만 알고 있어. 나에게 무슨 일이 생기면 그들을 찾아가. 그들에게 너의 혈액 검사를 해보라고 해. 그럼 그들이 너를 돌봐줄 거다.'

그때는 엄마가 무슨 말을 하는지 몰랐다. 결국 엄마는 약에 취해 영원히 잠들었다. 정상적인 가정에서 태어났다면 아름다웠을 그녀의 기억들도 영원히 사라졌다. 그제야 나는 엄마의 말이 무슨 뜻인지 알았다.

애슐린과 나는 놀라우리만치 닮았다. 물론 애슐린은 그저 우연이라고 생각한다. 하긴 애슐린이 달리 어떻게 생각하겠는가? 나는 쓸모없는 마약 중독자의 딸이다. 나는 고작 차와 감자튀김을 파는 가게 점원이고, 그녀는 부와 명예를 가진 집안의 딸이다.

전자가 후자를 섬기는 상황이 아니고서는 두 사람은 결코 만날 일이 없다.

조니의 장례식에서 처음 본 애슐린을 기억한다. 침통한 표정을 짓고 있는 사람들을 기웃거리고, 묘지를 바라보다가 엉뚱한 순간에 웃기도 하고, 코트 주머니에 손을 넣은 채 사람들 사이로 이리저리 돌아다니던 모습. 그때도 상황에 맞지 않는 행동들이 특징적으로 두드러졌다.

그 후로 나는 애슐린의 성격을 탐구한 끝에 어쩌면 그녀가 경계성 인격장애를 앓고 있는데 제대로 치료하지 않았다는 것을 알게 되었다. 하지만 그렇게 예측할 수 없는 애슐린은 내게 친구 같은 아이다. 즐겁고 행복할 때 애슐린은 하늘의 종달새도 매혹시킬 만큼 매력을 뿜어낸다.

"네 엄마는 어딨어?"

"침대에. 아마 그럴걸."

아니면 약을 구하러 나갔을 수도 있지만 그 얘기는 하지 않았다. 지난 몇 달 동안 엄마가 더 자주 환각 상태에 빠졌다.

"일은 언제 끝나?"

"5시에 쉘리가 올 거야."

"그럼 5시에 보자. 그렇게 겁먹은 얼굴 하지 마. 나를 믿어. 내가 네 꿈을 이루게 해줄 테니까. 가봐. 손님들 기다린다."

내 꿈을 이루게 해준다고. 맙소사, 애슐린. 또 무슨 일을 꾸미는 거야?

81

거래

“엄마 아빠가 나를 미국에 있는 학교에 보내려고 해. 하지만 나는 가기 싫어. 너는 공부하고 싶다고 했잖아. 너무 좋은 기회 아냐? 너는 내가 되고, 나는 네가 되는 거지. 그럼 우리 둘 다 각자 원하는 걸 가지게 되는 거야.”

나는 눈을 동그랗게 뜨고 고개를 저었다.

“안 돼. 그건 안 돼. 난 못 해.”

“할 수 있어. 넌 나랑 똑닮았잖아. 그리고 너는 똑똑하니까. 다우닝 스트리트(영국 총리 관저가 있는 곳으로 영국 총리와 정부를 가리킨다. ─ 옮긴이)에 아버지의 사진을 보냈을 때도 사람들이 네가 보냈다는 걸 아무도 알아내지 못했어. 그리고 너는 데이터베이스에서 무엇이든 바꿀 수 있잖아. 우리 엄마는 신경 쓰지도 않을 거고, 이런 말 하기는 미안하지만 너희 엄마는 구제 불능이고. 그동안 내가 모아둔 돈이 있어. 절반을 줄게. 그걸로 유산을 상속받을 때까지 버틸 수 있을 거야. 아버지는 나를 골탕 먹이려고 상속 조건에 학위 조항을 넣은 거야. 난 알아. 아버지는 날 미워하니까. 대학 학위를 따야 상속하겠다니 너무 일방적인 처사 아냐. 하지만 내가 바꿀 수는 없잖아. 그리고 또 누가 알아? 아버지가 너한테도 뭘 좀 남겨줄지. 너의 엄마한테 애틋한 마음이 있는 것 같더라고."

애슐린은 이렇게 말하면서 원망하는 눈빛으로 나를 보았다. 애슐린이 자기 아버지와 우리 엄마의 관계를 캐고 싶어 하는지도 모른다는 느낌이 들었다. 데미언 카라는 사람을 증오하면서도 나는 애슐린의 말에 잠시 기대에 부풀었다. 그러나 나는 그런 마음을 애써 털어버렸다. 데미언 카에게 어떤 것도 받고 싶지 않았다. 내가 원하는 것을 그가 해줄 수 없다. 나를 딸로 인정하는 것도 내가 원하는 것 중 극히 일부에 지나지 않는다. 나는 아버지의 사랑을 받고 싶었다. 이복동생 애슐린이 미워하는 내 아버지의 사랑을 말이다.

"난 못 해, 애슐린. 그건 범죄야. 절대 못 해."

"할 수 있어. 나를 수호천사라고 생각해. 네가 지금까지 꿈꿔 왔던 모든 것을 이루게 될 거야. 공부도 하고, 이 지옥 같은 삶을 떠나는 거지. 너는 이제 신데렐라가 되는 거야."

나는 아파트를 돌아보았다. 애슐린의 말은 틀리지 않았다. 쓰레기 처리장이었다. 희망이 보이지 않았다. 부자 남편을 만나는 건 차치하고, 이 아파트를 벗어나기도 불가능해 보였다. 내 꿈은 부자 남편을 만나는 게 아니다. 공부를 하고 싶다. 무언가를 창조하는 삶을 살고 싶다. 학교에 다니고 싶은 마음이 너무 간절해서 늘 마음이 저렸다.

그런데 지금 애슐린이 나의 꿈을 이룰 수 있는 제안을 했다.

문제는 내가 애슐린을 신뢰할 수 없다는 것이다.

"내가 너의 신분을 가지면…… 너는 어떻게 되는데, 애슐린?"

그러자 애슐린은 메리 포핀스처럼 한 바퀴 빙그르르 돌았다.

"자유. 내가 원하는 자유를 누리며 사는 거지. 익명의 카페 종업원 알렉산드리아 파인이 되어서 세상을 마음대로 떠도는 거야. 빌어먹을 학교도 가지 않고, 아버지의 학대도 받지 않을 거야. 너는 귀족의 사랑스런 딸 애슐린 카가 되어 미국에 있는 학교로 가고."

"하지만 실행에 옮길 방법이 없잖아."

"있지 왜 없어. 조니가 죽은 후로 내 사진이 언론에 노출된 적이 없어. 이렇게 자란 내 모습을 아는 사람이 없다는 거야. 엄마가 어떻게든 나를 숨기려고 했으니까. 이 동네에서는 혹시 모르지만, 아버지가 홧김에 도시를 해고했거든. 내가 말했던가? 도시가 자기 물건에 손을 댄다고 생각한 거지. 사실은 내가 한 짓인데. 미국에서는 네가 내가 아니라는 걸 알 만한 사람이 아무도 없어."

애슐린의 말을 듣는 동안 가슴이 너무 두근거려서 손을 대고 진정시켜야 했다.

"이성적으로 생각해봐, 애슐린. 신체적인 차이는 그렇다 치고, 나이가 다른 것도 그렇다 쳐. 하지만 입학 면접을 본 건 너잖아. 그 학교 학장이 너를 봤잖아. 네가 학장하고 면담하는 거 나도 다 들었어."

"바로 그거야. 내가 면접 보는 날 너도 거기 있었잖아. 그러니까 내가 뭐라고 했는지 다 알고 있겠지. 넌 기억력이 좋아서 정확히 다 기억할 거라고."

애슐린의 집에 간 적이 있다. 애슐린이 피치 못할 사정으로 케빈이 있는 곳까지 올 수 없는 날이었다. 내가 가게에서 일을 끝내고 나오려는데 케빈이 사정하며 매달렸다. 제발 애슐린에게 약을 배달하고 돈을 받아달라고. 나는 애슐린의 집에 가기는 싫었고, 약을 배달하는 건 더더욱 싫었다. 케빈은 60파운드(약 10만 원)를 주겠다고 했다. 그날따라 팁을 별로 받지 못해 수입이 적었던 터라 나는 그의 부탁을 들어주기로 했다. 참 기이하고 운명적이었다.

애쉬는 약 꾸러미를 받아 들고 바로 포장을 뜯어 흡입했다. 그러고는 컴퓨터 앞으로 가서 자기가 가야 할 학교의 학장과 면접을 봐야 하는데 잠깐 기다리면 돈을 주겠다고 했다. 그래서 면접 내용을 모두 듣게 된 것이다.

"하지만 우리는 목소리도, 생김새도 같은 사람이라고 착각을 할 정도로 닮지는 않았어."

"아냐, 닮았어."

애쉬는 나를 잡아끌고 화장실로 가서 깨지고 얼룩진 거울을 들여다보며 말했다.

"봐. 보라고. 자매라고 해도 될 정도잖아. 코와 눈. 네가 입술은 나보다 두껍고 얼굴은 좀 더 갸름하지만 이 정도면 충분해."

나는 사실 우리가 자매라고 말하고 싶었다. 데미언 카는 내 아버지이기도 하다고. 그러나 말하지 않았다. 그런 말도 안 되는 생각을 하는 나 자신을 이해할 수 없었다.

"키도 내가 더 커. 그리고 불쾌하게 생각하지는 마. 내가 더 날씬해."

"그래, 네가 더 크고 말라깽이야. 하지만 아무도 눈치채지 못할 거야. 면접 때 나는 앉아 있었고, 아버지의 미디어 혐오증 때문에 내 사진이 언론에 노출된 적도 거의 없어. 그리고 너는 나에 대해 거의 다 알고 있어. 어릴 때부터 가까이 지냈잖아."

"그럼 피아노는? 학장이라는 여자가 극장 감독이 너를 가르칠 거라고 했잖아."

"너도 피아노 배웠잖아. 칠 줄도 알고."

"하지만 너처럼 치지는 못해. 너는 마법의 손을 가졌잖아."

애슐린은 정말 피아노를 잘 친다. 나는 절대 흉내 낼 수 없을 정도로. 이건 절대 안 될 일이다. 미친 짓이다.

애슐린이 조금 부드러운 목소리로 말했다.

"그건 내가 도와줄게. 연습이 좀 부족한 것처럼 보일 정도로만 치면 돼. 내가 가르쳐줄게."

"서류도 꾸며야 하잖아. 증빙서류 말이야. 나는 열아홉 살이고, 누가 봐도 나이 들어 보이는데 어떻게 열여섯 살인 척하냐고?"

"네가 정말 몇 살인지는 아무도 몰라. 신분증과 여권을 새로 만들면 되니까. 방법은 네가 알고 있다며."

"카페에 오는 손님 중에 그런 일을 할 수 있는 사람이 있다고 했지. 내가 직접 할 수 있는 건 아니야."

"그것 봐. 완벽하잖아."

"그럼 얼마나 오랫동안 그렇게 살아야 하는데, 애슐린?"

내가 절대 밝힐 수 없는 내 동생, 애슐린이 미소 지으며 말했다.

"영원히. 너한테는 기회야, 알렉산드리아. 우리는 삶을 바꿔 사는 거야. 너는 여기를 벗어나서 늘 꿈꿔 오던 삶을 살아."

"그럼 우리 엄마는? 엄마는 어떡해? 엄마가 이 계획에 순순히 따라 줄 것 같아?"

애슐린은 일어나더니 굽이 두꺼운 부츠를 신은 채 거실 한가운데를 쿵쿵거리며 걸어 다녔다. 세어보려는 것은 아니었지만 다섯 걸음 정도 되었다.

"너희 엄마는 마약 중독자야. 우리 엄마도 마찬가지고. 우리 엄마는 돈 중독, 너희 엄마는 헤로인 중독. 엄마가 이런 삶을 얼마나 오래 버틸 것 같아? 나중에 네가 눈물 흘리며 슬퍼할 때 아무도 닦아주지 않을 거야. 그러니까 지금 현명하게 판단해야 해. 너희 엄마는 그 주삿바늘을 버리지 못할 거고, 언제 저세상으로 갈지 몰라. 이건 우리 둘에게 너무나 완벽한 계획이잖아. 인생을 서로 바꿔 사는 거야. 너는 네가 원하는 걸 갖고, 나는 아무도 모르는 곳으로 사라지는 거지."

애슐린의 말을 들으면 너무도 쉬울 것 같았다. 할 수 있을 것 같았다.

"좋아. 그렇게 한다고 쳐. 그래도 해결하기 어려운 문제가 있어. 너희 부모님은 어떻게 속이지?"

그 순간 애슐린의 입가에 미소가 번졌다. 나는 팔에 소름이 돋았다. 뭔가 섬뜩한 느낌에 목덜미의 솜털이 곤두서는 것 같았다.

"그건 내가 알아서 할게. 10분만 혼자 있게 해줘. 그럼 될 것 같아."

82

처단

죽음의 냄새는 지독했다. 구역질이 올라오는 것을 억지로 참았다. 정신을 차려야 한다.

'애슐린, 대체 무슨 짓을 한 거야?'

데미언 카는 딱 봐도 이미 목숨이 끊어져 있었다. 화색이라곤 전혀 없이 창백하고 밀랍처럼 딱딱했다. 입에서 턱으로 구토의 흔적이 남아 있었다. 바지에 배변도 한 상태였는데 악취가 나는 건 그 때문이기도 했다. 그리고 피 냄새. 그러나 피는 데미언의 것이 아니었다.

실비아는 의자에 기대듯 쓰러져 있었다. 고통에 몸부림치는 눈빛으로. 총알이 동맥을 관통했는지 피가 그녀의 실크 드레스를 흠뻑 적시고 쪽마루 바닥으로 떨어지고 있었다.

그녀는 나를 보자 도움을 청하듯 손을 들어 올렸다. 힘겹게 입술을 움직이는 것이 말을 하려는 것 같았지만 창백한 입술에서는 아무 소리도 나오지 않았다. 그러더니 눈동자가 뒤로 넘어가면서 앞으로 쓰러졌다.

그제야 애슐린이 커튼 옆에 서 있다는 것을 알았다. 얼굴에 희미한 미소를 띤 채 장갑을 벗고 있었다.

"네가 어머니를 쏜 거야?"

내가 두려움에 질려 겨우 물었다.

"어쩔 수 없었어. 일을 어렵게 만들잖아. 스카치에 부서 넣은 약을 먹지 않으려고 해서 말이야. 아버지는 먹었어. 저것 봐!"

다시 그를 보고 싶지 않았다. 하지만 그의 마지막 모습이 내 기억 속에 영원히 새겨지고 말았다.

"증거가 너무 많아, 애슐린. 넌 잡히고 말 거야."

"우리가 잡히는 거겠지, 알렉산드리아. 내가 아니라. 너도 처음부터 이 계획에 동참했다는 거 잊지 말라고. 하지만 우린 잡히지 않아. 이 장면은 네가 생각하는 그대로야. 실비아가 데미언을 죽인 거지. 독살한 거야. 그런 다음 광란의 상태에서 자살한 거야. 걱정 마. 실비아의 손에 약가루가 묻어 있으니까. 네가 실비아의 맥박 좀 짚어볼래? 오래 걸리진 않을 거야."

애슐린은 미쳤다. 몇 달 전, 아니 몇 년 전부터 그런 느낌이 들긴 했는데 정말로 미친 거다.

"싫어. 손대고 싶지 않아. 죽인다는 말은 안 했잖아. 경찰을 불러야겠어."

다음 순간 총구가 내 얼굴을 향했다. 애슐린은 그렇게 나를 벽으로 밀어붙이고 말했다.

"내가 전화하라고 하기 전에 경찰에 전화하면 난 이 모든 각본이 네 머리에서 나왔다고 말할 거야. 네가 우리 가족에게 원한을 품었다고. 왜냐하면 우리 가족이 이 화려한 저택에서 풍요롭게 사는 동안 넌 천박한 생활을 해야 했으니까. 경찰이 누구 말을 믿을 것 같아? 너? 너와 마약 중독자 엄마? 아니면 고결한 귀족의 딸인 나?"

애슐린이 얼마나 절묘하게 나를 끌어들였는지 비로소 알 것 같았다. 그렇게 겁에 질려 있지 않았더라면 그녀의 천재성에 경의를 표했을 것이다.

애슐린이 권총을 바닥에 던졌다.

"넌 이제 자유야, 알렉산드리아. 나도 그렇고. 네 역할만 잘해내면 아무 문제 없을 거야. 자, 이제 준비해. 몇 가지만 더 처리하면 너는 내가 되는 거야. 정원에 있다가 총소리를 듣고 들어와 보니 이런 상황이 벌어져 있었던 거지."

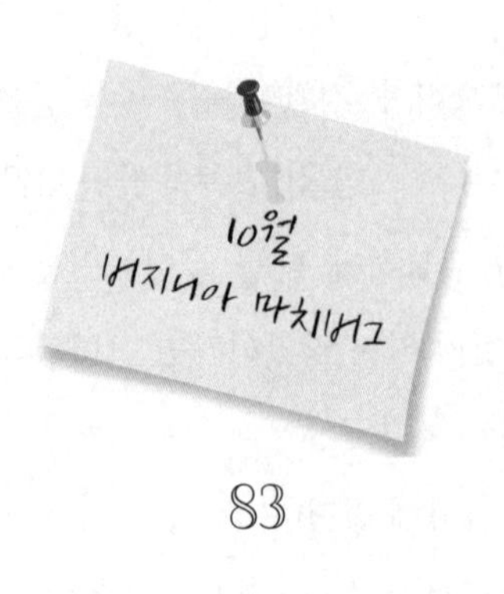

83

자백

“그때부터 애슐린으로 살기 시작했어요. 충격을 받아 넋이 나간 척하기는 어렵지 않았어요. 실제로 그랬으니까요. 경찰에는 절망에 빠진 데미언이 자살한 것 같다고 했죠. 실비아에게 정신병자 딸이 저지른 살인죄까지 뒤집어씌우는 건 아니라고 생각했어요. 며칠 뒤에 집에 돌아가 보니 소파에 엄마가 죽어 있었어요. 팔에는 주삿바늘이 꽂혀 있었고요. 애슐린이 한 짓인지, 아니면 그저 엄마의 명이 다한 건지는 알 수 없었지만 아무튼 모두 죽은 거예요. 주사위는 던져졌고, 애슐린의 엄청난 계획을 따르는 수밖에 없었어요. 그런 저에게 학장님이 정말 큰 힘이 되어주셨어요. 진심으로 걱정하고 염려해주셨으니까요.”

그 순간 포드는 그 어느 때보다 절실하게 구드로부터 도망치고 싶었다. 하지만 지금 달아날 수는 없었다. 베카 커티스가 왜 저렇게 철문에 매달려 있어야 하는지, 편안히 땅에 눕혀지기 전에 왜 그렇게 매달린 채로 사방에서 사진을 찍혀야 하는지 알아내야 했다.

무슨 일이 있었기에 지금 애쉬 칼라일이 자신의 집무실에서 창밖을 내다보며, 지금까지 들어본 적 없는 엽기적인 이야기를 하고 있는 건지 알아내야 했다.

아니, 이 아이는 애쉬가 아니다. 지금까지 우려하던 바로 그 가짜, 알렉산드리아 파인이다. 데미언 카의 혼외 자식.

포드는 이 아이의 이야기를 믿어야 할지 알 수 없었다. 애슐린 카가 정말 그 모든 일을 저지른 괴물일까? 아니면 훨씬 더 끔찍한 괴물이 캠퍼스 어딘가에 숨어 있는 걸까? 수풀 어딘가에 그렌들(영국의 고대 서사시 〈베어울프〉에 나오는 반은 짐승 반은 인간인 괴물 – 옮긴이)이 있단 말인가?

"지난여름부터였어요. 애슐린은 학위를 받을 생각은 하지 않고 돈만 손에 넣기로 마음먹은 거죠. 그리고 제가 무엇보다 절실하게 공부하고 싶어 한다는 걸 알고 있었어요. 그런 기회가 절대 오지 않는다는 것도 잘 알고 있었고요. 저는 혼외 자식이니까요. 속수무책으로 본가에서 던져주는 부스러기나 받아먹으며 살아야 하는 인생이었죠. 애슐린이 어디까지 갈지 모르는 채 발을 들여놨어요. 그 애의 상태가 얼마나 심각한지 깨달았을 때는 이미 빠져나올 수 없는 상태였어요. 그저 애슐린의 계획에 따라 움직이면서 되도록 그녀에게서 멀어지는 것이 최선이었어요. 내가 동의하지 않았다면 나도 죽였을 거예요. 동생과 아버지, 어머니를 죽인 것처럼. 그리고 어쩌면 우리 엄마도요. 애슐린이 말하기 전에는 알 수 없지만 그때도……."

창가에서 돌아선 그녀의 얼굴에 굳은 결의가 서려 있었다.

"애슐린이 카밀을 죽였어요. 그리고 베카도요. 자기 계획에 방해되거나 조종할 수 없는 사람은 제거하니까요. 사실은 우리 모두 위험해요."

앤서니 서장은 아직 믿기지 않았다. 강직한 얼굴에 의심의 빛이 역력했다.

"그래서 지금 열여섯 살짜리 여자아이가 신분 도용을 계획하고 여섯 명을 죽였다는 건가?"

"지금까지 여섯 명이죠."

케이트가 조용히 말을 받았다.

"우리가 알고 있는 것 말고 혹시 더 있나?"

"그건 모르겠어요. 애슐린 혼자 그 모든 일을 꾸몄다고 할 수도 없고요. 신분을 바꾸자고 한 건 애슐린이었지만, 직접 뛰어다니며 실질적으로 서류를 꾸민 건 저였으니까요. 하지만 제가 한 일은 그게 전부였어요. 애슐린은 나머지 일은 자기가 처리하겠다고 했어요. 그게 살인인 줄은 상상도 못 했고요. 실제로 애슐린은 제 머리에 총을 겨눴어요. 저에게 선택의 여지가 없다는 걸 분명히 말한 셈이죠."

"왜 경찰에 가지 않았지?"

포드 학장이 물었다.

그 순간 알렉산드리아의 입가에 번지는 미소를 보면서 포드는 가느다란 뱀의 눈이 떠올랐다.

"경찰이 제 말을 믿어줄까요? 애슐린은 사람의 마음을 조종하는 능력을 지녔어요. 그 애는 경찰에 제가 모든 일을 꾸몄다고 했을 거예요. 제가 자기 부모를 죽이고, 자기를 인질로 잡고 있었다고. 어젯밤에 만났을 때도 그렇게 말했어요. 자기가 시키는 대로 하지 않으면 학장님께 제가 자기를 인질로 잡고 있었다고 말하겠다고요."

"너한테 원하는 게 뭔데?"

케이트가 물었다.

알렉산드리아 파인은 자리에 앉아서 찻잔을 들어 한 모금 마셨다. 생각을 정리하는 듯했다. 온순하고 주눅 든 애쉬의 모습은 더 이상 찾아볼 수 없었다. 그 대신 크고 날씬한 체격에 바른 자세로 앉아서 차분하게 자기 이야기에 집중하는 알렉산드리아가 보였다. 포드는 왜 지금까지 잿더미에 묻혀 있는 이 불사조 같은 아이를 알아보지 못했을까?

"돈이죠. 지금까지 항상 목표는 돈이었어요. 애슐린이 자기 아버지가 유언장을 수정했다는 사실을 알게 됐어요. 그래서 제 몫의 돈을 당장 찾아서 자기에게 달라는 거죠."

"그런데 너는 왜 그렇게 하지 않은 거야?"

포드가 궁금하다는 듯이 물었다.

"그러려고 했죠. 변호사가 유전자 검사를 하면 제가 누구인지 밝혀질 테니까. 애슐린에게 제 신분으로 가장해서 변호사를 찾아가라고 했어요. 그럼 제가 컴퓨터를 해킹해서 유전자 검사 결과를 바꿔치기 하겠다고요. 그게 가장 간단할 것 같았어요. 뒤바뀐 신분을 영구적으로 공식화하는 셈이죠. 영화 〈프리키 프라이데이〉와 반대 상황 말이에요. 그럼 아무도 다치지 않고 손해 볼 일도 없어요. 그런데 애슐린은 유산을 나누고 싶지 않은 거예요. 그리고 이성적인 사고를 하지 못하는 것 같아요. 마약을 너무 많이 해서 정신이 병든 것 같아요. 예전에도 정신적으로 문제가 있는 것 같기는 했지만요."

포드는 여전히 믿을 수가 없었다.

"그런데 베카는 왜 죽인 걸까?"

"베카가 저를 힘들게 했으니까요."

알렉산드리아는 이렇게 말하고는 셔츠를 들어서 가슴에 두른 붕대를 보여주었다. 그것을 보는 순간 포드의 입에서 낮은 탄성이 새어 나왔다. 포드의 몸에도 인장이 새겨져 있다. 하지만 아이비바운드가 더 이상 그런 짓을 못 하도록 엄격하게 금지했다. 베카 커티스는 도대체 무슨 생각을 했던 걸까? 포드가 10년 전 학장으로 취임하면서 금지했던 신고식을 모두 되살렸다.

루미는 포드가 너무 순진하다고 했다. 비밀 클럽은 그동안 계속 이런 짓을 자행해왔는데도 포드가 전혀 모르고 있었거나, 아니면 베카는 자기가 무슨 짓을 해도 빠져나갈 수 있다고 자만했거나.

"인장 때문만이 아니에요."

알렉산드리아가 말했다.

"신고식 때문만도 아니고요. 베카는 제 마음을 아프게 했어요. 어제 애슐린은 분노를 쏟아낼 상대가 필요했는데 저를 고문하거나 죽일 수는 없었죠. 돈을 손에 넣을 때까지는 제가 필요하니까요. 그래서 저에게 소중한 사람을 표적으로 삼은 거예요. 그게 바로 베카였고요."

"그런데 제가 가짜라는 걸 어떻게 아셨어요?"

알렉산드리아가 케이트에게 물었다.

"사건 현장 사진을 봤어. 가족의 초상화를 찍은 사진. 그다음에는 그 집에 살았던 사람들 중에 아직 생존해 있는 사람을 찾아서 네가 입국할 때 찍힌 사진을 보여주고 확인했지. 그 집 요리사가 네가 가짜라는 것을 확인해줬어."

"도시군요."

알렉산드리아가 미소를 지으며 말했다.

"도시는 언제나 상냥하고 친절했어요. 제가 갈 때마다 배불리 먹여주었어요. 내가 데미언의 딸이라는 걸 알아서 그런 건지, 아니면 천성이 착한 건지 늘 궁금했어요. 데미언은 도시를 참 모질게 대했어요. 애슐린이 한 짓을 억울하게 뒤집어쓴 피해자예요."

"정말 가슴 적시는 사연이로군. 그런데 애슐린은 지금 어딨지?"

앤서니 서장이 물었다.

"모르겠어요. 어젯밤 묘지에서 만났어요. 2학년 기숙사 복도에서 묘지로 연결된 지하 터널이 있는 거 아세요? 제 방 맞은편 창고에서 계단을 내려가면 터널이 나와요. 애슐린은 그 터널을 통해 기숙사에 드나들면서 음식도 먹고, 숨어 지내기도 하고, 여기저기 기웃거리고, 물건을 훔치고 했던 것 같아요. 그러다 카밀이 제 컴퓨터를 몰래 열어서 비밀을 캐내려는 걸 알게 되었죠. 별로 알아낼 것도 없었는데 말이에요. 그래도 애슐린은 카밀이 뭘 알아냈는지 확인해야 했나 봐요."

"애슐린이 카밀을 죽였다는 거야?"

"네. 논리적으로 그렇게밖에 설명이 안 되거든요."

"애슐린이 너한테 그렇게 말했어? 자기가 카밀을 죽였다고?"

앤서니 서장이 물었다.

"굳이 그런 말을 할 필요도 없었어요. 정확히 어떻게 했는지도 모르고요. 그날 저는 아이비바운드의 소집에 갔거든요. 셔츠가 단서예요. 베카가 저한테 줬는데, 저는 방에 돌아와서 샤워를 하고 난 후에 셔츠를 봤거든요. 15분 정도 샤워하는 사이에 베카가 놓고 갔다고 생각했어요. 그런데 나중에 생각해보니 계속 제 방에 있었을 수도 있겠더라고요. 소집이 있던 몇 시간 동안 애슐린이 제 방에 들어와 셔츠를 가져갔을 수도 있죠. 애슐린이 카밀에게 초대장을 보내 위층으로 유인했고, 저에 대해 무엇을 알아냈는지 확인한 다음, 종탑에서 밀어 떨어뜨렸을 수 있어요. 그런 다음 서둘러 내려와 셔츠를 제 침대 위에 다시 가져다놓은 거예요. 아주 기가 막힌 계획이었죠. 베카와 저, 둘 중 하나가 카밀을 죽인 것처럼 보일 수 있으니까요. 그렇지만 이것도 애슐린이 자백하지 않는 한 확신할 수 없어요."

"이건 정말 너무 기이하고 끔찍한 이야기야, 알렉산드리아."

포드가 말했다. 누구도 상상조차 할 수 없는 기상천외한 이야기였다.

"그래요. 하지만 모두 사실이에요. 더 이상 거짓말할 이유가 없어요."

포드도 그 말을 믿고 싶었다. 그러나 여전히 미심쩍은 부분이 있었다. 뭔가 빠진 것 같았다.

정신병자인 자매의 실종과 그녀의 망령은 너무나 편리한 가설이다. 포드는 뭔가 석연치 않은 느낌을 떨쳐버릴 수 없었다.

"피아노에 대해 말해보자. 너는 더 이상 피아노를 치지 않겠다고 했어. 뮤리얼은 네가 첫 레슨을 받던 날 컨디션이 좀 좋지 않은 것 같다고 했는데."

알렉산드리아는 사실을 증명해 보일 수 있다는 사실에 약간 상기된 듯 미소를 지으며 말했다.

"컨디션이 좋지 않았던 게 아니에요. 저는 정식으로 피아노 레슨을 받아본 적이 없어요. 학교에서 배운 것이 전부였어요. 애슐린이 뮤리얼 선생님의 눈과 귀를 속일 수 있을 정도만 가르쳐줬어요. 애슐린은 피아노를 정말 잘 치거든요. 천부적인 재능을 가지고 있어요. 제가 아주 미흡하게나마 재능이 있는 것처럼 보이기 위해 얼마나 힘들게 연습했는지 아세요? 연습 부족 정도로 보이기 위해서요. 그건 정말 고행이었어요. 하지만 뮤리얼 교수님을 속일 수는 없었죠. 교수님은 곧바로 뭔가 이상하다고 생각했어요. 제가 시작부터 위치를 잘못 짚었다가 한 옥타브를 옮겼을 때부터요. 맙소사, 그런 바보 같은 실수를 하다니. 차라리 처음에 잘못 짚은 대로 연주하다가 교수님이 바로잡아 주시면 그때 고쳤어야 했는데. 아무튼 교수님이 예리하게 지켜보고 있다는 걸 알고는 연주를 멈출 수밖에 없었어요."

그럴듯한 얘기였다. 진실일 수도 있다. 다만 한 가지…….

"그러고 나서 그 선생은 죽었지."

앤서니 서장이 말했다. 포드 역시 같은 생각을 하고 있었다.

"그것도 애슐린 짓인가?"

알렉산드리아가 고개를 숙였다.

"그런 것 같지는 않아요. 그건 정말 안타까운 사고였어요."

과연 이 아이는 거짓말을 하고 있는 걸까? 이렇게 엄청난 거짓말을 꾸며대면서 우리 모두를 속이고 있는 걸까? 아니면 포드는 지금 살인자의 눈을 마주하고 있는 걸까?

그것도 아니라면 이중인격자인가? 잠시 후 또 다른 인격이 매의 발톱처럼 드러나면서 이들의 고통과 번민을 조롱하며 웃음을 터트릴 것인가?

그런데 이 냄새는 뭐지?

84

사고

정말 이런 허무맹랑한 얘기를 믿는 건가?

우린 아직 어린아이들이다. 어리석고 무지한 아이들. 정말 유익한 것이 뭔지도 모르고 자기 꾀에 넘어가 손해를 보는 아이들. 누구보다 자기가 잘났다고 생각하니까. 자기를 둘러싼 환경에 너무나 익숙한 나머지 감사할 줄도 모른다.

알렉산드리아는 먹잇감일 뿐이다. 사슴이 늑대들에게 그렇듯이. 그녀가 악하다고 생각한다면 당신은 아직 나를 만나지 못한 것이다.

사건 현장을 머릿속에 그려본다. 알렉산드리아가 사랑하는 베카의 시신을 보는 순간 무릎을 꿇고 주저앉았다. 그리고 통곡했다. 이를 악물고, 가슴을 치면서.

모두 정문 앞에 모여 웅성거렸다. 너무 멀어서 얼굴이 잘 보이지 않지만 움직임은 보였다. 모두 충격에 빠져 있었다. 차가 한 대 다가왔다. 학장의 벤틀리였다.

잠시 후 차가 학교 뒤쪽으로 갔다. 나는 알렉산드리아의 방에서 복도 맞은편 창고로 옮겨 갔다. 내 은신처이자 출입문. 창문으로 본관 뒤쪽을 보니 학장의 차가 들어와 주차했다. 남자 노리개가 아니라 학장이 직접 운전하고 왔다. 조수석에서 알렉산드리아가 내렸다.

그녀가 모든 것을 털어놓으려나? 아니면 끝까지 내 존재를 덮어주려나?

나는 담배에 불을 붙여 연기를 내뿜었다.

음, 손에 피가 묻었다. 그 계집애를 매달 때 매의 발톱에 낚인 꿩처럼 버둥거려서 그렇다.

나는 사랑하는 언니의 방으로 옮겨 갔다.

베카 커티스를 너무 성급하게 죽였다는 것은 인정한다. 그녀의 죽음이 안타까운 것은 아니다. 알렉산드리아를 괴롭히는 것을 보고 참을 수 없었다. 이제 모든 것이 한꺼번에 터지려나 보다. 하지만 무슨 상관인가? 나는 그들 모두로부터 자유로워질 것이다. 알렉산드리아도 보내줄 것이다. 그 애는 미국으로 가게 되었을 때 정말 기뻐했다. 나를 두고 가면서 뒤도 한 번 돌아보지 않았다. 오로지 앞만 보고 갔다. 오로지 앞만 보고.

오늘 밤 이 방에 와서 잠을 자려나? 자기를 사랑했다고 믿는 베카를 생각하며 자기 몸을 애무하려나?

우리는 늘 사랑하는 사람을 아프게 해, 그렇지?

개뿔!

"이봐! 너 누구야?"

알렉산드리아처럼 키가 큰데 빨간 머리에 주근깨가 있다. 아, 맞다. 기숙사 친구다. 엉덩이까지 내려오는 구드의 체육복 윗도리와 요가팬츠 차림에 분홍색 야구 모자를 쓰고 있다. 모자가 마음에 든다. 저

애 옷차림 전부 마음에 든다. 편안해 보인다. 내가 뺏어 입으면 참 잘 어울릴 것 같다.

나는 사랑스런 구드의 소녀 애슐린이다.

"파이퍼 맞지? 나는 동생이야."

"동생?"

"애쉬 말야. 너도 소문 들어 알고 있을 텐데."

그러자 파이퍼는 어리둥절한 표정을 지었다. 아직 모르고 있는 모양이다.

"너 여기 들어오면 안 돼."

"왜 안 되지? 동생인데. 얼마든지 들어올 수 있어."

"아냐. 안 돼. 넌 우리 학교 학생이 아니잖아. 그러니까 나가줘. 지금 학교에 끔찍한 일이 생겼어. 그러니까 지금 네가 여기 있으면 곤란해."

"아하, 지금 끔찍한 일이 생겼어?"

나는 그녀에게 다가갔다. 그러자 영리한 파이퍼는 망설이지도 않고 뒷걸음질을 쳤다. 더듬더듬 뒤로 물러나 복도 맞은편까지 갔다. 나는 기관차처럼 그녀를 향해 돌진했다. 파이퍼는 허겁지겁 뒷걸음질을 치면서 창고 문을 열고 들어갔다.

그러다 걸려 넘어질 줄 알았다. 바닥에 사다리가 놓여 있으니까. 파이퍼는 뒤로 넘어지면서 바닥에 머리를 사정없이 박았다. 우지끈 소리가 날 정도로.

"어머, 저런. 아팠니?"

아팠던가 보다. 완전히 정신을 잃고 뻗었다.

나는 예쁜 분홍색 모자를 벗겼다. 이왕 손대는 김에 체육복 윗도리도 가져가자.

몇 모금 안 남은 담배를 사다리 끝에 걸쳐놓고 파이퍼의 팔을 잡았다. 생명의 기운이 느껴지지 않아서 마치 사람 크기의 인형을 만지는 것 같다. 몸을 이리저리 굴릴 때마다 팔이 흐느적거렸다. 죽은 자는 무겁다.

드디어 체육복 윗도리를 벗겨 내가 입었다. 따뜻하다. 냄새도 좋다. 무슨 향수인지는 모르지만 바닐라 향이 들어 있는 것 같다. 담배를 다시 집으려고 보니 어느새 마룻바닥에 떨어져 있다.

뭐, 괜찮아. 또 있으니까. 대마초 같은 것이 섞이지 않아서 별로다. 그랬으면 시간을 보내기가 좀 더 쉬웠을 텐데. 알렉산드리아가 돌아올 때까지 얼마나 더 기다려야 할까? 그 애와 얘기를 해야 한다. 남은 시간이 점점 줄어들고 있다는 사실을 다시 한 번 각인시켜줘야 한다.

뒤에서 쉬익 하는 소리가 났다. 그리고 타닥거리는 소리. 뜨거운 열기가 느껴졌다. 데일 것처럼 뜨거운 열기가.

너무 갑작스러운 일이어서 숨 쉴 틈도 없었다. 이미 온 방 안이 불길에 휩싸였다. 무섭게 피어오르는 시커먼 연기가 복도를 타고 내게로 달려왔다.

'아, 안 돼.'

85

화재

지금까지 들어보지 못한 경보음이 울렸다. 사이렌과 비명 소리, 사방에서 번쩍이는 전등 불빛들. 수사관이 학장과 나를 힐끗 보더니 밖으로 나갔다. 학장이 그녀 뒤를 따랐다.

앤서니 서장이 내 어깨를 잡았다. 도망가지 못하도록.

"넌 내 옆에 있어. 아직 수갑은 채우지 않겠다. 알았나?"

"서장님, 저는 갈 데가 없어요. 이제 구드가 저의 집이니까요."

서장의 핸드폰이 울렸다. 서장이 다시 한 번 경고하는 눈빛으로 나를 보더니 전화를 받았다.

"그래, 케이트. 그래. 여기서도 냄새가 나. 2층이라고? 알았어."

학장이 돌아왔다.

"2학년 기숙사에 화재가 났대요. 자동 소화 장치가 작동했어야 하는데, 어떻게 된 건지 모르겠네요. 올해 새로 설치하고 시험 가동까지 했거든요."

"포드, 모두 밖으로 내보내."

학장이 무서운 얼굴로 나를 보며 물었다.

"네 짓이야?"

"아니에요, 학장님. 맹세할 수 있어요."

"네 방 건너편에서 처음 화재경보기가 울렸어."

"그렇다면 애슐린일 거예요."

내가 한숨을 쉬며 중얼거리듯 말했다.

"틀림없어요. 애슐린은 모든 걸 태워서 자기의 흔적을 없애려는 거예요."

"서둘러. 얘기는 나중에 하고."

서장이 내 어깨를 잡고 서둘러 집무실을 나왔다. 복도는 아수라장이었다. 수사관이 숨을 헐떡이며 뛰어왔다.

"정문을 열어야 해요, 삼촌. 소방차가 본관 바로 앞까지 와야 한대요."

"거긴 사건 현장이야. 제기랄! 포드, 왜 당신 학교는 CCTV가 없는 거요? 도대체 어떻게 된 건지 알 수가 없잖소?"

"야단치는 건 나중에 해요, 앤서니. 연기가 점점 심해지고 있어요."

학장의 말이 맞았다. 불길이 무섭게 치솟고 있었다. 내 방 건너편에서 불이 나기 시작했다면 애슐린의 짓이다. 나에게 쏠린 주의를 흐트러뜨리려고.

그렇다면 나를 위해 불을 지른 건가? 서장의 손아귀에서 벗어나게 하려고? 그럴 수도 있다. 하지만 나는 갈 데가 없다. 더 이상 도망치지 않을 것이다.

화학 선생인 비리디안 교수가 학장을 향해 손을 흔들며 말했다.

"4층과 3층은 비었습니다. 불길이 빠르게 이동하고 있어요. 자동 소화 장치는 어떻게 된 거죠?"

"작동하지 않아요."

충실한 비서 멜라니가 손수건으로 입을 막은 채 허겁지겁 달려왔다.

"학장님, 빨리 밖으로 피하세요. 어서요. 학생들은 모두 밖으로 대피했어요. 지금 인원수를 점검하고 있어요. 몇 명이 보이지 않아요."

"누군데?"

"그건 모르겠어요. 지금 밖에 모여 있는 학생은 195명뿐이에요."

불꽃이 모든 것을 집어삼키는 소리가 들렸다. 뒤에서 혀를 날름거리며 맹렬하게 쫓아오고 있었다. 천장 마감재가 불룩하게 떨어지기 시작했다.

"앤서니, 당장 그놈의 정문을 열라고 하란 말이에요!"

학장이 소리쳤다.

서장이 어깨에 찬 마이크에 대고 지시를 내린 다음 안뜰을 가로질러 정문으로 달려갔다. 시커먼 연기가 자욱하게 복도를 채우면서 밀려왔다. 나는 계속 기침을 해대며 폐에서 매캐한 먼지를 뱉어냈다.

정문이 열렸다. 베카의 시신은 어떻게 한 걸까? 곧이어 소방차가 들어와 안뜰을 가득 메우고 학생들을 물리쳤다. 서장이 불려가고 학장과 나, 단둘이 네모난 안뜰에 서서 타오르는 불길을 망연히 바라보았다.

모든 것이 너무 더뎠다. 베카의 시신을 철문에서 내리느라 시간이 지체되는 바람에 불길은 구드 학교를 온전히 집어삼키고 있었다. 지난밤 폭풍우에 이어 강풍이 불기 시작했다. 차갑고 건조한 바람이 나무들 사이로 울부짖듯 불어댔다. 숲이 한쪽으로 휘어지면서 학교를 휘젓는 무서운 방해꾼에 격노하는 것 같았다. 불꽃이 캠퍼스를 가로질러 날아다녔다. 큰불이었다. 시간조차 정지된 것 같았다. 적어도 1시간 넘게 우리는 그 자리에 서서 학교가 불타는 모습을 바라보았다.

큰 소리들이 오가고, 전화벨이 울리고, 물줄기가 쏟아졌다. 그러나 불길은 잡히지 않았다. 시간이 지날수록 점점 더 거세지고, 높아졌다. 검게 그을린 벽돌 단판들이 무너져 내렸다.

소방관들이 위험을 무릅쓰고 진화에 나섰지만, 결국은 귀청이 터질 듯 요란한 소리와 함께 천장이 무너졌다. 그 순간 학장이 두 손을 들어 올리며 구드 학교의 비극적 운명을 선언하듯 한마디 뱉었다.

"다 타버려라. 어차피 저주받은 학교."

86

결말

바람이 가라앉았을 때는 나무에서 마른 잎이 거의 떨어지고 앙상한 가지만 남아 있었다. 봄과 여름 동안 새들의 보금자리가 되어주었던 둥지들이 모습을 드러냈다. 이제 곧 그 둥지들마저 바람과 눈에 풍화되어 어디론가 날려가고, 새들은 상록수를 찾아 새로운 둥지를 틀 것이다.

폭풍우로부터 자기들을 지켜줄 보금자리.

가족이라는 게 그런 것 아니겠는가. 서로를 보살피고, 먹여주고, 사랑해주고, 안식처가 되어주는 것이 가족이다.

하지만 그렇지 않은 가족도 있다. 서로에게 고통과 두려움, 그리고 지독한 결핍만을 안겨주는 가족도 있다.

아버지를 떠올릴 때마다 엄마의 말이 생각났다. 엄마는 우리가 정말 운이 좋았다고 말했다. 아버지에게서 벗어날 수 있어서. 그의 손아귀에서 빠져나올 수 있어서 다행이라고. 그 불같은 성미와 분노, 공허한 사과에 시달리지 않아도 되었으니까. 우리는 그로부터 안전했으니까. 그러나 독재자가 살아 있는 동안은 그의 손아귀에서 완전히 벗어나지 못한다.

우리는 이따금씩 어두운 바닥으로 끌려가곤 했다. 엄마가 죽고, 아버지가 죽기 전까지는. 그 후 나 혼자 남아 모든 뒤처리를 감당해야 했다.

나를 비난하지 말기를. 데미언 카는 세상 누구보다 지독한 자아도취에 빠진 사람이었다. 자기가 축적한 권력을 질리도록 누리며 살았다. 이 나라에서 손꼽히는 세력가들의 재산을 관리하면서. 그는 엄마를 갖고 놀았다. 자기 아내를 기만했고, 자기 딸을 학대했다. 절묘하게 줄타기를 하면서 거미줄을 쳐놓았던 것이다. 하지만 거미줄 만드는 데는 뛰어났을지 모르나 시력이 좋지 못했다. 앞을 내다볼 줄 모른 것이다. 바로 코앞에 괴물이 만들어지고 있다는 것을 알아채지 못했다.

바로 나 말이다.

미국으로 오면서 나는 이 모든 혼란을 남겨두고 왔다고 생각했다. 엄마가 늘 바란 대로 과거에서 벗어났다고 생각했다.

그러나 괴물과 한번 인연을 맺은 이상 완전히 벗어날 수 없었다. 점점 더 큰 공포, 더 강력한 포식자를 마주할 뿐이다. 나는 망가진 거미줄에서 더 큰 거미줄로 옮겼다. 이 거미줄은 눈에 잘 보이지도 않고, 더 모호하고, 가늠할 수조차 없는 힘으로 나를 조종한다.

학장이 내 어깨에 손을 올렸다. 위로의 뜻인 것 같았다. 하지만 위로가 되지는 않았다. 곧 모든 것이 끝날 테니까.

불꽃이 넘실거리며 건물의 남은 귀퉁이를 삼킬 때쯤 애슐린의 모습을 보았다. 건물 안에서 창문으로 나를 보고 있었다. 마치 작별 인사를 하듯 한쪽 손을 들어 올리고, 아름다운 입술에 미소를 짓고 있었다.

애슐린과 나는 영원히 이어져 있다. 우리의 혈관에 흐르는 피가, 그리고 함께 흘린 피가 자매로 이어주니까.

쉬익 하는 소리, 비명 소리.

본관이 무너져 내렸다.

애슐린의 모습도 사라졌다.

87

상원의원

엘런 커티스의 아침 식사에 초대된 손님들이 세 번째 코스를 시작할 때였다. 엘런이 여성 원로답게 상석에 자리 잡고 오렌지 소스 오리구이를 씹으며 손님들과 담소를 나누고 있는데 초인종이 울렸다.

엘런은 벨소리를 무시하고 대화를 이어갔다. 레나타가 나가볼 것이다. 별일 아닐 테니까. 출장 요리사가 열쇠 없이 집 밖으로 나갔다가 들어오지 못하는 거겠지.

"말씀드린 것처럼 판사가 입회하자 모두 고개를 돌렸는데……."

"의원님?"

레나타가 조용히 부르자 엘런이 몹시 언짢은 표정으로 눈썹을 치켜올리고 돌아보았다.

"왜 그래, 레나타?"

"손님이 오셨습니다."

엘런이 손을 저으며 말했다.

"내일 다시 오라고 해. 지금 브런치 중이라고."

"경찰이에요."

"이런, 이런, 엘런. 주차 위반 딱지가 도착했나 보군요."

주드 웨스트헤이븐이 뵈브 샴페인이 조금 남은 잔을 기울이며 깔깔거렸다.

"아, 레나타……."

주드가 과장되게 혀를 굴리며 가정부를 불렀다.

"아주 조금만 더 따라줄 수 있을까?"

"의원님, 경찰이 급한 용무라고 하네요."

레나타가 엘런에게 시선을 떼지 않은 채 다시 한 번 말했다.

엘런이 자리에서 일어났다. 손님들을 향해 매니큐어를 말끔하게 바른 손으로 안심하라는 시늉을 하며 미소를 지었다.

"잠깐 나가볼게요. 샴페인은 충분히 있으니 오리구이 식기 전에 많이 드세요."

엘런이 레나타를 따라 현관으로 향했다. 보드라운 바닥을 댄 레나타의 단화 뒤로 뾰족한 엘런의 구두 뒤축이 쪽마루 바닥을 딛는 소리가 현관을 울렸다. 엘런도 실내에서 구두를 신지 않고 모두 중국식 슬리퍼를 신었으면 좋았을 텐데, 그러기엔 엘런의 키가 너무 작다. 높은 구두를 신었는데도 손님들 중 가장 키가 작은 남자의 눈높이에도 닿지 못하는 그녀는 받쳐줄 뒤축이 필요했다. 사람들의 코를 올려다보는 건 참을 수 없는 일이니까.

푸들이 종종걸음을 치는 소리를 내며 현관까지 갔는데, 현관문을 열고 밖에 서 있는 경찰을 보자 굽 높은 구두를 신어서 다행이라는 생각이 들었다. 평상복 차림의 그 남자는 경찰이 아니라 수사관이었는데 키가 180센티미터는 될 정도로 크고 잘생겼다. 조금 긴 검은 머리에 감성적인 갈색 눈, 예리한 턱선. 수사관은 엘런을 보자마자 차려 자세를 취했다. 모두가 존경하는 엘런 상원의원. 그러나 수사관은 절을 하거나 경례를 하지 않고 고개를 한 번 끄덕이는 것으로 인사를 대신했다. 그 모습을 보고 엘런은 실망했다.

"커티스 의원님이신가요?"

"그런데요? 무슨 일이죠? 의사당에 무슨 일이 있나요? 또 폭발물을 설치했다는 협박은 아니겠죠."

"아닙니다, 의원님. 방해가 되었다면 죄송합니다. 그런데 몇 가지 드릴 말씀이 있어서요."

"무슨 일인가요, 경찰관님?"

"수사관입니다."

그가 바로잡자 엘런이 미소 지었다.

"아, 죄송합니다. 성함이……?"

"롭슨입니다. 해리스 롭슨 수사관요."

"롭슨 수사관님, 어떤 대답을 해드려야 하는데요?"

"우선 좀 앉을 수 있을까요?"

"예의가 아닌 줄은 알지만, 수사관님, 지금 동창 회원과 여러 기부자들을 초대해서 브런치를 하는 중입니다. 그냥 여기서 말씀하시면 안 될까요?"

"따님에 관한 얘깁니다, 의원님."

"베카요?"

비로소 엘런의 얼굴에 한 가닥 근심이 드리웠다. 베카는 지금 학교에 있다. 가장 안전한 블루리지 언덕에서 선생님과 친구들을 골탕 먹이며 잘 지내고 있을 것이다. 엘런과 베카는 닮은 점이 많다. 싸움에 절대 물러서지 않는 것도 똑같다.

“베카에게 무슨 일이 있나요? 무슨 일로 수사관님이 오신 거죠?”

엘런은 그제야 수사관 옆에 조용히 서 있는 자그마한 여자를 보았다. 로만 칼라를 보아 성직자인 것 같았다.

여인이 엘런에게 다가왔다.

“의원님, 이런 말씀을 드리게 돼서 유감입니다만, 따님이 사망했습니다. 학교에서요. 곧 웨스트헤이븐 학장이 전화를 드릴 겁니다만…….”

막상 이런 상황에 맞닥뜨리고 보면 얼굴에 핏기가 가신다는 상투적인 표현이 얼마나 정확하게 들어맞는지 알 수 있다. 엘런은 순간적으로 혈압이 떨어지면서 바닥에 주저앉았다. 다행히 완전히 쓰러지기 전에 수사관이 잡아서 현관 소파에 앉히고 자기도 그녀 옆에 앉았다.

잠시 후 엘런이 정신을 차리고 물었다.

“어쩌다가요? 제 딸이 어쩌다 죽었나요? 사고였나요? 말이 안 되잖아요.”

엘런은 충격에 빠졌다. 울어야 하는데, 통곡을 해야 하는데, 엘런은 온몸이 무감각하고 머릿속이 멍해서 아무 생각도 할 수 없었다. 무슨 말을 해야 할지 몰랐다.

하지만 그 순간에도 분명한 사실 하나가 머릿속을 스쳤다.

‘이거 하나로 언론이 들끓겠군.’

엘런은 이 순간 그런 생각을 하는 자신이 싫었다. 그래야만 하는 자신의 직분도 원망스러웠다. 하나뿐인 딸이 죽었다는데, 이 끔찍한 순간에도 자신에게 미칠 영향을 우려하는 자신이 증오스러웠다. 그러나 어쩌겠는가. 중간 선거를 앞두고 있는 상원의원인 것을. 레스턴 출신의 후보 하나가 엘런의 뒤를 바짝 쫓고 있는 상황에서 가족의 비보는 상대방에게 유리하게 작용할 수 있다.

“수석 보좌관에게 연락해서 공식 발표를 준비해야겠군요.”

“아직 시간이 있습니다.”

수사관이 말했다.

“학교 측에서는 아무런 발표도 하지 않기로 했거든요.”

“아니, 저는 믿을 수가 없어요. 어떻게?”

엘런이 낮은 목소리로 말했다.

“저도 잘…….”

“어떻게 된 거냐고요?”

엘런이 거의 명령조로 물었다.

“학교 정문에 목이 매달린 채 발견되었습니다.”

“자살인가요? 그럴 리가 없어요. 그 애가 불행했거나 문제가 있었다면 제가 알았을 겁니다. 지난번 통화할 때…….”

엘런은 하던 말을 멈추고 생각했다.

‘마지막으로 베카와 통화한 게 언제였더라?’

“일요일에 말이죠. 지난 일요일에 통화할 때만 해도 베카는 얘기도 많이 하고, 논문 초안에 대해 좋은 평가를 받았다고 들떠 있었어요. 아주 만족스러운 상태였어요.”

“논문요? 고등학교에서요?”

“구드는 일반 학교가 아니거든요.”

목사가 다시 말하려고 했지만 엘런은 고개를 저으며 손을 들어 보였다.

“위로는 하지 않으셔도 됩니다. 지금은 대답을 듣고 싶어요. 제 딸이 자살했을 리가 없습니다.”

"저희도 같은 생각입니다. 마치버그 경찰서장도 그렇고요. 현재 살인 사건으로 보고 수사를 진행하고 있습니다."

순간 엘런의 표정이 변했다.

"누가 베카를 죽였단 말입니까? 오, 세상에 어떻게 그런……."

목사가 다시 한 번 말했다.

"엄청난 충격이라는 거 압니다. 더구나 그렇게 멀리 보내놓은 딸이니."

이 상황이 어떻게 보일지는 알고도 남는다. 상원의원 엘런 커티스는 상원의원 노릇과 고집 센 사춘기 딸의 엄마 노릇을 모두 해내기가 버거워서 기숙학교에 보냈다. 지금까지 언론에 이런 유의 기사가 수도 없이 보도되었다. 그런데 오늘 이 수사관을 따라온 알지도 못하는 목사에게 또다시 그런 위로를 받고 싶지는 않았다. 아무리 온화하고 부드러운 인상이라고 해도. 그러니 위로는 집어치우란 말이다.

"그만. 제발 그만하세요. 당신은 저를 모릅니다. 제 딸에 대해서도 모르고요. 그리고 어떤 상황이었는지도 모릅니다. 구드에 가고 싶다고 애원한 것은 베카였어요. 제가 보낸 게 아니라고요, 수사관님. 대답을 들어야겠어요. 당장 학장과 통화해야겠습니다."

해리스 수사관은 다시 한 번 무겁게 고개를 끄덕였다.

"아직 자세한 정보를 받지 못했습니다, 의원님. 수사가 진행 중이어서요. 웨스트헤이븐 학장도 의원님과 통화하기를 원합니다. 그러나 먼저 베카가 사라지고 시신이 발견되기 전 마지막 행보에 대해 정확히 파악해야 합니다. 현재 수사가 진행되고 있긴 하지만 몇 가지 복잡한 문제가 있습니다."

"문제라뇨?"

“우선 죽기 며칠 전에 학생들 사이에 다툼이 있었습니다. 웨스트헤이븐 학장의 말로는 비밀 클럽에서 짓궂은 장난을 한 것이 문제가 되었다는데…….”

수사관은 잠시 말을 멈췄다. 다른 때 같으면 엘런은 보통 사람들처럼 성급히 말을 끼워 맞추려다 허점을 잡히는 실수를 하지 않고 냉정하게 기다렸을 것이다. 그러나 이 상황에서는 엘런도 어쩔 수가 없었다.

“언제 발견된 거죠?”

“4시간 전입니다.”

“4시간이나요? 그런데 왜 바로 연락하지 않았죠? 학생의 죽음을 4시간이나 덮고 있었단 말인가요? 제 딸의 죽음을요? 다른 사람도 아니고, 저에게?”

“현지 경찰이 신원 확인을 해야 했답니다. 지문 확인이 생각보다 오래 걸려서요. 착오가 없어야 하니까.”

“맙소사, 지문을 확인해야 했다면…….”

수사관이 심호흡을 한 번 하고 나서 말했다.

“얼굴이 많이 손상되었답니다. 누군가 따님을 죽이고 눈을 파냈다고 했어요.”

이 말을 듣고 엘런이 울었을까? 천만에. 노여움과 분노로 들끓었을 뿐이다. 그 모든 노여움이 학교 운영을 형편없이 한 웨스트헤이븐 학장을 향하고 있었다. 학교를 남녀공학으로 만들자는 제안을 좀 더 적극적으로 했어야 했다. 그 기부를 실행시킨 것은 엘런이었고, 그로 말미암아 학교에 어떤 변화가 생길지도 알고 있다. 지금 당장이라도 그 저주받은 소굴에 들어가 학장에게 이제 학교는 엘런 커티스의 것이니 당장 나가라고 소리치고 싶었다.

더 이상은 그 염병할 포드 웨스트헤이븐이 남의 집 귀한 딸들의 인생을 망치도록 내버려둘 수 없다. 주드 웨스트헤이븐도 마찬가지다.

엘런이 노여움 가득한 얼굴로 자리에서 일어났다.

"학교를 완전히 산산조각 내버리겠어."

수사관과 목사가 말없이 서로를 마주 보았다.

"유감스럽지만 이미 그렇게 된 것 같습니다."

바로 그때 주드가 눈을 동그랗게 뜨고 현관으로 나왔다.

"엘런? 방금 문자 메시지를 받았는데, 학교가 불타고 있대."

88

일등석

알렉산드리아는 나를 알아보지 못했다.

그래서 다행이기는 하지만 잠시 화가 치밀었다. 나한테 한 짓이 있는데, 마치 탑승 절차를 밟는 승객들 중 하나를 보듯 그냥 지나치다니. 마땅히 나를 알아보고 공포와 수치심, 회한에 휩싸인 표정을 지었어야지. 물론 사랑과 반가움도 섞여 있어야겠지.

어쨌든 나는 그녀의 동생이니까.

그런데 알렉산드리아는 나를 보는 듯하더니 예의 바른 미소를 지으며 바로 시선을 옮겼다. 마치 '너 따위는 오래전에 잊었어'라는 듯이. 나는 탑승하기 전 일등석 라운지에 앉아 샴페인을 홀짝거리는 팔자 좋은 여자일 뿐이었다. 그동안 내가 어떤 일들을 겪었는지 알면 그렇게 당당할 수 없을 것이다.

알렉산드리아는 뉴욕발 런던행 노선을 정기적으로 이용한다. 영국과 미국을 비롯해서 유럽 전역을 다니며 업무를 본다. 운송 및 수출입을 관장하는 해상법 분야를 전공하고 지금 전 세계에 와인을 유통하는 회사에서 일하고 있다.

그녀가 그 모든 일을 저지르고도 법대에 입학할 수 있었다니 믿어지지 않는다. 더구나 하버드 대학에 말이다. 하지만 알렉산드리아는 자기는 피해자일 뿐이라고 모두를 설득했다. 내가 자기를 죽일지도 모른다는 두려움으로 내가 시키는 대로 할 수밖에 없었다고 말이다. 감옥에 가지도 않았고, 비자를 빼앗기지도 않았다. 자기 몫의 유산을 받아서 돈을 내고 하버드에 입학했고, 그 후로는 나무랄 데 없는 삶을 살았다.

아, 정말 그녀의 연기는 탁월하다. 예전부터 천재적인 거짓말쟁이였으니까.

운명의 날 이후로 그녀를 만난 적이 없다. 그녀는 늘 사람들에 둘러싸여 있었기에 단둘이 만나는 건 불가능했다. 물론 그녀는 내가 죽었다고 생각한다. 사실은 구드 학교 사람들 모두 내가 죽었다고 생각한다. 그러나 나는 그 학교 사람들보다 지하 터널을 더 잘 파악하고 있었다. 불길이 한창 거셀 때 빠져나와 산을 내려가 멀리멀리 도망쳤다.

알렉산드리아도 이제 나이가 들었다. 물론 우리 모두 나이가 들긴 했지만, 겉으로 보기에는 내가 더 나이 들어 보인다. 내가 햇볕에 나가 있는 시간이 더 많기도 하지만, 알렉산드리아는 한 달에 한 번씩 라메르 스파에 가서 수천 달러짜리 피부 관리를 받는다. 그렇지만 11년은 그렇게 긴 시간은 아니지 않은가.

아무튼 알렉산드리아는 좋아 보인다. 균형 있는 몸매에 건강한 몸. 이마에 잔주름도 거의 없고, 금발에는 살짝 하이라이트를 넣어 멋을 부렸다. 여전히 큰 키에 전체적으로 우아한 스타일이다.

오늘은 알렉산드리아의 서른 번째 생일이다.

그런데도 스케줄에 따라 출장을 간다. 그녀는 그만큼 책임감이 강하다. 오늘 같은 날 혼자 보내기 싫다는 생각을 하지 않는다. 그녀의 파트너는 불평했지만, 알렉산드리아는 혼자 있고 싶었다. 생각하고, 돌아볼 시간을 갖고 싶었다. 영국항공 승무원들의 친절한 서비스를 받으면서 런던까지 가는 밤 비행기가 딱 좋다. 이보다 훨씬 더 힘든 삶을 살 수도 있었는데 말이다.

삶은 언제든 힘들어질 수 있다.

일등석은 한 줄에 좌석 네 개가 배치되어 있는데, 양쪽 창가에 하나씩, 그리고 가운데 두 개가 나란히 붙어 있다. 알렉산드리아는 가운데 좌석인 2C에 자리를 잡았다. 그래서 나는 그녀 옆자리에 앉기로 했다. 마치 함께 여행하는 것처럼. 의자를 침대처럼 젖히면 우리는 30도 정도 비스듬한 각도로 나란히 눕게 된다. 30센티미터 정도 거리에 각자의 머리를 두고 말이다. 우리가 함께 일을 궁리하고 계획했던 시간들을 생각하면 아주 자연스러운 상황이다.

나는 그녀가 하는 말을 전부 다 들었다. 그녀의 일거수일투족을 알고 있었다. 그녀는 자기가 보호받고 있다고 생각하지만 사실은 그렇지 않았다. 그동안 한 번도 안전했던 적이 없다.

약은 나를 위해 준비한 거였다. 이런 식으로 사는 건 의미 없다. 사방을 살피며 남몰래 돌아다니고, 숨어 지내면서, 내가 누렸어야 하는 삶을 누리는 알렉산드리아의 모습을 훔쳐보면서. 어떤 사람들은 내가 그녀를 스토킹한다고 하겠지만, 그녀에 관한 정보를 모으는 것이므로 첩보활동이 적절한 표현이다.

파이퍼가 죽어가는 것을 보면서 꾸준히 알렉산드리아에 관한 정보를 모았다. 파이퍼를 담당하던 의료진은 약이 효과가 없다는 사실을 깨닫고 펜타닐로 바꿨는데 그 후로 파이퍼의 정신 상태가 급격히 나빠졌다. 결국 파이퍼는 모르핀이 서서히 주입되는 동안 죽어갔다. 2년 정도 걸렸다.

이건 너를 위한 약, 이건 나를 위한 약. 지금까지 한 번도 내가 직접 이 약을 사용한 적은 없다. 그랬다면 모든 게 훨씬 쉬웠을지 모르겠다. 환각 효과가 너무 강력해서 파이퍼는 유니콘과 나비들이 춤추는 모습이 보인다고 했다. 검은 망토를 두른 저승사자가 들고 있는 낫에 비친 황폐한 자기 얼굴을 보면서 죽어가는 것보다 훨씬 좋았을 것이다.

처음 몇 주 동안 경찰이 재활센터에 있는 파이퍼의 병실을 들락거렸다. 까마귀 눈을 가진 여자 형사와 곰같이 생긴 남자 형사였다. 파이퍼가 화재가 나던 순간과 그날 본 것들을 기억할 거라고 생각했던 것이다. 하지만 파이퍼의 기억력은 몸이 불꽃에 그슬린 것만큼이나 망가졌다. 그들은 파이퍼가 겨우 끼적거린 세 개의 단어를 해독하면 세 가지 의문이 한꺼번에 풀릴 거라고 생각했다. 베카, 카밀, 불. 그리고 나도 학교와 함께 재가 되었을 거라고 생각했다.

그들의 생각은 틀렸다.

가여운 파이퍼를 고통 속에 두지 말고 죽였어야 했다. 하지만 알렉산드리아를 가까이에서 보고 싶어 파이퍼의 간병인을 자청했다. 파이퍼 곁에 있어주려는 절친으로서 말이다. 그런데 파이퍼의 진짜 절친은 어디 갔을까? 바네사는 처음에 한 번 잠깐 다녀간 후로 다시는 오지 않았다. 덕분에 나는 쉽게 그녀 역할을 할 수 있었다.

나는 속죄하고 있었던 건가? 어쩌면 그럴지도.

간호사들은 모두 나를 좋아했다. 내 진심을 누구도 의심하지 않았다. 친구에 대한 헌신을 의심 없이 믿어주었다. 운이 좋았다.

파이퍼의 약을 내가 대신 삼킨 적은 없다. 그러고 싶었던 적은 많았지만. 그 약을 먹으면 고통이 사라진다. 그래서 꼭 필요할 때 쓰려고 모아두었다. 때가 오면 한꺼번에 털어 넣으리라 마음먹은 적도 있다. 다리 위에서 눈 내리는 센강을 바라보며. 마지막 순간에 마음을 바꿔 회색 강물에 약을 던져버릴 수도 있겠지만. 아니면 임대 아파트 화장실 거울에 붙여두고 매일 달콤한 유혹을 즐길 수도 있다.

그러다 알렉산드리아를 만났다. 거리에서 우연히 그녀를 본 것이다. 그녀가 사는 어퍼 이스트사이드의 갈색 벽돌집 앞에서 밑창이 빨간 구두(프랑스의 명품 구두 크리스찬 루부탱. 부유한 여성의 상징이기도 하다. – 옮긴이)를 딸깍거리며 격자무늬 보도블록 위에 굴러다니는 바싹 마른 개똥을 피해 걸어가는 그녀를 보자 약을 써먹을 이유가 생겼다.

이륙은 순조로웠다. 곧 저녁 식사가 나왔다. 맛은 없다. 소금을 잔뜩 뿌려도 도무지 맛이 나지 않는다. 와인을 한 모금 마셔보았다. 풍미라고는 전혀 없는 카베르네는 와인이라고 하기도 민망할 정도다. 나는 할 수 없이 방금 우린 차를 마시며 화장실 앞에 줄 선 사람들이 줄어들기를 기다렸다. 드디어 화장실이 빈 것 같아 작은 손가방을 들고 좁은 공간으로 들어갔다.

여덟 알이면 될까? 아니면 아홉 알? 그녀 정도 체격의 여자를 죽이려면 몇 알이 필요할까? 내 손에 40알이 있다. 그동안 조금씩 빼돌려서 모은 옥시콘틴(마약성 진통제)이다. 그녀와 나를 위해. 보안 검색대에서 약병을 보자고 할까 봐 예전에 처방받은 항생제 병에 넣었다. 싱크대 아래 구두 상자에 처박아두었던 것인데, 라벨이 지워져서 날짜도 이름도 거의 읽을 수가 없었다.

뚜껑을 열어 손에 한 알을 덜었다. 원통형 백묵처럼 희고 큰 알약을 혀끝에 대보았다. 매캐하고 시큼한 맛이 났다.

음, 죽음의 맛치고는 달콤하다.

밑창이 빨갛지 않은 내 구두 뒤축으로 약을 곱게 빻는 데 5분 걸렸다. 그런 다음 다시 내 자리로 돌아왔다.

알렉산드리아는 그제야 나를 보았다. 여전히 알아보지는 못했지만. 나는 그래서 다행이라고 생각했다.

"비행이 순조롭죠?"

"질문인가요?"

무례하다.

나는 그동안 준비했던 대화를 시작할까 생각했다. 마치 방금 그녀를 알아본 것처럼. 그녀의 팔에 가볍게 손을 얹고, 반갑고 신기한 듯 입을 동그랗게 벌리면서 말이다.

잠깐, 혹시 화재로 잿더미가 된 사립학교에 다니지 않았어요? 얼마 전 신문에서 당신 사진을 봤어요. 전 학장과 함께 찍은 사진. 그분 이름이 뭐였더라?

웨스트헤이븐요.

맞아요. 지금은 아주 유명한 작가가 되었죠. 학교에 관한 소설을 썼던데. 사귀던 젊은 남자와 결혼했대요. 정말 대단한 스캔들이지 않았어요?

진정한 사랑이죠.

그리고 자매들이 신분을 사칭했던 사건도 있지 않았어요? 모두 죽었죠. 너무 안타까워요. 학교를 다시 지었다니 참 놀랍죠. 물론 남녀공학으로 말이죠. 그런데 아주 좋은 학교래요. 평판이 아주 좋더라고요.

그러나 알렉산드리아는 이미 나를 외면한 채 이어폰을 꽂고 영화를 보기 시작했다. 경쾌한 로맨틱 코미디인데 화면을 보니 결혼 상대가 필요한 여자가 주인공인 것 같다.

그래, 얘기는 나중에 하자.

거미가 파리에게 말했다.

나는 기다린다.

참을성 있게 기다린다.

드디어, 드디어 승무원이 디저트를 나눠 주기 시작했다. 알렉산드리아는 역시 와인을 채워달라고 부탁했다. 우리 사랑스런 와인 감정사는 하나도 변하지 않았다.

정말 잘됐다. 약을 타기에는 물보다 와인이 제격이니까.

그다음으로 내가 기다리던 순간이 왔다.

알렉산드리아가 자리에서 일어나 화장실로 갔다. 그녀의 큰 키는 볼 때마다 새삼스럽다.

나는 약을 내 와인 잔에 털어 넣고 손가락으로 저었다.

그런 다음 몸을 뒤로 기대고 그녀의 자리로 손을 뻗으면서 재빨리 주위를 둘러보았다. 좌석 자체가 사적인 공간을 최대한 보장하니 걱정하지 않아도 될 것 같았다. 아무도 보지 않는다는 것을 확인하고 와인 잔을 바꿨다.

간단하다.

이제 됐다.

알렉산드리아가 돌아와 자리에 앉더니 잘 준비를 했다. 입술 트임 방지 크림을 바르고, 긴 다리에 부드러운 모직 숄을 덮고, 수면 마스크를 쓰고, 이어폰을 꽂았다.

나도 분위기를 맞춰주었다. 하품을 하며 이것저것 바르고 덮었다. 하품을 할 때는 푼돈을 모아서 해 넣은 금니가 보일 정도로 일부러 입을 크게 벌렸다. 휑하게 비어 있는 어금니 자리가 늘 마음이 쓰였다.

친절한 승무원이 취침 전에 한잔 더 하고 싶은 손님들을 위해 와인 병을 높이 들고 다가왔다. 나는 승무원과 몇 마디 주고받았다.

"초콜릿을 먹을게요. 아니, 아니. 와인은 됐어요."

왼쪽이 잠시 소란스러웠다. 이런, 벌써? 그러나 알렉산드리아가 립밤을 떨어뜨린 거였다. 승무원이 바닥에 떨어진 립밤을 집어 주고 다시 와인을 권했다.

기쁘게도 그녀는 와인을 단숨에 반쯤 들이켜더니 다시 와인을 가득 받았다. 그러고는 길게 기지개를 켜고 애교 섞인 소리로 하품을 하더니 말을 걸어왔다.

"저는 너무 피곤해서 자야겠어요. 내릴 때 깨워주실래요?"

미소 띤 얼굴로 내 눈을 똑바로 보면서 이렇게 말하고는 수면 마스크를 끼고 누웠다.

그녀의 모습이 검정색 모피 속으로 사라지는 것을 보고 나는 마침내 축배를 들었다. 한 모금, 또 한 모금.

"안녕, 잘 가."

고요한 그녀를 위해 건배.

내 지난 삶을 위해 건배.

미래를 향해서도 건배를 했다. 이제 내 삶을 다시 찾아야 할 때가 왔다.

그런데 목구멍 안쪽이 따끔거리기 시작했다.

검은 점. 눈앞에 검은 점들이 보인다.

호흡이 느려지면서 점점 힘이 든다.

맙소사, 오, 하느님. 이게 무슨…….

89

최후

입을 벌린 채 곤히 잠들어 있다. 고개를 한쪽으로 살짝 기울이고. 예전에도 이렇게 순진한 모습으로 잠들곤 했다.

승무원에게 미소로 작별 인사를 나누고 밑창이 빨간 구두를 신었다. 검은 선글라스를 쓰고 외투를 입었다. 머리 위 선반에서 캐리어를 꺼내고, 모직 숄을 가방에 넣었다. 그녀는 움직이지 않았다. 여전히 자고 있다.

귀하신 공주님.

비행기에 마지막 남은 한 여인. 영원히 잠든 여인.

나는 비행기에서 나와 이동식 탑승교를 걸어갔다. 나직이 숨을 쉬면서. 한 손을 왼쪽 가슴 아래 작은 인장이 새겨진 자리에 댔다. 그리고 초록색 눈과 부드러운 입술을 가진 한 소녀를 떠올렸다.

'이건 너를 위해서였어.'

아무도 나를 잡지 않았다. 전화도 걸려오지 않았다. 비명 소리도 들리지 않았다.

터미널을 빠져나와 기사에게 가방을 건네고 내 타운카 뒷좌석에 앉았다. 메이페어 호텔로 향했다.

뒤는 돌아보지 않았다.

그렇다. 난 애슐린을 알아보았다. 그 애가 무슨 생각을 하고 있는지도 알았다. 지난 몇 개월 동안 나를 스토킹했으니까. 내 얘기를 엿듣고, 나를 지켜보면서.

화장실에 갈 때 그녀가 뭘 하는지도 보았다.

그녀와 승무원이 내가 떨어뜨린 립밤을 찾는 사이 와인 잔을 다시 바꿨다.

애슐린은 내 삶을 망쳐놓았다. 그러나 그녀에게 내 삶을 뺏기지는 않았다. 나 자신을 보호해야 했으니까.

사실 이건 애슐린이 그녀 자신에게 한 거다.

뭐라고? 내 말에 동의하지 않는다고? 나를 비난하겠다고?

아니, 그럴 리 없다. 당신도 나와 같은 상황이었다면 그렇게 했을 테니까.

알렉산드리아, 생일 축하해. 이제 드디어, 드디어 자유다.

—끝—

구드 학교와 마치버그는 버지니아 중심부에 있는 몇몇 사립대학과 고등학교의 특징들을 융합해서 만든 상상력의 산물이다.

항상 기숙사를 배경으로 하는 미스터리 소설을 쓰고 싶었고, 순수한 상상력으로 줄거리를 구성했다. 나는 버지니아 린치버그에 있는 랜돌프-마콘 여자대학(R-MWC, Randolph-Macon Woman's College)에서 공부했고, 학교의 전설과 거기서 일어났던 비극적인 사건들을 창의적으로 인용했다. 이 학교 졸업생이라면 본관 건물과 스켈러 카페, 전 학년 연합축제, 칠호위 벽돌, 트롤리, 소잉서클을 기억할 것이다. 그리고 구드 명예규율의 모델이 되었던 마콘의 규율을 비롯한 세부적인 사항들은 이야기에 맞게 각색한 것이다.

귀신 이야기도 소설에 맞게 변조되었는데, 그중 하나가 붉은 계단이다. 이 책에 나오는 커먼즈는 본관 다락에 실제 있었던 공간이다. 나는 이 커먼즈 바로 아래층 방에서 2학년을 보냈다. 밤이면 걸어 다니는 발소리, 가구 옮기는 소리, 그 밖에 알 수 없는 소리들 때문에 룸메이트와 나는 잠을 이루지 못하는 날들이 많았다. 이런 일들이 여러 번 반복되자 룸메이트와 나는 누가 있는지 보려고 몰래 올라가 보았다. 그런데 방은 비어 있었다. 낮에 그곳에 가면 블루리지 산맥의 기막힌 절경이 펼쳐진다.

귀신이 나온다는 수목원 길은 일부 실제 있었던 끔찍한 사건을 토대로 한 것이다. 1973년 신시아 루이스 헬먼이라는 여학생이 살해된 사건이다. 여기에 더해 보라색 망토를 두른 소녀 유령 이야기도 있어서 학교 본관 뒤쪽을 지나다니기가 무서웠다.

전해지는 바에 의하면 지하철도가 린치버그를 지나갔다고 한다. 실제로 캠퍼스 지하에는 터널이 있었는데, 구드처럼 학생들이 드나들 수 있는 것은 아니었다.

내가 대학을 다닐 때는 비밀 클럽이 한창 활발하던 시기였다. 나 역시 하나 이상의 비밀 클럽의 탭을 받는 영광을 누렸다. 특히 스톰프가 정말 재미있었다. 실제와 비슷한 것은 그것뿐이다. 물론 괴롭힘도 있었지만, 아이비바운드의 내용은 극적으로 과장한 것이다.

구드가 여자고등학교로 설립된 시점은 당대 여성 교육의 위대한 지도자 중 한 사람인 윌리엄 워스미스가 세운 R-MWC보다 100년이나 앞서 있다. 그와 줄리앤 수녀가 만났더라면 좋은 친구가 되었을 거라고 생각한다.

R-MWC 이사회가 2006년에 대다수 동창회원의 바람을 저버리고 남녀공학으로 바꾸기로 결정한 것은 몹시 유감스러운 일이다. 그 후 새롭게 출범한 랜돌프 대학에 불만이 있는 것은 아니지만, 나는 성별이 같은 학생들을 위한 학교 나름의 장점이 있다고 믿는다. 특히 여성들을 위해서는 그렇다.

R-MWC에서 공부한 위대한 수필《자기만의 방(A Room of One's Own)》은 세상을 향해 나아가는 동안 가슴에 새겼던 작품이다. 버지니아 울프에게 찬사를 보낸다.

이 이야기는 상당 부분 내 경험에서 나온 것이므로 책을 쓰기 위해 많은 연구가 필요하지는 않았다. 그러나 빠진 부분들을 채우기 위해서는 여러 사람들의 도움이 필요했다. 리사 패튼과 버지니아 케이는 남부의 여자 기숙사 예비학교의 세부 사항들을 이해할 수 있도록 도와주었다. 에릭 프래니는 애쉬의 컴퓨터 기술을 실감나게 살리는 데 도움을 주었다. 로라 베네딕트는 내가 경로를 벗어나려고 할 때 진솔함을 잃지 않도록 도와주었다. 페이지 크러처와 아리엘 로혼은 친구가 필요할 때 함께 퀘소 치즈를 먹어주고 영감을 살려주었다. 더 이상 어떻게 해야 할지 모르는 난감한 상황에서는 제프 애보트가 늘 옆에 있어주었고, 리 크래머는 늘 손을 잡아주고 응원해주면서 일정에 맞춰 작업할 수 있게 도와주었다. 페이스북 그룹에서는 랜돌프-마콘 여자대학 동문들이 여러 가지 추억과 귀신 이야기들을 나눠줌으로써 당시의 기억을 살려내는 데 큰 도움을 주었다.

내 팀원들, 트라이던트 미디어 그룹의 스콧 밀러, 미라북스의 니콜 브레브너, 커티스 브라운의 홀리 프레더릭은 나에게 최고의 동지들이었다. 이 책이 세상에 나와 독자들과 만나기까지 애써준 미라북스와 하퍼 캐나다의 모두에게 최고의 찬사를 보낸다. 유능한 내 홍보 담당

자 에머 플린더스의 노고에도 깊은 감사를 전한다.

내 가족, 특히 내가 훌륭한 환경에서 재능을 탐구할 수 있게 해주신 부모님께 진심으로 깊은 감사를 드린다. 그리고 내 마음의 파수꾼인 사랑하는 랜디에게도 감사한다. 랜디는 플로리다를 횡단하는 운명적인 여정을 함께하면서 처음부터 내 아이디어와 이야기를 들어주고 조언해주었으며, 내가 소망하던 이야기를 책으로 낼 수 있도록 북돋워주었다. 그 고마움을 영원히 잊지 않을 것이다.

나는 지역 주민들의 읽고 쓰는 능력을 향상하기 위해 열심히 일하고 있는 서점과 도서관 사서들에게 늘 신세를 지고 산다. 독자 친구들이여, 계속 책을 읽어주기 바란다. 진심으로 여러분에게 감사의 말을 전한다.

J. T. 엘리슨

WeBook
위북은 '함께'의 '가치'를 소중하게 생각합니다.
독자 여러분들의 소중한 의견이나 투고 원고는
we-book@daum.net으로 보내주시기 바랍니다.

착한 소녀의 거짓말

초판 1쇄 인쇄 2020년 8월 12일
초판 1쇄 발행 2020년 8월 17일

지은이 J. T. 엘리슨(J. T. Ellison)
옮긴이 민지현
펴낸이 강용구
펴낸곳 위북(WeBook)
등록 2019. 10. 2 제2019-000271호
주소 서울시 마포구 양화로 127(서교동) 첨단빌딩 4층 432호
전화 02-6010-2580 **팩스** 02-6937-0953 **전자우편** we-book@naver.com

ISBN 979-11-969867-2-8 (03840)
정가 15,800원

책을 만든 사람들
편집주간·기획 추지영 **책임 디자인** 이종헌(디자인오투) **표지디자인** 인수정
마케팅 PAGE ONE **홍보** 김범식
물류 북앤더 **지원** 정현주 최영완 정명은 이경종 **제작총괄** 안종태 **제작처** (주)한길프린테크

이 도서의 국립중앙도서관 출판예정도서목록(CIP)은 서지정보유통지원시스템 홈페이지(http://seoji.nl.go.kr)와 국가자료종합목록 구축시스템(http://kolis-net.nl.go.kr)에서 이용하실 수 있습니다.
(CIP제어번호 : CIP2020031310)